霍達文集

卷三
长篇小说卷

未穿的红嫁衣
沉 浮

北京出版集团公司
北京十月文艺出版社

作者简介

霍达，女，回族。国家一级作家，第七、八届全国政协委员，第九届全国人大代表，第十、十一、十二届全国政协常委，中央文史研究馆馆员，国务院授予政府特殊津贴。著有多种体裁的文学作品约800万字，其中，长篇小说《穆斯林的葬礼》获第三届茅盾文学奖；长篇小说《补天裂》获第七届全国五个一工程奖的长篇小说和电视剧两个奖项，并被中宣部、文化部、新闻出版总署、广播电视总局、中国文联、中国作协评为建国50周年全国十部优秀长篇小说之一；中篇小说《红尘》获第四届全国优秀中篇小说奖；报告文学《万家忧乐》获第四届全国优秀报告文学奖，中国消费者协会授予保护消费者杯全国个人最高奖及3·15金质奖章；报告文学《国殇》

获首届中国潮报告文学奖；话剧剧本《红尘》获第二届国家舞台艺术精品工程优秀剧本奖；电视剧《鹊桥仙》获首届全国电视剧飞天奖；电影剧本《我不是猎人》获第二届全国优秀少年儿童读物奖；电影剧本《龙驹》获建国四十周年全国优秀电影剧本奖；散文《义冢丰碑》《烟雨文武庙》获香港回归征文全国一等奖；散文《为了那片苍天圣土》获全国政协庆祝香港回归十周年优秀征文奖，散文《听海》获中华散文学会优秀散文获。此外，代表作尚有电影剧本《秦皇父子》、话剧剧本《海棠胡同》等，并曾多次获全国少数民族文学创作骏马奖，以及建国40周年北京优秀文学创作奖、北京文学奖荣誉奖、火凤凰报告文学奖、炎黄杯当代文学奖、花城文学奖等多种奖项。2009年当选全国民族团结进步模范，在国务院第五次民族团结进步表彰大会上受到表彰，2010年获上海世博会联合国千年发展目标主题活动组委会授予民族文化传承和发展卓越成就奖。1999年北京出版社出版六卷本《霍达文集》，2009年人民文学出版社出版八卷本《中国当代作家·霍达系列》、九卷本《霍达文选》。作品有英、法、阿拉伯、乌尔都等多种文版及港台出版的繁体字中文版行世。曾应邀出任开罗电影节国际评委、第四次世界妇女大会代表、《港澳大百科全书》编委，并赴美、英、法、日、俄、意大利、西班牙、新加坡、马来西亚、芬兰、挪威、埃及等十余国进行访问和学术交流，生平及成就载入《中国当代名人录》和英、美版《世界名人录》。

本卷概要

本卷收入长篇小说《未穿的红嫁衣》《沉浮》。

《未穿的红嫁衣》带我们走进神秘莫测的南国沧海、孤岛密林。历史学家李言在改革开放的大潮中踏上“仕途”，错综复杂的权力之争和爱情纠纷使他在即将达到事业峰巅之际功亏一篑，遗恨终生。当他再度来到秦屿，已是向行将湮灭的历史遗迹和刻骨铭心的爱情作最后的告别。

作者青年时代师从著名史学家马非百先生研究秦史，在小说中，丰富的历史知识和风波迭起的叙事融为一体。作品紧扣时代脉搏，成功地揭示了从政的知识分子李言特殊的心路历程。

《未穿的红嫁衣》完成于1993年，同年选载于《人民文学》杂志和《常州晚报》，江苏文艺出版社、台湾国际村文库书店、北京十月文艺出版社分别于1994年和1995年出版单行本。

《沉浮》犹如一幅《清明上河图》式的画卷，以娴熟的白描笔法，画出古都小巷的市井人物在社会大变革时期的躁动与扭曲。而生活在人群中的三只猫，也不是可有可无的点缀。作者亦真亦幻、亦庄亦谐的叙述与描写，不时搅动读者的思绪。

《沉浮》发表于《花城》1989年第1期，同年7月由中国文联出版公司出版单行本。

目　录　Contents

未穿的红嫁衣

目 录 Contents

未穿的红嫁衣

自序　众里寻她千百度

一位前辈作家说过："寻诗争似诗寻我。"真是作家之语，诗人之语。我曾在一篇文章中引用了这句话，并且阐述自己的创作体验："从某种意义上说，作家并不是作品的主宰，文学创作是一个奇妙的'互动'过程：你在'寻'她，她也在'寻'你。你为了寻找最佳的表现形式，'众里寻她千百度'；而她好像是一件早已存在的、完整的、有生命的艺术品，等待着你的发现，'蓦然回首，那人却在灯火阑珊处'。这样的创作状态，对作者来说已不是苦行，而是艺术享受。"

编辑在发稿时，认为"苦行"二字不妥，问我是不是改为"苦刑"？我说不能改，这不是笔误，而是我刻意这么写的。"苦刑"是他人强加于你的刑罚，只能被动地承受，因此才深感其苦；而"苦行"是你主动地自找苦吃，虽苦而无怨，若"苦行僧"然。二者有着明显的不同，我取后者。编辑被我说服，原稿照发不误。

当年《未穿的红嫁衣》的创作过程，正好可以印证上面的这段话。

《未穿的红嫁衣》的人物和故事，是在有了题目之后就想好了的。南方大学历史系高才生李言，在经历了十年“文革”的压抑、埋没之后，被时代的潮流推向仕途，出任越州市委副书记兼副市长。在前往荒岛秦屿考察中，他凭借深厚的学术功底和敏锐的观察力做出了足以改写越州历史的惊人的发现。而当他雄心勃勃地宣布这一发现并且决意施行自己的主张时，却遇到了难以逾越的巨大障碍，史学家的良心和知识分子的脆弱本性，无可回避地要经受权力和政治的检验……

这个主题是深刻的，在二十世纪九十年代初，也是相当新颖的。我不愿意重复流行的“改革文学”套路，而是着力在“书生从政”这个切入点上，探测人物的内心世界，解剖历史的纵横脉络，挖掘时代的深刻内涵。李言和程功之争，不是改革和保守、传统和现代的矛盾和斗争，而是在植根于政治和时代的生物链条上人和人之间的搏杀，作者无法去左右他们之间的输赢，而只能和读者一起去观察这个惊心动魄的过程。

这些都不必细说了，重要的是怎么把这个故事讲好。我历来不赞成玩弄技巧、炫耀技巧、为技巧而技巧，但不等于说写作不需要技巧。恰恰相反，技巧是非常重要的，甚至关乎作品的成败。一个充满悬念、引人入胜的故事，如果换个讲法，也可能兴味全无。是内容决定形式，还是形式决定内容？这是一个相辅相成的矛盾统一体，我固执地相信，每一件作品的内容都应该有一个与之相对应的最佳表现形式，在作品完成之前，它若隐若现，扑朔迷离，吸引着你去不懈地寻找，创作的过程就是寻找的过程。

在“寻找”《未穿的红嫁衣》时，我选择了两条路线，实际上也是两项实验。

一是小中见大。我认为，这个故事不宜采用“全景式”的结构，如果人物众多、事件庞杂、时间跨度漫长，难免拖泥带水，读者会觉得很累，很烦。我主张浓缩。最重要的是时间跨度的浓缩，把故事的主体部分设置在一天一夜这个框架中，在有限的二十四小时之内，编织纵横交错的人物关系，紧紧围绕着一个中心事件，让所有的人物按照自身的运行轨道去行动，完成“冲突—高潮—结束”的全过程。这很难。在通常的人生中，许多个昼夜都是平淡地度过的，要办成一件事，往往旷日持久。但是，文学艺术本身就不是生活的原样记录，而是浓缩生活的精华，以一管而窥全豹，让读者在短暂的阅读中获得艺术享受和人生启迪。在戏剧严守“三一律”的时代，那些经典作品正是在重重限制之中获取了充分的自由空间，值得文学借鉴。我怀着极大的兴致在小说中做“戏剧性”探索。让李言在二十四小时之内不睡觉、不休息，把该做的事情都做完，可能不可能？答案是肯定的，不仅可能，而且周围的相关人物的运转也游刃有余。试看：黄昏时，李言前往秦屿考察，并且意外地遇见令狐谙。突然接到郁琅嬛的电话，他赶到越州一中，处理完女儿李盼的事件，先送郁琅嬛回家，然后回到自己家中，挑灯夜战，准备明天的发言。郁琅嬛深夜来电惊醒了何丽珠，李言巧妙地掩盖了矛盾，暂时稳住了何丽珠，次日一早和她一起送走了大姐，再去开那个重要的会议。与此同时，我还有充分的余地安排被拘留的李盼重获自由，意外地发现郁老师和父亲之间的秘密，并且泄露给了何丽珠，由此引发了父母之间的矛盾。李言上午的发言取得了极大的成功，借中午休会之机，他还来得及和郁琅嬛见面。而正当他们幽会之际，李言的竞争对手陈志恒及时地向远在省城的市委书记程功报告了信息。下午，志得意满的李言重返会场，已经从省城回来的程功正坐在主持人位置上等着他。程功胸有成竹，力挽狂澜，形势急转直下。当一败涂地、疲惫不堪的李言回到家中，家庭战争爆发，权衡利弊，他只有束手就擒。又是一个黄昏，他来到郁琅嬛家中惨然告别，距离故事的开头刚好二十四小时。情节进展、人物走向竟然严丝合缝。当我紧盯着某个人物在做密不通风的铺排时，突然前方闪出一线亮光，狭路相逢另一个人物，说他要说的话，做他要做的事，使行进中的不同线索恰到好处地交叉、扭结，往往令我感到“意外”的惊喜，享受到“发现”的快乐。

任何事物的发生发展都有一个被内在逻辑所驱使的过程，高潮中蕴含了前因，也预示了后果，截取充满张力的事件中段把文章做足，远胜于从头到尾地平铺直叙。二十四小时把故事讲完，足够了，我庆幸我的选择。

二是静中求动。在故事进展的二十四小时中，至少有一半时间是开会，上午开不完，下午接着开。而在我以往见过的许多文学或影视作品中，开会通常是被回避的，大概是作者担心形式呆板、枯燥，人物说话太多，而动作又太少，怕读者望而生厌，所以往往一笔带过：“情况就是这样”“今天的会就开到这里”，镜头就此切换。但这个办法在我这里行不通。整整占了一天的论证会是故事的核心，主要人物在这里登场，中心事件在这里展开，矛盾冲突在这里爆发并且达到高潮，如果我也一笔带过，这个故事就不能成立，这部小说也就不必写了。难道开会不能正面描写、充分展开吗？我想可以。《三国演义》里的“舌战群儒”就是一场极其精彩的辩论会，“隆中对”也是一场会，算是谈判会、答辩会吧。这两场戏充分展示了诸葛亮的雄韬伟略和超人的辩才，如果见了刘备只说一句“情况就是这样……”，面对群儒的围攻再说一句“今天的会就开到这里”，匆匆下台，那还有什么看头儿呢？

我决心把秦屿论证会“开”好。李言争强好胜的勃勃野心促使他走上这个一鸣惊人的讲台，而他的史学功底则为这一搏提供了扎实的基础，何况他还连夜做好了充分准备。在此之前，无论是在秦屿的考察中，还是与郁琅嬛的夜谈中，我都一直“守口如瓶”，故意隐藏着谜底，让读者不知道李言的葫芦里卖的是什么药，酿造出对即将举行的论证会强烈的心理期待。但李言的登坛演讲却又不是直奔主题，而把人们的兴趣引入久远的历史，史学家长袖善舞，旁征博引，千年史迹信手拈来，直教人听得如醉如痴，当他极富感染力和煽动性地演讲达到高潮，越州市委副书记兼副市长李言的威望也达到顶点，此时再亮出底牌，隆重推出自己的主张，自然收到一呼百应之效，似乎在市委书记兼市长程功同志缺席的情况下，李言果真可以改写越州的历史，并且在行将退休的程功之后主宰越州的未来了。而下午的会议，则一改李言的独家演讲，变成了他与程功的论战，两位主要领导人之间的唇枪舌剑令观者愕然，不知所措。在这里，我没有设定李言和程功谁是正方反方，而是针锋相对，据理力争。在李言发言时，我就是李言，在程功发言时，我就是程功，都在拼尽全力去征服对方。千万不要低估了程功同志的论战实力，几十年官场沉浮，几十年人生历练，使他有足够的胆略和战术应对突如其来的发难，而且绝不声嘶力竭、穷凶极恶，始终保持着政治家的从容气度，直至以不可逆转的优势彻底击败对手。推动这两场戏发展的，主要不是外部动作，而是逻辑和语言的魅力，以及由此牵动的人物内心世界的波澜与冲撞。从李言到程功到陈志恒到在座的每一个人，心里都没有片刻的平静，如潮涨潮落，惊涛拍岸，这种心理之战难道逊色于拳脚相加的搏斗吗？

当我写完这场激战之时，感到一种从未有过的酣畅淋漓的快意。

《未穿的红嫁衣》是我十多年前的作品，至今仍然为我所爱，不仅因为作品本身，还因为我“寻找”她、“发现”她的那个值得回忆的过程。

2008年3月17日写于抚剑堂书屋

一 “极乐园”里的惊人发现

直到很久以后，他都会以极其复杂的心情忆起今天鬼使神差的秦屿之行，因为他人生的大风大浪、大喜大悲、大开大合，都与此密切相关。

当夕阳把海天染成金黄，秦屿上空便被红白相间的云彩笼罩。那不是云，而是外出觅食的鸟儿们归来了。白色的鹈鹕、红脚鲣鸟和双翼幅长两三米的军舰鸟，以及粉红色的火烈鸟。这是一些平静安详而略显迟缓的鸟类。白鹈鹕成群地生活在水域开阔地带，它们生性谨慎小心，但一物降一物，却是鱼类的灾星、死神。白鹈鹕缓缓地翱翔在高空，眼睛却在敏锐地注视着海面，发现猎物，便箭一般地直射下来，在一片飞溅的浪花中不见了。须臾钻出水面，橘黄色的巨喙中已经衔着一条惊慌失措摇头摆尾而又在劫难逃无可奈何的鱼。鹈鹕是天然的绝妙渔夫，它的嘴巴连着一个大大的皮囊，不但吞下了鱼而且连带吞下了许多水，然后收缩皮囊把水挤出去，那鱼便进入了它的肚肠，永无出头之日了。鲣鸟、军舰鸟捕鱼的本领和鹈鹕相昆仲。而火烈鸟白白地长了比它们长得多的脖子和两条腿，却并不捕鱼。只以那些躲藏在淤泥或浅水中的小型甲壳类动物、蠕虫和软体动物为食。但也许正因为各取所需，它们才能够和睦相处。火烈鸟飞翔的姿态极美，长颈前探，双足后伸，呈“一”字形；巨大的两翼有节奏地扇动，和身体组成一个时而正置时而倒立的“T”字。成群结队的火烈鸟一起飞过，天空被掠过一片红云。现在正是它们和鹈鹕、鲣鸟、军舰鸟经过了一天的奔忙之后回巢的时候，悠闲地从秦屿四周飞上天空。它们并不急于回家去，还要在天上盘旋一阵子，好像征战之后的武士们在傍晚的检阅，那阵容是极其庞大而又威武雄壮的。不是一群鸟，而是无数群，密密匝匝，铺天盖地。它们从空中俯瞰着秦屿，那是它们世代繁衍生息的家园。在那浓密的热带雨林中和浅滩上，有它们休养生息的巢。怀着深深的爱恋，它们不知疲倦地赞叹秦屿惊人的美：“啊，啊，啊……”那声音响遏行云。

与鸟儿骄傲的和鸣相呼应的是人。每当这个时候，居住在秦屿上的古堡里的人们便都走出了自己的巢，伸长了脖子望着天空，望着那自由自在、威武雄壮的鸟阵发出自己的感叹。那声音并不优美。有的尖厉：“咦——咦——”；有的低沉：“呜——呜——”；有的粗放：“噢——噢——”；有的狂暴：“啊——啊——”……

古堡有一个非常动听的名字：“极乐园。”它其实是一座精神病院，说得更坦率一些就是疯人院。住在这里的，除了为疯子治病为疯子服务的人之外都是疯子，这是不言而喻的。这些疯子在发疯之前都曾经是有兴趣品味生活的成功也有耐心经受生活的失败的人，由于各自的原因，他们突然不愿意再那样活下去了，固执地要按照自己的意志改变世界，或者想方设法要结束对每个人来说都只有一次的宝贵生命，以求永远地摆脱这个已无法再适应的世界。他们便理所当然地被看作疯子。于是便被热爱他们或是厌恶他们的人送进了“极乐园”，享受常人所不能享受也不愿享受的“极乐世界”的人生。

“极乐园”所在的秦屿是一座面积仅有四平方公里的小岛，孤零零地浸泡在大海里。从这里向海上望去，目力所及看不到第二座岛屿。虽然它与大陆相隔只有一道两公里宽的海峡，但海峡上并没有一座桥，汹涌的海水把它们隔开了。海峡底部地形复杂，暗礁密布，因而在沿海的人们用木船捕鱼的漫长的历史中，这道窄窄的海峡无疑是一道天堑，曾经无数次船毁人亡、葬身鱼腹。海上船只都远远地避开它，秦屿是人们谈虎色变的不祥之地，渔佬们有歌谣唱道："宁下地狱，不上秦屿!"然而秦屿却并不属于外国、外省、外市，它一直是海峡对岸小城越州的一部分，尽管越州人心目中早就把这一部分看得可有可无，或者说有不如无。人们已经不记得秦屿的历史，也不记得什么时候开始有了这座"极乐园"，这是历史学家的事，与凡人无关。历史学家是一群古怪的动物，吃饱了饭没事儿干，没完没了地咀嚼那逝去的岁月，犹如牛之"反刍"。在人看来，"反刍"是极其倒胃口的。越州人只是在每当出现了多余的人时才想到把他送到秦屿来，就好像每天漫不经心、毫无怜惜地往大海里倾泻垃圾和污水一样。秦屿和越州的联系，大约每月一次派人到城里领取薪水和其他经费、补充药物，每周一次采购生活必需品、到邮局领取邮件，除此之外，几乎与世隔绝。"极乐园"亦即秦屿精神病院，或者直截了当地说这座疯人院的院长本人也是常住岛上的，以岛为家，人们几乎没有见过他在越州城露面。他把全身心都投入了精神病的研究和治疗，他所痴迷的事业，许多年如一日，锲而不舍，乐此不疲。这当然是出于崇高的人道主义和强烈的社会责任心。院长是国内数得着的精神病专家、权威之一。除了他之外，院里似乎还有数目不多的几位医生，他们毕业于一些名牌医学院，然后慕名来到这里，投身事业。他们也都仿效院长的榜样，以岛为家。初来时还是小伙子、大姑娘，随着岁月流逝，渐渐地两鬓染霜了。至于他们在事业上成就如何，那就只有他们自己知道了。因为精神病学是一门很专的学问，在中国既可以说很古老，又可以说很年轻，出了他们的学术圈子，一般穿白大褂儿的人往往是一问三不知，正所谓“隔行如隔山”。医院里当然还有一些男、女护士和其他工作人员，他们也都是常住秦屿，绝少到越州去的。不过他们这样做的原因是家原本就在秦屿，是这儿的土著居民。他们和那些鸟儿一样爱恋着秦屿，从来也没有想到离开这儿到大陆去生活。当然，要想去也不易，谁接收他们呢？大约自从有了“极乐园”便有了秦屿人的铁饭碗，精神病院创办之初的第一批勤杂人员乃至护士就是从岛上雇用的，许多年来已沿袭成惯例，秦屿上的居民一生下来就是准备到疯人院去领一份饷，父母死了由儿女顶替。为数不多的秦屿人几乎家家都有人在“极乐园”做事，传到今天，他们早已丢弃了祖先从事的营生，而全部成为“极乐园”的职工或家属了，一心一意地吃精神病这碗饭，套用现在的流行语言，家家都是“精神病专业户”。而这种世袭的特权却用不着担心别人嫉妒，越州人谁也不想抢秦屿人的饭碗，即使待业一辈子也绝不会觊觎疯人院的“招工”指标。换言之，秦屿“极乐园”的护理、勤杂人员的补充只能就地取材，这也是不得已而为之。秦屿是越州的垃圾站、累赘、毒瘤，想到它，人们就想到污秽、病魔和死亡，巴不得它早些从记忆和视野中消失。

然而秦屿和“极乐园”没有消失，它的存在自有其存在的价值。因为人间总不断有疯子要往这里送。不但越州人谁也不能保证自己和自己的亲属这辈子不疯，就连外地的人也慕名前来送疯子就医。因为这座医院和这位院长在全国很有些影响，“病笃乱投医”，自然要拣名医来投。还因为“极乐园”这个名字充满了令人想入非非的魅力。按照人们的地理知识来推论，秦屿与夏威夷的纬度相仿佛，又都是太平洋上的岛屿，想必它也像夏威夷那般美丽、宁静，充满诗情画意，对于那些心灵遭受创伤的人来说这当然是一个理想的休养胜地。事实上它也是如此。如果人们抛弃旧有的成见，以另一种眼光来观察它，秦屿未尝不是一个极乐世界。由于与世隔绝得太久远了，它至今保持着大自然的童贞。遮天蔽日的原始森林以浓绿泼染着这片土地，密密麻麻的红海榄、木榄、秋茄树、桐花树、相思树、窿缘桉、湿地松、苦楝树、细叶榕、龙眼、木菠萝、芭蕉、槟榔树、椰子树、凤凰木、羊蹄甲，万木葱茏，百卉争妍；巨大的榕树落地生根、盘根错节，子又生子，孙又生孙，与那些气根、青藤交错扭结，编织成秦屿的凤冠霞帔；脚下的红土层堆着几尺厚的落叶，似乎从远古留到今天也没有人去拂动。树丛中有鸟儿们的巢，它们在那里随心所欲地休养生息、生儿育女，连鸟蛋也没有人去掏。海滩上，火烈鸟用红土筑起一座又一座“碉堡”，好似要和人造的古堡“极乐园”相媲美。秦屿上的人疯也罢，不疯也罢，谁也没想到去侵犯或者伤害鸟类，这便使得鸟儿也把他们当成朋友。

许多年来，秦屿都好像沉睡于人世之外，神秘而又静谧。只是每天晨、昏，它都有两次极规律的骚动，以向对岸显示自己的存在。早晨，太阳还没有跃出海面，鸟儿们却都已“起床”了，它们不约而同地飞上天空，外出觅食。好像秦屿的灵魂出窍了，密密匝匝的鸟阵如烟霞腾空，伴随着那如雷贯耳的和鸣。傍晚，夕阳还未衔山，鸟儿便开始回巢，漫天红云从四面八方卷向秦屿。而有意思的是，无论是早出还是晚归，它们都是那么从容不迫，并不急于四散或是降落，而是恣意地在空中盘旋，每次的盘旋长达一两个小时之久。那似乎是对自己的生活方式的陶醉，是对自己的家园的骄傲，是对无视它们的越州人的示威。

正因为如此，越州人才欲无视秦屿而不能。每天清晨和黄昏，正是城里人匆匆上下班的时候，都照例要被迫地领略从不远的对岸传来的骚扰：黑压压的鸟群遮住了阳光，使人们本能地产生犹如日食般的恐怖，再加上头顶那纷乱的鸟鸣和隐隐传来的疯子的呼喊，就更加毛骨悚然，好像到了世界末日，天将塌，地将陷，海将枯！有统计表明，越州市的交通事故以及酗酒、斗殴等等刑事案件，多发生在一早一晚。越州市民的心脏病、失眠症的发病率逐年增高，家庭不和造成感情冲突、离婚率上升。生活环境的不安静引起人们的头皮屑增多、脱发现象严重。这些都与秦屿的骚扰有关。秦屿成了越州的一大公害，越州人对秦屿恨之入骨并不是没有道理的！

现在，正是每天傍晚不可避免的骚扰时刻，那不祥的鸟阵正在海峡上空盘旋，鸟儿和疯子们的噪声大合唱压倒了滔天的海浪。

一艘摩托快艇离开越州海岸，正朝秦屿驶去。

快艇上只有一名驾驶员、一位乘客。

驾驶员皮肤黝黑，颧骨、眉弓和嘴部凸出，典型的越州人相貌。他下身穿一条脏兮兮的牛仔裤，上身穿一件汗津津的海魂衫。两只坚实的手臂紧紧地把着操纵器，小小的摩托快艇在浪花中起伏跳跃着飞速前进。他紧闭的厚嘴唇中间衔着一支早已熄灭了的香烟，眉头紧锁，目不斜视。看得出他的驾驶技术相当娴熟，但又极其谨慎小心，生怕出了什么意外。“宁下地狱，不上秦屿”，何况又是在最容易出事的傍晚，他显然是极不情愿的。

乘客大约五十岁。虽然是坐着，也可以看出他比通常越州人的五短身材要高大一些。肤色也不同，虽然并不细腻却很白皙，这和祖祖辈辈沐浴烈日和海风的越州人是很容易区别的。他有一副方正的面孔，鼻梁上架一副深棕色方框的近视眼镜。头发略显长，梳理得整齐，但现在被海风吹得有些凌乱了。额头的发际很高，显然系脱发所致，鬓角已夹杂银丝，在他这种年龄也属正常。他的服装不算考究，但很整洁。一身浅灰色西服，黑皮鞋。白衬衫的硬领还很挺括，系一条紫红色的“金利来”领带。现在，领带被海风掀起，飒飒地在他胸前飘动。越州的春天很接近夏天，他的西服当然不会系上扣子。衣襟随风向后摆去，和领带、头发一起，使整个人形成了一种凌空欲飞的动势。

单凭他的外貌很难判断他的身份，更不要说他今天光临比地狱还令人憎恶的秦屿的目的，也许是出于“我不下地狱，谁下地狱”的伟大献身精神，或者还有别的目的。

“这鸟，吵死人了!”驾驶员吐掉了那支形同虚设的香烟，愤愤地骂了一句，抬头望了望盘旋在头顶的鸟群。

乘客本来一直在凝视前方，这时也随着驾驶员的目光仰起了脸。只是在这时，他才发现，自己已经置身于鸟群之中。与远在岸上的观察不同，他没有想到鸟群竟有如此的纵深：飞得高的，远在云霄，而低得几乎从他的头顶和耳旁擦过。他甚至可以清楚地看到那羽毛的结构，可以清晰地听到羽翼扑动的咝咝风声。他从来没有这么近地接触过鸟类。鸟儿们丝毫也没有因为他的到来而恐惧，依然那么悠游自在、旁若无人地翱翔在自己的天空。那此起彼伏、一呼百应的和鸣，现在听来却并不觉得嘈杂，而像立体声那般错落有致。在这一刹那，他突然感到生命的辉煌、大自然的雄浑、自身的渺小和历史的博大深远！他的脑际一闪而过一代枭雄魏武帝曹操那惊心动魄的诗句：“东临碣石，以观沧海……日月之行，若出其中；星汉灿烂，若出其里。”“神龟虽寿，犹有竟时。腾蛇乘雾，终成土灰!”

西边天上，残阳如血。那巨大的红轮放射着金光，把穿行而过的鸟儿照得玲珑剔透，如晶莹的玛瑙，如透明的云霞。他被这景象惊呆了，征服了，陶醉了!

他奇怪自己为什么会有这样的感受。这种感受和越州人对秦屿的普遍看法是完全相反的，和他本人今天此行的目的也是背道而驰的。

他不知不觉地改变了出发之前“迫不得已”的初衷，迫切地希望快些登上那神秘的孤岛。

快艇离秦屿越来越近，秦屿已不像人们远在越州遥望那般渺小，逼近了看，俨然如船只靠拢大陆时的感觉。四平方公里，对于七尺之躯来说，那也大得很呢！现在，在茂密的热带雨林中，已经可以看见位于全岛制高点的古堡的剪影般的轮廓了。一带起伏的高墙，墙脊上竖着锯齿样的雉堞，犹如古生物剑龙背脊上的甲片。

快艇停在岸边。驾驶员熄了火，抛了锚，伸手搀扶着他，踏着十几级台阶上岸。台阶是用一些未经加工的石块垒成的，海水长期地冲刷磨去了棱角，石上长满了青苔，粘着密密麻麻、重重叠叠的蛎壳，似乎千百年来从未有人踩过。这当然不可能，因为秦屿上的人每次往返于小岛与大陆之间都要在这里上下，此外没有第二条路。只是由于使用率太低了，人的践踏也就没有留下什么痕迹。岸边泊有秦屿人偶尔登陆用的小汽艇，现在没有人在上边，罩了雨布。这情景，正应了那句古诗：“野渡无人舟自横。”

驾驶员把他送上岛，就转身返回艇上去，闷闷地吸烟，并没有兴致上岸游览秦屿的景物，尽管难得来一次，驾驶员只是驾驶员，而不是秘书和警卫员、勤务员，并且也不是他的专职驾驶员。他在越州城里通常是坐车，偶尔出海才坐船。这就决定了驾驶员的职责范围：仅仅送他上岛，再接他回城就是了，他在岛上的事可以不管不问，不必随时侍奉。驾驶员是土生土长的越州人，对秦屿避之若蛇蝎，今天驾艇前来实出于无可奈何地执行公务，哪里还有心思陪他上岛去欣赏那一群疯子！

他于是一个人走上岛去。石块筑成的码头上面，连路都没有了，只有一片缓缓的绿坡，浓密的野草和苔藓把红土层遮盖得严严实实，人走在上面松软滑腻。身旁古树盘根，纵横交错，老榕树的气根从头顶垂下来，像巨大的渔网在晚风中飘摇。已经落地的根深深地钻入地面，又成为新的树干，与天上的老干老枝相接。分不清哪是干，哪是枝，哪是根，眼前只有左右缠绕纵横飞舞的藤线。藤线上又攀缘着丝丝缕缕的蔓生植物，点缀着细小的串串绿叶，像一条条青蛇蜿蜒而上。在树木的根部、老干和枝丫上，随处可见羊齿类的寄生植物。它们的孢子是随风飞舞的，落到哪里都可以生根，繁衍出一丛一丛的嫩绿。那种肥大如海带的寄生植物叫“山苏”，据说可以烧很鲜美的菜。秦屿的红土从大海吸取了无尽的乳汁，滋养了这些生机勃勃的儿女，包括数不清的花草树木，还有数不清的鸟兽。

在他的脚旁，几只白臂八哥在若无其事地啄食，就像人们养熟了的家禽。突然一个什么硬硬的小东西敲在他的头上，一弹，飞落在地。那是一只果壳。他抬头看去，是小松鼠在树枝间忙碌。他无声地一笑，感到从纷乱的人间返璞归真的轻松。

一道山泉切断了去路。那泉水清澈见底，连水中的游鱼和水底的卵石都清晰可数。他俯下身来，掬一捧泉水尝了尝，清凉甘甜，并且浸透着绿色植物的芳香。被海水包围的小岛上竟然有这么好的淡水，大概越州城里的人从来也没有想到过。他这才记起秦屿上的人的确从没有从岸上运过淡水，原来他们有天然矿泉水饮用，比起喝自来水的城里人来说，这简直是莫大的幸福乃至于奢侈了。他站起来，寻找水浅的地方，好跨过小溪，可是没有。小溪的水挺深，而且流得急，河道虽不算宽，却又是一步跨不过去的。依他的身份和穿着，也不便脱掉鞋袜涉水过河。

正在犹豫，他发现了远远的人迹。在没膝深的野草丛里有两个人影，似乎正在采集什么药材之类。因为他们都穿着一身黑衣，很难引起过路人的注意。

“喂，同志!”他向那两个人影喊道，“我要过河，请问怎么走?”

那两个人影被吓了一跳，站直了，原来是一老一小，老翁银须拂胸，女孩儿年未及笄，一齐愣愣地看着他，好像看着一个突然出现的怪物。这也难怪，他想，这远离尘世的桃源中人，“不知有汉，无论魏晋”，一定很少看见他这样的外来人。

他又重复了一遍刚才的问话，才听到女孩儿说：“端走!”

只两个字，他完全没有听懂。站在那里不动。

女孩儿只好解释说：“朝前面，端走嘛!”

他这才若有所悟。“端”者，正也，直也，“端走”莫非就是一直走?好奇怪、好古奥的字眼儿。道了谢，就沿着溪边“端走”下去。果然不远处就看见小溪上有一座石桥，好像是专为他准备的。其实走近了才看清楚，那桥其实并不是人工架设的，桥身和两岸浑然一体，是千百年的流水穿破了石头，形成了这座“独石桥”的奇观。桥上垂下来的葳蕤青藤拂着淙淙泉水，珍珠般的浪花溅上去又落下来，弹奏着永无休止的山野之歌。

他拂了一下那青藤，然后跨过石桥向前走去。此时，如果有人碰见他，已大体上可以判断出他是一位酷爱大自然的生物学家或者旅行家。但是，这判断却是错误的!

那么，他是谁?来到秦屿究竟要干什么?

他现在已经来到了“极乐园”古堡的跟前。仔细地端详一下这古堡吧！这古堡实在太古了。那墙壁已经分不清是由石块还是土坯垒成的，岁月风雨和青藤苔藓把它焊接成一个整体，呈斑斑驳驳的暗褐色和黛青色，准确地说已经很难分辨明确的颜色，它像天上掉下来的燃烧得差不多的陨石，或者说像从地下挖出来的锈迹斑斑的青铜。墙脊上雉堞早已失去了棱角，并且有许多残缺，与其说是早先修筑城堡的人们垒上去的，不如说它们本来就是墙的一部分，随着墙的衰老风化而残缺不全了，因而它就更像恐龙骸骨的化石。如果不是城堡上空耸立着标志时代的电视天线和城墙雉堞间的铁丝网，置身于此的陌生人便难免要时空错乱地茫然自问一声“今夕何夕”。

城堡的正门比城墙略显高大，它由两座类似桥头堡的建筑组成，在门楣处连接起来，形成一个略似“卄”的图形。尽管岁月已经使它有许多残缺，枯藤野草又给它以许多添加，居住在这里的历代居民也曾屡次把它加以改造，但这个基本图形仍然可以辨认出来，当然也需要特殊的观察能力。

他站在古堡前，内心发出无声的惊叹。这座古堡之古，大大出乎他的意料。他知道，秦屿上的“极乐园”其实历史并不太久，是在鸦片战争之后由西方某国的传教士建立的，其宗旨据说是要“拯救不幸的灵魂”。但一百五十年对于现在活着的人来说已经过于遥远了，人们对于像林则徐那样的杰出人物尚有许多细节弄不清楚，近年来大量拍摄的反映清宫生活的影视作品虽有不少专家、学者做顾问，仍然还会在服饰、礼仪、语言上纰漏迭出，那么，也就当然更有理由对这座地处穷乡僻壤、天涯海角的孤岛上的、并不显眼也并不重要的疯人院的历史糊里糊涂。如果不具备应有的素养和眼力，不熟悉有关的史、志，这座残破不堪、貌不惊人的古堡就很容易被看成毫无价值的废墟，只不过目前还在废物利用罢了。

但是，他今天站在这里，却不由得对被人们遗忘已久的古堡另眼相看。凭他的判断，这绝不是欧洲式的古堡，也就是说，在洋人命名“极乐园”之前，秦屿上就早已有了古堡，传教士只不过利用它做了疯人院而已。那么，古堡建立在什么年代？全国各地现存的古建筑虽然还有不少，但只是说“始建于”什么什么朝代，几经翻修乃至多次重建的，如今人们所见与原貌已是两回事。而这座秦屿古堡的风格样式，早已见不到实物，只能在出土文物上找到一些踪迹，如一些画像砖、石上的图画和陶制建筑模型。现在，突然有了一座地上建筑实物来和那些地下文物相印证！如果保守一些估计，它至少不应晚于轰动一时的长沙马王堆墓葬；更大胆地进一步设想，则未尝不可能与万里长城和西安兵马俑属于同一个时代！会是这样吗？他反问自己，却被自己吓了一跳，因为这个发现和设想太突然了！

他兴奋地走上前去，前面就是“极乐园”的大门。门是紧闭着的，连同墙上的铁丝网，就更加强了与世隔绝、拒客于门外的森严感：这里是禁区，正常人不准入内！这座“卄”形的原始大门只是一个外框，已经失去了实用价值，现在关着的是后来改装的两扇欧洲式的透花铁门。估计在一百五十年前刚刚装上去时肯定是和这座东方古堡不协调的，但年代久远了，它也已经锈迹斑斑，只是在常被推拉抚摩的地方，浮雕的凸处被磨出了金属的本色，闪着幽幽的冷光。西方古董与东方古董强捏在一起，不协调也变得协调了。这座古堡即疯人院并不像其他医院那样挂着醒目的牌子。可能是因为地处偏僻，没有广而告之的必要；也可能出于人道主义或者心理学方面的考虑，不愿以明确的字眼儿刺激患者和家属。所以它只是在铁门的旁边嵌有一块不大的铜牌，阴刻着中、英两种文字。英文就是“秦屿精神病院”，直截了当；中文则只有三个繁体字：“極樂園。”这种“内外有别”的方式倒是相当独特。

铁门上装有电铃按钮。

来客抬手按了按门铃。他要叫开这座门大概要等很久，没想到门却随即打开了，“哐啷”一声，接着就是“吱吱呀呀”的摩擦声。

开门的是一个老头儿，高高的个子，却骨瘦如柴。秃顶，仅在脑后和耳旁残留一点儿稀疏的白发。他穿着一身黑色的西服。领口上打着黑色领结。那副样子，像国外豪门的管家。他那双眼睛小而圆，炯炯有神，使人感到一种“恶相”。

疯人院的看门人也很独特？来客心里这么想。

老头儿一眼看见来客，脸上便绽开笑容，那鹰一般的双眼旁边便堆满了皱纹。他的嗓音是沙哑的，却极其和善：“噢，欢迎李市长莅临！接到电话，我们就扫径以待！”

来客正是越州市常务副市长李言。老头儿虽然在此之前并没见过他，却并没认错。因为造访“极乐园”的来客实在太稀少了，何况刚刚市政府来电话说市长要来视察。

李言仅仅对这个附庸风雅的看门人点点头，说：“你们院长呢？”

“敝人便是。”老头儿说，“敝姓夏，市长就称我‘老夏’吧！”

“噢，”李言一愣，随即说，“夏院长！久仰了！”其实他过去只知道这里有一座疯人院，并未闻院长何人，谈不上“久仰”，这么说只是客气，他对读书人有一种本能的尊重，所以并不称“老夏”，还是叫他“夏院长”。

夏院长受宠若惊。自从他到秦屿安家落户，还是第一次迎接市长的大驾光临，何况这位李市长如此礼贤下士，对他很尊重。

“李市长请！”他向院子里伸开手臂。等李言跨进铁门，便又随手“哐”的一声把门关上了。

“极乐园”里的其他人并没有向李言表现出像夏院长那样的热情，也没有什么夹道欢迎的仪式。他们虽然倾巢出动，都站在院子里，却是在完成每日晨、昏的“功课”，仰望着铺天盖地的鸟阵，对天狂呼，发出各具特色的只有上帝才听得懂的声音符号，根本不理会市长的到来。

只有一个人注意到他们。那是一个面目苍白而臃肿的老头儿，蹒跚地走过来，拦住他们，瞪着呆滞的双眼，口齿不清地央求说：“番泻叶……院长，给我番泻叶吧！我已经……三天拉不出来了……”

夏院长不得不停住脚步，说：“你说什么？三天？昨天你还要黄连素呢！泻药这东西，可不能乱吃的！”

那人好像没听见，依然重复地说：“给我番泻叶！我已经三天没有……”

夏院长看了李言一眼，当着市长的面处理这种事，使他很尴尬。他唯一可采取的措施就是赶快摆脱这纠缠，陪着市长穿过院子。“你去找护士！”他朝臃肿的老头儿匆匆搪塞了一句，就拥着市长躲进了他的办公室。

办公室在紧挨着院墙的一角。这房子很像是古堡的一部分，砖墙已经不辨颜色，爬满了青藤。墙不高，却托着极大的屋顶。屋顶呈缓缓的坡度，舒展地翘起飞檐。当然，那瓦已经不像瓦了，和青藤苔藓野草杂卉枯枝败叶凝结成一片坚硬的壳，有如“化石”。

进入房门，李言才看到，这古老的房舍内部却别有洞天。墙面是平整的，而且刷得洁白。刚才在外面没有注意到房子的窗户，现在才看到这里窗明几净，窗外的葳蕤青藤使得里面更显幽雅。院长办公室除了简朴的木桌和藤椅，大部分空间都是书，书架几乎占满了四壁。书当然都是医学、心理学之类的专业用书，大量的是洋文、硬皮精装，也有些是中文的，甚至还有几部线装医学古籍，显示出老院长中西杂糅的学者风范。办公桌上摆着一些报刊：《人民日报》《越州日报》《中国科技报》《健康报》《中华医学》《心理学刊》……老先生身处海上孤岛，也还在关心着外界信息，这是一个在相当艰苦的条件下把全身心献给事业的人。李言在进入“极乐园”之后的第一个感受便是如此。

“李市长，请坐！李市长，请用茶！”夏院长对他毕恭毕敬，一口一个“市长”。

其实李言只是副市长，这在前面已经说过。把“副市长”称为“市长”，显然是不确切的，拔高了。但这并没有使李言听起来不舒服，也无意去纠正。因为在实际生活中，人们对此已经司空见惯、约定俗成。除了国家级的“副主席”“副总理”之外，人们在称呼其他官衔的副职时，大自副部长，小至副班、组长，都一律免去“副”字，似乎不如此便不够尊重，有轻慢犯上之嫌。处处如此，全国如此，连夏院长这位远离尘世的老夫子也未能免俗。李言自从当了副市长之后，就一直被人们称为“市长”，已经习惯了。何况他还是第一副市长和常务副市长，又是市委副书记，其地位也已相当显赫。越州市委书记和市长是由程功同志兼二任的，市政府的大量工作常常是李言处在“一线”，所以他距离真正的市长也就不远了。

他接过夏院长捧上的茶杯，轻轻抿了一口。秦屿的山泉泡出来的茶，果然清香不俗。

夏院长坐在他对面的藤椅上，说：“我把本院的情况向市长汇报一下……”

李言的眉头微微皱了皱。他到本市的任何地方去，都会被这种大大小小的汇报所包围，早听得腻了。精神病院的工作，一是他不懂，二是这属于市卫生局管辖，他根本无须亲自过问。他今天到秦屿来，只是因为根据市委常委会的决定，秦屿将有一个巨大的开发计划，而这个计划必然牵扯到精神病院。开发秦屿已是既定之策，根本不必征求这位小小的精神病院院长的意见。但程功同志到省里开会之前交代过李言：开发秦屿是一项耗资巨大而又涉及许多方面的工程，要邀集各部门负责人和有关专家进行论证，一次不行两次，甚至多次论证，以求做出切实可行的、科学的开发方案。现在程功同志还没有回来，而第一次论证会已经发出通知，将于明天召开。李言作为目前本市的主要负责人和这项工程的实际主持人，在开会之前总不能对秦屿一无所知，无论如何他要亲自来一趟，看一看，哪怕浮光掠影、走马观花也好。没想到诸事缠身，竟拖到了今天。明天就要开会了，所以他下午从一个会场上简单讲了几句话就匆匆撤退，挤出时间到此一游。来到这里，他才突然感到自己对秦屿了解得太少了。他迫切地希望多看一些，多知道一些。当然，这并不能寄希望于夏院长的“汇报”。

不管李言爱听不爱听，夏院长的汇报已经滔滔不绝地开始。但凡有资格做个什么“长”的人，必然具备这种汇报的基本功，何况“极乐园”精神病院的院长极少有机会直接向市一级的领导汇报工作，就更不会放弃这一难得的机会。他先说了本院的现有编制，有医务人员多少人、勤杂人员多少人、行政人员多少人，以及设施、经费等等一大串枯燥无味的数字，紧接着就是在党的改革开放政策的指引下，在市委、市政府和卫生局的正确领导下，做出了什么什么样的成绩。自某某年以来，共收住各种类型的精神病患者多少，其中本市多少，来自全国各地的多少；治愈和基本治愈的多少，占总数的百分之多少。他如数家珍，倒背如流，可怜这笔流水账李言连半句也没听进去。正想找个茬口打断他，他的汇报却又转入新的层次：“李市长！在人类文明高度进步、科学技术高速发展的现代社会，最多发、最常见、最危险、最尖端的疾病是什么？不是癌症，也不是艾滋病，而是精神病！这绝非我危言耸听，而是有充分的科学依据的。现代工业除了为人类造福，也带来了空气污染和噪音污染……”

李言听到这里，想打断他，对他说，越州城里的市民对来自秦屿的噪音就头痛很久了嘛。但想了想，觉得这样说未免对夏院长过于刺激，而且也无济于事，他能下令让鸟儿不叫、疯子不喊吗？何况李言今天进岛的近距离感觉表明，这“噪音”并不像人们形容得那么过分。

就在他这么稍做犹豫之际，夏院长已经不留喘息余地地说了下去：“……现代生活的高频率、快节奏，与日俱增的竞争意识，使人们处于极其紧张而又焦躁不安的状态，精神病的发病率大大提高了。事实证明，越是在发达国家和发达地区，精神病人越多。为了不耽误李市长的宝贵时间，仅举两例：在法国巴黎，自从一八九八年第一个自杀者登上高度两百七十六米的埃菲尔铁塔跳下来，至今在此自杀的已逾四百人；在美国旧金山，自一九三七年金门桥通车到一九八二年，从两百二十四米高的桥塔上跳下来自杀的就有七百多人！当然，我们越州现在也有了三十九层的越州大酒店……”

李言警惕地望着他，问道：“怎么？也有人从那里……”

“不，没有，没有！迄今为止，那里还没有发生过一例自杀事件！”说到这里，夏院长以他那沙哑的嗓音笑了笑，以显示他的汇报并不枯燥，多少还有一些幽默。汇报的人是很希望领导插话提问的，这表明他的话引起了领导注意，所以他现在很得意。笑过之后，表情又立即严肃起来，“但是我们没有任何理由放松警惕！我们必须把精神病的防治工作提到新的高度、新的水平，以适应新的形势的要求。根据有关资料表明，在美国，在香港，每一万人口就有八个精神病人床位；在苏联，每一万人口就有十到十五个精神病人床位，而我们呢？我们秦屿精神病院，在全国也算小有名气，当然我们不可能负担全国的精神病人，就是负担本市的也已力不从心。我们越州市共有人口五十万，精神病人就有两万五千人，占百分之五！……”

李言又一次吃惊了。作为副市长，他从来没有想到在他所管辖的这座城市竟然会有两万多名疯子！两万五千人？集合起来浩浩荡荡呢！百分之五？这就是说，在越州大街上川流不息、摩肩接踵的人群中，每二十个当中就有一个疯子！

“这个数字可靠吗？”他问。

“绝对可靠！”夏院长认真地回答，“当然，我们不可能一个一个地去检查，而是根据抽样调查计算出的数字。不过，这些患者的病症类型不同，程度也不同。有些人只是表现为情绪亢奋，或者消沉，非专业人员未见得能分辨出是否为精神症状。其实，科学地说，世界上绝对精神正常的人是极少的，而绝大多数人都程度不同地不正常，这就远远不止百分之五了！”

“绝大多数人？”李言越听越觉得离奇了，是不是这位老院长本人就有点儿精神那个？

“是这样，”夏院长的回答是肯定的，“包括我。”

“你？”李言有些毛骨悚然了。果然不出所料，院长本人就是疯子！

“这毋庸讳言。”夏院长正色地说，“我并不认为自己就是绝对精神正常的人。比如我每天从宿舍到办公室，总要下意识地数自己的脚步。如果正好是双数，就心安理得；而要是单数呢？这一天就会心绪不宁，似乎是不祥之兆。当然，这只是轻度的心理障碍，并不可怕，许多人都会有类似的情况。”

李言轻轻地点点头。他记得自己也有过“预兆”之类的心理活动。一名国家干部、共产党员、唯物主义者，怎么能相信“预兆”呢？他过去不得其解，现在才明白自己也存在“轻度的心理障碍”。看来夏院长的解释是科学的，这老头儿还是有两下子的！

汇报不知不觉变成了闲谈。夏院长意识到了这一点，所以立即刹住漫无边际的闲谈，重新把话题拉回到他预定的轨道上去：“现在急需治疗的是那些严重的精神病患者。他们的疾病不但是个人的不幸、家庭的痛苦，而且还会危害他人，是社会潜在的不安定因素！有那么多病人需要住院，而我们的床位呢？只有三百个，早已人满为患！”

夏院长说到这里，为了加强感染力而伸出了三个手指头，身体前探，耸起肩膀，闪闪发光的眼睛紧紧地盯着李言。

李言听到这里才真正明白了这个老家伙此番大费唇舌的真正目的：极力渲染“极乐园”的重要性，无非是为了要钱！有了钱医院就可以扩建，就能够发达，他的事业就能够蓬蓬勃勃！好像李言的衣袋里随时都装着大把大把的票子，谁要就给谁似的。谜底一经揭破，夏院长刚才的演讲中某些感染力也就被抵消了。市里哪有钱给他？精神病院即使再繁荣、再发达，又能为越州增添什么光彩？笑话！

但是李言不打算现在就告诉他无钱可给，这种得罪人的事儿尽可以让卫生局局长去干。“噢，你反映的情况很重要，我会请有关同志认真研究的。”李言说，许给他一个遥遥无期永远不必兑现的愿，这就使老头儿望梅止渴地得到某种满足，他那令人生厌的饶舌也便刹住了车。看到老头儿感恩戴德地点头，以上的谈话就算告一段落，李言看了看表，向他提出了自己感兴趣的问题：“夏院长在这儿工作多少年了？”

“噢，将近五十年了！”夏院长用手搔搔秃顶，那里曾经是满头青丝，如今已脱落殆尽，正是他在此殚精竭虑、鞠躬尽瘁大半生的见证，“我是一九四五年到秦屿来的，一九五〇年接任院长。前任院长是外国人，我的老师。他解放后没有走，舍不得这里的事业，一直工作到去世。”

李言无意追查那个外国人的历史，仍旧按照自己的思路问：“你刚来的时候，古堡是什么样子？”

“老样子，老样子！”夏院长感叹道，“就是这个样子，当时就残破不堪了！”

“那么，在此之前呢？”李言穷追不舍，“比如一百五十年前，‘极乐园’刚刚创办的时候……”

“一百五十年前?”夏院长颇为吃惊市长为什么关心得这么久远，“那就弄不清楚了，一百五十年前我还没有出生嘛，今年只有八十五岁!”

李言对“只有”两个字暗暗觉得好笑，就不再追问了。他知道这位年方八十五的精神病专家对于本学科之外的历史知识少得可怜，无法解答他心中的疑问。于是又把话题拉回到十分切近的现实：

“你有没有考虑过把‘极乐园’搬一个地方?”

这个问题，既和市委开发秦屿的计划有关，又和他刚才的思考紧密相连。

只是夏院长没有听明白，他一门心思地要钱、扩建，因此想拧了，受宠若惊地问：“噢?是在秦屿扩建吗?那当然好！当然好!”

“不,”李言说，“我是说，如果搬出秦屿，到另外的地方……”

其实他心里真正想的是：这座精神病院是否有必要继续存在?越州哪会有那么多疯子?我们有什么责任要负担来自全国的疯子?市委在决定开发秦屿的时候，根本没把“极乐园”考虑在内。政府征用土地，只需一声令下，让他们搬走就是了，即使干脆解散也无所谓。现在李言没有把话直说出来，只是旁敲侧击地“吹吹风”，试探一下院长的反应，这是做领导的惯用的策略。真正到需要把院长连同疯子们赶跑的时候，也根本用不着征求他们的意见。

谁知道他刚吐出一点儿口风，夏院长便吃惊而又坚决地说：“院址不能徙！精神病的治疗需要一个远离市区、幽雅安静的环境，秦屿是再理想不过的了。而且秦屿精神病院在世界已经有一定影响，搬走了岂不要改名称?‘老字号’不能改，院址不能徙!”

“噢!”李言并没有因夏院长的顶撞而发火，他含含糊糊地应了一声，好像在认真考虑老头儿的申述。而此时夏院长所说的话大部分他并没有听进去，只是特别注意到了一个字："院址不能徙"的"徙"字。这老头儿为什么不说"搬"或者"迁"，而一定要说"徙"这个在现代口语中极少使用的字呢？

李言这么想着，从藤椅上站起身来。

夏院长也随即跟着站起来："李市长要走吗？"

李言又看了一眼手表，他在这间办公室里耽搁得已经太久了些，但收获甚微。"不，我想请你陪我走一走，看一看。"

"啊！"夏院长又兴奋起来。他担心的就是市长没有时间在此久留，既然有兴致"走一走，看一看"，也就是"视察视察"，那简直求之不得。不过，他又说："还是请市长先用了晚饭再视察吧，已经准备好了，严格遵守'廉政'标准，四菜一汤。只是……"他犹豫了一下，还是说下去，"市长难得来一次，我还想请市长行觞！"

"什么？"李言并没有听懂他的意思，"你说的'行'什么？"

"行觞。噢，就是喝酒啊！"院长的脸微微地红了。他以为市长一定不高兴了，要批评他了，所以再次重复地解释说："市长难得来一次……"

其实李言完全没有责怪他的意思，他注意的、追问的是夏院长使用的"行觞"这个独特的词汇，和前边用过的那个"徙"字一样古里古气。

他突然问："你是哪里人？"

院长不知道市长为什么要在这个时候问他这个问题，茫然地答道："啊，本郡人，越州人哪！"

李言心里暗暗地说："奇了！"他注意到，夏院长再次使用了文言——"本郡"。这个词在现代口语中已很少见，更不是本地方言。

"为什么你没有越州口音？你说话，好像……好像有什么特别的地方。"李言终于说出了自从走进"极乐园"就萦绕心头的这个疑问。

"啊，这是秦屿的方言。我在这里生活得久了，跟他们学的。你知道，我们院里的职工大都是岛上的人。”

“秦屿的方言……”李言喃喃地咀嚼着这句话，“秦屿上的人都操这种方言吗？”

“是。”夏院长说，他实在不明白日理万机的市长为什么对这种与精神病院的工作毫无关系的细枝末节如此感兴趣。

“是这样？是这样……”李言自语着，寻思着，不知不觉走出了院长办公室。他不是要跟夏院长去“行觞”，现在喝酒、吃饭对他来说已经非常不重要了，而急于要和秦屿上的人接触，以验证夏院长刚才的说法。到底是老头儿年事已高习惯于文言，或者有意在市长面前显示自己的古雅呢，还是确如他所说，秦屿人拥有这种古里古气的“方言”？

夏院长只好跟着他走出来。

晚霞已经褪去，天上的鸟儿和地上的疯子都已归巢，“极乐园”和整个秦屿都宁静下来。站在空荡荡的院子里，才感到这座古堡很大很大。挂着铁丝网的城墙只是院墙，墙里面除了中心广场外，还布满了鳞次栉比的房舍，犹如一座小型的城市。那些房舍的外表一如院长办公室，斑斑驳驳，凹凹凸凸，好似山间顽石。在幽暗清冷的天光下看来，令人想起非洲的白蚁筑成的参差土穴。好在现在许多房舍都亮起了灯光，这才令人相信这是一个人类居住之地。门窗的轮廓都是规整的，可以想象其内部装修大概都像院长办公室那种模式，仅改造其里，使之适应现代生活，而原样保留外观的古朴。不知道秦屿人是不是有意这样做的？但这恰恰暗合了西方建筑学家对古建筑的态度。整个古堡内看不到一棵树，大概原先是有的，后来为防止精神病人攀缘、藏匿、逃跑而砍掉了，院子里那些残留的巨大树墩就是明证。因而古堡上方的天空就无遮无碍，显得格外明净澄澈、空旷博大，那唯一高耸的东西——公用电视天线也就更加突出。

现在，对李言来说，“极乐园”还是一个谜。它所包含的巨大内容，恐怕还根本没有触及。

李言随便走进了就近的一座房舍。

他还没有来得及看清里面的任何东西，突然从背后受到了袭击，不知是谁的一双手死死地掐住了他的脖子！意料不到的恐惧袭上心头，他的喉头一阵窒息，脸涨红了，眼球像要滚出来，嘴里想喊，却喊不出……

“靓女！放手!”院长声音低低地却又是威严地喝了一声。

李言感到脖子被解脱了。他惊魂未定地回头看去，那是一个披头散发的少女，穿一件米黄色灯芯绒的夹克外套，敞开的衣襟中露出粉红的衬衣。她正气喘吁吁地、充满敌意地望着他。李言不认识这个姑娘，何冤何仇？为什么要用这种不友好的方式欢迎市长？

“来人!”夏院长转过脸，又朝门外喊道。

有个姑娘走进来，像是工作人员，却穿着便服，一身黑色衣裙，像个修女。她也像院长一样叫着“靓女”，把袭击李言的少女推到房间里去。

“李市长受惊了!”夏院长这才歉意地向李言解释，“这个小女子因为失恋而精神变态。她曾经深深地爱着一个人，向他献出了自己的童贞，以及全部的积蓄——她原来是个酒吧歌星，挣了不少钱的。可是那个男人却席卷巨资不翼而飞了。靓女由爱而恨，她怀着强烈的复仇心理，到处寻找那个负心的男人，发誓要把他撕成碎片。大概使她受害的那个男人，在身材、长相或者装束方面和市长有某些相似之处吧？所以她才——我这样说，市长不会见怪吧？”

“这没什么，病人嘛!”李言宽容地笑笑，伸手理了理自己的领口和西服，好像若无其事。其实他的心脏还在狂跳，毕竟是平生头一回遭遇这样的袭击，他缺乏思想准备。尤其是他作为市长来“视察”，被这位女疯子当众这么折腾一家伙，总不能说是件光彩的事儿。而夏院长的解释更加糟糕，竟然说什么“相似之处”，这就更加让李言不悦了。但他不能在这里发作，唯一可行的是以市长的大度来冲淡这个下马威带来的不利影响。

“她很听你的话啊！”李言换了一个角度，似乎很轻松地对院长说。

“是。”夏院长并不否认，“不仅对我，对所有的工作人员都是如此。因为我们不把病人当囚犯，而是当作朋友。我院的职工一律不穿白罩衫，不戴白帽子，在病人眼里，我们都是一样的人。我们从不用电棍等等来威胁病人，除药物治疗之外，更重要的是心理治疗，和他们谈心，耐心细致地抚平他们的心灵创伤。即使最躁狂的病人，我们也只使用药物使之安睡，而不用电休克……”

院长又在滔滔不绝了，好像他是天下最优秀的思想教育工作者。

在这间病房的深处，那位复仇少女似乎已经忘了客人的存在，正在若无其事地梳理自己的头发。也许她那颠三倒四的记忆又在回潮，“女为悦己者容”，正等待和情人会面呢！

黑衣女护士并没有走，指着床头柜上的东西说：“靓女，晚饭你怎么还不喋？快喋！”

李言立即注意到她说的话，只是没有听懂。他问院长：“她说什么？”

“噢，”夏院长说，“她叫靓女快吃晚饭，‘喋’就是吃啊！”

“这也是秦屿的‘方言’？”

“是，他们都这样说，已经习惯了，病人都听得懂。”

“喋，喋……”李言重复地读着这个发音，琢磨着该是哪一个字。当他终于想到“喋血”的“喋”字时，心脏“咚”地跳了一声！古汉语的

“喋”，不就是“吃”吗？

他不由自主地走上前去，想看看黑衣护士让复仇女郎“喋”的是什么东西。

两碟小菜。其中一碟大概是牛肉，另一碟是鲜红的辣椒。主食则是半张大饼，从半边弧度来推算，若是整张便大得惊人了。

他奇怪“极乐园”怎么会是这样的食谱。“越州人通常喜欢吃大米和鱼，怎么……”他问院长。

“这里不是越州，而是秦屿。”夏院长淡淡地说，好像忘记了自己是李市长治下之民，“秦屿人有自己的生活习惯，守着大海，却不吃鱼；他们也不种稻米，而喜欢面食。医院里的工作人员多数是秦屿人，自然也就以此为风尚。”

“这种饼……”李言指指那半边月牙。

这回是黑衣护士说话了：“盔呀！”

李言一愣：“什么？”

“他们不叫‘饼’，”院长说，“而叫‘盔’，‘盔甲’的‘盔’。”

是这样！李言真是百思不得其解：面粉做的大饼和盔甲有什么联系？是言其厚硬还是硕大？秦屿的“方言”真是玄妙莫测！

李言虽不是本地人，但他在越州也已生活了二十多年。他早已熟悉了并且能讲越州的方言，那是一种和广州、香港、海南乃至东南亚华人居住区都大体相通或相似的语言。但奇怪的是，为什么与越州仅有两公里之隔的秦屿却另有一种“方言”？这种方言和越州话属于完全不同的体系而更接近普通话，与普通话不同的是带有某种声调，而且时时夹杂一些古奥的词汇。平时一些北方人来越州出差或者旅游，常常埋怨越州话难懂，犹如“外语”，而如果他们和秦屿人对话，虽然个别词汇需要解释，但大体上是明白易懂的。难道这个自古封闭在海水中间的孤岛倒比在大陆上的越州更容易和内地沟通吗？这在理论上是讲不通的！

李言紧锁着眉头走出这间病房，脑子里苦苦地思索着这个颇为奇特的问题。仿佛有一根细细的蛛丝在他眼前晃动，但还嫌太细，太弱，太模糊，他一时还抓不住、理不清，还需要时间。他甚至不敢伸手去碰它，担心一旦扯断，就再也没有头绪了！

他现在已经忘记了今天来此的目的，更忘记了夏院长啰里啰唆的什么精神病之类，全副心思都集中于脑际的那根细如毫发的蛛丝了。一定要抓住它，顺着这根蛛丝追索下去，那将会……

夏院长跟着他走出来，有些不安，因为不知道市长在“视察”了病人的伙食之后双眉紧锁的原因。

“市长！”他在后面试探地叫了一声。

“噢，”李言这才想起来身后还跟着这个老头儿，就说，“很好，很好。”

院长于是放下心来。天知道市长所说的“很好”指的是什么，那和病人的伙食好坏、营养标准其实毫无关系！

天已经暗下来了。李言驻足仰望，群星闪烁，皓月当空。雄浑的古堡雉堞高耸于苍茫暮色之中，给人以无限遐想，好像隐隐传来古老的刁斗之声，披甲执戟的武士正在那里来回巡逻。

夏院长站在他的身后，轻轻地问：“天不早了，请市长去喋饭吧？”

李言毫无食欲，什么也不想“喋”，只是轻轻地摇摇手。

他在静静地捕捉一种声音。不是刁斗声，也不是武士的脚步声，那是人的语言，极轻缓，极低哑，极深沉，极庄重，好像从遥远的年代或者深不可测的地下传来，那是历史在诉说……

“这是什么声音？”他终于向院长发问。

“噢，是老先生在念经。”夏院长说。

“什么‘老先生’？念的什么‘经’？”

“是一位老患者，每天都念这些古怪的东西，谁听得懂！”

“噢？带我去看看他！”

“好吧，”夏院长无可奈何地说，“他在后面的病房。”

李言随着院长穿过“堡垒”之间曲曲折折的通道，终于停在一扇门外，“念经”声就是从这里传出来的。

夏院长推开了房门。

这是一个单人房间。如果不是院长事先说明，李言很难相信这是病房。除了一张床、一张桌子之外，屋里几乎到处是烂纸，堆在地上，贴在墙上，层层叠叠，上面用墨笔画满了奇奇怪怪的符号。猛然看去，会令人想起“文化大革命”初期那铺天盖地的大字报。在这些烂纸堆中，墙的拐角处，面壁坐着这个房间的主人。

这是一位老者。一头散乱的白发，披散着，一直垂到肩头；白胡子挡着了下半张脸，并且挡住了胸脯。穿一件有些像日本和服似的宽大的长袍，跽坐着，长袍的下摆遮着两腿。他显然已经“喋”过了“盔”，现在正在全神贯注地捧读手里的一张烂纸，神情肃然，那架势仿佛孔老夫子或者东园公、角里先生、绮里季和夏黄公这“商山四皓”之中的哪一位。如果说他的这副样子和我们所处的时代相距太远，那么与这座古堡倒是非常协调。

老先生并没有因他们的到来而惊动，也许是根本不屑于理睬，依然以那种极轻缓、极低哑、极深沉、极庄重的声音，抑扬顿挫地念他的“经”：“……方今水德之始改年始朝贺皆自十月朔衣服旄旌节旗皆尚黑数以六为纪符法冠皆六寸而舆六尺六尺为步乘六马……”

李言怦然心动！老先生念的根本不是什么“经”，而是在背诵一部在中国历史上举足轻重的典籍，只不过不加停顿地略去了标点罢了——那部典籍本身也没有标点，标点是后人加的。而有意思的是，李言在上岛之后、走进这个房间之前，在苦苦追寻脑际那一线“蛛丝”之时，好几次想到了那部典籍！这种巧合说明了什么？他和这位陌不相识的老者之间有什么莫名其妙的“心理感应”吗？老者的坐姿和朗诵时的声调，都使李言恍惚想起一个人。不，这当然是不可能的，那个人不可能在这里出现！那么，他是谁呢？

“这位老先生是哪一年住进来的？”他问院长。

“噢，很久了！”夏院长说，“那是一九……六七年，他先被作为现行反革命送到公安机关，被判了死刑。行刑之前，法医请我去会诊，我诊断为精神分裂症，使他免于一死，也就在这里住了下来，咳，算起来已经二十多年了！”

“他的病情和病因……”

“啊，很难说……”夏院长有些不自如，“我当时并没有多少把握，只是觉得他不像反革命，一位迂腐的老知识分子，出言不慎，罹此大祸，如果我不救他，一个生命就完了！那时候，人妖颠倒，草菅人命，许多被整死的人，并不该死！李市长，你说呢？”

“嗯。”李言应了一声。当年夏院长在死刑犯的生死关头的冒险之举，二十多年之后再说起就已经平淡了。也许他对自己的作用不无夸大，但李言仍旧在内心深处向他升起了一股敬意。读书人是同病相怜的，李言本身也是知识分子！

他又问院长：“这些年来，他……”

“他一直就是现在这个样子。”夏院长说，“他从不攻击别人，也不理睬任何人，话很少说，说了我们也听不懂，所以很难判断他的病因和心理状态。我大体把他划归妄想症。他和这个时代格格不入，好像一直生活在一种幻觉的时空。他每天从早到晚都在摆弄这些废纸，画上一些我们无法破译的符号。这些废纸他从不许任何人动，我们的护士曾经帮他清理过，他发了很大的脾气，以后我就让他们再也别动了，病人也需要尊重！他时常口中念念有词，你听，就是这些天书一样的词句，谁听得懂？”

果然老先生又在背诵了：“三十三年发诸尝逋亡人赘壻贾人略取陆梁地为桂林象郡南海以适遣戍西北斥逐匈奴自榆中并河以东属之阴山以为十四县城河上为塞又使蒙恬渡河取高阙山北假中筑亭障以逐戎人徙谪实之初县禁不得祠明星出西方三十四年适治狱吏不直者筑长城及南越地……”

李言肃然起敬地聆听着他的背诵。这些词句都是李言所熟悉的，但常读常新，尤其是在今天。院长说没有人能听得懂，真是大谬不然。你不懂，就没人懂吗？可惜你白白地听了二十多年！现在，老先生所说的每一个字都打动着李言的心，他晃动于脑际的那一线“蛛丝”，似乎更清晰了，那条线很长，从眼前一直延伸到历史的深处……

突然，他发现了一件比“蛛丝”更粗大、更沉重因而也更引人注意的东西：在老先生的肋下，斜挂着一根树皮色的东西，那……那竟然是一柄青铜短剑！

李言快步走上前去，俯身细看，没错，一柄青铜短剑！剑鞘已经没有了，剑锋也已残缺，通体锈迹斑斑，但在凸起的地方有青铜的光泽闪耀，显然是老先生长期的佩戴和把玩摩挲形成的……

他迫不及待地问院长：“这剑，是哪里来的？”

“是他从院子里挖出来的，当时挖得到处都是洞，后来我就不准他再挖了，怕对别的患者影响不好。”院长说，随之又解释，“按照制度，精神病房是绝对不准有凶器的。不过你放心，他不会自杀，也从不侵犯别人，所以，我就为他破例了……”

李言哪有心思听他这三句话不离本行却又完全不得要领的啰唆！什么“凶器”？这是价值连城的文物！在秦屿的古堡里发掘出了青铜器，你这个院长竟然熟视无睹，连想也没想到要向上级报告！你知不知道，国家有明令规定：地上、地下的一切文物属国家所有！你不懂，你当然不懂这些！你在这里混了大半辈子，却根本不知道、想也没想到我第一次来这里就已经发现了什么？这座“极乐园”的真正价值何在？

当然，李言不可能这样去训斥夏院长这位可怜的老头儿。作为市长，他不会轻易在人前失态；即使换一种身份，他作为自己所从事的研究领域的一位学者，也不能对一个外行发火，那样会有损于他的学者风度。而且更为重要的是，他现在根本无暇理睬这位院长，全部注意力都集中在面前那位白发苍苍银须飘飘着古袍诵古籍的老先生以及那柄青铜短剑上了。

那柄短剑上有字！

李言不顾一切了，伸手握住那柄短剑，要看清剑上刻的是何字？不看则已，一看之下，他惊得目瞪口呆：那竟是一个小篆的“秦”字，这正是他苦苦追寻、唯恐中断或失落的目标！

他握剑的手突然遭到了重重的一击。老先生怒不可遏地回过头来，呵斥道：“咄！岂不闻，布衣可带剑？无夺！”

李言被惊呆了！

就在老先生蓦然回首怒目而视并且引经据典振振有词的一刹那，李言才真正看清了他的面部。这是一张古铜色的脸，饱经风霜，像百年古树的斑驳树皮，布满了深深的纹路，而宽大的额头、高耸的颧骨和鼻尖、眉弓则闪着金属般的光，犹如一尊坚实的铜像。在浓密的白色眉毛下面，一双眼睛熠熠生辉，好像对面前的一切都具有不可抗拒的穿透力。这双眼睛，这张脸，对李言来说是那么熟悉，那么亲切，如果剥掉白发和长须这个陌生的“外壳”，逝去的岁月就又回到面前了……

三十年前，李言考进了南方大学历史系。为什么要选择历史这个专业？这个问题如果在今天来回答，他可以说出一大套理论；但在当时，却是由于父亲的一句话决定的。父亲是一名小学教员，教历史的。为什么教历史？因为在小学里，历史属于最不重要的“副科”。为什么让他教最不重要的“副科”？因为他不可靠，不能教那些对于学生的升学关系重大的“主科”，更不能担任直接影响到孩子们的思想品质的班主任。由于历史的原因，父亲在年轻的时候糊里糊涂地被人在“三青团”花名册写上了名字，解放以后就成了永远也说不清道不明摆脱不掉的历史问题。他常常喟叹：“历史啊历史，一部糊涂的历史！”李言在童年时代就一直想弄明白这“糊涂的历史”，并且由于父亲的历史问题，使他在高中毕业之后选定了历史作为自己终生的专业。他知道，自己一生都不要想从事政治和尖端科学，因为他这种人是不被信任的。至于在拨乱反正的新时期他竟然从政了，当了市委副书记和副市长，这是很久以后的后话了，实属始料不及。

在他一门心思地攻读历史这部“糊涂”的大书的时候，历史让他结识了大名鼎鼎的历史学家令狐谵先生。令狐先生是他的老师，而且可以说是终生难忘的恩师。

令狐先生有一个硕大的头脑，好像专门为贮藏历史而造就的。中国的历史太长、太复杂了，要想走进去并有所成就，必须先有一个具有足够容量的头脑，它要代替图书馆，并且要具有高度精密灵敏的调动信息、运用信息的能力。应该说，历史学家的头脑必须比历史本身还要复杂。不然，他就会被历史所淹没，留不下任何痕迹；或者，他被历史的某些假象所迷惑，继续推波助澜地制造假象，把本来不糊涂的历史也搞糊涂了，已经糊涂的就更糊涂。令狐先生就曾经在某些重大问题上与某些权威人士意见相左，并且丝毫也不让步。他公开发表文章，嘲笑那些人对于史籍“有错错改，无错错解”，把权威人士激怒了。因此，令狐先生的日子一直很不好过。

李言做令狐先生的学生的时候，老先生大势已去，省历史研究会会长、副校长、校学术委员会主任、历史系主任、《史学》杂志主编等等职务都已不存在，只剩下一个教授头衔，教书糊口而已。即便如此，他也没有彻底改掉自己的老毛病，时时还要说一些带棱带角的话。

“李言啊，你比我强!”他有一次在课堂上这样当着大家的面说，因为他喜欢李言这个默默无语地做学问而且在某些问题上颇有见地的学生。“我令狐谵，这个‘谵’字使我一辈子倒霉。‘谵’有二义：一为多言，一为胡言乱语。总而言之，就是滔滔不绝、胡说八道、痴人说梦。这能有什么好结果？绝对不会有。所以我在一九五七年荣幸加冕，戴上了一顶比楚三闾大夫屈原先生的高冠还要高的高帽子：‘右派分子。’当然，这不怪天，不怪地，只怪我自己不小心，诸君要以我为戒!”

尽管他没有借此攻击任何人，只懊恼自己“不小心”，但这种“谵”语在当时仍然是犯忌的，李言为他捏着一把汗。

他下边就说到自己为什么“不如”李言了。

“李言就很少说话，少说话就少把柄。我看你应该叫‘李不言’，典出自《史记·李将军列传》：‘桃李不言，下自成蹊。’你恰恰与李广同宗，用此典再合适不过了!”

李言只好站起来，红着脸说：“我原来就叫‘李不言’，是家父为我起的名字。后来，中学的班主任说这个名字不好，像个哑巴，就替我勾掉了‘不’字，叫‘李言’了，以后再也没有改过来，因为档案里写的是‘李言’。”

“你那个班主任是个混账！他连《史记》都没有读过?”令狐先生大发

雷霆。

同学们哄堂大笑！

令狐先生却没有笑意，板着那张古铜色的脸继续说：“不过，这一改，却把你的命运也改变了。‘李言’‘令狐谵’，一路货色了嘛！俗语云：‘是非皆因多开口，祸福只为强出头’！李言啊，切记，切记！”这话说得李言心惊肉跳，生怕果真祸从口出，就更加沉默寡言了。

不过，令狐先生说的“切记，切记”，他自己很快就忘记了。他还是照样滔滔不绝、口若悬河。对于做学问，依然是固执己见，无论对什么权威也寸步不让。

比如刘备之子阿斗，大名刘禅。这个“禅”字，历史学家乃至老百姓都读作“蝉”音。而令狐先生却说，错了，应读作“善”音。理由是：古人的名和字，其意相连，正如清人钱大昕所说：“名之于字也，有以相承为义者，由之字路，启之字开是也；有以相反为义者，哆之字敛，黑之字晰是也。”人们所熟悉的，如刘备字玄德、关羽字云长、张飞字益德、韩愈字退之、岳飞字鹏举等等都是明证。阿斗名禅，字公嗣。“禅”即禅让；“公”则是“天下为公”之义，“嗣”当是“继承”。继承天下大业，和“禅让”之义恰相辅相成，这当是刘备为儿子命名的本意。如果将“禅”读作“蝉”音，就无法解释了，刘备是儒家思想很浓的人，怎么会以佛教之“禅”为儿子命名呢？

再比如，大名鼎鼎的秦始皇姓什么？史学家皆称之为“嬴政”，当然是姓嬴。令狐先生却说，错了，秦始皇姓赵！理由是：古人的姓与氏有别，不可混为一谈。如齐国之祖太公本姓姜，因封于吕，遂以吕为氏，称为吕尚，而称为“姜太公”则是错误的。造父本姓嬴，以封于赵，以赵为氏。秦始皇名政，因生于赵国邯郸，遂以赵为氏。《史记·秦始皇本纪》明明白白地写着他“姓赵氏”，有些人却视而不见，还要称“嬴政”，真是荒唐！如果秦始皇姓“嬴”，那么，汉初陆贾所说的“秦任刑法不变，卒灭赵氏”这句话又怎么解释？那个“赵氏”绝不是早在秦统一六国时就消灭了的赵国，而是指的秦始皇自己的家族，酷刑峻法把他这个“赵氏”的天下毁掉了！

令狐先生一生治史，尤以秦史为精，他的见解言之凿凿，有根有据。对一些早已成定论的问题，往往标新立异，这都很令史学界头痛，好像别人都是饭桶似的。比如《秦始皇本纪》中“二十九年，始皇东游，至阳武博浪沙中，为盗所惊”一句，他坚持说句读有误，应改作“至阳武博浪，沙中为盗所惊”。那个地名叫“博浪”而非“博浪沙”，“沙中为盗所惊”是说在风沙中遇到了刺客，受了惊吓。这是他在早年亲自到河南阳武实地考察地形之后得出的结论，前人之说谬也，当地邑令谢包京所立“古博浪沙”碑也系因袭旧说，以讹传讹，靠不住的。

但令狐先生既已“加冕”，就只能在课堂上大放厥词，发表论文的机会却没有了，在史学界的影响也就沉寂下去。人们还是照旧称吕尚为“姜太公”，称秦始皇为“嬴政”，称阿斗为“刘禅”，你又如之奈何？

李言很为令狐先生不平。他在学生时代发表的几篇颇有分量的论文，其实都是阐发令狐先生的观点。在那个时代，学生为报师恩，也就只能如此了。令狐先生很赏识甚至很感激李言：“真吾徒也！”但是，这样做的结果是史学界涌现了一个新秀李言，令狐先生还是无声无息。

李言毕业的时候，政治空气已经很紧张，翦伯赞、吴晗的日子已不大好过，历史系的学生不会有什么好去处，李言被分配在越州，在图书馆看守故纸堆。那时候越州还只是一个县，远未改市。

李言毕业之后就再也没回过母校。因为不久就“横扫一切牛鬼蛇神”了，他家有一个“三青团”父亲，已自顾不暇，还敢“杀回母校闹革命”吗？后来他曾看到南方大学历史系散发的一份传单：《把史学界的野狐禅揪出来示众!》，他猜想，那“野狐禅”一定是令狐谵先生了。至于“揪出来”之后下文如何，不得而知。再后来，就一点儿消息也没有了。

转眼二十多年过去，李言的生活已经增添了很多的新内容，学生时代的记忆也就渐渐淡化了。他竟然一直没有写封信到母校去，问一问恩师的情况。也许，令狐先生早就不在了。如果侥幸还健在的话，算起来也是已近百岁的老人。狷介之人必然坎坷，他有可能享此高寿吗?

历史经常捉弄人。李言做梦也不会想到，令狐先生不但还活着，而且就在他治下的越州，此刻正端然跽坐在他的面前!

天不灭令狐谵!恩师啊，这些年您受苦了!在危难艰险的逆境之中，您没有倒下，没有沉沦，而以令人难以置信的毅力和勇气继续您的学术研究——您不屈的事业!人们把您看作“疯子”，只是因为您太伟大了，太纯粹了，您不屑于理睬凡俗尘世的无谓干扰，全身心地投入了自立自在的历史长河。您不再是世间的“人”，已经化作了精灵——史学之神!正是您，以一种不可知的精神力量召唤我一步步向您走来，向秦屿走来，来破译秦屿之谜。您在百岁高龄的风烛残年，仍然以博大的智慧昭示了您的学生!

天助我李言!如果没有今天的秦屿之行，将会遗恨终生!此刻，正是人间寂静的夜晚，大地无声，越州无声，秦屿无声，笼罩、壅塞于周围的是糊涂的历史、浑浑噩噩的人群。人们啊，你们知道我今天在“极乐园”发现了什么?你们当然不知道，你们无法想象这一发现的意义和价值：它将改写秦屿的历史、越州的历史乃至中国的历史!

现在，副市长李言仿佛不存在了，出现在秦屿的是历史学家李言!他被一股难以遏制的激情所驱使，要向令狐先生扑过去，叫一声：“恩师!”然后，与恩师坐而论道，把他的所思、所想统统倾泻出来。从踏上秦屿到现在不过两三个小时，他的疑窦已经解开，构想已经成熟了，只需要写下来，就将是一篇惊天动地的论文！

令狐谵早已回过头去，依旧木然跽坐，口中念念有词。李言胸中翻起的滔天波澜竟然没有引起他感情上的一丝涟漪，因为他根本就没有认出身旁的这个人就是他曾经最喜爱的学生。关于李言，以及现实生活中的一切人，都早已忘却了！

他毕竟已经不是当年的令狐先生，而是在“极乐园”住了二十多年的精神病患者，一个“疯子”。对于他来说，师生的忘年之交，人类的美好感情，都已经失去意义，早就不存在了！

时间飞速流过了两千年，从秦始皇时代又回到现实。李言终于克制住自己，没有因为感情冲动而做出愚蠢的举动。现实是残酷的。他李言在越州举足轻重、引人瞩目，秦屿的夏院长对他毕恭毕敬，是因为他是市长，而并非因为他是面前这位精神病患者的学生。如果他向这个“疯子”执弟子礼，那么，处境也许就相当尴尬了……

好在夏院长并没有发觉李市长与这位老精神病患者之间有什么异常关系。

“市长的电话！”突然一声喊，刚才服侍复仇女郎“喋”饭的那位女护士跑进了令狐先生的房间。

这呼叫使李言完全清醒了。他已经从历史学家回到“市长”的位置上，他的肩上担负着重任，尤其是在市委书记兼市长程功同志赴省城开会的时候，越州的一切，事无巨细，都要他过问，都要他点头。你看，刚出来两三个小时，电话就追过来了。唉，当个市长也好苦啊！

“哪儿来的电话？”他问女护士。

“越州一中，一个女子——噢，女同志。”

嗯？这不是市委、市政府的公事。越州一中？那就不会是别人，而只能是她：郁琅嬛。她怎么会把电话打到这儿来？我并没有告诉她今天上秦屿！

“好，我去接。”李言寻思着，走出了这个糊满烂纸的房间，把令狐先生丢在了一边。

女护士却说：“电话早就挂了！”

李言站住了，不悦地看了她一眼：“那你还来叫我干什么？”

“她说有急事，”慢性子的女护士直到这时还没把话说完，“请你马上到学校去！”

“啊?!”李言顾不上埋怨女护士了，这个不明不白的电话让他大吃一惊。为什么要他马上到学校去？既然郁琅嬛能够颇费周折地弄清他的行踪，把电话追到了疯人院，那就说明一定是出了大事！

李言已经没有心思在此停留了，他必须立即离开秦屿，赶去见她！

二　历史的表层是戏剧

天已经完全黑了。

快艇匆匆返程，渡过那两公里宽的海峡，在越州码头靠了岸，驾驶员说声："市长走好!"就交了差，岸上的事他就不管了。

这时，按照惯例，李言应该打电话给市委机关车队，叫他们派车来接。但他没有这样做，却在码头上招手拦了一辆出租车，前往越州一中。这倒不是因为他太急，更重要的是他下面要做的纯属私事，不想让机关的人介入或者从旁观察，最危险的人恰恰是最熟悉你的人，不少老干部在"文革"中曾被专车驾驶员"揭发"出林林总总的鸡毛蒜皮，成为他人攻击的口实，"前车之鉴"不可不引以为戒。

出租车沿着海滨公路向前驶去。海面上船只往来如梭，斑斓的灯火流光溢彩，林荫道上飘散着"羊蹄甲"浓浓的花香。四年前，李言出任常务副市长。上任之后经手的第一项大工程是越州码头，第二项是三十九层的越州大酒店，第三项便是这条海滨公路。人们常说"新官上任三把火"，李言虽是"初仕"，却深得其中三昧：这比什么施政演说都更重要，是塑造自己形象的关键。在改革开放的年代，人人都可以说自己是改革者或改革"家"，但人民要看你的政绩，看你能不能大刀阔斧、雷厉风行而又扎扎实实地办几件实事。你办好了，就立住了。这三大工程，是越州人人看得见的李言的政绩和里程碑。现在，李言在醉人的春夜从海滨公路驱车而过，心中应该感到欣慰。特别是在今天的秦屿之行获得重大发现之后，一项更加宏伟的工程又将在他手中兴起。

但是，此刻的李言却一点儿也不陶醉，他的头脑正处于“临战”状态，急切地赶往越州一中，去见那位美丽而又孤傲的女教师，不知她有何急事要“召见”他？

他们的初次相见是在两年前的秋天。

那是一个星期六的下午。当时海滨公路还没有竣工，李言从工地上匆匆赶往越州一中，去参加女儿李盼的班主任召集的家长会。开会通知是三天前寄到市政府李副市长办公室的。这样一个会，对遨游于文山会海的副市长来说太不重要了，他完全可以不参加，甚至不需要说明任何理由。可以让妻子何丽珠去，派秘书去，或者干脆谁也不去。但李言还是决定参加，再忙也要抽时间去，而且务必准时去。他把女儿的学习和前途看得很重要，他知道妻子不屑于参加这样的会，而秘书又不算家长。但这都不是主要原因。更主要的是，他已经预感到这位班主任小题大做煞有介事地把通知寄到市政府去，是明知他不会来。明知不来还要请，这是一种试探，或者说是一种“示威”，看你来不来？不来，就有话说了。这不只是“家长对子女不负责任”，恐怕该说“市长不重视教育事业”了。如今流行“民意测验”，其实老百姓也在时时进行“官意测验”，这张家长会通知就是对李言的测验表。李言与这位班主任素昧平生，一面不识，前世无冤，今世无仇，她何苦如此呢？显然，这是投给李言的一张“不信任票”。忽视了，它就会蔓延，变成无数张。一个市长如果被不信任的市民所包围，那就很不妙了。“月晕而风，础润而雨”，李言虽然从政时间不长，但从历史上吸取了前人的教训，深知“防微杜渐”这个道理。

因此他出人意料地出席了这次家长会，而且到得很早。

人还没到齐，他有意选择了最后一排的座位，坐在不显眼的角落。他是从工地上直接来的，袖口和裤脚还沾着一些泥土，来不及换衣服，也没打算换，就这样，挺好。这是女儿升入高中后他第一次参加家长会，也是第一次走进越州一中。没有人认识他，谁也没有特别注意他，想也想不到这个坐在角落里的工人模样的人会是本市之长。

越州一中是本市历史最悠久的学校，创建于一九〇五年，即清朝政府为潮流所迫宣布废除科举制度，全国纷纷革除旧学、创办新学的时期。它的前身和校址是“越州书院”，始建于宋元祐年间，这条街因此而得名“书院街”。宋、元、明、清四个朝代，越州稍有名气和功名的文人，莫不出于书院街。清末改书院旧制而为越州学堂，解放后称为越州中学，后来中学渐多，这里便正式命名为越州一中。它是越州的重点中学，校舍宽敞，设备齐全，师资雄厚，升学率高。改革开放以来，则是经常向上级来视察的官员和外宾展示的“窗口学校”。凡越州人，无不想方设法把子女送进一中，似乎进了这里就取得了将来进入名牌大学的入场券，至少也不致名落孙山。因而每年的新生招考，都有一番激烈的竞争，学校大门常有被挤破之虞。家长们各显神通，请客送礼、赞助现金、提供优惠物资、将孩子户口迁到书院街，等等，无所不用其极。人们迷信一中到了发狂的程度。以至于胖胖的黄校长不得不颤巍巍地登上桌子，朝着院子里拥挤如股票市场般的人群喊话：“我校的招生原则是就近入学、择优录取，现在名额已满，请大家另谋高就，不要再想什么‘办法’了，我是一张课桌也增加不了了！谢谢大家对我校的信任，但我也要实事求是地说：越州一中的教师虽然水平比较高，但也没有三头六臂！就连我们校级领导，也是人而不是神！”话竟然说到这个地步，可见家长们的狂热和一中的校长、教师自我感觉良好到了何种程度！

今天在座的家长当然都是幸运者。李盼读初中是在普通中学，成绩并不算好，李言也没有为她的升学而走什么“后门”，他们家也不住书院街，现在何以能跻身于这座重点中学的高中部，就不得而知了。

开会时间还没到，乱哄哄的家长们各找座位，交头接耳。他们服装各异，身份不一，很难判断都来自什么阶层，只是可以设想为子女的入学都曾经费过不少力气。

会议主持人走进了教室，人们的嗡嗡声顿时停止了，齐齐地仰望着前面，犹如慑于老师威力的一班学生。

李言不经意地随着大家往前瞥了一眼。这一瞥，竟使他的目光定住了！他曾多次听女儿李盼说班主任是个嫁不出去的老处女，而且简单粗暴、冷酷无情，也就以为那恐怕是个凶神恶煞，却万万没有想到她竟然这么年轻，而且这么——美！

她看上去还像个少女，年龄二十几岁。身材纤细修长，穿一条白色连衣裙。肌肤白腻如象牙，浓黑的秀发及肩。橄榄形的面庞，眉目饱含着智慧和温柔。鼻梁和颧骨都略显高，那是自信的体现。嘴唇规整而薄，标志着富有口才。这样的班主任！这样的女教师！李言从小学、中学到大学，经历过多少老师？他当了市长之后，走南闯北，参观过多少学校？没有见过这样“惹眼”的教师。她不像是生活中的真实人物，而像是电影中经过导演千挑万选才找到的由影星扮演的“女教师”！

班主任从门口走向讲台的时候，对这些引颈瞻仰的人连看都没看一眼。她走上讲台，背对着大家，用白色粉笔在黑板上写了三个娟秀的字：“郁琅嬛。”

她转过身来，这才说：“我是这个班的班主任，这是我的名字。”

家长们有人在轻声读这个名字。有的刚读出一个“郁”字便住了声，有的读到底，但读音各异。那两个字不大常见，并不是每个人都能辨别正确读音。

她于是自己读了一遍："郁琅嬛。"语气之中，已流露出对无知者的蔑视和对自己名字的骄傲。的确，这是个很响亮又极雅致的名字，与她很相配，或者说只有她才配享用，上古神话中天帝藏书处就是两个字："琅嬛！"

就在李言默默地观察她、品评她的时候，郁琅嬛开始讲话了。

"在座的诸位都收到了开会通知——不是通知，而是请柬，把大家都请来真不容易！本学期是高中一年级的第一学期，大家一定知道这个开头的重要性。开学之初，我们就开过一次家长会，但遗憾的是，许多家长没有来，特别是那些表现较差的同学的家长。我想，也许是诸位太忙，也许是学生没有把我的口信带到。因此，我不得不一一发了请柬，直接寄到家长的工作单位去，恳切地要和大家见一面！"

讲话刚刚开头，李言就意识到自己刚才对她的感觉错了，她一点儿也不温柔。这是个外柔内刚的女人，一个厉害角色。她的讲话简直是训话，一开始就这么盛气凌人！

"今天请大家来，是专门和家长谈一个重要问题。"她继续说，切入正题，"这个问题已经严重地影响了学生们的学习和身心健康！据不完全统计，在我们班有百分之五十的同学热衷于夜生活，百分之四十的同学在早恋！"

语惊四座，家长们面面相觑！

"诸位知道你们的子女在晚上做些什么吗?"郁琅嬛提出问题，然后自己回答，"滑旱冰、游泳、玩电子游戏是平常的，'高档'的是看录像、打麻将，去酒吧、舞厅，唱卡拉 OK！我曾经多次在这种场合碰到自己的学生……"

教室里哄乱了，有人在下面议论："你自己也去呀，学生当然要受影响啦！”

郁琅嬛的耳朵很灵，她显然听到了台下的窃窃私语，脸上泛起了红晕，拿起讲台上的教鞭“啪啪啪”狠抽黑板，台下的嘁嘁喳喳声戛然而止。她提高声调，继续说：“我可不是去喝酒、跳舞，而是专门去找你们的孩子！昨天晚上在‘梦梦梦’舞厅——你们听听这个名字！在这一个地方，我就找到四五个一中的女生，其中有两个是我们班的。她们在光怪陆离的彩灯下翩翩起舞，看样子老练得很呢！我问她们为什么到这种地方来，她们说，这种地方怎么了？不可以来吗？国家允许开舞厅，就允许跳舞，又不犯法！我问她们票是哪里来的，她们说，老师你真外行，女的还用买票吗？没看见那儿写着呢：‘自带舞伴免票’，还怕没人带吗？天哪，那是些什么男人？一个个张牙舞爪的流氓阿飞！她们事先都不认识，跟谁进来都行，群魔乱舞！昨天晚上两个阿飞为了争一个女学生，甚至大打出手，如果不是被我碰上，还不知道要闹出什么事情！女孩子人格自贱到如此地步，男孩子则挥金如土、摆阔斗富。我做了调查，他们每个月花在夜生活上的钱，最少的六十块，最多的竟高达二百四十块！这么多的钱是从哪里来的？有些是家长给的，有的则来路不明！”

台下又在“嗡嗡”地议论，郁琅嬛这次没抽教鞭，而是背着手、闭着嘴，注视着这些身为父母或祖父母的人们，留给他们一个惊叹、回味和思索的时间。

“还有早恋的问题。”等家长们静下来，她又接着说，“孩子们进入青春期，生理和心理上发生某些变化，对异性产生好奇和向往，本来也是正常的。可是，总不能闹得太过分吧？有些同学早熟得令人吃惊，公开地在谈什么‘恋爱’，不仅是写条子、约会，已经成双成对地招摇过市了！”说到这里停顿了一下，看看再次惊诧不已的家长们，突然问：“李盼家里来人了没有？”

李言像被触了电！刚才说的一切都是不指名的，家长们或许可以各怀侥幸心理，但愿不包括自己的孩子，李言也可以做如是想。但现在突然点到了李盼的名字，他知道自己逃不脱了。人们纷纷左顾右盼，不知谁是李盼的家长。李言如坐针毡。但他还是极力遏制住了自己的慌乱，因为他从郁琅嬛这句话里发现了一个有利于自己的缝隙。郁琅嬛当然明确知道李盼是谁的女儿，不然就不会把“请柬”寄到市长办公室。但她刚才并没有问“李市长来了没有”或者“李盼的家长来了没有”，而选择了“李盼家里来人了没有”这种含糊其词的说法，也许这是为市长留个面子，也许是她根本就认为市长不可能亲自来，顶多派个秘书、公务员之类的人来听听会。

李言便将计就计，欠了欠身，轻声说：“来了。”

家长们当然都循声把目光投向他，但也只是看一眼而已，并没有引起什么轰动。大家的子女都是刚刚进入一中不久，家长们彼此也多不熟悉，未见得知道李盼出身显贵。

“嗯。”郁琅嬛也只是向他瞥了一眼，又继续训话，“你回去转告李盼的父亲，请他在百忙之中过问一下自己的女儿。李盼在我们班、在整个一中都是有名的‘连长’，因为她在校内校外谈过‘恋爱’的已经够一连人！”

哄堂大笑！

李言的心遭受了重重的一击。“知子莫若父”，他却并不了解自己的女儿！阿盼啊阿盼，你怎么会是这样？

郁琅嬛的训话还在继续。

“教育学生不能全靠学校和老师，我恳请家长对自己的孩子负起责任来！特别是某些担任一定领导职务的家长，请认真想一想：你手中的权力和地位是否有意无意地被子女作为可利用的‘资本’？说到这里，我倒想起了一个故事……”

“战国后期，赵国的孝成王刚刚即位，他的母亲赵太后掌权。秦国利用赵国内政外交都比较困难的时机，向赵国大举进攻。赵国无力抗秦，只得向齐国求援。可是齐国提出一个条件：一定要赵太后的小儿子长安君去做人质，才肯出兵救赵。赵太后非常爱她的小儿子，舍不得让他离乡背井到齐国去做人质。这样，秦国大军压境，齐国就不肯出兵救赵。赵国的大臣们心急如焚，极力劝说赵太后答应齐国的条件，派长安君去做人质。赵太后大怒：‘谁敢再提此事，我就啐他一脸唾沫！’大臣们惧怕太后，谁也不敢上前了……”

她在家长会上竟然讲起了故事，好像台下都是她的学生。家长们既来之，则安之，也就只能听下去，不知她葫芦里卖的什么药。要知道，对于相当一部分家长来说，这个故事还是第一次听到，挺新鲜的。

“就在这气氛十分紧张的时候，”郁琅嬛巡视着会场，继续讲下去，她是很会运用悬念来吸引听众的，“左师触詟求见太后。”说到这里，她稍作停顿，在黑板上写下“触詟”两个字，大概是估计到人们未见得会写、会读那个“詟”字。“赵太后认为他也是来劝说的，便怒目而视，等他开口。触詟缓缓地走过来，恭敬地说：‘老臣腿有毛病，行走不便，好久没有来给太后请安，今天特地挣扎着病躯前来看望太后！’接着又关切询问太后的身体和饮食状况。一阵寒暄之后，赵太后见他并没提长安君的事儿，怒气也就消了一些，气氛缓和下来。这时，触詟又把话题扯到别处去：‘老臣有一件事要请太后关照。我有个小儿子叫舒祺，虽然很不成器，但我非常爱他，希望能为他谋个好差使。不知道在王宫的卫队里可不可以让他补个缺？’

“赵太后听到这里，放心了。原来触詟并不是为了劝说她派长安君去做人质，而是为自己的小儿子而来‘走后门’。这么一位老臣提出这么一点儿小小的要求，算不了什么，于是就痛痛快快地答应：‘好吧，我成全你！你的小儿子今年多大了？’触詟忙说：‘十五岁。按说，当卫兵还小了点儿。但是我老了，想趁我活着的时候安排好他的前程。拜托太后！’

“赵太后听得心动，不由得感叹：‘原来男人也这么爱小儿子啊！’触詟毫不含糊地回答：‘当然，比女人爱得更深！’赵太后不以为然，笑了：‘不，不！还是做母亲的更爱小儿子！’触詟却说：‘是吗？依老臣看来，太后对公主燕后的爱大大超过长安君了！’太后摇摇头：‘不，你说得太过分了。我对燕后的爱，无论如何也不如爱长安君！’触詟说：‘老臣以为，父母为儿女考虑得长远，才是真正的爱。当初公主远嫁燕国，太后抱着她痛哭，非常难过。她出嫁之后，太后虽然非常想念她，但在祭祀的时候却一直为她祈祷，但愿她千万别回来。这不是为她做长远打算，希望她的子孙世代在燕国为王吗？’赵太后点点头：‘嗯，你说得很对。’

“这时，触詟把话题一转，突然说：‘请问太后，我们赵国的王室子孙，三世之前被封侯的，现在还有人继承其侯位吗？’太后想了想，说：‘噢，没有了。’触詟又问：‘不仅赵国，其他各国呢？’太后说：‘我也没听到有什么人还在继承三世之前的侯位。’于是触詟说：‘这正是被侯位所害。近的害了自己，远的害了子孙。当然，我并不是说王子王孙都一定没有好结果，而是说，这些继承人没有什么功劳而居于高位，没有什么业绩却享有厚禄，手里的权力太大了！现在太后正是这样对待长安君，给予他很高的地位、肥沃的封地和极大的权力，却不给他创造为国立功的机会。我说句难听的话，当太后百年之后，长安君将凭什么在赵国立足呢？所以我前面说，太后为长安君打算得太短了，不如像对待燕

后那么爱他！’

“赵太后恍然大悟：‘噢，你说得对啊，应该照你所说的办！’于是立即派了一百辆车子，送长安君到齐国去做人质。齐国马上出兵，为赵国解了围。”

教室里安静得很，人们全神贯注地听着郁琅嬛绘声绘色的演说。而她的故事到这里已经讲完了。

“这个故事是发人深思的。它说明了在封建制代替奴隶制的初期，统治阶级内部不断地进行财产和权力的再分配。争夺是十分残酷的，平庸的继承人是不可能永远地保持其地位的，所谓‘君子之泽，五世而斩’就是这个意思，‘为将三世必败’也是这个意思。秦将王离系王翦之孙，陈胜反秦，秦使王离击赵，围赵王及张耳于钜鹿城。项羽救赵，果虏王离……”

郁琅嬛讲得得意，又接着讲起了另一段故事。这两段故事虽然都是“秦击赵”，却相距八十五年，彼此毫无关系。她没有说明这一点，而且一时兴起又忘了译成白话，所以人们听不懂了。教室里重新出现“嗡嗡”的骚动声，有人在窃窃私语：“什么‘赵太后’……好像江青讲过这个故事……”

郁琅嬛的演讲突然停顿下来。她大概已经意识到再讲项羽虏王离已不必要了。不过，她对于那私下的议论并没忘记回敬一句：“《触詟说赵太后》这个故事不是江青创造的，她也是引用的《战国策》。江青对这个故事感兴趣自然有她的目的，但我们不能因人废书、因人废言，这个古老的故事在今天仍然有其教育意义。如果家长真的爱自己的子女，就应该像触詟讲的那样，让他们经受一些锻炼甚至挫折，这对他们的成长有好处。在这里，我要着重指出，尤其是干部子女的教育问题，更需要家长和学校配合。当然，在我们越州这个地级市，也没有什么大干部，最高也就是市长了，局级而已。下边还有处级的‘局长’、科级的‘处长’，以及更小的什么什么长。‘官’虽不大，但在一个具体的部门、单位，却掌握着很大的权力。我们越州的命运，还不正是掌握在他们手里吗？我奉劝这些做‘官’的家长，不要让孩子成为那种‘位尊而无功，奉厚而无劳，而挟重器多也’的败家子。封建世袭制度早已成了历史遗迹，就连干部终身制也已经被废除，不要说‘君子之泽，五世而斩’，子弟们没有了后台，恐怕就要二世而斩了！”

看来这位女教师对干部子女以及他们的父母都颇有一些成见，说起这个问题就激愤之情溢于言表，不知道除了她的学生当中有一些干部子女伤了她的心之外，还有什么其他的原因。在座的家长有一些人在幸灾乐祸地窃笑，就像人们在看某些讽刺不正之风的电视节目时那么“解气”一样。而另一些人则不由自主地流露出反感情绪，大概他们或大或小担任着什么“长”。人们本能地喜欢听奉承话，不管是谁都是一样，区别只在于修养。“闻过则喜”是一种很高的修养，但并不是所有的什么长都具备这种修养，他们在自己所掌管的部门或单位，向来是爱听部下口口声声“在某某长的正确领导下”之类的话的，何曾受过这种数落？一个小小的中学教师，也太不知天高地厚了。

郁琅嬛谈兴正浓。她身后的黑板上，“郁琅嬛”“触詟”两个名字巧合地连在一起，向人们显示着咄咄逼人之气。

听会的人已经纷纷抬起手腕看表，这毫不掩饰地动作当然是在提醒郁琅嬛：时间不早了，现在是下午五点三十分，已经是下班时候。谁家里都有许多事儿，何况她刚才危言耸听地大谈学生的“夜生活”，家长们也不放心周末无事可做的孩子。总而言之，会该散了。

郁琅嬛无奈地皱了皱眉头，不得不顺应人心，又说了几句结束语，便宣布散会。

家长们呼啦走了大半。但也有些人没走，拥向郁琅嬛，还要同她单独谈一谈，更具体地了解一下自己的孩子情况。就像一位学者做完了学术报告，记者还要个别采访，这对报告人虽然添了麻烦，但如果没有这一项也未免太扫兴。因为要谈的人太多，而且每个人在和班主任谈话的时候都不希望他人插嘴，所以又要排着队一个一个地来，时间也就拖得久了。

李言一直坐在后排的座位上没有走。他要等到最后一位家长谈完了之后，亲自和女儿的班主任谈一谈。这个郁琅嬛，今天的“表演”并没有留给人们什么好印象。她那么起劲地糟践自己的学生，作为班主任，竟没有一点儿自责？况且她所说的那些乌七八糟的情况，是否属实，也还值得推敲。她那么肆无忌惮地攻击我们的干部，又没有举出什么事实，也难以服人。特别是在五十多名学生中单单点李盼的名，显然“项庄舞剑，意在沛公”，是要敲打李言。李言有什么可以让她敲打的呢？这些，都本应使李言反感，甚至勃然大怒，完全可以不理睬她，而只需要事后对教育局长说一声：“一中那个姓郁的，你们了解吗？查查她的背景。”就足够她受用的了。然而李言不打算这么做，甚至他对这个有意使他难堪的女教师并不反感，还有和她谈一谈的愿望。这是反常的。自己为什么会有这种反常心理？是为她那美丽的外貌和高傲的气质所折服吗？

李言还没有弄清自己的动机，最后一位家长已经和郁琅嬛“拜拜”了。他不能再坐在那里了，立即站起身来，走上前去，微笑着说了声：“郁老师，我是李盼的父亲。”

“啊？”郁琅嬛疲惫的脸上现出一丝惊奇，一双眼睛再次扫射着李言这身脏兮兮的工作服，显然觉得不可思议。但随即便收拢了那种目光，极力不让对方感到自己的惊奇，庄重地伸过手来，“李副市长！我刚才的话，失敬了！”

这话里仍然包含着某种讽刺意味。李言自从担任副市长以来，还是第一次被人当面称为"'副'市长"，尽管他的的确确是"副市长"！谈话一开始就令人感到隔着很大距离。难道就是因为对方使用了这个确实存在的"副"字吗？如果人家去掉这个"副"字就彼此靠近了吗？李言这样自问。果真如此，自己倒太可怜了。

李言赶紧伸出手去，郁琅嬛和他相握的却仅仅是指尖而已。

"郁老师！"尽管如此，李言仍然对这位论年龄比他小得多、论地位也比他低得多的郁琅嬛称"老师"。他是有意这样做的，以免有以势压人之嫌。况且学生家长都是这么称呼孩子们的老师的，已成惯例。"你刚才讲到的关于李盼的情况，我事先一点儿也不知道。我……真是个不合格的家长！"

"如果都知道了还听之任之，那不就更不合格了吗？"郁琅嬛竟然没有一丝客气，就这么回敬他，"我可以想象，李副市长一定很忙，恐怕顾不上这些小事。不过，今天您能够在百忙之中来参加家长会，我表示感谢！李副市长对学校的工作有什么指示吗？"

"啊，啊，"李言对这种谈话的气氛感到很别扭，但他极力让自己松弛，不让对方感到他这种别扭，"郁老师，请不要这样称呼我，你一叫我'市长'……"

"我叫的是'副市长'。"郁琅嬛纠正说。

"啊，是的。"李言很别扭地也纠正一次，"请不要叫什么'副市长'，叫我'李言''老李'都可以，我现在是你学生的家长，可以随便谈谈嘛！你刚才讲的那个故事《触龙说赵太后》……"

没等他说完，郁琅嬛的嘴角便浮现出一丝轻蔑的笑容，打断他的话说："是《触詟说赵太后》，那个'詟'字，读'哲'，而不能读成'龙'字，'龙'下面还有一个'言'字呢！"

也许是教师的职业所决定的，她是那么自负，那么好为人师。

“是吗?”李言礼貌地先以疑问句让她一步，然后说，“可是我记得，一九七三年在长沙马王堆汉墓中出土的帛书中发现有《战国纵横家书》，其中的一章就叫作《触龙见赵太后》……”

“什么?!”郁琅嬛眉毛竖了起来。

“应该说，从汉代起就埋藏在地下的文物，比流传在人间的古籍更可信。”李言不急不忙，侃侃而谈，“因为古籍经过许多次传抄、整理、翻刻，很难免走样。马王堆帛书清楚地表明，史无‘触詟’其人，劝说赵太后的那位左师名叫‘触龙’。为什么会出现后来的错误？关键在‘左师触龙言愿见太后’一句，后人传抄时把‘龙’‘言’两个字误连在一起了，古籍都是竖写的嘛！于是以讹传讹，久而久之，‘触龙’变成了‘触詟’。”

“噢!”郁琅嬛脸红了。但她仍然不愿承认这个错误，因为这个错误既不是她造成的，也不是属于她一个人的，“难道说，千百年来人们都错了?”

“可以说有不少人错了。江青弄错了，别的只读过《战国策》而没有参照其他书的人也都弄错了!”李言说得很有分寸，并不给她一个原谅大家也原谅自己的机会，“可是，也有人并没有错。司马迁、班固都没有错，在《史记·赵世家》和《汉书·古今人表》中都作‘触龙’，这些书都正确地流传至今。我在大学读书的时候，我的老师令狐谵先生通过比较、分析，坚持认为应是‘触龙’而不是‘触詟’，地下出土的文物证明，他是正确的!”

郁琅嬛愣在了那里，好半天才问：“你是哪个大学毕业的?”

“南方大学，历史系，一九六五年毕业。”

“噢?”郁琅嬛眼睛一亮，“你也是‘南大’的?”

“郁老师也是?”李言立即从她说的那个“也”字推断了出来，“那么，我们是老同学了!”

“不，不,”郁琅嬛有些慌乱不安了，“不敢当，我是中文系的，而且八五年才毕业，比您晚得多……”

她已经不知不觉地把“你”换成“您”了。

“还分什么早晚？我们都是一个母校出来的，当然是同学了!”

李言再次伸出手去，热情地握住她的手。他并不想以“学长”的资历来压倒她，只是觉得现在的郁琅嬛除掉了刚才的那份儿矫情，两人才能平等地对话了。不然，他这个年近半百的男子汉总得低三下四地听她的训斥，好像欠了她什么似的。郁琅嬛毕竟年轻、单纯，她那份傲气完全是做给人看的。李言不费吹灰之力，一个小小的回合，就把局势扭转了，这次握手已不再是傲慢的“指尖式”!

要驯服桀骜不驯的知识分子其实并不难，但要他的同类出马，而且要略胜于他。李言想。

她不再称呼他为“李副市长”，他也不再称呼她为“郁老师”，两个初次见面的“老同学”联合起来，共同商量怎样对付那个小小的“连长”……

不打不相识。此后，他们的接触也就渐渐频繁，因为他们之间有一个李盼，总是以接二连三、花样翻新、层出不穷的捣蛋行为给家长和老师的见面提供机会。但李盼本人并没有因为这种联合攻势而有什么起色，李言和郁琅嬛的共同努力收效甚微，甚至毕业时成绩和操行能否合格都成问题，更不要奢望她考上大学了。好在何丽珠对这个独养女儿的前途另有安排，也就只好等到那一天再说。李盼已渐渐地不再是李言和郁琅嬛之间谈话的主题，甚至越来越不重要了。吸引着李言一次次地去见面的，其实是郁琅嬛本人。如果隔几天不见面谈一谈，就会觉得孤寂空虚，莫名的惆怅。他不否认，郁琅嬛在她周围的人眼中——包括同事和学生家长——是不会讨人喜欢的，她性格孤僻、狂傲、偏激，故作清高，而又难以掩饰某些先天不足。但也正因为如此，她的一切喜怒哀乐皆形于色，胸无城府，率性天然，又单纯得可爱。和这样一个表里如一的人在一起，李言觉得比在他的那些同僚面前轻松多了，如果说官场的争斗像绞尽脑汁的棋枰对弈，那么与郁琅嬛会面简直就是赛场之间的休息了。他是恋战沙场的斗士，又是极富情感的文人，渴望有一个温馨和谐的家庭，而这恰恰是他那位只知洗衫煮饭的夫人和以闹事为嗜好的女儿所无法给他的，是命运把郁琅嬛推到了他的面前……

出租车沿着海滨公路疾驶，到了前面的丁字路口，往左转弯，驶上越海大道。这是一条笔直的大道，本市的中心街。十年之前，这里还是一条窄窄的细巷，现在却已经是宽阔的林荫道。拆迁时栽种的两排椰苗，已长成参天大树，挺直的树干高举着羽状树冠，像两排迎宾的华罗伞盖。这条街横贯全城，当中穿过圆形的市中心广场。广场是越州的心脏，环绕着它的一组建筑是三十九层的越州大酒店、市委和市府大楼、越州电视台和《越州日报》社，这是越州的政治、经济、文化、新闻的神经中枢。广场中心那座钢化玻璃现代雕塑，是请在海外相当有名的越州籍艺术家设计的，一横一竖的两只眼睛，据说是象征着“上下五千年，纵横八万里；立足越州，放眼世界”，倒是蛮符合改革开放的精神。三个小时之前李言刚刚离开这里，现在又经过这里，却有着异样的感受，仿佛那雕塑上的两只眼睛在横竖地打量着他，不，整个越州的五十万双眼睛都在紧盯着他，窥探他那深藏了两年有余的秘密，看他此刻要到哪里去，去干什么？

郁琅嬛突然打来的那个莫名其妙而又十万火急的电话到底是为什

么？天这么晚了，郁琅嬛却不在家里而是在学校里等他，这到底是怎么回事？

车子离开了越海大道，往右拐，驶出了市中心商业区，再往左拐，驶进宁静的书院街。路程并不算长，是他太急了。

出租车停在越州一中的大门外。李言不打算让司机等他，付了钱，就打发他走了。

校门在夜间是关闭的。铁栅的大门旁有一扇小门，是供夜间出入的，没有上锁，虚掩着。李言推开门走进去。他想，如果看门的老头儿不注意，就不打招呼了。可是不行，老头儿今天特别尽职尽责，一直盯着大门呢。李言刚刚跨进门，他就从传达室的窗口探出脑袋问："找谁啊？"

李言不得不停下了。这个普普通通的看门老头儿，现在执掌着进入校门之权，无视他显然是不行的。

"老伯！"李言只好低声下气，"请问，郁琅嬛老师……"

"噢，找郁老师？你是……"没等李言说完，老头儿就抬起昏花老眼仔细打量着他，问道。

"我……"李言不知道该怎么说才好。

老头儿却主动地试探："你是不是李市长？"

李言一愣。郁琅嬛约他前来，为什么连传达室的老头儿都知道？

他没有说话，"李市长"的身份就等于被确认。老头儿神色庄重地从传达室走出来说："李市长，黄校长要我告诉你，他在校长室等你！……"

"黄校长？"李言又是一愣，"是他找我？"

"郁老师也在那里啦！"老头儿补充说。

如入五里雾中，李言的疑惑更加升级，心中一阵慌乱。既是郁琅嬛"约会"，为什么又掺上了黄胖子？一个中学校长要见市长，不到市政府去拜见，却这么呼来唤去，大模大样地在校长室等他，这太反常了！不妙！这只能意味着，郁琅嬛言语不慎，被黄胖子发现了她和李言之间的“暧昧”关系，为严肃校风、爱护教师，也为维护市领导的面子，只好出面秘密地干涉了！

豆大的汗珠从李言的额头上冒出来。黄胖子真不是个东西，六十来岁了还窥探人家的私生活！以李言的身份，怎么好去听他的“训话”？即使他真是出于“好心”，把话说得再动听，把柄也已经落在了他的手里，这种掌握领导的“小辫子”的家伙将是最危险的！再为郁琅嬛想想，既然张扬得连传达室的老头儿都知道了，这事儿还保得了什么密？说不定明天一早就传遍了校园，让她这位未婚的女教师怎么做人？消息从一中再扩散到社会上，闹得满城风雨，李言这个市长还怎么当？风波当然会传到他的家庭，他又将怎么见妻子、女儿？

突然事变把李言惊呆了，面前竟然无路可走，也无路可退！不，不，不能退，只能进，以攻为守！我李言和郁琅嬛又怎么了？黄胖子手里能抓到真凭实据？充其量不过是风言风语罢了，那又能算得了什么？“南大”的校友之间的来往有什么稀奇？教师和学生家长的联系有什么可大惊小怪？市长礼贤下士，关心一中的教学，还是你们的光荣哩！我李言在“文化大革命”的翻云覆雨中尚且能顶住巨大的政治压力，在四年前竞争副市长位子时尚且能击败一个又一个强硬的对手，今天岂有输给一个中学校长之理！什么都不必担心，一切都不必招认，去见黄胖子，先听听他“掌握”了什么。如果他只是风声鹤唳地吓唬人，那就不让他有一分钟的喘息，发起猛攻，追查谣言是从哪个阴沟里冒出来的！越州的改革开放刚刚有了起色，就有人不高兴了，是吗？他们知道，要把越州的改革一笔抹杀是做不到的，便只好处心积虑地祭起谣言的法宝，企图搞臭我李言个人！木秀于林，风必摧之；堆出于岸，流必湍之；行高于人，众必非之。风生于地，起于青萍之末；侵淫溪谷，盛怒于土囊之口。无边落木萧萧下，不尽长江滚滚来。尔曹身与名俱灭，不废江河万古流。同志啊，在错综复杂的形势面前，要提高政治警惕哩！

就说这些，只需要说这些，就足以把那位饱暖生闲事的黄胖子唬得瞠目结舌！

李言的这些想法，都是在几秒钟的时间内一闪而过，并没有让看门的老头儿看出任何犹豫和畏缩。现在他已经完全做好了准备，大踏步朝校长室走去。

整个越州一中，其实也只有校长室亮着灯光。

李言来到校长室门前，镇静地敲了三下门。

开门的是郁琅嬛。几天不见，她竟然变得这么憔悴，一双失神的眼睛盯着他，好似盼到了救星："啊，你总算来了！"

看来，形势还相当严重。

李言当然不能向她问什么，只能硬着头皮往里走，迎面看见了黄胖子，那位自称"是人而不是神"的校长现在却面无"人"色，惊慌失措地望着李言。果然是色厉内荏！

李言现在已经置身于校长室。他还没有来得及做出任何反应，却突然发现，房间里不只有黄胖子和郁琅嬛，竟然还有李盼，旁边甚至还有两名身穿警服的警察！

这是怎么回事?！难道他和郁琅嬛之间的事还惊动了警方，并且让阿盼也来当场"揭发"她的父亲和老师？这都太出乎预料了，事情竟然弄得这么复杂！尽管李言刚才已经为自己的辩词打好了腹稿，事到临头仍然紧张得脊背发麻。

"找我来，有什么事啊?"为了争取主动，他不等人家"审"他，首先发问，而且把脸朝着墙上的挂钟，而不看在场的任何人。他觉得自己的声音还是相当镇定而威严的。

“爸！”李盼惊恐地抬起头来，可怜巴巴地看着他。她的头发散乱地垂在脸上、脖子上，两只手抚着脏兮兮的牛仔裤膝盖。

刹那间，李言突然意识到自己的判断错了，全错了！幸亏他刚才表现出来的镇静，幸亏他没有多说什么……

两名警察倏地站起来，尴尬地招呼他：“李市长！”

他们本不认得李言，直到听到李盼叫“爸”才真正明白了这位是谁。

李言没有理睬他们，径直走过去，坐在黄校长空出的椅子上。黄胖子和两名警察都毕恭毕敬地站在他的身旁。

这才摆正了市长和属民的关系！

“都请坐吧！”他对他们说，“坐下谈！”

两名警察有些拘谨地坐下来。黄校长的椅子已经被李言占了，就挤在警察旁边，坐在那只长沙发上。

两名警察交换了一下眼色，其中的一名开始向李言报告：“李市长，我们是书院街派出所的民警。昨晚十点三十分左右，书院街发生了一起拦路抢劫案。案发时正好被我们派出所一位巡逻的民警赶上，由于歹徒人数多，把民警也打伤了……”

李言已经猜到他下面要说的内容，就干脆替他说出来：“李盼就是歹徒之一？”

“不……”警察嗫嚅着说，“现在案情还在侦查阶段，我们还没做结论。但是，李盼已经涉嫌……”

李言的鼻腔里泄出了一股长长的闷气。这起紧急事件与他无关，现在可以肯定了。但他的女儿却出乎意料地卷入了拦路抢劫案和殴打警察案，这也不能不让他震惊和恼怒。不争气的阿盼啊，你还有什么坏事没干过？都要一一尝试吗？你知道爸爸现在要思考、要处理多大的事情？

而你偏偏在这个时候又给我惹祸！但想了想，又觉得阿盼虽然胆大包天，但毕竟还是个不满十八岁的女孩子，再坏，总也有个限度，她至于去干那种打家劫舍、杀人越货的事吗？作案的原因和动机又是什么？坦率地说，他不能相信警察的说法。

“请谈得具体一些。”他命令道。

警察张了张嘴，想继续说，这时郁琅嬛已经急不可待地插了进来：“是这样：昨天晚上的事我们本来都不知道，是今天李盼自己对同学说，昨天晚上她和一帮‘哥们儿’同警察发生了冲突，她一声令下，她的‘哥们儿’就把警察痛打了一顿。李盼问：‘你服不服？’警察说：‘服了。’这才放了他。”

李言饶有兴致地看着郁琅嬛，听她讲完了，问道：“于是，你就报告了派出所？”

“怎么会是我？”郁琅嬛气急败坏地反问，倒竖起本来就挺厉害的眉毛。

“别激动，郁老师，”李言心平气和地看看她，“如果在你的身边出现了这种事，你有权利和义务维护法律的尊严。因为你不但是一位人民教师，而且是中华人民共和国的一位公民。”

“对不起，我还没有这么高的觉悟！”郁琅嬛大声嚷道。

“郁老师，怎么能这么说话？你看你看……”黄校长瞪了她一眼，非常抱歉地对李言说，“李市长，我们其实并没有……呃，是这么回事……”

“是我们接到了举报电话。”警察说，“不过请原谅，对举报人的姓名、单位，我们要为他保密啦！”

“这不必解释，”李言说，“我并没有问举报人是谁。对于自觉地维护法律、向公安部门举报真实情况的公民，我们有责任保护他的人身安全。”

"是，是。"警察唯唯诺诺。

黄校长对这种谈话气氛显然感到满意。但事情还没有完，他作为学校领导，身上还担着难以推卸的责任，就站起来，接着说："李市长，这两位民警同志是根据举报线索找到我们学校的。当时还没放学，李盼当然正在学校。他们提出要把李盼同学带去，去审……呃，去调查清楚。我们……我觉得这么大的事情，如果不让李市长知道，我们不好放人。所以只好请他们等一等，无论如何给我们一个向李市长请示的时间……"

他的话把自己洗得干干净净。其副作用是似乎显得警察太无情，没把市长放在眼里。于是两名警察又敏感地交换了一下眼色，其中挺会说话的那个就又说话了："李市长，我们责任在身，只能照章办事啦，希望您能谅解。并且请市长对我们的工作做指示！"

"不需要我做什么'指示'，"李言干干脆脆地说，"公安和司法部门有自己独立的体系，你们工作的唯一依据是中华人民共和国宪法、刑法和其他有关法令，而不是任何个人的意志，党政机关无权干扰公检法的正常工作，不管是谁，批条子、传话，发号施令，徇私枉法都是不允许的！是违反党纪国法的！这一点，本来早就是明确的，无须我再重申了。所以，需不需要把李盼带走，由你们决定，完全不必经过我的同意。李盼虽然还不满十八周岁，但在法律面前人人平等，她不享有任何特权。"

这一番义正词严、掷地有声的表态，使两名警察大为感动。黄校长则吃惊地望着李言，他大概没有想到李市长如此通情达理、坚持原则、大义灭亲，越州有这样的市长真是斯民之大幸！因而在敬佩之余又颇感羞愧，自己真是以小人之心度君子之腹了呢！郁琅嬛对李言的表态自然很觉意外，但她并没有拦阻。李言的话已经说到这种地步，她再说什么也无济于事了，只能眼睁睁看着警察把她的学生带走，这在她不长的执教生涯，在越州一中漫长的历史中还是第一次。

李盼慌了。她等着、盼着爸爸来，没想到爸爸来了却把她推出去！她面临的将是严厉的审讯，甚至还可能会受到严刑拷打。虽然人们都说警察不打人，中国的法律废除肉刑，可是哪里靠得住？她的“哥们儿”当中就有“进去”过的，她听他们说，警察不打人？那身格斗擒拿的本事干什么用？接下来，说不定还要坐班房，经受铁窗里的煎熬！想到这里，她浑身瑟瑟发抖，哀哀地望着现在唯一能救她的人：“爸！我没有，我没有打警察，你可以做证！”

这话，在李言到来之前她显然已经说过好多遍了，但两名警察就像没听见一样，无动于衷，职业的习惯使他们不大理会被告“我冤枉”之类的辩解。倒是黄校长和郁琅嬛又重新对李言升起了希望，他们毕竟不希望自己的学校出现一个殴打警察的少年犯，让“窗口学校”“脸面学校”的声誉扫地。如果李市长能够为女儿做证，也许事情还会有转机。

可惜，李言根本没有做证的意思。他没有理睬女儿的呼救，只是看看警察说：“我的意见，刚才已经说过了。现在，我作为一名普通家长，想提三个问题：第一，案发的时间是昨晚十点三十分左右，对不对？”

“对，”警察回答说，“整个过程不会超过半个小时。因为被殴打的民警是十点二十分出外巡逻的，而我们听到喊声赶去救援大约是十点四十分，赶到现场时，歹徒已经逃走了。”

“嗯。”李言点点头，“第一个问题我已经清楚了。第二，我记得你刚才说过，殴打民警是由抢劫案引起的。那么，被劫的人呢？”

“是一位女同志，她也被打伤了，伤势不重，现在在家休养。她向我们反映了情况，提供了有关歹徒的一些特征。”

“这是我要问的第二个问题。第三，那位被歹徒殴打的民警同志现在怎么样?”

“伤势很重，正在医院治疗，现在仍然昏迷不醒。”

“噢，祝愿他早日康复，并且请代我向他致意，越州市委、市政府和全市人民感谢他，他是人民的勇士!”李言说，眼神中流露出崇高的敬意，“我并且感谢你们及时地、认真地进行侦破。既然牵扯到我的孩子，我还多一层责任，那就是全力和你们配合。还有什么需要向我了解的，可以随时联系。至于对李盼的处理，由你们秉公执法，我不过问也无权过问。现在，你们可以走了。”

“是!”两名警察激动地听完了副市长的指示，响亮地回答，并且“唰”地向他立正敬礼。然后，以敦促的目光看看李盼，那意思是说：小姐，只好委屈你跟我们走一趟啦!

黄校长和郁琅嬛面色煞白地愣在那里。说带走就真的带走了？他们还从来没有经历过这种场面!

李盼慌了，此刻才真正地慌了。在等待爸爸到来的那段难熬的时间，她心中还是充满希望的，她不相信警察会真的带走她，只要爸爸一在这里出现，一切危险都化为乌有了。爸爸来了，那态度让她很意外，很失望，但她仍然认为爸爸在市长的位子上讲那些话是迫不得已的，做做样子而已。样子做完了，还是要帮助她。爸爸不需要直接命令警察放人，语气里有一点儿暗示就行了，警察不会不给市长面子。退一万步说，爸爸即使不是市长，他作为一个普通家长也可以说话，为女儿做证：那案子与她无关！但是，没有，这些该做的、可以做到的，爸爸都没有做，对女儿突然遭到的不幸袖手旁观，说出的话完全和警察一鼻孔出气！爸爸啊，你怎么会是这样?!

她本来想哭，想喊，但忍住了泪，咬住了牙，没有出声。她只回头看了爸爸一眼，眼中喷射着仇恨，然后就跟警察走了。

他们下楼的脚步声很响，在空寂的校园里显得瘆人。

李言和郁琅嬛、黄校长留在校长室里，那“咔咔”的脚步声敲击着他们的心。在这个时候，没有一句话可以表达他们的准确心情。

“等一等！”郁琅嬛突然从愣怔中惊醒过来，叫喊着追下楼去。

她追到校门口，警车已经带着李盼开走了，留下一串刺耳的鸣声。

李言和黄校长也已经跟着来到这里。刚才来的时候，李言并没有注意到门口停着辆警车。

“郁老师还想跟他们说什么？”他问郁琅嬛。

“我想要求跟他们去，”郁琅嬛失神地说，“陪着李盼，怕她受苦。”

“没有这个必要。法律是无情的，让她去切身体会体会吧！”李言叹了口气，转脸看了看黄校长，“这孩子给你们惹了这么大麻烦，真对不起！”

“噢，哪里，哪里……”黄校长百感交集，已不知说什么才好。

“那么，我就告辞了。”李言和黄校长握手，又问，“天这么晚了，你们两位住得远吗？”

“我就住在学校后面的宿舍。郁老师家住得比较远，一个人回去有些……”

“我送送她吧！”李言说着，走到马路边，向远处驶来的出租车招了招手。

出租车载走了这两个人。黄校长站在校门口，目送车子消失在夜幕中，心中充满了对市长的敬佩。

郁琅嬛住在远离书院街也远离市中心的地方，却靠近海滨公路。从一条窄窄的街道进去，再拐进一条铺着碎石路面的细巷，细巷深处藏着一幢灰白色的二层小楼。房东是南洋华侨，偶尔回来住住，家里只留下一位苦恋乡土的老太太。为了能有个人做伴、壮胆，老太太把楼上的空房子租给了郁琅嬛。其实，郁琅嬛每天早出晚归，回到家还要忙自己的事，和她也说不上几句话。老太太信任这位美丽、文静的单身女教师，如果是别的吵吵闹闹的房客，还不肯租给她呢！

现在，夜已深了，楼下的老太太早已睡了。上楼的楼梯在客厅门外的走廊里，郁琅嬛步履轻轻地上楼，也不会惊扰房东太太。

李言跟在她的身后，登上二楼。

楼上是一明一暗的套间，里面是郁琅嬛的卧室，外面做书房。房间不大，但很舒适。关上房门，就躲开了细巷的喧嚣，闹中取静。窗前垂着洁白的纱帘，从那里望去，不远处就是椰林和海滨，给人以无限情趣。

外间里的陈设极其简单：一张写字台，一把藤椅，一个单人沙发，两个书架，再加上衣柜和衣架，空余的地方也就不多了。

卧室里仅仅一张床而已。

郁琅嬛很喜欢这个“家”。她每天的业余时间，除了备课、批改作业和看书之外，就是擦洗地板和桌椅、洗衣服、冲凉，楼上有她自己的卫生间，很方便。这个人有洁癖，容不得污垢，她怕别人的鞋子带进来泥土，怕别人用她的杯子喝水传染病菌，怕不自爱的客人在她家里抽烟弄得乌烟瘴气，而杜绝来宾是最彻底的措施。她之所以选择了这么一个远离学校、远离市中心的地方栖身，正是出于这个目的。她不是越州人，父母都已亡故，又没有兄弟姐妹，家乡没有任何人来做客的可能性。她在此孤身一人，无亲无故，又不爱交往，也就决定了难得有人干扰她，“躲进小楼成一统”。

只有李言一个人例外，近两年来成了她的常客。但也必须严格服从她的规矩：换拖鞋进门，不准吸烟，李言为她把十多年的烟瘾都忍痛戒掉了。

现在李言跨进这里，就像回到了自己的家。他脱去西服，解掉领带，挂在门旁的衣架上，然后自己倒了一杯凉开水，一饮而尽，跌坐在沙发上。春夜的凉风从白纱窗帘下吹进来，稍稍冲散了他的疲劳和烦恼。

郁琅嬛神色忧郁地站在窗前，说："阿盼还不知怎么样了呢！"

李言握着杯子的手停在空中，眉头皱了起来，但仍然镇静地说："你放心吧，她没事儿。二十四小时之内，警察就会把她送回家来！"

"嗯？"郁琅嬛一愣，"你走了什么关节？"

"什么'关节'也没走，"李言把杯子放下，笑了笑，"派出所的拘留权不能超过二十四小时！"

"那他们要是把她送到公安局呢？"

"不可能！那件案子和阿盼毫无关系！"

"什么？"郁琅嬛越听越糊涂，"你凭什么……"

"凭事实。"李言说，"你刚才一定听得很明白，我特地请警察说明：作案时间是昨天晚上十点二十到四十之间，而昨晚阿盼根本一夜都没出门。因为她的大姨妈昨天到家里来吃晚饭，就是为阿盼去香港的事，阿盼当然要作陪。客人离开我家回酒店的时间是十一点整，在这之前阿盼一直在我的眼皮底下，怎么可能用分身法跑到离家很远的书院街去作案呢？而且，她姨妈回到酒店之后又马上打电话来，说她的项链丢了，不知是丢在了出租车上还是忘在了家里。我们在家里找，没找到。担心是阿盼偷了她姨妈的项链，就审她，一直审到天快亮了，也没审出一点结果，才放她去睡觉。因为熬得太晚了，小东西倒头就鼾声大作，今天早上还是我把她从床上拉起来的。然后她就去上学了。谁能想到她在学校里胡扯什么率领'哥们儿'打警察？不是梦话就是神话！那两个警察也是十足的笨蛋、饭桶，那么幼稚的举报电话完全是小孩子的语气，他们竟然当真?”

“啊！这就好了，阿盼总算有救了!”郁琅嬛长出了一口气，但马上又不解地问，“那你当时为什么不向警察说清楚？还让阿盼白白地受这么大的惊吓!”

“你真是个善良的人!”李言不无感动地说，“阿盼是你班上最捣蛋的学生，而且她最恨的是你，怎么会想到你却这么爱她！她呀，我看受一受这次惊吓也未必是坏事。太没有管束了，太无法无天了，让她经历一次囚禁的磨难，也许会懂得珍惜自由。不管她，我现在绝不能管她！刚才在警察和黄校长面前，如果我为自己的女儿说一句辩解的话，都会给他们留下‘以权代法’的强烈印象，因为案情还没来得及调查，他们不可能真正相信我的话。即使我说的全是事实，人们也会无视这些事实，而认为我是徇私枉法。这些，你想过吗?”

郁琅嬛咬着嘴唇，琢磨着他说的话。李言的见解无疑是有道理的，他考虑事情，往往不像她只想到正面，还想到它的反面。“唉!”她叹息着，“当个市长也真难啊，有理都没处说去，把个大活人变得这么无情!”

“我承认，我今天对阿盼表现得太无情了。虽然她身上劣迹斑斑，但这次确实是冤枉的。我作为一个父亲，眼睁睁地看着警察把她带走，而不能去救她，我心里不痛苦吗？触龙曰：丈夫爱少子，甚于妇人!”李言举起拳头，重重地砸在自己的膝盖上，“但是我只能这样做！试想，如果我一到，警察就马上放人，人们会怎么看？我这个副市长的形象就会抹上破坏性的一笔，越州的新闻媒介、公众舆论就会对我群起而攻之！那时候我再为自己辩解，就会越描越黑！我怎么能干这样的蠢事?”

郁琅嬛如梦方醒，她深深地理解了李言的苦衷，并且不能不佩服他的机智、韬略和耐性，这是她这个“孩子王”所不具备的。

“你是对的！”她走过去，站在李言的身后，轻轻地抚着他的双肩。他太苦了，在这个时候，他需要的不是责备而是理解、支持和安慰，为他抚平心中的创伤，渡过眼前的难关。

“唉，不得已而为之罢了！”李言感叹道，“这就是适应现实。你应该知道，现在的老百姓最恨的是什么？是官本位、特权、徇私舞弊、贪赃枉法。由此，你马上就可以推论出他们最盼望的是什么。你也许会说，是民主。中国老百姓其实并不懂得什么叫民主，也不需要民主。‘民主’就是民众做主吗？一切都是老百姓说了算，想干什么就干什么，马上就给你来个无政府主义。我们已经试过了，“文化大革命”就是这样。老百姓最盼望的其实只不过是多出几个清官，廉洁奉公，清正廉明，两袖清风，大义灭亲。‘包公’戏久演不衰，就是这个原因；‘七品芝麻官’大受欢迎，也是这个原因。因为在现实生活中，这样的清官太少了，缺什么就盼望什么。那么，我们为什么要让他们失望，而不顺应民心，为他们塑造一个清官形象？”

他把话说得很坦率，很尽意，很随便。如果他面对的是市委书记程功同志、其他的同僚或者是妻子何丽珠，当然是不会说这些话的，因为他们都不是谈心对象。程功太“鬼”，你说一句话，他能听出十句，直钻到你心里，让他掌握得越多就越危险。何丽珠太蠢，你把心里的话告诉她，她会毫无顾忌地到处在人前卖弄，成为某些处心积虑地要拆你台的人的义务情报员。李言在市委大楼，在家里，都不得不处处设防，也只有在这间小楼，只有对郁琅嬛才能一吐为快。

郁琅嬛又仿佛上了一课。李言所说的那些人间现象，她也是看到的，为什么却没有那样深刻的认识？一名普通的中学教师，远离政治旋涡的中心，她在生活中只是一名看客。现在李副市长向她撩开了幕布的一角，倒使她感到骇然！

“‘塑造’？”她喃喃地说，“原来‘清官’的形象是由人塑造出来的？”

“是的，”李言肯定地回答，“塑造那些神像的，不仅是信神的百姓，还有‘神’们自己。”

“包拯、海瑞也是这样吗？”

“岂止包拯、海瑞，甚至屈原、岳飞、文天祥，也莫不如此。这些都是些大智大慧、大彻大悟的人，他们知道历史在什么时候需要什么样的形象，抓住了时势所给予的机遇，于是就粉墨登场了。”

“‘粉墨登场’这样的词儿怎么能用在他们身上？他们在历史上留下的光辉业绩难道都是‘逢场作戏’吗？”

“我并不认为‘粉墨登场’‘逢场作戏’就一定是贬义词，”李言说，“历史是个舞台，人人都扮演着各自的角色，有显赫的帝王将相，也有不起眼的龙套和平头百姓，一个个匆匆登场，然后又匆匆离去。每人只能演这么一次啊，有声有色还是平淡无奇，要看历史老人派给他一个什么角色，也要看他自身的念、唱、做、打功夫，明君、清官、英雄、烈士都是兼具这些才博得‘满堂彩’的！人生舞台并非儿戏，该投河就得投河，该断头就得断头，大义灭亲、舍生取义，都含糊不得。为了自身形象的最后完成，为了在历史上留下浓重的一笔，他们必须具有俯视苦难的超脱，横扫障碍的勇敢，坚忍不拔的意志，置生死于度外的坦然，这就叫‘天将降大任于斯人也’！历史本身是残酷的，以无数人的鲜血写成的，惨不忍睹。而芸芸众生所看到的，只不过是历史的表层：戏剧！”

真正是振聋发聩，郁琅嬛听傻了。要让她完全理解李言所说的这一切，也许是困难的，但她至少听懂了一部分：历史是一部大剧本，人间是一座大舞台。比如她的家庭、她的父母，几十年间的悲欢离合就是一部令人目不忍睹的“戏剧”。再比如她自己，从幼年时期就有一种被社会抛弃的“间离”感，冷冷地观察着这个世界，而直到现在才发觉自己并不是“看客”，而始终“扮演”着自己的“角色”。在越州，她前台扮演着女教师，幕后却是副市长的情人，除去她和李言之外，人们又看到了多少呢？人间的戏剧和真实的历史，竟存在如此巨大的差距！如果要她写下自己的历史，又该如何下笔？

郁琅嬛陷入了沉思。

李言却看了看表，收住了这个刚刚开头的话题：“啊，快十二点了，我该走了！明天早晨用的‘剧本’，我还得连夜准备！”

“什么剧本啊？”刚才还在探讨历史和戏剧，郁琅嬛却又糊涂了。

已经站起身来的李言笑了笑，又重新坐下来。明天将要召开的开发秦屿论证会，他本来只当作例行公事的“过场戏”，而今天的秦屿之行使他萌发了“创作”冲动，对“剧本”有了新的构思，这些，也应该告诉郁琅嬛。

三 智 者

半个小时之后，李言回到了家——位于越灵山下风景区的市委大院。

“市委大院”并不是越州市委的办公场所，办公的地方在市中心越海广场的市委大楼，而这里是宿舍。但住在这里的不仅是市委的人，还有市政府、市人大、市政协的，凡是市一级的领导都可以住在这里，因而称之为“市委大院”是不准确的。但人们已经叫惯了，也就约定俗成。反正在越州“四套班子一个门，决定政策一个人”，总是离不了谱。而且，这些人物的官职，大体上是市委干几年到市府，市府干几年到人大，人大干几年到政协，直到干不动了为止。就这么倒来倒去，记性差的人往往弄不清楚他们到底现任什么职务，总而言之没出“市委大院”就是了。

程功同志和李言当然都住在这里。他们住得很近，但中间隔着一座山——假山。这里面有学问：住得近是为了研究工作方便，有一座假山相隔则又可保持一定距离。人们喜欢用“亲密无间”这个词儿，其实人和人之间“亲密无间”是不可能的。再亲密也总有一定间隔，建筑学家深谙间隔之妙。

市委大院并不是那种老百姓的大杂院，谁和谁都碰鼻子碰脸。这座大院的院墙高大而森严，门口还设有门卫。而里面又是院中有院，分而治之，谁和谁也不挨着。像程功和李言这种地位的领导人，每家都是一座独院，占地大约三百三十平方米。院子里有大约一百平方米的草坪，遍植芳草、繁花、嘉树，中间簇拥着一幢二层小楼，乳白色的天然石外墙、橘黄色的琉璃瓦，铝合金门窗，茶色玻璃。里面设有大小客厅、书房、卧房、衣帽间、卫生间、餐厅、厨房等等自不必说，客厅和卧房带冷气也不必说，似乎唯一缺少的就是暖气，因为越州这个地方四季如春，根本不需要暖气。再挑剔一点，这里没有电梯，但总共二层楼，电梯岂不多余吗？书记、市长吃饱了饭上下楼梯其实有助于健康。也就是说除了不需要的之外一切都是齐备的。楼顶是宽阔的露台，从那里纵目远眺，浩渺沧海、古城越州尽收眼底。这些小楼小院大同而又小异，布局和造型都有所不同，住在这里的人一眼就能区别哪是“书记院”，哪是“市长院”，只是外人也许看不大出来，但这里也极少有外人到此。住在市委大院的都是越州人民的公仆，做公仆要做到一定水平才能搬到这里来住，凡是住在这里的人就不再打算搬走，不想搬走就要想法儿做公仆做得长远一些。这都是题外话。

李言回到家，已经是夜里十二点半。市委大院的门卫是昼夜值班的，看见李市长回来了，赶紧给他开门。他拍拍门卫的肩膀，微笑着说了声：“辛苦啦!”这样的细节使李市长深得下级爱戴，小伙子便感激地回敬：“市长辛苦啦!”

李言在路灯下沿着通幽曲径走向他的小院。小楼的灯火已经熄了，只有院子里的灯还亮着。他没有叫门，而是自己从身上掏出钥匙，打开铁栅院门，进了院子。穿过草坪中间的甬路，到了楼前，再换一把钥匙，打开楼门。住在市委大院其实是绝对安全的，本不需要这么层层加锁，但人本能地要提防他人，已经习惯于如此。

李言没有打开楼下客厅的灯，扶着弧形的楼梯扶手，摸着黑上楼去。李副市长的家里没有雇用保姆。一个领导，在办公室里被秘书和部下包围就已经够腻人的了，再从外边招个人到家里来？从某种意义上说，这些围着你团团转的人都是你的“掘墓人”，将来你一旦失势，他们最拥有卖主求荣的资本。所以李言不容许任何“坐探”打进来。好在他们家庭成员少，只有三口人，家务事也简单。平时李言和何丽珠各自上班去，李盼上学去，一家人都是早出晚归。中午各自在食堂吃饭，只有晚上才共进晚餐，而李言连这一顿饭也不一定在家里吃，做市长的太忙了，常常迫不得已出席各种各样的宴会。于是这个家也就只是个睡觉的地方，但李言又经常在外面开会，或者还有其他原因，也并不是每天晚上都住在家里。

李言一踏上二楼，便听到如雷贯耳的鼾声从妻子的卧房里传出来。他们一家三口各有自己的房间，李言和何丽珠早就不同榻而眠。平时，李言晚上回来晚了，只要女儿阿盼在家而没有在外面胡闹，就不再惊动何丽珠，自己该睡觉睡觉，该看书看书，如果还没吃晚饭，宁可自己嚼几块饼干，也不有劳夫人。但是今天例外，关于女儿的事，他无论如何也得向夫人通报一下情况。

他推开何丽珠的房门，伸手去摸墙上的开关。“当”地撞在什么东西上，那东西又“哐”地倒了。他知道，那是一把椅子。灯打开了，像每次一样，他看见那把椅子躺在迎门的路口，椅背上搭着何丽珠脱下的衣服。

“啧啧，真没办法！”他扶起椅子，无可奈何地说，“有衣架不用，偏要把衣服放在椅子上，我说了你多少次了？”

何丽珠的鼾声停了，睁开惺忪睡眼，看了看他，嘴里含混不清地说：“东西是为人服务的啦！我这样……方便嘛，家又不是给你参观的……”

说完，翻了个身，鼾声又起。耳机和电线从耳朵上脱落下来，床头旁边的小收录机差点滚下床去。她这个人在睡觉之前习惯用收录机催眠，过去是听戏，后来又拣了些女儿淘汰的歌带来听，听着听着就睡着了，机器也忘了关。今天又是这样！

李言伸手替她关了收录机，熄了她房间里的灯，不想再和她废什么话了。女儿的事，明天再告诉她吧，省得她听了，也许折腾得李言一夜不得安宁。

李言悻悻地走出来，却并没有回自己的卧房去睡觉，而径直走向书房。他现在有比睡觉更重要的事：为明天上午的秦屿开发论证会做好必要的准备。今天的秦屿之行使他发现，程功同志和市委其他常委，包括他本人，过去都对秦屿一无所知，因而做出了错误的判断和错误的决策。短短的几个小时，他已经形成了另外一条思路，并且相信到目前为止在整个越州甚至在整个中国都还没有第二个人和他"英雄所见略同"，如果不将精神病患者令狐谵先生计算在内的话。现在，酝酿于胸中的这一全新方案使他兴奋不已，驱除了深夜不眠的疲劳。天亮之前还有几个小时，他要把自己的方案更具体化、理论化，更有说服力和震撼力。

他走进书房，打开了灯。这个房间除了门、窗之外，四壁都被书柜占满，中间一张大写字台上也摆满了常用书。可以说，至少在越州市，还没有哪一位领导干部能拥有这么多藏书。李言嗜书成癖。不仅政治、哲学、经济方面的重要著作他要钻研而不是仅作供人观瞻的陈列品，连文学、语言学、建筑学、民俗学、生物学方面的书也广泛涉猎，且饶有兴致。当然读得最多也买得最多的是史学书籍，这是他的老本行，几十年来乐此不疲。来访的客人，只要看一看这间书房，就可以立即判断出这里的主人是一位史学家，并且对他肃然起敬。这是足以使李言自豪的资本，也是他踏入仕途的阶梯。

但他近几年来太忙了，没有那么多时间坐下来读书了，那些与他相伴半生的史籍也似乎久违了。他按照自己排列的顺序，走到秦汉部分，抽出一册令狐谵早年的著作《秦史集注》。这是他的恩师在“加冕”前的著作，很破旧了，书页已经发黄、脆裂，但他一直保存着，连“文革”当中也没舍得交出去。搬进“市长院”之后，这本书也仍然在许多过去的藏书和新购置的旧书中占据重要的位置，它标志着市长的博学、资深和胆识，敢于在“破四旧”的暴风骤雨中藏匿一名老“右派”的著作，这并不是每个人都能做到的。

拿着这本书，多年前的往事在心头掠过，尘封得太久了，封面上已经蒙了一层尘土，连他捏着书的手都沾上了黑粉。他掸了掸书，放在写字台上，叹了口气，然后走进卫生间去洗手。

映在镜子里的影像使他吃了一惊：挺长的头发，苍白的脸，一双充血的眼睛闪现出强烈的拼搏欲，就像他过去埋头多日完成一篇论文时的疲惫而又亢奋。他用冷水擦了擦脸，准备投入紧张的工作，这时却感到一阵晕眩，肚子里的肠胃好像掏空了，像拧毛巾那样绞动。他这才想起了今天还没有吃晚饭。去秦屿之前还不到晚饭时间，在“极乐园”里又顾不上吃，谢绝了夏院长邀他“行觞”的盛情，后来让阿盼的节外生枝折腾到半夜，在郁琅嬛那里又忘了吃饭的事儿，肚子早就空了。但他不愿意因此而把何丽珠叫醒，宁肯挨饿也不向她“求救”，更懒得自己进厨房找点儿什么吃的。他放下毛巾，走出卫生间，回到书房，打开写字台的抽屉，找出半盒饼干，也不知是什么时候剩下的，权且充饥。他坐下来，嘴里咀嚼着饼干，眼睛全神贯注地盯着书页。

四壁图书环抱着这个挑灯夜读的人。

越州城万籁俱寂，远远地传来大海那有节奏的潮声。

二十六年前，越州图书馆新来了一个戴眼镜的大学生。这是图书馆开馆以来的第一次，他的学历是全体工作人员之中最高的。那时候越州还只是个县城，难得有大学毕业生分配到这里来，而图书馆又是个基层单位，做做群众文化普及工作而已。图书馆馆址是原来的“文庙”，纪念孔圣人的地方，在中国大地上，从繁华都市到穷乡僻壤都可找到这种庙堂式建筑，区别只在规模大小。现在这里已经看不到孔圣人的影子了，大殿正中的“大成至圣先师”塑像早已拆除，改成了办公室；东配殿做书库，西配殿辟为阅览室。阅览室里有《人民日报》《红旗》杂志、《中国青年》以至《少年文艺》，还有省报和八开小报《越州大众》。这些报刊都开柜陈列，任人翻阅，主要对象是那些想看报刊而又订不起的人。柜台上供借阅的经常是《七侠五义》《说岳全传》之类，一个小县城的人，谁去做更大的学问！还有一些人到这里来并不看书，只是谈天说地、神聊胡扯，甚至打牌、下棋，把阅览室当成了茶馆和俱乐部，也无人干涉。因此这里的工作人员很清闲，连馆长也常常无事可做，加入到闲聊的人群之中。

南方大学历史系毕业生李言来到这里，自然找不到他的位置。以他的家庭出身，不可能当馆长，连个小组长也不会予以考虑。搞学术研究，跟谁研究？一个小小的县城，有什么学术可言？因此，他被理所当然地当作小工使用：做书库管理员。职责就是看守东配殿的书库，整理藏书、打扫尘土、防火防潮防盗……而已。

他到任的时候，书库里已经有了一名女管理员，身材不高，却长得壮实，皮肤黝黑，高颧骨，厚嘴唇，一副标准的越州人模样。唯有那双眼睛黑而亮，配着两道浓眉，这就使得整张脸生动有神。

“这是阿珠，大名何丽珠，”馆长向李言介绍说，“不要看她年纪不大，却资格不浅，十五岁就在这里做管理员，已经有十年的工龄，‘老前辈’啦，你要好好向她学习噢！”

李言唯唯诺诺，向那位“老前辈”投以尊重的目光。

何丽珠却只看了他一眼，并没有表示欢迎，大概是担心这个大学生来了会抢她的饭碗。

李言看在眼里，并不计较，他自幼跟父亲学会了沉默，又从令狐谵先生的教诲中明白了“是非皆因多开口，祸福只为强出头”。

等馆长丢下李言走了，何丽珠才冷冷地说：“你一个大学生来看仓库，可惜啦！”

“不，很好，很好。”他答。

这却不是客套，李言真心实意地认为这里很好。他没有想到一个县图书馆竟会有这么多藏书，据馆长说都是从越州书院继承的遗产，越州一中不要这些老古董，就都搬到图书馆来了。可惜这些书都保管得不好，既不装箱，也不上架，只打了捆，从地面堆到顶棚。而且杂乱无章，无规律可言。何丽珠名为管理员，却既不“管”也不“理”，只不过掌管那把钥匙而已。在她的心目中，这里只是一座堆放旧物的“仓库”。

李言本能地被这些书所吸引，走向如山的堆积物，粗粗地浏览着函套上的题签。武英殿本《二十四史》、晋杜预撰《春秋左氏经传集解》、唐杜佑撰《通典》、南宋郑樵撰《通志》、宋元之际马端临撰《文献通考》、明董说编《七国考》、清孙楷撰《秦会要》、东汉袁康撰《越绝书》、宋苏辙著《古史》……虽然排列颠三倒四，且蒙尘染垢，却掩盖不住它们本身的价值。李言最大的乐趣就是在书海中遨游，来到书库工作不正好得其所哉？

“啊，这些书……应该好好地整理一下！”他掸着两只沾满灰尘的手，喃喃地说。

“馆长也没要求整理！”何丽珠瞪了他一眼。

李言一开口就冒犯了她，知道自己“越权”了，何丽珠虽然没有明确的仓库“库长”之职，但先入为主，他应该尊重这位“老前辈”的意见。于是赶紧说：“何师傅，要是你同意，就让我来整理，可以吗？”

何丽珠“哧”的一个冷笑，难以理解这个自找苦吃的怪人，说道：“只要你不放火，就随便啦！”

这是她对李言提出的最低标准和最高限制，除放火烧书之外，一切自由。于是李言一个人开始整理。他从这座破“文庙”的角落里找了一些废旧木料，请一位常来阅览室打牌的木匠师傅做成简易书架，然后就把那些古籍加以归类，按年代上架，整理出一块，地面也就清扫出一块。这项工作他前后花了三个月时间，终于把东配殿的图书全部理出了次序，房间也整齐了。何丽珠上班不必再进入灰尘和蛛网世界，有了这么个清洁处所，自然也不反对。

一日，馆长偶然到此，随口说了声：“好整齐！小李来了，工作很有成绩！”

李言忙说：“不，不！这是何师傅和我一起做的，她领导我！”

馆长满意地点点头，何丽珠在一旁面带笑容。

第二天，何丽珠来上班，一进东配殿就丢给他一只杧果：“这种水果，你们北方没有啊！”

李言望着那黄灿灿、香喷喷的礼物，很是惶恐，受之有愧的样子：“何师傅，你……”

他不理解一向对他存有戒心的何丽珠为什么要送给他东西，是因为他在馆长面前没有邀功请赏还美言了何丽珠吗？这是给他的酬谢或者奖赏？

何丽珠浓重的眉毛蹙起来，表示不容拒绝，话却说得很柔和：“阿言，我睇得出，你没有坏心！”

噢，是这样，他以自己的行动得到了何丽珠的宽容和理解。那么，这只南国佳果，却之不恭，也就只有郑重地接过来。

“谢谢你，何师傅！”

“谁要你谢啊？”何丽珠又不高兴了，“你不要叫我‘师傅’，大家都叫我‘阿珠’，你也叫我‘阿珠’嘛！”

“嗯，嗯。”李言受宠若惊地答应着，品尝手里那只熟透了的芒果。生在北方的李言虽然在南方大学读书五年，还从来没有舍得花钱买这种诱人的热带水果，一股从未体验过的清香沁人心脾。

书库整理好了之后，他就埋头读书，一本一本，一函一函，一架一架，按照他排好的次序。整理的目的是为了利用，唯一的利用价值就是供他来读，这些古旧书籍，除了他之外在越州恐怕还没有第二个读者。所以馆长称赞他“工作很有成绩”其实有些过誉了。

他上班的时间就是读书，下班时何丽珠把钥匙留给他，他晚上就接着读书。因为他就住在图书馆，读到该睡觉的时候就睡觉。他读书读饿了就一边读一边吃饼干或者面包。图书馆没有食堂。别的人都是回家吃饭，县城很小，骑单车或是步行都用不了多久。唯独他没有家。他的工资只有四十六块钱，没有经济能力天天到街上饭馆里去吃饭。他其实常常不吃饭，时间长了，饥饱都不清楚，只是忘不了读书。

“阿言，”何丽珠手里打着毛线，望着埋头读书的李言说，“你真是个书库里的老鼠！”

“啊？”李言吃了一惊，从书本上抬起头来，巡视着身旁，“我们这里有老鼠？那可不行，这东西危害书啊！”

“我是讲你呀，”何丽珠开心地大笑，“书库里的老鼠——咬文嚼字！”

李言一愣，随之哑然失笑，他不能不佩服这比喻的巧妙，又极通俗！

“阿珠，我们这里有这么多书，我怎么从来没看见你读呢？”

“我不欢喜睇书！”何丽珠坦率地说，毫不附庸风雅，“你读了大学，我只读了初中，你挣钱还没我多啦，读书有乜嘢用啊？这里的书又旧又破，一本也不好睇，繁体字我也不识，睇见就头痛！要不是为了挣钱食饭，我才不高兴看管这些废纸啦！”

何丽珠没有丝毫自嘲的意思，她觉得可怜的、值得嘲笑的是读书人——“书库里的老鼠”，似乎目不识丁、胸无点墨反而值得骄傲！

“唉！”李言叹息着，脱口而出，“对于自己的历史一点不懂，或懂得很少，不以为耻，反以为荣！”

何丽珠眉毛倒竖：“你，你骂人？”

“噢？我没骂人啊！”李言这才意识到刚才的话刺激了这位“老前辈”，但并没有向她道歉，却解释道，“阿珠，这句话不是我说的，是毛主席的原话！”

“啊……”何丽珠那双黑而亮的眼睛由愤怒而惊愕，由惊愕而温顺，“是毛主席讲的？那当然是没错的！”

李言笑了笑，便不再说什么。他并不打算向这个浅薄的姑娘灌输更多的唯物史观，因为她不懂。

历史的进程有一张不可知的时间表，“文化大革命”不期而至。

李言接到家里的来信，说他的父亲已经“畏罪自杀”！接到这封信，李言没有流泪，默默地把信纸撕成了碎片。父亲死了！这位可怜的老知识分子，一生未曾参与政治，却背着沉重的政治包袱，终于以一死为自己写完了“一部糊涂的历史”！“畏罪自杀”这个罪名是不能成立的，因为父亲的那点儿“历史问题”纯属历史的误会，连他自己都记不起来在什么时候、什么地点加入了三青团，直到解放之后才知道自己的历史上有这么一个莫名其妙的污点。他屡次申述，表明自己的清白，却完全无效，被划入“另册”。于是只有忍气吞声，默默地度过余生，因为他还要借执教以养家糊口。当他连这一条路也没有的时候，也就只有死了，“士可杀而不可辱”！

李言在图书馆日夜攻读的平静生活被打乱了，因为那股“文革”的飓风很快也刮到了越州，小小的县城也沸腾起来，李言沉默着，却又心惊肉跳地等待着厄运降临到他的头顶。

忽一日，一群臂缠红袖标的年轻人将图书馆包围起来，要采取革命行动。文庙这个封资修堡垒，藏着那么多前朝破烂货，不是“四旧”是什么？他们用墨汁涂黑了廊檐上的油漆彩画，爬上房顶砸烂了五脊六兽，又向东配殿发起猛攻，声称要把那些“四旧”图书统统搬出来，一火焚之！

馆长吓傻了！他虽然不曾一一拜读那些藏书，不清楚它们的价值，但那毕竟是登记造册的国家财产，如果付之一炬，他如何担当得起？面对这些天兵天将，他又不敢抗拒，只好央求说：“你们……怎么处理都可以，但总要有个手续，请县里下个批文给我们啦！”

“县委、县政府都砸烂了，破‘四旧’是中央“文革”的命令，你敢违抗吗？”

图书馆里的职工惊慌失措，不知如何是好。如果这一把火真放起来，大家的饭碗就完了！

馆长正在院子里艰难地交涉，何丽珠偷偷地拉了李言一把：“阿言，你跟我来！”

“干什么？”李言蒙头转向，“他们要烧书呢！”

“就是为这件事，我有办法啦！”

几分钟之后，何丽珠十万火急地跑出来，手里拿着一张墨迹未干的大字报，贴在东配殿大门上，大喝一声："我是书库的管理员，一家三代无产阶级，看管书库有毛主席命令！你们哪一个敢反对毛主席的最高指示?!"

何丽珠横眉怒目，伸开两臂，作一个庄严的"十"字！

纵火的人们被这气势镇住了。他们举目看去，白纸黑字写着毛泽东主席的话：

> 中国的长期封建社会中，创造了灿烂的古代文化……中国现时的新政治新经济是从古代的旧政治旧经济发展而来的，中国现时的新文化也是从古代的旧文化发展而来，因此，我们必须尊重自己的历史，绝不能割断历史。

李言本来要把毛主席的有关论述都写下来，但哪里来得及？刚写完这一段，就被何丽珠抢来了。

人们都愣了，无论是图书馆馆长和职工，还是蓄意纵火者，都呆呆地看着那张纸。片刻的寂静之后，突然爆发了一阵"毛主席万岁！"的欢呼声，浩浩荡荡的造反队伍一哄而散！

一张纸抵挡住了千军万马！

馆长不料何丽珠竟能出此奇招，退兵又是如此神速，惊魂未定，哆哆嗦嗦地握着何丽珠的手说："阿珠，多亏了你啦！"

刚刚做了一番英雄的何丽珠却不以英雄自居，笑笑说："那是阿言写的！"

"噢?!"馆长和同事们也不由得以感激的目光看着李言，但那表情是复杂的，大概对李言这个人也不便表扬吧！

回到东配殿，李言像是刚刚做了一场噩梦。

"阿珠，你刚才何必要提到我呢？这主意是你想出来的嘛！"

"你知不知？我这样做……都是为了你呀！"何丽珠脸红红地看着他，嫣然一笑。

"为了我？"李言猜度着她的意思，"你知道我爱读书，怕他们真的放起火来……"

"咳！书都是公家的，烧掉不烧掉关我什么事？你呀，真是个书呆子，现在是什么时候嘛，你还只想着读书、读书！"何丽珠似怨似艾似哀似怜，"你有没有听到风声？人家要整你，大祸就要临头了！"

"……"李言的心里像被一根鼓槌狠狠地敲了一记！出于自己与生俱来的政治上的劣势，他对政治一向谨慎而又敏感，风起云涌的"文革"和父亲的突然"畏罪自杀"更加剧了心中的恐惧，但他那本能的自卑感和防人之心又使他不愿意也不敢向外人谈及自己的心病。

"阿言！"何丽珠见他不语，便接着说，"外面在揪'反动学术权威'，我们这里也有人在议论：图书馆最有学问的就是李言啦！"

"啊？"李言的脸"唰"地变了色。他虽然自知还不到"权威"的地步，但在这个图书馆，在小小的越州县确也算得上"最有学问"的了，如果一旦被"揪"出来，他就将像父亲一样成为万劫不复的贱民！

"阿言，你不要怕！"何丽珠压低声音说，"我们一起来想想办法嘛！我阿珠没本事，就是心肠最软，看不惯人欺负人，图书馆有我阿珠在，就不会让你吃亏！"

话说得是大了点儿，但在那个特定时代，三代无产阶级也的确是无敌的政治资本。一个年纪轻轻的弱女子能够如此具有侠肝义胆，敢于向李言伸出援助之手，也难能可贵！

"阿珠……"李言的心中升起一股感激之情，连声音都有些哽咽了。但他没有让眼泪流出来，也没有千恩万谢。像李小二在沧州见了林冲时左一个“恩人”右一个“恩人”那样的话，他也说不出来，虽然落魄，他也还是个文人，是条汉子，他放不下脸面。

这无言的感激，何丽珠也心领神会，此后对李言更多了几分关照。她每天中午原是骑单车回家吃饭的，后来却改成每天带了饭盒来，分一些给饥一顿饱一顿的李言吃。同事们自然看在眼里，有几个碎嘴的“八婆”免不了要嘀嘀咕咕。

李言便对何丽珠说：“阿珠，你以后不要再带饭给我了，我……”

“我高兴带饭给你嘛，要别人管?”何丽珠却满不在乎，“我是女的，都不怕议论，你还怕?”

李言便不再言语，心中忆起淮阴侯韩信为布衣时乞食于漂母、受胯下之辱于市井的往事，好不是滋味儿。

外面的风声却一天紧似一天，机关“瘫痪”，工厂停工，学校罢课，校长、老师都被“揪”了出来，斗得一塌糊涂，肚子里有点儿文化的，都对“文化大革命”谈虎色变。古庙似的图书馆当然也非世外桃源，馆长已被“罢官”，由清洁工和看门的执政，每日里组织大家“学习”，声称要“横扫一切牛鬼蛇神”，眼睛虎视眈眈地盯着李言。李言自幼当惯了惊弓之鸟，当然心里明白，食不甘味，夜不安寝，不知自己哪天被“揪”出来，却又无计可施。

那天“学习”之后，退回东配殿，何丽珠突然对他说：“阿言，我们结婚吧?”

“结婚?!”仿佛一声惊雷在耳畔炸响，这是李言从来也未曾想到的，“你……跟我结婚?”

在何丽珠听来，他似乎有自惭形秽、不敢高攀的意思。

“只有同你结婚，我才好帮你啊!”何丽珠说，没有丝毫忸怩之色，“我家祖孙三代无产阶级，你同我结了婚，还怕什么?”

李言默默无语。何丽珠一语击中要害，他不得不严肃认真地考虑这个问题。有生以来，他还是第一次把自己的终身大事如此急迫地摆到议事日程上来。

早在他在“南大”历史系读书的时候，倒也不乏窈窕淑女吸引过他的视线，人家也曾向他投以爱慕的目光，使他怦然心动。但是，他都很快驱散心猿意马，故作麻木地放过去了，不曾做出任何表示。并不是像一些落套的电影、小说里描写的那样，书呆子不懂爱情，十八相送一路上，祝英台即景生情、旁敲侧击，梁山伯总是答非所问、不着边际。梁山伯说不定是在装疯卖傻呢，骨子里果真如柳下惠坐怀不乱吗？自古书痴总多情，才子最风流，只是碍于种种缘由，未必都像唐伯虎那样感情泛滥、溢于言表罢了。李言一是惜时，担心花前月下、卿卿我我误了读书好时光；二是胆怯，害怕自身的政治条件会成为爱情的障碍，一旦言明乃父系一“历史反革命”，姑娘便会像躲避麻风病人似的逃去，那对他将是一个难以承受的刺激……

现在，越州图书馆的管理员何丽珠出乎意料地主动向他“求婚”，且快人快语，省却了情啊爱啊的层层铺垫、繁文缛节，直截了当，开门见山，一步到位：结婚！何丽珠不但不嫌弃他那背时的家庭，不害怕受他的连累，还要帮助他、保护他，在他危难之机倾其所有，给他以最大限度的关切和爱护，也实在难能可贵！如果他和何丽珠以法律形式确定了夫妻关系，无疑在政治上给他大大增加了保险系数。那时候，人们要“揪”李言，必然要顾及何丽珠这位无产阶级，“投鼠忌器”。就这个意义上讲，李言非常感谢何丽珠的拔刀相助！但是，友谊是友谊，爱情是爱情，这二者还是不能混淆的，他们之间何曾有过“有美人兮，见之不忘；一日不见兮，思之如狂”的缠绵恋情？以后会有吗？“结婚”，就意味着他将和这个相貌平平、只念到初中、视读书如受刑的何丽珠共同生活一辈子，这难道就是他李言的归宿吗？爱情，到了这么实用的地步吗？

“你对我不中意？”何丽珠大惑不解的样子。她显然本以为李言会对她感恩戴德的，“红五类”肯嫁“黑五类”，在“文革”中已是惊世骇俗之举了。

“我……”李言没有直接回答“是”还是“不”，面对一位姑娘，他不愿意刺伤人家的自尊心，而只能另找托词，“我这个人生活能力很差，更不会照顾别人。阿珠，你跟着我会受苦的！”

“我从小受苦，不怕啦！”何丽珠倒很干脆，“我会好好服侍你，煮饭、洗衫，我样样都会啊！”

“我唯一的嗜好就是读书，可是你……”

“如果两个人都欢喜读书，谁来煮饭、洗衫呢？”何丽珠对答如流，从反面论证问题，其辩才不亚于哲学家和大律师。

李言竟很难驳倒她。“却之不恭”，该如何是好呢？事物总是辩证的，他也不得不退而考虑问题的另一面：古来的学者，未必娶的都是同道，女人的职责也不过相夫教子而已，有这么一个包揽家务的“老婆”来保证他的读书、研究，也未尝不是一条出路。

何丽珠看他这么犹犹豫豫，自然是不舒服。好比市场上做买卖，卖主心急火燎地兜售，买主却挑三拣四、迟疑不决，那是很令人扫兴的，自尊而又性急的卖主就要作色道：“你不买就算了！”何丽珠却没有这么说，她叹了口气：“现在是什么时候？你还是忘不掉‘读书’‘读书’，等到你读不下去的时候，不要后悔啊！”

李言当然听得出这话的意思。他现在是什么处境？头顶上悬着巨石，随时可能遭受灭顶之灾，一旦被“揪”出来，不要说什么读书、研究了，连做人的权利都将被剥夺，十七年的寒窗苦读付之东流，所醉心的史学事业终成泡影！到那时候，谁还能来解救他？他有勇气走父亲“士可杀而不可辱”的路吗？而眼前，竟有一位姑娘在他大难临头之际挺身而出，以一妇人之身，挽狂澜于既倒，拯李言于水火，他还犹豫什么呢？

“那……好吧！”李言终于下定决心，选择了面前这条唯一可走的路，“谢谢你，阿珠！”

如果说婚姻是一宗“买卖”，这买卖就算做成了。古之说客，连横合纵，其成功的诀窍无非是“晓以利害”，促使对方做出抉择。年纪轻轻、不学无术的何丽珠缘何精于此耶？

终身大事，一锤定音。事不宜迟，赶快办手续，以抢在李言被“揪”出来之前——或者说是为了免此一“揪”！

何丽珠当即就拉着他到图书馆“革命领导小组”去开结婚介绍信。掌印的虽然不大情愿，但还是照办了，开了信，盖了印，因为对李言“采取行动”的预谋毕竟不便说出，而且双方都合乎《婚姻法》的规定，也找不出刁难的理由。

图书馆爆出了新闻，何丽珠要嫁给李言了！同事们喊喊喳喳，议论纷纷，有人懊恼“揪”不成李言了，也有人哀叹娶不成何丽珠了——人和人择偶标准不同，何丽珠在李言眼里虽非最佳人选，却也有人思慕良久，如今被李言捷足先得，只好忍痛断了渴念。

何丽珠骑着单车，李言坐在后座上。本来应该是男子汉带着未婚妻，但由于李言骑车技术不精，也从未带过人，难以当此重任，才只好颠倒过来，引得路人纷纷回头观看。何丽珠倒不介意，昂首挺胸，打了胜仗凯旋似的。

“阿言！”她在前面甜甜地叫着他，“靠紧我呀，抱住我的腰！”

“这……”李言在后面忸忸怩怩，不好意思。一个大男人，坐着都比何丽珠高出半个头，若再那样搂住她的腰，像个什么样子？

他迟迟没有反应。何丽珠猛蹬一阵，车轮飞转，风驰电掣！李言猝不及防，险些闪落下来，本能地向前匍匐，双手搂住何丽珠……

何丽珠幸福地笑了！

在街道办事处，接受了简短的询问，便领到了鲜红耀眼、印着林副统帅题词“大海航行靠舵手”的结婚证书。何丽珠轻松地舒了一口气。而直到这时，李言才确切地知道，原来何丽珠还比他年长一岁，二十有六了，已远非妙龄少女！一丝懊恼袭上心头，犹如他在买到了一本新书，回来之后才发现里面有缺页、倒页，留下心理上的缺憾。不，书的残缺还可以回去调换，而人呢？以法律形式确定下来的终身伴侣，难道可以随意“调换”吗？算了，算了！这话还能说吗？说出来，阿珠受不了，也于事无补。阿珠毕竟不是他花钱买来的一件东西，而是一个有血有肉、有情有义的人，一个女人。他身为男子汉，不能去伤害女人，尤其是像阿珠这么爱他的女人。当他对何丽珠的种种不满足泛上心头的时候，只好努力压下这些念头，多想想她的好处吧！尺有所短，寸有所长，阿珠也并不是一无是处嘛！

怀揣着鲜红的结婚证书，他跟在何丽珠身后，默默地走出了这座一纸定终身的“衙门”，心中竟毫无即将做新郎的快意。

回去的路上，还是何丽珠骑车带他，“夫妻双双把家还”。何丽珠春风得意，那车轻如燕，疾如风。后座上，李言却心事浩茫，一腔愁绪。他问自己：对这桩婚姻，后悔吗？不，不后悔，因为后悔也晚了！

登记之后就突击结婚。何丽珠说，她家里人口多、房子小，怕李言住不惯，就由她出面，借了图书馆东配殿旁边堆放杂物的耳房，权作新房，一切因陋就简，也是当年时尚，李言又有何苛求！何丽珠准备了一些酒菜，招待同事。大家碍于情面，也不好不来。一对新人朝毛主席像三鞠躬，大家吃喝热闹一场，婚礼也就算圆满完成。

夜深了，客人各自离去，整个“文庙”复归于黑压压一片，犹如荒郊野寺，只有这间“新房”亮着灯光。

送走客人回来，何丽珠一头扑在李言的怀里，嘤嘤地哭了：“阿言！今晚我家里没有人来，你千万不要难过！”

李言心里一动。他和何丽珠的结婚虽然是闪电式的，她的父母总不会不知道，而对于嫁女这样一件大事，双亲竟然不到场，做何解释？李言纵使不难过，也要困惑的。

“噢，没关系，”他只能这样说，“明天，我们一起去看望两位老人家吧！”

“不要去了！”何丽珠却又阻拦他，眼泪汪汪地，“我爸爸、妈妈对你不中意……”

“为什么？”李言的自尊心昂然腾起，但当他看到何丽珠那有口难言的眼神，刹那间也就明白了，和他在图书馆所处的境遇一样，他那未曾见过面的岳父、岳母对这个出身于“历史反革命”家庭的女婿也是不认可的！

相对无言，李言只有仰天长叹！

“阿言啊！”何丽珠怀着深深的歉意，把脸贴在他的胸前，“我中意你！我不要娘家了，一生一世跟着你，阿珠的心，交给你了！”

李言心中一颤。他不能不惊叹何丽珠的勇敢。一个只具备初中文化的越州妹子，竟然敢于无视充满政治色彩的世俗，甚至不惜和父母决裂，而千方百计地保护他李言，苦苦地追随他李言！而当她说出“阿珠的心，交给你了”那句话时，李言又分明感到了她的柔弱，这个无家可归的弱女从今就把整个身心交付于李言了，他这个七尺男儿也就担负起不可推卸的责任，还能再对自己的妻子挑剔什么呢？

在举国动荡的浩劫岁月，这一对偶然相遇并且结合的处女童男在“文庙”的一隅构筑了遮风避雨的小巢，度过了暂时忘却世间一切的“蜜月”。这桩“天作之合”的婚姻，使漂泊越州的李言有了一个“家”，衣食饱暖事事有人过问，而且靠着何丽珠的“荫庇”，图书馆里“揪反动学术权威”的风声也就自生自灭，不了了之，李言脱险了。

新婚的“新奇”感很快成为历史，在婚后平静而又平淡的日子里，李言仍然把全副身心投入到东配殿那汗牛充栋的古籍中，这是他唯一的嗜好，也是他唯一的消遣。只有把心沉入故纸堆中，他才能忘掉命运对他的不公，忘掉诸多的烦恼和失落。在长久的寂寞中，书籍是他最知心的伴侣，给了他无穷无尽的智慧，抚慰着他心灵上的创伤和缺憾，吸引着他在崎岖的人生道路上走下去。

岁月在攻读中流逝……

历史悄悄地加快了进程。一九七六年十月的一声惊雷，“四人帮”倾巢覆灭。随之，批判“两个凡是”，彻底否定“文革”，拨乱反正，一系列新政策出台，中国的政治局势出现了在政治家预料之中却令凡人瞠目结舌的急转弯。李言从故纸堆中被惊醒了。出于史学家的睿智和敏感，他很快便明白了这一切意味着什么。毛泽东在“文革”初期的一封信，迟了十年之久才得以公开，其中有一句话：“天下大乱，达到天下大治。”谁也无法知道他当年写这封信时的确切想法，但事后看来，却犹如对十年内乱的最终结局的预言，“天下大乱”乱到了极点，“天下大治”便戏剧般地应运而生。这是历史的辩证法使然，也正应了中国的一句古语：“否极泰来。”

李言不再沉默。既然他那“畏罪自杀”的父亲已经平反昭雪，知识分子已被明确宣布为工人阶级的一部分，几十年来压在他心头的千斤磐石也就永远地搬掉了。他感到从未有过的轻松，积压在胸中的学问和才思如泉喷涌，奋笔疾书，接连写出了学术论文《秦始皇焚书坑儒考》《刘邦项羽论》《中国知识分子在历史上的作用》，分别发表在全国有影响的报刊上。越州图书馆立即轰动了。虽然他的论文没有几个人能看得很明白，但是，“看报看题，看书看皮”，白纸黑字印着“李言”的名字，也就足够令人们震惊了。从馆长到同事们都对他刮目相看，引以为荣，连当初密谋要“揪”他的人也改口说：“运动初期如果不是我们保护人才……”言下之意是李言还应该感谢他们的不“揪”之恩。

对于这些议论，李言仅一笑置之，他写的那些论文，原不是给这些人看的。剑鸣匣中，他期待着应有的反应。

终于有一天，县人事局局长突然光临了“文庙”，通过图书馆馆长找到李言，向他传达了县委书记程功同志的批示：

> 邑有贤才而不知，深以为耻。李言是个人才，要留住此人，发挥作用。论文各印发三百份，要求各级干部都读一读。不懂历史的人，也不可能把握今天，更不可能创造明天。
>
> 程　功

这正是李言所期待的。但当他读到这份批示，还是激动不已，甚至有些意外。他没有想到工作繁忙的程功同志竟然细读了他散见于各报刊的论文，而且给予这么高、这么中肯的评价，尤其不明白“要留住此人”这句话从何说起，他并没有要调离越州的意思啊，程功同志是担心他要远走高飞吗？

不过，李言并没有向人事局局长询问这一疑点，人事局局长也没有解释，只是非常诚恳地希望他“安心工作，在越州发挥作用”，这当然也可以理解为正常的安抚和勉励。

此后不久，图书馆就发展李言入党，随后又被县政府任命为文化局局长，在党代会上当选为县委委员。

进入八十年代，越州以其得天独厚的沿海地理位置，破格升为地级市，山水相连的几个县也被部分地划了进来，越州也就统领五十万人口了。程功同志是祖祖辈辈的“老越州”，十几岁就出去扛枪打江山，解放越州时又为这片热土负过伤、流过血，当然是打不倒的，越州撤县改市之后出任市委书记兼市长。他高升之后仍然没有忘记李言这个人才，极力举荐。李言先是做市长助理，在换届选举中终于荣任市委副书记、常务副市长。简直是青云直上，一路顺风，毫无障碍。当然也难免有人议论，说程功任人唯亲。程功说：“我和李言无亲无故，为国选才，无所避忌。对于有用之才，为什么不可以信而亲之？谁不服气，也拿几篇像样的论文出来！”于是，鸦雀无声。在政界毫无根基、毫无背景的一介书生李言，便由此“从政”了，并且很快站住了脚跟，这是令许多人奇怪的，又无可奈何。

而李言却处之泰然，仿佛这一切本来就应该是属于他的。过去不属于他是不正常的，现在属于他是正常的，“天生我材必有用”，历史证实了李太白的狂言。

历史啊，历史！历史老人这个人间主宰，他制造过多少悲剧，绞杀过多少人才？但又成就了多少伟业，提供了多少千载难逢的良机？他博大深沉，神秘莫测，默默无语，静静地注视着人间，从不向人们提示什么，只等待着智者捕捉时机。也许，在历史老人眼里根本不存在正确与错误、伟大与渺小、正义与不义、是与非、真与假、美与丑、善与恶之分，人与人的差别只在于两个字：“智”与“愚”。

李言没有辜负历史老人的厚爱。他兢兢业业地做市长，孜孜不倦地做学问，在两个领域里都有所建树。在别人看来，他前半生的苦读只不过为后半生的从政铺了台阶，既然做了官，学问也就无暇做甚至无须做了；而他却深感不做市长无以谈学问，不做学问无以做市长，这二者犹如车之两轮。当他拥有了纯粹的政治家和纯粹的学者都不具备的双重身份时，才感到自己真正的富有，进入了人生的“自由王国”。

但是，无论是踌躇满志于官场的李言还是呕心沥血于书斋的李言，也仍然有他心理的不平衡。当他在公务之余的小憩或是深夜无寐的静思时，也会袭来一阵寂寞与悲凉。当年于仓促之际草草与何丽珠结合的那一幕又浮在眼前，使他不堪回首。如果说此举曾使他幸免于难，在浩劫成为历史之后，当时的惊惧也早已随之淡化了，不值得渲染。一些罹难的名人死后又恢复了历史面目，备极哀荣；许多劫后幸存者重新回到当年纵横驰骋的领域，照旧如鱼得水。而他呢？得到了本来就应该得到的，却也失去了本来不应该失去的。早在青少年时期，郁郁寡欢、默默无语的李言便悄悄地憧憬着爱情，政治上的压抑，使他更迫切地希望能有一位人间知己、生活伴侣，“静女其姝，俟我于城隅”，“窈窕淑女，琴瑟友之”，那将是多么美好！虽然如云中窥月、雾中观花，于朦胧中他一直未能确切地看清那位“静女”“淑女”的面貌，未曾见到她向他走来，但“她”却一直在冥冥之中存在着，伴他度过漫长而凄冷的岁月。而当何丽珠戏剧性地成了他的妻子，那本来留给“她”的位置便被占领了，朦胧的“静女”“淑女”影像骤然远去，可望而不可即了。

副市长李言曾经试图改造何丽珠，把她装扮成“淑女”的形象，带入“上流社会”，以缩小理想和现实的强烈反差，这似乎是他寻求自我安慰、自我平衡的唯一途径。可是，事与愿违，阿珠在宴会上，指指这道菜：“这是什么？”尝尝那道菜：“哗！咁好食啊！”在同僚们的夫人面前出尽了洋相，她似乎专门去贻笑大方的。这样做的结果不但使李言气恼，也使阿珠受窘，于是双双发誓“下不为例”！

李言再也不敢带她去见世面，即使退而求其次，闲暇时在家谈谈心也言不及义，他那一脑门子的公务和学问，阿珠哪里插得上嘴？夫妻关系便越来越徒具形式，李言自怜自叹，他今生与爱情是无缘了！

尽管如此，李言也没有打算拆散这个家庭，抛弃何丽珠，另求所爱。作为一位学者，他早已洞悉了自己的妻子。何丽珠的泼辣、强悍都只是表象，而内里却是极度的虚弱、无能。她当年不顾社会舆论和家庭阻挠而下嫁李言，是她平生唯一的拼搏，这一搏，已耗尽了她全部能量，从此以后便完全依附于李言了，一损俱损，一荣俱荣，完全无力操纵自己的命运。在婚后第一个十年那段艰难的日子里，她所能为李言做的，也就是将自己使不完的体力来包揽一切家务，不让李言插手，而腾出时间读书。几十斤重的米袋，她一个人从粮店扛进家来，惹得旁观者笑话：“你老公呢？”她却一脸庄重：“嘘！阿言在睇书！”她自己最头痛的是“睇书”，却又把李言的嗜书成癖看得极其神圣。越州的夏季，奇热难熬，李言在灯下苦读，她守在一旁为他打扇，降温兼赶蚊子。李言读书时随手记下几句话，她都认真地收好。一张纸片也不丢失。难道她当初就意识到这些终有大用、李言必将飞黄腾达吗？不可能，用文人的说法，这不过是“爱屋及乌”而已。她把丈夫看得高于一切，丈夫的点点滴滴也就重于一切了。在他们共同生活的第二个十年，李言的处境已经从根本上改善，并且步步高升，她在这个家庭所起的“管家婆”作用也就越来越不重要了。甚至具有讽刺意味，人们会问：市委副书记、常务副市长的太太怎么会是这样呢？她也配？而她自己对此竟然毫无觉察，因为以她的经历和受教育水平，不可能这样认识问题。她习惯于男人出外谋事、女人辛勤持家这样一种家庭模式，以此为天经地义，以此为骄傲，想也想不到丈夫早在“结婚”之初就曾“后悔”，并且在以后漫长的时间里一直为这桩“婚姻”而暗暗痛苦。如果李言要摆脱她——也就是“抛弃”她，该怎么开口呢？对于这样一个毫无戒备之心、毫无还手之力的女人，又怎么“打”得出手？作为一位官员，李言深知我们的国情：婚姻这一“契约”是那么牢不可破，一旦缔结，便终身难以解除。《婚姻法》上明文规定结婚自由、离婚自由是一回事，人们的思维方式、行为准则又是一回事，在中华文明古国，“始乱终弃”“见异思迁”“喜新厌旧”至今仍是“道德法庭”上可怕的罪名，许多人正是惧怕这样的罪名，被一纸婚书如千斤锁链所禁锢，付出了自己的一生。如果李言仍然做一名普通的图书管理员，倒也可以笑骂由人笑骂、谴责由人谴责，挣脱那纸做的锁链，去寻求那活泼泼、火辣辣的自由人生；但他是地位显赫的市委副书记兼常务副市长，便不得不瞻前顾后、举步维艰了。他知道当一位官员在仕途的上升期如果爆出“桃色新闻”将意味着什么。既然失去的已经失去了，他已经得到的就不能再失去。他牢牢地控制着心猿意马，勿使纵逸，强迫自己按照传统的逻辑去思维：“女人的心在丈夫，男人的心在事业。”古往今来，事业有成者未见得同时拥有美满的爱情，大学问家未见得都有一位旗鼓相当的夫人。匈牙利诗人裴多菲所说的“生命诚可贵，爱情价更高”未免太偏激了，一个堂堂男子汉如果为爱情而丢了生命、丢了事业，岂不荒唐！李言挚爱着他的事业，对风云变幻的人生之路、仕途生涯不得不小心翼翼，他时时警惕着外部的女性世界，不为其所扰，尽管那些文艺团体的粉黛、宾馆饭店的娇娘、新闻单位的靓姐总要不失时机地向这位风度翩翩的李市长献殷勤，他却始终目不斜视、心如枯井，连秘书都用男的，不给任何人以可乘之机。他让繁忙的公务、浩瀚的书海占满大部分时间，几乎没有空隙遐想自己还缺少什么了。

如果不是郁琅嬛突然出现在他的面前，唤醒了他已经“死”去的感情世界，也许他的一生都将这样度过……

深夜，电话铃突然响了。

李言家的电话，在客厅、卧房、书房乃至卫生间都装有分机，有电话打进来就同时响，“铃铃铃”“嘟嘟嘟”“嚯嚯嚯”，很是热闹。这是为了方便。当市长的日理万机，他走到哪里电话就追到哪里，但市长也要吃饭、睡觉、上厕所，当然也要看书，这样他不管在干什么都可以随时就地接电话，处理公务，以免跑来跑去。而李言在某些时候又怕电话打扰，比如他在读书、著述或者极度疲劳之后要休息，便把他房间里的电话关闭，这样，如果有电话来，阿珠和阿盼可以先挡一挡驾，视必要性再决定要不要惊动他。要是只有他一个人在家，就干脆置若罔闻了，也不至于得罪人。

此刻，书房里的电话恰恰是关着的。李言一头钻进了书堆，沉入了历史，根本没听见客厅和卧房的电话齐鸣，而何丽珠则早已睡死，雷打不动。

电话铃声却响个不停，看来是个决心要深夜打扰、非通话不可的人。

何丽珠终于被吵醒了。她停止了鼾声，打个哈欠，揉了揉眼睛，见天还没亮。半夜三更的，什么人还来电话？真讨厌！她没有开灯，懒洋洋地伸手摸过床头柜上的电话，颇不耐烦地问：“喂……你找谁？”

电话里是个女人的声音：“找李言！”

“找李言?!”何丽珠火了。在越州谁不知道李言是市长？谁敢直呼其名？即使是市委书记程功也要称他“李言同志”，而这个女人竟然如此无礼，如此不知天高地厚！何丽珠鼻腔里“哼”了一声，“你是谁?!”

对方似乎也不愿意接受她这么气势汹汹的审问，停顿了一下，传来极力克制的喘息声，但并没有挂上电话，还是说话了，答非所问："我……只是想问问他：李盼有消息没有？"

"盼盼？什么消息？"何丽珠一愣，这才真的醒了，却完全没有听懂。她突然想起，直到她入睡时，女儿还没有回来，莫非……

"盼盼！盼盼！"她手里拿着电话，朝女儿的房间大声喊。

没有回应。她放下电话，跳下床来，光着脚跑到女儿的房间，打开灯，床上空空如也，没有女儿的影子。

何丽珠慌了！她和李言纵有千差万别，但却有一条共同的敏感神经，只要一提到他们的女儿，就像被银针刺中了穴位。这个宝贝女儿，是这个家里防不胜防的祸患，是他们两人医不好又挖不掉的一块心病！现在已经是后半夜了，盼盼不见踪影，却又接到了这么个不明不白的电话，这到底是怎么回事？

何丽珠抓起女儿房间里的电话，已经顾不上再讲究对方如何称呼李市长的礼仪问题，急切地追问："喂，喂！盼盼出了什么事？她在哪里？你是谁？"

对方显然极不愿意和她交谈，什么都不回答，只是说："你让李言听电话！"

何丽珠的心怦怦乱跳，六神无主。她猜想，盼盼也许被人家绑了票吧？这个电话是来敲诈钱财的！

"阿言！阿言哪！"她丢下电话，冲出去，推开李言的卧房。

李言根本不在卧房，这里关着灯，床上是空的。

"阿言！阿言！"何丽珠的声音都变了，光着脚到处乱跑，她被今晚的这场《空城计》吓坏了！

书房里亮着灯。

何丽珠踉踉跄跄地奔进书房："阿言！"

挑灯夜读的史学家被惊动了。他从书页上极不情愿地抬起眼，惊疑而又恼怒地看着这个蓬头跣足的妇人："干什么？"

"盼盼呢？"何丽珠直愣愣地问，"盼盼出了什么事？"

"阿盼呀！"李言这才明白了她所为何事，心想，亏你还是个母亲，睡了一觉才想起有个深夜未归的女儿！但他此时不想把学校的事告诉她，就定了定神，说："什么事也没有，你这是在做梦吧？"

"我在做梦？"何丽珠自己也糊涂了，疑心自己确实在梦游，"是做梦？我梦见……盼盼……"

"'盼盼'！'盼盼'！"李言厌恶地重复着何丽珠对女儿的这个"昵称"，"我跟你说过多少次了？叫她'阿盼''李盼'都可以，就是别叫她'盼盼'！……"

文人的积习难改，在这种时候还咬文嚼字。

当年，是李言亲自给女儿取名"李盼"，一个"盼"字，蕴含了身处逆境的李言对改变命运的多少企望！而何丽珠却给他重复了一个音节，昵称"盼盼"，叫起来也亲切得很。李言却不许。理由是：唐朝有一名妓"盼盼"，张建封守徐州，筑燕子楼，娶盼盼为妾。后代文人多有吟咏，白居易《燕子楼》诗序说："徐州故尚书有爱妓曰盼盼，善歌舞，雅多风态。尚书既殁，彭城有旧第，第中有小楼名燕子。盼盼念旧爱而不嫁，居是楼十余年。"苏东坡的《永遇乐》，则是"彭城夜宿燕子楼，梦盼盼，因作是词"，所以何丽珠"盼盼""盼盼"地叫自己的女儿，李言便听得不舒服，引经据典地告诫她万万不可。何丽珠哪里有耐心听他的烦琐考证？而且在她看来一个"盼"字和两个"盼"字并没有什么区别，仍然照叫不误，一直叫到今天，叫到现在……

"盼盼不见了，家里到处都找不到她！你还要废话？哎，阿言！刚刚有个电话找你，是个女人，问盼盼的'消息'，好奇怪噢！"

“电话？女人？”李言像是触了电，猛地站起来，“你怎么不早说？”

“咦，我即刻就来叫你啊！电话还没挂！”何丽珠张着两手说。

李言迫不及待，猛地抓起写字台上的电话：“喂，喂！”

话筒里传来郁琅嬛的声音：“是阿言吗？”

李言的心猛然一震，果然是她！他这才懊恼起自己为什么关上了书房的电话铃，以致惊动了不该惊动的何丽珠！他在心里又埋怨郁琅嬛：你今天是怎么搞的？把电话打到秦屿去就已经够冒失的了，现在竟然又打到家里来，完全乱了章法，但他现在来不及埋怨也无法埋怨了，急切地想知道郁琅嬛深夜来电又出了什么急事！“是，是我！你怎么……”

李言看了身旁的何丽珠一眼，咽住了后半句话。何丽珠连眼睛也不眨，盯着他手里的话筒，急于要知道那里面传出来的关于盼盼的消息。

可惜，话筒紧贴着李言的耳朵，何丽珠只能隐约听到那个女人在说话，却不知说些什么。

她看见李言刚才的紧张情绪放松了，却又像是急于结束谈话，不等那个女人说完，就拦住说：“我明白，明白！……嗯，慎重，嗯……”

何丽珠在一旁忍不住了：“那个女人是谁？什么‘慎重’啊，‘明白’啊？”

李言此时分身无术，只好侧过脸来，小声说：“阿珠，你不明白……”

“我当然不明白！”何丽珠看不惯他那诡秘的样子，高声嚷道，“我根本不识那个女人！”

李言连忙说：“你……小声点！”

“还要我细声点？”何丽珠反而高声嚷起来，“那个女人好无礼，有话不同我讲，指名道姓‘找李言’，哼，什么东西！”说着，伸手去抢话筒，“我要问问她！”

李言本能地把拿着话筒的手一闪，让她扑了个空。何丽珠哪里肯就此罢休？一把拉住了电话线，话筒在两个人的手里争来夺去。

李言错了。如果他不遮不掩、不争不抢，而坦然地让何丽珠去问郁琅嬛，绝不会问出任何秘密，丝毫也无损于李言。但他不忍那样做，那将使郁琅嬛极为难堪：被“情敌”审问而又必须忍气吞声，因为她是“第三者”，而人家是合法的“老婆”！郁琅嬛是极其孤傲的人，那样对她的自尊心是多么粗暴的摧残。

李言错了。长期以来，他似乎过于小看了何丽珠，甚至忘记了她是个女人。女人的本能就是要独自完整地拥有她的丈夫，尤其是何丽珠这种把丈夫看得比命还重的女人。她心甘情愿地为丈夫做牛做马，是把这些作为自己的权利，而绝不容许别人分享。她千方百计地解除丈夫的一切后顾之忧，却不可能为他和其他女人的交往提供任何方便。她尽职尽责地为丈夫做“管家婆”，而绝不容许“后院”沾染一点火星。她从不怀疑丈夫会有“外遇”，但并不说明丝毫没有警惕。一旦有任何人胆敢来尝试侵犯她的领地，她所爆发的能量将是惊人的！

李言此时的反常举动，使何丽珠心中生出不祥之兆：平时来电话找李言的人多得很，男的、女的，都有，别人都是毕恭毕敬，为什么单单这个女人敢于气势汹汹？平时李言接电话都是不大耐烦，抱怨人家占用了他的读书时间，为什么单单对这个女人的电话急不可待地去接，而且态度温和、丝毫也没有上级对下级的官气？平时李言在家里处理公务从来都不回避何丽珠，为什么单单在今晚躲躲闪闪，好像有什么事在有意瞒着她？刹那间，她突然觉得对丈夫的了解太少了，太放心了，李言每天早出晚归，有时甚至彻夜不归，她怎么从来没有像对待盼盼那样去盘查，甚至连想也没想？会不会他在外面也有什么事呢？谁知道！这个乱哄哄的世界，男男女女，什么事都有可能发生。比如这个来电话的女人——这是个女人！是个什么女人呢？

何丽珠的心慌了，乱了，急了，怒了！

“你讲清楚，那个女人是谁？”她死死地抓住电话线，拼命去抢话筒，“你经常半夜三更不返来，原来外面有女人拖住你啊？”

“阿珠！你、你、你怎么能这样胡说八道、出口伤人？”被击中要害的李言升起满腔怒火，只觉得一股热血涌上来，直涌到脸上，两颊火辣辣地发烫，太阳穴霍霍地跳。如果说二十多年来他一直觉得何丽珠可怜而不忍抛弃，那么此时就只觉得可恶了，凶相毕露，蛮不讲理，和那个文雅端庄、柔情似水的郁琅嬛怎么能比啊？如果说两年多来他在郁琅嬛和何丽珠之间一直处于两难的境地，既害怕失去郁琅嬛又不忍伤害何丽珠，那么现在就必须做出非此即彼的决断了！这个家已经再也不能“维持”，“维持”下去就必须以牺牲他李言和郁琅嬛两个人为代价，而这样恐怕何丽珠还不肯呢，看她那个架势，简直要把人家一口吞吃！

刹那间，李言突然想起了《宋江杀惜》，眼前的这个泼妇简直就是活脱脱的阎婆惜，怪不得宋江在一气之下杀了她！

李言丧失了理智，丢开手中的话筒，向何丽珠扬起了拳头……

“你打人?!”何丽珠惊叫起来，连连后退，嘴上却又不肯服输，“你敢打？你敢打！做市长的打人？你打吧，让全越州的人睇一睇!”

话筒早已摆脱了争斗的双方，吊在电话机上，缓缓地晃荡着，并且不以人的意志为转移，忠实地把这边的声音传到这条线路的另一端。

李言举起的拳头缓缓地垂下来。千钧一发之际，他不仅想起了阎婆惜，也想起了“杀惜”的宋江。郓城小吏宋押司尽管仗义疏财、美名远扬，却也有英雄失策的时候，一怒而“杀惜”，有口难辩、锒铛入狱，终于落草为寇，把一世前程葬送于微不足道的妇人之手！

李言的背上渗出了一层冷汗，他清醒了。一眼瞥见晃荡着的电话听筒，他疾步跑过去，把它挂上，然后一把抓住何丽珠的手：“阿珠，你把我气糊涂了！人家好意告诉我们阿盼的消息，你反而那样恶语伤人……”

何丽珠一愣：“盼盼的消息？快点告诉我，到底出了什么事？”

“唉，阿盼被派出所抓走了！”李言这才加重了语气说。

“啊？！”

何丽珠不吵也不闹了，被这突如其来的打击惊得魂飞魄散！一个家庭有各式各样的矛盾，当一个矛盾不易解决时，就把另一个更大的矛盾搬出来，往往能收到声东击西、调虎离山的奇效！

“盼盼……她闯了什么大祸？”何丽珠瑟瑟发抖，求援似的抓住李言的手，好像他们两人之间根本不曾发生什么争吵。

李言的心倒镇定下来，不过为了稳住何丽珠，那说话的表情却是极其严峻而沉痛：“她打了警察，被人举报，这回是逃不脱了！”

但是话只是说到这里为止，他并没有把自己亲自到越州一中送走女儿的事说出来，也没有把他确信女儿无罪的这张底牌亮给何丽珠。他现在所需要的，是让她安静，而不是安心。

“哎呀，糟糕！”何丽珠这回当然是没法安心了，“那……明日大姐就要返香港，没想到关键时刻又出了这种事！我们怎么向大姐交代？”

“是啊，”李言沉吟着，想了想说，“明天只好对大姐说，阿盼要考试，不能送她了，我和你去送她，先把她送走再说。大姐明天几点的火车？”

“七点一刻。”

“行，来得及。我们先送大姐，我九点钟还有个会，误不了！”

“哎呀，家里出了大事，你还要开会、开会！盼盼怎么办？出了这种事，会不会影响她去香港？”

李言板着脸，没有立即回答她。

何丽珠所说的，是她和李言最放心不下的一件事。由于女儿李盼一贯的恶劣表现，他们断定她不可能在越州一中支撑到毕业，不知哪一天会沦为少年犯。所以，夫妻两个谋划了好久才想到一条出路：不等毕业就打发她去香港投奔大姨妈——何丽珠的表姐。

何丽珠有一位在香港的表姐！李言和何丽珠结婚的时候以及婚后很长时间都闻所未闻，图书馆里的同事也一无所知，何丽珠历次填写各种表格更是连提也不提。所以她在阶级斗争的惊涛骇浪里才能那么理直气壮。等到阴霾散去，晴日当空，“海外关系”由耻辱一变而为光荣，何丽珠的社会关系中才突然冒出了这么个香港表姐，而且来往密切。说起来，像她这种情况也并不稀奇。越州地处大陆边缘，濒临大海，祖祖辈辈不断有人背井离乡去海外谋生，改革开放以来续上海外关系的人大有人在，没有的反倒自惭形秽，正所谓此一时彼一时也。

何丽珠的这位远房表姐，解放前已嫁离越州，不知去向。待年愈花甲，归里省亲，已是香港的一位百万富婆。她在越州的父母早已亡故，寻根访旧，找到了何丽珠这门姑舅表亲，表妹夫又是越州市长，于是两家走得比同胞姊妹还近。表姐在香港寡居已久，又无子女，日渐衰老，常常发愁后事无人倚托。在表妹家见了外甥女阿盼，喜欢得不得了，曾说：“我如果有这样一个女仔，死也瞑目了！”言下之意，欲夺表妹之所爱。阿盼听姨妈讲述香港那边的花花世界，与越州这小地方有天壤之别，自然也心驰神往，一老一小一拍即合。但是李言和何丽珠也只有这么一个独养女儿，哪里舍得送人？阿盼要是走了，他们夫妻身边岂不空空如也？于情于理都讲不通。表姐暗示了几次，何丽珠都支支吾吾，没有答应，人家也就不好再强求，只是每隔一年半载回来看看阿盼，送给她高级玩具、衣服、食物、首饰，不计其数。一年一年过去，阿盼渐渐长大了，出落成一个大姑娘，楚楚动人。可惜不走正道，仗着姨妈的不断资助，花钱如流水，请客吃饭、抽烟喝酒、跳舞打牌，无所不为。起初，李言还试图以怀柔政策感化她，动之以情，晓之以理，苦口婆心，却终无收获。何丽珠是个暴脾气，说不服就打。阿盼却不怕打，不哭不闹不认错不求饶，牙关紧咬，一言不发，两个小拳头握得紧紧的，好似蕴藏着深仇大恨。随着年龄和气力的增长，又反守为攻，与何丽珠对打，打起来无所顾忌，家里的花瓶、茶杯不断更新。李言和何丽珠终于服输，管不了就由她去吧，十八岁之后有了公民权，脱离关系！命中注定不该有这个女儿，只有舍弃。但看她那发展趋势，脱离家庭之后势必成为社会公害，或者不等到那时候就会被关入大墙。毕竟虎毒不食子，李言也不忍看着她走到那一步。何况他自己身为副市长，那样对他也甚为不利。万般无奈才和何丽珠商量，干脆把她送给表姐算了，落得个眼不见心不烦。何丽珠正被女儿缠得走投无路，也就只好认可，嘱咐阿盼说："你跟大姨妈到了香港，老毛病要统统改掉，不准再闹事啦！"阿盼却说："你懂什么？香港实行的是资本主义制度，即使将来回归祖国，还五十年不变呢！那里没有这么多清规戒律，去夜总会算什么？赌博算什么？交男朋友算什么？只要不吸毒、放火、持刀行凶、抢银行，就不犯法，可以放心大胆地搞资产阶级自由化，没人管！"何丽珠听得瞠目结舌。

去年冬天，表姐又来探亲，阿盼便迫不及待地要跟大姨妈走。老太太喜出望外，抱着阿盼亲了又亲，向李言、何丽珠一口咬定要把阿盼带走，她晚年的生活有亲人陪伴，百年之后财产也有了继承人了。何丽珠以一副"忍痛割爱"的样子应承下来，心里却是一块石头落了地。李言心中暗想：香港人买东西就是这样，只认华丽的包装，岂知里面是何等货色？诚如《卖柑者言》所说："金玉其外，败絮其中也哉！"但愿你"买"去之后不要退货！表姐却怕的是他们日后反悔、夜长梦多，于是立即着手办理手续。按国家有关规定，阿盼申请赴香港定居，属于前往照顾年老体弱的姨妈并继承产业之项目，须提交本人与在港亲属关系的证明，姨妈则须提交在港有永久居住资格、产业状况以及阿盼有合法继承权的证明，经公安部门审核批准后，发给《前往港澳通行证》。这些，当然都不难办到，于是火速将一应证明办妥，向市公安局提出申请，只待通行证拿到，阿盼即可启程。

表姐这次又来越州，便是专为敦促此事，希望越快越好。李言请她少安毋躁，此事大局已定，绝不会节外生枝。但办手续要循规蹈矩，一步步来，急不得，现在的办事效率……李言身为政府官员，也不好为私事去催促，耐心等一等吧。只要通行证办妥，公安局自会通知阿盼，那就可以送阿盼走了，大姐要是不放心，届时再过来接她嘛！这才把表姐抚慰安定，明早返港，静候佳音。

谁能料到，天有不测风云！没等到公安局通知阿盼去取通行证，派出所却把她带走了！

“怎么办？怎么办？”何丽珠又气又急，手足无措，“盼盼还去得了香港吗？”

“难说了！”李言用手拢了拢散乱的头发，重新坐回他的安乐椅上，阴沉着脸说，“她还想出境？做梦！人一犯了法，就得立案、侦查，送检察院、法院审理判决，该关的关，该杀的杀！”

何丽珠吓得打了个冷战。女儿虽然可恶，但坐牢、杀头毕竟也使她于心不忍！“阿言！你要想办法救她呀！”她搓着两手，光着脚在地板上团团转。

“难哪！”李言长叹一声，“现在正是大讲法制的时候，王子犯法，与庶民同罪，如果我出面为女儿求情，只会把事情弄得更糟！现在，唯一的希望……”

"什么希望？你快点讲！"何丽珠两眼都快瞪出来了。

"唯一的希望，是由她学校出面，跟派出所打交道，了解案情，反映阿盼在校表现，帮她美言几句，也许会从轻处理。这样，公对公，没有私情可言，公安机关也会相信他们。"

"噢！"何丽珠深以为然，"那你赶快去求学校帮忙啊！"

李言翻眼看看她："人家不是已经主动找上门了吗？"

"什么？"何丽珠一愣，"是不是刚刚来的电话？那个女人……"

"什么叫'那个女人'？你的心思用到哪里去了？那是阿盼的班主任！"

"班主任？是不是那位郁老师？"何丽珠又疑疑惑惑，"我听盼盼讲，她是个狐狸精、母老虎，最坏最坏，她肯帮盼盼吗？"

李言"啪"地一拍书案："你听阿盼的？！她说黑，一定是白；她说东，一定是西！既然不相信人家，就不要请人家帮忙了！"

何丽珠慌了："我是担心盼盼得罪过郁老师，人家不肯帮忙！听她在电话里的口气，冷冰冰，好凶啦！"

"是你的女儿闯了祸嘛，你还要挑剔人家？一个老师，和学生非亲非故，可以管，也可以不管，可是人家半夜三更还在为我们奔忙哩，这并不是每个做老师的都能做到的！"

一番话，使何丽珠的疑虑冰释。

"是啊，是啊！你在电话里有没有拜托她……"

"你刚才不是听到了吗？"李言余怒未息地瞥了一眼身旁的电话，"郁老师说她已经和派出所取得了联系，明天早晨她和校长再去交涉。她怕我们着急，先打个招呼，要我千万不要出面，一切都由她去做工作……"

"好人哪！郁老师真是个好人！"何丽珠从心里感激不尽，"等盼盼放出来，我们要好好谢谢人家！"

“这些，以后再说吧!”李言站起身来，“你现在什么也不要想，赶快去睡觉！一定要休息好，明天一早还要去送大姐。在她面前，一定要表现得自然，千万不要让她看出来家里出了事!”

“好，好……”何丽珠顺从地答应着，光着脚走出书房，到了门口，又回头说，“你也早点睡啦！家里出了这种事，还读什么书啊?”

“我不要紧，男人嘛，什么都要经受得住!”李言嘴角泛出一丝苦笑，“明天上午的会，我还要做些准备。”

何丽珠走了，李言重新在写字台前坐下来。

一场家庭战争眼看就要爆发，转眼间却又烟消火灭，扼杀在摇篮里了，好险啊！李言成功地操纵着何丽珠，扭转了局面，控制了形势。但是，他又警告自己：“战争”的隐患还在，随时还可能死灰复燃，酿成灾祸，不可掉以轻心。无论在任何时候，任何情况下，智者都应该安详、镇定，而切忌浮躁，切忌意气用事。“人情有所不能忍者，匹夫见辱，拔剑而起，挺身而斗，此不足为勇也。天下有大勇者，卒然临之而不惊，无故加之而不怒。此其所挟持者甚大，而其志甚远也!”东坡先生曾如此谆谆教导。

他极力使自己镇定下来，把阿盼闯祸带来的烦恼、郁琅嬛深夜来电造成的惊险、何丽珠疑心而引起的纠缠，统统放在一边，把全副心思都集中到写字台上摊开的故纸堆中，因为明天的论证会事关重大，他必须做好充分准备，不鸣则已，一鸣惊人。

他看看腕子上的手表，已是凌晨三点十分，剩下的时间不多了，这一夜，他必须通宵达旦。

四　爱情的颜色

此刻，在远离市委大院的地方，那深深细巷里的二层小楼上，郁琅嬛辗转反侧，彻夜未眠。

这一夜真是太难熬了。处理完李盼的事已是深夜，李言离开她这里时都过了十二点了。郁琅嬛并不觉得劳累和困倦，而是牵心动腑。她真正担忧的其实并不是李盼，因为李言已经向她交了底：李盼的事纯属冤案，二十四小时之内就会见分晓。让她不放心的是李言。

李言在离开这里之前，简要地对她谈了在秦屿的惊人发现和设想。她敬佩这个男子汉，短短的两三个小时就能在一个陌生的地方取得如此巨大的收获，中途虽然受到李盼的干扰，却处变不惊，沉着冷静，把事情处理得干净利落，不留后患，而且事后还是那么平静，饶有兴致地谈政论道，运筹帷幄明天的惊人之举。

但是，李言走后，她思前想后，却越来越觉得此举欠妥。开发秦屿不是你一个人做学问，而是关系到全越州的大事，既然市委已经做了决定，你有新的想法，是不是应该先征求征求程书记的意见？现在程书记不在家，你突然唱出反调，这合适吗？

不，这样太冒险了！既然命运已经把她和李言连在一起，她就不能置李言于不顾，有必要在开会之前提醒他：要慎重！三思而后行！

可是，她想到这一点已经太晚了，李言走了，回家去了！

一想到李言还有那个“家”，还有何丽珠那位“夫人”，就勾起郁琅嬛心中难言的隐痛，她厌恶那个地方，仇恨那个地方，无视它的存在。和李言交往两年多来，郁琅嬛没有登过他的“家”门，她不愿意见到何丽珠，难以设想当她踏进李言和何丽珠共同生活的地方，自己将是怎样的感受。可是，那个地方确确实实地存在着，她又怎么能无视啊！比如现在，她有话急于要对李言说，却又因为有何丽珠挡道，而不能去找他！那么，迫不得已，只好打电话了。傍晚的时候打电话到秦屿已是迫不得已，现在又是迫不得已，一夜之间竟然已经有两次迫不得已！

她走到书桌前，拿起电话，又犹豫地放下了。这部电话，是在和李言相识之后才装上的。在小城越州，她无亲无故，本来用不着装私人电话，但李言和她要经常保持联系，又不能惊动任何人，实在太不方便，李言就做主为她装了这部电话。这以后，除了在极特殊的情况下，比如郁琅嬛临时有事要向学校打个招呼，或者校长找她有事之外，这几乎是一部李言的专用电话，经常是他有事打过来，而她很少打过去，因为李言会议多、活动多、公事多，行踪不定，很难弄清他何时在何地，而且还有诸多忌讳，在办公室里要提防秘书，在家里则要警惕何丽珠。现在，何丽珠无疑正在家里，电话打过去，万一是她来接怎么办？可是，转念一想，天这么晚了，也许她早就睡着了，而李言今晚要加班准备讲稿，肯定还没睡，有电话来肯定会先接的。打吧，还是打吧，不然，他明天一早就要去开论证会，这些至关重要的意见就没有时间面谈了。

按照那个熟记在心中却是第一次使用的号码，她把电话拨通了，却迟迟地没有人接。她的心“咚咚”地跳着，等待着李言，同时又在担心：万一接电话的是何丽珠呢？那么，就不讲话，把电话挂断，她也不会知道是谁打来的。这样做虽然“冒险”，但也不能对李言明天的冒险坐视不顾！

命运真会捉弄人，担心什么恰恰就碰上什么，接电话的恰恰是何丽珠！于是，开始了令人难以容忍的对话，人家气势汹汹地“审问”她，她却只能忍气吞声……接着又是那一番看不见的争吵甚至可能是打斗，李言被动地解释，何丽珠却高声叫骂……

郁琅嬛恼怒了，不能自制了！有生以来，她没有受过这样的侮辱！她要抗议，要反击，可是，那边正在激战之中，电话根本没人听。刚才她怕何丽珠接电话，现在倒希望她来听，却又做不到了！郁琅嬛恨不得立即赶往市委大院，冲进李言的“家”，当面质问何丽珠：“你骂谁？你凭什么骂人？”什么知识分子的面皮，什么“形象”“影响”，统统不管了，向她宣战！在当今的中国、当今的越州，男人或女人在婚外产生恋情的已不乏其例，有的还闹得沸沸扬扬，“第三者”甚至公开地向“原配”挑战：你把他（或她）让给我吧，不然我就如何如何！别人可以那样做，我郁琅嬛为什么就不可以？但是，这个念头刚刚冒出来，就被她自己打消了。不，不能那样做！和何丽珠争斗，自己是对手吗？一身书生气，连一句脏话都说不出口，哪里登得上泼妇骂街的“舞台”？何况，那里是市委大院，那个门，进得去，却又怎么出得来？这么大闹一场又将造成怎么样的后果啊？冷静些，再冷静些！她命令自己，不要因为一时冲动而使自己和李言都身败名裂！

她全身发抖，受辱而不能还击，再听下去会活活气死。不，不听，不理，免得玷污了自己的耳朵！她想挂上电话，中断这不亚于酷刑的精神折磨。但是她又做不到，“市长院”里的那一场争斗完全是由她引起的，现在李言正在孤军奋战，她怎么能不管不问呢？

她两腿发软，连支撑身体的力气都没有了，跌坐在床上，耳畔是那一场看不见的恶战……

恶战突然停止了，不，是电话突然挂断了。

她不知道那边到底怎么样了。会不会事情越闹越大，已经惊动了周围的邻居？那都是些什么样的"邻居"啊？市委、市政府、市人大、市政协的头头们都住在那座大院，这场家庭战争将成为爆炸性的本市头条新闻！

事情竟会弄得这么糟，她郁琅嬛处在一个多么尴尬的位置上啊！

她无法使自己安宁了，好像眼前就是那场恶战的现场，耳畔则是何丽珠毫无顾忌的恶言秽语，她无法忍受，头脑都要爆裂了！

她穿上外衣，冲出房门，"咚咚咚"跑下楼去，沿着门前的细巷匆匆地向前走去。她要去哪里？去干什么？自己也不知道。

早已是后半夜了，万家灯火都已熄灭，只有昏暗的路灯照着这个孤零零的人，走在碎石铺成的路面上，她的脚下拉出一条长长的影子，像一个深夜出游、飘忽不定的幽灵。

她走出细巷，走上大街。这条街走到了尽头，就到了海滨公路。大海正涨潮，潮水呜咽着向岸上涌来，吞没了白天游人们漫步的沙滩，泡沫拍打着虎皮石堤岸。

大海上空，一弯残月默默地洒下朦胧的银光。

她在虎皮石堤岸上坐下来，望着银灰色的大海，海潮荡起一条又一条的弧线，漫过来又退回去，退回去又漫过来，正如她那反反复复、汹涌不止的思绪……

大海，是她倾诉衷肠的旧友。

两年多之前的一个星期天，苍茫暮色中，她一个人坐在这条堤岸下面沙滩尽头的礁石上，凝望着层层涌来的海浪，仿佛是一位有生命的朋友在默默地陪伴着她。她在越州没有亲人，没有朋友，幸而有了大海。

与大海相比，故乡的小溪太纤弱了，省城的人工湖太雕琢了，而“海纳百川，有容乃大”，因无与伦比的容量而博大深厚，如阅古历今的学者，不矫揉造作，不故作高深，而更使人敬畏。永不枯竭，也从不泛滥成灾，海永远是海。物换星移，人事代谢，海永远是海。含蓄蕴藉，不失本色，海永远是海。

海水漫上了沙滩，浸湿了她的鞋袜。吸收了一天阳光的海水不再是冰冷的，她感到了大海的“体温”。那一次次有规律的冲击，是大海的“脉搏”。

她若有所思，轻轻地吟咏着：

潮汐，海的呼吸。
没有潮汐，
海就会窒息。
鱼，海的儿女。
没有鱼，
海就会孤寂。
帆，海的首饰。
没有帆，
海照样美丽。

吟毕，自己纳罕：咦，这不是诗吗？

忽然听见背后有人说道：“好诗！”

她一愣，蓦然回首，见是一位身穿深灰色西服的中年男人。她有些愠怒这凑趣打扰的人，不想理睬他。但她的目光在收回的那一刹那，由那人的西服上移，却看到了他的脸，又一愣，那人竟是她的学生李盼的父亲、副市长李言！

家长会上一面之交，算是已经认识了，但是没有想到会在这里碰上他。那一番论争，“触詟”输于“触龙”，使她懊悔自己的浅薄，这次邂逅便难免惶恐。

“噢，是您……”她从礁石上站起来，一时不知说什么才好。她自然不会称他为“李市长”，但也不便直呼“李言”，就在仓促之中选择了一个第二人称的尊称：“您。”

“郁老师，”李言彬彬有礼地向她伸出右手，“对不起，打扰了你的诗情雅兴！”

郁琅嬛伸过指尖和他轻轻一握，不好意思地说：“我在这里自言自语，还以为旁边没有人呢，见笑了！”

“自言自语才会出好诗，因为有感而发，没有任何功利目的，既不是即席应酬，也不是被人催稿而硬挤出来的！”李言认真地说，“不过，平心而论，前面两节，倒也平常；但最末一节很不一般。前人虽有‘水似青罗带，山如碧玉簪’，妙则妙矣，但仍失之纤巧，小家碧玉而已。‘帆，是海的首饰’便更胜一筹，以点点白帆衬托大海的浩瀚，‘首饰’一词确是神来之笔、点睛之笔。而结语最为难得：好容易觅得一个绝妙比喻，却又毫不吝惜地轻轻抛弃，‘没有帆，海照样美丽’，返璞归真，顺其自然。如果说前面几句尚未脱尽闺秀意味，到这里便全然丈夫气概，浑如李太白名句‘清水出芙蓉，天然去雕饰’。而沧海横流又远胜于清水芙蓉！”

李言竟然一口气说了这么一大套，直使郁琅嬛面红耳热，手足无措：“您……可真是过奖了！”

“老同学！”李言以这个全无高下之分的亲切称呼叫着她，“是你过谦了！我并没有胡乱吹捧啊，短处、长处都说到了。如果我把你的诗贬得一无是处，你恐怕也不会服气！”

郁琅嬛腼腆地笑了。这个李言，不但谈锋犀利，眼睛都能看透别人的心呢！

“怎么样？老同学！”李言以击中要害之后的快意微笑着，“把这首诗拿到《越州日报》上发表出去，让大家都来欣赏欣赏嘛！我跟报社总编辑打个招呼，你去找他——不，让他来找你，登门拜访，敬请赐稿，如何？”

郁琅嬛脸上的笑容褪去了。她虽然感谢这位“老同学”的盛情，却不能领受。“我跟报社总编辑打个招呼”，“让他来找你”，这对于李言来说也许很简单，但不也正是从这里透出一股“官”气吗？作为一市之长，他对谁都可以颐指气使，那么这种指令性的“登门拜访”，也就是对她的“恩赐”了。这是她万万不能接受的！

“噢，不，不……我又不是什么诗人，主要是搞教学，自己很少写东西，也不成熟，不打算发表……”她支支吾吾地婉谢了对方的好意，“您那么忙，千万不要为这种小事儿费神……”

李言也就不再勉强，接过她的话题说：“不错，忙是真忙，忙得连读书的时间都没有了，更没有闲情逸致像老同学这样临沧海而赋诗！你看我，连星期天都不得休息，一位南洋华侨捐款在西郊他那个村修了一座桥，今天落成，要我去剪彩，也不好不去！回来经过这里，把车子打发走了，想在海边休息休息。这么巧啊，碰到了老同学在这里优哉游哉，你好轻松噢！”

郁琅嬛的心情其实一点儿也不轻松。李言随口说到自己如何“忙”，也许并不是有意在她面前显示“官”气，但她却听得毫无兴趣，“老同学”之间的距离不知不觉又拉开了。

而李言的兴致却很好：“郁老师就住在附近吗？是不是邀老同学去

府上坐一坐?”

郁琅嬛没有立即回答。她一时弄不明白：李言为什么如此主动地要拜访她的“府上”？是真的出于同学校友的情谊，还是以市长的身份借此体察“下情”？

李言本以为她会愉快地表示欢迎的，已经转身向堤岸走去。走了两步，却发现她并没有跟上来，奇怪地回过头：“嗯？不欢迎?”

郁琅嬛原地不动，也不答话，就这么僵持着，僵持了几秒钟。那几秒钟显得很长。

李言既没有重申拜访的要求，也没有就此告退，而只是颇为不解地看着她。他显然是在研究她：这个人好孤傲啊，大概在整个越州，再不会找出第二个拒绝市长来访的人了！

那场面好尴尬！

还是郁琅嬛打破了这僵局。她喃喃地说出了一句连自己都震惊的话：“对不起，自古官不入民宅!”

然后，低着头，绕过李言，匆匆上岸，走了。

她步履凌乱，走得极不自如，不像是她拒绝了别人，倒像自己被赶跑了，逃走似的惶惶然。

走了好远，又不由自主地回头看了一眼。啊，李言还没走，仍然伫立在海边，望着她“逃走”的方向。

那天晚上，她彻夜难眠。并不是懊悔自己对李言的失礼，而是觉得自己还可以表现得更潇洒一些。知识分子“诗酒傲公侯”，古已有之。魏晋名士嵇康，不愿与司马氏合作，隐居灌园、锻铁。司马昭的宠臣钟会去拜见他，他只顾打铁，置之不理。钟会无趣，怏怏而归。嵇康嘲之曰：“何所闻而来？何所见而去?”钟会悻悻对曰：“闻所闻而来，见所见而去!”那才痛快淋漓！而她今天表演得算什么？没头没脑的一句“官不入民宅”，就把自己置于“小民”的劣势，反而把李言抬到“高官”的地位，一个小城越州的副市长何至于让她“敬而远之”到这种地步？这很容易让人家误解为她怕“官”，李言有什么可怕的嘛！况且人家做官做得也没有劣迹，和她又没有宿怨，还一口一个“老同学”，自己突然翻脸不认人，倒显得造作了。唉，郁琅嬛毕竟涉世太浅，自己把自己搞乱了！不知她在李言眼中是个什么形象？不可理喻？滑稽可笑？神经兮兮？她简直不敢设想！她断定，李言从此不会再理她了。除了学生家长和教师这一层淡而又淡的“关系”之外，他们之间还有什么瓜葛？副市长兼史学家李言难道还缺少这么一个“老同学”吗？说是“同学”，前后差了二十年，人家那么称呼她，只不过出于礼貌和修养罢了，来而不往非礼也，当然也就到此为止了。

这件事折磨得郁琅嬛两三天都心烦意乱。烦到了极点，她唯一的办法是自己开导自己，从反面去想：我是不是有点儿像契诃夫笔下的小公务员？小公务员是那么渺小，不慎在上司面前打了一个喷嚏，竟至于惶恐郁闷而死，笑话！我郁琅嬛就是郁琅嬛，我行我素，何曾看过别人的脸色？既然从来就没有打算高攀什么“市长”，也就根本用不着后悔，要是“官不入民宅”那句话得罪了他，那就得罪吧，一名普普通通的中学教员既无职又无权，免也没得免，降也没得降，还怕打击报复吗？

自己心中的锁，自己打开了，郁琅嬛依然故我，把这次不愉快的接触丢在了脑后。

一周之后，《越州日报》副刊版却出乎意料地发表了她的那首诗，还加了一个本来没有的标题：《海思》。小城的人没见过大世面，一中的老师们争相传阅，向郁琅嬛投以羡慕的目光，好似一中出了个大文豪，大家都沾了光彩。郁琅嬛是在大家都“轰动”了之后才知道的，她简直莫名其妙：这首所谓的“诗”是她即兴哼出来的，根本没有写在纸上，怎么会登了报呢？那么，只能是李言所为，是他凭记忆抄下来，给了报社。啊，这是个博闻强记并且言而有信的人，说到做到，不计前嫌。唯一的欠缺是没有征得作者的同意就发表了人家的作品，有“侵权”之嫌——如果要挑剔的话。而在没有成名的作者之中，又有谁去这样挑剔“伯乐”呢？

恰恰就在《海思》见报的同一天，她下班的时候，传达室的老头儿叫住她，交给她一个沉甸甸的大信封。她想象不出是谁寄来的，什么内容，急切地拆开来看，里面没有信，只是一本书：《历史人物论集》，李言著。翻到扉页，上面用钢笔写着：“琅嬛学兄教正，李言。”

她觉得自己双手所捧的分量很重，很重。

回到家里，她就迫不及待地读这本书。

这是李言自六十年代以来的史学论文集，涉及众多的历史人物，包括知名度很高的越王勾践、商鞅、秦始皇、曹操、诸葛亮、唐太宗李世民、李白、苏轼……也包括一般人不大注意的袁枚、段玉裁、王国维，甚至还有一些极不起眼的小人物，像优孟、优旃。李言对他们不是泛泛而论，而是立足于对史料的占有、辨别和筛选，从中阐释自己的论点。有些文章也不免因袭前人定论，但更多的是另辟蹊径、标新立异，敢于和名家唱反调，敢于翻历史的“铁案”。初看似觉异端邪说，但细细地读下去，便会为他那言之凿凿的论据和鞭辟入里的论点所折服。比如曹操，鲁迅先生在世时已指出曹操“至少是一位英雄”，毛主席的词中“魏武挥鞭，东临碣石有遗篇”也明显地予以褒扬，到郭沫若《替曹操翻案》，历史上对曹操的定论已基本推翻，如今称曹操为“英雄”已非惊人之语。然而与曹操对立的诸葛亮呢？至今仍被人们奉为智慧之神、“鞠躬尽瘁，死而后已”的楷模。李言则大胆地提出：不否定诸葛亮，就不能正确地认识“三国”！纵观当时汉室式微、天下大乱之势，改朝换代已不可阻挡，曹操正是顺应了历史潮流，充满着新兴地主阶级政治家的蓬勃生机，有再度统一中国非他莫属之概。而诸葛亮竟然死死抱住刘备这具政治僵尸不放，倾其全力将历史车轮拉向倒转，而且至死不悟！李言承认诸葛亮“多智”，然而他智非所用，弄巧成拙。这是“大智”，还是“大愚”呢？惜哉！“鞠躬尽瘁，死而后已”也可以休矣！再如王嫱，因“和亲”有功而载入史册，历代文人《咏昭君》《咏明妃》喋喋不休，现在更被视为“民族团结”的模范。无论今人还是古人，都把太多的政治重负强加于一个弱女子身上，王昭君只不过是当时的政治牺牲品，封建帝王招之即来、挥之即去的工具、玩物和可以随便送人的“礼品”，她客死匈奴和杨玉环被赐死马嵬坡其实并没有什么两样。她“自请”远嫁匈奴的行为，只不过是对寂寞冷落的宫廷生活的幽怨和反抗而已，根本谈不上是什么“爱国主义”和“追求爱情的自由”。历史上有名的美女，西施、王嫱、杨玉环的命运大体相同，她们都没有人生、爱情的自主权，没有丝毫的自卫能力，连死后的荣辱也都听凭人们强加。如果她们九泉有知，对那些吹捧她们的文章和影剧作品绝对不会认可！

…… ……

李言论证严谨，文笔又流畅自如，议论处常常带有很浓的感情色彩，使他的史论平添了极强的说服力、感染力和煽动性。尤其是对于几位女性的剖析和论述，更能打动郁琅嬛，读着读着，她对这部亦文亦史的奇书入迷了……

掩卷沉思，她觉得作者李言就站在她的面前，博学睿智而又含蓄蕴藉，儒雅风流却又不酸不腐。那一年，郁琅嬛二十七岁。在她二十七年的人生历程中，曾经结识过这样的人吗？还没有。在南方大学中文系读书时，当然也不乏学问老到的师长，那些老师在她面前只有父辈的慈祥，而没有兄长般的亲切。李言虽然比她年长二十岁，但仍然可以视为同代人，在他身上，青年人的敏锐、中年人的充实和老一辈的成熟兼而有之，而没有年轻“学者”的浅薄、浮躁和老学究陈腐的夫子气。郁琅嬛和他在一起，感觉不到“代沟”。家长会上的第一次见面，李言就曾经指出她读书的疏漏，但没有在会上当众让她为难，而是留待会后个别交谈，用的还是探讨的口气：“是吗？可是我记得……”避免了“好为人师”之嫌。那的确是学长、兄长、朋友的态度，这对于从小失去父爱，又没有兄长且知交寥寥的郁琅嬛来说，还是初次领略。第二次邂逅，他便对她的“诗”给予褒奖，并且推荐发表，这真是一个怜才惜人、毫无妒忌之心的人啊！现在，他又默默地寄来这本书，称她“学兄”，请她“教正”，除了表达对她的尊重之外不也是无言的申述吗：请不要把李言看作尸位素餐的政客，他的本色是一位学者！郁琅嬛脸红了，与李言相比，自己显得太浅薄了吧？

她希望能有机会再见到他，向他做一些解释，请“老同学”谅解。但是，一个是副市长，一个是普通教师，偶然“碰上”的概率太小了；她又不愿意主动找上门去“解释”，那样似乎是“负荆请罪”，她做不出！思来想去，不了了之，也就只好作罢，顺其自然。

又过了几天，中秋节和教师节同时到了。市教育局邀请一些教师代表开一个“茶话会”，以示庆祝和慰问。郁琅嬛应邀参加，这是她没有料到的。在越州一中，资历比她老、成绩比她大的老教师有的是，哪里会轮到她出头露面？也许是因为《越州日报》上发表了几行诗竟使她成了“名人”？她这样猜想。

但她没有想到李言竟然出席了这个会并且还讲了话。李市长的到来当然把会议的“规格”提高了，教育局局长和与会者都很兴奋。

李言在讲话中代表市委和市政府向全市的人民教师祝贺节日，并且深深地鞠了一躬："感谢你们，人类灵魂的工程师！我使用这个称呼不是说'套话'，你们实实在在是'工程师'。在本世纪已经所剩不多的时间里以及下个世纪，古城越州将实现巨大的飞跃，这是一项造福于子孙后代的、了不起的工程，它需要几代人不懈地努力才能完成，需要成千上万有知识、有才能的建设者和组织者，而这些人才将从你们手中诞生！"

他的讲话被热烈的掌声所打断。

李言和每个与会者亲切握手，在茶话会进行中和许多人随便交谈，并没有给予郁琅嬛格外的注意和关照，好像她和别人一样。而郁琅嬛心中明明知道是不一样的，说不定她被邀请与会就是李言特别指定的。

李言到她的桌旁来了，像对别人一样寒暄两句，随便问一问学校的情况。而这些，根本不是他要问的，她也不必回答，李言对越州一中很熟悉。

郁琅嬛的心突突地跳，她想，向李言当面解释的机会来了。可是，在这种场合，她要说的话又不便说，话到嘴边，临时改了内容："我想约您单独谈一谈……"

"好的！"李言好像早已料定她要说这句话，当即答应下来，"时间、地点由你定。不过，我只有业余时间才属于自己……"

"我也是。"郁琅嬛说。她匆匆地在那张请柬上写了一行字，递给李言："这是舍下的地址。"

"谢谢！"李言接过那张请柬，并没有当众细看，就装进了公文包。

按照她留下的地址，李言在周末的夜晚造访了这座藏在细巷深处的小楼。

两人都没有以任何方式、从任何角度谈起上次因"官不入民宅"那句话引起的不快，仿佛都早已忘记了，既然今天已经在“民宅”见面，那一页就成为历史了。他们也没有借学生家长和教师的这一层“关系”作为谈话的由头，为李盼的茁壮成长与否多费唇舌，因为双方都明知那孩子不可救药。谈话从李言的那本书开始，他们谈历史，谈文学，真像是“老同学”聚首。

这个话题可谈的太多了。李言谈得兴起，习惯地从衣袋里摸出香烟来，抽出一支，正要点燃，却又停下来，礼貌地问一声：“可以抽烟吗？”

一般来说，不是在“禁止吸烟”的公共场所，客人这样的请求很难被拒绝。

郁琅嬛却没有爽快地给予回答。这是她第一次看见李言抽烟，奇怪，怎么前几次见面都没发现他有抽烟的习惯？也许他是在人前尽量克制。为什么现在不继续克制了呢？也许是因为在“老同学”的家里，就无拘无束了吧？

很遗憾，郁琅嬛这个人厌恶香烟，也厌恶抽烟的人。对初次来访的副市长这个小小的请求，她很难说出“不可以”，但又不愿意违心地说“可以”，只好换了一种婉转的方式：“对不起，我没有为您准备烟灰缸。”

李言明白了，立即把香烟收起来，解嘲似的说：“入境问俗，客随主便。这么洁净的环境，谁还忍心污染呢？”

郁琅嬛放心地点点头：“谢谢您的合作！”

李言笑道：“你这里简直像海关。限制重重，还一口一个‘您’，好像对人家挺尊重似的！”

“那我就把‘您’免去好了，你说呢？”

“早该如此！”

于是两个人“你”“我”相称，倒显得更融洽了。话题复归为谈文论史。李言很健谈，但郁琅嬛却似乎感到在他的眉宇之间蕴藏着淡淡的哀愁。这是为什么呢？

“‘今日得宽余！’很久没有和老同学做如此畅谈了！”李言说，好像在回答她心中的疑问，语气中透出一种寂寞之情。

“在越州，我们‘南大’的校友还有谁？”她问。

“没有谁了！”李言摇了摇手，“只有你和我。”

一语道出寂寞的原因，郁琅嬛很能理解。

“和我一样，和谁也不交往！”她苦笑了一下。

“交往还是有的，”李言也苦笑，“只不过都是些俗人、俗务，不得不应酬，难得以文会友！”

这就是说，在整个越州，除了郁琅嬛之外，还没有人具备和他谈论学术的资格。啊，这么看得起她！

“那么，在家里呢？我听李盼说，你的夫人在图书馆工作，她一定也是个‘学究’吧？”郁琅嬛不禁问道。

但话一出口，就又后悔了，她不知道自己为什么要提出这个问题？真是关心李言的家庭，希望了解甚至结识他的夫人，还是另有其他的潜意识？自己作为一个未婚的女性，是在提醒对方意识到彼此之间的界限，还是自己对眼前的这位有妇之夫怀有某种莫名的遗憾？她说不清。

“呃……我和她不谈这些！”李言垂下眼帘，脸上泛起一片阴云。但那阴云随即又遣散了，好似修补这句话的漏洞，赶紧加上了一句话：“彼此都忙啊！”

“噢。”

郁琅嬛便不再问。她虽然没有见过何丽珠，但身边却有这个家庭的“使者”李盼，所以对那位“夫人”早就有所耳闻。李盼虽然在家里把班主任形容成“母老虎”，但在老师面前却又把这个雅号给了她的母亲，郁琅嬛听到不止一次了。一想到“母老虎”这三个字，在她心目中唤起的是《水浒》中顾大嫂或者孙二娘的形象，不知她下班之后“忙”些什么，以致“忙”得连和李言说话的工夫都没有？恐怕要求她和李言谈文论史也不大现实。李言显然在有意回避这个问题，也许他的心里埋藏着某种痛苦。一向谨言慎行的郁琅嬛为什么偏偏要触及人家不愿意提到的话题呢？

话已经说出来，再也没有办法收回。

李言的情绪显然已经受到影响。但他不能在郁琅嬛面前沉默，又不愿意正面诉说家庭生活的乏味，叹了口气说：“我的业余时间，大部分都用来读书，我觉得最愉快的是和书交谈……”

“我也是，”郁琅嬛深有同感，倒不是随声附和，“读书是我唯一的乐趣！”

“噢，那你也一定会有这种体会，”李言喃喃地说，“当夜深人静之时，自由地在书中徜徉，时而走进户牖绳枢的农家，时而潜入禁苑深宫的密室。权力的角逐，心灵的搏斗，人世的代谢，历史的更迭，都在我面前展开；英雄、懦夫、权奸、弱女，都毫无隐晦地和我对话……我仿佛觉得自己已经生活了五千年，生活在历史与现实之间，这是一种难以言说的幸福！……”

“我也是……”郁琅嬛觉得李言说的就是她想要说而没有说出的话，和她一起走进了五千年的历史，在浩瀚的文字之中，生命有了依托！

“但是，如果说我还有不满足的话……”李言继续说，却欲言又止，陷入了沉思。

郁琅嬛屏息静气地听他说下去。这个人动了感情，向她敞开了心扉。她很想知道，他“不满足”的是什么？

“我少年时代……”李言不无遗憾地说出了下文，“本来最喜欢的是文学，后来，由于‘历史的原因’而学了历史。可是，我仍然一直丢不下文学的梦想！”

啊！郁琅嬛心里一动，怪不得他对文学那么熟悉，言谈之中时时表现出那么强的文学功力，原来和她有着共同的志趣和爱好！

“不过，走进了历史之门，我倒丝毫也不后悔，而是深深地感激历史老人对我的教诲。我甚至觉得，如果不先下一番功夫研究历史，便无以谈文学。古今中外，凡是真正的传世文学杰作，无一不是真实、深刻地反映了作者所在的那个时代；如果没有对一个国家、一个民族、一个地区、一个人物有着历史的、宏观的认识，便不可能在他的作品中辉映出时代精神。就这个意义上说，一切优秀的文学作品都是在写‘史’，忠实地记录历史，鲜活地复原历史，为未来保留历史。文学的任务，不仅在于给人以愉悦和享受，它首先应该帮助人们认识历史，具有‘警世’作用；对于后世的人们，也不失‘以史为鉴’的意义。作家的每一笔落下去，都要面对着历史老人，都要对历史负责。记得有一位外国作家说过‘做时代的秘书’这样的话，这话说得很深刻。我认为，承担‘时代的秘书’这一使命的最称职的作家是……”

“是谁？”郁琅嬛急切地问。

“在中国，首推司马迁。”

“噢？”这个答案很出乎她的预料，“为什么？他并不是文学家啊？”

“在古代，没有‘纯文学’，文与史之间也没有明确的界限，言之凿凿的史实，寓于凝练典雅的文字之中。这一点，到司马迁的《史记》达到了高峰。试看《项羽本纪》中“鸿门宴”一节：‘项王即日因留沛公与饮。项王、项伯东向坐，亚父南向坐。……沛公北向坐，张良西向侍。’以简练的相同句型把主要人物的方位交代得清清楚楚。‘范增数目项王，举所佩玉玦以示之者三，项王默默不应。’寥寥数语，揭示了一个密杀阴谋。没有对话，没有张牙舞爪的大动作，仅仅写了范增的眼神、手势和项羽的反应，两个人物的不同性格和心理活动便活灵活现，跃然纸上。及至项庄舞剑，樊哙拥盾而入，‘披帷西向立，瞋目视项王，目眦尽裂’。奇峰突起，剑拔弩张，令读者惊心动魄，连呼吸都停止了。樊哙饮斗酒，啖彘肩，说出一大段指斥项羽的言辞，那震撼力简直超过最优秀的话剧！而项羽却‘未有其应，曰：坐。’高潮处突然置一静笔，更令人惊诧不已！你能说这不是文学作品？司马迁对历史人物、历史事件游刃有余的驾驭技巧，对矛盾冲突的设置和层层推进，对叙述语言和人物对话的精心雕琢，都堪称千秋典范！须知，司马迁笔下的事件和人物，有许多对他来说也已成为历史，不可能直接采访；而历史的框架又是‘木已成舟’，也不容他随意更动。而他却在重重严格限制之下把‘戏’写得如此生动活泼，又谈何容易！……”

“太好了，你讲得太好了！”郁琅嬛不能不由衷地叹服，“有生以来，我还是第一次听别人这样讲《史记》，这样讲文学！”

“那是因为司马迁太伟大了！而我，则愿意做他的一名小学生。如果有可能的话，我多么希望自己也尝试尝试文学创作，写写历史小说或者历史剧，那将比写论文要自由得多，也痛快得多！让威武雄壮、惊心动魄、大开大合的历史在文学中复活，让一个个亡灵走进现实，英雄豪杰向世人一展风采，权奸懦夫在我笔下呻吟！……”

郁琅嬛觉得自己的心脏被猛抽了一鞭，她这个中文系“科班出身”的高才生，在李言之前尚不敢做如此宏伟的设想啊！

李言也被自己激动了，沉醉于理想中的创作激情，却又不得不回到现实，说到这里，停顿了片刻，叹了口气：“可惜，我没有充裕的时间来做这件想做的事，难以实现这个文学之梦了！”

“我也为你觉得可惜!”郁琅嬛深表同情，但又不能理解，“你为什么放着学问不做，却要当那个副市长呢?”

“噢? 你问得很有意思!”李言笑笑，“看来，你显然认为，学者比政治家更重要?”

“我……我并没有这么说，”郁琅嬛反驳道，“只是觉得，你做学者更合适，因为你已经是一位大学者！而政治家……恕我不恭，你认为当了越州市的副市长就可以算是‘政治家’了吗?”

李言敛容道：“不敢当！你看算个什么?”

郁琅嬛想了想，说：“算个‘政治爱好者’吧!”

李言突然哈哈大笑！他显然被郁琅嬛的这句话刺痛了，却又不便动怒，而只能以解嘲的方式来冲淡自己的狼狈：“好尖刻！‘政治爱好者?’业余水平? 可我现在是专业从政、业余治学啊!”

“所以，本末倒置了！政界多了一名官吏，可有可无；而文人中少了一位学者，却是谁也不能代替的!”郁琅嬛不管李言的狼狈，只顾自己说个痛快，“你何苦呢?”

李言似乎听懂了她的意思，但没有表示赞同，微微蹙起双眉，探究似的望着她：“你好像对政治……有很深的成见?”

郁琅嬛咬着嘴唇，没有立即做出回答。在她的内心深处，有一个永远不能忘怀却又不愿触及的伤痕……

六十年代初期，郁琅嬛出生在一个知识分子家庭，母亲是中学教员，父亲是省报记者。那正是“三年困难时期”，天灾人祸同时降临了神州大地，六亿人民勒紧了肚子，与党和国家同舟共济，靠着一股政治热情，苦渡难关。

爸爸从乡下采访回来了，他眼里含着泪，连夜写成一份内参，报告省委：乡下已经饿死人了，上面要拿出个办法！有的地方农民自发地

"包产到户"，希望能得到政策的允许，以解燃眉之急！

内参送上去了，省里很重视，又转送中央。不久，反"右倾"、批判"单干风"，省里于是赶快查办写那份内参的人，爸爸被投进监狱，再也没有跨出铁窗……

郁琅嬛不记得爸爸长得什么样子，只见过他的照片，因为她在很小的时候，爸爸就永远地走了。很长时间，她不知道爸爸到底为什么而死，直到七十年代末期"拨乱反正"，爸爸才得以"平反""落实政策"，妈妈怀着深深的痛楚，把这一切告诉了她，可是，谁能够还给她一个爸爸？

现在可以说了，一切都可以说了！

"……这就是一个知识分子沾染政治所付出的血的代价！"郁琅嬛眼里闪烁着泪花，"妈妈临终的时候嘱咐我：'要记住爸爸的教训，远离政治！一辈子也不要卷进政治！知识分子搞不了政治！'"

李言静静地听她讲完那个遥远却并不陌生的故事，仿佛就发生在眼前，发生在自己的身边。

"这让我想起自己的父亲……"他喃喃地说。

"你父亲？"郁琅嬛有些意外，她没有想到李言会在她面前谈起自己的身世，更不知道他有怎样一位父亲。

"我父亲，也是一位知识分子，"李言说，"他并没有'沾染'政治，到头来也付出了血的代价！"

"噢？是这样？"郁琅嬛不觉流露出一些歉意，"那你为什么还这么……"

"还这么热衷于政治？"李言替她说出了这句话，但又反问她，"你以为逃避政治就能够远离政治吗？我父亲解放前逃避政治，解放后仍然逃避政治，他自以为是个和政治无关的人，可结果又怎么样呢？"

"……"郁琅嬛一时不知道该怎么回答。

"其实，逃避政治只是一厢情愿，无论古今中外，政治无处不在，任何人也无法逃避！中国传统的知识分子，也就是被称作'儒'或者'士'的这个阶层，历来都是积极入世的，希望自己的学识、才干能够为国家所用，建功立业，而在仕途坎坷的时候才不得不消极遁世，'达则兼济天下，穷则独善其身'这句话恰恰反映了对立统一的两个方面。孔夫子周游列国要干什么？苏秦'西劳于宋，南疲于楚'地奔走要干什么？郦食其明知刘邦不喜欢'儒'，还投其所好，自称'高阳酒徒'去求见，要干什么？杜甫'朝叩富儿门，暮随肥马尘'，要干什么？李白放着神仙般的日子不过，大老远地跑到长安去见玄宗，又要干什么？'天子呼来不上船'，实际上还是以被天子所'呼'为荣的。他远在四川，天子并没有'呼'他，还不是他自己找上门来？说穿了，这些人都是有政治野心的，奔走的目的，是为了推销自己！"

李言只顾说个痛快，郁琅嬛已经越来越无法容忍了："你何苦如此挖苦这些先贤和自己的同类？我倒是觉得，像李、杜这样的大诗人，卷入政治旋涡，惹了那么多麻烦，实在太可惜了！他们本身又不是政治家的材料，不如写自己的诗去罢了！"

"我不是挖苦他们，而是同情他们！"李言反驳道，"我并不认为'政治野心'是个贬义词。如果说李白不是政治家的材料，那么，杨国忠、高力士、安禄山倒是政治家的材料吗？他们都可以有政治野心，为什么李白不可以有？我很欣赏当初秦始皇出巡时，尚未起事的刘邦、项羽各自的表态，望着秦始皇耀武扬威的气派，刘邦说：'大丈夫当如是也！'项羽说：'彼可取而代也！'他们都明确地想要以自己来取代秦始皇，这有何不可？而后来刘邦成了气候，蒯通则劝韩信反刘自立，说：'秦失其鹿，天下共逐之，于是高材疾足者先得焉！'刘邦的天下是从秦夺来的，而韩信为此立下了汗马功劳，有谁规定这个天下非姓刘不可呢？韩信自立为王又有何不可？把这个观点表达得最准确、最精练、最有力的当属秦末农民起义领袖陈胜：‘王侯将相宁有种乎？’想想看，这句话说得多么深刻！‘文革’初期鼓吹‘龙生龙，凤生凤，老鼠生儿会打洞’的那些人，还不如两千年前的陈胜懂得辩证法，王侯将相并没有世袭的‘种’，地主可以做，农民可以做，知识分子就不可以做吗？试想，如果古代的中国由屈原、李白、苏轼、辛弃疾这些杰出的知识分子主政，那么，历史又将怎么写？如果你的父亲不是一名记者而是省委书记，当年的那场冤案又将是怎样的结果？也许，他会利用手中的权力拯斯民于水火，为一方百姓造福！当年搞‘包产到户’的不止一个地方，虽然有反复，几上几下才真正落实为今天的一项政策，其中也有不少干部为此立了功劳、担了风险。下面造成了不少冤案，包括你的父亲，但却没有一位省委书记因为‘包产到户’而死于非命的！说到底，你父亲的悲剧不在于他参与了政治，而是因为他还不具备参政的条件，没有掌握相当的权力！”

郁琅嬛默默不语。她不得不承认，李言的话打动了她的心，使她展开了一条从未想过的思路：如果爸爸真的是一位大政治家呢？一定不会做对不起人民的事，她也许不会失去爸爸！

眼泪在她的眼眶中打转……

“啊，对不起，我让你伤心了！不说了，不说了！”李言连忙打住，“我给你讲个笑话怎么样？”

郁琅嬛眼泪汪汪地白了他一眼，心想，这个人，把人家的心情弄得这样，谁还要听你讲什么“笑话”！

“你呀，好好听，很有意思的一个笑话！”李言倒很认真，非讲不可，“但是有言在先：不许笑！”

哼，谁会笑？

“说的是……”李言放慢了节奏，语调轻轻地，仿佛面对的是一个天真幼稚的小女孩，正等着听他讲故事，“不知何朝何代，某位巡抚大人视察到了某县，县令是个大字不识的草包，也不知用了什么手段谋到的这个职位。巡抚问：‘这里风土如何？’县令答道：‘小县风调雨顺，今年既无大风，也无尘土。’巡抚皱了皱眉头：‘我是问黎庶如何！’县令忙说：‘小县果木虽多，但没有梨树。’巡抚不耐烦了：‘我是问百姓如何！’县令一愣：‘小县没有白杏，只有红杏、黄杏，大人将就着用吧！’巡抚拍案大怒：‘什么‘白杏’？我问的是小民！’县令不好意思地答道：‘大人，我的小名儿叫‘狗儿’！”

郁琅嬛实在忍不住了，哈哈大笑起来。她自从记事以来，好像还没有这么痛痛快快地笑过！

李言自己却纹丝不笑：“哎，说好的不许笑，你怎么笑了？”

郁琅嬛掩着嘴说：“是……是这个‘狗儿’太可笑了！”

李言轻轻地点点头，说：“看来我的故事讲得还可以！”

“这个故事的意思……”郁琅嬛还在忍俊不禁，“是不是说……”

“故事就是故事，一定要分析什么‘主题思想’吗？你们教师的职业习惯又来了！”李言伸出一个指头，指着她，“呃，我已经口干舌燥，是不是可以给一杯水喝？”

“噢，对不起！我这里从没有来过客人，所以忘了招待你！”郁琅嬛这才意识到自己的慢客，起身去倒水，却又为难地说，“我只有一个杯子……你就将就着用吧！”

这在一向有“洁癖”的郁琅嬛来说，允许一个男人用她的杯子喝水，还是从来没有过的，这是一种非同寻常的表示。

“谢谢！”李言接过那透明的玻璃杯，把满满的白开水一饮而尽。

人和人之间，被一道道藩篱所阻隔。人们本能地层层设防，甚至一辈子也不能相互窥透内心世界。认同，是拆除藩篱的开始，随着藩篱的一步步拆除，彼此的心扉就敞开了。

那天晚上的长谈，使郁琅嬛长期以来“寻寻觅觅，冷冷清清，凄凄惨惨戚戚”，“多少事，欲说还休”的心境豁然开朗，李言的形象深深地印在她的心里，再也拂不去了。她暗暗地扪心自问：我怎么了？这是一种什么情感？是爱情来临了吗？

说来可怜，郁琅嬛一直到二十七岁，还未曾体味过爱情。由于父亲的悲剧，家庭的不幸，她过多、过早地感受到人生的险恶，而对美好的事物望而却步。从少女时代起，她就对“爱情”充满了畏惧，小心翼翼地把一颗跳动的心包藏起来，自己也不知道它将属于谁。早在南方大学读书的时候，就有不少男同学向她投过来爱慕的目光，每到周末都有人约她去看电影、看戏、跳舞，还有人给她写过长长的信，而她却总是抑制着怦怦的心跳，一律无言地回绝，置之不理，让那些小伙子丧魂失魄、寻死觅活。当人家把目光又投向别的女孩子，绽开了青春的笑颜，她则继续一如既往地郁郁寡欢。谁也猜不透她的心思，只能设想：她的眼界太高了，凡夫俗子休想问津。

这样的猜测虽然并不全面，倒也没有错。青春少女，没有一个不在默默地观察着她周围的男性，为自己寻觅佳偶，只是郁琅嬛的择偶标准，一般人很难企及。在她心目中其实有一个模模糊糊的偶像：他应该是一个风度翩翩的青春伴侣，而又在学业上强于自己。在南大中文系，郁琅嬛是遥遥领先的高才生，要寻找这样的人真是太难了。她周围的男同学，没有人在学业上能强过她。而她的老师辈，要么垂垂老矣，要么才貌平庸。她原以为在这所名牌大学任教的教授、副教授都才高八斗、学富五车，怀着虔诚之心向他们请教一些问题，而真正能得到圆满解答的却寥寥无几，往往是支支吾吾、似是而非、模棱两可、不了了之。北朝民歌《木兰诗》，在中国几乎家喻户晓，可是，此诗的第一句便是一个难题："唧唧复唧唧"的"唧"字是什么意思？郁琅嬛从中学时代起就被老师告知说，"唧唧"是叹息声。到了大学，教授仍然这样解释。郁琅嬛不服，曾在课堂上向教授发难："'唧唧复唧唧，木兰当户织。''唧唧'显然是模拟织布机的声音。下面说到'不闻机杼声，唯闻女叹息'，恰恰证明了这一点，是说机杼声停了，只听到女郎的叹息声。那么，怎么能说开头的'唧唧'是叹息声呢？以'唧唧'表示机杼声，惟妙惟肖，而解释为叹息声，则无法理解，天下哪有这样的叹息声？'唧唧……唧唧……'莫非花木兰有意学老鼠叫吗？"同学们哄堂大笑。教授正色说："历来注家均作如是解，有白居易《琵琶行》为证：'我闻此言已叹息，又闻琵琶重唧唧。'浔阳江上难道有织布机吗？由此可见，'唧唧'确系叹息声无疑，足可作为铁证。你要推翻，须有所本。否则，标新立异，徒贻笑大方耳！"教室里又是一阵哄堂大笑，郁琅嬛面红耳赤地坐下了，从此不再向这种"述而不作"的"腐儒"请教什么。直至她毕业后到越州一中任教，这个问题还在困惑着她，中学教材里也有《木兰诗》，教学大纲和辞典里都不幸地重复着那个陈旧而又错误的观点，她该怎么教？只能对学生说："'唧唧'，正确的解释是机杼声，但在考试的时候，你们必须写成'叹息声'，明白了吗？"学生们困惑地看着她，一个个满脸的不明白！

李言是她所遇到的男性中第一位生气勃勃的学者。他博闻强记，信手拈来，口若悬河，旁征博引，而又绝不"尽信书"，在充分占有资料的前提下，独立思考，提出具有创意的论点。长期以来在郁琅嬛头脑中的那个模糊的偶像具体化了，和李言重合了，也许，他就是她要找的那个人？她在寻找爱情的道路上审慎而又挑剔地等待了很久很久，也许就是在等待李言闯入她的生活？“众里寻他千百度，蓦然回首，那人却在灯火阑珊处！”

自从郁琅嬛和李言第一次见面，在关于“触龙”和“触詟”的争论之后，她的心中就已经萌生了某种莫名其妙的冲动。但是，她不愿意正视这一点，极力在心中抹去他的影像。因为，在他们之间，有着不可逾越的障碍……

郁琅嬛牢记着妈妈的嘱咐：“远离政治！一辈子也不要卷进政治！”而李言却是个政治人物，现任越州市委副书记兼副市长，虽然这个职位并不算高，但仍然充满着政治气味，她不可能和这样的人亲近，更不可能把关系发展下去。

然而，人的行为并非完全被理性所支配。她时时告诫自己躲开李言，却无法摆脱李言对她的吸引力，一步步向他靠拢，终于有了那次夜谈。好一个李言！关于知识分子“从政”的一席话，竟然把郁琅嬛头脑里“远离政治”这一根深蒂固的观念冲破了！那么，他们之间还有什么障碍吗？

当然还有。当郁琅嬛为李言“寤寐思服”之时，她却又不能不正视一个严酷的现实：李言是有家室的男人，自己到了“老处女”的年龄，却爱上了一个有妇之夫，为什么呀？这道难题她将怎样攻破？当感情压倒理智时，她几乎忘记了在李言背后还有一个何丽珠的存在；在当理智清醒之后，她才又意识到自己陷入了进退两难的尴尬境地。“此情无计可消除，才下眉头，却上心头！”她失眠了，在细巷深处的二层楼上，夜深人静之时，这里常常是“唯闻女叹息”！

在情思的煎熬之中，寒假到了。为了打发难耐的寂寞和痛苦，她写信给一位在北京工作的女同学，要在假期里到北京一游。好久没有和人家联系了，这样突然打扰，也不好意思，但她实在也无处可去，而且有生以来还没有去过首都，要想旅游，北京当然也就是第一选择了。

临行之前，她告诉了李言自己的行踪，说回来再见。

谁料李言却说："我正要告诉你：我要出差到北京去！正好，我们可以一路同行了！"

啊？这么凑巧？如果说她的北京之行意在"躲开"李言，那么，李言正好也去北京则简直是天意了！是天上的"爱神"有意这样安排的吗？

"你去出差，我去探亲，我们目的不同，怎么同行啊？"她有意冷淡地这样说，却想听听他怎么回答。

"探亲？你在北京根本没有亲戚，探什么亲啊？"李言很容易地就拆穿了她的谎言，"我看你是去旅游！好吧，我陪你去看看北京！"

"你是去开会吧？好多人在一起……"她仍然在犹豫，"不方便吧？"

"不，不是去开什么会，是去参观参观北京的市政建设，住宅楼啊，立交桥啊，高速公路啊，地铁啊，越州要发展，还缺少这方面的经验，去开开眼界。越州只有我一个人去，没有什么不方便的！"

噢，那也就只好如此了，难道她从内心深处真的拒绝这次难得的与李言同行的机会吗？

她已经买好了直达北京的火车票，但李言又让她退了，他们从越州坐火车到省城，然后乘飞机前往北京，几千里的路程只需要两个多小时，比火车快得多了！

说来真不好意思，郁琅嬛已是二十七岁的人了，还是第一次坐飞机。在此之前，她来往于家乡和"南大"之间，以及后来到越州，都是耐着寂寞乘坐慢吞吞的火车，刚刚迈出校门没有几年的大学生，还是保留着节俭的习惯，没有官员的那种气派，也不具备"气派"的经济实力。当她随着李言，登上白色的波音 747 客机，心里有一种异样的感受：自己的前半生，过得太艰难了。世界这么大，还有多少事物她连接触的机会都没有啊！

飞机起飞之前，李言教她系好安全带，又向空中小姐要了一杯矿泉水，从衣袋里掏出一个小小的药瓶，说："这是乘晕宁和维生素 B_6，一样一片，你吃下去，就不会头晕、呕吐了！"

她顺从地接过那两片洁白的药片，就着清凉的矿泉水吃下去，心中感受到的却是一股温暖。一个从小失去父爱、母亲已经去世，又没有兄弟姐妹的孤女，在这个世界上还有谁这样关心她呢？

空中小姐在一旁微笑着说："哇！先生，你对太太好体贴噢！"

李言只是笑笑，却没有否认。郁琅嬛的脸羞红了，也没有否认。啊，她多么希望空中小姐无意中所说的这句话成为对她的衷心祝愿，让误会成为现实啊！

引擎发动了，在"隆隆"声中，飞机顺着跑道越跑越快，疾驰中突然腾空而起，把浩瀚的沧海、葱翠的越灵山和古城越州都留在地面，穿过云层，飞入九霄。这一切，对郁琅嬛来说都是那么新奇，充满探险意味，仿佛觉得自己两臂变成了羽翼，直上青云！她忽然想起了李白的诗作《上李邕》，脱口而出："大鹏一日同风起，扶摇直上九万里……"

李言接着念出下面的两句："假令风歇时下来，犹能簸却沧溟水！"

"不，这两句不好！"郁琅嬛连忙制止他，"我害怕飞机真的掉下来！"

李言笑道："你以前对我那么厉害，没想到却是这么胆小，恐怕连'飞行爱好者'的资格都不够！掉下来怕什么？'犹能簸却沧溟水'，啊！在沧海上溅起冲天的浪花，蹈海而死，仍不失为英雄，很潇洒、很浪漫的嘛！"

飞机一个颤抖，郁琅嬛重心不稳，不由自主地倒在李言身上。啊，那宽厚的男子汉的肩膀，是她今后的人生依托！

飞机穿过云层，又平稳地向北飞行。李言在座椅上闭着双眼，沉沉地睡去，他日理万机，太累了。而郁琅嬛却毫无倦意，一直好奇地向外张望。舷窗外，云海茫茫，厚重处如棉团，稀薄处如轻纱，透过那瞬息万变的缝隙，郁琅嬛第一次从空中俯瞰神州大地，竟是那么博大、壮观、神奇。苍翠的南国渐渐隐去了，飞越长江，跨过黄河，眼底千里冰封、万里雪飘，又是一番景象……

两个半小时之后，飞机在首都机场缓缓降落。

郁琅嬛随着李言走出机场大厅，李言叫了一辆出租车，车子沿着漫长的机场路向市区驶去。四环路，三环路，二环路，凌空飞架、纵横交错、四通八达的立交桥，拔地而起的、崭新的高层建筑，使郁琅嬛眼花缭乱，惊叹北京之大、之新、之宏伟壮观。

“几年不见，北京已经变得不认识了！”李言说。

“而在我眼里，这一切都是初次见到！”郁琅嬛不禁感叹，“对于北京，我只知道天安门和故宫！”

“这一次可以好好领略领略了，看个够！”李言的语气好似东道主。

初次进京的郁琅嬛根本辨不清东西南北，从手提包里找出她那位女同学的地址，递给司机，还要啰里啰唆地交代……司机只扫了一眼，就一目了然：“知道了！”

车子左拐右拐，终于驶上靠近市中心的一条宽阔的大街，在地铁旁边的一幢公寓楼前停下，司机说：“到了！”

李言把郁琅嬛送下车，说：“你好好休息一下，明天早上八点，我再到这儿接你，出去看看！”

“怎么？你不进去和东道主见个面吗？”郁琅嬛迟疑着问。

李言轻轻地摇摇头：“不见了，因为……我不知道你该怎么向人家介绍我。”

郁琅嬛的脸微微地红了：“我不会说你是市长的，就说是我的朋友好了！”

“朋友？什么性质的朋友呢？”李言狡黠地看着她，“让她做你的‘顾问’，从头到脚地审查我，刨根问底地盘问我？”

“噢……”郁琅嬛也迟疑了，她现在还不想向任何人透露关于李言的信息，只好说，“那好吧，明天我在这儿等你，你可别迟到啊！初来乍到，我可是两眼一抹黑！”

“放心吧。我绝不会把你丢了的！”

“你……”望着就要离去的李言，郁琅嬛感到不可须臾分离的留恋，“你住在哪家宾馆？”

“不住宾馆，就住在省驻京办事处，廉政嘛！”

“那你不是还有参观任务吗？也不知道明天有没有时间……”

“参观？”李言笑笑，“我陪着你一起参观啊！该看的，让你都看到，我的‘任务’也就完成了，一举两得，名正言顺！”

“啊？”郁琅嬛的心“咚咚”地跳起来，没有想到李言这几千里的行程都只是因为她的一句话，是专程来陪着她玩的！李言把什么都能扔得下，说飞就飞，和她比翼双飞！

李言已经转身进了出租车，从车窗里向她挥挥手，车子开走了。她伫立在雪地上，目送他越走越远，消失在马路的尽头。

第二天早晨八点还差十分，郁琅嬛就迫不及待地到马路边来等李言，而李言却已经在等她了。

“说吧，先去哪儿？”李言精神抖擞，兴致勃勃。

“当然先去看天安门了，到了北京，不看天安门，岂不遗憾？何况，别处我也不知道！”

“那好吧，去天安门!”李言说着伸出手臂，要招出租车。

郁琅嬛伸手拉下他的胳膊：“太奢侈了，我们自己走走嘛，反正对我来说，北京的一切都是新鲜的!”

于是他们沿着宽阔的马路漫步，远远地已经看到了在马路前方一座雄伟的城楼的剪影。

郁琅嬛激动地伸手指着城楼，说：“你看，前边不是到了天安门吗?”

李言笑笑：“哪儿呢? 那是正阳门，也就是通常所说的前门!”

“大前门?”

“你说的是香烟哪? 你又不抽烟，怎么还注意香烟商标? 可见大前门的影响之广！不过，香烟商标上画的还不是这座前门，而是它前面的前门箭楼!”

“噢，北京城的门有这么多的名堂!”

“哈！过去说是内城九个门，外城七个门；义和团事变后，外国人开了一个水门；民国十五年，段祺瑞又在正阳门到宣武门之间开了一个和平门；外城为了通铁路，也新开了三个门，门也就越来越多了！到现在仍然用作地名的，有：东直门、朝阳门、西直门、阜成门、崇文门、正阳门、宣武门、安定门、德胜门、东便门、广渠门、西便门、广安门、左安门、永定门、右安门……”

“哎呀，太多了，简直像说相声的‘贯口’，你怎么记住了这么多的名字?”

“小意思！老北京对这些都记得牢牢的，你只要读一本关于古都北京的小册子，就可以对这些如数家珍啦!”

他们一路谈笑，不觉已到了正阳门下。

郁琅嬛举目仰望着那飞檐斗拱、雕梁画栋的巍峨城楼，连声赞叹：

"真是建筑奇观!"

"整个北京城都是世界建筑史上的奇观!"李言说,"你现在只看到一座门嘛,不要大惊小怪!"

他们从正阳门那高大的券门里面穿过去,走进全世界最大的广场。一九五八年落成的人民英雄纪念碑和一九五九年落成的人民大会堂、历史博物馆,一九七七年落成的毛主席纪念堂,郁琅嬛还都是第一次见到,几乎是步步流连、赞叹。

广场上,游人络绎不绝,拍照留念。广场的北面,红墙黄瓦的天安门就在眼前。

李言指着天安门问郁琅嬛:"认识吗?"

"认识,当然认识!"郁琅嬛兴奋地喊道,"从小学的课本上就认识的天安门嘛!"

"知道它是做什么用的吗?"

"开国大典,毛主席在天安门城楼上宣告中华人民共和国成立!以后,每逢盛大节日,也是在这里举行集会!这谁不知道?"

"看来你并没有'脱离政治'嘛",李言微微一笑,"你知不知道,天安门过去的用途?"

"过去……"郁琅嬛答不出。

"明清两代,它是皇城的城门,建于明永乐十八年,明朝叫承天门,清顺治八年重新改建,始定名为天安门。"李言如数家珍,指点着高高耸立的城楼说,"城楼大殿,东西宽九间,进深五间,象征帝王的'九五'至尊。明清时期,每遇重大庆典,像新皇帝登基、册立皇后,都要在天安门正中的堞口设宣诏台。明代用龙头竿,清代用一个木雕金漆的凤凰衔着诏书系下城楼,下面跪满了文武百官,由礼部官员托着'朵云盘'承受,放进龙亭里,抬到礼部,再用黄纸誊写,诏示天下,这就是所谓

‘金凤颁诏’……”

“噢……”

“礼部就在前面!”李言转过身来，指着历史博物馆方向说，“过去的广场不是这个样子，是一个封闭的‘丁’字形宫廷庭院，中央统治机构都设在附近，东边是礼部、户部、兵部、宗人府、钦天监，西边是明代的锦衣卫、五军都督府，清代的刑部、太常寺、都察院等等，所谓‘列六卿于左省，建五军于右隅’就是这么一个格局……”

李言旁若无人地指指点点，吸引了一些游人也凑过来听，以为他是这里的“导游”。郁琅嬛不好意思推了推他，两人快步走开了。

“你怎么对那些陈年古代的事情这么清楚？就像你是前朝遗老似的!”

“很近的历史嘛，好像发生在昨天……”

和这么一位好史成癖的人一起旅游，自然是三句话不离他的本行。这在一般人，也许会开头觉得好奇，老是讲这些便会索然无味；而对于郁琅嬛来说，却是求之不得。李言的博学，使她有了一位权威的“导游”，所到之处，都不虚此行。他们登上八达岭长城，领略“秦时明月汉时关”的雄伟古朴；遁入十三陵的地下宫殿，感受“千秋万岁名，寂寞身后事”的凄凉；踏着雕栏玉砌的天坛寰丘台，发“不知天上宫阙，今夕是何年”之感慨；攀缘亭亭玉立的北海琼华岛，生“又恐琼楼玉宇，高处不胜寒”之喟叹。煌煌故都，悠悠大千，前不见古人，后不见来者，在长期居住着一千多万人口、流动着一二百万人口的北京，仿佛只有他们两个人，踏着历史漫步，伴着天地谈心……

有人说：要了解一个人，莫过于一起旅游。这话说得有道理。天涯孤旅，最需要的是一位理想的旅伴，攀登时互相扶持，跋涉中彼此激励，危难处相濡以沫。朝夕相处，耳鬓厮磨，可以使本来不同的爱好和志趣趋于一致；可以使本来淡然如水的关系变浓、加深，成为莫逆之交；当然，也可以把本来并不在意的对方的弱点洞察秋毫，同行结束之后便迫不及待地各奔东西，陌若路人，甚至中途便分道扬镳！难怪当今的青年男女酷爱旅游，这是他们寻找伴侣、考察伴侣的最佳方式！

郁琅嬛和李言的北京之行，前后不过半个月。但这十五天的朝朝暮暮，远远超过了在此之前他们长达半年的接触，彼此之间只可意会不可言传的一种特殊情感，已经成熟了。

行程快要结束的时候，郁琅嬛才提出要逛逛北京的商店，看看能不能买一点纪念品，因为这次旅行很值得永久回忆。

“啊，对不起！”李言这才想起自己的失误，“给一位小姐做‘导游’，只看文物古迹，不逛商店怎么行呢？我忘了你是个女人！”

郁琅嬛看了他一眼，说：“真的忘了吗？我才不信呢！如果我是个七尺壮汉，你会陪我来吗？”

李言大笑，少见他这么开心！

于是抓紧时间弥补，东安市场、百货大楼、西单购物中心、贵友大厦、友谊商店……北京可逛的商店真是太多了，足以使人跑得脚不连地、眼花缭乱。而郁琅嬛却是只看不买，是她囊中羞涩而又不愿意向李言开口，还是一直没有找到她满意的东西呢？她没有说，李言当然也不知道，只是跟着她马不停蹄地跑。也许，郁琅嬛只是要考验考验一个男人的耐心？

“你过去陪着别的女人逛过商店吗？”郁琅嬛突然问李言。

“哦，没有，从来没有！”李言惶然作答，而郁琅嬛看得出，他说的是实话，这个书呆子，在此之前恐怕是只逛过书店的！

郁琅嬛自己又何尝不是如此？她嗜书如命，进了书店就不愿意出来。作为女人，她当然也未能免俗，很注意自己的衣着打扮和容貌的修饰，但她又不喜欢那些浓妆艳抹、花枝招展的女人，女人是人，而不是花，不是摆设，不是别人的欣赏品，一个女人的美一半是先天造就的，另一半是由修养和气质酿成的。她的任何一件衣服，穿上去都好像世界上只此一件，是专门为她而做的。

北京饭店西侧的贵宾楼，如今已成为闻名遐迩的国际五星级饭店。

他们乘着观光电梯从底层升到顶层，又从顶层下到底层，玻璃外那密密的彩灯好似“飞流直下三千尺，疑是银河落九天”，又令人想起“东风夜放花千树，更吹落，星如雨……”传统的春节在即，空气中弥漫着浓郁的温馨之情。

贵宾楼的底层，两侧是鳞次栉比的商店。

徜徉于店堂，彩蝶般的时装从眼前闪过，郁琅嬛久久地注视着一条羊绒连衣裙。

那条连衣裙，通体猩红，“V”字形的领口，周围用花针编成一圈花环。

郁琅嬛请售货员从衣架上取下来，仔细地抚摩着，察看着。良久，才问了问价，一千三百元。

“要不要买下来?”等在旁边的李言忙问。

她没有回答，轻轻地把它还给售货员，说声“谢谢!”转身走了。

走到了走廊的尽头，折身往回走，又走到那家商店。郁琅嬛没有进去，只是停下来，朝着那条猩红的连衣裙驻足观看，流连忘返。

却又没有买。

走得太累了，李言提议到二楼的“红墙餐厅”坐一坐。

玻璃大厅外，就是昔日的宫墙，红墙黄瓦，瓦棱上积着皑皑白雪，墙外高大的白杨枝头排着鼓鼓的芽苞，等待着春天。大厅里阳光明亮，花木滴翠，温暖如春。

这家餐厅供应的是洋式的自助餐，中心部位陈列着各式菜点，任客人自取。鲜嫩的牛排则由厨师伺候着，随时为您切下一片，刀口上还渗着隐隐血丝。

“想吃点儿什么?”李言看看郁琅嬛。

“哦，不,”郁琅嬛却说，“我什么也不想吃!”

他显然本想享受一顿美餐，不料她却毫无食欲。李言只好说：“那就……喝杯咖啡吧?”

“不，我只喝矿泉水!”

“你这个人真怪，这么冷的天，还要喝冷饮!”

郁琅嬛微笑着，没有说话。冷饮送来了，她慢慢地啜饮着，想着自己的心事。

“你……在想什么?”

“猜猜看!”

“我知道，你还在想着那件连衣裙!”

“真是善解人意！你怎么知道?”

“从你的眼神里看出来的。那条裙子，你已经反复看了好几次嘛!喜欢，就买下来好了，价钱不要管它，只要你喜欢！买孤本、善本书，我是从来不惜代价的!”

李言说着，就伸手掏钱。

“不，要买我自己买!”郁琅嬛抬眼看着他，“你知道我为什么喜欢它吗?”

“呃……”李言琢磨着，“因为它……鲜而不火，媚而不俗，艳而不妖。”

“还有呢?”

“那个‘V’字形领口很别致，像一颗心，心有千千结!”

郁琅嬛忽闪着睫毛："还有呢？"

"还有……还有……"李言极力搜寻着可以使用的词汇，"还有，那就是因为你喜欢！"

"你喜欢吗？"

"你喜欢，我当然也喜欢！"

"好，买下了！"

郁琅嬛没有喝完杯中的水，就站起来直奔那家商店，直奔那条猩红的羊绒连衣裙。但是，却只见塑料模特儿光着身子站在那儿，忸怩作态，连衣裙呢？

郁琅嬛连忙问售货员："小姐，我要买原来在这儿的那条……"

话还没说完，她已经看见旁边闪耀着一团猩红，正是那条连衣裙，被一位俏丽的姑娘拿在手上，正在仔细察看。

"哦，就是这条！"

拿着连衣裙的姑娘本来还在犹豫，这一来反而下了决心："我买了！"

郁琅嬛急了："这是我早挑好了的，你要买，让她再找一条同样的嘛！"

售货员微笑着说："对不起，这样的裙子，本店只进了这么一条！"

郁琅嬛更急了："明明是我先挑好的嘛，你是后来的！"

那姑娘也不相让："你这人怎么不讲理啊？挑好了你怎么不买？付钱了吗？跟售货员打招呼了吗？"

售货员礼貌地但却十分明确地摇摇头。

那姑娘得意地白了郁琅嬛一眼，当即掏出钱包："嗯？没话说了吧？"

郁琅嬛急得快要哭了！

李言不知如何是好，搭讪着问那姑娘："小姐，您是北京人吧？"

"北京人怎么着？买东西还要你批准？"

"我……不是这个意思，我是说，北京人特别文明礼貌，助人为乐，我们是从外地来的，好不容易挑中了这么一件衣服……您能不能……"

这时，售货员出来说话了："是啊，这位小姐看来是真想买，刚才在这儿看了好几回。他们外地人来一次北京也不容易，您要不让一让呢？再说，我看您的身材……穿上也没有这位小姐合适……"

郁琅嬛感激地抓住售货员的手："对，你说得对！她……她不合适！"

那姑娘瞪了她一眼，张了张嘴，没说话，竟然松开手就走了。也许她是被郁琅嬛的诚意所感动，也许根本就没那么坚决，只是刚才被"将"到那儿了，才说出了那种硬话。凭一个女人的直觉，她难道感觉不到吗：这条裙子，穿在郁琅嬛身上的确比她合适，或者说简直就是为郁琅嬛准备的，自己即使争到了手，又能怎么样呢？所以，也就借台阶儿"善退"了。

郁琅嬛捧起这条连衣裙，如获至宝！

李言就忙着拿钱，郁琅嬛说："不，我自己买！"

她坚决拒绝了李言的诚意，从自己的钱包里数出一千三百元，心里觉得无比舒畅。

从贵宾楼出来，天已经黑了，长安街上，华灯初上。在天寒地冻的寒冬腊月，过往行人都穿得厚厚的，袖手缩肩，而郁琅嬛只穿着一件毛衣和一件呢大衣，却全然不觉得冷，手捧着那件心爱的连衣裙，如沐春风！

李言挺不好意思地跟在后面，问："哎，你这个人，大庭广众给我下不来台！不让我付钱，这是什么意思？"

郁琅嬛也不说话，只是笑盈盈地往前走。

朔风迎面扑过来，已经习惯于四季如春的越州气候的李言不禁打了个寒战：“既然喜欢，你为什么不穿上？那里面有试衣室！”

郁琅嬛终于说话了：“不，现在还没到穿的时候！”

“咦，在北京不穿，等回到越州，就穿不得了，这是羊绒衫啊！”

“没关系，越州的春天还是可以穿的，我一辈子也就穿那么一回！”

“穿一回？这么不容易买来的，什么衣服只穿一回啊？”

“嫁衣！”她回过头来，嫣然一笑，“懂吗？傻子！”

“啊！”

李言如梦方醒，震惊了，麻木了，陶醉了！半年来，他和郁琅嬛之间几乎无话不谈，唯独没有触及那个神秘的字眼儿：爱情。而现在，她已经明确地以身相许了！顾不得路灯下行人往来，他张开双臂，紧紧地把她拥抱！

郁琅嬛喘息着，轻轻地向他耳语：“这是我的嫁妆……我的嫁妆，所以不要你买！知道吗？在我们家乡，再穷的人家，也要为女儿准备嫁妆！可是我……可是我呢？我只有自己嫁自己了！”

说着说着，她嘤嘤地哭了。是哭自己凄凉的身世，还是庆幸自己终于有了爱情的归宿？

宽阔的长安街，头顶一轮明月，万点繁星，身旁灯火辉煌，车水马龙。两个人慢慢地走着，走着，好像牛郎织女相会在银河。

“小郁！”李言轻轻地叫着她，“我记得，你的生日正好在春天，那么，我们将来的婚礼也安排在春天，越州的春天还不太热，就穿这条连衣裙！不过……”他又迟疑地问，“人家的婚纱都是白色的，你也一向喜欢一身洁白，却为什么选择了这件红嫁衣呢？”

“因为它红得像心脏，像血，真挚热烈的爱，生死不渝的爱，应该是这种颜色！”她喃喃地说，“记得元好问的词句吗？‘问世间情为何物？直教人生死相许！……’”

“啊，小郁！”李言热泪盈眶，“谢谢你！在越州，也许别人都以为我事业上一帆风顺，生活得无忧无虑，其实，我的内心非常孤独，没有情，没有爱，人生就不是完整的人生！辛稼轩有句：‘不恨古人吾不见，恨古人不见吾狂耳。知我者，二三子！’他身边尚有两三个知己的好友，而我却永远是孤独的一个人！现在，我终于有了你，就再也没有遗憾了！死也值得了！”

郁琅嬛相信，李言所说的每一个字都是真诚的，但每一字却也都勾起她长期以来剪不断、理还乱的满腹心事：她以二十七岁的“大龄”才获得了爱情，而这来得太迟了的爱情却又命中注定还要经受七灾八难！这边厢海誓山盟，如醉如痴，而她又明明知道，那边厢还有一个多余的何丽珠，该怎么办呢？

“阿言，你准备什么时候让我穿上这件红嫁衣啊？”她轻轻地问，声音在颤抖。

“啊，”李言打了个冷战，“等不了太久，明年，后年……你要让我先解决掉身边的麻烦！”

郁琅嬛当然完全清楚他所说的“麻烦”指的是什么。“你什么时候才能解决‘麻烦’呢？”

“别急，我会解决的……小郁，我希望在这么美好的时刻，不要提起她来好不好？”

“可是，‘她’却客观存在啊！按照《婚姻法》，她还是你合法的妻子，而我，却是个……”

“别说了！”李言伸手拍着自己的额头，“我最头疼的就是这句话！合法未必合理，我和她的婚姻是历史老人在荒唐时代的一个笔误，是对人性的扭曲，对爱情的亵渎，那桩婚姻早就死亡了，或者说它从来就没有活过！”

“那么，你就该勇敢地纠正这个‘笔误’啊！”

李言不语，停住脚步，伫立在街头，默默地望着前面。

天安门前的汉白玉华表耸立在夜空，像一支如椽巨笔。

良久，他才说出了一句话：“纠正历史的笔误，谈何容易！”

两年过去了。那个“笔误”到现在还没有纠正，郁琅嬛和李言之间却交往更加频繁，感情更加亲密。爱情，是个什么东西啊？它看不见，摸不着，却又像酒一样醉人，像火一样燎人，它牵动着人的灵魂，操纵着人的理智，其力量之大简直无法控制。郁琅嬛完全清楚，她坠入了也许根本不该坠入的情网。李言作为越州市委副书记兼副市长，解决家庭纠纷也必然带上了“政治”色彩，比一般人要难；她身为李盼的老师，而爱上了学生的家长，一位有妇之夫，公开出去也将使她难堪，面对着越州一中的一千九百多名师生员工，面对着越州市五十万官民人等，她和李言都要有个交代！怎么交代？如果她和李言相识之初冷静一些，也许后来的一切都不会发生；如果她在适当的时候迷途知返，也许还可以使自己游刃有余！可是，这些，现在都毫无用处了，她做不到！爱是不顾一切地，是不可抗拒的，是没有道理可讲的，在她心目中，李言就是一切！她走进课堂，看见李盼就想起李言，仿佛李盼就是李言的代表；她拿起书，就想起李言，仿佛李言就是书的化身；她端起水杯，就想起李言，仿佛李言就是水的精灵；她打开衣柜，首先映入眼帘的就是那件为嫁给李言而准备的红嫁衣！今生今世，她不可能没有李言，不可能再离开李言，即使她被整个世界抛弃，只要有李言，她也绝不会感到孤独和忧伤！李言，已经成为她的生命，她的灵魂！

那件红嫁衣在衣柜里已经锁了两年，郁琅嬛也已经等了两年，她等到的是什么呢？

深夜的一个电话，使她蒙受了何等的侮辱！你郁琅嬛不是清高孤傲吗？在何丽珠的“审问”下，你却连大气也不敢出，真话也不敢说：你深深所爱的人，在受着何丽珠的肆意欺凌，而你却爱莫能助！苍天啊，你既然制造了爱情，为什么又不让它圆满？你既然制造了一个应该属于郁琅嬛的李言，为什么还要降生何丽珠这个魔鬼？你说啊，说啊，把人间的公理还给我！

苍天不应，唯有大海呜咽，从她和李言笑谈《海思》的礁石沙滩涌上来，轰轰呜呜，如雷贯耳。

郁琅嬛坐到虎皮石海岸上，胸中翻江倒海。

也许，在此以前，她对何丽珠太软弱了，掩盖矛盾的结果是促使矛盾更剧烈地爆发，现在终于爆发了。明天一早，谁知道越州会爆出什么样的新闻？副市长李言家里发生了夜战，夫妻双双挂彩？李市长原来有外遇，“第三者”就是……

不管人们将怎样议论吧，车到山前必有路，郁琅嬛什么也不怕了。何丽珠要吵，要闹，她就奉陪到底，估计到最坏的程度不也就是对簿公堂、指责她是“第三者插足”吗？插足就插足吧，中华人民共和国的《婚姻法》《刑法》和《民事诉讼法》都没有关于“第三者”的条文，你能奈我何？结果只能是你败诉，法庭判决解除这桩早已死亡的婚姻！你问我？还是问你自己，问李言吧！你们之间有爱情可言吗？没有爱情还谈得上什么婚姻！真正幸福的家庭是破坏不了的，被“破坏”的家庭恰恰说明本来就不幸福！

郁琅嬛在心中酝酿着这些慷慨激昂的台词，如骨鲠在喉，不吐不快。在孤独压抑中生活了将近三十年，在秘密恋爱中忍耐了也已经两年多，她终于感到自己“解放”了——是何丽珠的无理取闹提供了这个时机，“解放”的时机提前了！

当她从海边又回到自己的细巷小楼，这个决心已经下定了。她要和李言一起抓住这个时机，放过了也许会铸成大错，她相信李言会和她同步思维、同步行动，两年多来的心心相印，他们已经成为一个人了。

她不放心的是不知道今晚何丽珠的撒泼会撒到什么程度。如果把李言斯打得脸上挂花，毕竟会影响他作为市长的公众形象。而且，李盼的被抓也太不是时候，但愿能像李言所预料的那样，早早地放出来，免得外界以讹传讹，造成舆论：女儿犯案、婚外恋曝光、老婆离婚，好像李言要被革职查办、满门抄斩似的。

她更不放心的是明天的那个会。李言肩负着重任，在经过这一夜的折腾之后，人困马乏、精神恍惚、满脸挂花，还将怎么去主持会议？何况，他还预谋着一个惊天动地的举动，要把程功同志的既定方案推翻，自己另唱一出“戏”，怎么个唱法？弄不好，要把自己“推翻”的！

今天晚上，郁琅嬛是无论如何也不可能安眠了。而明天一早，她要赶在开会之前见李言一面，似乎李言的成败都系于她一身了！

五　引而不发，跃如也

被太阳烤灼了一天的大海，夜晚便得到了休息，那呜咽般的涛声便是它的梦呓。蒙蒙水雾从海面漫出去，缥缈地穿过椰林，滋润着那绿色的生命。雾气完全无视人为的道路，任意地在城市的每一个角落浮动，给每一扇门窗都留下一个爱抚，给睡眠中的越州蒙上一层温柔的轻纱。

清晨，当这层轻纱褪去，夜幕便从越州上空撩开了。城市中首先醒来的似乎是车辆，它们奔驰着，鸣叫着，拥挤着，开始了一天的繁忙运转。

越海广场中心那座现代雕塑上的一横一竖两只眼睛，在任何时候都不曾睡觉，默默地注视着人间的这个小小角落。

郁琅嬛就站在这两只眼睛的下面，紧紧地盯着广场北面的市委大楼。

她在等李言，有许许多多的话要对他说。

天还没有亮，她就已经赶到了越灵山下的市委大院。

这座大院好森严。门卫笔直地站在铁栅门口，警惕地注视着街上的过往行人，好像随时会有什么亡命之徒要闯进去行刺似的。

郁琅嬛当然不会进去找李言，只能在门口等着他出来。门卫那搜索似的目光使她极不舒服，也不愿意让这座大院里进进出出的人注意到她，远远地站在那铁栅门以外几十米的地方，并且让芭蕉树垂下的巨大叶片遮住门卫的视线。这样，如果街上有什么巡逻的“便衣”之类，她其实就更可疑了。

大约在六点三十分，她看见李言出来了。但不是李言一个人，而是和何丽珠两个人一起出来的，真是奇怪！他们昨天晚上不是又吵又闹吗？今天却又成双成对地出门了，怎么回事？郁琅嬛真想冲过去问个明白，而事实上她却不可能那样做！这使她感到耻辱。在当今的中国，情人约会已不必躲躲闪闪，不要说少男少女、青年男女，即便是老年丧偶的人搞起“黄昏恋”也已经是冠冕堂皇的了；而郁琅嬛平生初次恋爱，却并不拥有正大光明的权利。就在她躲在芭蕉树后面自怨自艾的时候，李言和何丽珠已经走过去了，而且几乎是擦着这棵树走过去的。从很近的距离看上去，李言的神态有些疲惫，但脸上并没有伤痕，不像是经过了一番扭打式的夜战。郁琅嬛猜想，以李言的精明，他一定是特别注意了避免脸上挂花，他要脸面，只有笨蛋和懦夫才会满脸伤痕地向别人诉说自己曾经怎样遭了老婆的毒打，企图换取根本不可能得到的同情。

她强压怒火，默默地注视着这两个人，等待李言和何丽珠分手，她才能和李言“接头”。

奇怪的是，李言和何丽珠并没有分手，却招手上了一辆出租车，一起走了。这使郁琅嬛非常意外，实在猜不透这表明什么。是去上班？不可能。图书馆和市委大楼根本不在一个方向，而且李言上班也无须雇出租车。去逛大街？更不可能。两个人感情破裂到那种程度，哪儿还有逛街的雅兴？那么，他们会上哪儿去呢？看来只有一个可能：去离婚！夜战战到不可开交的地步，李言只有走这一条路了！这确是当务之急，解决掉这个“麻烦”，就一切都好办了！这个答案在郁琅嬛的脑际闪过，她感到一种从未有过的快意，心脏“怦怦”地一阵狂跳。这是她盼望已久的一天，现在终于来到了！

那辆载着李言和何丽珠的出租车转眼间已经跑得无影无踪，郁琅嬛才想起自己已经没有任何必要再站在这里了。她完全可以放心地去上班，静候李言的佳音。她转过身去，要走了，可是又突然觉得，刚才的猜测未见得准确。今天上午还有一个会议在等着李言，他怎么可能把这么重要的事儿放下去办离婚手续？李言会做这种顾此失彼的事儿吗？而且，他们两人刚才双双出门的神态，哪儿像去离婚啊？

这一来，她刚才庆祝胜利的念头又被打消了，心又乱了。李言现在到哪儿去了？下一步还会发生什么意料不到的事儿？她都无法设想。

她从芭蕉树后面闪出来，并没有走开，却向市委大院的铁栅门前走去。

“站住！”门卫拦住了她，好像她是要闯进去行刺或者放火、埋地雷似的。

又是一次屈辱。但她根本没有要进这座大院的意思，早在门卫喝令“站住”之前，她其实就已经站住了。

“请问，李副市长在家吗？”尽管她明明看见李言已经走了，却也只能这样问。

“他刚刚出去。”门卫答。

“你能告诉我他到什么地方去了吗？”这才是她真正要提的问题。

“不知道。”门卫的回答既简单又干脆。

“那么，今天上午的会还开不开呢？”

“不知道，你要开会，就到开会的地方去嘛！”

“不，我不是来开会，”郁琅嬛解释说，“我只是想找他谈一个问题。”

“要上访就到人民来访接待室，每礼拜二上午八点到十二点，今日不是接待日！”

“我不是‘上访’，有急事儿要找他，现在就要见他！”

门卫已经不耐烦了：“我已经讲过了，他不在！不要在这里停留！”说着，手在腰间摸索，似乎里面藏着什么对付歹徒的暗器。

郁琅嬛悲哀地走开了。不要说不准停留，即使欢迎停留，她也不会停留了。

她抬起腕子看了看手表，七点整。现在离上班还有一个小时，她不必急着赶到学校去上班，还有时间再等等李言。但她明白，无论李言现在到哪儿去了，都不可能直接回到家里来，她应该换个地方去等他。

她登上开往市中心越海广场的公共汽车。

此刻，李言和何丽珠还在越州火车站。

七点一刻，大姐乘的火车开走了。何丽珠和表姐分别，难免要抹一阵眼泪。而李言则轻松地舒了一口气，这步棋总算走得圆满，没有让阿盼的事儿在大姐面前露馅儿，她一走，有关阿盼的消息就不会走漏到香港了；至于下一步棋，他相信自己不会失算。他在越州火车站送别大姐时唯一的遗憾，是越州至今还没有机场，大姐要坐一个多小时的火车到省城，然后再回香港。如果越州有机场，就不会让老太太这么辛苦了，他李言作为副市长，在这位阔亲戚面前又会多一些光彩。唉，等以后吧，也许越州机场在不久的将来由李市长亲手建成，这总不至于是梦想吧？

他和何丽珠走出检票厅，走出车站，看了看表，七点四十分。

“噢，你该上班去了！”他对妻子说。

何丽珠满腹心事地看了他一眼，什么也没说，就转身去赶公共汽车了。

和妻子分手之后，李言便朝车站的公用电话亭走去。

“喂，车队吗？我是李言。”

那边马上就传过来毕恭毕敬的声音：“噢，李市长！”

“我刚才送走了一位亲戚，在火车站。马上来接我去开会！”

他现在不再雇出租车了，公是公，私是私，分得清清楚楚，而且还要讲得清清楚楚。

车子穿过大半个越州，驶进市中心区，停在越海广场北面的市委大楼门前，刚刚八点一刻，离开会时间还早。

郁琅嬛正在广场上等着他。

遗憾的是等着李言的不只是一个郁琅嬛，还有别的人。

李言一下车，站在门前廊下的几个人便“呼”地围过来……

“李市长，我是《越州日报》记者……”

“李市长，我是越州电视台记者……”

“李市长，我是……”

李言只是看了他们一眼，并没有停下来，而是从他们当中穿过，匆匆登上市委大楼门前的花岗岩台阶。记者们当然不会就此止步，蜂拥着跟了上去。这是在许多电影里出现过的镜头，新闻人物对于新闻记者总是采取这种爱理不理的态度，但是记者们绝不会因为你的傲慢就拂袖而去，只会追得更紧，新闻人物的新闻价值也就更加增强了。而一些没有多大新闻价值的人，自筹资金、排除万难地搞点儿什么活动，还要低三下四地去请记者们“莅临”，塞了大把的票子，说好了“会后备有午餐”，人家还推三推四地不愿意来。这就是新闻“市场”的“供求”关系。

李言径直朝里面走去，门卫不客气地伸手拦住了记者们的去路。道理是不必说的，市委大楼是越州的心脏，自然是“闲人免进”。但李言此时却回头向门卫挥了挥手：“他们都是来采访今天的会议的，让他们进来!”

李市长发了话，门卫自然也就放行，连看一看他们的记者证这道“验明正身”的手续也免了。记者们鱼贯而入，这些“无冕之王”向来是进什么地方都坦坦然然的。

广场上那一横一竖两只眼睛的雕塑下，郁琅嬛白白地睁大了两只眼睛，看着李言消失在大门里面，却无法跟他说那些至关紧要的话。她不可能像那些记者一样没皮没脸地追着李言去“采访”，而且她要说的话也不能让第三个人在场，这显然又是做不到的。

她只好怏怏地从广场走开。

记者们一直追着李言走到一号会议室。九点钟，市委常委扩大会议将在这里召开。时间还早，但与会的人差不多都已经到齐了。小型会议，没有什么主席台，大家围坐在椭圆形的大会议桌四周，中间空的部位摆着一丛鲜花，据说是模仿联合国大厦首脑会议厅的样式。越是小会越重要。能够参加今天的会的人，除了必到的市委常委之外，应邀列席的也都是越州的上层人物，什么“长”、什么“委”、什么“主任”等等。

不设主席台，实际上还是有主次之分的。会议桌的正面靠中间坐着的几位，是市一级的领导：市委副书记、市委常委、市委秘书长，副市长、市政府秘书长，市人大正副主任，市政协正副主席。四套班子的人马，除了外出的基本都来了，而且比李言来得还早。因为今天的会议关系到越州的前途，这些公仆们自然会被先天下之忧而忧的责任心所驱使，提前到会，而且是不会迟到更不会缺席的。此外还有一个原因：越州不成文的惯例，开任何会，只能是与会者等候主持人，而不能让主持人焦急地等候那些姗姗来迟的与会者，这与乡村干部为开个会喊哑了喉咙仍然被农民们置之不理的情形是完全不同的。城市有城市的文明。越州现在已经不是过去那个带着土腥味儿的“县”，而是拥有五十万人口的地级“市”了。

市级首脑们正中间的一把椅子空着，按以往的习惯，那是市委书记兼市长程功同志坐的。与其他椅子同样材料同样颜色，在一切方面都毫无二致的那把椅子，仅仅是因为摆放的位置不同而有了特别的意义，似乎从椅背上分辨出一种神圣感。现在程功不在，那把椅子就十分显眼地空着。由谁来坐呢？自然是李言了。

李言从容不迫地走进会议室，一边向人们点头招呼，一边向中间的那把椅子走去，稳稳当当地坐下来。人们的视线便都向他投去，一如过去对待程功同志那样众星捧月。

人们都知道，程功同志这次去省里开会，是关于下一次党代会的筹备问题。与此相关的，人大、政协也要开会，五年一任已经干了四年，明年到期，该“换届”了，四套班子的人马，从上到下都要调整。在座的人们对于省一级的“换届”虽然关注，却并不动心，因为至少在目前他们都还没有希望进省级“班子”，他们关心的是越州的“换届”，也就是说明年自己是否还有资格坐在这里开会。尽管开这种会没有一分钱的补贴，只是清茶一杯，抽烟抽自己的，也仍然很吸引人。他们都清楚，程功同志今年已满六十整寿，老了，到“杠杠”了，面临着“一刀切”，不管他自己愿意不愿意，也不管他身体是否健康、头脑是否清楚，也绝不可能再连任下一届的市委书记和市长了，最好的结局也就是接替现任的人大主任或者政协主席。而现任的人大主任和政协主席都已年迈，无可再退了，船到码头车到站，只有彻底休息了，回家去含饴弄孙，或者打牌下棋、养鱼栽花，或者习字学画、打打拳，干什么都行，就是干不了政治了。如果程功同志一步退到底，也是这个结果。那么，接替程功同志出任“一把手”的将是谁呢？当然，这要看换届选举投票的结果。但人们凭以往的经验知道，在越州，选举只不过是个形式。早在人们投下庄严而又神圣的一票之前，谁干什么谁干什么其实就已经“内定”了，“内定”的权力当然在省里，但程功同志是“老越州”，本身又是现任省委委员，他的意见也举足轻重。今天在座的都是开会专家，他们对于未来“行情”的预测能力，丝毫也不亚于股票专家。现在正是考验他们的预测能力的时候。他们心里掌握着许多切实可靠的“数据”，据此分析，便不免不约而同地把目光集中在李言身上了。

就目前来说，李言已经是市委副书记，但不是第一副书记，他前面还有一位陈志恒陈副书记，如果按现有顺序递补，接替程功还轮不到李言。但李言在政府里却是常务副市长，仅屈居于程功之后，排行第二，而程功兼任党政一把手，要统筹全局，不可能事无巨细都亲自过问，相当一部分权力早就掌握在李言手里了，使他成为越州举足轻重的人物。在面临的“竞选”中，李言有不容置疑的优势。第一，他是现有的常委和副市长当中最年轻的一位，“班子”要年轻化，他就必然被优先考虑，这是谁也无可奈何的。第二，他是“南大”六十年代的毕业生，那是硬邦邦的文凭，绝不是那些普通院校或者从什么补习班、电大、夜大弄来的“相当于”什么什么的廉价文凭所能比拟的，在现“班子”中又高人一筹。何况一些没有文凭的同僚们事先没有准备，临渴掘井去弄文凭也来不及了，那些人又哪有心思去读书？“班子”要知识化，李言绝对占先。第三，李言这几年政绩显著，有目共睹，这是考察干部极其重要的一条，他又最突出。越州撤县改市不到十年，基础是个落后的农业县，谈不上什么像样的工业。而农业又是“以粮为纲”的格局，开始是粮食产量低，吃不饱，包产到户之后，粮食又愁卖不掉。李言上来之后，大胆调整产业结构，大幅度砍粮食生产，发展渔业和运输业，靠海吃海。越州濒临大海，这本来是顺理成章的，越州人祖祖辈辈都是向大海讨生活，但是，给大跃进和“文革”给“革”掉了，以粮为纲，填海造田。渔佬们本不是种田的把式，粮食产量极低。“文革”过后搞了承包，粮食产量是上去了，可是粮价低，值不了几个钱，农民仍然在贫困线上挣扎。李言上任之后，“退田还海”，恢复渔业生产，除了传统的捕捞，又推广海水养殖海参、扇贝、鲍鱼这些海产珍品，获得了极大的经济效益。渔民脸上有了笑容，呼李言为“李青天”。而李言绝不满足于此，他利用这些本地资源，大兴乡镇企业，引进港、澳、台和其他海外资金，发展三资企业，使越州这个本来默默无闻的小地方，竟然一举成名。越州富了，兴建了港口，打通了一条海上“丝绸之路”，竖起了三十九层的越州大酒店，现代化建筑鳞次栉比，站在越海广场，使人恍若身在深圳、珠海，或许还有点儿香港的味道了。这一切，当然不能都归功于李言一个人，而是改革开放的新形势、新政策使然，是老书记程功同志掌舵掌得好，但程功既然要退了，再为他评功摆好已经没有多少意义。归根结底，是李言赶上了好时机。政策再好，也要靠活人来执行，李言确实干得不错，越州有今天，他功不可没！当然人们也可以说：如果让我在他那个位置上，我也可以干出点名堂来？这话就没法儿说了。因为你事实上并没有占据那个位置，所以任何设想出来的“政绩”只能是子虚乌有。历史总是由于各种各样的原因把某些人放在某些位置上，让他功成名就，似乎也不以人的意志为转移。比如你说你如果处在秦始皇的位置上，第一个统一中国的人就是你，这当然只能当笑话听听，连与秦始皇同时代的人也未必能做到。第四，这是最重要的一条：李言是程功同志亲自发现、亲手提拔上来的，当然也是他最信任的。“不懂得历史的人，也不可能把握今天，更不可能创造明天。”程功同志这样说，不就是因为李言是个历史系毕业的高才生或者说是历史学家吗？那么，要找一个人接替程功，来把握越州的今天，创造越州的明天，似乎非李言莫属了。“说你行，你就行，不行也行；说不行，就不行，行也不行。”人们在一次次地转述这两句民间创造的“格言”时，总爱把满腹怀才不遇的牢骚发泄向具体的领导，其实，这一幕幕戏的真正导演是历史！

局势这么明朗，李言当然更是心中有数，对自己的未来稳操胜券。他所要做的，似乎已经不是怎样把那个位置“争”到手，而是怎样走过换届之前的过渡时期，以便荣登“第一把手”交椅时更加光彩照人。

当李言神采自若、步履坚定而迅疾地走进这间会议室的时候，那几位记者也跟了进来。李言连睬也不睬他们，在自己的位置上坐下来。

在椭圆形会议桌旁边，除了与会者的座席，还另外摆好了一排椅子，那是为记者们准备的，虽然和正式与会者所坐的椅子同样质量、同样颜色，但是位置不同了，意义也就不同了。“无冕之王”们虽然可以参加各种各样的会议，但正因为“无冕”，所以除了“记协”的会议之外，他们是永远不会被置于中心地位的。

现在还不到开会时间，记者们并没有马上就座，而是像刚才一样围在李言的身旁，要满足他们一路追进来尚未满足的愿望。这种气氛增加了李言前呼后拥的威仪。拥护李言的人会因此感到振奋，感到自己也沾了一点儿光彩，对李言不怎么拥护的人则心里很不舒服。

现在且不管在座的人们心中做何感想，记者们迫不及待地开始提问了。

首先开口的还是那个在楼下就表现得争先恐后的年轻人。

“我是《越州日报》记者。”他担心刚才在楼下李言没有注意到他，再次报了自己的身份，“李市长，我们刚刚接到一个消息，说您的儿子昨晚因为打架斗殴而被公安局拘留，请您对此事发表看法！”

突然之间，会场上像是扔进了一颗重磅炸弹，轰然爆裂，震得人们耳膜嗡嗡响！怎么会……怎么会突然发生了这样的事?！在李言即将“竞选”之际，“王子犯法”的事出在他的身上，非同小可！与会者们的心脏一下子被这个信息刺激得十分兴奋，扼腕叹息者有之，幸灾乐祸者也有之，因为毕竟不是所有的人都希望李言一帆风顺，而他的不顺则约等于别人的顺，人们习惯于这样思维。但是，这位小记者所透露的内容毕竟还语焉不详，缺少细节，而且在接近李言的人听来也不是十分准确。所以，人们现在共同的心理是好奇，急于想知道：怎么回事？到底是怎么回事？

李言不给人们太多的时间去等待，更准确地说，不想让人们去做过多的猜测，记者的话音尚未落地，他就开口了，脸上挂着微笑：“年轻人，作为一名记者，你应该知道新闻报道的五个 W：时间、地点、人物、事件，以及发生事件的‘为什么’。而你刚才所说的，连一个都没弄清楚。据我所知，迄今为止，我李言只有一个女儿，还没有儿子，而且遵照我国的基本国策——计划生育政策，也永远不想再生第二个孩子。那么，我那个并不存在的‘儿子’又怎么去打架斗殴呢?”

小记者窘了。人们的眼睛齐齐地向他看去。有人失望，他这一发打向李言的炮弹落空了。有人恼火，这是个什么记者？怎么到会场上来胡说八道？其实，小记者完全可以为自己辩解：他刚才所说，并非“本报讯”，而只是采访的开始，五个 W 要请李市长说清楚嘛！而李言毕竟是长于雄辩的学者，他稍稍偷换了一下概念，就把小记者给唬住了，会场上的气氛也就重归于他的掌握之中。

坐在李言旁边的那位比李言本人还要生气。此人就是陈志恒，市委副书记，李言的同僚。他身材瘦小，肤色黝黑，典型的越州人形象。刚刚五十六岁，头发却已经秃了大半，亮晶晶的头顶上勉强留着几绺软毛，还小心地梳过，从左到右扯过去摆在那儿，薄薄的一层半透明的帘子盖住光亮的头顶，以证明自己并不老。此种发式，被人们戏称为“地方支持中央”。眼睛极有神，虽然戴着高度近视眼镜，那目光透过一圈一圈如靶子似的镜片，从圆心射出来，仍然炯炯有神，咄咄逼人。颧骨很高，面颊又极瘦，似乎那一层皮肤直接贴在骨头上，中间没有什么肉。嘴当然就会因此显得更大些。他的那张嘴是属于“开放型”的，像个喇叭。牙齿则如齿轮般地做扇形排列，说话的时候，一般只是下唇和上齿接触，碰不到上唇的，因此他每当发声母“b”“p”“m”“f”打头的音的时候就不够清晰，只听得“呼呼”风响。此人虽其貌不扬，却是极其精明的，属于多年来老“班子”的人物，几番大浪淘沙都不曾淘掉，是程功的“智囊”之一，现在市委的日常工作实际上由他主持，和李言两个人在党政两方面平分秋色。人们猜测，在程功“内定”的接班人名单中，他必然也是其中之一，只是还不清楚在名次上他和李言谁先谁后。虽然现在看起来李言获胜的可能性更大些，但陈志恒自己却未见得服气，未必不想和李言争一争。此刻，一帆风顺的李言突然遇到了麻烦，陈志恒心中的反应只有他自己知道。但他绝不会借此向李言冷嘲热讽，那样就把对立局面表面化了，也显得自己太小家子气。所以他要公开维护李言的威信，并且树立自己的形象。

陈志恒说话了：“你是个什么记者？啊，什么记者？这么没有水平！啊，这么没有水平！凭道听途说、捕风捉影就捅到会议上来，造成什么影响？啊，造成什么影响？李言同志根本没有儿子嘛，你弄错了嘛，这是往他头上泼污水嘛！回去叫你们总编辑来，怎么搞的嘛！啊，怎么搞的嘛！”

陈志恒一发话，会场上便定下了群情激愤的调子，小小的记者处于越州共讨之的狼狈地位。那位德高望重、慈眉善目的人大主任，虽然行将回家抱孙子了，也庄重地表态：“不像话，实在是不像话！《越州日报》是市委的机关报，是党的喉舌，发表每一个字，都要对党负责，对人民负责！怎么能不经调查研究就胡说八道呢？我们做领导的，是人民的勤务员，做错了事，当然应该批评；但是也不能无中生有嘛！李言同志担任着很重要的工作，以后还可能担任更重要的工作，我们要支持他，爱护他，维护他的威信，而不能拆台嘛！”

老同志说了话，说得在理。且不管在座的人们是否全体都愿意维护李言的威信，但人大主任提出的问题是带有普遍性的，如果容忍新闻记者任意对领导同志造谣中伤，那么在座的这些身上有官衔儿的人们今后还将怎么工作？在职的尚且如此，那么退下来的呢？防不胜防，将任人欺侮！会场上群情激愤，那位惹了乱子的小记者，手足无措了！

李言的脸上仍然挂着坦然的微笑，现在，该他说话了。

“我看，事情也没有这么严重。这位记者，我并不认为他有什么恶意，其动机，还是为了发一条好新闻……”

那位几乎要哭的小记者，此时抓住了救命绳，几乎是在喊：“是啊，是啊，我是因为听说……”

李言不失时机地打断了他的话：“不错，要当好一个记者，必须做到手勤、腿勤、嘴勤、耳朵灵，闻风而动。你虽然没有弄清五个 W，但你听到的故事却并不是完全虚构的，也有一定的依据……”

什么?！会场上鸦雀无声，人们傻眼了！

“事实是，”李言继续说，“昨天晚上，在书院街一带，发生了一起拦路抢劫并殴打民警案。案发以后，歹徒逃之夭夭。越州一中的学生、我的女儿李盼，因为涉嫌此案，已经被书院街派出所拘留审查。这就是据我所知的五个 W，供你参考。嗯?”

李言朝记者点了点头，说完了。

会场又乱了。

德高望重、行将回家抱孙子的人大主任简直不敢相信自己的耳朵，哀叹道："怎么搞的？怎么搞的嘛！"他很为李言惋惜。干部子弟做出这种事儿的有没有？他不敢说没有，但是对事情怎么处理，要考虑影响嘛！那个小记者本来就毛里毛躁，不该捅到会议上来，但既然已经压下去了，李言同志就不必再解释了嘛！这种解释有什么好处？你说闯祸的不是你的儿子而是女儿，抓人的不是公安局而是派出所，本质还是一样的嘛，欲盖弥彰，越描越黑！什么"五个W"？五十个W也帮不了你的忙！唉，李言还是太年轻了，不知官场的厉害！

精瘦而精明的陈志恒倒一愣：原来真有这样的事？无风不起浪嘛，这个小记者真是好样的，什么马蜂窝他都敢捅，好，捅得好！如果不是他这么冒冒失失地捅到会议上来，李言怕是不会这么当众"供认不讳"的！现在好了，看你怎么收场？你以为说清"W"就算完事了吗？事情还会有连锁反应的！

陈志恒不再说话，他从容地点上一支烟，以难得的悠闲来静观事态的发展。

会场上的气氛显然已发生变化，李副市长，这个在十分钟之前还令人敬佩、令人望而生畏的形象，此刻却像泥胎似的坍塌了，那个青云直上、一帆风顺的李言黯然失色了。

"不！"那位《越州日报》的小记者在痛苦中抬起头来，望着晴转多云的会场，突然喊道，"李市长说得并不完整！"

纷乱的会场又为之一震，人们不知道他还要搞什么名堂，是要对李言继续揭发吗？世间的事真是说不清，李言转眼间处于这样的位置了！

"我虽然把李盼的性别搞错了，但这件事情千真万确！今天早晨我接到一位民警的电话，"小记者接着说，"昨天晚上，他亲自见了李市长，请示关于……对，关于对李盼的案子的处理意见。因为按照越州不成文的惯例，遇到干部子弟触犯法律，总是很棘手的，没有上面的指示，公安部门很……很难办，说到底，还是权大于法！他们请示李市长，也是没有办法的事……”

会场上鸦雀无声，人们知道，下面该揭发到实质性的问题了！

“可是，李市长当即明确表示：《中华人民共和国宪法》是全体公民都应该遵守的根本大法，任何人不得逍遥法外！关于李盼的案子，他绝不过问，也无权过问。公检法有自己独立的办案权力，党政机关和任何个人都不得以任何名义、任何借口干涉！各位首长，同志们，李市长的所作所为是何等光明磊落！如果领导同志人人都能这样做，党和政府的威望一定会大大提高，我们的党就有希望！难道我们不应该理直气壮地对此做宣传报道，不应该为此而鼓掌欢呼吗?!”

年轻的记者说得很动情，很有煽动性，话音未落，会场上已经爆发出热烈的掌声，这是远远出乎陈志恒等人的预料的。当然，陈志恒现在也随着鼓起掌来。

李言在掌声中站起来，伸出两只手，展开了往下按，示意大家安静下来：“好了，好了，少见多怪，不值得这么张扬！同志们，我有什么好表扬的呢？对于不正之风这个屡禁不止的怪物，人民早就深恶痛绝，难道我们只是让人民去抵制而自己不去抵制吗？上行下效，领导干部做出一件实际行动，下面就会涌现十件、百件！我作为一名共产党员、国家干部，只不过做了自己应该做的事！我只愿：端正党风，廉政从我开始!”

多云转晴，会场上的气氛又变了。李言以一身正气树立了自己的形象，不用说，这对于未来的“竞选”又会增加新的筹码。

人们也许并没有注意到，自从《越州日报》的小记者向李言提问开始，他旁边的那位胡子拉碴的越州电视台记者就已经不声不响地把摄像机镜头对准了李言和整个会场，记录下应该记录的一切。完全没有策划、没有摆布的临时抓拍，拍下了最真实的画面，录下了最真实的声音。今晚，越州人民将在本市新闻中看到这个节目，会是怎样的感受呢？毫无疑问，他们会因为有这样的市长而激动，会真切地感到：越州有希望！

李言看了看表，八点五十五分。“你们这些记者，真是无孔不入，给我们的会议加了这么一个序幕！好吧，闲言少叙，言归正传。”他笑了笑，转脸看看陈志恒，“该开会了！”

恰恰在这时，一位工作人员匆匆走进来：“李市长，您的电话！”

李言咂了咂嘴。在这种时候，他是不愿意被外界干扰打断自己的思维和行动的。但他不知道是谁来的电话，又怕误事，就说：“让总机接到这里来！”

电话里传来郁琅嬛的声音：“喂，是我。昨天晚上，你怎么样？”

她指的当然是李言和何丽珠的“夜战”。怎么样？还能怎么样？无论怎么样他也不能在这里对郁琅嬛讲！这个电话是根本不该在这里接的！

“很好。”他只能这样含含糊糊地回答。

“什么？你还‘很好’？”郁琅嬛大惑不解，而且很恼火，但显然在极力自我抑制，“我问你，你今天的会还照样开吗？”

“当然。”

“请听我一句话，你不能那样做，不能！要留有余地，引而不发……”

“跃如也！”李言接下去说，“我明白，就这样吧，我在开会！”

话说得这么简短，郁琅嬛当然不能尽意，也无法放心。“中午我们一起吃饭，在老地方，我等你！”

不容置辩。李言挂上了电话，走回椭圆形的会议桌旁。

现在，李言坐在历史为他安排的那个令人景仰、令人艳羡、令人忌妒、集各种矛盾之大成的位置上，主持今天这个将搅动整个越州的历史性的会议。的确，与下面的正题相比，刚才的那一幕只是一段小小的序幕，或曰插曲而已。

李言巡视着列席今天常委会的人们，心里核对着他们的身份：工业局局长、水产局局长、农林局局长、交通局局长、城建局局长、财政局局长、商业局局长、外贸局局长、税务局局长、旅游局局长、卫生局局长、教育局局长、文化局局长、环保局局长……有些可以叫得出名字，有些只是认得面孔。该来的都来了。他看了看表，九点整。

他又看了看陈志恒，轻声说："开始吧？"

陈志恒向他点了点头，好似一个文艺节目开始之前，独唱和伴奏之间的那种默契。

这种默契是必不可少的。按照党内的名次，陈志恒是第一副书记，排在李言的前头，既然是常委扩大会，也就理应由陈志恒主持。但程功同志临走之前却交代说："你们两个共同主持。"明显的有倚重李言之意。但是，两个人怎么"共同主持"法？李言不能不充分考虑陈志恒的心态，昨天已经和他交换了意见，确定了这个会怎么个开法。

"同志们，现在开会。"李言开始讲话，"这次会议的内容，大家从开会通知上已经知道了，有些同志可能还准备了发言稿。现在，先请市委副书记陈志恒同志传达一下在这次会议召开之前由程功同志主持的常委会提出的初步意见！"

他作为主持人，竟然只讲了这么几句，就让位于陈志恒。这是李言精心设计的程序，也正是陈志恒所希望的。按照越州的惯例，凡是开会，领导人是一个个都要讲话的，不怕啰唆，不怕重复，不怕占人家的时间即宝贵生命，不怕听的人不耐烦，只怕领导之间摆不平。谁先讲谁后讲还有学问，越是排在前面的越重要。如果程功同志在，那么就是他第一个讲话，后面的再依次排列。现在程功不在，他们两人就“数一数二”了。现在由李言主持会议，陈志恒做主要发言，这样的安排还是很得体的。但如果李言讲得很长，把该说的话都说尽，轮到陈志恒就只能炒他的冷饭，必然会索然无味。可是，李言却没有这样做，三言两语的开场白，几乎什么都没说，然后就请陈志恒唱重头戏，这意味着什么呢？是不是在李言的心目中也意识到陈志恒的存在对他也是一个很大的威慑力量呢？在未来的越州，到底是谁主沉浮，现在还是一个未知数。焉知陈志恒就不能击败李言？而即使李言获胜，做了市委书记，那他也不可能像程功同志那样再兼任市长，陈志恒也可以稳坐政府的第一把交椅，由他们两人组成“李陈格局”。如今尚不知鹿死谁手，李言也是绝不敢轻视他陈志恒的！是不是？

“噼里啪啦”一阵掌声，表示对陈志恒讲话的欢迎。这其实也是越州的习惯，领导人讲话，一定要鼓掌，有人带头鼓掌大家便跟着鼓。如果谁不鼓掌，就如同你在选举时投了反对票或者弃权似的引人注目，说不定还会惹来麻烦，何苦呢？但这例行公事式的鼓掌在陈志恒听来是非常悦耳的，这标志着他在越州的地位和受欢迎程度嘛！

陈志恒的面前早就摆好了一摞发言稿。这本来是秘书准备的，写得很长。李言看过之后，在上面用红笔删去了不少“水分”，只留下实质性的条文。不过陈志恒仍然很乐于念这份稿子。稿子谁都会念，但是由谁来念，却是大有学问的，代表市委常委讲话，这是在全市高层和中层干部面前树立自己的形象啊，甚至比李言宣布“现在开会”那个没有实质内容的主持地位更重要！至于稿子里被李言删掉的“水分”，他还可以临时再添上嘛，五十多岁的人了，开过的会成千上万次，临场发挥谁不会？

“同志们！”他清清喉咙，开始发言了。他是越州土生土长的人，普通话讲不好，而在这种会议上做庄严的讲话又不便用越州的方言土语，因此只有奋力地去咬那些咬也咬不清的字，把“同志”念成“通缉”也是没法子的事儿，齿缝间还透出呼呼风响，听的人也就只能凑合着听了。

“我现在传达市委常委关于开发秦屿的决定！”陈志恒郑重地点出这份稿子的题目，是“决定”而不是李言所说的“初步意见”，这是需要纠正的，“啊，我现在传达市委常委开发秦屿的决定。”

此人讲话有一大特点，那就是几乎在每一句话之后都要加一个“啊”，然后把上一句重复一遍。这样一来，他实际的讲话长度就比稿子要长差不多一倍，也就是说等于把一份稿子念两遍，这就难免让听的人心焦。李言是长期领教了他这一独特风格的，所以把稿子砍掉了不少，给他预留了重复和啰嗦的余地。

“秦屿是我市沿海的一座小岛。啊，沿海的一座小岛。面积四平方公里。啊，面积四平方公里……”

他就这么每一句都成双成对地念下去，即使具有“铁杵磨成针”的耐性的人也会觉得厌烦。为了不使本书的读者把每句话都读两遍，下面干脆把无用的重复一律删去，他讲话的主要内容如下：

“秦屿是我市沿海的一座小岛，面积四平方公里，距越州海岸仅两公里。秦屿四面环海，风景优美，气候温和，年平均气温略低于本市大陆部分，为二十三摄氏度，终年无霜冻。由于历史的原因，千百年来，秦屿一直与世隔绝，一道两公里宽的海峡竟然成了难以逾越的天堑。解放四十多年来，特别是十一届三中全会以来和越州撤县升为地级市以来，越州人民在党的改革开放政策的指引下，解放思想，打破框框，发愤图强，建设家园，使古老的越州发生了翻天覆地的巨大变化，成为我省沿海地区的一颗耀眼明珠。由于自古以来就有不少越州人移居海外，使越州与海外有着密切的特殊联系。在改革开放的形势下，爱国侨胞以及港、澳、台同胞纷纷回乡寻根认祖、探亲访友、洽谈贸易、投资建设，又为我市向现代化迈进提供了得天独厚的条件。我们的越州大酒店、海滨公路、越海广场和多家三资企业都是在这种情况下建设起来的。

“但遗憾的是，改革开放的春风至今没有吹过两公里宽的越州海峡，对岸的秦屿至今仍然是一座与世隔绝的孤岛、荒岛，除了原有的‘极乐园’精神病院之外，基本上还是一块废地。这是我市宝贵资源的一大浪费，这种现象再也不能继续下去了。市委常委决定：利用秦屿的有利地理条件，吸引外资，进行开发，彻底改造，用三到五年的时间把秦屿建成集旅游、娱乐、商业为一体的综合性海上游乐园。这是一个投资大、效益也大的项目，建成之后，将会为本市的进一步改革开放发挥不可估量的作用，可谓百年大计、千年大计，造福于子孙后代。正因为如此，市委对这项工程的上马是积极而又慎重的。今天请大家来，就是要对此展开论证，群策群力，集思广益，把利、弊两方面都谈透，以便市委和市政府决策，早日上马。”

陈志恒终于把稿子念完了，直听得人们昏昏欲睡。

他把厚厚的眼镜片从稿子上抬起来，两眼扫视着会场。那些打瞌睡的人这才突然发现该鼓掌了，于是一个激灵，振作精神，机械地拍起巴掌，一号会议室里又下起冰雹阵雨。

其实这时候鼓掌有点儿多余，好像是祝贺他终于饶了大伙儿似的。但陈志恒不厌其烦，人们鼓掌说明他念稿子念得成功，是不是？倒是经过这一阵鼓掌的刺激，把人们的睡意赶跑了，这也是一大收获。

“同志们，怎么样？”他念完了稿子还舍不得放弃发言权，还有一些零碎要发挥发挥，不过这倒比他念稿子要生动活泼，易于为人们听明白。“这是一项了不起的决策、了不起的工程，啊，了不起的工程！建成了之后呢，我们越州的知名度就要在全国，不，在全世界大大提高了，到那个时候，洋鬼子们真的把我们这里看成东方夏威夷了，啊，东方夏威夷！那么……”

他本来想宣布开始自由发言，但话到舌尖，又收了回去，环顾左右，看着他身边坐着的那些常委和四套班子的领导们，一个个地询问："有没有什么补充啊?"这也是必要的程序，以示对同僚们的尊重。

同僚们却一一面带笑容地摇摇头或者摆摆手，表示没有什么可"补充"的了。常委会集体定下来的基本精神已经写在纸上，并且已经由他念完了，再重复就不觉得新鲜了。而且他们积多年经验，作为领导干部，不必在大会上抢先发言，让下边的人先说，等他们都说够了，领导再做总结性的发言，往往能收到集众家之长、以一当十、事半功倍的效果。

陈志恒看看李言，那意思是：下一个节目……

李言朝他点了点头，说："那么，就请大家畅所欲言吧!"

陈志恒便把脸转向那些中层干部："好，自由发言！啊，自由发言!"

而他给大家的自由度又是有限的，这句话刚刚说完，就开始点名："城建局局长已经有所准备，你先讲好不好？啊，你先讲!"

这似乎是名正言顺、理所当然的，搞建设嘛，当然是城建局局长唱主角。

城建局局长当仁不让，清了清喉咙，笑容满面地环顾会场，说："那我就先讲几句。我受市委、市政府的委托，对秦屿的开发做了初步考虑，现在，向各位领导和同志们做一个简单的汇报，不准确、不完整、不周到的地方，请大家批评指正！同志们，秦屿的开发，是市委、市政府的英明决策，是我们越州改革开放的一个新的突破点，它所带来的巨大效益是难以估量的。过去的十年改革，已经使我们越州从封闭落后的状态下解放出来，开始走向世界……”

一开头就气度不凡，这是个能讲的角色。坐在他对面的人大主任却微微皱起眉头，心想，越州走向世界？这句话不大通顺吧？人可以“走”，一个城市怎么“走”啊？“走”到哪儿去？现在的秘书越来越不会写稿子了！人大主任是在程功之前当过县委书记的，虽然那时候越州还是个县，但毕竟也是这方水土的“一把手”，过去他领导越州人民战天斗地的历史就可以用“封闭落后”一句话都抹杀了吗？当时有当时的历史条件，要历史地看问题，不要因为今天改革开放了，就把我们的昨天说得一无是处！而且一个小小的局长也该清楚自己的身份，当着市领导的面，你只就自己的权限做些具体说明就行了，讲什么空洞的大道理啊？但人大主任基于自己现在的位置，也并不想在大会上抬杠，就小声嘟哝了一句：“讲点具体的嘛！”

这一提醒很有必要。城建局局长也不是傻子，一点就透，但他没有停顿，眼睛扫了一下稿子，就跳过许多行，天衣无缝地接了下去：“更重要的是，我们要吸引世界走向我们！”

人大主任会心地一笑。越州又不“走”了，让世界“走”向我们？那我们越州不就变成联合国了？装得下吗？

城建局局长的这句话其实只是一个过渡，他马上引入正题：“我们要把秦屿作为一扇窗口、一座大门！把秦屿建成……这个这个……正像刚才陈书记所说，东方夏威夷！一个真正的‘极乐园’！成为全世界的旅游热点！……”

这几句话为他前面所说的“走”来“走”去的理论做了很好的诠释。

“具体地说，我们要把秦屿建成一个综合性的旅游、娱乐胜地，其中包括：第一，大型游乐场。要把过山车、摩天轮、高空塔这些游乐园的代表作统统囊括，还要有小型轻便的碰碰船、碰碰车、音乐马车、电子游艺设施等等。第二，配套商业系统。要使旅游者不出秦屿，什么都能买到，不管是吃的、喝的、看的、玩的、刮胡子的、涂指甲的……应有尽有。第三，大型海滨浴场。不光是游泳哦，还要包括帆板、钓鱼，等等，甚至可以举办国际比赛。第四，综合服务项目。要有豪华宾馆、别墅式度假村、赛马场、健身房、按摩院、桑拿浴，等等。第五，多种文化设施。多功能电影院、录像厅、海底世界、卡拉 OK、舞厅、酒吧、音乐茶座，等等。总而言之，要让外国人来到秦屿，就不想走了，‘乐不思蜀’！把他们口袋里的钱，都赚到我们手里！”

会场上发出了一片开心的笑声，似乎这个刚刚在描绘中的、为外国人而设的人间天堂已经建成，哗哗响的票子正源源不断地流过来，就像一九五八年人们在“跑步进入共产主义”“超英赶美”“放卫星”时似的那么胜券在握。

也有人在惊叹之余问：“哗！咁大工程，要几多钱？”

城建局局长答：“初步预算，至少要两个亿。”

“哗！”又是惊叹，“咁多钱，哪里来？”

“外商投资啊！”城建局局长胸有成竹，“我们可以采取多种方式，一种是两方合资，一种是出租土地五十年到七十年，让外商独资经营，还有一种是我们出资，公开招标，由外商承建。我们多多少少还是要出一些钱的，市里可以拨一部分，还可以伸手向省里要一些，这么大的好事，省里会支持的。不足部分，向银行贷款，因为建成之后不用几年就可以收回成本，划得来的！”

这么一笔两亿元的大款子，经他这么一说，似乎也是手到擒来，并不困难，人们都相信这一点。越州人是经过“人有多大胆，地有多大产”的年代的，从积极意义上来说，只有敢想，才能敢干。既然有两个亿摆在那儿，为什么不干这一本万利的买卖？

椭圆形会议桌的侧面，有一个人笑嘻嘻地提出了一个问题：“喂，有两个项目，不知敢不敢上？一个是赌场，一个是妓院，没有这两项，外国人是拢不住的！繁荣‘娼’盛嘛！”

笑声。其实这个问题别人也想到了，只是不肯说出来。

人大主任拍案大怒：“不像话！共产党打天下，就是要荡涤污泥浊水，我们解放以后，别的成就不讲，单单禁娼、禁赌这两项就是资本主义国家几十年、几百年也做不到的，怎么能倒退呢?!”

说得好！

陈志恒立即接下去说：“我们天天在喊‘扫黄、打丑’，怎么能搞这种鬼名堂？啊，这种鬼名堂！我们引进的只能是资本主义好的东西，而不是腐朽、没落、丑恶的东西！没头脑嘛，啊，没头脑！”

那位始作俑者就尴尬地收敛笑容，闷声不响了。人们认得他是旅游局局长，这家伙近几年在许多方面都做得出格，据说在一些宾馆、饭店里都有暗娼活动，而饭店不仅默许，还给予配合，为了“创收”不择手段。想不到这家伙解放思想解放得昏了头，竟然到常委扩大会上来放毒，理所当然地受到严厉批评。

人大主任抓住他不放：“听说你们旅游部门是有这方面的问题的，我建议市纪律检查委员会好好地查一查！”

旅游局局长慌了，忙说：“没有哇！我们其实抓得很紧，‘扫黄、打丑’很坚决！我刚才……哎，我不是这个意思，我是说，在秦屿搞旅游项目，一定要坚持文明、健康的原则……”

人大主任还要追究，陈志恒眼看已经离开了主题，“扫黄、打丑”的问题讨论它三天也谈不完，但不是这个会议所讨论的，就引导说：“是啊，原则上不能含糊，啊，不能含糊！下面，大家可以对秦屿的开发方案具体地论证，哪一个发言？”

这么一岔，就岔过去了。

挨着旅游局局长坐着的是卫生局局长。他忧心忡忡地看着陈志恒，说：“开发秦屿，我没有意见，但是，我提请领导考虑，岛上的精神病院怎么办？”

唱主角的城建局局长不屑地瞥了他一眼：“怎么办？你说怎么办？我们总不能在一个旅游胜地上保留疯人院吧？”

刚刚解脱困境的旅游局局长立即附和：“那当然！秦屿有两大祸害，一个是疯人院，一个是那些乱哄哄的鸟群……”

卫生局局长反驳说：“怎么能说秦屿精神病院是‘祸害’呢？它在全国都是有名的，经济上也为越州创收不少，是绝对不能撤销的，那么多精神病人，在市里绝对没有办法安排！”

环保局局长随即也跟上去：“秦屿的大片原始森林和大量的野生动物，是宝贵的生物资源，如果开发工程实施，生态平衡势必会遭到破坏，国家环保总局恐怕要出面干涉，联合国环保组织也很可能会谴责我们……”

这些本来在常委会上连想也没人想到的问题，现在突然提到扩大会上来，一时间造成了不利局面。陈志恒烦躁地向李言使了个眼色，谁知李言却对他的暗示视而不见，无动于衷。

陈志恒有些沉不住气了，恼火地瞪了瞪刚才发言的那两位：“鸡毛蒜皮的问题都拿到会议上来？哈，疯子的问题，鸟的问题！……”

会场上一片哄笑。

“静一静，静一静！”陈志恒敲着桌子，“同志们！排除干扰，正面论证开发工程的可行性！啊，正面论证……”

面对乱哄哄的会场，李言却只是静静地听，一言不发。他是不是真的听从了郁琅嬛的劝说：引而不发，跃如也？

郁琅嬛的那个电话是在大街上的公用电话亭打的。她在和李言通话的时候总是避开一切熟人，但她却没有想到李言在那间坐满了人的一号会议室里怎么可能和她深谈？只跟她说了那么几句搪塞的话，电话就挂了。谁知道他昨晚是怎么度过的，今天又将怎么度过？谁知道她在电话中嘱咐他的那些话他到底听不听？郁琅嬛怀着满腹狐疑、满腹焦躁、满腹惆怅地走出了公用电话亭，坐公共汽车回学校去。

她迟到了，这在单身、要强的郁琅嬛还是很少有的。

她一走进教研室，同室的教员就对她说："郁老师，刚才黄校长到处找你！"

"噢！"她连手里的提包都没放下，就往校长室走去。

第一次迟到就叫她去训话？这使她很伤心。在别人看来，她郁琅嬛是最无忧无虑、无牵无挂的，既不用服侍丈夫，又不用照顾孩子，一个人独来独往，下了班想干什么干什么，何等自由！岂不知，她现在正处在一生中最难的时候。一个占据了她的心，而又不属于她的男人；一个和她争夺男人，而她又不能公开宣战的女人；一个由她负责管教，而又很难管教的孩子。这三者轮番折磨着她，要她做出明智而简捷的决断，而她却不能。许多成年的女人都可能会遇到类似的麻烦，而不同的是，人家有了争执可以吵，可以闹，可以向至亲好友诉说，她去向谁诉说呢？

她走上了楼，敲了敲校长室的门。

里面传出黄校长的声音："请进！"

她推开门，还没等走进去，黄胖子已经迫不及待地叫起来："噢，郁老师来了！"

听声音又不大像是要找她训话。她朝里面定睛一看，见李盼坐在黄校长的旁边，屋里还有三个警察，其中有两个是上次见过的。

“李盼！”她兴奋地喊道，“你回来了？！”

“郁老师！”李盼看见她，眼泪汪汪地叫了一声，站起来，却又克制地停住了，并没有像电影上常见的那样一头扑进老师的怀里。

郁琅嬛心里一热，眼泪不觉涌了出来，一把抱住李盼：“阿盼，你受苦了！”

那三个警察在她一进门的时候就都齐齐地站起来，好像她是什么了不起的人物。黄胖子脸上挂着笑，指着其中面生的一位说：“郁老师，这是书院街派出所的所长，他们……”

所长矮矮的个子，也像黄校长那么胖，只是没他那么老，一脸的壮疙瘩，下巴刮得铁青。此时他讪笑着说：“我们是来做善后工作的……”

郁琅嬛冷冷地看了他一眼：“李盼是冤枉的！她没有罪，前天的事儿，根本没有她！”

“我早就讲了！”李盼委屈地擦着泪，“昨天他们来抓我的时候，我就讲了，可是他们不信，还是把我抓走了！”

所长尴尬地维持着脸上的笑容，解释说：“李盼同学，不要用那个‘抓’字好不好？当时情况很复杂，我们一时弄不清楚，是请你去调查调查嘛！”

“‘请’我？”李盼鼻子里哼了一声，“有那样‘请’的吗？”她瞪了那两个抓她的警察一眼，“凶得很哪，简直像董超、薛霸！”

被指责的两位警察的表情便很难看。黄校长忙说：“李盼，不能这样讲话！人民警察怎么能和旧社会的衙役相提并论呢？”他很担心自己的学生犯了攻击无产阶级专政的错误。

郁琅嬛倒在心里暗笑，她没想到在语文课上经常偷偷地看小说的李盼还真的有所收获，能够在这个时候出此妙语。“你们有没有打她?”她厉声问警察。

两位警察慌了神：“没打！绝对没打！”

所长也连忙解释道：“郁老师！我国法律禁止肉刑，绝对不准打人的，我们的政策是坦白从宽、抗拒从严……”

“李盼有什么可‘坦白’的？你们还是把她当‘犯人’看?”郁琅嬛立即抓住了把柄。

“我……”所长意识到刚才由于职业习惯而说走嘴了，一时语塞。

黄校长把郁琅嬛叫来，本来是为了帮警察圆场，岂料事与愿违，郁琅嬛却和警察干了起来，这倒使黄胖子为难了，还要回过来劝她：“郁老师！既然事情已经弄清楚了，就不要……”

所长经他这一提醒，才想起自己该说什么：“郁老师，事情是这样的：我们经过调查、了解，请此案的受害者和负伤的民警来辨认，他们都不认识李盼，也就是讲，案发时李盼不在现场……”

“应该说此案与李盼无关!”郁琅嬛马上纠正他的含糊其词。

“是，是，完全无关!”所长连忙说，“所以，我们……我们今日专门送李盼回来落实政策，请你们……”

“口头‘落实’就算完事了吗?”郁琅嬛冷冷地看着他，“要拿出个书面的结论!”

黄校长一想，她说得对，也对警察说：“是啊，还是应该有个字据……”

警察才不会给你留什么字据呢！所长解释道：“既然李盼与此案无关，也就不需要任何书面的东西啦，请你们谅解!”

“那么，把人送给我们就算完了吗?”郁琅嬛仍然不肯罢休，“你们给李盼本人和她的家长造成了很大的精神伤害，应该向她的家长赔礼道歉！学校不能代表家长！”

她口口声声所说的“家长”当然指的只是李言而不包括何丽珠，听的人似乎也这样理解。“郁老师，”黄校长现在是替警察向她求情了，“他们是从我们学校抓走……啊，‘请’走的，所以送回学校来也在情理之中。再说……”

下面就涉及警察的难言之隐了，所长只好硬着头皮说：“我们同李市长不大熟悉，还请郁老师帮忙解释解释，希望能得到他的谅解。出事的时候……也就是昨日夜晚，李市长所表现的高风亮节、原则立场，我们十分敬佩啦，为全市干部、群众树立了榜样。如果没有他的表态，我们也……也不敢……噢，今早，我们弄清情况就即刻向《越州日报》打了电话，希望报纸对这样的好市长、好作风及时宣传报道……”

郁琅嬛看着他那低三下四的样子，心里觉得好笑，这些平时在小百姓面前不可一世的警察，原来是这么怕“官”啊，尽管李言曾经明确告诉他们任何人无权干涉警察办案，但看来这一点连警察也不相信，他们不敢相信！

“这些话，你们到市政府对李言本人讲去，我又不能代表他！”郁琅嬛说。她是有意折磨折磨这些警察。而且，她觉得自己也不能不表明这一“原则立场”，否则算是什么身份呢？李言的私人代表吗？两年多来她和李言之间的关系是不是已经在外面造成了什么影响？她也并不是完全有数。今天的事儿，黄校长完全有权处理，为什么一定要把她叫来呢？这是不是说明黄胖子也多多少少窥测到她和李言有着某种联系？在这种情况下，她不说话就等于默认。她有必要，至少在黄胖子面前有必要澄清这一点。

所长和两位警察眼看手里的李盼推不出去，你看我，我看你，无计可施，只好继续求她：“郁老师，郁老师！请帮帮忙，多多关照啦！”

黄校长比警察还急于结束这件事。当了半辈子教师，当了十几年校长，他因为李盼才头一次和警察打交道，一看见大檐帽就心惊肉跳。既然事情已经了结，没有给他的学校抹黑，已经是万幸，还纠缠这些警察干什么？他们是好惹的吗？

“郁老师，你是李盼的班主任，和家长的联系总比别人多一点嘛！”他挖空心思为警察找借口，“你出面向家长解释一下，免得事情再闹大了，对学校也不好嘛！”

郁琅嬛终于摸清了黄胖子的底。请她出面的原因，仅此而已。

“好吧，把李盼交给我吧，你们可以走了！”她对那三位警察说。有生以来，她还是第一次对威风凛凛的警察这么颐指气使。

“多谢！多谢郁老师！”警察们如释重负，千恩万谢。

郁琅嬛暗想：阿盼称他们是“董超、薛霸”，像不像？眼前的这一幕，是不是有点儿像鲁智深野猪林救林冲之后董超、薛霸点头哈腰的情景？

不，不像。那三位警察得了“赦令”，立即元气恢复，站起身来，“咔”的一个立正，向郁琅嬛、黄校长和李盼敬了个礼，向后转，威风凛凛地走了。

黄胖子连忙追出去送人家，警察们走得快，他也没追上，远远地喊了声：“三位走好，三位走好！”这才缓缓地走回办公室来，像放了气的轮胎似的坐在他那把皮转椅上。

“哎呀，请神容易送神难，总算把他们送走了！”他疲惫而又轻松地望望李盼，“好了，没事了，你去上课吧！”

郁琅嬛诧异地看着他：“什么？李盼被他们折磨了十几个小时，刚刚回来怎么能去上课？”

“噢，对，对，”黄校长也意识到自己考虑问题太粗疏了，马上改口说，“你马上给李市长打个电话，向他汇报一下情况，说事情已经圆满解决了，请他放心！”

“他现在正在开会，这时候打电话不合适吧？”郁琅嬛说，而忘记了黄校长有可能钻个空子，反问她：你怎么知道他在开会？

而黄胖子并没有那么多的心眼儿，随口说：“那就给她妈妈打个电话吧！”

郁琅嬛好像突然当头挨了一棒！让她给那个黄脸婆何丽珠打电话报告好消息？！她才不干呢！

“不要给他们打电话！”李盼甩了甩乱蓬蓬的头发，“我出了事，他们连管都不管，我不想见他们！”

“李盼同学，不要这样讲话！”黄校长说，“你出了事，不光是我和郁老师着急，你的爸爸、妈妈更着急，可怜天下父母心嘛！郁老师，这样吧，你今天还有课要上吗？”

“上午有两节课，”郁琅嬛说，“昨天已经布置了，同学们自己写作文。”

“那就请你先送李盼同学回家，让她好好休息休息，做做思想工作……”

“不，我不回家！”李盼气昂昂地喊道，“我没有家，没有父母，我是没有人喜欢、没有人要的孤儿！我也不要这样的父母！他们一个精得像猴子，一个蠢得像猪，最自私、最狠毒、最无耻、最可恶！他们只想着自己，从来也不考虑别人，天天同我吵架，那个家，真烦死人了……”

黄校长惊呆了！这位几十年老老实实教书育人的“孩子王”，一生中还从未结交过什么大人物，李言是越州的一市之长，就是他所见过的最高领导了，但也是偶尔受到“接见”，他对李言的家庭并不了解。在他的想象中，市长的家庭，那气氛一定像报纸社论那般庄严，像礼堂那般肃穆；市长在家里也必然像坐在主席台上那般仪表堂堂、不苟言笑，市长太太也一定像公爵夫人那般雍容华贵，市长千金也就是李盼一定每天都像过“六一”那么幸福、欢乐！而在李盼口中所描述的又是一番什么景象？那简直就像穷街陋巷里的小市民家庭，锅碗瓢勺，婆婆妈妈，鼠肚鸡肠，吵架斗气，家无宁日。这怎么可能？尤其是那位可敬的李市长，竟然被他的女儿如此谩骂，仿佛是个无耻小人，这太不可思议了！

李盼还要说下去，骂下去，被郁琅嬛喝住了：“阿盼！”

郁琅嬛虽然从未去过李言的家，但她完全可以想象得出，那个由何丽珠掌管的家会是个什么样子，但她不能容忍李盼如此污损李言的形象！

“黄校长，”她急于为李言辩护，“您不要听她乱说，她父亲不是那样的人……”

“当然，我怎么会相信一个小孩子的话呢？”黄校长忙说，“我看，李盼一定是在派出所受了刺激……”

“我在家里也受刺激！天天受刺激！”李盼喊道，“那个家，我绝不回去！要是你们喜欢，你们去好了！”

“这是什么话？让校长、老师和你的爸爸、妈妈一起生活？这孩子的精神有点错乱了！”黄校长惶惶然，“郁老师，你看……”

“你才错乱！你才错乱！”李盼毫不客气地把这个污蔑扔还给他。

郁琅嬛伸手掩住她的嘴，再听任她这么胡闹下去怎么得了！“黄校长，我看……我还是先把她带到我家去吧，我跟她谈谈！”

“呃，好！也好！”黄胖子好不容易得到了这么一个逃脱的机会，“好好安慰安慰她，有必要的话，带她到医院精神科去看看，对了，秦屿的‘极乐园’是个专门的精神病院，很有名气的！”

“我看，不至于吧，她只是有些闹情绪。”郁琅嬛巴不得立刻结束这令人难堪的对话，拉了李盼就走。

李盼走到门口还回过头来冲黄胖子吼了一声：“呸！你才是疯子！”

“唉！”可怜的校长不敢还嘴，把头仰在皮转椅的靠背上，喟然长叹，“要是学校里再多几个这样的学生，我也真该进疯人院了！”

在细巷小楼上郁琅嬛的家里，李盼冲了凉，洗了头，把那一身脏兮兮的衣服统统丢在一旁，换上郁老师的一条白色连衣裙，躺在郁老师一尘不染的床上，竟然开心地忘了一切烦恼，突发奇想地说：“郁老师，我以后就住在你这里了，好不好？”

郁琅嬛倒没想到李盼会主动提出这样的要求。过去，李盼对她也是相当警惕的，当面躲避，背后捣蛋，也没少说她的坏话，诸如“狐狸精”“母老虎”“老处女”之类的雅号都是随口奉送的，郁琅嬛也有所耳闻。而现在，李盼竟然抛却前嫌，要和她一起生活，这个变化似乎太大了点儿。

“为什么？”她问李盼。

“因为你对我好呀！”李盼说，“派出所那帮狗东西欺负我，黄胖子胆小怕事，吓得连个屁也不敢放；我妈根本没出面，我爸迫不及待地要同我‘划清界限’；谁肯替我讲话呢？只有你，郁老师！”

郁琅嬛心里一热。李盼衡量事物好、坏的标准当然是很简单的，小孩子嘛，总是以自己的实际利益为取舍，谁对她好，谁就好；谁对她不好，谁就坏。但她又不能不承认，李盼说得也不无道理。她并没有冤枉胆小怕事的黄校长，更没有冤枉自私愚蠢的何丽珠，而对于李言在这件事情上的态度，郁琅嬛也是不大赞成的。李言毕竟是个搞政治的人，政治在他心目中太重要了，超过了一切，甚至超过了亲情，面对女儿的冤案他首先想到的不是伸张正义，而是保护自己，树立自己的“清官”形象，这太残酷了！更使郁琅嬛动心的是，她本以为李盼还小，被警察吓坏了，顾不上思考这些，哪知道她心里全明白！可怜的孩子，可爱的孩子！刹那间，郁琅嬛忘记了李盼两年多来带给她的无数麻烦，而有些喜欢这个孩子了。

“老师喜欢你，爱护你，帮助你，都是应该的!”她坐在床边，抚着李盼的肩膀，“但是，老师对每个同学都应该这样，难道他们都可以和老师一起生活吗?”

“别人当然不行，”李盼不假思索地说，“我们两个人都没有家，都是单身女人，住在一起很合适嘛!”

郁琅嬛一愣。她把李盼看得太简单了，小小的李盼比她想象的要复杂得多，“单身女人”，听听这个老里老气的自称，像一个不足十八周岁的女孩子说的话吗？她想起李盼那个颇不中听的外号：“连长”，天晓得这个孩子背地里都干了些什么！似乎她已经在情场闯荡了多少年，只不过至今还不打算成家罢了，比她这个快到而立之年才初涉爱情的“老处女”的生活要丰富得多，可怕得多！不，她不能把李盼留在这里，她负不了这个责任!

“李盼，我看你，还是应该回家去住!”

“什么？你不要我？把我请到你家里来就是为了赶我走?”李盼一骨碌爬起来，就要走，“你这个人也是这么不真诚，哼，怪我看错了人！哼，你以为我没地方住吗?”

“哎，哎，回来!”郁琅嬛连忙拉住她，“老师没有要赶你走的意思，而是不愿意让你的家长伤心……”

“哈，她会为我伤心?”李盼回头一个冷笑，“你也太不了解我妈了!”

郁琅嬛刚才所说的“家长”其实侧重在李言，李盼却听岔了，专攻何丽珠！

“我……当然不了解她！”郁琅嬛尽管很厌恶何丽珠，一提起来就反感，但又情不自禁地想听一听李盼揭她的短。

李盼不走了，又坐上床去，饶有兴致地描绘自己的妈妈，好像此刻是在对何丽珠进行“缺席审判”，却又开口千言，离题万里：“她这个人，自己是图书馆的管理员，可是我从来也没见她读过书。她还有理论，说：做什么的人就不喜欢什么。厨师闻到饭菜味就恶心，工人听到机器声就头痛，会计看到算盘就心跳，学生一上课就想打瞌睡——平心而论，这句话倒是有道理的！”李盼深有体会地一笑，在批判何丽珠的同时也给以适当的肯定。不过立即又转入批判，“她是管图书的，所以最厌烦的是书，回到家来除了洗衫、煮饭就是睡觉，还‘呼呼’地打鼾。我爸爸恰恰和她相反，最爱读书。过去在图书馆工作的时候，上班读书，下班回到家还是读书。我妈说他是‘书库里的老鼠’很形象啊！过去我们家房子小，屋里到处都堆满了书。后来搬到市委大院，爸爸有了自己的书房。我妈一般是不进爸爸的书房的，大概是怕犯‘职业病’，见了书就头痛吧？”

李盼信手拈来，不假思索，好像身上存着一大包何丽珠的材料，随时可以探囊取物。说到这里，她“咯咯”地笑了起来，完全忘记了自己刚刚脱身囹圄。

郁琅嬛也被她逗笑了。李盼形容得大概是不错的，郁琅嬛虽然只在今天早晨见过何丽珠一面，来不及仔细观察，但毫无疑问，何丽珠也只能是这么一位不学无术、胸无点墨的角色，这原是在郁琅嬛意料之中的，听来也并不觉得稀奇，只是李盼那一番绘声绘色的讲述很好玩儿。

“爸爸每天读书读到很晚才睡。我妈虽然自己不喜欢读书，过去总是坐在旁边陪着他，我小时候就是这样……”

听到这里，郁琅嬛不觉皱起了眉头。

“后来，她老了，人也变懒了，也就没精神‘陪读’了，自己早早地睡觉。我们搬到市委大院之后，每人一间卧房，爸爸就不再跟她一起睡了。我觉得，爸爸一定很厌恶她！”

郁琅嬛不觉点了点头，这正是她非常希望听到的。很久以来，她一想到李言和她见面之后还要回家和何丽珠同床共衾，就觉得不能容忍，现在总算出了一口气。不过她想想，自己从一个孩子嘴里探听大人之间的这些事，也很无聊，而且无论李盼说什么，只要是和何丽珠有关，她听了总是不舒服。

但李盼最大的乐趣恰恰在这里，她出生到这个世界上来，似乎首要任务就是和家长作对，当然也和老师作对，只是现在她住在老师家里，谈得投机，和老师的矛盾就降为第二位了。

“我更厌恶她！她自己不读书，为什么非要逼着我读书？”李盼这才切入她要讲的主题，“只要我的功课不及格，她就打我。我早就恨死她了！”

多主题演讲，想到哪里就扯到哪里，而且很动感情。声讨起何丽珠来，李盼一副苦大仇深的悲壮相。

郁琅嬛对此却没有做出赞同的反应。何丽珠那个“母老虎”动手打人是并不奇怪的，但李盼也未必就代表正义，你的功课不及格，做老师的怎么能表示同情呢？

“你看，你看！”李盼为了加强她的演讲的说服力，撩起了裙子，指着腿上的瘢痕说，“这都是她打的！”

“哦！”

郁琅嬛望着那些虽然已经黯淡但依然很清晰的累累瘢痕，不禁大吃一惊。作为一名教师，她当然知道许多家长都没有听从学校的告诫而打过孩子，但没有见过打得这么狠的。这就是李盼在学校里总是穿长裤而从未见她穿裙子的原因。“虎毒不食子”，何丽珠怎么能对自己的孩子下得了如此毒手呢？难怪李盼这么恨她！也许，李盼越大越不服管教，正是这种畸形的家庭“教育”造成的恶果！

“你爸爸……他打过你吗？”郁琅嬛轻声问。

“打过，当然也打过！”李盼愤愤地说，“不过，他们两个人不大一样，爸爸打得轻，而且打我的时候，他还含着眼泪。我知道，爸爸那时候很喜欢我，舍不得打我。可是我妈说：‘在小孩子面前，我们两个必须保持一致！’后来，他们两个也不‘一致’了，我也长大了。哼，现在，他们谁也别想再打我，猫和老鼠的位置颠倒过来了！每天晚上，我妈总是把头伸在窗子外面，等我回来，怕我给她惹事。我偏不回，让她等吧！等啊等啊，等听到我的高跟鞋声音了，才放了心。有一次，我在街上同男朋友谈话，正好被她看见，就跑过来拉我回家。我呢？……郁老师，你猜我说什么？”

李盼讲到关键处突然停下了，卖个关子，神秘地望着郁琅嬛，那神情是：欲知后事如何，且听下回分解。

“我猜不出……”郁琅嬛实在缺乏这方面的想象力。

“告诉你吧！”李盼伸腿跳下床，挥动胳膊表演着，“我什么话也没讲，朝她的脸上狠狠地打了一个耳光！她捂着脸，半天也没声响，我呢，大摇大摆地走了！”

郁琅嬛大张着嘴说不出话。“母老虎”培养出来的女儿，明显地留存着何丽珠的遗传基因，而且青出于蓝而胜于蓝呢！

“唉！”郁琅嬛无可奈何地叹了口气，她意识到，李盼已经差不多“定型”了，冰冻三尺，非一日之寒，要想“改造”她，几乎是不可能的，至少像黄校长和她郁琅嬛这样的教师还不具备如此本领。像一些电视剧中那种感化“失足少年”的故事，只能当故事看看罢了。但她不能对李盼这么说，在今天这种特殊的情况下，黄校长给她的任务是稳住李盼，免得她再出外惹事，而且进一步说服她回家去，更多的道理就不必讲了。

“郁老师，你为什么叹气啊？”李盼讲述自己过五关、斩六将正在兴头儿上，看见她那副神情，倒觉得奇怪了。

郁琅嬛不知道该怎么回答她，只好说：“我在为你们这个家庭发愁，以后还怎么生活啊！”

“这有什么可发愁的？”李盼不以为然，“《三国演义》是怎么讲的？天下大势，分久必合，合久必分。我家现在就是‘三足鼎立’，谁也治不服谁，看起来，统一天下是没有希望了，倒不如干脆各奔东西！我爸早就该跟她离婚，既然没有爱情，婚姻也就名存实亡了，还保留一个虚假的外表做什么？”

郁琅嬛吓了一跳，她没有想到年纪轻轻的李盼在这个成年人才考虑的问题上这么胸有成竹！是啊，离婚，李言跟何丽珠离婚！是这个家庭唯一可行的出路，也是她郁琅嬛唯一的出路，这一步迈出去，所有的问题就都解决了！

“如果……”她顺着这个令她感兴趣的思路想下去，但又不能把心里所想的都说出来。她试探地问李盼：“你认为这件事情好办吗？”

“当然不太好办啦！我知道，我妈是绝不肯离婚的。不管我爸是不是爱她，她是非常爱我爸的，起码是非常需要他。你想，她一个图书管理员能有什么出息？现在成了‘市长夫人’，进入了‘上流社会’，不都是我爸给她的吗？离开了我爸，她就什么都没有了，她舍得吗？这么一把年纪，一副尊容，一身坏毛病，又没有一点本事，再改嫁，有谁会要她呢？所以，她肯定会一棵树上吊死，死也不肯放手的！”

郁琅嬛全神贯注地听着这个毛孩子的分析，鼻子里泄出了一股沮丧的气流。李盼不简单，实在是不简单。这个在学习上要尽各种花招、成绩一塌糊涂的学生，从哪里学到了这么多人生经验？对于家庭矛盾，李盼分析得头头是道。郁琅嬛面前横着一座不可逾越的山，那就是何丽珠。这一点，尽管她早就清清楚楚，但从来也没有像今天认识得这么透彻、这么严重，而这正是她的学生教给她的。

“不过，说简单其实也很简单，”李盼把严重性充分指出之后，话锋一转，“如果我爸坚决不要她，她也没办法！你知道，现在已经不是秦香莲那个时代了，感情破裂，调解无效，法院照样可以判处离婚的！”

不幸的班主任现在竟然被一个孩子牵住了鼻子，于山重水复之际又看到了柳暗花明。

“依你看，你爸爸有决心这么做吗？”

“这就很难讲了！”李盼老里老气地说，“处于他那个地位，在这种事情上往往不容易下决心，总是担心什么‘影响’啊，‘形象’啊，‘威信’啊，优柔寡断。我不是正在从旁协助他吗？”

“你？”郁琅嬛实在不明白这话是什么意思，一个小孩子在协助她的父母离婚？怎么“协助”？

“是啊，我在尽力而为。”李盼说得很认真，重任在肩，义不容辞似的，“你知道，一个家庭也罢，一个国家也罢，不破坏旧秩序，就不要想建立新秩序。我给他们闹个天翻地覆，让他们都感到乱透了，不能再维持了，也就不想维持了，只有一条路——散伙！”

这位小小的谋略家原来在施行这么一套雄才大略！郁琅嬛听在心里，当然不会全信。她知道李盼在班上向来有吹牛的毛病，常常把自己偶然“瞎猫撞上死老鼠”的一些小事吹嘘成早有先见之明，昨天坐班房也是来源于瞎吹什么“打警察”。但她也不能不承认，李盼的胡闹，在客观上的确也有助于这个家庭的早日解体。每个人总是按照自己的所处地位和实际利益考虑一切的，郁琅嬛不可能不对李盼的举动在一定程度上暗暗赞赏。

“如果他们离婚了，你是不是打算和爸爸一起生活?”她不由得这样问。

“笑话!”李盼笑了笑，“他离婚之后一定会再结婚的，我已经尝够了一个‘妈’的苦头，为什么还要再沦为后‘妈’的俘虏？感谢他们，在散伙之前给我找了个出路，我坚决开路，到香港投奔大姨妈，跟他们两位‘拜拜’了!”

“噢!”郁琅嬛深深地感到面前这个孩子的城府之深。她的一切看似胡闹，却又都是朝着一个明确的既定目标前进。她还不满十八岁，怎么这么复杂啊!

“你……和你爸爸也没有感情吗?”这是郁琅嬛觉得十分奇怪的。因为按照常理看来，女孩子如果和母亲不和，很可能出于弗洛伊德所说的“恋父情结”。

“嘁!”李盼对此却嗤之以鼻，“在这个世界上，谁和谁有感情？无非是互相利用罢了。我爸这个人很孤独，聪明人总是感到孤独的。他的很多情感，对我妈都不可能诉说，说了她也听不懂，两个人没有共同语言。我爸在最孤独的时候，很需要我，好像我给他排遣了一些烦恼。我不是也需要他养活吗？现在又需要他帮助我到香港去定居。就是这么回事！我们之间，有什么感情可言?”

郁琅嬛仿佛在听一个冷血动物说话！世界真的发展到这一步了吗?人类连维系感情的最后一根链条——亲情也没有了吗?

望着她那诧异的神情，李盼也很奇怪，问她：“郁老师，我们家的事……你真不知道吗?”

“什么事？你们家的什么事?”郁琅嬛越发糊涂了，这个小东西云山雾罩地扯了半天，还有什么秘密没抖搂出来？

“唉，看来你真不知道！”李盼很失望。但她生来没有保守秘密的习惯，别人不知道，正好显示她储存的信息量之大。“就在十七年前……”她像讲故事那样颇有耐心地叙述起往事，“有一个女人跑到医院妇产科，苦苦哀求医生说，她结婚好几年都没生育，希望帮她想想办法。哈，天下还有这么无能的人，连繁殖后代的本领都没有！越州的土医生能帮她什么忙？妙手回春？麒麟送子？做梦！恰恰在这个时候，一个姑娘在这家医院里生下了一个私生女，她就把她抱养了，填补了这一项空白，对外人就说，她自己生了个女儿！”

郁琅嬛目瞪口呆：“阿盼！你说的是谁？”

“何丽珠啊！”

“这是真的吗？”

“你不相信？那个孩子就是我，还会骗你？”

“你怎么会知道？”

“事实如此！”李盼淡淡地说，并没有因此而激动，“要想人不知，除非己莫为。我早就知道，什么都知道。你听说过吗？私生子是最聪明的，我就是私生子，什么事也瞒不过我，何况这件事在图书馆也已经不算秘密。小时候，她对我好，只是把我当摆设，因为人家都说她不会生养，我就是一个活标本：喏，谁说我不会生养？我起的作用，也就是如此而已！”说到这里，她嘲弄地摊开两手，像电影、电视剧里夸张的表演，“后来呢？我们搬出了图书馆，新的邻居不知道我们家的秘密，也就没人再在这个问题上议论她了，她也就不再像小时候那样对我好了。人家的孩子都是父母的心肝宝贝，而我不是！我不知道自己的父母是谁，他们一时激动，造就了我，让我到这个世界上来观察丑恶的人类！咳，我是没有父母的孤儿、野种，我不属于任何人，只属于我自己！让我爱那个姓何的和那个姓李的，为什么呀？我爱得起来吗？”

郁琅嬛被震惊了！如果说，她的学生李盼是一个总也猜不透的谜，现在似乎已经找到了谜底。不幸的家庭造就了畸形的孩子，不幸的孩子眼中折射出畸形的家庭。啊，可怜的孩子！

“阿盼，阿盼！你该怎么办呢？我本来想……”郁琅嬛自己也说不清楚该把这个孩子怎么安排才好。要不要把她留在自己身边？那样可以照顾她、帮助她，把她身上畸形的一切都矫正过来，也让她精神上有个依托……不，不行！那样做，自己算个什么身份？那不是明摆着又给了何丽珠一个闹事的口实吗？唉，算了！想了想，她对李盼说，“现在看来，也许你的选择是对的，你和香港的那个‘姨妈’虽然没有血缘关系，但至少她需要你，会爱你；你也需要有一个环境，把自己长期所承受的精神压力统统都卸掉。等去香港的通行证发下来，你就走吧，开始自己的新生活！至于家里的那个烂摊子，你就不要管了，谁的罪让谁受吧！”

郁琅嬛动了感情。她觉得，自己现在才真正像个老师，或者说，在一定程度上起到了母亲的作用。爱护李盼唯一的办法，是解脱她，从重重的痛苦中解脱！其余那些乱糟糟的问题，都不应该再为难这个不幸的孩子，那是大人之间的事了。

郁琅嬛好不容易把自己的思路理清楚，从来也没有像现在这么清楚。下一步该怎么办，她似乎已经完全心中有数了。

“你说呢？”她问李盼。

天晓得，李盼根本没有听她的这一套披肝沥胆的真情实意，脑筋动到别处去了，被她这么一问，突然惊醒，说：“哎，郁老师，我妈说得不对！并不是做什么的就不爱什么，我爸爸是做‘官’的，他就很爱做‘官’嘛！”

郁琅嬛愣住了。

六　重写历史

论证会开得很热闹，与会的人们提出了千奇百怪的各种设想和各种问题。

越州人是富于理想的。当年全国人民为了一千零七十万吨钢而奋战小高炉时，越州人就曾立下军令状：我们一个县包下那七十万吨的零头，请毛主席放心！

越州人性子急。当年农业学大寨时，他们一夜之间就砍光了果木，填平了沿海滩涂，还发愁在平地上没法儿造梯田。越州只有一座不大的越灵山，山上净是石头，镢头刨不动，要不然，一定会仿照虎头山的样子种上老玉米。

越州人又非常精明，几乎每个家庭都有一本收支流水明细账。这在整个中国都是不多见的。在北方，农民攒下几个钱儿，习惯于藏在炕席底下，城市里没有炕，就把钱放在抽屉里，随用随拿，不上锁，也不记账，居家过日子似乎用不着建立会计制度。但越州人不同，每天花了几毛几分，都有案可查，改革开放以后，据说越州个体户的出现在全国都是比较早的，利用地区差价贩运海鲜，赚了大钱，后来市里把渔业放在发展经济的首位，也是发端于此。

可是，越州人为什么偏偏忘了在越州还有一个秦屿呢？几十年来，越州的范围扩展了好几倍，人口翻了好几番，他们向大海要地、要鱼、要钱，遍寻生财之道，唯独没想到向那四平方公里的秦屿要点儿什么。忘了，全忘了，忘得干干净净！不仅是他们活着的人忘了，祖祖辈辈的越州人都忘了，好像那儿是外国的地方。要不是外国人想到在秦屿上开疯人院，秦屿也许至今荒无人烟。自从秦屿有了疯人院之后，越州人就更不会涉足了，“宁下地狱，不上秦屿”。即使在饿得头昏眼花、人人浮肿的时候，也没想到可以到秦屿上去啃树皮，那一大片原始森林，蛮可以啃一阵子的。

要不是改革开放打开了人们的眼界和思路，要不是程功同志高瞻远瞩指出了秦屿的光辉前景，越州人恐怕再过一个世纪也不会想到在秦屿上发财。而秦屿的开发一旦提到议事日程上，越州人也就不约而同地发现了秦屿竟然有那么大的用途。靠山吃山，靠水吃水，秦屿有山又有水，弃置不用，真是傻瓜！秦屿是“东方夏威夷”。秦屿是摇钱树、聚宝盆。秦屿是一座金山。与会的人们仿佛今天早上才突然发现了这块“新大陆”，它将给越州人带来好运，赢得巨大财富，把越州带向二十一世纪，实现“小康”，不，“小康”算什么？说不定越州人靠秦屿可以实现“大康”，超过发达国家！

越州人又这么富于理想。各局的局长心里都装着一本账，都按照自己的设想来描绘秦屿的未来蓝图，都想在这块未经开垦的处女地扩展自己的地盘，正应了那句古语：“秦失其鹿，天下共逐之，于是高材疾足者先得焉!”这就难免争执。为了证明自己正确，就必须指出对方的错误，沸沸扬扬地提出了几十个方案，各人论证各人的，各显其能，标新立异，唇枪舌剑，纵横捭阖。这个论证会一发而不可收，如果没有人宣布结束，开上十天半个月也不成问题，论证它个把世纪也总是会有话可说。

李言以足够的耐心，微笑着听取每一个人的意见，一概不予评论，真正如他在开会伊始的许诺：畅所欲言。

陈志恒却有些沉不住气了，他焦急地看了李言一眼，那意思是在提醒他：民主不是没有限度的，该集中的还要集中！

可惜李言无动于衷。

陈志恒只好亲自出马了，朝着乱哄哄的会场敲了敲桌子，说："同志们的思路，不要太分散嘛！啊，不要太分散！要首先想到全市一盘棋，在市委常委会的决定的基础上，展开论证！啊，展开论证！……"

幸亏有他及时引导，各路诸侯才心往一处想，劲往一处使，渐渐地把分歧意见聚拢了来，一个统一的开发方案趋于成熟。而在这时人们才恍然大悟：这其实就是城建局局长在开头讲的那个方案，而城建局局长的方案也不是他个人意见，是根据市委常委会的"决定"搞的。而市委常委会是由程功同志牵头的，开发秦屿的点子也是他首先想出来的。还是程功同志比我们站得高，看得远。那么，大家照此办理就是了，论证其实可有可无，无非是论证程功同志的决策正确。这一点想明白之后，论证会也就可以结束了。众望所归，圆圆满满，皆大欢喜。

现在的时间是上午十点三十分，论证会刚刚开了一个半小时，就已经得出了一致的结论：市委的决策是英明的，秦屿的开发势在必行，早开发早受益，越快越好。而开发秦屿的最佳方案，便是建成集商业、旅游、娱乐于一体的、现代化的游乐园，正如陈志恒同志代表市委常委会所说的那样。当然，大家也有所发展、创造，比如：考虑到秦屿的历史沿革，这个游乐园的名字干脆就叫"秦屿极乐园"，名称没有变，内容却彻底更新了，旧瓶装新酒，推陈而出新。这个会开得真是高速度、高效率，原打算开它一天，或者连续开上几天，没想到一个上午就解决了问题。

陈志恒环顾会场，表示满意。见好就收，现在可以做总结性发言了。这个发言长一些也无妨，上午讲不完可以下午再接着讲，把原定的时间占满，不然会显得会议开得太仓促。他习惯性地清清喉咙，正准备做长篇大论，却突然想起，这个总结性发言是不是该礼貌性地让一让李言才好？今天李言好像对他特别礼让，很少说话，而把他陈志恒摆在会议的突出地位。为什么？是李言真正尊重他这位第一副书记呢，还是故作谦虚，有意给他制造出风头的机会，以便观察他“竞选”的积极性？在关键时刻，陈志恒没有让胜利冲昏头脑，而及时地向自己发出了警告：且慢！有些事情，欲速则不达，占小便宜吃了大亏。赛跑运动员如果抢在发令枪响之前起跑，只能使自己犯规，取消参赛资格，他陈志恒绝不干那种蠢事！

话到舌尖又收住了。他做出谦恭的笑容，把脸偏到左边去，看着李言，说：“李言同志，你看大家谈得怎么样？啊，怎么样？”

“嗯？”李言早就等着他这一手，此时却并不回答，而是反问他，“你看怎么样？”

踢皮球。打太极拳。官场上的互相“尊重”和不轻易表态，才是最厉害的，那些哇啦哇啦开口就是一大套的局长们毕竟还没有这般修养。

陈志恒心中立即生出一种预感，虽然仓促之间他还不知道这种预感的具体内涵，但他却已经有了对策。“大家讲得很多啦，”他用这么一句含含糊糊的不带评论性的话一带而过，紧接着说，“现在，请李市长讲一讲！啊，请李市长讲一讲！”

皮球成功地踢了回去，他要让李言先表态，以证实自己的预感。这样既表示了对李言的尊重，又给自己保留了“后发制人”的权利。

会场里又是“噼里啪啦”一阵掌声。人们的心热乎乎的，等待李市长做温度更高的总结性、指导性的讲话。

"好吧，我就讲几句！"李言当仁不让了。他巡视会场，目光和每个人都接触一遍，让每个人都产生这样的感觉：李市长可不是要做那种空洞无物、令人昏昏欲睡的报告，他是和你在对话。这是一种领导艺术。"今天大家坐在这里，讨论的是一个大题目：开发秦屿。我在越州生活了二十多年，可是很惭愧，却只去过秦屿一次，而且是在昨天傍晚才刚刚去的，就是为了开发秦屿这个大题目，做了一些调查研究。和在座的同志们比起来，就差得太远了，你们当中的有不少是世世代代生活在越州的，对这里的一山一水、一草一木都要比我熟悉。我讲的，只能是抛砖引玉……"

这种预先设计好的"对话"感，果然一开始就取得了效果，人们交换一下眼色，发出了欣慰的笑声。这表明：李市长的话他们很爱听，句句都听到心里去了，他们明明知道李市长这是在给他们戴高帽，秦屿那个鬼地方，谁去过？李市长亲自去考察过一次，这就不简单了，比在座的所有的人都强，那么，李言下面要说的话，他们就一定很有兴趣听，就像听一个从外国回来的人讲海外奇谈似的。

"我要谈谈越州，谈谈秦屿。"李言开宗明义，点出主题，"首先，我要和大家探讨一个问题：越州，为什么叫'越州'？"

一上来就抛出一个问号。李言停住话头，用和善的目光看着每一个人，似乎期望得到那些"老越州"的解答。

人们一愣。你看我，我看你。是啊，越州为什么叫越州？因为自古以来它就叫越州，所以它就叫越州，只能叫越州，不叫越州还能叫什么？"老越州"们在这里生活了多少辈子，从来也没有人想过这个问题。但是现在，这个问题由并非越州籍的李言提出来了。当然，如果李言仅仅是个从外地或者外国来的观光客，这么向越州人打听，越州人付之一笑就算了，不必回答。但李言是市长啊，市长的话不是随便说的，一定是事出有因。

没有人答得上来，只有伸长了脖子等待市长解释。

李言当然早就知道会是这样，所以他不必等人们回答，就又发问："我想大家都看过越剧演出吧？"

反应是肯定的，大家的表情说明：这还用问吗？

陈志恒为了显示他与李言之间的友好而亲近，笑嘻嘻地插话："越州人最爱听粤剧嘛，红线女嘛！哈哈，红线女嘛……"

"不，"李言微笑着看了他一眼，却否定了他的自作聪明，"此粤剧非彼越剧，我说的是江浙一带流行的那个越剧，电影《梁山伯与祝英台》看过的吧？就是那种越剧。"

陈志恒有些尴尬。他在越州也是一个数得着的人物哩，一张口就被李言堵了回去，心里当然不会舒服。今天开会是论证开发秦屿问题，扯什么"越剧"不"粤剧"！

"这两个剧种在今天看来当然不能混为一谈，但是我相信，如果把时间上溯几千年，当时还没有戏曲，但江浙人和越州人的关系比今天要近得多，不然，越州就不会叫'越州'了，要知道，在古时候，这个'越'和那个'粤'本来是通用的！现在的浙江余姚，古称'越州'，和我们这个越州正好南北相望、血肉相连！"

出乎意料的奇谈怪论！陈志恒闷声不响，与会的其他人也面带困惑。这个北方佬在搞什么名堂嘛，天南海北的事怎么能扯在一起。但是，列席会议的《越州日报》小记者眼中却放出光彩，飞速地用天书一般的符号记录着李市长讲的每一个字。越州电视台胡子拉碴的老记者肩扛着摄像机，发出蚕吃桑叶似的"沙沙"声。会议桌上，会务组准备的录音机默默地工作着，同时，记录员也在那里埋头奋笔疾书，不管领导同志讲的内容是什么，都是要记录在案的，不允许因自己的好恶而任意取舍。

“据越州旧《县志》记载，早在尧舜时代，越州就已经是一个村镇，可谓源远流长了。但我想，即使这个记载是可靠的，那时候也不会叫‘越州’。因为在那个时候，‘越’这个字作为地名、部族名或者国名，都还没有出现。春秋战国时期，中原人对南方人统称为‘蛮’。《礼记》中说：‘南方曰蛮，雕题交趾。’一直到今天，北方人的口语中还称南方人为‘南蛮子’，就是这种远古意识的残余……”

陈志恒微微皱了皱眉头，坐在旁边和对面的人们脸上也有些不自然。人，谁不爱自己的乡土，谁没有地域性的自尊心？李市长作为一个北方人，在这里使用“南蛮子”这样侮辱性的称呼，至少是太欠考虑了！

李言马上就发现了这一点，或者说他在发言之前就想到了这一点，所以紧接下去就说：“当然，南方人也称北方人为‘北侉子’，我就是‘北侉子’！”

一阵笑音。人们的心理平衡了，一比一，对等，那一点不愉快立即化解了。

“不过我要说明，古代的‘蛮’字只有繁写的上半部，两个绞丝中间加一个李言的‘言’字，并没有下半部的‘虫’字，因而也没有贬义。”他有意把自己的名字也捎带进去，为的是让听的人相信确无贬义，“后来加了‘虫’字，也是因为南蛮把龙、蛇作为图腾崇拜，仍然不含贬义。我们今天不是仍然说自己是‘龙的传人’吗？可以大大方方地承认‘南蛮’这个称号！我在越州生活了二十多年，也可以算半个‘南蛮’了吧？……”

他爽快地一笑，大家跟着笑了。李市长很幽默！

“当时，从长江流域到南半个中国，一直到越南北部，都是南蛮的势力范围。到了周朝，虽然中原的势力向南扩展了，但也只是到达长江流域而已，而且这一带的诸侯国如楚、吴、越，也只是在形式上归周天子管辖，实际上还是南蛮自治。请注意，这时候已经有了一个叫‘越’的国中之国，首都在会稽，也就是今天的浙江绍兴。越国的始祖姓姒，名无余，据说是夏朝国王少康的庶子，而夏的创始人名叫启，也就是禹的儿子。大禹治水十三年，三过家门而不入，被尊为中华民族的英雄。所以追根溯源，南蛮和中原人其实有着共同的祖先。虽然大禹几乎可以看作是传说中的神话人物，但传说倒也传得有根有据，会稽就有大禹陵嘛……”

李言娓娓而谈，人们不知不觉地被他带进了不纪年的遥远历史，在缥缈迷蒙、云遮雾障、若有若无的历史长河之中，“南蛮子”和“北侉子”之间的界限被消融了。几乎直到这时，人们才不约而同地想到：李市长是历史学家嘛，怪不得讲起这一切那么有条有理、清清楚楚，好像他曾经到古代游历过一遭似的。而他在滔滔不绝地讲述这些古老的往事时，面前竟然连一张纸片也没有，“稿子”完全装在肚子里！

“我们现在已经说到了越国。到了春秋末期，吴、越之间战争不断。公元前四百九十四年，吴王夫差打败了越国。但越人并没有因此而消亡，越王勾践发愤图强，卧薪尝胆，任用范蠡、文种，整顿国政，十年生聚，十年教训，终于转弱为强，在公元前四百七十三年攻灭吴国，并进而向北扩展势力，在徐州大会诸侯，成为霸主。当时越国的疆域包括现在的江苏北部运河以东地区和江苏南部、安徽南部、江西东部和浙江北部，盛极一时。越国的振兴，使属于南蛮的越族人威望大增，就是在那个时期，南蛮人开始被统称为‘越’。到了战国时期，越国的国力渐弱。越王勾践死后百余年，大约在公元前三百零六年，楚威王兴兵伐越，把曾经称雄大江南北的越国消灭了，越人四散奔逃，其中大量逃到南方，翻越五岭，和当地的蛮越人会合。战国以来的史籍，开始统称这些越族人为‘百越’，也写作‘百粤’，‘越’和‘粤’那时候就相通了。为什么称为‘百越’？因为越族人实际上并不是一个统一的部族，下面还有无数的支裔。从‘越’国南来的越人和原来在南方的越人也不断发生争斗，互相侵吞，部族也就越并越少，后来留下了几个较大的支族：东越、闽越、南越、西越、骆越。从我们越州的地理位置来看，显然属于当时的‘南越’。应该说，这就是‘越州’这个名称的由来。

“古代百越人的生活习俗，在今天已经大部分不复存在了。据古籍记载，百越人最大的特点就是‘断发文身’。古代中原人是蓄长发的，所谓‘身体发肤，受之父母，不敢损伤’。而越族人生活在江湖海滨，经常要下水捕鱼，留着很长的头发当然有所不便，所以越人‘断发’，这在中原人看来是很奇异的。‘文身’就是在身上刻画花纹。据《淮南子》说，这样做的目的是‘以象龙子，故不见加害’。越族人整天下水，怕水里的龙伤害他们，所以在身上刻画了鳞片之类的图案，表示自己是龙的子孙，龙就不会伤害他们了。这是越人对龙的崇拜的最好的证明。过去在越州就有青龙庙，里面供奉的是蛇神，塑像很是威风，冠冕垂旒，南面而王，称为‘游天大帝’。庙里面供养着活蛇，盘曲在神龛里，或者倒悬在房梁上，全身青翠可爱，不伤人，也不可怕。这些蛇，就是越人崇拜的‘龙’。因为龙是神话中虚构的动物，在现实生活中找不到，人们就用蛇来代替龙，实际上‘龙’的形象也是以蛇为基础创造出来的。直到现在，我们不是仍然把十二属相当中的蛇称为‘小龙’吗？……”

人们听得入了神，这些人都是开会“专业户”，平时忙于文山会海，头昏脑涨，今天难得听李市长“讲古”，也是一种休闲。而更难得的是，李市长本身是个“北侉子”，却对“南蛮子”的历史这么清楚，好像那陈年古代的事他都亲眼见过一样。唉，人家毕竟是专家、学者，调查研究深入细致到了这种程度，了不起，实在是了不起！

陈志恒则越听越糊涂。他实在不明白李言讲这些远古的故事干什么，难道仅仅是卖弄自己的学问吗？不，李言并不是那种喜欢夸夸其谈的人，他的学问，平常也是深藏不露，不鸣则已，一鸣惊人。程功和陈志恒在经历“文革”的七斗八斗之后复出，他李言也适逢此时大露锋芒，凭的是什么？不就是那几篇恰恰与“拨乱反正”精神相吻合的论文吗？程功同志对他青睐有加，除了那份公开的批示之外，还曾经私下向陈志恒交底：“李言是个人才。越州有这样的人才，不用，就太可惜了！对于知识分子，使用比改造更重要。把他们改造成工人、农民，有什么意思呢？我们不缺劳动力，缺的是知识、智慧，缺的是知识分子，要把他们的能力最大限度地利用起来，要舍得高官厚禄，那样，他们就会士为知己者死！”程功同志的策略当然不会明确说给李言听，但李言也不是傻子，他还能看不出来吗？自从当上副书记和副市长之后，他就在充分运用自己的“武器”——学问来制造成就，博取程功同志的更大信任，也在全市造成了巨大影响。程功同志给了他一架“天梯”，他就紧紧地抓住，一步一步地向上爬去，他的野心很大哩！那么，他今天在这里纵论越州史，又有什么新的企图呢？陈志恒现在还不得而知，只能拭目以待，侧耳细听。

“越国被楚国消灭以后，成为楚国的一部分。这时候，西北黄土高原上的秦国日益强大，公元前二百二十一年，秦始皇扫平六国，建立了中国有史以来第一个统一的封建集权制国家，原来由楚国强占的越国土地也就归入了秦的版图。当然，这只是指以会稽为中心的越地，而不包括五岭以南的‘南蛮’地区。

“秦始皇这个人，对于疆域和权力的欲望是永不满足的。统一六国之后，又北击匈奴、南攻百越。而南攻百越的时间比北击匈奴还要早些，几乎在统一中原地带之后就立即采取了行动。南方丰富的物产如犀角、象牙、翡翠、珍珠吸引着这位‘千古一帝’，派遣尉官屠睢率领五十万大军，分五路向南进发，一路由现在的江西省向东，攻取东越和闽越；另外派两路分头进攻南越：一路从现在的南昌经大庾岭进入广东北部，一路由现在的长沙经骑田岭抵番禺；其余两路入广西境：一路由萌渚岭进入现在的贺县，一路经越城岭进入现在的桂林。两千多年过去了，当年威武雄壮的秦军早已化为尘土，但我们从地下遗迹兵马俑仍然可以感受到那种千军万马的气势。但是，雄才大略的秦始皇有一个很大的失误：他忘记了自己麾下的那些北方汉子是在黄土高原上长大的，很难习惯南方的水土，在茂盛的丛林和纵横的河渠地带举步维艰。正如后来曹操的北方士兵在赤壁被周瑜的水军打得大败那样。因而，南下的秦军除了东路比较顺利，很快平定了东越和闽越之外，其余几路都在中途受阻，迟迟不能前进。史载：'三年不解甲弛弩，无以转饷。'

"为了解决运送军粮的困难，秦始皇派史禄凿通水道，以利运输。这就是连接长江水系和珠江水系的著名运河'灵渠'的由来。公元前二百一十九年，这项巨大的工程完成了，浩浩荡荡的楼船沿运河而下，源源不断地把军需给养送往前线。但是，这只是对'天时'和'地利'的补充，而不能解决最重要的一点：人和。越族人民勇敢善战，富于反抗精神。我们今天看待秦始皇统一中国的战争，除了揭露其残酷性的一面，同时还肯定了他的历史功绩，但当时的越族人是把他看作'侵略者'的，进行了拼死的抵抗。而对披坚执锐的秦军，他们并不正面冲突，而是避其所短，扬其所长，携家带口逃入原始森林，宁可与鸟兽相处，也不做俘虏，给秦军一个'空城计'。秦军人地生疏，到哪里去找他们？只好留守空地，旷日持久，一无所获，人困马乏，粮草消耗殆尽。就在这时候，越族人出其不意，攻其不备，夜袭秦军，把他们杀得大败，鲜血染红了丛林，数十万剽悍的秦军成了刀下之鬼，连秦始皇钦命的屠睢也被杀了。看来，古老的越族人对孙子兵法学习得不错，在两千年前打了一场很漂亮的‘游击战’……”

会场上发出了会意的笑声，人们几乎忘记了这是在开会，而像是在剧场听一场有声有色的“评书”，两千年前越人报复秦军的那场酣畅淋漓的厮杀使他们感受到一种不可言说的快意，也许在他们的体内仍然涌动着当年越王勾践“卧薪尝胆，报仇雪恨”的血液。

陈志恒不能不佩服李言的演讲，但他没有笑，也没有流露出赞许或是猜疑，而只是静静地听下去。他在观察、等待，看李言葫芦里到底卖的什么药。他大概是会场上唯一与这场“表演”保持着“间距”的听者。

“屠睢被杀后的第二年，公元前二百一十四年，秦始皇又派尉官赵佗南攻百越，同时把逃亡后又捕获的犯人以及赘婿、贾人充军流放到越地。‘赘婿’就是男到女家的‘上门女婿’，为秦法所不容；‘贾人’就是商人，秦时重农抑商，商人地位极其低贱。对这些人，统统发配到偏僻落后的越地来，是一种强迫性的惩罚手段。就在那一年，秦始皇在新占领地区设立了南海郡、桂林郡和象郡。我们越州这块地方，当时应该是属于南海郡管辖的。过了一年，又把五十万罪犯派遣到越地，其中包括执法犯法的官吏，看来秦始皇对下属还是要求‘廉政’的。越族人虽然勇敢善战，但终究敌不过装备先进的秦军以‘人海战术’发起的凌厉攻势，再加上赵佗的‘分化瓦解’政策，渐渐被安抚下来。赵佗让他的军队‘与越人杂处’，向越人传播内地的先进文化和生产技术，并且在一定程度上也尊重越人的风俗，民族对立情绪逐渐减弱，越人逐渐汉化。赵佗在南下时还很有心计地请求秦始皇准许他带领五万名单身妇女为战士们缝补衣裳，皇帝批准了五千人。这些妇女后来的结局如何？史书上没有记载。可以想象，她们无非是嫁给了屯垦的士兵，在当地留下来了。监造灵渠的有功之臣史禄后来也没有回内地，在当地安家落户了。这些人，便成为越地最早的一批内地移民。

“公元前二百零六年，刘邦率农民起义军攻陷咸阳，短暂的秦王朝宣告结束。秦始皇是中国历史上褒贬最烈的一位帝王，他的大功大过都留待后人评说；秦朝像一颗灿烂的彗星，它放射出一阵耀眼的光芒之后，就从此消失了！

“刘邦称帝创立汉朝以后，秦朝的遗臣赵佗在刘邦鞭长莫及的越地自立为王，这当然是刘邦所不能容忍的。刘邦虽然文不如张良，武不如韩信，但他长于谋略，善于用人。对于在赵佗控制下的越地这一不安定因素，他并没有采取武力解决，而施以怀柔政策，派陆贾去招抚赵佗，因势利导，封赵佗为‘南越王’，把王印都刻好带来了。

“陆贾这个人，是当时有名的辩士，长于辞令，经常为刘邦做‘外交工作’。刘邦派他去，显然也认为越地这块骨头不大好啃，如果赵佗不予合作，势必在南方对汉朝造成威胁。陆贾到了越地，果然赵佗对他很傲慢，坐在那里，连起身让座的礼节都没有。他虽没有‘断发’，但已不同于中原的装束，把头发向上梳起来，绾成一个简单的‘抓髻’，有些像越人的样子，不伦不类。陆贾不慌不忙地对赵佗说：你本来是中原人，那里的土地上埋着祖先的遗骨。现在你违反天性，抛弃传统冠带，打算以小小的越地与天子抗衡，那么，眼看大祸就要临头了。秦朝由于不施仁政，天下豪杰都起来反抗，汉王首先入关，占据了咸阳。而项羽违背了当初商定的‘先入定关中者王之’的协约，自立为西楚霸王，诸侯都归顺了他，可谓强大无比了吧？然而汉王从巴蜀卷土重来，收复天下，扫平诸侯，消灭了项羽，五年之间，便平定海内，即天子之位，这不是人力可为的，是上天的安排啊！天子听说，你在南越称王，不但不协助天子平定暴逆，反而还想派兵去攻打汉朝！天子本来是要对你制裁的，但怜惜百姓经过多年战乱，劳苦之极，应该休养生息，所以才没有派兵来，而以博大的胸怀，封你为南越王，我就是来完成这项使命的。你应该到郊外迎接天子的使臣，接受王印，对天子俯首称臣，而不应该以南越的乌合之众作为资本，拥兵自重。如果天子听说你这么顽固不化，那么，在内地掘你的祖坟，灭你的宗族，然后只需要派遣一位偏将，率领十万大军来讨伐叛逆，就可以杀了你，收复越地，还不是易如反掌吗？

“这一番话，果然把赵佗镇住了，赶快起身向陆贾请罪：我在蛮夷当中待得久了，没有礼貌，请多多原谅！话虽然这么说，但他那种地头蛇的狂妄自大还在作怪，问陆贾：你看，我和汉天子手下的萧何、曹参、韩信相比，谁强？陆贾说：好像你比他们都强一些，你以‘王’自居嘛，而他们都对天子俯首称臣。赵佗于是自我膨胀，进一步问：我和皇帝相比呢，谁强？陆贾答道：皇帝起兵于丰沛，讨伐暴秦，诛灭强楚，为天下兴利除害，继五帝三皇之业，统理中原。中原的人口数以亿计，地方有万里之广，土壤肥沃，物产丰富，兵强马壮，政权归一，这是开天辟地以来未曾有过的！而你属下的人口不过数十万，而且都是未经教化的蛮夷，居住在山海之间崎岖不平的地区，充其量只相当于汉朝的一个郡，怎么能同皇帝相比！赵佗听了大笑，说：我不是没有在中原发达吗？所以才在这么个地方称王。如果让我在中原施展本领，也未必比不上他！赵佗这些话只不过当笑话说说，聊以自慰，其实是自嘲，他心里很清楚，到了这个地步，他除了接受刘邦的招抚，已经没有别的出路了。于是盛情招待陆贾，挽留他住了好几个月，十分感慨地说：在这个地方，没有人能够推心置腹地交谈，先生的到来，使我天天听到闻所未闻的事！并且赠送给陆贾价值千金的珠宝和其他物品。这样，陆贾就代表皇帝宣读诏书，赐予王印，封赵佗为南越王，向汉朝称臣。陆贾胜利归来，向刘邦报告，刘邦不费一兵一卒就解决了南越的问题，当然很满意，为此封陆贾为太中大夫。时在公元前一百九十六年。

“刘邦在封赵佗为南越王的诏书中称赞他在南方‘长治之，甚有文理’，南迁的中原人没有减耗，当地越人好相攻击的习气也改掉了，都是赵佗的功劳。虽然其中有好言抚慰的成分，但也不会全是吹捧，看来赵佗治理南越的成绩还是不错的。

“但事物总是有两个方面，靠赵佗一人之力恐怕也不能彻底改造越人，对中央的反抗还是存在的。公元前一百一十六年，西汉武帝刘彻派伏波将军路博德率领大军再度征讨南越，说明民族矛盾仍然时伏时起。东汉初年，交趾太守苏充统治越地，对越族人残暴不仁，又激起了强烈的反抗。公元十三年，越人征侧、征贰兄妹发动起义，攻占了六十多座城池，征侧自立为王。其声势之大，令地方官闻风丧胆，束手无策。东汉光武帝刘秀封马援为伏波将军，与扶乐侯刘隆、楼船将军段志一起兴兵伐越。公元四十二年，马援打败了征侧、征贰兄妹领导的起义军，因而受到皇帝的奖赏，封为食邑三千户的新息侯。马援残酷地镇压了越人起义之后，吸收赵佗的经验和苏充的教训，恩威并施，在政治、经济诸方面进行了一系列的改革，废除了残酷的‘越律’，为各郡县修筑城郭，大兴水利，开辟稻田，发展生产，得到了越人的拥护，民族矛盾再次缓和，越人不断汉化，不同的部族逐渐融合为一。从此以后，除了少数史籍偶尔提到越族，如三国时的‘山越’是指那些逃到深山老林中不肯汉化的越人，隋朝也曾出现过‘巡抚岭南，百越皆伏’字样之外，‘越’字就基本上消失了，以我们越州为例，现在除了‘越州’这个名称，还有谁承认自己是‘越族’呢？汉族和越族，本来就是同一祖先的后裔，由于不断繁衍、分化而成为不同的部族，在长期的共同生活中又重新融合起来，这就是我们的民族的历史……”

数千年的历史浓缩于李言简练而又生动的叙述中，使听者面面相觑，仿佛从一个长长的梦中醒来，互相辨认：我们民族的路，就是这样走过来的？

“现在我要谈第二个问题：为什么在我们越州又有一个秦屿？秦屿为什么叫‘秦屿’？”

李言的引经据典、侃侃而谈，突然出现了一个休止符，像一泻千里的江河突然断流，他不慌不忙地端起茶杯，润润喉咙，饶有兴致地看着大家，提出了一个新的问题。

与会者们有些惊愕地回视着他的眼睛。故事正听到兴头上，李市长又要“且听下回分解”了，这令人们很不满足，于是激起更强烈的欲望，“欲知后事如何”。

陈志恒听到这里，而多多少少听出了一些门道，他知道李言下一步要把话题引向秦屿了，这才是李言的真正目的，“醉翁之意不在酒，在乎山水之间也”。

陈志恒虽然没有大学文凭，但他倒也不是不学无术之辈。解放初期，他仅仅念完高小就回乡务农，那个时代，在穷乡僻壤的越州县，他已算“知识分子”。几十年来从生产队的会计一路爬上来，到了今天的位置，除了长于他人的悟性和心计，他还得力于读书，政治、经济、哲学，什么都读，从中寻找他所需要的东西。以他肚子里的那点墨水，啃这些书实属不易，有一个时期，据说他因为读书而得了精神病，整天书不离手，茶饭无心，夜不能寐，念念有词，险些被家人送往秦屿疯人院。也正在那时，他有幸碰到了下乡视察工作的当时的县委副书记程功同志。程功认为，“书呆子”的精神病不是真病，而是功名之心过重所致。如果满足了他的这种欲望，“病”就释放了，缓解了，他的长处也就可以发挥、利用。由于程功同志的赏识，陈志恒便被破格提拔为公社文书，后来又升为公社党委副书记、书记，一直到了县里，现在成了市委副书记。陈志恒的“病”没有再犯，但功名之心却未必就满足了，程功同志不知有没有想到这一点，反正他没有明说过，对陈志恒一直都是很倚重的。程功同志一向重视知识分子。但到了八九十年代，“知识分子”这个概念也在变，和李言这样的大知识分子比起来，陈志恒就相形见绌了。他不仅缺少一张文凭，仪表和口才也不如李言，而作为一个领导干部，仪表和口才是很重要的。但是，陈志恒的这些弱项，他自己是意识不到的，无论在家里，在机关，在他“视察”所到之处，自然都没有人敢于当面评论他的相貌欠佳和口齿不清。现在，李言恰恰在关键时刻充分发挥了自己的优势，当着“老越州”大讲越州史，简直是在做“竞选演说”！这使陈志恒很难服气！他陈志恒作为一个土生土长的越州人，本应该比李言更了解越州嘛！越州的历史是越州人写出来的，又不是李言的私产，陈志恒为什么早没想到啃一啃那些史书，而让李言出这个风头呢？不过，话又说回来，李言在这里大费唇舌，也有些过头。讲越州史不是不可以，但点到为止也就行了，不必讲得这么细，李言难道不觉得有些“对牛弹琴”吗？在座的除了他陈志恒，还有谁真正听得明白？

李言的一个小小的“休止符”，使陈志恒活跃的思绪纵逸出十万八千里，想得很远很远。

他当然不会真正地了解李言。正是因为“对牛弹琴”，李言才非弹不可，而且弹得十分起劲。要讲历史，李言是行家，信手拈来，唬这些“土老帽儿”富富有余。他并不需要让所有的人都听懂他所讲的一切，而只需要让他们明确地意识到：在越州的干部中，只有他李言最熟悉越州，也就最有资格在将来执掌越州。讲历史的目的恰恰是要重写越州的历史。这一层意思，大概已被听得入神的人们潜移默化地接受了吧？

喝了几口水，李言重新开讲。他要回答那个除了他自己之外还没有第二个人能够回答的问题了：秦屿为什么叫“秦屿”？

陈志恒不耐烦地看了看表，心想：这一来，不知道又要扯到什么时候？但是，周围的人们现在却津津有味地等着“且听下回分解”，毫无懈息之意，谁也没有嫌长！

“秦屿的‘秦’字,”李言按照他的习惯又开始咬文嚼字，“就是秦朝的‘秦’字，秦始皇的‘秦’字。秦是中国历史上非常著名而又非常短暂的朝代，从秦始皇统一中原到刘邦亡秦，不过十五年。秦亡以后，开始了长达四百多年的两汉时代。汉族的‘汉’字，当然就是由此而产生的。但是，有意思的是，汉朝的人当时并不被称为‘汉人’，而是被称为‘秦人’，以那个已被灭亡了的朝代命名，怪不怪？说怪也不怪，因为毕竟是秦始皇而不是汉高祖第一个统一了中原，这个第一是争不得的。秦始皇虽然在位时间不长，但他做了几件轰轰烈烈的大事，书同文，车同轨，统一度量衡，修筑万里长城，声威远扬，名垂千古。直至今天，长城和兵马俑仍被全世界看作令人叹为观止的奇迹。‘汉承秦制’，刘邦既是秦的掘墓人，也是秦的继承人，汉的许多东西是秦的延续，刘邦是秦始皇很出色的学生。秦分天下为三十六郡，汉基本上继承下来，只是在新开辟的地区另外增添了建制。秦亡而秦制未亡，秦的精神未亡，秦的黔首也就是百姓未亡，所以在汉代以后的很长时期，‘四夷’仍然称中原人为‘秦人’。直到现在，国际上还是称中国为‘CHINA’，有人解释为‘瓷器’，这是错误的！其实，‘CHINA’正是‘秦’字的译音！”

啊?！李市长标新立异的论断使与会者又吃了一惊！“CHINA”原来是这么个意思？这就更使得越州人因为自己身边有个“秦”屿而自豪了。

“可以肯定，我们的秦屿正是秦代的产物,”李言继续说，“‘往事越千年’，至今名称未改。明白了上面所说的道理，这似乎也就不奇怪了。但我仍然觉得奇怪：为什么越州不叫‘秦州’，秦屿也不叫‘越屿’，而在同一个地区有两个名称并存呢?”

问号抛向听众。是啊，人们想，为什么呢？不问不知道，一问仍然不知道，这个世界实在是真奇妙！

“下面，我将试图回答这个问题，答案和我们今天要讨论的内容有着十分密切的关系。”李言终于“书归正传”了。

陈志恒收住纵逸的思绪，全神贯注地听他揭出谜底——不仅是李言故意设置的问题的谜底，也是他全部行动的谜底，李言本身就是一个谜。

“昨天，我到秦屿走了一趟，”李言说，把他的话题从遥远的年代一下子拉到了极其切近的现实，他考察秦屿是昨天傍晚的事，“在岛上，我看了周围的环境，也看了那所‘极乐园’精神病院。有一个现象引起了我的注意：‘极乐园’里的职工，除了行政领导和医生之外，护士和勤杂人员一律都是从岛上居民中招收的，没有一个外来户，甚至没有一个越州人，世世代代都是这样。我们知道，现在城市人口的就业问题是一大难题，我们越州每年有将近一万名初、高中毕业生，而升学率不到百分之五十，其余的一大半，就业问题给我们造成了很大压力。而为什么在秦屿却这么宽松呢？岛上的孩子，几乎每个人从出生便有了一个保证，将来进‘极乐园’，这是他们世袭的权利，根本不用担心别人抢他们的铁饭碗。这是为什么呢？”

这一次，李言的发问不再令会场沉寂，人们也不再惊愕。说起身边的事，在座的人们是胸有成竹。

首先是卫生局局长微笑应答：“这是一个老问题啦！精神病院的夏院长找过我许多次，他说岛上的学校都是他们自己办的，师资和学生素质都不高，向我要人，我也是没办法啦！……”

话还没有说完，早有劳动局局长抢着说：“我们不是没人，也不是不给他们招工指标，市里的青年不愿意上岛嘛！”

城建局局长紧跟着插话：“李市长，我看，这个问题不大啦！秦屿开发工程上马之后，岛上的情况就不同啦，我们要办那么多现代化的

‘三资企业’，市里的年轻人会抢着去的啦！”

言之有理。李言所提出的这个问题，在这些能人手里似乎轻而易举地就解决了。

“关于秦屿的中、小学问题，”此时，教育局局长把人们发言中夹带的一个细节提出来，加以说明，因为这涉及他的管辖范围，如果沉默，就等于承认他的失职，“我们早就要整顿岛上的学校，结束那种长期民办学校的历史，提高教育质量，但是岛上的居民并不赞成嘛！他们似乎还很留恋‘小国寡民，鸡犬之声相闻，老死不相往来’的封闭状态……”

教育局局长是个文化人，说起话来就有些与众不同，他自己还有几分得意，觉得这才和李市长那种说文谈史的风格相协调。但不幸的是，人们已经没有兴趣听他的自我表白、自我解脱以及自我卖弄，不等他说完，旅游局局长便拦腰打断，说：“无所谓，无所谓啦！秦屿开发起来，整个岛子是一个旅游城市，学校就不要办了，封闭状态非打破不可啦！”

“是嘛！”老半天不说话的人大主任此时也开口说，“我们考虑一切问题，都不应该向后看，而应该向前看，改革开放，就是要冲破闭关自守的小农意识，嗯？”

行将离任的老同志，轻易不肯多说，要说，也是拣有利于改革的话说，免得留下一个话柄，让人们误认为他的“下台”是因为反对改革。这个考虑还是很周到的。

“但是这种‘闭关自守的小农意识’，却很值得研究！”李言转过脸，看看人大主任，为表示尊重，没有直接反对他主张的观点，而是慎重地选择了“值得研究”这个模糊字眼儿。

“那当然，当然！”人大主任忙说，“毛主席早就讲过‘农民问题的严重性’嘛！”

可惜，这并不是李言的本意。

“闭关自守，是中国长期半封建半殖民地社会造就的，也是落后的农业国的特点，不仅越州的农民，全中国的农民都带有这种意识。也不仅是农民，而是全体中国人的普遍意识，因为说到底，大家都是农民的后代，都是神农氏的后代嘛！而现在我要说的是，秦屿的农民和他们的后代，在这一点上尤其突出。他们的封闭，不仅是对外国，也不仅是对外地，甚至对近在咫尺的越州也是如此。长期以来，他们不愿意离岛进城，宁愿孤立于这个四面环水的小岛上，自食其力，自给自足。这是为什么？”

“农民嘛，就是这样啦！”人大主任并没有意识到李言在和他抬杠，或是借题发挥，笑了笑说，“许多农民，都是从生到死没有离开过村子一步。我小时候，第一次到县城，觉得好新鲜，哗，这个‘村子’好大噢！”

笑声，一片笑声。人们不是嘲弄这位老同志，而是欣赏他的坦诚，不忘本，老老实实地承认自己是个农民的儿子。越州本来就是个县城，在座的市、局领导们有许多人，若追根溯源，祖上都是乡下人，即使祖居城镇的人，做了多年基层干部，至少也都是熟悉农民的，人大主任的大实话是他们最能理解的农民式的幽默。

但是，李言仍然紧紧抓住他自己规定的话题不放，不因他们的打岔而蔓生枝节。

“秦屿的农民并不是这样。”他说，“他们对城市连这一点‘新鲜’感都没有，而是抵制城市、厌恶城市……”

“就是这样啦！”人大主任宽容地看看这位知识分子气很浓的李市长，“农民就是这样，我的老岳母就是不愿进城同我们一起生活，我们的市委大院还不如她的乡下草屋舒服嘛！哈哈，有什么办法？”

“嗯！”李言似乎认可了他说的这一带有普遍性的农民特点，但接着说，“秦屿人在这一点上更加强烈。他们不仅‘习惯’于自己的生活方式，而且好像还在有意识地守卫着这种方式，生怕越州人影响了他们，同化了他们。他们有自己独特的风俗习惯，比如，喜欢黑色。秦屿精神病院没有统一的工作服，但实际上又是统一的，几乎所有的当地人都穿黑色衣服。越州人以大米作为主食，而秦屿人却喜欢吃面食。他们甚至还有自己的语言……”

人大主任无可奈何地摇摇头，心想这个书呆子实在太不了解农民，也太钻牛角尖了，这么个小问题竟然抓住不放，不值得嘛！但他也不便于太放肆地嘲笑李言。因为：人大虽然号称最高权力机构，而他本人却连市委常委都已经不是了，这个人大主任之职，实际地位远远不如市委副书记兼常务副市长，这在越州已是尽人皆知，何况他连这点象征性的地位也保持不了太久了，对李言不能不让三分。好在他们所争论的也不是什么大不了的原则问题，而是一个土得不能再土的小事儿：关于农民的生活方式，说得对不对都无所谓。在人们的习惯中，“孤陋寡闻”往往单指对天下大事和“洋”事物的无知，而“五谷不分”之类的微疵虽然也被用来讥笑知识分子，但几乎又是“大智若愚”的同义语，并不丢脸，尤其在“文革”过去之后，插队的学生回城了，知识分子又吃香了，就更是如此。孔夫子曾说他自己种菜“不如老圃”，我们的干部下乡不也是经常向老农请教吗？那只能表现他们的“不耻下问”，也没有增添老农的什么光彩。现在，即将失势的人大主任实际上已经在李言面前充当“老农”的角色了。

“每个地方都有自己的方言嘛！”老农出身的人大主任心想不说了，嘴里却还在唠叨，“在我们越州，可以说每个乡，每个村，语言都不相同。外地人听起来都差不多，可是当地人就不同了，一张口，就知道你是哪个村子里的人。这并不奇怪啊，李市长！”

“这我知道，”李言说，“中国这么大，语言也很复杂，东西南北差别很大。但是，相对来说，同一地区的语言还是大同小异。比如江浙一带基本上属于吴语系，但杭州和苏州就不同，苏州和上海也不同。尽管怎么不同，大体还是一个体系。我们越州属于粤语系，越州人到了广州或者深圳、珠海，人家一听你就不是当地口音，但彼此交谈绝没有问题，也不会认为你是北方人。越州当地也是这样，城东城西城南城北的语言也不尽相同，但还是万变不离其宗，都是粤语，或者称为‘越语’，因为这两个字是相通的，我在前面已经讲过。可是秦屿就不同了。我和秦屿人讲话，第一感觉就是：他们的口音怎么和越州人不像是一个体系？基本上是普通话，但又带有音调和某些用字的区别。比如，我向一个小姑娘问路，她告诉我：‘端走！’我琢磨了很久，才弄明白，‘端’就是‘正’和‘直’的意思，‘端走’就是‘一直走’。这种话，你们听到过吗？越州方言里有吗？”

“呃……”人大主任想说点儿什么，却很抱歉，没有想出词儿来。

其他的人也莫名其妙。显然，他们都没有去过秦屿，更没有听到过这种需要翻译的语言。

倒是教育局局长没有沉默，想了想说：“这种遣词用字，颇有些古风嘛！”

“说得对！”李言马上肯定了他的见解，“秦屿人用的是古汉语！这样的例子还可以举很多。比如，他们把吃饭叫作‘喋’；把搬迁叫作‘徙’；把喝酒叫作‘行觞’……这都是很标准的古汉语，在现实生活中早就没有人使用了，而奇怪的是为什么在秦屿却仍然普遍使用？要知道，他们是长期与外界隔绝的，而且受教育的程度不高，是谁教给他们这样讲话呢？人人都像老夫子，说起话来古里古气！”

说到这里，李言又停住了，会场上彻底静场。天知道他要搞什么名堂？在这里研究起语言学了，在座的有谁算得上专家，配和他讨论？教育局局长本来极想显示一下与众不同、才高一筹，此时也哑了。他也是越州人，在越州除了读古书遇到过这些字眼儿之外，从来也没有听到一个活人用过这种语言！看起来，他这个教育局局长深入基层还是不够，怎么就没有到秦屿上去听听那里的语文老师是怎么上课呢？在越州，推广普通话是一大难题，老师讲古汉语也是一道难关，因为越州的学生习惯于用越州方言思维，让他们理解以北方话为基础的又是在口语中消失了的文言，简直太难了。为什么在秦屿却和越州相反？他当然无法解答。

能够解答的当然只有李言自己，他提出这个问题就根本没有想到能有人替他解答！

“对这个问题，我也百思不得其解。后来，有一个念头突然闪过，也正是这个念头，为我提供了一条解开谜团的思路。

“秦屿‘极乐园’的院址不是外国人开辟精神病院的时候建的，一望而知，它是一座年代久远的具有中国古典风格的城堡。在它的周围，是茂密的原始森林。我们每天看到的浩浩荡荡的鸟群，就栖息在那片原始森林里，越州的老年人从记事起就是这样，据说他们小时候听老人说，越州人祖祖辈辈都在每天的早晨和黄昏看到这庞大的鸟群从秦屿飞出来，又回到秦屿去，可以想象这片森林的古老。站在这古老的土地上，我想到了越州的过去。想到越王勾践的后代从会稽逃亡出来，想到屠睢率领的秦军和越人之间血肉横飞的激战。我想，当时的越州和越州周围的大片地区，恐怕都是这种原始森林。不然，越人无法藏匿，也难以开展对秦军的‘游击战争’。经过无数次的征讨，无数次的招抚，越人消失了：一些死了，更多地被同化了。今天的‘越人’，除了方言和某些生活习惯以外，和内地人已经没有什么太大的区别，大家都是‘汉族’了。唯一留下来的痕迹，是‘越州’这个名称，隐约透露出越人的后裔对这块曾经洒下祖先血汗的栖息地的依恋之情。那么，当初跟随屠睢、赵佗、马援等人南下的汉人呢？他们到哪里去了？最容易说得通的解释是：他们同化了越人，自己也被越人同化了，形成了统一的民族。但对这个解释，我并不满足。因为，任何事情都具有普遍性，又具有特殊性，不可能整齐划一。要知道，民族之间这种融合从来都不是两相情愿的，他们经过了互相撞击、互相残杀，最终却互相融合。那是一个漫长的过程，也是一个极其痛苦的过程。融合只能是大体融合，而不可能是全部。在中国历史上，本来有众多的民族，或者称之为部族，几千年来不断融合，至今还存在五十六个各具特点的民族，谁也不能代替谁，只能统称中华民族。而且我们还应该承认，融合也不是单一的趋势，融合的同时还有分化。有的少数民族，一个民族还分成不同的支系，有不同的名称，有的民族甚至直到解放后才正式定名。历史就是如此，我们要正视它。越族人当中不是有逃进深山老林中的‘山越’吗？现在边远地区的某些少数民族，就有可能是当初‘山越’的后裔。那么，我们就有理由提问：原来南下的秦军、汉军，还有那些为战士洗衣做饭的妇女，修建灵渠的民夫，难道就都同化在越人之中了吗？那样残酷的厮杀争斗，有没有人像‘山越’那样逃避于一隅、自成一‘族’呢？

“由此，我想到了东晋陶渊明写的《桃花源记》。‘桃花源’里的人，其实都是秦朝的后裔，他们的祖先为了逃避繁重的徭役而躲进了人迹罕至的深山老林，与世隔绝。我还想到了朝鲜。在秦代，朝鲜和南越一样，都是秦的属地。当时的朝鲜称为‘韩’，韩国又分为马韩、辰韩和弁韩三个部族。其中的辰韩，本不是当地人，而是为了‘避苦役’从秦逃亡出去的，这和‘桃花源’中人的情形很相似。这些人到了韩国，马韩分给了他们东边的一部分土地，便成了‘辰韩’，又称为‘秦韩’，‘辰’和

‘秦’读音很接近，显然‘辰’是‘秦’的转音。这一部分朝鲜人虽然和我们距离很远，但有一点值得注意：据汉代和三国时代的史籍记载，他们的语言‘有似秦语’，比如称国家或地区为‘郡’，称马为‘弧’，称分离为‘徙’，称饮酒为‘行觞’。也就是说，这些词汇原是秦国本土的语言，他们从秦移民到韩，把自己的语言带出来了，并且由子子孙孙保留下来。时至今日，那一部分从秦移居朝鲜的人早已使用通用的朝鲜语，那些‘秦语’早就死亡废弃了，只留在年代久远的史籍之中。但是，它却为我在秦屿百思而不得其解的问题提供了蛛丝马迹。秦屿人在说到本地、外地时，恰恰也是用‘本郡’‘外郡’，而不称现在通用的‘省’‘市’，这是为什么？他们也用‘徙’‘行觞’这种在我们听来很古奥的词汇，而又和古时候朝鲜人的‘秦语’相吻合。这难道仅仅是‘巧合’吗？从黄海之滨的朝鲜半岛到南海之中小小的秦屿，这种远距离的‘巧合’说明了什么?!”

李言被自己的演讲深深地激动了，炯炯的目光巡视着会场，等待掌声掀起一阵暴风骤雨。

如果他今天做报告的地方是某一所大学的历史系，或者某一家历史研究所，所得到的反应恐怕还不只是掌声，他的同行们会把他抬起来抛向半空！

但是现在没有。越州市委大楼的一号会议室不是一个学术研究场所，人们恭而敬之地听他的长篇演讲，首先出于对他的尊重或曰敬畏；其次是因为他的演讲也有相当的趣味性，既然听谁讲话都是听，与其听那些枯燥冗长的报告，还不如听他讲故事；再次，当然也是因为他讲的和今天的议题——开发秦屿有关。听到这里，李言的“谜底”只剩下了一层窗户纸，人们倒愣住了！什么意思？李市长从越州扯到了朝鲜，又从朝鲜扯到秦屿，到底要说明什么？

还是那位教育局局长领悟得最快，愕然说："莫非……秦屿人也是秦的移民?"

"说得对!"李言兴奋地一拍桌子，"更确切地说，他们不同于朝鲜半岛上为避秦而逃亡的移民，而是已经南下越地的移民，为了逃避越人的残杀，从越州逃到了秦屿!"

此言既出，谜底揭破，人们大吃一惊，只觉得脊背发凉，汗毛倒竖。仿佛当年那场血淋淋的厮杀就发生在昨天，在距离他们只有两公里的小岛上，藏匿着与越人不共戴天、随时伺机报仇雪恨的仇敌!

而李言则处于极度的兴奋之中。

"当时的秦屿，比现在还要荒凉，整个小岛被浓密的原始森林所覆盖，成为这些秦人的天然掩避所；一道两公里宽的海峡，由于水深浪急，在当时成了不可逾越的天堑，这就断绝了越人追杀的后路。这些秦人扮演了和'山越'相似的角色，在与世隔绝的秦屿留下来了。可以想象，在那么荒凉的海岛上，他们要活下来，经历了怎样的艰难岁月！恐怕是要重新过茹毛饮血、刀耕火种的原始人生活，垦殖这块属于他们的土地，繁衍自己的子孙。为了表示与越人势不两立，他们把这个小岛命名为'秦屿'，以纪念自己的祖籍。何况他们是来自天子脚下的子民，'普天之下，莫非王土'，也当仁不让。但是，他们毕竟是处在'百越''蛮夷'的包围之中，时时提防着被侵犯、被消灭、被同化。由于这样一种防范心理，也由于长期处在一个封闭的小社会，他们固守着自己的传统，保持着从祖居地带来的生活习惯，并且传之久远。秦始皇时代，'衣服旄旌节旗皆尚黑'，认为黑色最高贵，秦屿人直到现在仍然是这种审美观点。他们使用的语言不是'越语'，而是'秦语'。除了上面提到的那些与朝鲜'秦韩'人相印证的词汇，我们还可以找到一些，比如小姑娘对我说的'端走'，吃饭的'喋'，还有他们把喜欢吃的那种大饼很形象地叫作‘盔’，都可以从今天陕西方言中找到，而陕西一带正是当年秦朝的‘根据地’！秦地的秦语虽然经过了两千多年的变迁，仍然多多少少保留了一些古风，为我们提供了验证的标尺。秦屿上的那座古朴的城堡，也正是秦汉风格。我甚至在‘极乐园’看到了一把在岛上出土的青铜古剑，上面刻着一个清晰的‘秦’字，典型的李斯小篆。这就把我所有的推测都证实了！一通百通，隐藏在秦屿两千多年的历史秘密，终于揭开了！”

不管在座的人们对史学有无兴趣，有多大兴趣，仅凭李言那激动的言辞，飞扬的神采，就足以把他们强烈地感染！《越州日报》小记者听得傻了眼，目不转睛地盯着李言，手里还在飞快地默写着速记符号；电视台胡子拉碴的老记者汗流浃背，从镜头里捕捉历史学家宣布重大发现的历史性瞬间，摄像机里的磁带缓缓地转动……

“同志们！我们应当感谢秦屿，两千多年来，它与世隔绝，默默无闻，为我们保留了一块未曾破坏或者说较少破坏的‘秦土’，一群未曾异化或者说较少异化的‘秦人’，这是现存于世界上唯一的、活着的秦代的‘标本’‘化石’，对于研究秦汉时代的政治、经济、军事、文化都有着不可估量的意义！迄今为止，我们对秦汉的研究只能依赖于残缺不全的史籍和从地下发掘出来的有限的文物。由于条件所限，人们对那个时代的认识往往是片面的、不准确的、想当然的，许多人不断地苦思冥想，不断地辛勤发掘，不断地争论，不断地有所发现，不断地修正过去的见解；而现在，我们有了秦屿，一个活生生的、实实在在的秦屿，它的发现，将使越州的历史，整个‘百越’地区的历史和中国秦汉的历史重写！在某种意义上也可以说，世界历史也将重写，因为中国的人口占世界的五分之一以上，中国的重大发现必将牵动全世界！我们应该为秦屿的亮相而热烈欢呼！”

暴风雨般的掌声终于响了起来，一号会议室里震耳欲聋。李言的长篇报告没有徒劳，人们给予了他所需要的热烈反应。在座的市一级领导和各局局长，大都是越州人，对这块土地怀有深厚的感情，谁不希望它“牵动全世界”？尽管李言所说的这一切都只是纸上谈兵，没有给秦屿的开发增添一分钱的投资，也没有提到任何看得见的好处，但他们也听得出来，李市长的重大发现将大大提高秦屿和越州的知名度，说不定马上就会轰动全省、全国、全世界！哦，那是一种多么诱人的前景！

在如雷的掌声中，陈志恒的心越发不安。显然，李言之所以花费这么大的气力卖弄口才，其目的绝不只是出于对历史的偏爱，也绝不只是为越州争来什么影响，更重要的是为了自己。水涨船高，秦屿出了名，发现秦屿历史的人不也就随之成名了吗？尤其是李言选择在“换届”之前来做这番博取人心的“竞选演说”，做“民意测验”，热烈的掌声就是“一致拥护”，如果《越州日报》和电视台再大造舆论，还不在全市引起“李言热”？还不在全省、全国引起连锁反应？李言成了“省宝”甚至“国宝”，稳坐越州的第一把交椅就是必定无疑的了。厉害啊，“莫道书生空议论，头颅掷处血斑斑！”打败他陈志恒，人家不费一兵一卒，只需要一番宏论！而给他出了这道题目的竟然是程功同志，让他大做文章、大出风头！唉，机遇啊，程书记在关键时刻再一次帮了李言的大忙，让他在开发秦屿这次大战役尚未打响之前就抢了头功！

李言就坐在陈志恒的身边，却像完全没有看见他一样，对他的这种打翻了五味瓶的情绪变化置之不理，也不给他更多的时间去琢磨、回味，而只管按照自己的思路、自己的方式，为自己的报告画上一个句号。而这个句号对于陈志恒来说，则是一个特大的感叹号！

“同志们，以上是我对秦屿进行初步考察之后，向大家所做的一个汇报。市委常委决定对秦屿进行大规模的、根本性的开发，我完全拥护。但怎样开发，往哪个方向开发，却又是值得研究的。如果秦屿仅仅是我们原来所认识的一座孤岛、荒岛，那么，把它建设成一个集旅游、商业、娱乐为一体的大型游乐园的确是最佳方案，将为越州的经济发展带来巨大的效益。但是现在不同了，我们已经认识到秦屿的价值不仅在于它的地理环境，而首先是它的人文历史，它存在的意义就远远超过了这座岛屿的本身。它是一座历史的宝库，独一无二的‘国宝’级文物，我们对它所做的，应该是积极保护，而不是盲目破坏！说到这里，我想起一件往事……

“大家都知道宋朝鼎鼎有名的大诗人苏东坡吧？此人一生光彩夺目，但在任徐州太守的时候却做了一件蠢事。神宗熙宁十年，黄河泛滥，苏东坡率领民众抗洪抢险，这当然是百分之百的好事。但是，洪水退后，他却心血来潮，拆毁了当时还保存完好的西楚霸王项羽的‘霸王厅’，用那些木料修建了一座‘黄楼’！可惜啊，千年文物竟然毁在这位苏学士手里！后人有诗叹曰：‘三叹虞兮一命终，彭城徒有霸王宫。欲知遗迹今何在？须梦糊涂苏长公！’”李市长随手拈起一件“往事”，年代虽已久远，说起来还是感叹唏嘘，使听的人也很动情，恨不得要声讨苏东坡了：他这个聪明人，怎么又一时那么糊涂呢？

“我们不能做这样的糊涂太守！我们明白秦屿的价值比霸王厅还要大得多!”李言昂然说，他无意声讨苏东坡，只不过借题发挥，文章还是做在秦屿上，今日的“太守”最关心的当然是自己治下的土地，“我们的秦屿，就自然环境而论，是全国范围内有人居住的、唯一保留着原始面貌的岛屿。那大片的热带雨林和为数可观的野生动物，都是极其宝贵的生态资源，对于维护越州海域的生态平衡、改善局部气候，长期以来默默无闻地发挥着巨大作用。如果我们砍伐了森林，驱逐了鸟群，表面上看来是获得了闲置的土地，而实际上会遗患无穷，为子子孙孙的生存造成极大危害。这还在其次。秦屿的古城堡，是现存地面最古老的建筑，何止是‘价值连城’，它的身价简直可以和万里长城相比，失去了就永不会再有！何况我们看到的长城经过了历代的重修，已经不是原貌，而秦屿则至今保留着真正的秦砖汉瓦！我们还可以相信，在秦屿的地下一定埋藏着我们想象不到的、极为丰富的历史文物。如果在此大兴土木工程，势必对那些文物造成不堪设想的破坏，我们就会对历史犯下不可饶恕、无法弥补的罪行！更为可贵的是，秦屿上至今生活着一个独特的古‘秦人’部族，对这个群体的研究将会为我国的史学翻开新的一页。如果我们把这些人遣散，使他们离开那块土地，结束传统的生活方式，他们将会很快被大陆上的人们同化，这一历史奇迹也就从此消失了！同志们，秦屿是我们的先人留下的一笔丰厚的遗产，我们有幸在今天认识它、继承它，这也是历史赐给我们的千载难逢的机遇。如果在我们手里轻易地把它毁灭了，那么，世世代代的祖先亡灵都会诅咒我们这些不肖子孙，未来的子孙后代也会把我们永远钉在历史的耻辱柱上，骂我们无知、愚昧、短视，为了蝇头小利而葬送了享用不尽的先人馈赠，亵渎了中华民族五千年的文明！幸而我们不会那样做，在冥冥之中的祖先启示了我们，让我们把沉睡了两千年的秦屿唤醒了！

“秦屿的开发，当然应该是对它的历史价值的开发。整个秦屿，应该作为一座历史博物馆保留下来，包括它的一草一木，一瓦一石，一人一物，都要保持原貌。这座博物馆，规模要超过西安的秦兵马俑博物馆，其影响也将大大超过它，因为它是死的，而秦屿是活的！我们越州市目前还没有专门的文物部门，文化局兼管文物，哎，文化局局长有事情做了！我们要立即向省文物局和国家文物局上报、立项，等批准之后，情况就不同了！过去我们一向把经济建设作为‘硬件’，把文化、文物作为‘软件’，以后恐怕要倒过来了，越州将成为天下闻名的文物城，来自全国、全世界的参观者、研究者浩浩荡荡，应接不暇，越州人要吃文物饭了，嗯？当然喽，文物带动旅游，我们同时又大吃旅游饭！凭什么？就凭那座小小的秦屿！文物这东西，是一本万利、名利双收，比起建什么游乐园、豪华宾馆、环幕电影院、多功能音乐厅之类，投资要小得多，而收益则大得多了，这个账，我们还算不过来吗？哈哈，以后，越州人恐怕就不会再说‘宁下地狱，不上秦屿’了，秦屿将把整个越州带上天堂！同志们，对这个看得见的前景，喜欢不喜欢啊？”

一号会议室里仿佛预先安装好了无数节日礼花，此时一起点燃，轰然作响，五光十色，天花乱坠，把人们惊呆了，乐坏了，眼花缭乱了！谁能料到李市长娓娓长谈的故事最后抖开的是这么一个绚烂多彩的“包袱”？简直是仙人点化，刹那之间把大家带进了“天堂”！

最为兴奋的当然是文化局局长。以前每次开会他都是偏缩一隅，自惭形秽，可有可无，听人家口若悬河，没有插嘴的分儿；现在陡然觉得腰杆儿挺了起来，好像大家进“天堂”都是沾了他的光！“李市长，你发话吧，需要我做什么，立即行动！”

李言笑盈盈地看着他，也看着大家：“不是我发话，是大家论证、集体决策噢！我们不搞一言堂，我的话也只是一家之言嘛！是否可行，还要听听诸位的高见！”

七嘴八舌，不亦乐乎，会场上沸腾了，已经听不清楚是谁在发言，是哪几个人在同时发言。且不管是“硬件”还是“软件”，既然要上“天堂”，那就人人都得尽力，要不然恐怕得不到进“天堂”的门票了，等退票是没有指望的，黑市高价也办不到，成败在此一举！

陈志恒直到现在才真正弄明白了李言的葫芦里卖的是什么药。这服药的剂量之大，药性之烈，都是他事先无论怎么猜想都不曾想到的。李言不仅是哗众取宠，凭三寸不烂之舌树立自己的威望，为他的进一步高升铺路，现在看来，事情远非那么简单！显然李言很性急，对于平平稳稳地等待“接班”已经不耐烦了，使出了最狠毒的一招：抢班夺权！不等程功同志正式退位，就把他政治生涯行将收尾时的得意之笔——开发秦屿——给以彻底否定，造成事实上的交权，程功灰溜溜地下台，李言雄赳赳地上台！到了那个时候，没有程功同志做主，谁还能给陈志恒回天之力？自己今年五十有六，明年五十七，还不到“杠杠”，完全可以再干一届呢，难道就甘心这样被他挤下台吗？

陈志恒把自己的思路厘清楚之后，着着实实地吓了一大跳！他望着李言那志得意满的神情，心里暗暗地用一个很文雅的词儿骂道：哼，沐猴而冠！且慢吧，那顶“太守”的乌纱帽现在还没有真正戴到你的头上呢？

会场上乱哄哄的。陈志恒历来主持会议都怕冷场，今天倒对这种热烈场面极其反感。唉，这都是些什么人呢？白白地拿着国家的俸禄，却连头脑也没有，墙头草，随风倒！我陈志恒宣布的市委常委决定，你们热烈拥护；李言反其道而行之，你们也热烈拥护。你们到底要拥护哪一家？

陈志恒用了好大的暗劲，没有让自己在会场上骂出娘来。这些人都不能得罪，得罪了他们，谁还投你的票呢？别看他们没头脑，却又是离不了的投票机器。机器也有机器的好处，谁操纵了他们，他们就听谁的。因此，现在最要紧的是在这些人面前不露声色，而寻找一个操纵他们的机会。当然，这个机会已经几乎没有了！

在最混乱的时候，陈志恒看了看表：十二点十分。他的心头猛然一震，机会来了！

“同志们！”陈志恒努力使自己脸上现出笑容，亲切地呼唤着大家，用手指轻轻地而不是很刺激地敲着桌子，给人们一个“肃静”的信号。

乱哄哄的会场渐渐静下来。人们知道，陈书记要发言了。虽然他的口才不如李市长那么引人入胜，但毕竟也是副书记嘛，他讲话，大家还是要洗耳恭听的！

李言也饶有兴致地向他转过脸来："老陈，你谈谈吧！"

在李言看来，陈志恒已经就范了！

"同志们！"陈志恒极力做出可掬之笑容，用右手的食指指着左手腕上的表，"该吃饭了！民以食为天嘛，啊，民以食为天！下午两点钟继续讨论，啊，两点钟继续讨论！现在，请大家到隔壁越州宾馆二楼小餐厅用餐！"

真是高明之极，既回避了对李言的"报告"表态，却又不露痕迹！

与会的人们哄笑着站起身来，到了这个钟点，食欲已经超过对开会的兴趣，也确实该休会了，陈副书记真是善解人意。

李言早已忘了时间，此时一看表，才猛然想起，郁琅嬛还和他有约会呢！

七　治大国若烹小鲜

将近中午的时候，郁琅嬛惦记着和李言的约会，便提前到街上买了一份鸡饭，端回来递给李盼：“阿盼啊，老师家里平常是不开伙的，没有什么好吃的招待你。你将就着吃吧，我出去有点儿事情，一会儿就回来。你吃了饭就在这儿休息，不要乱跑，等着我回来哦！”

李盼本来以为郁老师会好好地招待她一顿，却不料仅快餐而已，看了一眼那一次性的塑料饭盒和木筷，并没有放在眼里。但她毕竟饿了，也就不再挑剔，拿过来就吃，嘴里含着饭粒和鸡块，说：“你放心好了，我不会再去打警察的啦！”

这个阿盼，竟这么拿自己的短处寻开心！现在的孩子，似乎很欣赏这种调侃生活的态度，这个世界上的一切，在他们眼里都不再可爱，“神圣”“尊严”这些字眼早已消失，只剩下嬉笑怒骂；但换一个角度来看，他们又活得比谁都轻松，因为在成年人看来那些来自四面八方的不堪重负的压力，在他们身上仿佛都不存在，或者说视而不见！成年人为什么就做不到呢？这个责任，那个责任，重重叠叠地都压在自己身上，直到压得喘不过气来，还要强迫自己挣扎起来，去继续承担那些责任！除了责任，自己还剩下什么呢？

郁琅嬛这么想着，也就没有对李盼的怪调产生太多的恶感。她想再嘱咐李盼两句，但再说也就是刚才的那些话，耳提面命地灌输只能让她反感，也就不再说了，带上房门，匆匆走了。

她和李言约好了在午饭的时候见面，还不知道李言上午的会开得怎么样呢！

李言没有和那些市一级的同僚以及各局局长们一起吃饭。他当然知道，中午的这顿饭自己本不该逃席，这是个极好的联络感情的机会。如果他在场，人们一定会以他为中心，谈论他上午的高论。无论拥护还是反对，他都是要听一听的。即使有不同意见，也还可以在饭桌上再做工作，统一思想，对下午继续开会很有好处。但是，这顿饭尽管重要，他也没有分身之术，不能吃了，而必须赶快去见郁琅嬛。

离开会议室之前，他歉意地对大家说："对不起了，诸位！家里还有客人等着我，这边的午餐就不能奉陪了！"然后又特地跟陈志恒打个招呼："老陈，有劳你了，要让大家吃好啊！"

"你放心好了！"陈志恒微微一笑。

李言匆匆离去。

约会的地点离郁琅嬛的家不远，就在那条偏僻的细巷外面，再转过一条细巷，有一家小小的饮食店，早晨卖早茶，中午、晚上供应正餐。单身生活的郁琅嬛经常在这里解决她的早晚两餐；李言闯入她的生活之后，这里也就成了两人的聚会之所，不用担心在这里会碰到熟人，无论市里的干部，还是一中的老师，谁都不会到这个想也想不到的偏僻地方来。这个小店的顾客都是附近的市民，他们不认识郁琅嬛是谁，当然更不会认得李言，小小的老百姓做梦也不会想到掌管这座城市的市长会和他们坐在一起吃这种普通的饭食。

郁琅嬛已经等在这里。她要了简单的几样菜：一盘白斩鸡，一盘白灼虾，一盘炒荷兰豆，半条清蒸鲩鱼，一碗玉米羹，恰恰是“四菜一汤”。此外，还为李言要了一杯啤酒。

李言匆匆地走过来，在她的对面坐下，感到一阵脱离了“战场”的轻松，随之却是疲劳向他袭来，他的确太累了。别看他上午口若悬河、谈笑风生地讲了一个半小时，其实内心并不轻松。那不是严格意义上的学术报告，而是“竞选演说”啊！在外国，哪一国、哪一届的总统、州长、市长、议员选举不经过激烈的“演说”战？不在于谁比谁好多少，决定胜负的往往是看谁在演说中能够征服他的选民。而那些竞选者，谁的背后没有强大的财团支持？没有一帮智囊出谋划策？没有贤内助事无巨细地充当后盾？甚至于上台之前该穿什么服装，系什么领带，理什么发型，演讲中在什么时候要对听众微笑，什么时候要眼含热泪，什么时候要插空提一提自己的爱犬以显示仁爱之心，都安排得滴水不漏。可是他李言呢？在这种时候谁都指望不上。坐在他旁边和对面的那些人，没有一个是他真正的朋友，不可能推心置腹地帮他策划什么，他只有单枪匹马地去“征服”他们。至于“贤内助”，唉！昨晚的夜战没有影响今天的会议，已经是万幸了！在这个世界上，唯一和他心心相印的，只有一个郁琅嬛。他成功的愉悦，可以与她分享；他遇到挫折时的苦恼，可以向她诉说；甚至他的某些正在谋划或实施的策略，也可以和她切磋。不可设想，如果他的身边没有郁琅嬛，那将是多么孤独！

郁琅嬛急切地望着他：“快说说，情况怎么样？你都快把我急死了！”

“急什么？一切正常！”李言疲惫地靠在椅背上，端起桌上的啤酒，喝了一口，“你……先让我喘喘气！”

“一切正常”四个字稍稍缓解了郁琅嬛心中的担忧，为了让李言宽心，她笑笑说：“你也别着急，慢慢说。我先告诉你一个好消息……”

“嗯？你有什么好消息？”

“阿盼回来了，没事儿了！”

“噢！”

突然听到这个喜讯，李言长长地舒了一口气！这个结果，尽管在他意料之中，但他没有想到会如此迅速地得以解决，所以仍然感到由衷的惊喜。也就在这个时候，他才真正意识到，阿盼这个不成材的女儿其实在他的心目中占有相当重的分量。昨晚“大义灭亲”，那是迫不得已啊！

十八年的岁月在他心中翻腾起来。难以设想，家里如果没有阿盼，他这些年和何丽珠厮守，将怎么度过那无味的生活！自从阿盼来到这个家，他就把这个毫无血缘关系的孩子当作亲生的骨肉。阿盼是在他的心血和父爱浇灌下一天天长大的，他拉着她的手去逛街，带她去海边游泳，从一撇一捺开始教她识字，后来就每天早晨送她去幼儿园，小学的头两年还要送她上学。这样带大的孩子，和亲生的又有什么区别呢？不知从什么时候起，那么文静的一个女孩子，却变得粗野顽劣，莫名其妙，不可思议。何丽珠说，不是自己的骨肉，对她再好也没有用的，恐怕她的亲生父母就是这种土匪、强盗，不然怎么会生下这样的女儿呢！李言不相信。他相信人性没有天生的恶，恶是后天学会的。跟谁学会的呢？直到结识了郁琅嬛，听她讲到一些教育心理学的道理，李言才突然意识到，阿盼真正的启蒙“老师”其实不在幼儿园，也不在小学、中学，而在家里，正是何丽珠！家长的影响比老师更直观、更形象、更深刻，从小在那样一个愚昧、粗俗的“母亲”影响下，张口就骂，抬手就打，孩子会健康成长吗？所以，无论阿盼惹了多大的事儿，使他生了多大的气，他总是不能把所有的怒气都施加于阿盼身上，反而更加强了他和何丽珠之间的离心力。现在，阿盼平安地回来了，昨天的一场虚惊总算真正过去了。他不想再埋怨女儿，而是从内心深处升起了一种怜爱之情。

"她现在在哪儿?"他急着问。

"在我那儿,"郁琅嬛说,"她……不愿意回家,我看也不必勉强她吧?"

"那……我去看看她!"李言说着站起身来,有些迫不及待。

"你怎么能去?"郁琅嬛嗔怪地白了他一眼,"我们的关系,现在可以向她公开吗?"

"唉!"李言重又跌坐下去。

沉默。

首先打破沉默的是郁琅嬛:"吃点儿东西吧。"

李言默默地又拿起了那杯啤酒。越州的春天已经有点儿燥热,也许是他心中的燥热,那股无名的火气需要这冰凉的东西来扑灭它。他一口就喝下半杯,像吞下了一块冰,脏腑里开始冷却,啤酒里所含的大量气体从食管里做反方向运动,呼噜噜响着冲出咽喉,打了一个长长的嗝,顿时感到畅快了许多。

"你慢一点儿喝嘛,这杯酒反正是你的,又没人抢!"郁琅嬛说。

李言放下杯子,叹了口气。他在年轻的时候,本是善饮的,偶尔和同学们聚会,可以一连喝许多瓶啤酒,白酒也能喝一些,葡萄酒也能喝一些,却从没有喝醉过。后来到了越州,他在孤独、苦闷中生活,就更需要酒来消愁。可惜,那时候生活清贫如洗,连酒资都是不能保证的,他其实没有条件"一醉方休"。当了"官"之后,当然再也不会愁没有酒喝,因为无须掏钱,而这时他却厌烦了酒这东西。越州的风气,只要吃饭,必要喝酒。主人向客人劝酒,那个殷勤劲儿简直让人受不了,似乎不把你灌醉就对不起你。客人们之间也要想尽各种理由互相对饮,如果你不"干",就等于看不起人家,也就只好"舍命陪君子",酒桌下面不躺倒几个,人们总觉得不能尽兴。官场上把民间的这一套搬了过来。李言每到一处视察工作，那些人既是部下又是东道主，当然要使出浑身解数来灌他，这使他十分反感。酒，他爱了多年的这种东西，竟成了一种无法逃脱的灾难，他再也不爱酒了。有一次和郁琅嬛约会，他是从一个不大好推托的“饭局”勉强脱身而来的，自己倒没觉得有醉意，可是一进门，郁琅嬛就皱着鼻子说：“哎呀，一身酒气，你怎么成了个醉鬼啊？”就是因为那句话，使他把酒戒了，以后无论在什么场合，也无论有什么茅台、五粮液、白兰地、威士忌，滴酒不沾。他要维护自己的形象，不愿意在人前，特别是在他心爱的人面前失态。倒是郁琅嬛又把理论从另一端论述过来：“只要你不像那些俗人那么野蛮，啤酒喝一点儿也是有好处的！”此后他便只在郁琅嬛面前破戒，也仅仅啤酒一杯而已。

今天，他本来是以很好的兴致来见郁琅嬛，阿盼平安回来的消息也本应令他欣慰，却由此想到一团乱麻似的家事、无穷无尽的烦恼，又要借酒浇愁了！

“这个阿盼啊，该把她怎么办呢？”郁琅嬛慢慢地剥着一只虾，问他。

“难办的不是阿盼，”李言也动手剥一只虾，“她反正马上要走了，无所谓，难办的是我！阿盼走了之后，那个家我是一天也不愿意待了！”

郁琅嬛精神一振：“那就赶快解决呀！”

李言却默默无语，用筷子夹起那只虾，蘸了作料，慢慢地咀嚼着。

“你说呀，”郁琅嬛又在剥第二只、第三只虾，“你还想让我等多久？”

“事情总有个轻重缓急，你得让我把手头的事儿理出个眉目……”

又是一只虾扔过来：“现在不是有眉目了吗？只要阿盼一走，事情就简单了，那桩死亡的婚姻，该解体了！”

“我说的不是阿盼！刚才不是说过了嘛，阿盼的事儿好办……”

“什么人难办啊？”郁琅嬛急了，“你是说那个黄脸婆？哼，昨天晚上，我虽然没在现场，也知道发生了什么事儿！我以为你会一怒之下拉着她去离婚呢，可你……在那种情况下还忍气吞声！都九十年代了，在中国，恐怕再也找不出像你这样的人了，也算个男子汉哪！”

李言被激怒了。在家里，何丽珠不顺心的时候就是这样对他，冷嘲热讽，逼着哑巴说话，没想到郁琅嬛也会来这一套！外国有这么个说法：总统掌握整个国家，而女人掌握总统。李言不是总统，可是却有两个女人都要掌握他，一个从那边围追，一个从这边堵截，还让他活不活啊?!

他丢下筷子，正要发作，却看到郁琅嬛那一双期待的眼睛。立时，怒气消融了！仿佛他的心房中伸出了一只手，拍着自己的额头，说：你糊涂！她跟何丽珠能相提并论吗？不要以为那一颦一怒都是跟你过不去，那是缘于对你炽烈的爱啊！当初，你对她一见倾心，放下市长的架子主动接近她，苦苦地追求她，不都是为博得那份儿你不曾拥有的爱吗？而当她把纯真的爱都给了你，把自己的未来都托付于你，你却迟迟地拿不出具体行动，难道还有资格去责怪她吗？

“小郁，我何尝不希望在一个早上就把这个麻烦打发掉，彻底忘掉，就像在我的生活中从来没有过那段历史，根本不认识那个人！”他动情地望着郁琅嬛的眼睛，让她看到自己的心灵，那里面所储藏的是和她一样的渴望！“但是，我读了半辈子历史，至少懂得，历史是不能倒流，也无法割断的，即使是对那样一段糊涂的历史，也必须理智地解决，否则，将后患无穷！我所面对的不是旗鼓相当的论敌、政敌，而是一个毫无道理可讲的女人！我难道能用同样的办法和她对打对骂吗？那样，不但解决不了问题，反而更纠缠不清了，唉，子曰：‘唯女子与小人为难养也’……”

“什么？什么‘女子与小人’？”郁琅嬛突然打断了他的话，“孔丘的这句话是错误的！”

李言自知说错了，急不择言，他忘了郁琅嬛也是女人，当着女人骂女人，尽管这两个女人是互相敌对的，也不能容忍。

“有什么错?”李言却不肯替孔老夫子认错，因为这句话他刚刚引用过。理论家是不会认错也不能认错的，古往今来，已屡见不鲜。他们可以对自己以前的言论增删、重写，可以说自己的理论是不断发展的，是越来越成熟的，不但超越了前人而且超越了自己，但是绝不可以说自己过去“错了”。你自己认一个错，人家就有理由怀疑你有一百个错，甚至全错，那还得了？因此，某些理论家们惯用的手法是狡辩，把自己过去说的话换一种说法，把本来不圆的地方打磨圆了，如此而已。李言搞了大半辈子理论，当然深谙此道。“孔夫子那个时代，并没有像你这样的知识妇女，他所指的无非是妻妾和女仆，这些人整天在家里鸡争鹅斗，那是很难‘养’的嘛！孔夫子并没有说你，我也没有说你嘛，你又何必多心?”

这种辩解显然十分牵强。但郁琅嬛却宽容地让他过关了，不再纠缠，依然抓住她最关心的问题：“不必再‘子曰’‘诗云’了，你要触及问题的实质！这么优柔寡断，一辈子也解决不了!”

“不!”李言回答得倒斩钉截铁，“要解决，而且为期不远了!”

“这话，你也已经说过多少次了!”郁琅嬛并不满足这种笼统的许诺，她需要的是一张具体的时间表，“你说吧，到底在什么时候?”

“明年春天!”李言果然拿出了这张时间表，“你应该知道，现在的越州是个什么局面？斗争的中心、矛盾的焦点是什么？难道我能在这个关键时刻闹‘婚变’吗?”

“唉!”郁琅嬛听到这里，却又只好叹息，“你关心的只是政治斗争、争权夺利，连婚姻都是‘政治婚姻’，这正是你们这些所谓‘政治家’的可悲、可怜!”

“不!”李言在原则问题上绝不让步，双眼熠熠生辉，“政治关系到一切的生死存亡！如果没有我的政治生涯，恐怕到现在还只是图书馆里的一名管理员，根本不可能踏上秦屿并且有所发现；即使凑巧获得了重大发现，也无所作为。而现在不同了，站在政治的位置上谈学术，学术也就成了政治，也才能够影响全局。我等了半辈子，才等到了秦屿这篇大文章，做学问的人，谁不渴望有所成就？但一生也难得遇上这么一次机会，长期积累，偶然得之，不容易啊！秦屿的开发，将是一场有声有色的大战役，也将是我事业上的重大转折点，这一仗，只许成功，不许失败，也不许出现任何差错和疏漏！否则，我将愧对历史，这颗史学家的良心将终生不安！……”

一说到秦屿，李言就无法遏制他那冲动的激情，郁琅嬛也不能不被他感染，她所关心的焦点竟也在不知不觉之中随之转移了。折磨得她寝食不安的何丽珠又被暂时忘却，占据头脑的是李言的当务之急！

“你以为我不替你着急吗？要是不着急，我会把电话打到你家里去、打到会议上去吗？哎，上午的会开得到底怎么样啊？”

细巷中小饭馆的这次共进午餐的约会，现在才进入正题。

与此同时，越州宾馆里的那顿会议午餐也正在进行。

陈志恒也没有和大家共进午餐。在散会之前，他就已经打定主意不吃这顿饭了，要利用下午开会之前这段宝贵的时间，做他该做的事情，否则就来不及了。他正在挖空心思地寻找逃席的理由，以免李言生疑，没想到李言倒先告退了。他耐心地等李言消失了之后，才向大家说：“对不起，我这几天肚子不好，没有口福陪大家吃饭了，要回家吃稀粥！各位尽兴，啊，各位尽兴!”转眼也消失了。

与会的官员们，有些人不免觉得扫兴。那些小局长，平时难得和市里的领导一起用餐，现在两位头面人物都走了，自然怅然若失。但并不是所有的人都如此。也有人在领导面前觉得局促，他们走了正好。而对于像人大主任、政协主席这样的老前辈来说，席面上没有李言、陈志恒这些“少壮实力派”，他们倒显得轻松了。

大家步出市委大楼，走进就在隔壁的越州宾馆。

这座宾馆虽然外观不如广场对面三十九层的越州大酒店气派、豪华，却具有很高的地位，是专门接待市委、市政府贵客的地方，上级来了要员到越州视察，或者外国的什么代表团到越州访问，都是住在这里，因此，被称为“越州的钓鱼台”。平民百姓是无缘光顾的，即使是那些腰缠万贯、手持“大哥大”、腰挂 BP 机、坐着大“奔驰”的暴发户，可以在越州大酒店顶楼的旋转餐厅一掷千金，却进不了越州宾馆，“官”与“民”毕竟有所区别。

现在，秦屿论证会的一行人乘电梯到了二层，鱼贯而入小宴会厅。身着绣花旗袍的小姐便迎上来，面带谦卑的微笑：“首长请!”一一引座。

宴会厅里横竖成行地摆好了几张圆桌，每桌十个人，人们各就其位，谁该坐哪儿，都心里有数，常开会也就常吃宴会，常吃宴会也就吃出经验来了。当然是“四套班子”坐前排。既然市委、市政府的一把手程功同志不在，主事的李言和陈志恒也不在，德高望重的人大主任和政协主席便各在两张主桌坐了首席，似乎又回到当年他们执政时的威风。各局局长按其所司职务的重要性依次排列。新闻记者们自然是在末座作陪，但他们毫无怨言，因为平时难得到这个地方来吃饭，今天其实是沾了光的。

每人面前三只酒杯，啤酒或矿泉水、葡萄酒、白酒，杯子越小度数越浓，质量越高。服务员小姐款款来到面前，纤纤玉手取下折花餐巾，替你铺到膝盖上，然后轻声细语问你喝什么，倒满那三只杯子。这些，本是正常程序，谁来吃饭都是这么侍候的，但在初出茅庐的《越州日报》小记者来说，已感到是莫大享受了！

小姐上菜，宴会开始。没有人致辞，也没有人答谢，大家开吃。本来这也不是正式宴会，仅是会议餐或曰工作餐而已。“工作餐”一词，本是中国没有的，近年来才从海外引进，但已显示了极强的生命力，因为会议是不可不开的，饭也是不可不吃的，两相结合，边吃边谈，颇合我们的国情。而洋事物一旦扎根于这方水土，从形式到内容也就随之变化，已非西方的工作餐仅一盆汤、一盘沙拉、一盘烤牛肉或烧牛肉、两片面包可比了，而是生、熟、冷、热、荤、素、煎、烤、爆、炒、炸、涮、烩、炖、煨、焗，皆可登场，多多益善。越州人善吃，靠海吃海，席面上唱主角的当然是生猛海鲜，对虾、螃蟹、海参、扇贝、石斑鱼、加吉鱼、鲍鱼、海胆、龙虾……以及北方人望而生畏的蛇，再佐以蚝油、虾酱、梅膏、沙茶、红醋、鱼露、柱侯酱、辣酱油、生抽王，美馔纷呈，馥郁芳香，鲜、嫩、爽、滑、淡，五味俱全，而又淡而不寡，鲜而不腥，嫩而不生，油而不腻，好一桌勾人食欲的粤菜或曰越菜！越州人确实因祖先创造了如此光辉灿烂、造福于子孙万代的“食文化”而自豪！

当然，也并非所有的越州人的饭桌上天天如此，顿顿如此。

《越州日报》小记者向坐在身边的电视台胡子拉碴的老记者小声说：“我们白白当了‘无冕之王’，哪里比得上‘公仆’啊！”

老记者笑笑：“少见多怪！”

小记者又说：“这早超过中央规定的四菜一汤标准了！”

老记者又笑笑：“天高皇帝远，因地制宜嘛。现在哪里还有‘四菜一汤’？如果真搞四菜一汤，会议也就开不起来了。哎，你听过一首《醉酒歌》吗?”

“什么《醉酒歌》?”

小记者显然见识短浅。老记者就把嘴凑过去，耳语了一阵，小记者听了“嘻嘻”地笑。

餐桌上欢声笑语不绝，人们觥筹交错，谈谈说说，却又绝口不谈今天的会议和有关工作的话题，似乎把上午那么精彩的会议给忘了。这些人却又不习惯喝闷酒，总要找些话来说，于是端起杯子来敬酒。

敬酒当然先敬长者。

人大主任和政协主席面前就如走马灯似的人来人往，而且人们在称呼他们的时候还有意避开了他们已处于“二线”的现任职务而使用了“老书记”“老市长”这么亲切的头衔，虽然加了个“老”字以表示“过去时”，但也颇使老人家高兴，这表明部下还未忘旧情啊!

旅游局局长因为在上午的发言中不慎走嘴，挨了人大主任的当面批评，此时有意挽回面子、修补关系，便举杯走到老人家面前，虔诚说道:“老书记，我敬您一杯! 祝您健康长寿，这也是我们越州的福气呀!”

人大主任听得心里热乎乎的，上午的那点不愉快也就不去计较了，于是，端起面前那透明的小号杯子，和旅游局局长碰了一声脆响。正待干了这杯，老人家突然问了句:“是茅台吗?”

侍立在侧斟酒的小姐面带歉意，说:“首长，对不起，会议餐的标准，不上茅台，这是汾酒!”

人大主任脸上耸起的笑容就又松弛下来，心里很不痛快。依他本意，就要发作，吩咐:“换茅台!”但想想自己现在的身份已非当年的一把手，尽管程功、李言、陈志恒都不在场，也轮不到他发号施令。何况今天又不是宴请上级或海外来的贵宾，不够上茅台的“标准”，他又何必出面去破坏规矩？罢了，罢了！但手中的这杯酒，已觉得没有味道。

就在这将饮未饮之际，旅游局局长已把老人家的心思看在眼里，马上笑盈盈说道：“老书记，现在饮酒的行家最推崇的就是汾酒啦！”

众人一愣。中国八大名酒，举世皆知贵州茅台第一，尚未听到过头名是山西汾酒！

旅游局局长语惊四座，把大家的注意力都引到自己的身上，这才从容解释：“汾酒是我国名酒的鼻祖，八大名酒都是它的后代和近亲啦！论历史，汾酒长达一千五百年，杜牧名句天下传：‘借问酒家何处有，牧童遥指杏花村。’指的就是汾酒，而不是茅台，茅台只有两百七十年历史，是它的晚辈啦！论度数，茅台只有五十二度到五十四度，汾酒高达六十度，比它厉害嘛！论名气，汾酒早在一九一五年巴拿马国际博览会就荣获一等优胜金质奖，老资格啦！汾酒好，好在哪里？一是用料独特，粮食是山西汾阳的‘一把抓’高粱，别的地方没有代用品；水是‘古井佳泉水’，全中国只有那么一眼井，清澈透明，没有杂质。二是酿造工艺独特，有七大秘诀：‘人必得其精，粮必得其实，水必得其甘，曲必得其明，器必得其洁，缸必得其湿，火必得其缓。’所以酿出来的酒，清亮透明，气味芳香，入口绵绵，落口甘甜，回味生津，色、香、味三绝，虽然是六十度的高度酒，可是没有强烈刺激，不上头，不伤胃，舒筋活血，延年益寿，有‘液体宝石’的美誉，所以饮酒的行家讲：不饮汾酒终生憾，饮了汾酒似神仙！”

旅游局局长果真不愧为走南闯北的旅行家、美食家、品酒家，开口就是这么洋洋洒洒一大套，直把汾酒的地位推上了顶峰，把人们的酒瘾勾得馋涎欲滴，在座的竟然也没有人怀疑他是否承诺了为汾酒厂做广告的业务，也不曾想到今天餐桌上摆着的如果不是汾酒而是茅台、五粮液、泸州老窖、西凤、竹叶青、洋河大曲、双沟大曲、剑南春、古井贡酒抑或杜康酒、衡水老白干、二锅头……他是否也同样说得出各种无以复加的好处？

一席话，如春风吹走了人大主任心中的不快、脸上的阴霾，捏在手上的杯中物陡然升值，好似琼浆玉液，美不胜收，举起来一饮而尽，咂咂嘴，说了声：“好酒！”

“好酒，好酒！”座间赞声鹊起，群情大振，大有明日一早汾酒将在越州脱销之势。

大家都蜂拥着过来向老书记、老市长即现在的人大主任、政协主席敬酒，两位老人家心情愉快，连连干杯，早把医生的告诫、老婆的规劝丢到爪哇国去了。

敬过了老首长，局长们又互相敬酒，谁和谁都能找到理由让对方喝下这杯酒，比如你我同岁啦，夫人在一起工作啦，子女曾经是同学啦，你介绍的人我已经批了条子、我的老朋友的孩子的晋升问题还要你多多关照啦，等等等等，虽是东拉西扯，倒也都能扯得沾边。扯得高兴，积习瘾发，便划起拳来。一个个底气十足，声音洪亮，脖子上的青筋蹦起老高，眼睛瞪得溜圆，情绪极其亢奋。赢了的好似占了多大的便宜，得意忘形，尽兴地挖苦输家。输家被激起复仇火焰，于是再战。越打越激烈，越打越热闹，酒便消耗得极快。这些人个个有海量，酒桌上的行话说：“工业局，农业局，比出水平看饭局……。”“我们都是‘酒精考验’的！”绝不会因为些许杯中之物就腾云驾雾、烂醉如泥、胡说八道，只是脸红一些，话多一些，气氛也就更加热烈一些。酒这东西，奇妙无穷，能把烦恼稀释，能把矛盾黏合，能使友谊浓酽。杯子一碰，理解万岁，亲密无间，情投意合，四海之内皆兄弟也。

人大主任、政协主席这些老前辈看着晚辈们如此肆无忌惮，不免觉得有失体统，开始咳嗽了两声，竟完全无效，也就不再干涉。想想自己也有过年轻的时候，也是从基层上来的，都有过贪杯的历史，只不过那时候还不敢过于铺张，艰苦朴素的革命传统在头脑里还是占据统治地位的。算了，算了，时代在前进，要想不被时代抛弃，最好是适应时代，适应新潮流，而不是站在潮流的对面指手画脚，好像在大跃进时代我们经常这么说的。能够这么看问题，这么消磨自己的棱角，日子才能过得安稳。

这边，局长们自由结合，都已战了几个回合，“酒精考验”的战士们谁也战胜不了谁。于是就很不过瘾，很不满足，因为劝酒、罚酒的最高境界是筛选出经不起“酒精考验”的，当众钻桌底，呕吐，或是胡言乱语，发酒疯，清醒的旁观者才能得到最大的享受。现在，谁是这个种子选手呢？他们很快就发现，《越州日报》的小记者是不胜酒力的。于是，不约而同，向他发起了非常热情而又心怀叵测的进攻。这个说《越州日报》为改革开放摇旗呐喊劳苦功高，那个说当记者的很辛苦，开会的时候我们都坐着，你们还要背着个好重的家伙、举着话筒录音；这个说小伙子生得好帅、好靓，将来一定能找到个好对象，那个说耍笔杆的不简单，是天上的文曲星下凡……反正是什么理由都可以敬上一杯。可怜小记者没有经过这种场面，没有受过这么多的恭维，没有虚与委蛇、打太极拳、踢皮球的本事，归根结底，没有诸位这么大的酒量，用不了多大的工夫，已是头重脚轻，天旋地转，舌根发硬。

敬酒的人仍然不依不饶，电视台老记者只好替他挡驾说：“他不能再喝了！”

谁知小记者却不领情，脸上泛着骇人的微笑，口齿不清地说：“我……我没醉啊！将进酒，杯莫停！人生得意须尽欢，会须一饮三、三、三百杯！”

“好！”宴会厅里爆发出热烈的欢呼，极其殷勤地为他斟酒，不看他把洋相出尽，誓不罢休。

老记者不能看着这恶作剧再演下去，央求说：“饶了他吧！要不然，明天的新闻发不出去，怎么办？”

真是再好不过的借口。众人也怕误事，但又不肯放过他，就有好事者说：“表演个节目也可以，跳个迪斯科好啦！”

小记者果然经不起诱惑，站起来要为大家表演。怎奈他肚子里装了差不多有半瓶汾酒，早已力不从心，哪里还舞得起来？晃晃悠悠犹如打醉拳。但他为表演欲所驱使，不愿放弃这个机会，鬼使神差，在头脑不灵的时候仍然灵机一动，说：“我……我给大家唱……唱一支歌，如、如何？”

“唱歌？好极了！”一片声地拥护。

小记者于是扶着桌子，勉强站在那里，在唱歌之前还要来个开场白：“我……唱、唱、唱歌，唱得不好，请大家原、原谅……”

演唱正式开始。

小伙子真是醉了，这哪里是唱歌？不过是一首打油诗朗诵而已！

诗曰：

革命的小酒儿天天醉，
喝坏了党风锻炼了胃，
喝得性功能大减退，
老婆跟了别人睡！
丈母娘一气告到纪律检查委员会，
答复说：该喝的不喝也不对，
我们也是天天醉！
告到市长办公会，

答复说：预算外有这笔招待费。

告到人大常委会，

答复说：这项决议通过在第二十二次常委会。

告到政协常委会，

答复说：此事不在政治协商范围内。

最后告到党委会，

答复说：只要方向路线对，

醉与不醉无所谓！

小伙子真不愧为博闻强识的笔杆子，在酒精的干扰下，虽然难免磕磕巴巴、重复和停顿，但仍然能记得一字不差，已属难能可贵。

电视台老记者心里为他捏着一把汗：刚才随便给他说说，谁料他现趸现卖，竟端到这样一个场合来，糟糕！

在场的官员们初听一愣，继而你看我，我看你，彼此心领神会，未待朗诵结束，已是一片会心的微笑；等他念完，竟博得满堂彩！其实，这首打油诗或曰顺口溜在这些人之中早已在流传，并不像小记者那样觉得新奇，物以稀为贵。所不同者，只是他们谁也没有在这种公开的场合说起过，好像谁也不知道。如今一旦公开，反而觉得释然坦然怡然妙不可言。至于这首“作品”是现实主义还是浪漫主义，是黑色幽默还是红色笑话，是源于生活、高于生活还是无中生有、恶毒攻击，却又无人追究。讽刺与幽默历来和生活相伴，似乎大家都需要，不然，《人民日报》办的那份专登漫画和小品文的小报缘何走俏？中央电视台晚会上的小品为什么备受欢迎？官民人等看了都乐，成为生活中必不可少的作料，至于所讽所刺的是谁？却不必深究，只要不点到自己的名，何必对号入座呢？

德高望重的人大主任早已对他们的放肆不满，乘着酒意，拍案大怒："什么歪诗？不像话！"

会场上气氛大变，人们端坐敛容，紧张地望着雷霆震怒的老人家和那个不知深浅的小记者。

小记者一个激灵，酒醒了大半。

旅游局局长不失时机地借着人大主任的威风，向小记者展开了攻势："你们记者最没有良心！哪里的新闻发布会不是请你们大吃大喝？吃喝之后，如果不送红包，新闻都发不出去！不正之风都是被你们逼出来的，你还要讲风凉话？"

"没有错，就是这样啦！"宴会厅里一片附和之声。

旅游局局长的话为在座的人们提了个大大的醒：要批判不正之风吗？风源就在报社！这多省事？大家都解脱了！于是勾起了对新闻单位的种种积怨，工业局局长站起身来，慨然说："大家知不知道？《越州日报》还卖版面！要登稿子，拿钱来，一版一万元，你们吞了几多黑钱？"

小记者吓傻了。他初来乍到《越州日报》没几个月，哪里知道这么多名堂？他又不是社长、总编辑，连个主任记者都不是，又能负得了什么责任呢？蒙领导看重，今天让他来采访如此重要的会议，本来受宠若惊，却不料当了替罪羊！

眼看《越州日报》成了众矢之的、万恶之源，主管宣传工作的市委宣传部部长此时脸色很难看，如坐针毡。

这个结果，却并不是人大主任斥责小记者的本意，把火引向市委机关报，对他有什么好处？于是人大主任赶紧把话题往回拉，还是回到那首《醉酒歌》上，厉声问小记者："那歪诗是你写的？"

"不、不是我写的！"小记者惶惶然，回头看看电视台那位老兄，"是……是他告诉我的！"

竟出卖了朋友！

人们的目光便一齐投向电视台记者，仿佛要把他“揪出来示众”似的。

人大主任喝问：“是你写的？”

胡子拉碴的老记者毕竟见多识广，并不惊慌，微微一笑：“首长，这也不是我写的！”

“是谁？作者到底是谁？”

“不知道，我是在一份颇有影响的报纸上看到的，上面没有署名，只说是‘民歌’。其实这首民歌我们越州也在流传，多种‘版本’大同小异，首长没听到过吧？”

“哦？啊……”人大主任竟然语塞，巡视着饭桌上那些官员们，意思是问：你们听到过吗？

人们面面相觑，谁也不肯承认自己曾经听到过。

宴会一时冷场。

市委宣传部部长此时站了起来，圆场说：“对于群众中一些有倾向性的、不健康的议论，还是要注意批评、引导，不能听之任之，我们《越州日报》就从未发表过这种消极的东西嘛，以后可以搜集一些好的民歌发一发！”

这么一说，既肯定了越州的宣传工作，指出了努力方向，缓和了冷场局面，也给了批评者和被批评者台阶，把宴会上败胃口的这个插曲岔过去了。

人们该吃的吃，该喝的喝，只是不敢像刚才那么放肆了。

人大主任余怒未息，还在那里愤愤地自语：“不像话！不像话！连我们人大都点了，我们什么时候通过过这种纵容大吃大喝的决议？”

政协主席笑笑，对他耳语道：“也提到政协了呢！他又没点地名，事情也就不是出在越州，算了算了，反正这事‘不在政治协商范围内’，何必管它!”

宴会继续进行……

李盼已经吃完了那盒鸡饭，当然很不满足。但当她在这个临时住所四仰八叉地躺在老师的床上，眼前无人侧目，耳畔无人训斥，又似乎感到一种“松绑”的惬意。

她最受不了的是生活中太多的一本正经。在家里，父母之间尽管战争不断，但在对付她的时候总是一本正经；在学校里，那个缺德的《中学生守则》把学生当作囚犯对待，不许这样，不许那样，每天还要上五六节课，老师一本正经地讲啊讲啊，学生只有洗耳恭听的分儿。她对于那个破“守则”当然是不遵守的，因此获得的训话就比别人还要多得多。她一直恨郁老师，盼着她早点儿死了，或者出个车祸啦什么的，那是最好不过了。她相信，如果真的出了那样的事，同学们一定会兴高采烈地欢呼胜利。不过，自从昨天晚上她出了事，郁老师却不计前嫌，在警察面前为她说了那么多好话，倒使她非常意外。郁老师在她心目中的地位，也就改善多了。“疾风知劲草，板荡识诚臣”，郁老师对她，总的来说还是“够哥们儿”的，所以她才跟着郁老师到家来。但老师毕竟还是老师，在老师家里她也仍然免不了被教育。光荣出狱之后也只是受到一盒鸡饭的招待，意思不大。看来住在老师这里也没有什么特别的好处。算了，郁老师对她也没有那么大的吸引力。反正她马上就要远走高飞去香港了，暂时住在哪里都无所谓。

她于是又想到香港，对自己的未来充满了憧憬。

到了香港，她将永远摆脱这里所有的一本正经。李盼没到过香港，但她从政治老师的讲课中听到无数次对资本主义社会的诅咒。她看过一些香港电影，证明了政治老师是胡说八道。香港人吃得好，穿得好，住得好，玩得好，无拘无束。这几年只听说我们引进了人家什么什么先进设备、多少多少投资，怎么就没听说人家引进我们的呢？还是人家强。如果这就是万恶的资本主义深渊，那她李盼宁愿早些跌入这深渊！她的命千不好，万不好，到头来却是最好的。何丽珠这个“母老虎”一辈子大概就办了这么一件好事，为她找到了一个好归宿！

她跷起了二郎腿，进一步设想自己到了香港之后将怎么生活。大姨妈既然是个百万富婆，那么，宽敞的住宅、豪华的汽车、流行的时装……当然都是不成问题的。就是不知道大姨妈有没有别墅？如果有，那就再好不过了，她就和老家伙分开住，自己一个人住在别墅里，不受管束，想干什么就干什么，把男朋友约到家里来，来一“连”人也无人过问。

她由此又想到了郁琅嬛。郁老师的这间“别墅”虽然小了点儿，但一人吃饱全家不饿，关上门无法无天，也蛮不错嘛！呃，郁老师为什么到现在还不结婚呢？抱“独身主义”吗？不像。据李盼所做的不完全统计，凡是号称“独身”的女人，不外乎两种情况：其一，相貌太差，嫁不出去，只好用“独身”为自己圆场。以郁老师的模样儿，显然不属于这一类；其二，思想新潮，不愿意受家庭的约束，所以不要那个形式，图个自由，想交多少男朋友，随便，跟谁也不办结婚手续。不过，看郁老师平时那副一本正经的样子，恐怕也非此种人物。那么，她到底是怎么回事呢？

小李盼以充裕的时间、宽广的胸怀，关心起老师的人生第一大事来。在过去很长的时间里，她一直把郁老师骂为“狐狸精”“母老虎”，现在想想，多么好笑！其实，她心里承认郁老师是很美的，至少在越州一中的女老师中间，是个佼佼者。她过去那样骂她，是因为……唉，不好意思，是出于一种报复心理，当她恨一个人的时候，看她哪儿都一无是处，这本是人之常情，并不奇怪。而奇怪的是，郁老师竟然不恨她，在她危难之际还挺身而出。这是为什么呢？不知道。也许郁老师是真心喜欢她？也许仅仅出于教师的责任心。但是不管怎么说，她现在和郁老师已经建立了良好的"双边关系"。那么，她该为郁老师做点什么呢？她于是闭上眼睛，把越州一中的男老师一个一个地"立案审查"，看看哪个能配得上郁老师。但是很遗憾，从校长黄胖子开始，一直到新近刚分配来的师院毕业生为止，竟然没有一个能让她看得上眼的，想必郁老师更看不上了。这也就难怪郁老师至今还是一个人在这里独守空房！

李盼叹息了一阵，也无法可想，只好作罢。她想出去玩玩儿，但是想到刚才郁老师嘱咐她在家等着，也不好意思转脸就不认账。百无聊赖，她从床上爬起来，在老师的书桌上一阵翻腾，想找本什么书来解解闷儿。

书桌上都是教学参考书，她一看见就头疼。旁边还有一摞作文本，是最近的一次作业。她翻到自己的那本，上面没有分数，只是在末尾用红笔画了一个大大的问号。她正想骂老师，突然想起这篇作文她没写完就交上去了，喏，全文只写了半页，最后一个字其实只是半个字，当然连标点符号也没有，这让老师怎么判分呢？

算了算了，她不想提自己烧不开的那把壶，把作文本推到一边去，眼睛又瞄上老师的书架。她想在书架上找一本自己喜欢看的书，比如什么《少男少女心态录》啊，《港星秘史》啊，或者《魔窟女尸》之类也能凑合。

但是没有。是啊，学校"扫黄"扫得很紧，黄胖子在大会上吼得震天响，还逼着学生把私藏的"黄色书刊"交出来，每人都得交，不交不行。这很令人为难。没有的，就只好到街头书摊现买了交上去，倒是帮了

“黄色书商”的忙。不过，既然学校里查得这么紧，郁老师这里恐怕就不会有了。

她在完全失望的时候随手抽出了一本《宋词选读》。

李盼对古典文学并没有什么特别的兴趣，上语文课的时候经常打瞌睡，这本书正好为她催眠，看几页就睡着了倒也不错。这么想着，她懒洋洋地翻开了这本厚厚的书。她没有耐心从头看起，翻到哪一页算哪一页。书里有一枚小小的书签，夹在不前不后差不多中间的地方，书便顺其自然地从那里分开了。

这一页是柳永的作品《雨霖铃》：

寒蝉凄切，对长亭晚，骤雨初歇。都门帐饮无绪，留恋处，兰舟催发。执手相看泪眼，竟无语凝噎。念去去，千里烟波，暮霭沉沉楚天阔。　　多情自古伤离别，更那堪，冷落清秋节！今宵酒醒何处？杨柳岸，晓风残月。此去经年，应是良辰好景虚设。便纵有千种风情，更与何人说？

李盼没有读过这首词。但她知道柳永其人，听郁老师在课堂上说，柳永是宋仁宗时的进士，本来热衷于功名，但仕途坎坷，不得已“忍把浮名，换了浅斟低唱”，一生流落到死，创作了大量词作，在当时和后世都有极大影响，是“婉约派”代表词人。但他的人生观非常消极，生活作风放荡不羁，许多作品都是写他和妓女之间的感情纠葛，情调很不健康，甚至含有不少黄色的成分，所以我们课本里没有选他的词。那为什么还要在课堂上谈到他呢？郁老师说，柳永在遣词造句上还是很精到的，值得我们学习。比如他的名句“杨柳岸，晓风残月”，就脍炙人口，全句并列了三个词组，中间不用动词，也不用连接词，以白描的手法把寂寞清秋的景色展现得非常真切，而且从中传达出主人公落寞凄凉的心境。我们有些同学习惯于堆砌辞藻，应当从这里汲取教益。等等，等等。李盼当时一反常态，听得非常认真。这倒并非她想学到什么作文诀窍，而是对老师所说的“情调很不健康，甚至含有不少黄色的成分”很新奇，想听听到底“不健康”在哪里，“黄色”到什么程度。可惜，郁老师点到为止，一带而过，并没有满足她的这个愿望。现在，她终于从老师家里看到了柳永的原著，而且恰恰是“杨柳岸，晓风残月”这首。她于是仔仔细细地读了好几遍，也没看出怎么“黄”，又觉得老师夸大其词，少见多怪。大概老师没有看过那些街头书摊上的“黄色书刊”，柳永与之相比，还太正经了呢！

不过，这首词她还是很喜欢的。别看李盼平时上课稀里糊涂，她却有很好的悟性。尤其对古典文学，那些与现代口语相距甚远的文字，她领悟起来倒比别的同学快得多，也不知是从哪儿得来的遗传。比如柳永的这首《雨霖铃》，她就极其欣赏“执手相看泪眼，竟无语凝噎”和“便纵有千种风情，更与何人说”这两句，字里行间那一缕牵心动腑的绵绵柔情，只可意会，不可言传，非情场上过来人，难以体会得如此真切！

在击节赞赏之际，她又注意到，在这本书里，恰恰在这两句的下边，画了两条红铅笔线。谁画的？当然是郁老师了。李盼得意地笑了。别看郁老师平时一本正经，原来是假正经，你内心深处也怀着一团春情啊？百无聊赖的李盼现在亢奋起来了，她为探得了老师心灵深处的秘密而激动不已，仿佛找到了知音。

但她又为这秘密的若隐若现而困扰：郁老师到底和谁“执手相看泪眼”呢？她的“千种风情”，想“与何人说”呢？比课堂作业认真千百倍，她竭尽全力要“破译”老师的秘密。头脑里转了九百九十九个弯儿，仍然不得要领。猜不透，实在是猜不透啊！

她几乎要放弃这无效劳动了，懒懒地把书合起来，顺手想插回书架上去。哪知这一来，却勾起了她的灵感！她突然觉得，这本书的封面好像在哪儿见过，淡黄的底色，仿织锦的暗纹，黑色的行书题字，以及那纸张的半旧而又保持着平整。在哪儿呢？不像在图书馆里。学校图书馆里的书没有这么干净，早被同学们揉皱了书皮，或者顺手画上哪位老师的漫画像，谁也不会这么爱惜书。在书店里吗？不会。书店里不卖她喜欢的书，李盼很少逛书店，不会留下什么印象，而且书店里的书也不会这么旧。那么，是在街头书摊了？更不可能。街头书摊都是冒着被警察查抄的危险卖书的，会卖这种没人要的书吗？那么，到底在哪儿见过？想不起来了。人的头脑是很奇怪的，有时候，你早就忘得干干净净的东西，会突然冒出来；而拼命回忆的东西，却又千呼万唤不出来！

李盼愣愣地看着这张淡黄色的封面，找不到任何记忆，烦躁地把它翻过去。

这一翻，答案出来了！她看见，在书的扉页上，左下角端端正正地印着一方暗红色的图章，印文是她非常熟悉的："李言藏书。"噢，是爸爸的书！对了，她在爸爸的书房里见过这本书！可是，它为什么会出现在郁老师的家里呢？是她向爸爸借的？或者是爸爸主动借给她的？不可能。一个学生家长，和班主任怎么会有这么密切的联系？爸爸平时那么忙，除了偶然的家长会之外，没看见他到过一中；更何况他的地位是那么高，也不可能多事到和一个中学老师交流什么读书心得。那么，这本书又做何解释？《雨霖铃》中那两句下边的红线又是谁画的？是郁老师在借来的书上信手画了记号，还是爸爸特地在这里做了标记？而这又意味着什么？"千种风情，更与何人说？"这种明显带有挑逗性的句子，难道是对谁都可以说的吗？"执手相看泪眼"，更不是谁的手都可以"执"，和谁的眼对看都含"泪"的。怎么回事？到底是怎么回事？聪明过人的李盼明白了：爸爸在和郁老师恋爱呢?！哎呀，假正经，假正经，没想到连爸爸和郁老师这样的人也是假正经！那么，他们是什么时候开始“爱”上的？为什么一直不露声色，连在这方面非常敏感的李盼都没有察觉？是不是妈妈也没有察觉？姜还是老的辣，“地下工作”做得滴水不漏、天衣无缝、神不知鬼不觉，不像李盼什么事都没办成就已经沸沸扬扬地名声在外！

不，不对！要想人不知，除非己莫为，他们的秘密，今天不是被李盼掌握了吗？这真是因祸得福，如果她昨天不被警察抓走，今天就不会到老师这儿来，也就永远不可能获得如此重要的情报！

唯恐天下不乱的李盼开心极了！爸爸和郁老师之间的事成不成，她无所谓；妈妈如果知道了这件事会怎么样，她也管不着；她只是觉得好玩儿，一旦窥破了大人的秘密，家长和老师在她眼里就都成了“哥们儿”，再不那么可怕了。如果他们以后再来那训人的一套，她就可以抛过去一个“彼此彼此”的眼神：算了，你们的底细，我还不知道？大家都一样，只不过你们比我虚伪就是了！

不过，李盼想了想，似乎现在给他们下结论还太早，一本书能说明什么呢？既然他们互相认识，谁的书都可以借给对方看，何况又是新华书店里公开卖的书，有什么呢？进过一次派出所的李盼，懂得了“证据”的重要性，没有证据，一切猜测和推理都是毫无意义的。还得找找有没有其他材料，比如信件！如果能找到一封“情书”之类，结论就确定无疑了。

李盼现在把自己想象成一位小小的福尔摩斯，她怀着执着的追求和坚定的信念，重新开始为自己的假设寻找证据，这比她对待任何一次作业和考试都要认真得多。

很遗憾，郁老师书桌上的抽屉都是锁着的，谁知道里面都装着什么！而桌面上只有参考书、作业本之类。衣柜也是锁着的。这个“狐狸精”也刁得很呢，平时她一个人住在这儿，还处处加锁，防备谁呢？刚才看她匆匆忙忙地走了，也没忘了把钥匙随身带走，是怕我李盼偷她的东西吗？哼，反正你现在把整个家都交给我了，钥匙和锁在“福尔摩斯”手里还有什么意义？

不过，李盼还是没有做出过分的举动，比如撬锁之类，那样就是“作案”了，她刚刚从派出所出来，何必呢？

她望着这间暂时没有主人守护的房间发愣。书桌，书架，衣柜，床铺。应该“搜查”什么地方呢？她现在把目光移向了床铺。她走过去，试着把枕头移开，看看下面有没有什么东西？没有。床单下面呢？也没有。她掀起床单，把大半个身子探到床底下去。凭李盼自己的经验，床底下是个“储藏室”，她自己不用的东西都堆在那里，要用的时候就“探囊取物”，十分方便。有时候还能得到意外的收获，比如作业本丢了，到处找也找不到，老师又催着交，她把床垫掀起来，说不定就正好在那儿躺着呢。可是郁老师的床底下很干净，除了有几双旧鞋之外，也一无所获。

她把床垫又重新放好，气喘吁吁地、愤愤地骂了一声：“刁婆！”警察是不是这样？当他们搜查不到什么证据的时候，往往要骂人的。

喘息了一阵，骂了一阵，她再次把注意力转到唯一裸露的书架上。明知这里不会藏什么重要的秘密，可是除此之外，也再无地方可以“搜查”。

她仔细地翻腾着那些书，每一本都翻遍，不是检查书的内容，而是看里面有没有夹着什么信件啦、便条啦之类。可是没有。她只找到了几张越州一中食堂的饭票，可能是郁老师临时做书签用的，事后就忘记了。

李盼几乎失望了。她想放弃这项毫无意义的“搜查”，赶快把这些翻得乱七八糟的东西复归原位，免得郁老师回来了不好交代。但就在这时，刚才被她从书架上搬下来还没有来得及放回去的一函厚厚的线装书吸引了她的视线。李盼对线装书并不陌生，爸爸的书房里有的是这种玩意儿，但那都是老古董，木版印刷，繁体字，她也看不懂，所以从不乱翻爸爸的藏书。但是现在她的心情不同，第一个反应就是：嗯？这是不是爸爸的书？于是赶快打开函套上的骨别子，一摞发黄的旧书整整齐齐地摞在一起，封面的左下角盖着暗红色的“李言藏书”印。果然如此！李盼心里一动：又是一份“证据”！看来，郁老师向爸爸借过不止一本书呢！直到现在，她才想到要了解这一函书的内容。函套上和封面上印着同样的书名：《金瓶梅词话》！咦，刚才为什么没注意？这几个字无所谓繁体、简体，只是“词话”两个字的“讠”字偏旁印成了“言”字，她都认识啊！

对于《金瓶梅》这部书，李盼并不是一无所知。她记得曾经在一本什么词典上看到过简单的介绍：这部书是明朝万历年间刊行的，作者“兰陵笑笑生”，不知何许人也。书中把《水浒》里面西门庆和潘金莲的故事抽出来，大加铺叙，重新写成一百回的长篇小说，描摹人情世态颇为生动，表现了娴熟的语言技巧。然而全书充斥着色情描写，散布了不良影响，历来被作为“禁书”。人民文学出版社曾于一九八五年出版删除其色情描写的“洁本”，李盼既没读过原著——因为借不到，也买不到；也没读过“洁本”——因为她想看的内容在“洁本”中都没有，也就不读了。听她的“哥们儿”说：“‘洁本’没意思，没人要买的！”她曾问过爸爸：“原装的《金瓶梅》哪里能买到？”爸爸先是颇为惊讶，然后一本正经地说：“你小小的年纪，要读《金瓶梅》啊？算了，恐怕你还没有这个免疫力！”仿佛那部书里有天花、鼠疫、狂犬病、艾滋病，小孩子怕传染，哼，大人就不怕这些病吗？

事实证明，自己家里就有这部书，而且还是“原装货”。爸爸不给她看，倒给郁老师看，什么意思？难道爸爸和郁老师都注射过“疫苗”吗？

现在，李盼怀着强烈的好奇心翻开了这部书。她要看看这部书“黄”在哪里，“色情”到什么程度，真是如洪水瘟疫毒蛇猛兽吗？

可惜，真可惜，“原装货”她看不懂，因为充满了繁体字。几乎每隔几个字就会遇到一个不认识的，她要猜，猜半天也不明白是什么意思。这么猜来猜去地读书，还读个什么意思？于是，她就只好把文字跳过去，翻翻插图。这一翻，惊得她瞠目结舌！哗！书里的插图，画的尽是“床上戏”啊，虽然是木刻插图，单线白描，没有颜色，人也刻得很小，但是刻得很清楚，人物赤裸裸地在“做爱”，没有任何回避，没有任何遮挡！世界上竟然还有这种书啊？电视电影里稍微有一点“床上戏”，还只是象征性的，社会上的一些正人君子就要大惊小怪，弄得电影院终于挂出“少儿不宜”，电视里只好不播。什么叫“少儿不宜”啊？如果是坏东西，对你们大人也应该“不宜”嘛，假正经！

李盼心怦怦地跳，一页一页地拣插图看，一幅比一幅“刺激”！谁说中国人“封建”？这可是明朝版本的，几百年前，中国人就对“床上戏”研究得这么精到，连现在那些西方电影里的“色情”镜头也“小巫见大巫”了，还说“资本主义腐朽、没落”呢，中国的封建主义可以当它的祖师爷了，只不过这位祖师爷太精明，一面享受着“腐朽、没落”的东西，一面又宣布它为“禁书”，秘不外传，哼，从老祖宗那里就开始假正经！

李盼一边愤愤地骂着，一边亢奋地欣赏着，把全书的插图都翻了个遍，还意犹未尽，再从头翻起，唯恐有什么遗漏。突然，一个信号从头脑里冒出，向她发出了警报：郁老师说“一会儿就回来”，现在已经有多大“一会儿”了？她是不是该回来了？如果她回来发现李盼在看这部书，会怎么样？这个答案，李盼心里清清楚楚。那么，怎么办？这么够“刺激”的欣赏就到此为止？她就眼睁睁地看着郁老师把“少儿不宜”收回去？呸，这部书不是你郁老师的，上面有爸爸的藏书印，是李盼家的，李盼也就当仁不让的是书的主人！那么，事不宜迟……

李盼做事从来不犹豫，想怎么做就怎么做。她用最快的速度把郁老师的书架收拾好，书桌上也恢复原状，看看没有什么破绽，就从墙角里抓了只塑料袋，装上全套《金瓶梅词话》，然后毫不留恋地离开了这里，临走还没忘了替郁老师带上房门。

细巷中小饭馆里的午餐刚吃了一半。

李言现在才来得及把今天上午的重大行动原原本本地向郁琅嬛汇报。郁琅嬛全神贯注而又提心吊胆地听着，被深深地感染了。如果说两年多之前她和李言一见如故首先是因为李言的才华横溢，那么今天就更透彻地领略了他的才华。如果说两年多来她在和李言的交往中一直不无遗憾，那么现在她心中的遗憾终于得到了补偿。在她面前的李言是一位真正的历史学家，真正的学者，并且可以称得上是真正的政治家。越州人世世代代熟视无睹的秦屿，直到李言踏上这方土地才具有了真正的意义。和氏璧虽好，还要靠卞和慧眼识宝。越州由于有了李言，才真正拥有了秦屿，是李言把秦屿的历史、越州的历史改写了，甚至说他还将改写中国和世界的历史也不过分。世界就是这样发展的，没有哥白尼，人类也许至今还相信“天圆地方”；没有爱迪生，人类也许至今还在秉烛夜读，不知电为何物。是他们一次次刷新了历史，而现在这份光荣落到了李言身上。两年前，郁琅嬛对李言放弃历史学家的抱负而从政，当一个小小的“官僚”颇不以为然，现在，她已经真正懂得了其中的深意：改变历史必须先操纵历史。如果李言只是一位历史学家，只是一名学者，哪怕具有高级职称和一大串头衔，也只能在故纸堆里做学问，与世无争，当然也就于事无补。如果他不自量力，要对天下事发什么宏论，恐怕是没有人要听的。轻则被置之不理，重则招来杀身之祸。所以，历来怀才不遇的知识分子或因“无力补天”而悲鸣，或以“不在其位，不谋其政”而自慰。现在不同了，李言身为越州市的头面人物，一点真知灼见就会爆发出耀眼的光芒，一个半小时的演讲就决定了这个城市未来的走向。知识分子啊，历来是“学而优则仕”的。大唐的李白，既然不肯“摧眉折腰事权贵”，却为什么又要自告奋勇地去长安做那个“供奉翰林”？大宋的苏轼，有“大江东去”四个字就足以名垂千古了，何必管什么“新政”“旧政”，惹得人家不待见，自己几起几落！他们其实都不糊涂，那样做都是为了在更大范围内实行自己的主张，实现自己的理想。古往今来的知识分子，从屈原到谭嗣同，恐怕都是怀着这种强烈的冲动去想去说去做又去死的，可惜他们都生不逢时，远不如李言幸运！中国的文人学者多矣，但是像李言这样能够真正影响历史进程的又有几人呢？

长期以来，郁琅嬛对李言爱得那么痴，而如今，在这爱之中又融进了深深的敬意。男人和女人，在平庸的生活中也可以一见钟情，在共同的忧患中也不乏生死相知，但爱情的极致是什么？是一个男人和一个女人结合在一起，用他们的心血去完成共同的事业，用他们的生命去改造世界，哪怕只是改造其中的一小部分。郁琅嬛活了将近三十年，什么时候曾经对人生升腾起如此的挚爱和信心？

“阿言，我现在……也爱上你的秦屿了！”她把清蒸鲩鱼精心挑去了刺，放到李言面前的盘子里。

“小郁，谢谢你！”李言伸过手去，抚着她的手，“等秦屿的事情上马，越州的局势也就明朗了。到那时候，我们的事情就好办了，好办了！再耐心等一等，等明年春天……”

“噢，噢……”郁琅嬛的心灵颤抖了。将近三十年孤寂的人生之旅就要结束了，她有了人间最好的归宿；不，不是归宿，是生命的重新开始！

“要是……要是那个人死也不同意离婚，你怎么办?”她故意问，虽然明明知道答案。

“她当然不会同意，我早知道，你也早知道。但是，这就由不得她了，大不了就是打一场‘官司’！”李言说，眼睛里闪着坚毅的光，决心背水一战，“反正阿盼也有了出路，我和她又没有其他麻烦，财产都归她好了，我什么都不要，只要那一张纸——离婚证书，还有自己的藏书!”

“你害怕社会舆论吗?”现在心里已经完全笃定的郁琅嬛却又从反面做文章，似乎要考验考验李言的决心，“人家会说你是因为地位变了，见异思迁，抛弃糟糠之妻，把你‘押上道德法庭’，说你是‘陈世美’……”

“舆论？道德?”李言重复着这几个字，皱起了眉头。

“你怕吗?”郁琅嬛再一次追问。

“中国几千年的封建社会，何曾有过公正的舆论？何曾有过真正的道德?”李言慨然说，“《金瓶梅》通篇就是一个‘淫’字，却又打着‘诫淫’的幌子，我怀疑它的作者正是一位假道学、真淫棍，不然，不会对于‘淫’那么行家里手，那么津津乐道、孜孜不倦，又那么做贼心虚、贼喊捉贼；而骂《金瓶梅》骂得最凶的也正是它的忠实读者——道学先生们，整个社会就是这么一个骗局而已！几百年来留有骂名的陈世美，有野史说清代实有其人，却是个完全符合封建道德的‘清官’，而且全无休妻杀子之事，只是因为他抵制‘不正之风’得罪了人，才被栽赃陷害，歪曲成舞台上的那副模样。现在，有人要为他‘翻案’，为他‘落实政策’，也无非是抹去那些‘劣迹’，恢复其‘清官形象’罢了，并没有对那场‘婚变’的‘道德’与否做出新的解释、新的回答，仍然在道学家们划定的框框里打转，简直是活见鬼、鬼打墙！中国人道德观念的更新，还有待时日，而我们却不能再等了，随便别人去怎么说、怎么看吧，重要的是我们自己敢还是不敢，是要‘道德’还是要做‘人’！”

“阿言！”郁琅嬛喃喃地说，“我现在完全放心了！”

“你早就该放心！七尺男儿，还有什么不敢做的事？我要做的，一定要做到！”李言毅然说，神色严峻地看了她一眼，“一个何丽珠算得了什么？更大的阻力还在政治上！在秦屿开发问题上我所采取的行动，有的人肯定会心里不舒服的……”

“你说的是陈志恒吧？”郁琅嬛试探地问。

“不管是谁，”李言并没有明确回答，“总是有人不舒服的，会说我趁程功同志不在，‘先斩后奏’，搞了一个‘宫廷政变’……”

“噢！”郁琅嬛听得骇然，在心里放下了那个无足轻重的何丽珠，又为李言着急了，“这也正是我所担心的！我在电话里就提醒你嘛，你的想法先不要拿到会议上去，等程书记回来，跟他好好谈一谈，争取得到他的支持，这样，别人就无话可说了。程书记一向对你很赏识，亲手把你提拔到领导岗位上，何况他自己又面临离休，还要尽量尊重他为好，不然，就……”

“就显得我‘忘恩负义’？”

“我也没有说得这么难听嘛，是让你把事情办得圆满……”

“你呀，是从‘君子国’出来的，把一切都想得那么完美，那么简单！”李言夹起一块白斩鸡，蘸了作料，慢慢地咀嚼着，“你就没有想到，万一程功同志不赞成我的想法呢？难道我出于对他的尊重、感激就可以屈从，什么都不干了吗？让一切梦想都付之东流，让秦屿的千年古迹毁于一旦，变成卡拉 OK、咖啡厅，不中不洋的杂货摊？”

“呃……”

“所以，我不能失去眼前的这个时机，必须在他回来之前就打开局面，造成不可逆转之势，迫使他回来之后接受这个既成事实！古往今来，世界上的政变不知道发生过多少起，有哪一个事先征求意见、求得谅解？从来都是‘先斩后奏’，‘胜者王侯败者贼’。这就是历史，就是几千年的兴亡史！李世民为了自己做皇帝，不惜逼着他的父亲退位，还杀了他哥哥，又有谁去谴责他呢？人们看到的是他作为唐太宗所做出的辉煌业绩，是光耀史册的‘贞观之治’，而不再计较他成功的手段了。大丈夫要成就一番事业，是要做出牺牲的，包括道德的牺牲！一位政治家如果在历史转折的关头优柔寡断，不敢采取强硬、果断的手段，那他就会坐失良机、一败涂地！秦朝末年的楚汉相争，刘邦的胜利和项羽的失败，给我们留下了最生动的经验教训，还不发人深省吗？”

“嗯？”郁琅嬛毕竟不是史学家，无法和李言的思维同步。听到这里，不禁随口说：“项羽的失败，是因为他有勇无谋啊！”

李言笑笑：“这是大家普遍的看法，不是你一个人的创见。这种看法不能说不对，但是不全面。历来论项羽失败的原因，说法很多。‘文革’时期，说刘邦是法家，主张统一，是进步势力；项羽是儒家，主张复辟倒退，是反动势力。这种说法当然是纯属扯淡，不值一驳。刘邦和项羽两个人都是有做皇帝的野心的。当他们看到秦始皇出巡时的威仪，刘邦不禁脱口而出：‘大丈夫当如是也！’项羽也说：‘彼可取而代也！’两个人在这一点上是一样的。倒是刘邦本人在做了皇帝之后有一番很为得意的‘经验总结’，比那些‘史学家’的昏话还有价值一些。汉高祖五年，也就是公元前二百零二年，天下大定，高祖置酒洛阳南宫，向群臣发问：‘吾所以有天下者何？项氏之所以失天下者何？’这时，都武侯高起、信平侯王陵答道：‘陛下慢而侮人，项羽仁而爱人。然陛下使人攻城略地，所降下者因以予之，与天下同利也。项羽妒贤嫉能，有功者害之，贤者疑之，战胜而不予人功，得地而不予人利，此所以失天下也。’这个说法其实也不无道理。项羽的确因自己的好恶而处事对人，赏罚不公，不能说不是失去人心的一个原因。但是刘邦却说：‘公知其一，未知其二。夫运筹帷幄之中，决胜于千里之外，吾不如子房。镇国家，抚百姓，给饱馕，不绝粮道，吾不如萧何。连百万之军，战必胜，攻必取，吾不如韩信。此三者，皆人杰也，吾能用之，此吾所以取天下也。项羽有一范增而不能用，此其所以为我擒也。’刘邦的这个分析，强调在用人方面他和项羽的不同，有相当的说服力。不过在我看来，导致项羽失败的直接原因还不在这里。项羽有一个致命的弱点，两千年来一直被史学家们忽略。记得高起、王陵说的话吗？‘陛下慢而侮人，项羽仁而爱人。’这句话至关重要。对于刘邦的‘慢而侮人’，人们印象很深刻，最典型的事例就是他蔑视知识分子，往儒冠里面撒尿。而对于项羽‘仁而爱人’，则完全不予注意……”

“是啊，”郁琅嬛说，“我从来就没有‘项羽仁而爱人’的印象，他这个人残暴得很哪……”

“我也没有否认，”李言点点头，“项羽这个人的确可以算得上杀人如麻的魔王。早年他攻襄城，由于久攻不下，一旦获胜，就对手无寸铁的百姓大加杀戮，‘襄城无遗类皆坑之’。进军咸阳的时候，新安一战，又‘夜击坑秦卒二十余万人’。他‘引兵西屠咸阳，杀秦降王子婴，烧秦宫室，火三月不灭’。后来城阳之战‘北烧夷齐城郭宫屋，皆坑田荣降卒，系虏其老弱妇女。徇其至北海多所残灭’。外黄一战竟然要将城中十五岁以上的男子一律坑杀……他一生杀了多少人，恐怕数也数不清，不仅杀‘敌人’，而且杀俘虏，杀百姓，项羽的残暴，比起后来的日本鬼子也差不多了！然而正是他的敌对阵营中的高起和王陵说他‘仁而爱人’，这又怎么解释？司马迁的记述岂不自相矛盾吗？不，高起、王陵是汉臣，在汉高祖刘邦面前，他们不可能违背事实，为项羽涂脂抹粉，‘项羽仁而爱人’之说，刘邦并没有反驳，可见已是当时人们普遍的看法。司马迁也是汉臣，他不以成败论英雄，能够为项羽破例地做《本纪》，其功其过其得其失都秉笔直书，实属难能可贵。但我相信他也不至于有意美化项羽，把不存在的美德强加在他身上，‘项羽仁而爱人’之说，必有所本。我认为，项羽的专横残暴只是表面现象，他骨子里其实是很柔弱的，孔、孟倡导的‘忠孝仁义’这一套道德规范，在他头脑里根深蒂固。也正是这一点，成为他的致命弱点，埋下了失败的祸根。你信不信？”

郁琅嬛没有说话。李言的这个论断，实在说，她是不大相信的。但是，她自知在史学方面一知半解，孤陋寡闻，不足以与李言论争。李言是史学专家，这样说必然有他的道理。

“我知道你不信。”李言说，“但是如果你再仔细地研究研究《史记》，看看项羽在旷日持久的楚汉相争之中几个关键时刻的表现，就会得出和我相同的结论。‘鸿门宴’上，以当时的军事力量而言，项羽拥有四十万大军，号称百万，而刘邦仅十万，号称二十万，悬殊很大。刘邦战战兢兢，俯首称‘臣’地来见项羽，根本不是对手。这时，项羽想杀掉刘邦，简直易如反掌！然而他并没有这样做，最大的障碍不在刘邦，也不在暗中帮助刘邦的项伯，而在项羽的内心世界。樊哙带剑拥盾闯帐时所说的那番话，正中他的要害：‘怀王与诸将约曰：先破秦入咸阳者王之。今沛公先破秦入咸阳，毫毛不敢有所近，封闭宫室，还军霸上，以待大王来。故遣将守关者，备他盗出入与非常也。劳苦功高如此，未有封侯之赏，而听细说，欲诛有功之人。此亡秦之续耳，窃为大王不取也。’项羽竟无言以对。‘义帝’楚怀王是他和刘邦拥立的，‘先破秦入咸阳者王之’是共同约定的，如果他杀了刘邦，就毁了约，把自己陷入‘不仁不义’的被动地位。而实际上，‘义帝’仅仅是个傀儡，刘邦和各路将领都惧怕项羽，他即使背叛义帝，杀了刘邦，也无人敢说什么，但他自己的内心深处有一个‘道德法庭’，阻止他那样做。于是，不顾范增的劝阻，放虎归山了。这是项羽的一次重大失误，正如范增事后所说：‘唉！竖子不足与谋。夺项王天下者，必沛公也！’事实证明，这次失误造成了项羽的终生遗憾。刘邦死里逃生，得以休养生息，等到羽翼丰满，项羽再想消灭他，就难了。在以鸿沟为界的广武战场，项羽为了要挟刘邦，曾经做了一个水平不高的手脚，把刘邦的父亲抓了来，隔岸绑在‘高俎’上，对刘邦说：‘今不急下，吾烹太公！’他满以为，刘邦为尽孝道，一定会向他让步。却不料刘邦完全不为所动，从容答道：‘吾与项羽俱北面受命怀王，曰：约为兄弟。吾翁即若翁，必欲烹尔翁，则幸分我一杯羹！’这一招又失算了。他本来是以道德为武器，想制服刘邦，不料反为刘邦所制。刘邦这个人，胸中有全局，对于局部的必要的牺牲，毫不吝惜。即使他的父亲真的被项羽所烹，也绝不妥协。‘治大国若烹小鲜’，‘烹’一个太公又算什么?！而他深知项羽的弱点。项羽既然和他‘约为兄弟’，若烹了太公，就会落下‘不孝’‘不义’的罪名，所以他断定项羽绝不敢烹！而刘邦自己呢？他从彭城逃跑的时候，为了减轻负担，让车子跑得更快一些，以摆脱楚军的追击，曾经几次把自己的儿女踢下车！他心里只有自己，哪里还顾得上道德！可是在必要的时候，他又捡起道德这面旗帜，为自己大造舆论。项羽杀了‘义帝’，刘邦借此做足了文章，为‘义帝’发丧，联合诸侯讨伐‘不义’的项羽，又击中要害！……

“公元前二百零二年冬，项羽在垓下大败，元气丧尽。在虞美人自刎以后，他把随着自己南征北战的爱马乌骓交给了乌江亭长，也拔剑自刎，结束了英雄的一生。对于项羽之死，历来评说甚多。项羽临终之前自己说：‘此天亡我，非战之罪也！’完全回避了自己的责任，可以说死得糊涂。‘力拔山兮气盖世，时不利兮骓不逝。骓不逝兮可奈何，虞兮虞兮奈若何！’把一切都归于‘时运’‘天命’，毫无道理。当时乌江亭长对他说：‘江东虽小，地方千里，众数十万人，亦足王也。愿大王急渡。今臣独有船，汉军至，无以渡。’而项羽却拒绝了这最后救他于危难的一次机会，说：‘天之亡我，我何渡为！且籍与江东子弟八千人渡江而西，今无一人还，纵江东父兄怜而王我，我何面目见之？纵彼不言，籍独不愧于心乎？’他宁可死也不愿意回去愧对江东父老，可以说又死得明白，死得壮烈。此时此刻，左右他的思想行为的只有两个字：道德。项羽一生做了许多不道德的事，也许是因性格使然，也许是不得已而为之，但他最后却死得非常道德，为自己画了一个完美的人生句号。后世人们把他看作失败的英雄，崇敬而惋惜，大概都是因为这一点。而也正是因为这一点，导致了项羽的最终彻底失败。试想在当时的情况下，如果兵败乌江的不是项羽，而是刘邦，他会死吗？绝不会。既然乌江边上只有一条船，追兵必然拿他无可奈何。江东又有‘地方千里，众数十万人’的‘根据地’，为什么不去重整旗鼓、招兵买马、卷土重来呢？杜牧题乌江亭诗曰：‘胜败兵家事不期，包羞忍辱是男儿。江东子弟多才俊，卷土重来未可知。’说得很有道理，但项羽毕竟是项羽，而不是刘邦，在生死关头，他没有选择生路，而选择了死亡。如果我们把《史记·项羽本纪》作为文学作品来看，或者把它拍成电影、电视剧，‘霸王别姬’是很好看的，很有情。他对江东父老有情，对虞美人有情，对战马也充满了深情，他对乌江亭长说：‘吾骑此马五岁，所当无敌，尝一日行千里，不忍杀之，以赐公。’在他的人生最后一幕，我们看到的仿佛已不是杀人如麻的西楚霸王，而是英雄气短，儿女情长，一个道德完美的殉情者。甚至在死之前，他看到来追杀他的正是‘叛徒’吕马童，还深情地呼唤：‘若非吾故人乎？’‘吾闻汉购我头千金，邑万户，吾为若德。’拔剑自刎，成全‘故人’拿他的头去向刘邦邀功请赏。项羽的悲剧令人感叹唏嘘，而我从中看到的却是教训：楚汉相争之中决定胜负的不在政治上谁是谁非，不在军事上谁强谁弱，也不在谋略上谁巧谁拙，而是一个无形的道德力量在左右着他们，成为胜败的关键。刘邦知己知彼，游刃有余，自己不为道德所束缚，却又以此为武器置项羽于死地；项羽处处被动，而又总想在‘道德’上无懈可击，一次次地坐失良机！虽然他自封为‘西楚霸王’，其实并不懂得帝王之术，项羽的‘仁而爱人’，说到底不过是‘妇人之仁’，终不能成大器！……”

史学家滔滔不绝的宏论忽然打住：“噢，对不起，‘妇人之仁’这个成语又要引起你的抗议吧？”

“你这个男人哪，真正的男人！”郁琅嬛宽容地不予追究，还表示了赞扬。

“看来，你已经赞成我的战略部署了？”

“不赞成又能有什么办法？你已经那么做了。我反正说不过你，你总是对的！”

李言自信地笑笑，抬起腕子看了看表：“哟！我该走了，下午的会很重要，要统一思想，形成决议，等程功同志回来，就木已成舟了！”

说着，他已经站起身来，急急忙忙就要走，仿佛将军要上战场，哪里像是和情人告别？郁琅嬛知道，在这个男人身上，事业就是生命，现在不是缠绵悱恻、卿卿我我、倾诉衷肠的时候。

“你快去吧，我来埋单。注意，在会上，讲话还是要和风细雨、有理有节，让人家心悦诚服地投你的赞成票！”

郁琅嬛所能嘱咐他的，也不过如此。而李言却要真正地去纵横捭阖、舌战群儒，去拼去搏，去成就他的事业，无论前面是鸿门宴，是广武战场，还是乌江古渡，他都只有往前闯了，而且必须取胜。

郁琅嬛的心，跟着李言去了。

“散会以后，马上给我个电话，千万别忘了！”分手的时候，她又追上去着意叮嘱。

八　唇枪舌剑

李盼几乎像逃犯一样逃离了老师的住处。走在细巷里，她把手里提着的塑料袋藏在身后，生怕郁老师突然回来，迎面碰上，问她手里拿的是什么。她并不知道郁老师其实就近在咫尺，正在和她的爸爸共进午餐，随时都可能出来，和她打个照面。如果那样的话，尴尬的将不仅是她李盼，还包括爸爸和郁老师，谁对谁都无法解释。所幸的是，这一幕并没有发生，他们谁也没有撞上对方的秘密。

李盼一边走着，一边东张西望，双脚不由自主地踅进了临街的一家个体小书摊。摊子摆满了《百变雄师》《女神的圣斗士》之类的儿童读物，什么《升学指导》《生活一百问》，以及一些打着“普法”旗号的凶杀小册子。

留着两撇小胡子、身穿T恤衫和牛仔裤的老板看在眼里，热情地搭讪道：“小姐，买书是哇？”

李盼扫了一眼摆在架上的书，有意无意地流露出不屑一顾的神色：“有好睇的书吗？”

老板马上讨好地指指背后：“好睇的在后面，好‘劲’啦！”

李盼心里清楚，前面摆着的书都是应付检查的，虽然算不得“红色”，至少是“灰色”“白色”“蓝色”“绿色”，不至于惹麻烦。而放在后面伺机出售、待价而沽的，显然就是“黄色”的了。老板一眼就能看出她的口味，所以才敢于主动兜售。如果在平时，李盼不管手头有钱没钱，都要套套近乎，借机翻几本“禁书”；但是，今天的李盼却并没有兴趣窥探老板的私货，而是鬼使神差地问了一句：“插图本全套《金瓶梅》，有吗？”

老板一愣，讪笑着说：“没有，没有哇！‘扫黄’扫得咁凶，进高档货没有货源啦！”

李盼得意地一笑：“如果有货，你出几多钱？”

“你有？”老板的眼里放出了光，向她伸出了三根手指头，“怎么样？”

“三十块？”李盼轻蔑地一笑。

“不，”老板忙说：“是三百啊！”

“哼！”李盼只是在鼻子里哼了一声，算作回答。她虽然不知道手中的《金瓶梅》到底值多少钱，但从这个家伙的出价大体可以推算出来，他肯出三百，那么实际的价值就连一千也不止了。

老板的眼睛滴溜溜转了转，问：“小姐，好商量嘛！你想要几多？”

李盼理也不理他，提着塑料袋就走。

老板急急地追出来：“喂，小姐，小姐！好商量嘛！”

“哈哈，你白日做梦去吧！”李盼像一阵风似的已经走远了。实在说，她根本没有打算把手里的这套书卖掉，而只不过想知道它的价值，顺便逗逗老板取乐而已。

现在李盼走在大街上，心里却无比轻松，因为她手里有着价值千元的东西，奇货可居，腰杆儿也挺得比过去直了。她在考虑找个僻静的地方好好欣赏欣赏这套奇书，最好和她的那些“哥们儿”共同欣赏，过去曾经看过人家的录像带和“地下”读物，也免得老是欠着他们的人情。但是转念一想，不妥。那帮家伙都是黑了心的，见了这套书，还不巧取豪夺？那就没有她李盼的分儿了！算了，还是回家去。爸爸妈妈现在都在上班，家里没有人，正好是她的独家天下，想干什么就干什么。打定主意，她站在马路边，朝飞驰过来的一辆出租车扬起了手。

车子马上减速，靠到路边上来。驾驶员探出头来：“小姐，去哪里?”

李盼熟练地拉开车门，说：“去市委大院!”

“上车!”驾驶员说，“要港币，兑换券也可以啦!”

李盼犹豫了一下。她现在还没有到香港，哪里去弄港币？兑换券也没有。“不要废话，越州又不是香港，给你人民币啦!”

驾驶员冷笑着摇摇头。

“去市委大院你还敢不要人民币?”李盼火了，“开车!”

也许是这种小姐派头把对方镇住，驾驶员无可奈何地笑笑：“不要发火嘛，好商量的!”

李盼气宇轩昂地跨上车门，下意识地把手往衣袋一摸，那里装着警察发还的钱包。啊，糟了，她现在穿的是郁老师的连衣裙，哪里有衣袋？钱包根本没在身上！

“等一下，等一下!”她抢在车子开动之前喊住了驾驶员，像逃跑似的跳下了车，“我……我不去了!”

“呸!”驾驶员从车窗里啐出一口唾沫，车子开走了，车尾巴上的排气孔毫不客气地向她喷出一股浊气。

市长家的小姐懊丧地站在马路边，感叹自己虽然身份高贵，还带着价值千元的东西，却不名一文，丢了面子。唉，从郁老师那里出来的时候，怎么就忘了自己的钱包呢？在这个世界上，没有钱，你就是穷光蛋，谁也看不起你，什么事也办不成，连回家都不能坐车，只好自己走回去了。这么一想，才又记起，不光是钱包没有带，连“市长院”的钥匙也丢在郁老师家里了，回不了家了。今天是怎么搞的嘛！她想立即返回去拿钱包和钥匙，但是又怕郁老师一旦回来，撞上了怎么办？不行，不行，宁可不要了，也不能回去！那么，她现在往哪里走呢？

怀着对李言的一颗拳拳之心，怀着对未来的美好憧憬，郁琅嬛回到自己的细巷小楼。

“阿盼，阿盼！”她第一次不用自己拿钥匙开门，而是敲门。家里有人等着她。那个人虽然还不是李言，却是李言的女儿，也就约等于她的“女儿”，这使她有一种结束独身生活、有了“家庭”的幸福感。阿盼千不好，万不好，但毕竟还是个孩子，而且经过上午的交谈，使她对阿盼的身世有了关键性的了解，从而增加了同情和爱，对于那样一个孤儿，她尽一尽“母亲”的责任也是应该的。

敲门无人应。她再敲敲，提高声音说：“阿盼，阿盼！开门啊，是我回来了！”她把那个“我”字说得很重而且很有感情。

还是没有应声。这个阿盼，是怎么回事儿？唔，是了，这孩子在派出所被折腾了十几个小时，一定疲乏不堪，睡着了！那么，就让她睡吧，不要惊动她！郁琅嬛掏出钥匙，轻轻地打开门，蹑手蹑脚地走进去，生怕弄出一点儿声响，搅了阿盼的好梦。

房间里根本没有人。阿盼到哪里去了呢？她又看了看卫生间，当然也没有找到阿盼的影子。但是阿盼冲过凉换下来的衣服还在，她穿着郁老师的衣服走了，那她一定没有走远。阿盼不可能去上学，她历来对逃学乐此不疲，今天得了合法的机会，怎么能放弃呢？也不可能回家去，她对那个家毫无感情，对何丽珠恨之入骨，老师劝她回去都不肯听，难道会自己回去吗？不可能。这孩子，恐怕是一个人在家里待得闷了，出去走走，随她去吧，一会儿一定会回来的。郁琅嬛一厢情愿地这么想，竟对她的这个“女儿”十分放心，完全没有发觉房间里有什么异样，更不会想到检查书架上少了什么书。

此刻，何丽珠正在图书馆里为她的“盼盼”发愁。

这几年，越州市的变化可谓天翻地覆，但图书馆却还在原来的地方，还是原来的规模，“文庙”那四梁八柱、覆盖着黄琉璃瓦的庑厦式建筑，除了瓦楞中的草长得更疯狂、檐下的油漆彩画剥落得更斑驳，也并没有倒塌，维持着原来的编制，只不过把“越州县图书馆”的“县”字改为“市”了。越州到处大兴土木，许多新建筑拔地而起，但还没有想到要扩建或者新建图书馆，似乎大家一心要奔的“小康”和读书没有什么关系。现在的“文庙”和过去一样，西配殿仍然是阅览室，东配殿仍然是书库，何丽珠仍然像当年一样看守着那些发黄、变脆的故纸堆。所不同的是，商品的大潮冲击着越州，人人扑向了物质，“文庙”这个角落就更加无人问津了，何丽珠的工作也就比过去更加清闲。何况她现在已经是市长夫人，虽然并没有什么头衔，身份却是别人不能比的，现任的馆长、科长、班长、组长都是比她资历晚得多的小字辈，谁敢对她说三道四、指手画脚呢？何丽珠每日里在这里上班，其实几乎无事可做，高兴就和同事们打打麻将，斗斗纸牌，说说闲话，过去的话题是物价，现在则是股票、房地产什么的了。不高兴呢，也可以谁也不理，泡上一杯茶，听听歌带，或是熨熨衣服，把家里的事拿到这里来做也都随便。何丽珠虽然肤色不够白，容貌不够靓，腰围不够细，体型不够曲线，却也是不肯不修边幅的，爱美之心人皆有之，何况人家还是市长夫人，穿戴也要符合身份嘛！

而今天呢，何丽珠坐卧不宁，连随身携带的小收录机也无心听了。

昨天晚上女儿出了事，初闻之际她还似乎有几分“解恨”之感，但越想越怕，越想越不安。悠悠往事又涌上心头……

当初，出身“高贵”的何丽珠“下嫁”李言，图书馆里的人都说“可惜”，而她自己却认为捡了个大便宜，如果不是因为当时的政治气候，她怎么能得到这么一个如意郎君！她最大的愿望就是把李言服侍得好好的，为他生儿育女、传宗接代，自己作为一个女人，也就尽到责任了。但是，偏偏天不遂人愿，婚后一年又一年过去了，她却仍然没能生下一男半女，她觉得自己枉为女人，欠李言的太多了，这个债什么时候才能还上呢？

图书馆里的那些“八婆”难免要议论了：“阿珠，是不是你老公有病啊？”

“阿言没问题！”何丽珠立即声明，唯恐损害了丈夫的形象，拍着自己日渐发福的腰身，苦笑着打趣，“老公对我太好了，母鸡养得太肥，就不会生蛋啦！”

人们便哄笑，何丽珠心都碎了！她恨自己，为什么就不能好歹给李言生一个“蛋”呢？她知道，李言也在盼望下一代早些出世，那似乎是他在逆境中的一线希望、一丝安慰。李言常常在烦恼时一边叹气，一边写字，满张纸写的都是“盼”字！

到了第五个年头，何丽珠不忍再等下去了，她背着李言，抱养了一个人家不要的女婴，惶惶不安地抱回家来，生怕李言不要。而李言竟也欣然接受了，亲自给女儿取名，就是那个写了千百遍的“盼”字！

那时候，他们两个人加起来也不过百十块钱的工资，养活三口之家，已经不容易，李言每个月还要花很多钱买书，读书熬夜又染上了吸烟的习惯，也要破费一笔钱，日子就过得更紧了。图书馆里的姐妹们，哪一个不曾把自己孩子穿过的小衣服送给她？盼盼穿的是百家衣。何丽珠嘴里说是“讨个吉利”，让盼盼“长命百岁”，心里却在哀叹自己无能。

她没有经过十月怀胎、一朝分娩，当然没有奶水，盼盼完全是靠牛奶和各种各样的婴儿营养品喂大的。既要让她的盼盼吃得饱，还要顾着李言吃得好，让他和盼盼一样喝牛奶。而她自己呢？好的一样也舍不得吃、舍不得喝，营养不足还要起早睡晚，操持一切家务，有一次竟然头昏眼花栽倒在床前！

何丽珠忘不了，当她醒来的时候，看见李言一手抱着盼盼，一手托着她，含着眼泪对她说："阿珠，你太苦自己了，为孩子也不能这样！牛马还要吃草，而你是个人啊！"

她听了好感动！是啊，她是个人，是个人，但她又是个女人。女人的一生，活着就是为孩子、为丈夫！她用虚弱的手抚着李言那男子汉的胳膊，紧握着李言的手，那腕子上的脉搏跳得强劲有力，好像每跳一下都"咚咚"响，直传到她的心脏，给了她活下去的勇气。她不能死，她死了，谁管她的阿言，谁管她的盼盼呢？那一年，盼盼还不满两周岁……

盼啊，盼啊，十七年过去了，她盼来的是什么呢？如今她的盼盼长大了，却成了她的冤家对头，水火不容，你死我活，动不动就骂"母老虎"！现在更邪乎了，在家里闹事还不算完，又闹到外面去，被关进大牢！在整个越州，十七八的大姑娘被警察抓走的能有几个？也许只有一个，而这一个偏偏出在她家，这不但丢了何丽珠的面子，对于当官正当在兴头上的李言更是当头一棒！社会上本来就对干部子女有成见，似乎只要出生在官宦人家就没有好东西，十个有九个不是"官倒"，就是为非作歹之徒，而李盼恰恰为这种偏见提供了证据，一粒老鼠屎坏了一锅汤，怎么向老百姓解释？你何丽珠平时在同事们面前昂首挺胸、摇头摆尾、不可一世，现在终于有把柄落在别人手里了，市长夫人也无脸见人了！今天一早来上班，如果不是家里出了事，她会借玩牌的机会把表姐这次从来到走，如何风光，如何体面，如何花钱如流水，以及李盼就要远走高飞去继承遗产，都向同事们绘声绘色地描述一番，让同事们听得眼睛发直，馋涎欲滴，悔恨自己前世没有积下阴德，这辈子既无缘做官太太，也无法去攀阔亲戚，只有在她眼皮下服服帖帖！可是，现在不同了，别人不知道，她自己却不能不时时想着正在监狱（她弄不清楚派出所和监狱的区别）里的女儿，不知道盼盼这时候是正在被拷问呢，还是在画押？说不定已经皮开肉绽、披头散发，饭恐怕也不给吃饱，这案子还不知几时能了结，盼盼可怎么受得了？唉，自己真是贱骨头啊，过去被她骂得狗血喷头，现在却要为她担惊受怕、心急如焚！李言说她“自作自受”，当气话说说倒也罢了，难道能真的不管不问吗？要是盼盼有个三长两短，他们连抱养的后代也没有了，李家就要绝根，将来他们这对老夫妻没有个安慰和依托，连就要到手的香港的大笔遗产也要飞走了！这可怎么办呢？……

正在何丽珠心神不宁地思前想后，突然听见一声：“妈！”她以为是自己的耳朵出了毛病，一抬头，真的看见李盼出现在她的面前！

“盼盼！”她又惊又喜，简直像在做梦，扑过去一把抱住了女儿，“你返来了？真是我的盼盼返来了？”

“当然是真的了！”李盼对这种过分的亲热并不习惯，推开她的手，不咸不淡地说，“谁敢来冒充我啊？”

就凭这种横竖不买账的泼皮态度，何丽珠就确信自己不是在做梦，她的这个宝贝女儿天下少找，丢了之后在梦里也找不回来。

“盼盼，你……是怎么返来的？”何丽珠仍然怀着失而复得的喜悦端详着女儿，一肚子的话要说。她想起昨天晚上李言说的话，说是拜托了盼盼的班主任帮忙……，“你出了事，爸爸同我都不好出面，多亏老师替你讲了好话，咁快就放你返来了！”

“嘁！”李盼满不在乎地坐在妈妈“办公”桌前的椅子上，“你是说郁老师？她有什么本事？在公检法连一个‘哥们儿’也没有，帮得了我什么忙？是我自己舌战警察：‘我犯了什么罪？拿证据来！没有证据就随便抓人，我要到法院去告你们！’把他们问得哑口无言，就乖乖地送我回来了！”

“细声点，细声点嘛！”何丽珠急忙摆着手，央求她不要这么大张旗鼓地宣扬这些事情，免得图书馆里的同事听到了，丢了她的面子。而且，李盼说的话，她也不敢相信。积多年之经验，这个女儿几乎没有说过一句实话，她担心李盼是自己逃出来的。“这是谁的裙子？”她愣愣地看着女儿身上那条陌生的白色连衣裙，“告诉我，你……到底是怎么回事？”

“怎么回事？就是这么回事嘛！”李盼“光荣出狱”回来却被妈妈如此不信任，自然是很不舒服，“这是郁老师的衣服，我刚才从她那里出来……”

“郁老师？是她去接你的？”

“接我？你们哪一个肯去接我？是警察开车把我送到学校里的！我说要回家嘛，可是这时候郁老师偏要讨好我，要我到她家里冲个凉，换换衣服，喏，这条连衣裙就是她的嘛！”

“你……是从她家里逃出来的？”

“什么叫‘逃’？”李盼听得很恼火，“我又不是犯人，高兴去哪里就去哪里！告诉你，我并不是欢喜见你呀，是因为没带钥匙才来找你的，哼，谁要听你这样审问?！算了，我走！”

李盼转身就走，她从来就是说得到做得到的。

“哎，盼盼！”何丽珠急忙拉住她，“你真是不懂事！妈妈快要急死了，你还要跑？去哪里呀？”

“你管我去哪里！”李盼甩开她的手，横眉立目，毫不客气，“不要以为我离开了你就活不下去，天下大得很啊！喂，过几天我会跟你联系的，如果去香港的通行证发下来了，拜托你告诉我一声，我会来取的！拜拜！”

“胡说八道！你把家里当旅馆？我是你的服务员？呸！乖乖地跟我返去！”何丽珠被激怒了，既然号称“母老虎”，她也不是好惹的，一把抢过了李盼手里的塑料袋，“睇你敢跑?!”

李盼果然不跑了，拼命抢夺那个价值千元的袋子，其中原委，却又是何丽珠所不知道的。

“给我，给我！不然，我要杀了你！”李盼两眼冒火，真是杀气腾腾。

“好哇！你杀吧，杀吧！”何丽珠被气得七窍生烟，喉咙哑哑的，“十八年，十八年哪，我养大了一个黑心贼！报应啊，你杀我吧！”

东配殿里突然大吵大闹，惊动了图书馆里的那些闲着没事干的同事们，纷纷跑过来劝解，人们的这一点儿同情心或曰好奇心总还是难免的。如果说他们的本心有可能是唯恐天下不乱，那么表现出来的却是急人之难、成人之美的古道热肠，这边有人拉住何丽珠，那边就有人扯牢李盼，这就既逃跑不了也打不成架更杀不了人了。

“何大姐！这是怎么回事啊？”

“盼盼！为什么又惹你妈妈生气呀？”

“……”

仿佛一个记者招待会，一个个问题向她们母女俩抛过来，其实要害只有一条！人们非常希望借此窥探一下市长夫人和千金之间的秘密！

何丽珠霎时清醒了。哼，装得像是挺关心我，没一个好东西，这是来搜集我们家的情报呢！“家丑不可外扬”是何丽珠雷打不动的准则，她岂能上当？心里这么一转念，肚子里的火气就消了，脸上的怒容也随之换成了笑颜：“是盼盼在跟我淘气啊，没事！你们都去忙工作吧！”

硬是把人们都推了出去，然后“砰”地关上了东配殿的大门。

来看热闹的人当然极其失望，好似一腔助人为乐的热情遭到了拒绝，受到了侮辱，因而愤愤不平。但何丽珠又是谁也惹不起的角色，既然被拒之门外，也就不好再去管人家的私事，于是怏怏而去。

李盼现在倒不想逃跑了，对她来说，最重要的是把那只塑料袋抢回来，因为那里边有价值千元的东西。而何丽珠从李盼那急惶惶的神色，凭以往的经验就马上断定这塑料袋里藏着秘密。现在，袋子在她的手里，她掌握着主动权，当然不失时机，一边躲闪着，一边伸手把里边的东西掏了出来。

她大惊失色！

“《金瓶梅》?!”何丽珠如同见到了毒蛇猛兽。她虽然识字不多，但毕竟在图书馆混了半辈子，大路边上的知识还是有一些的，至少还听说过《金瓶梅》是“天下第一淫书”“禁书”。这部书，越州图书馆里有一部，早已封存，她何丽珠虽然是保管员，都不许随便看，却不料年纪轻轻的女儿盼盼随身携带，这还了得？

“哎呀！”与此同时，李盼也痛惜地惨叫了一声。这一部《金瓶梅》，踏破铁鞋无觅处，得来全不费工夫，哪里想到会落到她妈妈的手里？太惨了！

“盼盼！”何丽珠的声音都变了，“你怎么会有这种书？从哪里偷来的？”

“偷?!”李盼最忌讳的是这个“偷”字，愤然说，“谁说我是偷的？这是我们家的书，是爸爸的书，你没看见上面有爸爸的图章吗？”

“什么?!”何丽珠又是大吃一惊！她实在不敢想象像李言那么一本正经的人，会在家里藏着这种“淫书”“禁书”，而且竟然会拿给女儿看，这……这太不像话了！但是，她低头一看，果然看到了那一颗属于李言的图章！二十多年的夫妻，她对于丈夫在藏书上盖收藏印的习惯还是知道的，并且熟悉这一颗图章！“从家里偷出来的？你好大胆，敢动爸爸的书？”

事已至此，李盼明知道书是收不回来了，倒也没有什么可惧怕的了，而出于死不服输的秉性，她急于要洗刷何丽珠妄加于她的耻辱：“我什么时候偷过爸爸的东西？告诉你吧，爸爸的藏书并不保密，我是从郁老师那里拿来的！”

“啊！”何丽珠如同头顶遭了雷殛！“郁……郁……郁老师?！你爸爸的书，怎么会在她家里?!”

李盼看着她那失魂落魄的样子，心中不禁漾起一股幸灾乐祸的快意，笑笑说：“这……我哪儿知道？喂，不过是一部书嘛，你不用这么着急！你又不欢喜读书，人家借去读读也没关系嘛！”

“一部书?!”何丽珠气急败坏，“你知不知道这是什么书？是最最黄色的书哇，你睇，你睇！”她两手哆哆嗦嗦地捧着《金瓶梅》，翻开来，急忙又像触电似的掩上，“哎呀，这种书，女仔不可以睇的！”

李盼只是嘻嘻地笑。

何丽珠吼道：“你还要笑？这种黄色的书，郁老师也好意思向你爸爸借？你爸爸怎么会借给她？盼盼，你讲，这是怎么回事嘛！”

李盼笑道：“我是一个小孩子嘛，这种事不懂呀，你可以去问爸爸嘛！自己的老公，还不了解？”

小小的李盼，却很善于装傻充愣、旁敲侧击，这几句笑里藏刀的话，不偏不倚地插进了何丽珠的心窝里，她顿时呆若木鸡！

何丽珠和李言做夫妻已经二十多年了，难道说她还真的不了解自己的老公吗？一闭上眼，当年的李言那副寒酸样就出现在她的面前：一身半旧的深棕色中山装，一双布鞋，一副粘着胶布的近视眼镜，一头乱蓬蓬的头发，一口令越州人侧目的北方话。他怯生生地低着头走进了越州图书馆，向馆长报了个到就被安置在何丽珠的手下，见了面毕恭毕敬地叫她“何师傅”……这样一个落魄的书呆子，除了钻故纸堆之外什么也不懂，要在图书馆站住脚，在越州站住脚，容易吗？是何丽珠可怜他，心疼他，收留了他，保护了他，让他在远离家乡和亲人的地方尝到了温暖，在这块本不属于他的土地上生根了。他李言当初恐怕连做梦也不会想到，自己有朝一日能成为市长、统治越州百姓的“父母官”，而这一切，如果没有何丽珠，又从哪里得来呢？何丽珠不但是他的老婆，甚至可以说是他的救命恩人、再生父母，这一点，他李言难道心中无数吗？难道他会忘了这一切，昧了良心，背着何丽珠去和别的什么女人来往吗？不可能，不可能！李言是何丽珠的“阿言”，她对他恩重如山，情深似海，他做不出那样的事！何况，他这个人除了老婆、孩子之外，没有别的心思，最爱的是书，回家来无论多晚，总是一头钻进书房，上班的时候皮包里也总带着书……

啊！想到了书，倒更加让何丽珠心惊肉跳：现在问题就出在“书”上！像《金瓶梅》这种见不得人的书，阿言也要买，也要读？为什么？是觉得有趣？是因为和何丽珠在一起没有兴致，要从这部书里学坏？天哪，一个老老实实的书呆子会是这样？一位堂堂的大市长会是这样？难道他连上班去也要带着这种“淫书”？何丽珠作为他的老婆，怎么就从来也没有发现？

不，不！这部书不是薄薄的一本，而是厚厚的一“函”(图书管理员何丽珠懂得“函”这个特殊的量词)，怎么可能天天带来带去？李言上班用的皮包只能装一些文件，也装不下这么一大包书！退一万步讲，即使他天天随身携带，也不会落到越州一中的女教师的手里，他们两个相差十万八千里，用李言的话说，“风马牛不相及”嘛！

何丽珠陷入了苦苦的思索。以她固有的思维方式，实在难以解答这一难题。但是，当她的眼睛接触到李盼那冷嘲热讽的目光，却又若有所悟！李言和那个姓郁的女教师之间的“十万八千里”也并不是无路可通，还有一个盼盼呢，盼盼是她的学生啊，老师和家长是可以联系的！但他们假如有联系，又怎么联系？家长会？对，越州一中的家长会，何丽珠从来也没有去参加过，她懒得去，那么李言呢？照理说，他身为市长，本身就有那么多会要开，更没有兴趣开这种“小儿科”的会，难道他……每次都去参加吗？为什么？是为了女儿盼盼，还是为了和那个女教师见面？会不会因此他们就熟悉了，亲热了，甚至连《金瓶梅》这种书都可以借给她看了，什么话都可以谈了？

不，不可能，何丽珠不敢去这样设想！她和李言共同生活了二十多年，了解自己的老公，李言不是花花公子，不是一个轻浮的男人，那种事情，他无论如何也做不出来！尽管她和李言也有过口角争斗，昨天晚上……啊，对了，昨天晚上吵架就是因为那个姓郁的女人！姓郁的在电话里对她何丽珠好像特别回避，支支吾吾、吞吞吐吐，却直呼其名地要“找李言”！名义上说是关心盼盼，可是听起来并不像啊，谁知道骨子里是怎么回事？好像她和李言之间已经很熟很熟，完全不像一个普通教师和市长讲话！

越想越可疑，问题复杂了！昨天晚上她就已经觉得不对头，可惜让盼盼的事给打消了，没有追问下去，她太相信李言了！

过去的许多并不经意的往事在何丽珠的头脑里翻腾起来。李言和她结婚之后，虽然称不上如胶似漆，生活得还是安稳的。过去李言回家来喋喋不休，把什么事都对老婆讲，也不管她听得懂还是听不懂，后来却变得沉默寡言，渐渐地话不投机半句多，夫妻分住两间卧房，感情越来越淡了。到了昨天晚上，竟然发展到大发脾气，差点动手打了何丽珠！

为什么？李言过去不是这样，现在为什么像变了一个人呢？是因为他在外面太忙、烦恼的事情太多吗？是因为他的地位提高了，官升脾气长吗？何丽珠过去是这么认为的，现在看来，她太傻了，太大意了，事情远远没有这么简单！要知道，李言变化最大、最明显的这两年多也正是盼盼在越州一中上学的两年多，世界上事情该不会这么凑巧吧？说不定就是那个姓郁的女人把李言的心给夺走了！

何丽珠的胸口怦怦地跳，她急切地问女儿："盼盼，那个姓郁的，几多年纪呀？"

"二十八九岁吧？最多不超过三十岁！"李盼已经看透了妈妈的心思，所以十分耐心地解答她的咨询，并且还主动加上了一句，"未婚！"

"啊?!"何丽珠又被吓了一跳，"她……生得靓不靓啊？"

"哗，好靓啊！"李盼以夸张的表情说，尽管她所说的也是实情，"你看，这条连衣裙就是她的，做得好精致噢，丑女仔能穿这样的衣服吗？"

何丽珠痛苦地呻吟了一声。她的丈夫、她的骄傲、她的生命依托、她的生活依靠，在这一刹那间仿佛失去了，被一个完全无缘分享这一切的女人白白地夺走了；而她自己，失去了李言就什么都没有了！她绝望了！

不，现在还远不到她绝望的时候。瞬间的痛苦之后升起的是仇恨：李言是她何丽珠的，不是别人的！二十多年来，她像"望子成龙"似的扶植着李言，如今好容易成了气候，凭什么被别人夺走？那个姓郁的女人又有什么资格这么做？哼，天下还有"王法"吗？还有公理吗？何丽珠难道是这样一个任人欺负的女人吗？

"走！"她一把拉住了李盼，就往外走。

"去哪里呀？"李盼被这突如其来的举动拉了一个趔趄，并不愿意服从她的命令。李盼什么时候对她唯命是从过？

“带我去找姓郁的狐狸精、女流氓！”何丽珠以变了声的嗓音哑哑地吼道，现在，在她的心目中，郁琅嬛不再是什么人民教师，不再是她女儿的班主任，也不管她生得“靓”还是“不靓”，已经变成青面獠牙的恶鬼、她的头号敌人，用最难听的语言来骂她都不能解心头之恨！“我要同她当面算账，挖她的眼睛，撕破她的面皮！”

啊，啊，原来是这样！李盼笑了。唯恐天下不乱的李盼本无所谓立场和观点，无论李言也罢，何丽珠也罢，反正都不是她的亲生父母，郁琅嬛也是快要“拜拜”的人了，没有什么值得她留恋之处。生活本来就太平静，平静得让她觉得无聊，不够刺激，派出所走一趟也不过那么回事，况且已经成为过去，现在，新的刺激来了，一场大战即将爆发，何丽珠一只“母老虎”，郁琅嬛又一只“母老虎”，这二虎相争一定非常激烈而壮观，而这场大战有幸是由她李盼引爆的，她的兴奋当然就无法形容！至于大战的后果是什么，她才不管呢！

“走啊！”李盼一变刚才的拉拉扯扯而变得特别的积极主动，“我带你去！喂，你身上有没有带钱啊？我们要乘‘的士’去，好快一点！”

“有哇！”何丽珠右手被李盼拉着，用抓着塑料袋的左手碰碰上衣的口袋，表示那里边有足够的经济实力，然后气昂昂地踢开了东配殿的门。

箭在弦上，这就要发出去，一场恶战就在眼前！

出租车停在市委大楼门口。

李言下了车，向里面走去。他抬起腕子看了看表，下午两点还差五分。

一号会议室里，与会的人们已各自就座，等待两点钟继续开会。“酒精考验”的人们经过了宴会桌上的“休整”，百分之九十九精神抖擞，不见醉态，确有功夫。唯有《越州日报》小记者头重脚轻，昏昏沉沉，如果这时能宣布下午的会不开了，放他回家睡觉，那真是再好不过了。这当然不可能。他也不敢在如此庄严的会议上打瞌睡，只有强打精神，睁着惺忪醉眼，紧盯着主持者席位，以示专注。只是这又过于专注了，反而显得不自然，好像"长二捆"火箭即将在他面前升空似的。

小人物，他的表现如何，当然也无关紧要了。

李言一走进会议室，立即吸引了人们的视线，一起向他行注目礼。这本是李言早已习惯了的。他向大家微微一笑，从容地向自己的座位走去。而直到这时，他才突然一愣——

嗯？他的座位已经被别人坐上了，而那个人正是市委书记兼市长程功同志！

这是怎么回事？上午开会的时候，程功还在百里之外的省府开重要会议，怎么会突然出现在这里，而且事先一点信息也没有给他？一顿午饭的工夫，局势竟然发生了如此巨大的变化，完全出乎他的预料！

"程书记，您回来了？"他马上主动打招呼，脸上浮现出笑容，尽管那笑容不大自然，"怎么，省里的会议……这么快就开完了？"

"啊，没有！今天安排的是参观项目，我就不去了，回来休息休息。会开得太累了！"程功看了看李言，眼睛又扫了一下会场，慢慢地说。他那黑而瘦的脸上，一双重叠了两三层眼睑的眼睛炯炯有神，灰白的头发梳理得整整齐齐，深蓝色的西服笔挺，领带上还别着一只金光闪闪的夹子。神色安详自如，完全不像"会开得太累了"疲惫不堪的样子。

李言的头脑里飞速地判断着：程功的突然出现……果真如他所说的那样纯粹出于偶然吗？为什么他早不来，晚不来，偏偏在秦屿开发会议开了半截的时候来？是不是陈志恒利用中午休会的时间打长途电话把他"搬"了回来？从省城到越州这点路程，一个多小时就完全可以赶得回来，而李言为他留出了两个小时！那么，程功竟也如此听从陈志恒的“调遣”，一个电话就能把他叫回来，这又意味着什么呢？

李言看看陈志恒。陈志恒还是坐在他上午的座位上，只是现在旁边紧挨着的是程功而不是李言了，那表情也就比上午镇静得多。在他们旁边，依次排列的就是其他的几位常委和人大、政协的领导了，竟然没有了他李言的地方！

李言已经走到了会议桌旁边，不由自主地站住了，有些不尴不尬。

在座的人们当然不会意识不到这一点。但程功和陈志恒都一动不动。于是，上午坐在李言右边而现在坐在程功右边的人大主任便知趣地站起身来，把自己的位子腾出来，让李言坐，他旁边的人们便依次往右边挪动了一个座位，制造出一阵细碎的声响。

“算了，算了，我就坐在这里，也是一样的！”李言说着就要在最靠边的位置上坐下。

而人们又不肯，连连说：“李市长，还是要坐到中间的啦！”

李言暗想：既然你们心里明白，早干什么呢？

事已至此，李言既无法埋怨任何人，也并不甘愿坐在偏座，就只好站起身来再挪过去，一阵“稀里哗啦”，有些像电影院里迟到的人找座位的味道，自然很不舒服。

但也总算是坐下来了。只是现在已经处于程功旁边的偏座，与上午主持会议的地位很不同了。他又抬起腕子看了看表，两点整，该开会了。他不知道该由自己宣布开会还是等待程功发话，但想到程功到得比他还早，却和大家一起整整齐齐地坐着等他，这也就说明程功无意收回这个主持权，只不过赶回来“休息”旁听一下会议罢了，也许只是出于对这项工程的关心，并无更深的考虑。

“同志们，我们继续开会！”李言镇定了一下，对大家说，但又想到程功半截子听会，恐怕不得要领，为了给他一个充分的思想准备，还是有必要先把上午的会总结一下。于是把脸朝着程功，说：“呃……程书记，今天我们按照市委常委的部署，对秦屿的开发问题做了论证性的讨论，大家发言很热烈。您看，我是不是把上午的情况简要地向您先汇报一下……”

“不必了！”程功摆了摆手，“我刚才把会议记录翻了一下，大体上知道是怎么一回事了。大家继续发言吧！啊？”说着，炯炯有神的目光把会场扫射了一遍。

这样也好，可以节省时间，讨论得更充分一些，李言心里想，看来程功也并没有什么具体想法，也许他确实是自己回来“休息”，凑巧赶上了今天下午的会，并不见得就是陈志恒请回来的。

“那么……就请大家畅所欲言，和上午一样！”他心安理得地附和着，衷心地希望与会的人们踊跃发言，当着程功的面把他上午的精彩演说加以赞扬、肯定，以便尽快地达成一致意见，在程功在场的情况下形成决议，岂不更好？

出乎预料的是，会场上回报他的竟然是沉默，那些在上午争着发言、意犹未尽的人，现在一个个噤若寒蝉，投过来犹疑的目光，却又避开他李言，而望着程功和陈志恒。这是怎么回事？

不容李言做更多的思考和猜测。陈志恒已经说话了：“是不是先请程书记作指示？啊，请程书记做指示！”

话音刚落，会场上便爆发出一阵热烈的掌声，李言暗暗自怨：失策了！我为什么就没有想到这句话呢？程功从百里之外赶回来，难道仅仅是为了听会吗？应该先让他说话呀！唉，自己的思维和行动迟了一步，让陈志恒钻了空子，现在李言只有赶快鼓掌以做“亡羊补牢”之举了。

程功从容地清清喉咙，从面前的“万宝路”香烟盒里抽出一支烟，另一只手伸到西服口袋里去摸打火机。陈志恒眼疾手快，已经“咔嚓”一声把自己的打火机燃起火苗，凑到程功的面前。

程功点燃了香烟，深深地吸了一口，吐出一条灰白色的烟雾，这才绽开笑容，说道：“好，我就讲几句！不过，我们今天开的是论证会，我所讲的，只是个人意见，不是什么‘指示’。上午，李言同志曾经做了长篇发言，同样，也只是他个人的意见，不是‘指示’！是不是这样啊，李言同志？”

他向右边侧过脸，一团和气地看着李言。

“当然，当然！”李言赶紧说，“科学论证嘛，人人一律平等！”不过心里却在想：他开头先说这句话，是什么意思呢？

不待李言多想，程功已经在继续说话了：“我们党内有规矩：搞群言堂，不搞一言堂。党的领导，是集体领导，既要民主，又要集中，少数服从多数，个人服从组织，哪有一个人说了算的？”

李言心里一动：程功这番话，说得当然每一个字都百分之百的正确，但他为什么要在这个时候说这番话？是不是话里有话、弦外有音？

得不到解释。而程功此时已经把话题一转，引到了今天会议的议题：“有言在先，我才敢发言。关于秦屿的开发，许多同志谈了自己的意见。我特别有兴趣地看了李言同志的发言记录，学到了很多东西。从他的发言中，我这个祖祖辈辈土生土长的越州人更多地了解了我们脚下的这片土地，了解了我们的历史。作为因‘卧薪尝胆’‘报仇雪耻’而名垂史册的越王勾践的后代，我感到好荣幸！大家知道，李言同志是南方大学历史系毕业的高才生，科班出身的史学家，他丰富的学识和锲而不舍的治学精神，都是值得我们学习的！”

听到这里，李言放心了，程功当众对他做如此的褒扬，无疑是在关键时刻最大的支持。那么，他对秦屿开发的方案，也必然会得到程功的支持，谅陈志恒也就没有胆子对付如泰山压顶般的程功，下面的事情便一通百通！刚才进门和就座时的疑虑烟消云散，李言完全自如了。他侧眼瞟了瞟陈志恒，见陈志恒铁青着脸，显然对程功的这番话很不爱听。这就对不起了，李言在心里说。但他知道，越是在这种时刻，越是要谦虚谨慎，千万不可在程功面前流露出丝毫的沾沾自喜。于是连忙欠了欠身，说："程书记，您过奖了！越州的历史是越州人写的，我的研究还是'初级阶段'！"

程功笑笑说："你是'初级阶段'？我就只能算'门外汉'了！不过门外汉也有门外汉的优势：一穷二白，没有负担，有什么就讲什么。讲得对了，大家给我鼓鼓掌；讲得不对，像你这样的专家也可以原谅。好嘛，我现在就班门弄斧一番，接着李言同志上午的话题，也论证论证！"

一片掌声。刚才等待观望的人们终于有了表态的机会，所以不等程功真正做出什么论证，先来一个热烈欢迎。李言的鼓掌比别人还要热烈一些，不像陈志恒那样有气无力。看来，陈志恒对程功失望了。

程功的"论证"已经开始了。

"李言同志通过对越州和秦屿的历史的考证，做出了两个结论：第一，今天的越州人，是当年会稽'越人'的后裔。我看，这一点大概不会有什么争论，因为有大量的史籍可以证明，'越'与'粤'的确在历史上有着密切的关系。第二，今天的秦屿人，是当年关中'秦人'的后裔。关于这一点，李言同志做了初步调查研究，现在是否可以做结论，姑且不谈。不过，由此，倒引起了我的一些联想……"

程功侃侃而谈，与会的人们洗耳恭听。对于第一把手的"指示"（他说不是指示，实际还是指示）洗耳恭听是这些官员最起码的修养。而在心里不免嘀咕：今天是怎么回事？本市的两位主要领导忽然都大谈起历史来了。李言是科班出身，这，大家都知道；程功同志搞了一辈子政治，怎么也对历史感起兴趣来了呢？

对李言来说，就不仅是嘀咕了，程功的这几句开场白已经使他吃了一惊！什么“门外汉”？一上来就对他做出点评，这个“大概不会有什么争论”，那个只是“初步调查研究”，“是否可以做结论”，还“姑且不谈”，显然是对他有所保留啊！看来，事情不像他估计得那么顺利，不知道程功下面要说些什么……

“上午李言同志在发言中提到东晋的陶渊明写的《桃花源记》，这篇文章，我想大家都读过，”程功已经开始讲他的“联想”，“晋太元中，武陵人捕鱼为业。缘溪行，忘路之远近。忽逢桃花林，夹岸数百步，中无杂树，芳草鲜美，落英缤纷。渔人甚异之，复前行，欲穷其林。林尽水源，便得一山。山有小口，仿佛若有光。便舍船，从口入。初极狭，才通人。复行数十步，豁然开朗……”

竟背诵如流。李言一向以为，程功同志既然没上过大学，想必就像一般工农干部那样没有读过多少书，却不料错了！但转念一想，背书毕竟还是背书，也没有什么稀奇，“文革”当中不是全国人民都会背“老三篇”吗？

李言又错了！程功同志难道是在这里机械地背书吗？仅仅要向与会者炫耀其博闻强记吗？

“……土地平旷，屋舍俨然。有良田美池桑竹之属。阡陌交通，鸡犬相闻。其中往来种作，男女衣着，悉如外人。黄发垂髫，并怡然自乐。见渔人，乃大惊。问所从来，具答之。便要还家，设酒杀鸡作食。村中闻有此人，咸来问讯。自云先世避秦时乱，率妻子邑人，来此绝境，不复出焉，遂与外人间隔。问今是何世，乃不知有汉，无论魏晋……”

程功同志背书的功夫确是相当可以，娓娓道来，一字不差。这在李言看来，虽不足为奇，但已让在座的人们“高山仰止”了。这些人背“老三篇”也许可以，但对《桃花源记》则背不起，或依稀记得只言片语，或干脆不知所云，只感受到那抑扬顿挫的韵律之优美。噢，我们的程书记不简单，政治上比李市长高出一截，论学问却也旗鼓相当！

以凡人之见，这也就够了。

而程功的背诵却到此为止，接下去用自己的语言说：“这位武陵人在回来的路上，处处做了标记，并且报告了当地太守。而有意思的是，太守派人按照路标去寻找，竟然‘迷不得路’，那个与世隔绝、令人神往的世外桃源便永远停留在陶潜的优美文字之中，而在人间消失了！它到底在什么地方呢？千百年来，也就成了许多人心向往之却无法破译的谜……”

程功讲故事的本领不亚于李言，原来，他的背诵只是一个引子，为的是引出这个谜，提出了一个悬念，然后停住了，从容地吸着烟，巡视着他的同僚和部下们，似乎在请他们来共同“破译”。

人们的胃口果然被吊起来，各自猜测着可能的答案。而寻找这个答案又无从下手，于是又猜测程功同志既然在开发秦屿的会上提出来，说不定与秦屿有关，领导嘛，不会无目的地发言的，一定会有个“舆论导向”！

于是，旅游局局长耐不得这片刻的沉默，环顾左右，抢先说：“噢，这个‘桃花源’会不会就是我们的秦屿啊？”

程功笑而不答，喷出一口烟雾，征询意见似的望了望身旁的李言。

李言知道自己该说话了，在座的除了他之外，似乎也再没有别人配解答这个问题。

“程书记，这不可能！‘武陵’古属湖广常德府，那个捕鱼人怎么可能来到远在数千里之外的秦屿？”李言胸有成竹地笑笑，心里暗想，程功同志真是在“班门弄斧”了。“其实，在《古文观止·桃花源记》里就已经有注，常德府旁有桃源县，就是现在的湖南省桃源县，故事当然也就发生在那里了!”

“当然？想当然耳!”程功看了他一眼，说，“湖南桃源县人一直引以为自豪。但是，那个桃源县是不是陶渊明笔下的桃花源，历来却有很多争论，就像杜牧诗中所说的‘牧童遥指杏花村’，山西人说在山西，江苏人说在江苏，甚至弄得全国到处有‘杏花村’。至于‘桃花源’，争论最激烈的是两处：一处就是你所说的湖南桃源县，另一处是四川酉阳县。而这两处，在晋朝都属于武陵郡。因而，各执其词，互不相让，莫衷一是。近年，四川省建委和有关专家对酉阳进行考察，他们认为：从陶渊明对‘桃花源’的描写来看，‘林尽水源，便得一山。山有小口，仿佛若有光。便舍船，从口入，初极狭，才通人，复行数十步，豁然开朗……’湖南桃源县地形与此不符，况且桃源县地处郡府邻地，人烟稠密，交通发达，也不可能成为避乱之所。而四川酉阳县从秦到晋五六百年间，是土家族、苗族聚居的九溪十八洞，荒山野岭，交通闭塞，有‘汉不入境，苗不出洞’之说，与《桃花源记》大环境相吻合。酉阳大酉洞的地形也和陶渊明所写的极为相像，《酉阳州志》称：‘核其形，与陶渊明所谓桃花源者，毫厘不爽。’并且还记载：‘秦有儒生数人，为避焚、坑之祸……辗转入酉，驻扎藏书洞。’至今藏书洞遗迹尚存，与《桃花源记》中所说的‘先世避秦时乱，率妻子邑人来此绝境’榫眼相对。所以，专家们经过比较，一致认定：四川酉阳才是真正的‘桃花源’。请问史学家李言同志，你看，这该如何是好?”

一大串言之凿凿的论证，推翻了影响颇大的“湖南桃源”说，肯定了“四川酉阳”之说，实际上给了持“湖南桃源”说的李言很大的难堪。这虽然没有满足与会的人们如旅游局局长所代表的把桃花源与秦屿挂钩的愿望，但仍然感到兴奋：今天的论证果然不再是一言堂了，上午李言唱了半天的独角戏，无人敢于应战；现在程功同志竟然跳上擂台，而且出手不凡，不知李言将何言以对？

面对程功的发难，面对众人的无声诘问，口若悬河的李言却一时语塞，嗫嚅着说："呃……这两处'桃源'，我都没有实地考察过，也难以断定。"说到这里，他已经感到自己底气不足，如果就此打住，显然有失史学家的脸面。于是灵机一动，又借此生发开去，"不过，史学界展开这样的争论是好事而不是坏事，这说明大家都在关心历史研究，都在关心文物考古嘛！类似的情况还有不少，比如三国赤壁大战的遗址究竟在何处，历来也是史家和文人所关注的。苏轼的千古绝唱《念奴娇·赤壁怀古》，绘声绘色地'遥想公瑾当年，小乔初嫁了，雄姿英发。羽扇纶巾，谈笑间，樯橹灰飞烟灭'。而实际上，他所游的是黄州赤壁，在黄冈城外，并非三国赤壁。三国赤壁到底在哪里？历来众说纷纭，争论不休，有好几处……"

"噢？"程功注意地听着他的论述，忽然打断了，问道，"你认为哪里比较可靠？"

他那种请教的神情，使李言的自尊心得到了恢复，从容答道："证据比较充分、大家比较公认的，恐怕还是湖北蒲圻。近年来，蒲圻赤壁的考古又有新的发现，湖北的考古学家在考察了在蒲圻地区出土的以箭镞为数量最多的古代兵器后指出：出土箭镞的形制主要特点为铁质四棱形和方锥形，其年代确为汉代末年无疑，与赤壁大战的时间吻合；而且这些箭镞都是在赤壁山、南屏山等处的岩缝间发现的，这就排除了墓葬品的可能性，联系到赤壁大战的主要兵器即为箭镞，不能不令人深思。在蒲圻赤壁出土三国兵器，也不是今天才开始的，至少可以追溯到南宋。南宋抗元名将谢枋德曾在《赤壁诗·序》中写道：'予自江夏溯洞庭，舟过蒲圻，见石崖上有赤壁二字，其北岸即乌林，与赤壁相对……至今土人耕地得箭镞，长尺余，或断枪残戟，其为周瑜破曹公处无疑。’我们把古今所见的史料和文物联系对照来看，赤壁之谜也就可以迎刃而解了！”

好一个李言，在程功借“桃花源”发难而使他处于不利之时，竟巧妙地扯出一个“赤壁”问题，从容道出论据和论点，为自己扳回了一局。虽然在座的人们对此谈不上发言权，但对赤壁大战多多少少还是有所耳闻的，出于对诸葛亮借东风、周瑜火烧曹操战船的英雄业绩的敬佩，倒也听得津津有味，连带着把这种敬佩之情也在一定程度上移加于李言，李市长在谈笑间不也颇具“羽扇纶巾，雄姿英发”的气概吗？

程功很认真地听完他的这一段话，然后问：“你认为可以肯定赤壁在蒲圻了？”

李言点点头，似乎完全肯定，但随即又补充说：“至少，目前还没有更新的论据推翻它。”

程功却笑笑，说：“难说。《三国志》中屡屡记述：孙、曹两军在长江中‘遇于赤壁’，可见赤壁之战是一次典型的江中遭遇战，而不可能是在蒲圻的陆地战。箭镞的射程不过百步，弩机的射程也不过数百步，何况当时还有东南风的阻力，怎么可能把箭从江心射到南岸一两公里之外的赤壁山、南屏山呢？据《三国志·周瑜传》中记载，黄盖诈降，火烧曹军战船，‘时风盛猛，悉延烧岸上营落’。这足以证明赤壁应在江北，和乌林同在一条岸线上。如果在南岸蒲圻烧船，无论如何也不可能蔓延到江北的乌林营落。那么，在蒲圻发掘的那些箭镞到底从何而来？这很容易解释：孙吴曾长期屯兵于此，战事不断，遗留箭镞本在情理之中，何必非要挂在赤壁大战上呢？《三国志》中多处提到曹操‘临江不济’‘临江而还’，说明他始终没有过江，赤壁大战不可能发生在江南，而只能在江北。何况曹植所说‘臣昔从先武皇帝南极赤岸’，也足以证明赤壁应该是赤色江岸，而蒲圻‘赤壁’并不赤，名副其实的赤壁在今长江北岸的黄冈赤壁至王家坊，包括团风镇乌林，这是无可辩驳的。‘故垒西边，人道是，三国周郎赤壁。’苏东坡并没有错！”

程功说到这里，停住了，笑眯眯地望着李言。

会议室里一片寂静，而人们的情绪却异常活跃而紧张。他们慨叹程功同志竟然如此精通于考古，更想知道他为什么如此和史学家李言过不去，对李言所提出的每一个论点都“痛加驳斥”？

李言倒吸了一口凉气。他没有想到今天下午竟然这么出师不利，自己作为一位史学家，却在史学领域连连败北，接连两个问题都遭程功否定，而这些都还没有接触秦屿的正题，只是旁生枝节而已。当然，如果在一个真正的学术讨论场合，他未必不可以对程功武断的结论再加商榷，设法予以否定，至少可以冲淡那种“一锤定音”的气氛。但他现在不可恋战，那将会使下面的对话和讨论难以进行，误了大事。此时，李言唯一可以采取的策略是向程功做必要的妥协，缓和一下气氛。

“程书记！”李言迅速调整自己的心态和表情，颇为恭敬地说道，“听君一席话，胜读十年书！您工作那么忙，却读了这么多书，对文物考古有这么深入的研究！”

这句话，其实也正是在座的人们心里想说而又尚未说出口的，现在由他抢先说出来，他就主动了。他这位史学家“屈尊”于程功之下，给了程功极大的面子，从感情上“引为知己”，以便把程功的兴趣和思路引导到秦屿上来，推动他李言的秦屿开发方案。

可惜，这只是一厢情愿。

程功又点上一支烟，不以为然地说：“我哪里有这么神乎其神？没有读过万卷书，倒是走过万里路。每到一地，总免不了参观名胜、访古问今，说明书和地方志都积累了一大堆，刚才说的那些鸡零狗碎的‘理论’，其实都是这么道听途说得来的！这不是也可以当当‘学者’了吗？哈哈！”

程功朗声大笑。

李言听得心寒。那旁若无人的笑，是程功的自嘲吗？不，那是政治家对学者的无情嘲弄，等于说：喏，你们看，学者就是这样当上的，有什么了不起？

李言不愿意正视这一点，也希望别人没有从程功的话里听出这一层意思。他没有笑，而是正色说：“不，程书记，您还是有自己的真知灼见的，关于桃花源和赤壁的考证都具有很高的学术意义！”

程功却潇洒地摇了摇那只夹着香烟的手，说：“什么学术意义？我恰恰认为那些书呆子在断垣残壁之间可怜地爬来爬去，寻找莫须有的蛛丝马迹，说些可有可无的空话，毫无意义！‘桃花源’在哪里？《桃花源记》本身是一篇文学作品，而文学的重要技巧之一便是虚构，焉知陶渊明不是在闭门造车？说穿了，他是借一个虚幻的‘世外桃源’寄托自己的‘乌托邦’理想罢了，何必世间真有这么一个‘桃花源’？又哪里真会有这么一个‘桃花源’？今天的学者考证来考证去，考证出无数‘桃花源’，如果陶渊明在天有灵，会嗤之以鼻的！至于《三国演义》，本身就是‘演义’，即使《三国志》，也不一定就是百分之百的史实，谁能保证字字句句准确无误？说不定陈寿心血来潮，也妙笔生花，夸夸其谈，有没有发生过赤壁大战这回事还说不定呢，后人又何必当真？”

李言听得傻眼了！他在程功的手下工作多年，又在市委、市政府同事四年多，还是第一次领教程书记的厉害：让人猜不透！他从你的研究领域勾起你的兴趣，提出一个“桃花源”，让你猜，你认真地说在湖南桃源，他偏说在四川酉阳，把你否了。而如果你说在四川呢？他恐怕就该说在湖南了，还是把你否了。李言悔不该再扯什么赤壁！你认真地说赤壁在湖北蒲圻，他宁可沿用老掉牙的苏东坡黄州赤壁说法，把你否了。要是你先坚持黄州赤壁呢？那他就该主张蒲圻赤壁了。你左也不是，右也不是，只要发言，就身不由己地处于被动地位，等着他否定，他永远主动。如果你一定要和他争论个谁是谁非，必然自找没趣。以你和他的政治地位的差别，你不可能那样做，他很清楚。而当你不得已屈从于他的“酉阳桃源”说、“黄州赤壁”说时，他却又把本来极为正经的话题变得没正经，嘻嘻哈哈地说这一切全是扯淡，从而使你无地自容！这是一种什么策略？程功为什么要对他采取这样的策略？

程功的话还没有说完，李言也只有心怀惴惴不安而又迫不及待地听下去。

“这几年，我因为开会、参观、访问，走过不少地方，也开了眼界，见了世面，”程功不慌不忙，他的话题像是手中的一根细软悠长的绳子，随心所欲地抛掷开去，不知道要抛到什么地方；但因为绳头系着你的心，你又必须小心翼翼地听下去，“不知道同志们注意到没有？改革开放以来，国内有两大新潮：一是引进外资热，二是传统文化热。这两者，看起来是风马牛不相及，其实是对立统一，相辅相成。以中国目前的经济实力，要想在几十年内来一个飞跃，赶上或超过‘亚洲四小龙’，进而跻身世界强国之列，不引进外资显然是不行的，这个道理不必多说。但是，国门一开放，资本主义世界的东西一拥而入，会不会连西方的糟粕也乘虚而入？会不会搞得全盘西化、国将不国？有人这么担心，很担心！于是，传统文化热应运而生，孔夫子重新被抬到‘万世师表’的吓人高度，老子则成了精神偶像、文化象征，《易经》，八卦，不管懂的、不懂的都可以大谈一气，附庸风雅，还有什么‘食文化’‘茶文化’‘酒文化’，铺天盖地而来，麻衣神相、阴阳风水、气功、特异功能，走火入魔，不一而足。好像这么一来，我们的自信心就十足了，免疫力就增强了，面对西方的‘文化渗透’就‘刀枪不入’了。如果真有这样的神效，当年在义和团身上早就该充分体现，八国联军也就不敢肆虐北京城了！”

程功说到这里，轻轻地一笑。会议室内也一片附和以轻轻地一笑，似乎大家都和程书记达成了共识。

这一笑很重要，为程功下面要说的话做好了必要的铺垫。

“传统文化热当中有这么一热：权且名之为复古热。”程功继续说，“据我所知，陕西黄陵县桥山中华始祖轩辕黄帝陵要大规模扩建；山西夏县在中国养蚕事业的发源地西阴村建立了黄帝之妃嫘祖的塑像；河南内黄则发掘出黄帝之孙颛顼、黄帝之曾孙帝喾的陵墓；河南鹿邑县要修老子纪念塔；汤阴已经开始修复《周易》发祥地和当年殷纣王囚禁周文王姬昌的羑里城；山东临沂确认了孙膑智斗庞涓遗址；江苏赣榆大操大办徐福节；武汉重修黄鹤楼；山西重修鹳雀楼；河南汝阳在中国酒文化的摇篮杜康村建成唐宋风格的杜康仙庄，尽管杜康其人非唐非宋；西安建了唐城；洛阳要建宋城；山西洪洞在修复明代监狱，因为那里出过一位大名鼎鼎的妓女苏三；北京有人要修复圆明园；天津要修复大沽口炮台……我不是说那些历史人物或者传说中的人物和历史事件都不值得纪念，也不是说有关遗迹或者与传说有关的景观都没有保留价值，但是，哪些是真正的遗迹？哪些是穿凿附会？却值得商榷。湖南酃县有个炎帝陵，陕西宝鸡也有一个，要重建，一位炎帝难道会分葬两处吗？屈原有十二疑冢，至少有十一个是假的，甚至说不定都是假的，保留哪个？修复哪个？这还是实有其人的。而像《红楼梦》，本是曹雪芹虚构的文学作品，一些所谓的‘红学家’却煞费苦心地到处寻找‘大观园’，在北京还为拍摄电视剧《红楼梦》搞了一座弄假成真的‘大观园’。至于‘西游记宫’‘水泊梁山’则是哪里都有，更为荒唐！即使在历史上确有其人、确有其事、确有其物，既然已经坍塌、损毁、夷为平地、荡然无存，还有没有必要花费巨大的人力、物力、财力加以‘恢复’？所谓的‘恢复’实际上等于重建，那么，在二十世纪九十年代重建一座‘圆明园’又有什么意义？你建得再好，也不是原来的圆明园，也不具有原来的意义，而只能令今人大煞风景，说：噢，圆明园也不过如此！还不如让它永远保留在人们的记忆和想象中，在圆明园故址有那一组残柱记载着中华民族在列强蹂躏下的耻辱，也就足够了！它超过了任何意义的‘重建’！如果说曾经有过的历史遗迹都要重建，那么，有理由重建的就太多了。秦代的阿房宫，五步一楼，十步一阁，覆压三百余里，难道不比圆明园更古老、更壮观、更辉煌、更代表中华古老文化？你为什么不重建？你又将怎么重建？如果说已经改观或者面目全非的历史景观都有理由‘恢复’本来面目，那么，我可以说，你永远也‘恢复’不了。因为世间一切事物每年每月每日每时每分每秒都在改变着面目，你怎么‘恢复’？‘唐城’就是西安的‘本来面目’吗？那又怎么解释‘汉城’‘秦城’呢？北京的故宫，我们现在看到的基本上只是清代的面目，你能拆掉而‘恢复’明代的面目吗？即使‘恢复’了，而明代之前的元大都又到何处寻找？何况还有元大都之前呢？燕赵十六州之前呢？即使你把北京城‘恢复’到周口店‘北京’时期的面目，它也还有更早的面目，这样‘恢复’下去，我们的民族就什么事情也不要做了，只有全力以赴，推着时针倒转！按照这样的逻辑，我们越州也必须拆掉，现在大家舒舒服服地坐着开会的地方，十年前还是一片农田，根本没有越海广场，也没有这座大楼，要不要‘恢复’本来面目啊？”

会议室里一片笑声，表明了与会者们毫不含糊的态度：谁也不愿意拆掉这座大楼，“恢复”越州的“本来面目”！

李言当然不会跟着笑。不过，他从心里着实佩服程功同志的长于辞令，并且善于争取听者，那最后的一句玩笑话把前边的论述都带活了，从而赢得了一致的拥护。但是，令李言不服的是，程功所说的这一大套其实是无的放矢。无论刚才扯到的“桃花源”也罢，“赤壁”也罢，还是真正与越州有关的秦屿也罢，有谁提出过要“恢复”本来面目吗？李言提出过吗？至于拆北京的故宫、拆越州的越海广场和市委大楼，更是程功同志自己虚设的靶子。无中生有地编造出一个“论敌”的论点，并且衍化到荒谬的地步，然后再加以嘲弄，以证明自己的正确，这是辩论术中的一个重要技巧。从中国“文化大革命”中的“大批判”到外国竞选总统的演说，从严肃的学术讨论到市井无赖的寻衅闹事，这一招儿都已被广泛应用，而且屡试不爽。问题是，程功同志今天在这里启用此招儿，用意何在？李言已经隐隐感到，程功今天所说的一切，实际上都与秦屿有关，他对于李言的开发秦屿方案不会像原来想象的那样顺水推舟，而可能要施加阻力，但又为什么不明言其反对意见而兜这么大的弯子呢？

不要着急，程功下面就要说到正题了。

“我刚才说到拆掉越海广场和市委大楼而‘恢复’原来的一片农田，大家也许认为是一句笑谈；但是，如果没有改革开放，我们脚下的这块土地现在以及将来相当长的一段时间内也还仍然是一片农田，这就不但可笑，而且可悲了。是什么改变了它的面貌？这个问题，在越州连三岁的小孩子都可以回答：改革开放的春风！每一个越州人都切身感到，改革开放，使越州变了，大变了。我们可以预见，在未来的不长的时间内，越州还将发生更大的变化。比如我们的秦屿，在三五年内，就将面目全非，从一座封闭落后的海上孤岛变成集旅游、娱乐、商业于一身的现代化、国际化的旅游胜地、海上仙山！……”

寂静的会议室里发生了一个无声的震动，多数人感到极大的惊异：

咦，这不是上午李市长用了一个半小时否定了的方案吗？现在由程书记旧话重提了，会议的主旋律发生了一百八十度的转变！这个转变非同小可，在座的人们必须赶快调整接收频道！

震动最大的当然还是李言。什么“桃花源”，什么“赤壁”，什么“圆明园”，那些表面看来似是“学术讨论”的长篇大论，其实一点学术也没有，只不过为现在的这番话做了铺垫，绕了一个大大的弯子之后，实质性的论点终于出台了，程功真正要说的话终于和盘托出了！果然如刚才李言所担心的，程功和他针锋相对！怎么他更早些时候就没有想到呢？直至今天上午也还没有想到。他本来是应该早就想到的，“旅游胜地”的方案是程功主持制订的，程功怎么可能出尔反尔，否定了自己而支持他李言呢？反过来说，是李言首先发难，否定了程功的方案，程功又怎么可能轻易地放弃原来的主张而“顺水推舟”呢？这本来是常识之内的逻辑推理，李言怎么就糊涂了呢？太大意了，头脑太简单了！

不过，既然程功终于亮明了观点，李言也就不能退缩，他有胆量、有能力和程功辩论，并且必须战而胜之，否则，将如何收场？

程功稍稍停顿了一下，又点上一支烟，侧过脸，和颜悦色地看了李言一眼，就像往常开会时李言坐在他旁边一样，书记、副书记，市长、副市长总是心照不宣地共唱一出他们早已酝酿好了的戏。现在，这出戏节外生枝了，作为他的助手的李言离开了剧本另搞一套，而他也就不能再一字不改地照本宣科，临时增加了一场本来没有的舌战。仍然也还可以算“心照不宣”吧？他完全清楚此时李言心里在想什么。他并且知道，李言现在还不可能一跃而起，和他展开舌战，因为他的论点还没有说完，李言还要稍作等待，等待反攻的时机。

果然如此。对他的这侧眼一顾，李言回报以微微一笑，就好像对他所说的一切都毫无异议似的。如果此时台下坐着个笨蛋，一定会认为这两位领导亲密无间。程功当然明白，李言绝不可能不战而退，此时的默不作声实际上只是“欲擒故纵”，先放他一马，让他把话说完而已。

程功继续说。

“两三年、三五年之后，我们已经无须再讨论秦屿的开发的必要性，那时候，今天的开发蓝图已经变成现实，全越州人和来自全国各地、全世界各国的游客都已经接受并且热烈欢迎这个现实。如果到了那时候，有人提出来，说：拆掉，拆掉！把这一切都拆掉，恢复秦屿的本来面目！人们将怎么回答他呢？两个字：疯子！”

会场里发出一阵嗤笑声，虽然并不很响，但是却来自四面八方，表达了对程书记风趣幽默的谈话的赞赏：当然喽，那样的人还不是疯子吗？还不可笑吗？

像一盆冰水从李言的头顶泼下，像一把利刃直刺进李言的胸腔！尽管他已经迅速做好了迎战的准备，仍然感到猝不及防，他……他……他没有想到程功对他使用的竟是这样的战术！多么精彩的偷换概念！今天的秦屿明明原封未动，尚存争议的蓝图却跨越时空变成了现实，犹如英语的“时态”变化，“将来时”变成了“过去完成时”，而今天持有异议的李言也就变成了将来被人人嘲弄的“疯子”！程功在前面对“恢复历史”论的批判终于收拢了网口，虚拟的靶子也就终于具体化了，那个靶子就是李言，每一枪、每一刀、每一箭，都是不偏不倚地扎在他的身上！

“程书记，”李言本能地拍案而起，“您怎么能这样讨论问题?！秦屿的开发方案还悬而未决，并没有成为现实，更没有成为历史！”

会场骚动了。越州历史上从未出现过的新鲜事：二把手和一把手干起来了！

“历史是什么?”程功不动声色地看了他一眼，“自然界和人类社会的发展过程。昨天，今天，明天；过去，现在，未来。大千世界就是这样发展的，它的总和，就是历史。历史有其自身的发展规律，不以人的意志为转移。真正的历史学家必然是把握了历史发展规律的，真正的政治家也必然是顺应历史发展规律的，古今中外，没有例外。马克思、恩格斯只是生活在一个有限的、具体的时代，但他们前观千万年，后观千万年，整个人类历史已经在他们的胸中完整地演示了一遍。在他们的身后，历史仍将按照他们所揭示的规律发展。他们是真正的智者、哲人。你说是不是这样，史学家?”

李言一愣。程功完全没有回答他的问题，而谈论起对历史的见解。说历史是“自然界和人类的发展过程”，这当然没有错，但这只是“历史”一词的含义之一；而李言所说的秦屿开发还“没有成为历史”，这里的“历史”是另一含义，即“过去时”。这种含义的不同，李言相信在场的人都可以听得很明白，程功同志当然更不会不知道“历史”的一词多义，但他却利用此义批判彼义，再一次偷换概念！一位德高望重的老同志怎么能这么做?！而且，为了加强他的演说效果，又在此时巧妙地请出了马克思和恩格斯，使李言难以置喙！如果你对程功的说法有任何异议，将会被人理解成对马克思、恩格斯的大不敬，这怎么使得？仓促之间，李言张开的嘴巴竟然没有吐出一个字！

副市长李言失态了！

会场上出现了可怕的静场，人们瞪着眼睛，伸着耳朵，惊愕地观望着事态的发展。

出面缓和这可怕的静场的不是别人，而恰恰是程功同志。

“年轻人，坐下，坐下!”程功慈祥地拍拍李言的肩膀，“怎么这样沉不住气？毛主席讲过嘛：让人讲话，天不会塌下来!”说着，他风趣地抬手指指一号会议室装饰着石膏花藻井的天花板，“你看，我讲了这么多，天也没有塌下来嘛!”

李言顺从地坐下来，以解除自己的尴尬，这也是他现在唯一可以做的动作，不然，难道他能拂袖而去吗？但当他坐下来，便感到比刚才更加尴尬。他听到一阵细微的笑声，那是人们对程书记的辩才和宽容所表示的钦佩，也是对他李市长的失态和语塞所流露出的嘲笑，尽管那嘲笑是尽量克制的。长期以来，李言在人们心目中已经树立起来的威信，现在突然低落了。在程功同志这位老政治家面前，他显得如此不成熟；他本来在史学领域有着得天独厚的优势，而程书记今天出乎意料地大谈历史，并且请最具权威性的马克思、恩格斯老人做后盾，李言这个“年轻人”的形象当然也就被冲得淡而又淡了。他坐在程功的身边，从来也没有像现在这样如坐针毡，手足无措。

程功手中的那支烟已经吸完了，像每次一样，不留间歇地再点上一支。他看了李言一眼，又从烟盒里弹出一支“万宝路”，向李言递过去。程书记在公开场合向别人敬烟，这在越州的历史上几乎是没有的。李言犹豫了一下，还是伸出手去。他已经戒烟两年多了，这一点，程书记是知道的，在场的所有的人也都是知道的。但程书记为什么偏偏在这个时候向他“敬烟”？他如果拒绝了，又会是什么后果？而接过来则意味着……人在刹那间往往很难把一切都想得周全，李言不由自主地把这支烟接了过来。程功“啪”地按响了打火机，替他把烟点着，这更是超出常规的亲热。李言轻轻地吸了一口，一股久违了的辣味刺激着他的口腔、喉咙和气管，然后又返回来刺激鼻腔，随之，是一种难以言说的轻微麻醉和轻松感。他紧接着又深深地吸了一口，两年前靠尼古丁兴奋神经、抵御疲劳、消除烦恼、推进思索的“历史”便又接续上了。

吸烟还有一种用途：帮助人在手足无措的时候有事可做，不至于太难堪，这是李言刚刚体会到的。他一边重复着机械的动作，一边在茫然地思索：下一步该怎么办？

"有话就讲出来嘛,"程功并没有堵他的嘴，反而循循善诱，"各抒己见，畅所欲言，充分论证，集思广益。我反对搞一言堂，相信天不会塌下来!"

好一副大政治家风度。

"程书记!"李言犹豫了片刻，还是说话了。他知道，此时不说，他在这个问题上就可能永远失去了发言的机会，那就证明他前面说的都错了，再也说不出什么了。"程书记，在唯物史观这个根本问题上，我和您其实是一致的。您对于'复古热'的批评，我也深有同感，现在到处都在'修复'文物，其实有许多是在造假古董，说得严重一些，是伪造历史、欺世盗名！毁灭的已经毁灭了。任何人也不可能'恢复'，人为地再制造一些似是而非的'名胜古迹'，不仅劳民伤财，而且给历史造成混乱，有百害而无一利！……"

李言又开始侃侃而谈，论调竟然与程功完全一致。这在与会的人们听来，无疑是向程书记全面投降了。这并不奇怪。程书记是一把手，岂有他说了话而别人不随声附和的道理？只是李言的弯子转得慢了些，随声附和得晚了些，别人完全有资格在心里嘲笑他：你早干什么呢？自找没趣啊!

只有程功不这么认为。他知道李言没有这么简单。他有他的"战法"，李言有李言的"战法"。李言不可能轻易地改变自己的主张，只不过在改变策略，现在"求同"是为了"存异"，迂回一下而已。

果然如此。

"但是,"李言话锋一转，接着说，"任何事情都应该一分为二，区别对待。对于那些保留至今，确有文物价值的人文古迹，我们还是要认真保护的，比如在秦屿……"

"不仅在秦屿，几乎在全国各地都有年代不同的历史文物!"程功及时地打断了他，还把他的论点加强、扩大，听起来好像又向他靠拢或者说“投降”了似的，“比如北京，五十年代还保留着清代的城墙和牌楼，难道没有历史价值、不值得永远保留吗？当时，著名建筑学家梁思成就曾经力主保留‘旧城’，另建一座‘新城’。但是，周总理在反复考虑之后，说了一句意味深长的话：‘夕阳无限好，只是近黄昏！’还是批准了拆迁的方案。不是那些古董不好，而是我们需要建设一个更好的北京，这就只能推陈出新，别无他途。我们知道，周总理出生在江苏淮安，但是他本人就坚决反对在淮安为他搞故居纪念馆。周总理是我们亿万人民心目中完美无缺的伟人，难道他的故居不比任何历史古迹更具有保留价值吗？从感情上说，谁也不能接受。但是，周总理是对的，他真正站在了历史唯物主义的高度看待万事万物，甚至身后连骨灰都没有保留！中华民族繁衍生息五千年，生生死死，一代一代延续下来，她的生命力在于不断地更新和再造，而不是停滞，更不是后退。地球只有一个，中国只有一个，如果在地上地下曾经有过的一切都完整地保留下来，今天的人类早已无立锥之地。我们每走一步，在脚下的土地中都会有累累白骨，都会有残砖断瓦。如果我们不忍心践踏祖先的遗迹，我们自己将举步维艰；如果我们不忍心丢弃祖先的所有遗物，我们自己将会被瓦砾掩埋；如果我们不忍心拆除祖先的旧巢，我们自己将无家可归！今天的人民大会堂的地基，当年曾是低矮的旧式建筑，如果我们没有勇气拆掉它盖人民大会堂，就只能在四合院里开全国人代会、党代会、接待外国元首了！这个道理，和我们越州的市委大楼是一样的，区别只在规格大小。我们的越州只有一个，秦屿也只有一个，到底是改革开放重要，还是保留古迹重要？这个问题，你说了不算，我说了也不算，而是越州五十万人民说了算。‘宁下地狱，不上秦屿’，这是世世代代的越州人民说的。人们厌恶那个荒弃的死亡之岛，那里除了一个残破的疯人院和已经对人类造成公害的大批野鸟之外，别无他物。但是，在漫长的历史时期内，我们没有能力去改变秦屿的落后面貌。现在，千载难逢的良机终于摆到了我们面前，我们是勇于开拓，为人民造福，还是因循守旧，维持历史给予秦屿的不公正的‘原判’？说到这里，我想到了三峡工程。早在本世纪初，孙中山先生就曾萌发出在三峡建大坝、借水力发电的设想；五十年代，毛主席以‘更立西江石壁，截断巫山云雨，高峡出平湖’的壮丽词章描绘了三峡工程的蓝图。半个多世纪以来，中外许多科学家还为此做了大量的勘探工作。只是由于政治、经济的原因，这项工程迟迟未能上马。现在，人大常委会终于通过，把它列入十年规划。对于这项具有防洪、发电、航运、养殖、供水等综合利用而产生巨大效益的将造福于人民的伟大工程，国内外有许多议论，其中，有的还很尖锐，说三峡工程将破坏生态平衡、自然风光和人文古迹，做了这件事就会成为千古罪人，等等。如果我是三峡工程的主持人，为了这座总库容近四百亿立方米、年发电三百四十亿度、通航建筑物年通过能力五千万吨的世界超级大坝，绝不吝惜‘两岸猿声啼不住，轻舟已过万重山’，以及屈原祠、张飞庙、丰都鬼城之类的表面文章；为了子孙万代的幸福，不怕做‘千古罪人’！当然，我们的秦屿工程比起三峡工程来要小得多，但道理是一样的。秦屿光辉灿烂的远景已经遥遥在望。老百姓要盖一座新房子，首先也要清除旧地基；我们要建设一个新秦屿，必然要毁掉一个旧秦屿。比起将要建成的仙山琼阁，那些残砖断瓦、荒藤野树、兽穴鸟巢有什么可惜？毁掉它就要做‘千古罪人’？做就做吧，如果我因此被押上被告席，也绝不后悔。我准备迎接国家文物局、国家环保局，以及别的什么单位、什么人的指控，承担一切罪名。借用一句前人讲过的话：‘历史将宣判我无罪’！”

程功的声音由弱渐强，由和李言的对话变成向大家宣讲，慷慨而激昂。这也许是他心灵的“内驱力”使然，动于中而发乎外。人皆有七情六欲，真正能做到喜怒哀乐不形于色的人，世所罕见。程功有程功的主张和理论，这些主张和理论原非无源之水、无本之木，也非兴之所至，突发奇想。他在展望理想的前景时不可能不为它的壮丽雄伟而激动，而当他的主张和理论遇到阻力时更不可能不“水涨船高”或曰“道高一尺，魔高一丈”。不过，对于他这位久经官场，渡过无数惊涛骇浪的老同志来说，自控能力本来还可以再强一些，而他现在对自己不再控制，咄咄逼人，声震屋瓦，也许都是预先设计好的“程序”？

程书记发怒了，那是他该发怒了！现在不怒，更待何时！

如果说，在座的人们被这冲天的怒气惊得瞠目结舌，不知道该噤若寒蝉还是该随声附和，那么，听得最轻松、最开心的就是陈志恒了。如果说，在程功同志下午的发言之初，陈志恒还不得要领，被他那个兜得过大的圈子弄得有些糊涂，甚至有些埋怨，那么，他现在终于完整地领会了程书记的策略。对于李言这样以学者自居的知识分子，只讲政治是不够的，那样反而授之以柄，“秀才遇着兵，有理讲不清”。今天程书记从大谈历史入手，而且处处高于李言一筹，已先行挫败了他的锐气；接着，切入政治、经济、改革开放，打他一个措手不及。痛快！自从陈志恒和李言共事以来，还从来没有像今天这么痛快！他侧眼看看李言，嗬，那张白皙、清秀的脸，现在布满阴云；一向神采飞扬的双眉，如今紧紧地皱在一起。尴尬喽！谁被押上“被告席”？请看嘛，眼前这位就是一副“被告”模样！

李言确实陷入了深深的沮丧。使他痛苦的不是自己理屈词穷，而是程功同志的以势压人。秦屿问题，本来是个百分之百的学术问题，需要的只是科学论证，而无须扯到政治的高度。程功同志左一个马克思、恩格斯、周总理，右一个改革开放，还让别人说什么？史学是一门严肃的科学，它有着自身的是非标准，难道持有不同意见就是反马克思主义、就是反对改革开放吗？秦屿的开发，发展旅游是一条思路，文物保护是另一条思路，难道就不能心平气和地讨论一下利弊吗？其实，这两条思路也并不是水火不相容的，为什么非此即彼？难道不能寻找一个两者兼顾、两全其美的方案吗？至于说，把秦屿问题和三峡工程相比拟，程功同志大概以为已经把秦屿提到吓人的高度了，其实，在李言看来并非如此。

“程书记!”在人们以为李言哑口无言的时候，李言却再次发起了反击，“不错，三峡工程当然宏伟之极，但它将创造的财富也是巨大的，而且需要破坏的古迹并不多。现在已成残垣废墟的秭归城是清末修筑的，屈原祠已经是搬迁过重建的，谈不上什么历史价值；现存的云阳张飞庙是清同治九年被川江特大洪水冲毁后重建的，已失去原来的意义；至于丰都鬼城，水位升高后只淹没县城，而不会淹没丰都山上的寺观。何况那些穿凿附会的鬼神偶像也是在多次毁坏后又于近年重建的，即使毁掉了也并不可惜。真正有价值的，如巫山十二峰、奉节白帝城、瞿塘峡夔门等等，在大坝建成、水位升高之后也并不会淹没。所以，三峡大坝的修建，利大于弊，我从来也没有反对过。秦屿就完全不同了。如果铲除文物，建成一座旅游岛，充其量只不过是能赚几个钱的游乐场所而已，而毁掉的秦屿古迹则是独一无二的，其损失远远超过三峡！除了秦屿，我们再到哪里寻找秦代的建筑遗迹？再到哪里寻找保留着秦代古风的先民后裔的群落？改革开放不仅是政治的、经济的，而且是文化的，改革开放绝不是割断历史，我们拥有五千年文明的文化、历史，这是一笔宝贵财富，是我们与列强对话的本钱！我不是固执己见，而是出于公心，出于一个史学家的良心，请求党和人民考虑我的意见，以免造成无法挽回的损失！这损失不是我个人的，而是全越州、全中国的！”

李言的声音在颤抖，眼睛中闪着莹莹泪花。虽然他明知道即使自己在这里哭诉也很难说服程功，但是仍然不愿放弃最后的一搏。他几乎是在哀求，哪怕程功出于怜悯之心，或者给他一点面子，留一个继续讨论的余地，而不要马上封口，也好。这样，他就可以争取时间对秦屿再做进一步的考察，并且争取上级单位以至中央的支持和社会上广泛的同情，也许事情还会有转机。

程功当然明白这一点。历来发动“政变”的人都有这两手：第一，突然袭击，以求一举成功；第二，如果暂时不能得手，马上换一副嘴脸，说自己“忠心耿耿”啊，“出于公心”啊，此举“迫不得已”啊，以屈求伸，保全实力，伺机反扑。现在，只要他一松口，就会给李言以喘息之机，四处煽风，八方点火，造成声势，局势有可能真正失控，谁胜谁负也就难讲了。

“有意思！如果仅仅是你个人的得失，我们还有必要在这里讨论吗?!”面对着可怜兮兮的李言，程功不但不为那副“苦谏”的架势所动，反而乘胜追击，发起凌厉的攻势。他看了李言一眼，然后面向大家，炯炯双目扫射着会场说，“我和李言同志认识十多年了，在市委、市政府共事也已经四年多了，直到今天才如此深刻地体会到他那一颗忧国忧民之心、强烈的爱国主义激情！这当然是非常可贵的。但是，这并不能证明除李言同志之外，我们大家就不忧国忧民，就不爱国！在以经济建设为中心的今天，坚持改革开放，积极引进外资，把经济搞活，提高我们的综合国力和人民生活水平，就是最大的政治，就是最具体的爱国！我们现在要做的是一件什么事？是要把已经‘死’了的秦屿救活，把这个荒岛建成人间天堂，这难道不是爱国主义而是‘卖国主义’吗？难道就背叛了中华民族五千年文明、割断了历史吗？热爱祖国，热爱民族，归根结底是要热爱人民，热爱生我们、养我们、辛勤劳作供给我们衣食的父老兄弟姊妹，而不是以古非今、以死人压活人！何况，李言同志仅凭一次匆匆忙忙的走马观花就下结论，在学术上也是极其不严肃的。在考虑秦屿的开发问题之前，我查过越州的旧县志和历来的有关记载，没有发现任何资料足以证明秦屿上的居民是秦代的移民后裔，他们之中也没有任何人承认这一点。至于他们某些生活习惯的特殊，也不值得大惊小怪，中国这么大，哪个地方没有自己的民俗？由于秦屿的地理环境的长期封闭，他们和越州人存在某些不同，本在情理之中。而另一方面，秦屿精神病院开设也已经一百五十年，来自全国各地的患者在岛上'五方杂处'，也势必给长期从事护理工作的人以及岛上居民带来生活习惯和语言上各种影响。李言同志很欣赏秦屿人讲话的'古奥'，那么，我们越州人讲话就不古奥吗？比如，普通话里的'吃饭'，我们叫'食饭'；'喝茶'，我们叫'饮茶'；'看'，我们叫'睇'；'迷路'，我们叫'荡失路'；'钞票'，我们叫'银纸'……不是很'古奥'吗？医生给病人试体温，这是百分之百的新词汇，古代绝不会有，可是我们越州人不说'试体温'，而叫'探热'，多么'古奥'啊，难道这也是古人传下来的吗？"

说到这里，程功的嘴角漾起轻蔑的嘲笑，会场上也随之响起哧哧窃笑声。李言上午在发言中特别强调的证据——方言——这道防线，也被程功轻而易举地冲垮了！

"退一万步说，即使李言同志的假说能够成立，"程功继续讲，讲了这一面还要讲另一面，以示辩证，"那也只能说明昨天，而没有理由约束今天、限制明天，不能作为阻碍今天的现代化建设的理由。秦屿的居民，长期以来生活在与世隔绝的、极其恶劣的环境之中，他们早就盼望着冲破大自然造成的以及人为的封锁，和大陆上的人民一样，经济繁荣，生活富足。这是正常的、合理的要求，也是时代的要求。他们也是我们越州的人民，也是我们的衣食父母，也是我们的骨肉同胞，而不是像大熊猫那样供人研究的‘活化石’，为了所谓的‘学术价值’，而拒绝他们加入现代化建设的行列，让他们回到两千年前去，过原始落后的生活，这连起码的人道主义都谈不到了。试问：越州的共产党员、越州的人民、秦屿的居民，能够答应吗?!”

说到这里，程功拍案而起，目光巡视着会场上的每一个人。

会场骚动了。如果倒退十几二十年，完全可以相信这里会立即爆发出雷鸣般的吼声：“不答应，不答应！一千个不答应，一万个不答应!”李言会陷入“全党共讨之，全民共诛之”的境地。但是，毕竟时代不同了，已经十多年不搞运动了，人们对于那种方式已经生疏了，现在该怎么办呢？局势已经十分明朗，程书记的启发已经激起人们对李言的无产阶级义愤，如果不挺身而出地表态，似有支持李言之嫌；但要是真的那样喊起来，也觉得未必妥当，李言毕竟还是市委副书记兼常务副市长，没有“定性”嘛！人们嘁嘁喳喳，一时不知如何是好。

李言愣住了。

一直在速记的《越州日报》小记者被震撼了。如果说，今天上午他曾被李市长极富有煽动性的精辟论证所打动，那么，现在程书记的慷慨陈词则令他热血沸腾。而本市的这两位主要领导人的论点竟然又针锋相对，这让初出茅庐的“无冕之王”简直不知如何是好了。此时，他唯有守住一个原则：“真实，是新闻的生命。”如实地笔录下这一切，至于如何见报，就听头儿的吧！所幸的是他在今天的会上没有发表自己的任何见解，作为列席会议采访的记者，他本来也没有发言权。至于午饭时乘醉胡说八道的《醉酒歌》……幸好当时主要领导人都不在场，也许不会招来什么麻烦吧？现在，一把手和二把手干起来了，谁还会注意到他呢？在他旁边的电视台老记者当然更是默不作声，忠于职守地把镜头对准程功，录下那大段“高潮戏”，并且捎带着把沸沸扬扬的群众场面也收入磁带。

在与会者当中，对这场惊心动魄的唇枪舌剑最关注的人物是陈志恒。现在，他按捺不住，要发言了，向李言乘胜追击！

但是，就在这时，程功却向陈志恒投过来意味深长的一瞥……

这一瞥，使陈志恒刹那间明白了：程功并不打算掀起一场对李言的“大批判”或者“愤怒声讨”。当年在“文化大革命”中，程功和陈志恒都曾经作为受害者饱尝过那种滋味儿，并且通过切身体会知道，那种大轰大嗡的“群众运动”是极不足取的，其结果往往是被批判者压而不服，反而容易被旁观者同情——同情弱者是人的本性之一。而今天，绝不能让李言以“弱者”的形象出现，钻了空子。他哪里是“弱者”？多年来，他在程书记面前一直装扮得极其顺从而且干练，实际上却是在脑后长着“反骨”的魏延。这不是吗？程书记到省里开会，离开越州才有几天？李言就凶相毕露，迫不及待地要“逼宫”“夺权”，这就是程书记选定的“接班人”啊！本来，如果李言不搞这次“政变”，权力很可能会顺利地通过换届落入他手的，程功已经显露出这个意向。既然终身制已不可能，程功最明智的选择就是举贤、让权，自己光荣离休。但是，他主动让权给李言是一回事，被李言“夺权”又是一回事，这关系到程功一生从政，在仕途的最后一站，画上一个什么样的句号。如果李言一旦成功，程书记在越州、在省里的声誉就扫地殆尽了。至于秦屿的开发，方案本来可以提出一万个，可以博采众长，兼顾文物保护和现代化建设，不见得就一定此是而彼非。李言的发难，其初衷也许仅仅是为了压倒陈志恒这个唯一可以和他竞争的对手，而首当其冲的却是程功。在事实上已经形成的这种局势下，程功所能选择的出路也就只有一条了：与陈志恒联手，制服李言！现在，这个目的基本上已经达到了，李言已经作为一个“政变未遂者”站在“被告席”上，可以从从容容地收拾他，而不必制造群众性的“大批判”那种并不高明的闹剧了。

陈志恒冷静下来，注视着城府比他深得多的程书记。

“同志们!”程功向人们挥挥手，让大家安静，自己也坐下来，从刚才的慷慨激昂、剑拔弩张，迅速恢复到和风细雨、从容不迫，“刚才，我和李言同志都谈了各自的看法。尽管我们两人的意见不完全一致，甚至很不一致，但这是完全正常的，恰恰说明了我们党内生活的民主，是大好事！充分民主，高度集中，是辩证的两个方面。道理越辩越明，从民主到集中。我在前面讲过了，现在还要重申：我们要搞群言堂，不搞一言堂。我和李言同志，所讲的都只是个人意见，不代表党组织。在我们党内，谁也不能一个人说了算！党和人民把管理越州的权力交给了我们，我们没有理由、没有权利滥用这个权力，要兢兢业业，如履薄冰，每一个关系到国计民生的方针大计的制定，都要慎而又慎！好了，大家不要光听我们两个人说‘相声’，希望每位同志都谈谈自己的意见，不要人云亦云、随声附和，要拿出真知灼见！下面还有些时间嘛，大家谈！今天谈不完，明天还可以继续论证，一次不行，就开它几次!”

急风暴雨已经过去，雨过天晴，甚至斜阳射处还依稀现出一道彩虹。

也许刚才被电闪雷鸣震蒙了的人们一时还不能适应这突如其来的艳阳高照吧？一个个东张西望，看看谁先打破寂静，发表“真知灼见”。

李言垂下头去。不必说，什么话也不必说了!

“我来讲几句吧?”陈志恒以难得的舒畅绽开了笑颜，“啊，我来讲几句！……”

像往常一样，他的每一句话都要重复一次。所不同的是，现在的每一次重复都加重了语气，如同扣一次扳机连发两弹。

九　月有阴晴圆缺

何丽珠在图书馆门前拦了一辆出租车，带着李盼跨上车去，直奔越州一中，找郁琅嬛算账。

平时，何丽珠上下班都是乘公共汽车，从不舍得“打的”，一点一滴为这个家省啊省啊，现在还省什么？这个家眼看要散了，要完了！好几年了，这个家要么冷冷清清，要么吵得鸡犬不宁，何丽珠一直把账记在盼盼这个小“狐狸精”身上，现在才明白，毁坏这个家的祸根不是盼盼，而是郁琅嬛那个大“狐狸精”。盼盼好也罢，坏也罢，总有一天会离开父母；而她何丽珠一辈子厮守的是李言，李言一旦有了外心，这个家就散了。是谁勾引得李言变了心？冤有头，债有主，何丽珠恨不能一步跨到郁琅嬛跟前，亲手撕碎那个不共戴天的仇人！而过去的冤家对头盼盼，此时却又成了她的同盟军，人和人的关系有时候会发生戏剧性的变化。

李盼很兴奋。昨晚的囹圄之苦，刚才的夺书之愤，都忘到了九霄云外；至于郁老师对她的师生之情，就更不足惜。她为即将来临的一场大战而激动不已。世界上爆发过那么多的战争，可惜她都是局外人，没有分享过观战的愉悦。试想，当战争到来的时候，最得意、最开心的是谁？不是率领千军万马的指挥者，也不是冲锋陷阵的前线将士，他们都太辛苦了，而且还有伤亡之虞。李盼认为，最得意、最开心的是为战争提供情报的人，是她亲自挑起了战争，洞悉其中的秘密，可以尽情地欣赏自己的“作品”，却又不用冒任何风险。她现在就正在扮演这个角色。交战的双方，谈不上谁是正义的，谁是非正义的，谁胜谁负都无所谓，她没有立场，只求一个痛快！她设想，当何丽珠和郁琅嬛在越州一中厮打起来，校长黄胖子在一旁手忙脚乱地“出面调停”，还有一百多名老师、一千九百多个学生一窝蜂似的观战，那场面将是何等壮观！

出租车载着这一对儿求战心切的母女，穿大街，过细巷，风驰电掣，十万火急！

“哗，快到四点钟了，学校要放学了！”何丽珠看了看表，连连催促驾驶员，“快一点！快一点！”

“已经八十迈了，还要快？要不要命啦？”驾驶员嘟囔着。

“再快点嘛，我加钱给你！”何丽珠真是不要命了。

有钱能使鬼推磨，驾驶员加大油门，开足马力，连连超车，像疯了似的朝着书院街驶去。

“妈呀！”忽然，李盼想起了一份“重要情报”，猛地一拍何丽珠的肩膀，“郁老师今天下午没有课，她不在学校，在家里！”

“啊?!”何丽珠忙说，“你怎么不早点讲?”

“刚刚想起来嘛！”

“她的家在哪里呀?”

“呃……是什么街，什么巷，名字不记得了……”

“哎呀，你是怎么搞的嘛！”何丽珠生怕误了军机大事，怒气冲冲地吼道，“停车！停车！”

车子放慢了速度，却并没有停，司机满脸的不耐烦：“你有没有乘过车？大街上不好随便停车的！你们到底要去哪里?”

“快想一想，”盛怒的何丽珠催促着李盼，“什么街？什么巷？几多号?”

“想不起来，就是想不起来嘛，我当时也没看路牌，又没想到你会去找她!”李盼不肯认错，还满口理由。不过，她自己也不愿意就此打道回府，让一场好戏中途夭折，满腔的委屈竟然忍了下去，讨好地对驾驶员说，“不要紧，我认得那个地方，给你带路：从前面红绿灯左转弯，差不多驶一百米，然后右转弯，然后，然后……”

“哼，游击队!”驾驶员嘟囔着，无可奈何地随着她的胡乱指挥七绕八拐。出租车嘛，反正按公里计价，什么样的生意都要做的啦!

郁琅嬛足不出户，担心李盼一旦回来，没有这里的钥匙进不了门，更牵挂着市委大楼里的论证会。中午分手的时候说好了的，等会议开完了，李言就马上打电话来，报告她好消息。她耐心地等着。两年多来，李言几乎天天都在开会，处理那些永远也处理不完的事务。郁琅嬛厌恶那些把李言死死地缠住、把阳光灿烂的大好时光统统占用了的会议，她和李言的见面往往只能在夜晚。可是今天，她却远比许多与会者更关心会议的进展，因为这次会议的意义太重大了。秦屿考古是李言在越州第一次重大发现，也是他学术生涯中第一个里程碑。人生能有几次搏?她企盼着李言的成功。李言的成功也就是她的成功，她已经把自己的命运和李言连在一起了。李言说，“局势很快就会明朗”，这意味着他对面临的这一搏充满信心。“局势明朗”，当不仅是指秦屿开发这一“局势”，还包含着更深的内容，即意味着，随着李言在学术上的突出贡献，面临“换届”的越州政局也会发生重大变化，李言将继程功之后成为越州这一方水土的主宰者。这在李言所热衷的“仕途”中当然是一件大事，对于越州的黎民百姓，也无疑是一件好事。曾经经历过无数政治运动的老百姓对于政治并没有太多的奢望，只不过希望稳定、宽松、国泰民安而已。

当然治国的方针大计自有中央去定，但政策还是要人去执行的，一位开明的“太守”将造福一方人民，熟知历史的李言一定会不负众望。而到了那个时候，李言和“黄脸婆”何丽珠之间的“局势”也将“明朗”，那个早已分崩离析的“家庭”的解体也就在必然之中了。这对于郁琅嬛的诱惑力无疑是巨大的。不是为了做越州市的“第一夫人”，那也许是这场变革的副产品。更重要的是，她郁琅嬛终于有了一个如意郎君，她真心所爱而又同样真心爱她的人。她将永远告别孤苦无依的独身历史，在人生的航船上，她有了同舟共济的旅伴，更确切地说，有了一位舵手。结识李言之前，她极力体现女人的刚强，在纷杂的人际关系中，似乎觉得自己已经差不多男性化了。自从她的生活中有了李言，她才真正认识了自己，认识了女人，更多地发现了本身的柔弱。她已经眼看就满三十岁了，三十年，对于一个独身跋涉的女人来说，已经太久了，她渴望有一个坚实的停靠之所，让她有个喘息的余地，让她对于未来那漫长的征途不再恐惧，而重新注满前进的动力。现在，她终于找到了，终于明白了，那个坚实的停靠之所，是男人的肩膀！《圣经》上说，女人是用男人的肋骨造成的，郁琅嬛从来对这一说法不以为然，现在才心悦诚服了，男人、女人，都只是“人”的一半，他们互相寻找，互相吸引，而只有天衣无缝地结合在一起时，才是一个完整的“人”！如果现在有人要把她和李言分开，她能答应吗？那无疑是宣判她的死刑！她的身边没有了李言，她将怎么活下去？

像每个热恋中的女人一样，郁琅嬛陶醉于爱情所带来的幸福之中。像所有的闺中少女一样，她悄悄地等待着真正成为“女人”的一天：结婚。尽管她早已经错过了少女的年龄，但那颗心依然停留在没有长大的时代，没有出嫁的女人一辈子都是“姑娘”。她想象着，当她突然向越州一中的同事们宣布自己的婚期，那些对她觊觎已久的男子汉们一定会垂头丧气，女教师们一定会羡慕得红了眼，黄胖子一定会高兴得跳起来，因为他们谁也不会想到，她郁琅嬛的"乘龙快婿"竟然是本市炙手可热的一号人物：李言！

"柔情似水，佳期如梦"，"金风玉露一相逢，便胜却人间无数"！郁琅嬛从书桌前站起来，走到衣柜前，从镜子里端详着自己那由于兴奋而变得异常红润的面庞，好像李言正站在身后，无言地凝视着她。她打开衣柜，在挂得满满的四季衣服中，最耀眼的是那条猩红的连衣裙。她伸出手去轻轻抚摩着，啊，这条连衣裙，已经等了她两年了，她一直舍不得穿，固执地一定要等到那一天。快了，快了，那一天就要到了！李言已经向她许诺，等到明年春天，官方的"换届"圆满完成，又正好赶到她生日的时候，她"三十而立"，生命重新开始了！到时候，她绝不要穿全世界公认的白色婚纱，就穿上这件红嫁衣，这是她和李言两颗相爱的心、两腔热血染成的！

她把它小心翼翼地取下来，仔细地察看。两年了，猩红的颜色没有一点改变，每天她都精心地拂拭，没有让一粒尘埃沾上它那高贵的纤维。现在，穿上试试吧？买的时候都没有试，快要做新娘了，试试吧？

她把连衣裙从衣架上取下来，却又停住了手。不，不要着急，现在李言不在身边，也没有到那神圣的一天，让美好的一切留在美好的时刻！她只把它提着两肩，放在胸前，看着镜子里那倾泻的红色瀑布顺着身体的曲线流下来，她就已经如醉如痴了！

靠着李盼呼来唤去的瞎指挥，车子竟然终于驶进了郁琅嬛所在的那条细巷。因为路太窄，还有许多水果摊、小吃摊，行人又太挤，车也就只好开得很慢。

"就是前面的那幢小楼，一直开过去！"谍报人员兼现场指挥双重身份的李盼兴奋地伸手指着郁老师的家，车子越是接近目的地，她的情绪也就越高涨。虽然战场从学校转移到小楼之后规模就缩小得多了，但如果细巷里的居民都来围观，也是一个不小的数目，仍然可以打得相当热闹。李盼激情满怀，手舞足蹈，战争已经一触即发！

恰恰在这时！何丽珠朝驾驶员大叫一声："停！停！不要驶了！"

"就在这里下车？"李盼说着，手已经在扳动车门把手。

车子戛然而止："二十八块！"司机从肩膀上方向后边伸过手来，要收款了。

"返去！返去家里！"何丽珠却说。

"回家？"李盼好奇怪，"妈，你……这是怎么回事？"

"就是这么回事，返去！"何丽珠并未就此做出任何解释，只是连连催促驾驶员，"驶啊，驶啊！"

莫名其妙！车子已经重新发动，掉头，原路打回。驾驶员并不管其中原委，只要有生意做，当然还要做的啦！

"哎，哎，妈呀！"李盼急得跺着脚嚷，"为什么要回去呀？你不是要找她打架的吗？"

"返去！"何丽珠只是说，"到家里再讲！"

内外有别。在出租车里，何丽珠不可能把心里想的都说出来。

李盼好懊丧！眼看着一场战争就要打起来，却一枪没放就匆匆撤军了。她毕竟不是这场战争的指挥员，军令如山，车子已经在往回开了，她总不能跳下去。不管她想得通还是想不通，理解的要执行，不理解的也要执行。

无效劳动的一次出击结束了。在市委大院门口，何丽珠忍痛付了款，母女俩下了车，向院门走去。

李盼却站住了。她实在不想回这个一点意思也没有的家，还不如回郁老师家去住。

“走啊！你要做什么？”何丽珠威严地看了看她。

“我……”李盼刚吐出一个字，又住了口，觉得自己的想法也真是好笑：刚才已经乘出租车到了郁老师的家门口却原路返回了，现在再搭公共汽车去找她？这叫什么事嘛！不行，不能去，如果郁老师发现《金瓶梅》不见了，找她的麻烦怎么办？何况她也还没有弄清楚妈妈“撤军”的原因，本能的好奇心也不容她再走回头路。

李盼不再犹豫，顺从地跟着妈妈往大院走去。

“阿盼！”传达室的老头儿老远就看到了她们，从窗户里探出脑袋来，讨好地叫住她。

她一回头，望着那张干瘪得像块烂木头却又堆满可怕的笑容的老脸，没好气地问：“做什么？”

老头儿嘴里叫的是“阿盼”，笑眯眯的眼睛却看着何丽珠。因为何丽珠没有官衔，不大好称呼。见她回过头来，才用了“官称”说：“大姐，这里有阿盼一封信！”说着，已经殷勤地把一只信封递了过来。

何丽珠正在为家里的头等大事而恼火，哪里有心思理会这种琐事？连声“多谢”也没有讲，顺手接了过来。

李盼随便瞟了一眼信封，却不由得惊叫一声：“啊！公安局？！”

“什么？！”何丽珠也吃了一惊，昨夜的突然袭击，在她们心里罩上了不可抹去的阴影，本以为已经平安过去，不料公安局又追来了信！是案情有了反复，要重新审查盼盼吗？余悸骤然又冲上心头。何丽珠双手哆嗦着，撕开信封，李盼已经急不可待，一把抢过去信纸。

急切的目光搜索着白纸上的那几行黑字。

恐惧的表情在迅速变化。

“哗！”李盼突然大叫起来，“我的事情办好了，公安局要我明天去领港澳通行证！”

喜从天降，李盼兴奋地挥舞着那张纸，不知该怎么表达她的心情。她自由了，牢笼似的越州一中，战场般的家庭，这一切都将“拜拜”了，她要远走高飞了！

“噢！”一场虚惊过去，何丽珠松了口气，但随之而来的却是更深的失落和烦恼：现在连盼盼都要走了，她在这个家就要孤军奋战，连个同盟军也没有了！

回到家，何丽珠像一摊泥似的倒在床上，连动也懒得动一下了。

李盼却完全相反。她现在的心情好极了，好极了！回到自己的房间，她在床上坐坐，在椅子上坐坐，总也安定不下来。她已经不再属于这个家了，这个家也不再属于她了，床铺啊，桌椅啊，窗帘啊，书架啊，甚至连墙上贴的明星照片啊，都看不上眼了，土气了！李盼就要成为香港公民，去做百万富婆的继承人，现在的这个家算什么？丢掉它，全部丢掉！

她打开窗户，让西照的斜阳把金黄的光线洒进来，让饱含着“羊蹄甲”花香的习习凉风吹进来，拂弄着她那长长的披肩发。她两肘支在窗台上，望着满院苍翠的芭蕉、椰子树和凤尾竹，望着远处幽蓝的越灵山，心儿随着晚霞之间辐射出的阳光，飞到天外去了！

“盼盼！”她听见妈妈在旁边的房间里叫她，这才想起，在这个家庭里有人欢乐有人愁呢！

她走进妈妈的房间，看见何丽珠突然之间像个久病卧床的人，躺在那里呻吟。李盼很难理解妈妈的痛苦，在她看来，这不过是“失恋”罢了。李盼从来也没有“失恋”过，她的男朋友成“打”，成“连”，成群结队，丢掉了哪个都无所谓，何至于如此痛苦？如果她处于被别人“甩”掉的地位，高兴闹就闹一场，不高兴闹就各奔东西罢了，大可不必自己折磨自己。何况以她现在的心情，对于刚才那一场“战争”也不再感兴趣。

只是出于闲情逸致，她慢慢地踱到何丽珠身边，不咸不淡地说：“妈呀，你这个人好没意思！要打，没勇气；不打，又不甘心！”

“要你来教训我？”何丽珠眼里含着泪，愤然说，“我没勇气？哼，我怕那个狐狸精吗？我是要先问问你爸爸，要他把话讲清楚！”

其实，何丽珠心里真正的想法，并没有说出来。做母亲的怎么好意思在女儿面前袒露这方面的心迹呢？何况李盼还是个没有成年的女孩子。刚才听了李盼的煽动，何丽珠发动了对郁琅嬛的讨伐战争。试想，如果真的到了越州一中，或者到了郁琅嬛的家，会是个什么后果？她就会在大庭广众之中亮相：看呀，这就是李市长的夫人，被丈夫“甩”了，没有办法，只好到这里来撒野！她虽然没有见过郁琅嬛，但据李盼说，那个狐狸精生得很“靓”，而且还不到三十岁！她怕见到那个靓狐狸精，怕在人前让人家比来比去，评头品足：哗，市长夫人已经是老太婆了，难怪市长要找个靓女啦！想想看，那不等于把李言和郁琅嬛的“好事”生米做成熟饭吗？何丽珠虽然没有读过《孙子兵法》，也没有研究过古今中外的战例，不善于“运筹帷幄之中，决胜千里之外”，也不懂得“知己知彼，百战不殆”“不打无准备之仗”“不打无把握之仗”等先贤的遗训，但她毕竟知道一个浅显而又朴素的道理：不能做赔本的买卖。如果她和郁琅嬛公开地交战起来，她赔得太多了，说不定会赔光老本；而对方呢，只不过当众丢丢脸而已，那种惯于勾引别人的男人的坏女人，本身就是不要脸的，还怕丢脸吗？这件事，到现在为止，对方一直还是秘密进行的，自己为什么要替她公开呢？公开了，岂不等于把那个名不正言不顺的“第三者”真正当成对手了吗？她也配？

想起来真是后怕，幸亏没有在盼盼的鼓动下去打架，她何丽珠还是有主见的！

“咳！”李盼却对她的这种战术不以为然，“你问爸爸，又会问出什么来呢？如果他不高兴讲，会什么也不讲；如果你把他逼急了，他就干脆把什么都告诉你，你又有什么办法？”

没有想到小小的盼盼会这么冷静地分析问题，把话说得这么透彻。是啊，无非就是这两种可能，当事情揭透了底，你何丽珠又该怎么办呢？

“我……我就同他离婚！”何丽珠当然不肯认输，咬牙切齿地说。

“离婚？”李盼不由得冷笑了一声，“那好哇！郁老师正巴不得，爸爸也正巴不得你这么做呢！男人嘛，就是这样，当有了‘第三者’，连做梦都盼着离婚！”

“啊?!”何丽珠打了个寒战，这句话正好打中了她的要害。年纪轻轻的盼盼对世事看得这么老到，使做妈妈都自叹弗如。本来，在母女之间，尤其是她们这种并非亲生、感情又不融洽的母女之间，并不适合探讨这种议题，但何丽珠此时心里空荡荡的，比任何时候都更需要别人的理解和同情，满腹的话需要向人诉说，而除了女儿盼盼，她还能向谁说呢？“唉！想不到，想不到你爸爸会变成这个样子……”

李盼坐在妈妈的床边，悠闲地修起指甲来，她那纤纤十指一直保持着尖尖的流线型，只是慑于校规，过去没有敢涂指甲油，现在不怕了，她明天就去买，把指甲涂得鲜红！一边仔细地做着这件事一边漫不经心地说：“不，爸爸没变啊，他过去是这样，现在也是这样！”

“胡说八道！”何丽珠呼地从床上坐起来，“你爸爸以前可是个好人！”

“我也没说他现在是坏人啊！”李盼觉得妈妈的判断标准很好笑，“外面交个女朋友就变成坏人了吗？”

“什么？”何丽珠吃惊地望着女儿，“那种事难道是好事啊？光彩啊？”

李盼还在耐心地修她的指甲，一点也不大惊小怪。“你在结婚之前不也是爸爸的女朋友吗？你们做的事是坏事吗？”

“哎，这是两回事嘛！那时候我同你爸爸是在恋爱，恋爱是为了结婚嘛！”

“你怎么知道人家现在不是在恋爱，恋爱不是为了结婚？”

“你爸爸是结了婚的人，家里有老婆！”

“有老婆的人为什么不可以恋爱？法律也没规定每个人一生只能结一次婚！”

混账话越说越混账。何丽珠简直不明白这个盼盼是怎么回事，刚刚她还在极力鼓动妈妈去找郁琅嬛打架，怎么一转脸就变了，完全是在为那个狐狸精说话。

“他们是……是‘婚外恋’！”何丽珠终于找到了现代生活当中的“婚外恋”这个新词汇，“不合法的！”

“不合法？《婚姻法》里面没有这样的条款，现在‘婚外恋’到处都有，很随便的啦！”

“啊？！”何丽珠倒也听说过如今男男女女不成体统的传闻，但并没有就此研究过《婚姻法》，不免大吃一惊，“这个世界上难道就没有讲理的地方吗？我不相信！”

“你相信不相信都无所谓啦，反正事实就是这样。你要到法院去告，郁老师和爸爸都是无罪的，只能证明你和爸爸感情破裂、婚姻死亡，法院就调解啦，调解无效，就宣判离婚啦！”尽管李盼对昨晚自己的飞来横祸毫无对策，却对离婚的法律程序谙熟，也不知道是何时何地学习、研究的成果，反正讲起来头头是道。

“不会，不会……”何丽珠虽然嘴上连连否认，那口气却不觉软了下来，“我是有理的，有理行遍天下！我要你爸爸讲清楚！”

“事情本来就很清楚的嘛!”李盼已经修完了左手，灵巧地把指甲钳换了个位置，接着修右手，“妈呀，你已经是五十多岁的人了，可是完全不了解男人!”

“胡说八道！我不了解，你了解?”

“嗯？多少了解一点吧！我告诉你，男人哪……”

李盼话说得有点谦虚，没有声称自己是情场老手，在这方面的知识可以写成一本专著！不过，她既无心在这方面著述，也没有诲人不倦的美德，平常懒得向别人兜售经验之谈。但她现在因为接到了公安局的好消息而心情特别舒畅，再加上何丽珠无论如何在名分上也算是她的妈妈，不是外人，也就不妨将她秘不外传的腹中经纶透露一二。于是娓娓道来……

“妈呀，世界上的男人，都是一样的。男人需要什么呢？第一，需要事业上的成功。这个事业也不一定是大事业啦，当总统是事业，做百万、千万、亿万的大生意是事业，当小职员、开大排档也是事业，总之是要成功啦，这样，他在这个世界上才有安全感，在家庭里才摆得起主人的架子。哪怕只是开个豆腐店，只要这个家庭有男人而不是寡妇开店，就一定是男人当老板，当主人。第二，男人还需要女人的臣服。‘臣服’这两个字你恐怕不懂，‘臣’就是皇帝手下的臣子，‘服’就是服从，男人需要女人像臣子对待皇帝那样服从。这也不是哪个男人坏，或者所有的男人都坏，这是人性决定的，大自然决定的。你看，在鸡群里，母鸡总是臣服于公鸡；在鹿群里，母鹿总是臣服于公鹿；在猴群里，母猴总是臣服于公猴……以此类推，都是一样的。所以，在人类当中，也是女人臣服于男人……”

“胡说八道！我就不服!”何丽珠对女儿的这一套奇谈怪论很觉刺耳，怎么能把人和公鸡母鸡、公猴母猴相提并论呢？盼盼自己也是个女孩子，又当着妈妈的面，竟然这样大灭女人的威风！可是她又讲不出足以驳倒盼盼的理论，只有捡起一个已经叫滥了的口号，“‘妇女能顶半边天’嘛！”

“哈，正因为妇女顶不了半边天，才会提出这个口号，实际上哪里顶得了呢？我知道你不服！可是，爸爸当了市长，你才是市长夫人；如果爸爸开大排档，你就是老板娘，总是排在他后面嘛！”

“也有女老板、女市长、女部长、女总统嘛！”何丽珠不服，口气越说越大。

“那么，这个女人不是寡妇，就是还有‘后台老板’，你知道女老板背后有什么男人在支持她吗？你知道女市长、女部长或者女总统的丈夫、父亲是什么人吗？很少有几个女人能达到这种地位，人们就说她们是‘女强人’，这不正好说明她们本来应该是‘弱者’吗？”

是啊，是啊，何丽珠被问住了。

“全世界有五十亿人，女人占一半。可是，‘女强人’有几个？英国女首相撒切尔夫人算一个，菲律宾女总统科拉松·阿基诺算一个，巴基斯坦女总理贝·布托算一个，可是现在也都下台了，世界上一百多个国家，还不都是男人执政？在我们家，谁是家长？你只不过是柴米油盐当家，主事的还是爸爸，连我的名字都叫‘李盼’，而不是叫‘何盼’，这个家是姓李的！妈呀，不要不服，这是命中注定的，女人生来就是弱者。封建社会说：‘嫁鸡随鸡，嫁狗随狗，嫁给扁担扛着走。嫁给做官的当娘子，嫁给屠户翻肠子。’这话虽然讲得很难听，道理却一点不错。美国总统如果下台了当屠户，‘第一夫人’也照样跟着翻肠子，美国的‘女权运动’不过是一句空话！……”

小李盼满口宏论，从天下大事说到自己的家门，说得头头是道，何丽珠听得傻了眼，“母老虎”威风扫地！

“不过呢，事情还要从反面去想，”李盼又左右逢源，谈问题还很辩证，“在这个世界上，有男人去打仗、去种田做工盖房子、去当官、去挣钱养家，这也是女人的福气。女人不必去冒风险、去苦心劳力，可以安安心心地享受。男人是大山，女人是山间的流水；男人是泥土，女人是雨露滋润的花朵；男人是参天大树，女人是栖息在树枝间的小鸟，裴多菲就有一首诗嘛……”

还不足十八周岁的李盼虽然还难以算个真正意义上的“女人”，但论述起“女人”这个题目来却长篇大论，比在作文课上舞文弄墨从容自如多了，尤其后面的那几句话，像优美的散文诗，连不懂诗的何丽珠都被感染了。

话说得是不错的，何丽珠想。虽然她自认为对李言恩重如山，可在这个家，真正主宰的还是李言而不是她。李言虽然当初处境不如她，但李言是“落难的秀才”，她好比崔莺莺普救寺遇张生，好比王宝钏寒窑陪薛平贵。一旦时来运转，李言的本事就显出来了，成了大事，而她呢？还不是跟着李言夫荣妻贵？何丽珠虽然读书甚少，粤剧还是看过几出的，“夫荣妻贵”这个词是常听见的。什么叫“夫荣妻贵”？大概就像盼盼说的那样，在丈夫的保护下做“流水”“花朵”“小鸟”。唉！她何丽珠的日子虽然没有过得那么舒适，但也知足了。可是，现在呢？李言这棵“大树”已经不属于她了，被郁琅嬛占了！她怎么能容忍丈夫再勾搭上一只“鸟”？何况郁琅嬛不是“鸟”，是狐狸精啊！

“没用了，这些话都没用了！”她哀叹，“千刀万剐的狐狸精，把我的家毁了！”

“妈呀，”李盼的指甲已经修完，吹吹上面的粉尘，抬起头来看看何丽珠，“你不要怪郁老师，要怪，只能怪你自己啦！”

“怪我?!”话又不投机，“怪我当初不该收留你爸爸！不该服侍他二十多年，煮饭烧菜洗衫，不该生下你来，辛辛苦苦把你养大……”

何丽珠在表功的同时还没忘了维持那个谎言，把盼盼说成是她亲生的。

李盼并没有在乎这一点，笑了笑说：“妈呀，这就是你全部的功劳和光荣！你越是强调这些，就越说明你除了这些之外，什么也没有啦！对于一个女人来说，这些都是本分，你做得到，别的女人也做得到。可是，男人呢？男人向女人要求的不只是这些。特别是爸爸这样的知识男性，对于女人要求得更多。我们在语文课上学过《诗经》，‘窈窕淑女，君子好逑’。什么意思呢？我听郁老师讲呀……”

哪把壶不开偏提哪把壶，何丽珠一听提到郁琅嬛就恨得牙根发痒：“讲什么讲？哼，那个狐狸精，好好的孩子也被她教坏了！”

“不好意思，”李盼也因为不慎提到那个不该提到的人而略有歉意，“我不是有意气你，郁老师是这样讲的嘛：鲁迅先生说，‘窈窕淑女，君子好逑’，意思就是，漂亮的好小姐呀，是公子的好一对儿！”

“鲁迅？鲁迅不是一位伟人吗？讲话也咁不正经！”何丽珠可不敢声讨鲁迅，小声嘀咕了这么一句。

“那也不是鲁迅的话，是《诗经》的意思嘛！”李盼笑笑，“其实这话是没有错的。女人是水，是花，是小鸟，美丽的女人对男人才有强烈的吸引力，就是古人所谓的‘花容月貌’嘛！……”说到这里，李盼把泛泛的空论突然落到了实处，大胆地问妈妈，“这一点，你有吗？”

“…… ……”

放肆的提问使何丽珠猝不及防，竟然无法回答。是啊，何丽珠知道自己算不上靓女，不敢夸口的。

李盼明知道她底气不足，也不等她回答，又继续论述：“外表的美丽还只是其一，也就是‘窈窕’两个字。还有‘淑女’呢，‘淑女’是什么？

是有文化、有教养的女人，知书达礼，琴棋书画、诗词歌赋，不能说无所不精，至少也要懂一点，那样，两个人才有共同语言，才有长久的吸引力。这一点，你有吗？”

又是一个放肆的提问。

“……”又是一个无言的回答。

“两样最重要的条件，你都没有！一没有花容月貌，二没有文化知识，连普通话都不会讲，怎么会有共同语言？怎么可能长久地吸引住爸爸呢？他当时同你谈恋爱，是因为他的处境不好，找不到或者没有机会遇到更理想的女人，就只好降低标准啦！后来，他的处境改变了，地位提高了，长处体现出来了，不可能不受到外界的诱惑。郁老师年轻、漂亮，大学毕业，所以爸爸被她吸引住了，你没有能力留住自己的男人，怎么能怪别人呢？”

天知道李盼是个什么角色，郁琅嬛给了她什么好处？竟然为她当起了说客！李盼的长篇大论还没有说完，何丽珠已经勃然大怒：“放你的狗屁！我养你十八年，你食我的饭，饮我的水，穿我的衣，倒跟那个狐狸精一鼻孔出气！十八年，我就是养大一条狗，也不敢这样对我胡乱‘汪汪’！这些话我不要听，你滚蛋！”

如果是在过去，李盼绝不相让，母女俩这场仗非打起来不可，说不定还要动手，厮打得鼻青脸肿，披头散发。可是今天，偏偏赶上李盼志得意满，对家里的事已如局外人一样不关痛痒，只图说说风凉话，自己痛快痛快，所以任你怎么样发火，她的火气就是挑逗不起来，表现出难得的好脾气：“好哇，你要我滚，我就滚，明天拿到了通行证，就滚得远远的了！你要当心啊，管好这个家，不要让爸爸也‘滚蛋’了！”

这两句话说得不紧不慢、不急不恼，却极有分量，重重地压在何丽珠的心上。是啊，盼盼是注定要“滚蛋”的了，到时候，何丽珠连个将就着诉诉苦的人也没有了；如果李言再“滚蛋”了，这个家还成个家吗？这么一想，本来火气十足的何丽珠就气焰顿消，只剩下愁肠百结，可怜巴巴地看着女儿：“盼盼！你同爸爸谈一谈嘛……”

“谈什么？我才不谈呢！”李盼立即否决了这个由她游说李言的方案。

这个孩子真是奇怪，刚才她为郁老师做说客，并没有受到郁琅嬛的委托，完全是自觉自愿的，现在在家里被如此重视，受命于危难之时，却又坚绝不干。立场竟然如此坚定？难道她暗中在做郁琅嬛的间谍？非也！无立场的人就有一万个立场，捉摸不定的。

“盼盼！”何丽珠当然不肯放弃这个唯一可以委任的人选，做色道，“你现在还没离开家嘛，就是要走，路费还要由我出嘛，家里的事你不能不管！”

“妈呀，”李盼有李盼的道理，“不是我不管家里的事，不肯帮你，是没有用哇！我同爸爸谈什么都是没有用的，因为我同你的位置不同！爸爸是个自尊心很强的人，他的隐私怎么可以暴露在女儿面前呢？如果我去谈，事情只会更糟！妈，你有没有听到？有一位挺有名气的演员，被子女发现了他在外面的私生活，他就用刮脸刀片割断动脉，自杀了！”

“啊?!”何丽珠吓了一跳，仿佛看见李言倒在血泊之中！她当然也不愿意把事情闹到那种地步！看来，家里的这件事，只有她孤军奋战李言和郁琅嬛，一比二，千万不要拉盼盼来助战，要给李言留点面子，留一条回心转意、改过自新的出路。“盼盼啊，等爸爸下班回来，你就到自己房间里去，什么话也不要讲，装作不知道！”

“那好啊！”李盼答应得极爽快，转身就走。她要去准备自己“滚蛋”的事了，私人日记啊，通信录啊，照片啊，要整理一下，该销毁的销毁，该带走的带走；周围的那些狐朋狗友，也得筛选一下，一般的就算了，特别亲密的该写封信，或者打个电话，将来在香港要是想念他们，还可以联络联络；还有过去买的那些流行歌带，都过时了，不要了，妈妈爱听，就留给她好了……

“哎，盼盼，返来！”何丽珠又把她叫住，各人心里想着各人的事，“你帮我出出主意啊，我同你爸爸，这一仗可是非打不可了！”

李盼就又转过身来：“你看，你看，你既要我‘滚蛋’，又要我出‘主意’，好让人为难啊！我的话，你肯不肯听呢？”

那态度竟有些居高临下。

何丽珠正在用人之际，也就不再挑剔，说：“你讲，你讲！”

李盼就又坐在床边，如同一位政委啊辅导员啊之类，耐心地开导这个满腹心事的人。

“妈呀，你现在的处境，我可以理解，要我看，这就是失恋嘛。世界上既然有婚姻恋爱，失恋就是不可避免的。对此，不同的人有不同的态度。现代女性看得很开，恋爱是男女双方的事，谈得来就合，谈不来就分，许多人只恋爱不结婚，分手的时候不涉及法律，不承担责任，也没有财产纠纷……”

何丽珠心想，你就是这路货色，还没有结婚就已经恋爱成精了，还有脸在我面前卖弄！不过，现在不是她教训女儿的时候，而是要借用女儿过剩的经验为她心中的乱麻理出个头绪，也就只得硬着头皮听下去。

“即使是结了婚，合不来就离婚，也无所谓，何必反目成仇，闹得你死我活呢？在世界上，越是经济发达、文明程度高的国家，离婚率越高，这说明人家具有现代意识。不过这条路对于你来说，走不通。因为你没有花容月貌，又没有太高的文化，年龄嘛，也已经五十出头了。离了婚再嫁，会嫁个比爸爸更好的人吗？当然不可能，你不知道现在的‘行情’：男人再婚，一般要找相差二十岁的爱人，也就是说，你这样的年龄，只好找七十多岁的老头，还不知道人家要不要你。在越州，人人都知道你是市长的'前夫人'，谁会要？谁敢要？让人家像在菜市场买鱼一样挑来挑去，那味道是不大好受的！何况，你本身就认为离婚是一件不光彩的事，到时候会觉得没脸见人，抬不起头来的！……"

何丽珠默默地听着。盼盼的话句句刺耳，但她又不得不承认，就她的情况来说，确实是这么回事。

"所以，这条路无论好还是不好，你都是走不通的。那么，就只好看看另一条路：维持。在一个家庭里，当丈夫有了婚外恋，这个家是不是就一定会破裂？还可不可以维持？那就要具体分析了……"

一般女孩子羞于谈论的，正是李盼的热门话题。别看她正经书读得不多，街头小报、杂牌刊物在枕头下总是堆着一大摞，长期积累，也可称"学富五车"，谈起来口若悬河，滔滔不绝。讲到得意处，她完全忘记了自己在这个家庭里的身份，竟像在做专题研究的学术报告。这一点倒像是李言的亲生女儿。

"婚外恋，在男女双方都有发生，但比较而言，以男性居多。这固然是人类长期以男性为中心的社会所造成的，但另一方面，也是人性的本身所决定的。当男人在事业上获得成功的时候，他需要得到异性在情感上的交流和升华；而在遇到坎坷时，又希望从异性的臣服和同情中弥补自己的失意。我不是为爸爸开脱啊，你在这两方面，都不能满足爸爸的要求。不是你不愿意，是你不具备这个能力。爸爸每天晚上都要读书、写文章直到深夜，白天还要日理万机，负责很重要的工作，他一定有得意之笔也有难言之隐，有欢乐也有痛苦，他的情感需要宣泄！这时候，如果你能够和他促膝长谈，该多好啊？可是你不能，所以，移情别恋的事就发生了！你对爸爸二十多年来一直是一心一意，而他却对你不忠实，这当然不能原谅他！妈呀，我知道你现在心里很痛苦，很恨他，但光是恨也不是办法。如果你眼睛里不揉沙子，和爸爸闹翻了，这个家只有破裂！而破裂了，受害的是你，既然你不想破裂，就不要把事情做绝，而想办法维持……”

“‘维持?’我们两个中间有了那个狐狸精，还怎么‘维持’?”

“当然不是维持这个三角关系了，你要想办法把爸爸再拉回来嘛!”为了表示真心实意地替妈妈出谋划策，郁琅嬛的说客现在反过来寻找甩开郁琅嬛的办法，“关于郁老师的事，你对爸爸一个字也不要提起，只装作不知。从现在起，你对爸爸要特别好。他下班回来，你应该笑脸相迎，问一问：工作上有什么不顺心的事吗？累不累呀？他中午在市委机关食堂吃饭，营养不一定能保证，晚饭要让他吃得好一点。每天晚上，他总要加班加点，你要催他早一点睡，如果太晚了，还应该给他准备好消夜，免得把身体搞垮了。还有，你们两个人长期不在一个房间，感情必然淡了，还是由你主动提出合起来的好。总而言之，你要特别‘宠’他，让他觉得你是他最亲近的人，离开了你，再也不可能有别人这么‘宠’他，就从感情上把他拉回来了……”

李盼随心所欲、完全没有章法的这一篇口头作文，收尾落到了这么一个“宠”字上。何丽珠本来怀着“虚心求教”的心情，不料越听越不对头，越听越气。你爸爸是了不起的大人物，我一钱不值，配不上他，所以他有理由胡搞；他做了见不得人的事，倒都是我的错；我一不能打，二不能骂，三不能露出一个字，受了他的气，还要低三下四地去“宠”他，巴结他，替他当奴才?！我才不干呢！二十多年来我辛辛苦苦，你爸爸什么时候问过我一声冷暖饥饱？什么时候宠过我？男人是人，女人也是人，男人都是女人生的，凭什么女人既要“臣服”于男人，又要“宠”男人？这是什么混账理论？发明这种理论的人不是女人生的吗？侮辱了女人就是侮辱了母亲！有学问的人把最好的词都给了女人：祖国是“伟大的母亲”，人民是“伟大的母亲”，党是“伟大的母亲”，这“伟大的母亲”能允许侮辱吗?

“呸!”何丽珠毫不客气给李盼的长篇大论亮了分,不是“优、良、中、差”,不是“甲、乙、丙、丁”,不是“A、B、C、D”,而是“呸!”并且加了评语:“下流坯!你也是个女人,倒把女人的脸丢尽!在家里称王称霸,原来在外面就是这样‘宠’男人啊?滚蛋!滚蛋!这个家业是我一手创出来的,就是我讲了算数,你们哪一个敢乱来?!”

李盼自讨了一个大大的没趣,自不免生出“怀才不遇”“忠臣遭贬”的愤慨。但这本也是意料之中的,在这个家,即使她立下汗马功劳,也不可能得到什么好处,“滚蛋”已经是双方公认最好的出路,她不求有功,也不怕有过,无心纠缠了,既然何丽珠不再用她出谋划策,她也就正好借梯下楼,只不过稍欠体面。所以,在她转身走出妈妈的房间时,也多少要为自己挽回一点面子,就补充了一句:“好哇,现在爸爸不在家,当然只听你一个人的啦,你是至高无上的嘛!”却又在火上浇了油。何丽珠望着她的背影吼道:“你爸爸在家,我也是这样!”

“但愿如此吧!”李盼做了鬼脸,腰肢一扭,进了自己的房间。

这时,听得楼下传来开门声、脚步声,是李言回来了。

论证会散会以后,李言便迫不及待地要打电话给郁琅嬛。但是马上想到,女儿阿盼正在她那里,不行,那边有阿盼在一旁“监听”,话也就谈不透彻;而且万一被阿盼抢先接了电话,他这个做父亲的就尴尬了。所以,想来想去,他只好先回家一趟,吃了晚饭再说。市委机关车队的车子送他回家,在车上,他还特地拢了拢头发,理了理西服和领带,他不愿意在大院的门卫、熟人和妻子何丽珠面前显露出丝毫的狼狈,而要保持自己的尊严。他要暂时把论证会上的唇枪舌剑忘掉,在属于自己的这个巢穴里喘息一下,从体力到精力,给自己一个恢复和调整的时间。

进了大院,门卫照例对他说:“首长辛苦啦!”传达室里那位闲得无聊的老头儿又不失时机地向他讨好，告诉他阿盼已经被批准去香港的消息。李言听了，心中为之一爽：这总算是一件好事！如今公事、家事矛盾重重，解决了一个算一个吧！

走到自己家门口，掏出钥匙打开“市长院”沉重的铁门。走过草坪间的甬路，再打开楼门，进入宽敞的客厅，换了拖鞋，踏在光洁的柚木地板上，他突然感到一丝振奋，坚定、沉着和自信在他的体内悄悄恢复。这座“市长院”，是他李言在越州的地位和权力的象征，是他用心血才智和身体力行筑成的，绝不容许任何人来推翻它，而要想推翻又谈何容易！

踏着弧形的楼梯，李言一步一步走上楼。

从楼上传来何丽珠的怒吼。他知道，这一定又是和阿盼开战了。这在过去，本是李言所司空见惯的，但在今天，他特别需要宁静，无论如何请给他片刻的宁静，谁料想这个家却正在沸腾状态。他自己刚刚从沸腾的会议上回来，浑身已经被蒸煮了个够，现在则要进入再一次的蒸煮！

他走上楼，没有立即到自己的房间去，本能地想见见已获“无罪释放”又将要“远走高飞”的女儿。可是，阿盼的房间关着门，推了一下，没有推开，而何丽珠的房间却敞着门。他就走了进去，要问问她：阿盼刚回来，你又吼什么？

听到李言的脚步声，何丽珠的吼声就戛然而止。现在，她像往常一样，正懒散地躺在床上，枕头旁边扔着她消愁解闷用的小收录机，只是没有戴耳机，刚才还在大发雷霆，她当然没有心思听戏、听歌了。

奇怪的是，何丽珠竟然正在一本正经地“睇书”。床头放着厚厚的一函线装书，手里拿着一本，仿佛凝神捧读的样子，与刚才听到的叫骂声判若两人。

这使李言很吃惊。太阳从西边出来了，何丽珠也欢喜读书了?!

再仔细一看，李言更吃惊了，那部书竟然是他收藏的那一套《金瓶梅》!

“怎么?你在看《金瓶梅》?”李言不假思索，脱口而出。

何丽珠慢慢地把视线从书上移开，看着李言，仿佛从入神的捧读中被惊醒了，刚刚发觉他来到面前似的。

“咦?我家里的书，你可以睇，我就不可以睇?”何丽珠冷冷地问。

“你……从哪里拿来的?”李言伸手就去拿书。

何丽珠早有防备，一把推开了他：“我还没问你：你把它放在哪里了?借给谁了?心里有数吧?”

一句话便点到李言的心上，他当然有数了!

大概是在半年前，在他和郁琅嬛的某一次见面就要分手的时候，郁琅嬛说：“我给学生讲明清小说，举《三言》《二拍》《红楼梦》为例，有的学生说，还有《金瓶梅》，请老师讲一讲!我其实没看过《金瓶梅》，就只好套用《辞海》上的说法，讲了几句，心里总是没底……”

李言说：“对于中学生，这部书不提也罢，他们涉世未深，容易对书中的色情描写好奇，恐怕会产生副作用。”

郁琅嬛问：“可是学生问我，我总得有个说法。报刊上有人对《金瓶梅》评价甚高，似乎没有读过就不足以论明清小说……”

李言笑笑说：“历来众说纷纭，也没有定论。我是不大看重这部书的，认为和《红楼梦》无法相比，这部书对‘性’的描写太直、太露，到了低级庸俗的地步。你又不是中学生，可以浏览一下，得出自己的结论。”

就这样，李言第二天就把家里的那套《金瓶梅》带给了郁琅嬛。这当然要瞒着何丽珠，没给她打招呼。不过，李言从书房里拿什么书出去，根本用不着告诉何丽珠，她也从不过问。

但是，这件事今天拿到桌面上来，问题就复杂了！

这部书怎么会落到何丽珠手里呢？是郁琅嬛把书“还”给了何丽珠？不可能！郁琅嬛最忌讳的就是何丽珠，不会主动和她发生任何瓜葛。是郁琅嬛不慎失落了这部书，恰恰又被何丽珠捡到了？不可能！她们两个每天从家里到单位的行动路线南辕北辙，哪里有这么碰巧的事？何况郁琅嬛处事谨慎，也根本不可能携带着《金瓶梅》上街。那么，这部书是怎么落入何丽珠之手的呢？李言无论如何也想不出其中原委，要弄清真相，只有一个人可以问，那就是：郁琅嬛！

李言慌了，匆忙之中，他不顾一切，转身就走！

“返来！”何丽珠威严地喝住了他，“你想去哪里？去找佢呀？”

李言一个冷战，愣在了门边。在越州话里，单数第三人称没有性别之分，“他”和“她”统统称“佢”，听不出男女，何丽珠也没有指名道姓，但李言清清楚楚地知道她所指的是谁！

何丽珠察言观色，心中有数了。

李言懊悔不及！长达两年多的秘密，不期然地提前暴露了！

夫妻之间的战幕，就这样突然拉开。

李言事先没有任何准备，他完全没想到，刚刚从战场上杀得精疲力竭地回来，家里等着他的又是一个战场。

何丽珠也并没有充分的准备。刚才李盼自作聪明地为她出谋划策，并没有被她采纳，她现在采取的战略，似乎只是事到临头的“即兴创作”而已，车到山前必有路。

“告诉我！”何丽珠不给李言考虑对策的时间，像法官似的审问他，“你同她是什么关系？”

李言面对夫人的突然提审，必须做出回答。可是，他该怎么回答呢？

他回身掩上了房门，免得让女儿听到不该听的内容。然后敷衍地说："什么关系？没有什么关系！"

一般来说，被告最初的交代往往是拙劣的抵赖。

"'没有什么关系'？"何丽珠以异样的腔调重复着这句话，"两个人一起睇这种黄色图书，关系好亲密噢！"

说着，何丽珠狠狠地翻动着书页，展示那些令她触目惊心的图画，而这正是她认为最有说服力的证据。

"《金瓶梅》怎么会是'黄色图书'？"李言勉强地笑了笑，心想，不管你怎么来势汹汹，我也必须沉着应战，绝不能乱了阵脚！在国际上，经常有某国向另一国抗议侵犯了领空啦，向敌国或敌对势力出卖军火啦，纵容毒品走私啦，或者宣布抓住了国际间谍啦，被指控的国家有哪一个虚心接受？统统地不认账，要么矢口否认，要么倒打一耙，要么"王顾左右而言他"，胡诌八扯，把国际舆论搅成一锅粥，最后不了了之，至少也可以为自己赢得一个准备反攻的时间。李言现在实行的就是这一策略！"《金瓶梅》这部书，在学术界，一向被称为'天下第一奇书'、不朽的警世之作，对于研究明代的政治、经济、语言、民俗，都有着不可替代的意义，在文学上的价值甚至和《红楼梦》并驾齐驱。"李言紧紧地抓住了何丽珠对《金瓶梅》的批判而大做反批判，好似在做一场"学术研究"，这恰恰是他最在行的事。为了收到效果，也不妨把对《金瓶梅》的评价抬高一点，未见得就是李言本人的观点，"多少年来，这部书一直是文人研究的对象，有很多问题还没有弄清楚，比如它的作者'兰陵笑笑生'，到底是何许人也？有人说是明代大文学家王世贞，也有人说是大戏剧家李渔、汤显祖，还有人说是李贽、徐渭、冯梦龙……算起来一共有四十三个半，到现在也没有落实谁是真正的'兰陵笑笑生'……"

“什么‘笑笑生’？我今日要你‘哭’也哭不出！”何丽珠一声断喝，“啪”地把手中的《金瓶梅》扔在床上，“老老实实交代，你同狐狸精是什么关系？”

李言的“论证”戛然而止，那不着边际的“学术研究”只好收场了。

何丽珠并不像他想象得那么简单，五十多岁的人了，虽然识字不多，但在图书馆里也混了半辈子，见惯了人整人。历次运动，那些被整的人都用过“避重就轻”“转移视线”“声东击西”“瞒天过海”这些伎俩，但没有一个能成功的，到头来都被整得服服帖帖！哼，你现在还来这一套？

何丽珠的一声断喝，使李言收住了关于“兰陵笑笑生”的废话，而必须正视现实了。

何丽珠仍然像刚才教训李盼一样，半躺半坐在床上，“三娘教子”的架势。而李言装束整齐地站在旁边，处于受训挨整的地位。在越州市常务副市长及其夫人之间，现在的关系显然已经倒置了，这个家庭建立二十多年来，李言的家长地位还是第一次动摇。

“你讲啊！”何丽珠又在催促。

李言当然不可能“老实交代”，能拖延还是尽量拖延，“你让我讲什么？跟你这种精神病，没有什么可讲的！”说到这里，李言仿佛捕捉到了一个灵感，“精神病”这个词儿在此时冒出来真是妙不可言，立即抓住它予以发挥，“最近一个时期，我总觉得你有些反常，情绪很不稳定，要么啰里啰唆，要么暴跳如雷，多愁善感，疑神疑鬼，捕风捉影，小题大做，连一点小事儿都弄得心神不宁。哎，你是不是到了‘妇女更年期’啊？”

何丽珠转过脸来，瞟了他一眼。也许，这番话她听进去了？

李言赶紧接着说：“哎，阿珠啊，你可不要粗心大意！我听见人家说，妇女的生理保健和心理保健都非常重要，到了这个年龄……”

“你听谁讲的?”何丽珠突然问。

“呃……”李言一时拉不出一个人来，就说，“我听……大家这么说，真的!”

何丽珠一个冷笑：“‘大家都这么说’？你们市委、市政府里面都是食饱了饭、没事做的‘八婆’吗？你成日混在女人堆里谈论这些吗？你们领导班子里没一个女人，连你的秘书都是男的！哼，自以为聪明，马脚正好露了出来！成日同那个狐狸精一起鬼混，成绩不小噢，连‘妇女保健’都成了内行!”

“灵感”被击碎了！何丽珠表现了难得的谈判天才，不管你多么油滑善变、曲折迂回、东拉西扯、不着边际，她都紧扣主题，只要你游离半步，就迅速地拉回来，并且给以狠狠的一击，打在要害处——那个“狐狸精”身上!

“你……”李言怒火中烧！他怎么能容忍何丽珠一再用“狐狸精”称呼郁琅嬛，又怎么能容忍“混在女人堆里”这样的污蔑？但是，现在不是发怒的时候，麻烦是自己惹出来的麻烦，他只好强压怒火，耐着性子，小心翼翼地不使战火蔓延，“你胡思乱想到哪里去了？我……我是听一位精神科医生说的嘛，昨天晚上，我去考察秦屿……”

可怜李言的编造已经急不择言，不提防碰上了他的另一块心病：秦屿！剜心的痛楚使他猛的一声呻吟，不知所云的谎话突然卡住了。

“胡说八道!”何丽珠毫不迟疑地捕捉住这一进攻时机，“我又不是疯子！你会为了我，半夜三更去秦屿那个鬼地方，去疯人院？鬼才相信！噢，怪不得你昨日夜晚天快亮才返来，是不是又同那个狐狸精鬼混啊?”

真话、假话已经混为一谈，何丽珠竟然连他昨天晚上曾经去秦屿也不相信了，李言竟无法为自己辩解。秦屿论战、家庭论战的双重压力同时夹击着他、压挤着他，使他头脑麻木、胸腔窒息，整个身体不是被挤碎，就要“嘭”的一声爆炸了！为了支持摇摇欲坠的身心，为了改善一下这种“受审”的地位，李言似乎该坐下来才像个样子。何丽珠的床边有一把椅子，就是过去何丽珠每天晚上堆衣服、李言经常在晚上碰倒的因而也最恨的那把椅子。现在李言把椅子往外拉了拉，坐下来，暂时充当那一堆衣服。

沉默。李言坐在那把极不舒服的椅子上，懊丧而又窘迫地苦苦思索着，而疲劳已极的头脑却已成一团乱麻，理不出个头绪。他把手伸进西服口袋里，摸出一盒“万宝路”，那是刚才回家的路上让司机停下车，他现买的。两年多的戒烟史已经在程功面前结束，他“破戒”了。过去的高级打火机早已忘记丢在哪里，他现在用的是普通的火柴，“嚓”地点燃了香烟，然后吞云吐雾。“乌烟瘴气”也许正是他此时心境的最好写照。

何丽珠对此只看了一眼，却没有说什么。如果是在过去，她会说：“怎么又食烟？不怕生肺癌？你死了，我同盼盼怎么办啊？”现在不然了，看着李言那借烟消愁的狼狈相，她只觉得解恨：哼，急死你，愁死你，自作自受！

“讲呀！”已经处于优势的何丽珠不给他喘息的时机，连连催促。

李言说什么？该说的不能说，不该说得更不能说。如果现在在他面前的是郁琅嬛，他该有多少话说！比任何时候都需要她给予温暖，给予安慰，化解胸中块垒，帮助他渡过难关！

“喂！你一言不发，想谁呢？”何丽珠紧锣密鼓地敲打他，“是不是又在想那个狐狸精？”

没错，打个正着，李言现在最急于要见的就是郁琅嬛，可是却被何丽珠缠住，无法脱身了！

一支烟吸完了，再点上一支，卧房里已经烟雾腾腾，可是头脑里依然一筹莫展。

“做你的美梦！哼，有几多次，你到了下班时间不返来，我还以为你在开会，打电话到你办公室去，又总是没人接。半夜三更才进门，总讲在忙工作，忙工作，我好可怜，真的相信了你，有时候整夜不返来，也相信你。这两年，每到盼盼放暑假、寒假，你也总是出差去外地，对我讲，去开重要会议呀，谈判重要项目呀，现在总算明白了，都是那个狐狸精在勾引你！一天不见她，你就心里发慌，暑假、寒假就同她去外面鬼混，好不要脸！”

没错，一点都没错。两年多来，李言几乎天天和郁琅嬛见面，有时是匆匆一见，有时是彻夜长谈。遗憾的是常务副市长的空余时间太少，而郁琅嬛的教学工作也十分繁忙，他们没有更多的机会厮守，每当暑假、寒假到来的时候，郁琅嬛才有一段属于自己的时间，无疑也是李言的天赐良机，他把一些可有可无的出差尽量安排在这个时间，而且排除一切随员，这样，一对饥渴的情侣便四处漂泊，“万水千山总是情”了！如今，好梦终于惊醒，面对这位“夫人”该怎么交代呢？

何丽珠接连发出两枚炮弹，李言都默不作声，这使她心寒彻骨！在此之前，由李盼偶然弄来的一部《金瓶梅》对她的震动，那还只是一个悬在头顶而未落下来的问号；在兴师讨伐郁琅嬛的途中鸣金收兵，正说明她还犹疑不定，她实际上希望能从李言这里得到圆满的解释，而不希望李盼所提供的情报千真万确。如果李言面对她的“审问”，或哈哈大笑，不予理睬，或恼羞成怒，大发雷霆，她都会释去心中的疑虑，重新恢复对丈夫的信赖，并且自责鼠肚鸡肠、无事生非，甚至会主动改变自己近年来的疏懒，把家管得更好一些，把丈夫服侍得更周到一些，比过去更加“宠”李言，因为失而复得的东西更显得珍贵！基于这样的愿望，她以迅雷不及掩耳之势向李言发动了突然袭击，要看看李言的反应。除了手里的这套《金瓶梅》之外，她其实并没有任何切切实实的“内查外调”材料；煞有介事地指出李言的深夜不归、寒暑假外出的“内幕”，也仅仅是主观臆测，做一做试探而已。可惜，可悲，可叹，她的美好愿望在李言的沉默中破灭了。已经做了二十多年的夫妻，何丽珠深知李言的秉性：他虽然在父辈造成的逆境中逆来顺受，但骨子里是一个极度狂妄自负的人，绝不会容忍别人对他无中生有地污蔑，甚至连一点小小的见解分歧也要激烈地争辩。他一向格外注重道德操守，无论在外面，还是在家里，都保持着文人的自重、清高。而现在，何丽珠的指控直接危及了他的声誉，他竟然低头不语，眉头紧锁，只顾一支接一支地吸烟。一切都被证实了！

其实，李言和郁琅嬛之间频繁的来往，本来也是很难长久地保持秘密的，之所以能保持两年多之久，很大程度上得之于何丽珠对他的信任。如果她是个生性多疑、醋意十足并且不辞辛苦地时时处处防范、监视着自己丈夫的女人，那点儿秘密早就被捅破了。如果何丽珠早去打听郁琅嬛的住址，本是极容易的，到那里去“捉”她的丈夫，十次有九次不会落空。而现在，这层窗户纸竟然在完全无意之中轻而易举地被捅破了！

何丽珠突然发现，她一手扶植起来的、她苦苦挚爱着、一心依恋着的丈夫早已背叛了她，两年多来一直偷偷摸摸地和另一个女人保持着极不正常的密切关系，这带给她的精神刺激是巨大的，从而爆发的报复力量也是难以阻挡的。“痴情老婆负心汉”，人间曾经上演过多少这样的悲剧？而灾难不降临到谁的头上，谁也不可能真切地感受到那份爱与恨交织的痛苦。天不长眼，没有给何丽珠以接受高等文化教育的机会，她讲不出像大知识分子那样成套成套的理论；没有给她生下一男半女的权利，以至于身边连个能说说体己话的亲生骨肉也没有。在这个家，她已经被孤立、被抛弃，还有谁能为她做主、替她撑腰，帮她战胜有生以来最大的劫难呢？唯有靠她自己了！屈辱和愤怒的泪水终于冲出眼睑，无遮无拦地涌流下来！

“你……你好没良心！我同你结婚二十多年，为你洗衫煮饭，为你做牛做马……”

这大约是女人的惯伎，当她们声讨丈夫的时候，最顺手的武器也就是这些。可是，在越州，在中国，在全世界，哪一个女人不做家务呢？即使是那些出类拔萃的“女强人”，回到家里，在丈夫面前，也还是要尽“妇道”，照顾丈夫的饮食起居。更何况，你何丽珠如果连这些都不做，还能做什么呢？如果李言当初娶了另外一个女人，难道就会吃不上饭、穿不上衣吗？

李言烦躁地再点上一支烟，思索着怎样摆脱她的纠缠。何丽珠泪流满面的哭诉，其实很难引起他的同情和歉疚。

“你记不记得，当初你是怎样来到图书馆的？我是怎样对你的啊？”

记得，过去的一切，李言当然都记得清清楚楚。但是，同样一件事，在不同的人、不同的时候，记忆也会是不同的。四分之一世纪过去了，当初父亲的含冤而死，图书馆里的乌云压顶，都已成为历史的陈迹，不再使人谈虎色变。你何丽珠至今仍为当年的义举而自豪，而李言又何尝不可以认为你正是投了当时的政治之机？如果不是那种戏剧性的政治局面，你凭什么能够嫁给一位青年史学家？

“我嫁给你的时候，只有二十六岁，二十六岁呀！”何丽珠伸着指头，惋惜地感叹着逝去的青春年华，“现在，我老了！都是为你阿言呀！……”

奇谈怪论，任何人都逃不脱自然规律，嫁给活神仙也得老！你老了，别人就没老吗？当年那场闹剧性的“婚姻”，你以为我李言从中得到了天大的好处，岂不知我却为此付出了全部的青春！如果……如果当时命运能够昭示我终有一天会碰上郁琅嬛，那么，我绝不会娶你，而是矢志不渝地等着她，等她十年、二十年、三十年！可是现在，郁琅嬛来了，却又没有了她的位置！

"你没良心！没良心！"何丽珠单方面的声讨和哭诉越是得不到李言的回应，越是激愤，"没有我阿珠，怎么会有你阿言的今日?!"

"算了吧！"李言终于忍不住，说话了。他已经忍了二十多年，还要忍到何时？这笔账，既然你何丽珠要清算，那就清算吧，迟早要清算！"你是我的重生父母、再造恩人？我欠了你一辈子也还不清的债，没有你何丽珠，就没有我的今天？荒唐！"

"你说什么？我荒唐？"何丽珠一跃而起，泪眼瞪得大大的，那是极度悲哀极度失望极度委屈极度惊奇的一双眼睛，紧盯着面前这个忘恩负义、翻脸不认账的李言，"当初你是靠什么做了官的？"

"靠我自己的奋斗，靠党和人民的信任！"李言也腾地站起来，理直气壮地说，"难道市委副书记、常务副市长是你何丽珠任命的吗？你也太伟大了！"

"没良心的东西！"何丽珠嘴唇发抖，扬起右手，朝李言脸上打去！"我睇你几多伟大！"

"好哇，你还要打人！你……有资格打我?!"李言不躲不闪，站直了等着她，心想，你打吧，只要你这一巴掌落下去，事情就由不得你了！

何丽珠扬起的手并没有落下去，而停在了半空。二十六年的岁月在她眼前飞速闪过，站在她身边的就是当年那个只身闯越州的可怜巴巴的阿言，现在不可一世了。二十六年来，她给他的不仅是一个妻子对丈夫的爱啊，简直像姐姐爱弟弟，母亲爱儿子，眼巴巴盼望着他出人头地……她不忍打他！可是现在，这个阿言已经不是她的阿言了，二十六年的深情一笔勾销了，仇人似的要和他算账！阿言啊，这个账，你……你算不清、还不清！

颤抖的手无力地垂下来。何丽珠跌坐在床上，双手掩面，泪水从指缝中渗出来！“我……没资格打你？你是大市长，我是小百姓，小百姓怎么可以打大市长？阿言啊，你知不知道？天下最有资格打你的，就是我阿珠！你以为，你读了几本书，写了几篇文章就可以当市长吗？你的文章，程书记怎么会睇到的？”

“你说什么?!”做好了准备要清算二十六年冤债的李言突然一愣！

“噢，你不知道，不知道……”何丽珠痛苦地摇摇头，往事和着泪水一起涌流出来……

那是在……噢，就是在他们结婚十年之后，昏天黑地的风风雨雨已经过去了，李言从父亲那里继承来的千钧磐石从身上掀掉了，他仍然像过去那样没日没夜地读书、写字，但是速度比过去加快了。何丽珠并不知道他读些什么、写些什么，却也朦朦胧胧地觉得，他在做一件大事。男子汉就是要做大事啊，现在天下太平了，阿言也应该成大器了。

她看见李言桌上的稿纸越堆越厚，每隔一段时间，就订成一大本，然后用牛皮纸袋封起来，说是要寄到省城去，寄到北京去。

“我替你去寄好啦!”何丽珠望着消瘦了的丈夫说。她多么想多替他分担一些劳累？但她所能做的，也就只能是为他跑跑腿了。

“不，还是我自己去吧,”李言说，“这很重要，要挂号，千万不能弄丢的!”

他坚持亲自到邮局去寄走了那些纸包，一次又一次。何丽珠知道，那纸包里装的都是他的心血。

心血没有白费呀，没过多久，就不断有牛皮纸口袋装着的刊物、报纸寄到李言的手上，那上面印着李言用心血写成的文章，渗着汗水的稿子变成了铅字。李言明明知道何丽珠看不懂这些，但还是忍不住一页一页翻给她看，让她看那白纸上印的黑字：李言。那神情，像是刚刚从医院里抱回了盼盼的时候那么兴奋，那么爱不释手。不，不，李言爱他的文章胜过爱盼盼，好像那是他亲生的儿子！啊，阿珠没有本事为阿言生个儿子，这是阿言自己“生”的，阿珠好惭愧！那么，她还能为阿言、为他的“儿子”做点什么呢？

越州图书馆虽然是个小地方，却汇集了全国的报刊，李言的那些文章，很快就被同事们发现了，小小的“文庙”轰动了，当年碍于情面勉勉强强来吃他们喜酒的同事们，如今都对李言另眼相看，不厌其烦地回忆他们这些年来和李言的“交情”，似乎沾了无上的光彩！

然而，李言对于图书馆里的“轰动”却无动于衷，每天仍然是上班读书，下班还是读书，读得累了，就抽上一支烟，仰脸看着顶棚，嘴里念念有词：“杜棱书积蠹，丰狱剑生苔。”“沧海骊珠能几见，丰城龙剑不终藏！”这几句话，何丽珠听都听熟了，甚至可以背下来，只是不知道是什么意思。但她从李言的语气和眼神里感到，他似乎在等待着什么。他等的是什么呢？李言没有说。何丽珠问他，他也只是笑笑。

毕竟是十多年的夫妻了，何丽珠猜到了丈夫的心思。丈夫是她的命根子，丈夫是这个三口之家的顶梁柱，丈夫的事就是她的头等大事，她知道自己该为阿言做些什么了。

她带着当时只有五岁的盼盼，跑到县委，要见县委书记程功同志。一个家庭妇女模样的老百姓，有什么资格得到本县最高首长的接见呢？这简直是开玩笑。看门的拦住她，说：“程书记很忙，哪里有时间处理你们这些婆婆妈妈的事情？你有什么问题，可以向街道领导反映嘛！”

她就这样被拒之门外，一次，两次，结果都是一样，看门的差不多把她看成“精神病”了。

但是她并没有回家去。

几经辗转，她打听到了程书记家住的地方，就到那里去找。

那里也有人看着门，不肯放她进去，说：“首长也要食饭嘛！你有事情，可以上班时间到县委去！”

皮球再踢回去，回去也是碰钉子。她当然不肯走，就抱着盼盼站在门口等。你程书记要食饭，也要上班嘛，总是会出来的！她铁了心就在这里等！

那时正是吃午饭的时候，盼盼饿了，吵着要回家，要吃饭。何丽珠心疼女儿，却又不敢离开程书记门口半步，怕错过了机会，就安慰盼盼：“盼盼乖，再等一下，再等一下……”

盼盼哪里知道妈妈在等什么人？要做什么事？任性地哭闹起来，何丽珠慌得没有了主意！

正在这时，院子里走出了一个黑黑瘦瘦的中年人，看了盼盼一眼，问看门的：“这是怎么回事？”

看门的连忙解释说：“程书记，这个妇女要找你……”

何丽珠眼睛一亮：“啊，你是程书记？”

“我是程功，”中年人说，“你……找我有事？”

“程书记！”何丽珠话还没出口，眼泪就“唰”地流下来，这倒不是因为她有逢场作戏的本领，而是心疼跟着她挨饿受累的盼盼，她们母女两个，见到这位首长太难了！

程功一愣：“看来，你一定遇到了什么难处！不要哭，进来吧，有话慢慢讲，看看我能不能帮助你？”

真是“阎王好见，小鬼难搪”，程书记原来是这么平易近人的！何丽珠在门外受尽了磨难，却又突然成了县委书记的座上客。

程书记的午饭正吃到中途，就请她们一起吃。盼盼狼吞虎咽，全不管这是在谁家，吃的是什么人的饭。何丽珠当然不肯吃，她有十万火急的事情要面告本地最高长官！

“程书记！我老公要调走，去北方，北方好冷，饭也食不惯，我不肯去，盼盼也不肯去！”

“嗯?”程功停止了咀嚼，想不到这位妇女风风火火地跑来找他，竟是为了这么一件琐碎的家务事！“你老公——你丈夫是什么人?”

“噢，你睇，你睇！”何丽珠早有准备，从随身带的提包里取出整整齐齐的一摞报纸、杂志，打开其中的一份，指给他看，“这是他写的文章！”

程功顺着何丽珠的指点，读着那个名字，一愣：“李言?”

何丽珠赶紧说：“就是我老公啊，南方大学毕业的，好大的学问噢！”

“这个名字好熟悉……”程功想了想，眼睛突然一亮，“对了，我看过他的文章，写得好！但是没想到这个人就在我们越州！他在哪个单位工作?”

“在我们图书馆，除了管管图书，也没事可做，北京来信，要请他去做大事！我不肯去，也不肯放他去，程书记，你要替我做主啊！”何丽珠不失时机地大做文章。

真亏得她想得出、说得出，吹牛吹到北京去了！

程功的手突然一抖，筷子掉在地上了，连捡也不捡，伸手拿过那些报纸、杂志，急切地翻看，眼睛紧盯着上面的白纸黑字，好似要吃饭一样地吞下去。看了一阵，一字一顿地说：“邑有贤才而不知，深以为耻！我要留住他！”

这就是那份关系到李言命运的重要批示的“腹稿”，从此，也才有了以后的一切！

说到十多年前的往事，何丽珠仍然激动不已，泪流满面。这件事，在她心底埋藏了十多年之久，这是她一生最大的安慰，最大的骄傲。阿珠没学问、没本事，但为了李言，她已经尽了最大的努力，今生今世，总算对得起她的阿言了！可是，十多年来，她从来没有对李言说起过这件事。她觉得，作为妻子，她对李言做什么都是应该的，用不着表功；她知道李言这个人自重，要面子，如果知道了这个"内幕"，在人前会不好意思的；何丽珠希望他永远也不知道这件事，就好像根本没发生过，让李言坦坦然然地做人，扬眉吐气地做官！果然，李言的官做得很稳，而且越做越大，已经可以和程书记并驾齐驱了。过去何丽珠要进县委，要进程书记的家，比登天还难，如今李言办公的地方是比县委大得多也威严得多的市委大楼，家里也住进了比过去程书记家那个小院强得多也气派得多的"市长院"！种豆得豆，种瓜得瓜，只要你往银行里投进了资本，随着岁月的增长就会不断地增值。可是，人心却远不是那么简单，感情的投资，时间过得越久就会变得越淡，何丽珠不顾一切投入的一片深情，如今已经大幅度贬值，甚至一钱不值了！

错了，错了！当时为什么不告诉他呢？何丽珠痛心疾首自己的失误，终于把埋藏在心底十多年的秘密当面抖了出来，听一听吧，你这个负心的人哪！

"啊?!"李言只觉得脑袋"嗡"的一声，他被惊呆了！

真有这样的事？他今天的地位、权力、声望，竟然是何丽珠为他奠定了第一块基石，这是他万万没有想到，也根本不可能想到的！卧龙诸葛虽有经天纬地之才，若没有徐庶走马举荐，也不可能为刘皇叔所用；美玉虽好，若没有卞和冒死奉献，也难为楚王所识；世有伯乐，而后有千里马……那么，使他李言在越州脱颖而出的是谁呢？首先不是程功，而是大字识不得几个，却和他李言患难与共的何丽珠。她曾为了他而“程门立雪”！啊，啊，这二十多年恩恩怨怨、难解难分的旧情宿债，该怎么清算呢？如果说何丽珠是他的“重生父母”“再造恩人”，难道过分吗？

“阿珠！这件事，我不知道！一点也不知道！”一腔热泪从眼眶中涌出，这在年已半百的李言还是少有的，“我……对不起你！”

刹那间，何丽珠失重的心迅速恢复了平衡。人间自有天理在，自有真情在，以她的一腔热血，纵使一块冰冷的石头也会熔化，何况李言是一个活生生的人。贫贱夫妻、柴米油盐、饥饱冷暖，他们共同度过了艰难岁月，一直到了今天，不容易啊！人心换人心，不信唤不醒他！她在心里说：阿言，你明白了我阿珠的心就好，你知道自己对不住我阿珠就好。男人在外边的花花世界里闯荡，难免一时糊涂，做了错事，向我认个错，回心转意，还是我的阿言，我不怪你……

但是，也就在此时，她的耳旁突然响起昨天晚上电话里那个傲慢的女人的声音：“找李言！”

她听到女儿李盼对那个女人毫不掩饰地夸赞：“哗，好靓啊！”

她听到李盼那挑衅式的“开导”：“郁老师的美貌，你有吗？郁老师的文化教养，你有吗？这两样你都没有，怎么可能长久地吸引住爸爸呢？”

何丽珠一个冷战，从脉脉温情中惊醒了！她的阿言真的回来了吗？不，在他们中间，还横着那个女人呢，她恨那个女人，那个狐狸精！这笔账还没有清算，难道就能这样算完吗？

抑制住冲动的感情，何丽珠冷静了。她擦了擦眼泪，轻声问李言：“告诉我，你同她……已经有多久了？”

“啊……”李言看了看她，又低下头去，“两……两年多了！”

何丽珠心头一颤，这正是她估计的时间！盼盼在一中上学还不到三年，她的老师倒已经和李言勾搭了两年多，这个要命的盼盼啊，怎么家里什么灾难都由她引起啊！

“你同她……”她声音颤抖地问李言，谨慎地选择着该用个什么说法，但却又不能不刨根问底，“到底是什么关系？”

“我……”李言低着头，为难地说，“阿珠，你叫我怎么说呢？”

何丽珠心头又是一颤，李言越是无法回答，越说明问题的严重！如果她肯顾全李言的脸面，就不要再问了，让他在老婆面前说出同另一个女人的隐私，这太难堪了，而何丽珠自己最怕的、最不愿听到的也正是这些。但是，她还是竭力遏制住心头的恐惧和厌恶，要弄清楚她本来并不清楚的一切。从来也没有学过法律的何丽珠现在处于“法官”的位置，“被告”是她的丈夫。凭着一个女人的本能，借着从电影、电视上耳濡目染得来的一些粗浅的印象，她也知道“取证”的重要性，供词、人证、物证，都是证据，没有证据，谁都可以翻脸不认账的，她怎么能草草收兵呢？

“你经常去她家里？”她问，明知这是毫无疑问的。

“嗯。”李言低着头，把回答压缩到最简省的一个字。

“你同她一起都去过哪里啊？”

“北京、上海、三峡，还有山东、陕西……”

“噢？去过咁多地方！”何丽珠好似对人家的羡慕，实则对自己的感叹，阿珠好苦命啊，和李言结婚二十六年来，他何曾带她去过其中的任何一个地方开开眼界啊？受苦受累都是她阿珠的，旅游观光、吃喝玩乐却都给了另一个女人！郁琅嬛凭什么？她对李言立下过阿珠那样的汗马功劳吗？阿珠辛辛苦苦种出来的果实，就这样被她轻轻松松地抢走了？

把本来属于阿珠的丈夫霸占了？

“你同她……有过‘那种’事？”最令人难堪的问题终于提出来了。

“啊……”李言恐惧地望着她，又迅速地把视线闪开，嗫嚅着，“阿珠……”

“告诉我，”何丽珠极力把话说得温柔，而声音却在颤抖，“你讲了实话，阿珠就……原谅你！你同她两年多，一定会有！”

“有时候……”李言艰难地吐出这几个字，额头和后背上汗都出来了，“你就别问了！”

何丽珠只觉得心头猛地一阵刺痛！尽管李言的话吞吞吐吐，什么“有时候”？这和长期姘居又有什么本质的区别？何丽珠多么希望，李言和那个姓郁的女人只是谈天说地、游山玩水、浮皮蹭痒地交个“朋友”，但没有“那种”事，保持着清白！而又明知这是不可能的，现在被证实了，李言的回答沉重地打在她的心上，这就是她千方百计要得到的谜底！

何丽珠长长地叹息，好似经过了一场死命的拼搏，她已经心力交瘁了。要问的都问了，不清楚的都弄清楚了，所有的猜测都证实了，李言所说的每一个字都像尖刀剜着她的心，这是她的成功呢，还是失败？

“阿言，你讲了实话，我……原谅你！”她擦着满脸的泪水，喃喃地说，不得不兑现事先的许诺。浪子回头金不换，被郁琅嬛夺走的阿言向她认错了，又回来了，难道她能够拒绝吗？这不也正是她今天要达到的目的吗？不过，这些到现在为止还没有保证，李言要幡然悔悟，痛改前非，并不是无条件的，还必须有一个至关重要的前提。“过去的事，我不再追究，从今以后，你同她要一刀两断，永不来往，永不见面！你要对我发誓！”

当然，这个要求并不过分，在何丽珠看来，完全顺理成章，而且已经相当宽容了。

李言猛地抬起头，愣愣地看着他的妻子。

何丽珠那双威严的眼睛正期待着他的回答。

他的眼前，浮现出另一个女人的面孔，正在含情脉脉地看着他，轻轻地对他说："问世间情为何物？直教人生死相许！"

啊，郁琅嬛！李言今生今世所遇见的唯一摄住他魂魄的女人，她洁白如美玉，潇洒如流水，优雅如行云，还有一个和天帝的书房相同的名字："琅嬛！"两年多来，他们之间，是穷极无聊的消遣吗？是旷男怨女的苟合吗？是花天酒地的堕落吗？不，她是李言学术的同道，事业的助手，人生的知己，而且是唯一的。如果说这两年多是一场梦，那么，李言但愿长梦不愿醒。不，这不是梦，而是切切实实的人生，李言有生五十年来，唯有这两年多活得最潇洒、最自如、最难忘。而现在，这一切都被何丽珠轻而易举地推翻了，一笔勾销了，他和郁琅嬛永不来往、永不见面了，这怎么可能？要他从今失去郁琅嬛，和何丽珠一心一意地厮守一辈子，他做得到吗？

一天之内转战两个战场、杀得精疲力竭头昏脑涨的副市长此时才如梦方醒：糊涂啊，他怎么在不知不觉之中做了何丽珠的俘虏呢？仅仅是因为被她所披露的那件往事所感动吗？是的，以何丽珠这么一个蒙昧的女人，竟然能出此奇谋，向程功力荐李言，的确难能可贵；但是，如果她所举荐的是一个庸才，又有什么意义呢？这并不是为一个临时工找一份卖力气的"活儿"干啊，越州需要的是人才，是旷世奇才，打动程功的不是她何丽珠，而是李言自己，"沧海骊珠能几见，丰城龙剑不终藏"，即使没有她何丽珠，李言也不会长久埋没，剑鸣匣中，总有一天会惊天动地！

久久地得不到回答，何丽珠的心不安了，又在催促他："你说话呀!”

“阿珠!”李言说话了，他已经厘清了思绪，不再吞吞吐吐，抬起头来，直视着“审问”他的何丽珠，“你当年那样为我奔波，很让我感动。不止这一件事，这二十多年来，你为我，为这个家，一直都是如此的，我真不知道该怎么感谢你！……”

“阿言……”何丽珠忍不住呜咽出声，现在的眼泪不是痛苦，而是幸福，很久以来，她没有听到李言说这样的体己话了，“我不要你感谢，夫妻嘛，阿珠为你做什么都是应该的，我只要你……”

李言没等她把下面的话再说出口，立即把话题扭转：“但是，你觉得这二十多年来，我们生活得幸福吗？我们之间还缺少什么吗?”

何丽珠一愣：“缺少什么？我们家里，过去没钱，没权，现在都有了!”

“不,”李言摇摇头，“拥有这两样东西的人，未必都是幸福的，在我们之间，缺少的是一样最重的东西——感情!”

“你讲什么?”何丽珠惊呆了，“我同你没感情？天地良心！我阿珠为你，捧出了一颗心啊！当初同你结婚时……”

话又要从头说起，她的心里装着厚厚一本账，三天三夜也说不完，可以惊天地而泣鬼神!

但是，李言没有让她说下去，拦住说：“我知道你对我好，可是，我对你呢?”

“你对我没感情?”两颗泪珠从何丽珠红红的眼眶中滚落下来。

“这样说，真是对不起你!”李言下定决心不为其所动，毅然说，“在我们结婚之前，我就觉得自己在被动地接受命运的摆布，哦，路就这样走过来了。这二十多年来，我们之间的感情不是越来越深，而是越来越淡了。当然，我对你也怀着感激之情，但那是人之常情，朋友之间、亲属之间都会相互帮助、相互感激，而夫妻、家庭怎么只能靠这些来维持？你有没有感觉到，我们两个人在一起的时候，除了家务事之外，再也没有可谈的话题了？”

李言的声音不大，却字字敲在何丽珠的心上，敲得她发冷、发慌！如果不带偏见，她应该承认李言说的全是事实：二十六年前的婚姻是她何丽珠一厢情愿，以闪电式的战术攻克的；二十六年后的今天，他们两个人除了维持这个家庭的形式，已经几乎无话可说了！也许，这就是盼盼所说的“没有共同语言”吧？何丽珠花了整整二十六年，用去了她生命中最好的时光，竟然一直没有征服李言这个文化人！难道人有了文化就会变成无情无义的怪物？该死的老天啊，你为什么要制造这害人的文化？

“阿珠！我知道，我们二十多年的夫妻，说出这样的话来很让你伤心，可是我说的都是实话！对你，我也常常深感内疚，想在感情上给你补偿，让你过得快活、幸福，可是我做不到！我们两个，本来应该各走各的路，是命运把我们强拉到一起的。这样下去，我痛苦，你也痛苦；你为我付出了一切，却什么也没有得到，两个人都受折磨，这何苦呢？恩格斯说过，只有以爱情为基础的婚姻才是道德的……”

李言又在发挥他文化人的优势，这哪里是在“内疚”，分明是反攻倒算，还搬出个大胡子的恩格斯做后盾，你何丽珠惹得起吗？

“什么？我不道德？”何丽珠有何丽珠的理论，“你道德？那个狐狸精道德？她偷偷摸摸，抢走我老公，难道这也‘道德’？”

“唉，我和你讲不清！”李言悲哀地连连叹息，“你何必这样去伤害别人？我说的是我们两个人之间的事。你看，我们一谈起话来就要争吵，以后还怎么一起生活？阿珠，人生本来是很短暂的，你已经苦了二十六年，难道还要这样苦下去，苦一辈子吗？现在，阿盼已经有了出路，你应该去寻找属于自己的幸福，我们分手吧！不要吵，不要闹，夫妻一场，好离好散，各自珍重，各奔前程。我会充分考虑你的利益，房子、财产，一切都满足你的要求！”

何丽珠傻眼了。她煞费苦心发动了今天的这一场攻势，投入了那么多的感情，流了那么多眼泪，磨破了嘴唇，到头来得到的竟然是这么一个结果：“离婚！”这两个字像癌症一样可怕，自从何丽珠下决心和李言结婚，就没有想到过还会离婚，二十六年来从未想过，可是，年过半百，这样的厄运却突然降临到她的头顶。如果说二十六年前她敢于背叛家庭追求自己的“爱情”，那么，当最终被“爱情”嘲弄够了之后却没有勇气离婚了。在她看来，女人得不到丈夫的欢心，被丈夫抛弃，是莫大的耻辱；而像她这样既无文化又无才能相貌也平平的女人，离婚就等于宣判死刑。试想，她身边没有了盼盼，再失去李言，一个人将怎么生活？即使李言给她留下了财产，留下了房子，这个完全为丈夫而活着的女人还需要那些东西吗？如果李言从这个家搬出去，她怎么还有脸继续住在“市长院”？何况，一旦她不是市长夫人也就不具有在此居住的资格！

但是，不管她愿意不愿意，李言已经绝情绝义地亮出了底牌，就等她一句话了。

夕阳已经咬住越灵山的边缘，晚霞四射，燃烧着西半边天空。挺拔的椰子树在晚风中轻轻抚动羽毛状叶片，犹如一支支巨笔在天幕上恣意涂抹着变幻莫测的豪放笔触。炽热的霞光从西窗射进来，郁琅嬛小小的居室笼罩于浓浓的温暖色调之中，像点满蜡烛的童话中的小屋，她手中的那条连衣裙更加鲜红欲滴，红得像血，红得像心脏。记得她和李言探讨过“爱情的颜色”。是的，红色，爱情的颜色，生命的颜色！而这两者又是那么密不可分：获得纯真的爱情，要以生命为代价！

突然响起的电话铃声吓了她一跳，使她从童话中回到现实。啊，是李言的电话！一定是他！

她把手里的连衣裙挂在衣架上，匆匆奔过去接电话："喂！"

电话中却传来黄胖子的声音："郁老师呀……"

她好失望，这个时候，黄胖子捣什么乱？

"李盼下午的情绪怎么样啊？"黄胖子并没有捣乱，而是出于校长的责任心，对他的学生表达无微不至的关怀和爱护。

"噢，她……"郁琅嬛一时不知该怎么回答才好。想了想，只好说，"她很好，校长放心吧！"

迫不得已地撒谎，她无心和黄胖子饶舌。

"那就好啊！"黄胖子果然放心了，接着又说，"郁老师，关于李盼同学的这件事，既然已经圆满解决，就不要外传了。我已经嘱咐了所有知道这件事的人，也向你打个招呼。李盼毕竟不是普通的学生嘛，涉及李市长，我们要注意维护领导同志的威信，免得以讹传讹，造成不好影响！"

"知道了。"郁琅嬛说，心想：这还用你啰唆？

挂上了电话，郁琅嬛的心境就再难以回到刚才的童话中去了。既不见李盼回来，又等不到李言的电话，她有些着急了。

窗外的天空中鸟群飞舞，那是秦屿的鸟儿们要回巢了，每天傍晚都是如此。它们从四面八方飞来，升腾在越州的上空，盘旋着，鸣叫着，向祖祖辈辈栖息地秦屿飞去。它们是那么自由自在，为所欲为，完全不理会在脚下的这块土地上忙碌而又烦恼的人类，还要顺便再给他们添上一份嘈杂和喧闹。

晚霞的色彩渐渐暗淡下来，一轮夕阳已经沉到越灵山的背后，空中的鸟群渐渐销声匿迹，天就要黑了。

一辆出租车沿着海滨公路疾驰。

雪浪上空，最后一抹晚霞正在渐渐地褪色；云破处，露出一弯淡淡的残月，泛着朦胧的清辉。疏落的椰林下，三三两两的年轻情侣勾肩搭背，踏着嶙峋礁石，走向惊涛拍岸处，去领略海角情潮。

公路的另一侧，已经亮起万家灯火。越州的市民们在商品经济的大潮中又奋争了一天，各自回巢了，在这个时候，有谁会想到他们的市长，去过问他的饥饱冷暖、喜怒哀乐吗？也许会有的，但那只是在茶余饭后，以一种流行的调侃，重复着不知什么人编造出来的、从哪里流传来的新“民歌”：“一等公民是公仆……”而不会想到也不会相信“公仆”过的是什么样的日子！

此刻，正是越州的市民打开电视收看《本市新闻》的时候。本来，今天应该在头条播出的、将引起巨大轰动的新闻，却已经被悄悄地取消了，老百姓们永远也不会知道了！

车子拐了一个弯，驶进了今天中午吃饭的那条窄窄的街道，再拐一个弯，就是郁琅嬛所住的细巷了。

朦胧暮色中，李言下了车，向那座灰白色的小楼走去。小楼的西窗亮着灯光，那是郁琅嬛在望眼欲穿地等着他，如果不是夜幕的降临，她已经可以看见他的身影了。李言看了看那扇窗户，心脏怦怦地狂跳起来，曾经多少次来过、在他心目中那么亲切的地方，现在竟然使他胆战心惊。

他步履沉重地踏着楼梯，走向那扇通往心灵深处的隐秘之所的门。那扇门，会像过去一样向他打开，而他将怎么走进去？又将怎么走出来？

他已经站到了门外。迟疑了一下，伸出手去，正要敲门，忽然想起自己手里就有钥匙，他也是这里的“主人”啊！

他的手不由自主地放了下来，伸到上衣贴胸的口袋里，摸索着，啊，钥匙在呢。当然在！这把钥匙，比家里的钥匙、办公室的钥匙都更加重要，一直珍藏在紧贴心脏的地方。捏着钥匙，他的手同时触到了心脏那剧烈的跳动。他紧紧地捏着这把比金子还要贵重的钥匙，插进那对他永不设防的锁孔……

门开了，迎接他的是一片猩红，血一般的红！啊，红裙子、红嫁衣！刹那间，一股炽烈的情感如潮水般地涌上心头，他忘却了一切，深情地叫了一声：“小郁！”

“噢，你总算来了！”郁琅嬛如饥似渴地迎上去，不知该先说什么才好，竟脱口而出：“阿盼不见了！”

多么不合时宜的、多余的一笔，把诗一般的意境打破了！

刚才抛到脑后的一切又立即涌上心头，李言疲惫地跌坐在沙发上，像一棵被连根砍断的树倒了下来，摆摆手说：“别管她了，阿盼回家了，过几天就到香港！走吧，让她走吧！”

这本不是他急于要对她说的内容，但现在却只能说这些。当人的心里充满难言之隐，也就只好说废话了。

“噢，太好了！”听到李盼的好消息，郁琅嬛倒放心了，立即转换了话题，这是最重要的，“哎，下午的会开得怎么样？你真把我给急死了！”

李言避开她那追询的目光，说：“你……先给我喝口水吧？”

郁琅嬛转身倒了一杯凉开水，递给他：“走，到街上去吃晚饭，我们干一杯，为你，也为阿盼！”

李言把水一饮而尽，却对这个提议无动于衷。

“你的脸色怎么这么难看?”郁琅嬛直到现在才真正注意到李言的异样,“身体不舒服?”

李言没有回答。

“是不是开会开得太累了?”

李言还是没有回答。

郁琅嬛慌了:“难道是……事情不顺利?”

李言仍然没有回答,手摸摸索索地从口袋里掏出“万宝路”,贪婪地塞进嘴里一支,然后笨拙地划着火柴。

“哎,你怎么又抽上烟了?”郁琅嬛伸手把那支烟抢过来,说着,就要扔。

李言一把抓住她的手,固执地把烟拿回来,两眼乞求似的望着她:“我……心里烦。”

这是李言从未有过的目光!一个男子汉,习惯于让爱人分享欢乐,而独自承受痛苦。当感到承受力不足时,往往借助于两样东西:酒和烟。郁琅嬛战栗了一下,妥协了。她没有干涉李言,而是把他手里的火柴接过来,划出一朵跳动的火焰,替他把烟点着,不安地说:“你别着急,有什么话都对我说,天下没有过不去的难关,而只有知难而退的人!不管出了什么事,咱们两个人一起顶着!”

李言把烟雾深深地吸进去,又长长地吐出来。烟雾在他的周围弥漫缭绕,那形象酷似一只作茧自缚的蚕。

一阵急促的咳嗽,接着又是对烟雾的吞食。

郁琅嬛轻轻地拍着他的后背:“你……怎么不说话?到底怎么了?”

“唉!”李言又长叹一声,愤愤地扔掉了烟蒂,“我太麻痹了,太大意了,太简单了,太书生气十足了,太理想主义了,太不自量力了,太可笑了!”

一连串的自责自嘲反而使郁琅嬛更加糊涂：“你说的是什么呀？把事情的原委告诉我，我总该知道，这到底是怎么回事儿啊！”

“对你说什么也没有用了，事情已经了结了！”李言喃喃地说，“我……过于低估了陈志恒的能量，也看错了程功！……”

小楼灯火如昔，相对伊人，惜已非昨夜絮语！

市委大楼一号会议室里的那场惊心动魄的舌战又在眼前重现，郁琅嬛听着听着，不禁拍案而起：“程书记怎么这么糊涂？我去找他！”

“你去找他？在他眼里，你算老几啊？”

“一个普通老百姓！他好歹在名义上也是人民的‘公仆’吧？总不至于拒而不见，民间的呼声连听都不听？秦屿的事情，关系到人民的利益，这不是你们两个人的见解之争……”

“关键正在见解之争，我让他下不来台了！人民的利益……哈，这时候还谈什么人民的利益！”

“他难道看不出，你们两个人闹起了矛盾，小人倒可以坐收渔人之利了吗？”

“他又不傻，怎么看不出？我早就知道，他对陈志恒是有所警惕的，所以，在对这个人的使用上，始终没有放权。但是，现在，我对他的威胁已经超过了陈志恒，他当然要借助于陈志恒来打压我，以维持新的平衡。其实这是他一贯的手法，我怎么就忽视了呢？等到真正看明白了，晚了！”

“那么，陈志恒就踩着你的肩膀上去了？越州人该遭殃了！”

“不至于。平衡只是暂时的需要，将来还会出现新的不平衡。程功还是要观察，未来的‘组阁’组成个什么样子，也还说不定呢！”

“唔，”郁琅嬛似有所悟，“那就再找机会，把秦屿的方案重新提出来！”

李言抬起头来看了她一眼："你怎么比我还傻？我今天错就错在先斩后奏，没有事先征得程功的认可，才吃了败仗，怎么能再提？今天下午已经做出了正式决议，形成了文件，明天见报，至于论证会上的争论，严禁外传，永远也不会再见天日了。事已至此，任何人也无力回天！"

郁琅嬛大吃一惊："那你……在常委最后表决的时候怎么说的？组织决定可以服从，但要声明保留个人意见噢！"

"保留意见……那还不等于反对吗？"

"难道你连一点说明都没有，就举手赞成吗？"

"当然只有赞成！而且还……还……"李言说到这里，下半截话又咽住了。

"你还说了什么？"郁琅嬛急得连呼吸都屏住了。

"山重水复已无路，我别无选择！只好说……"李言侧过脸，艰难地重复着自己说过的话，"我对秦屿的考察是……匆忙的、草率的、不严肃的，缺少确凿的依据，收回今天的发言……"

"啊?!"郁琅嬛像突然遭受了致命的一击，"你真的这样认为吗？原来的论断都错了吗？"

"当然不是。可是没有办法啊，只有等千秋万代之后，让后人去翻这个案了！"

"千秋万代？"郁琅嬛嘴唇发抖，"你怎么能把自己的责任推给千秋万代之后的人！你难道不明白，到了那时候，秦屿现存的历史遗迹早已经化为尘土，永远也不可能重现了，将来的人也许再也找不到任何蛛丝马迹，怎么可能再去翻这个历史的旧案？即使有人由于别的新发现再涉及秦屿，也已经失去实地、实物考察的机会，这会给研究、考证带来难以想象的困难，而这些困难则是你一手造成的，你将会成为千古罪人！

你不是一再说‘史学家的良心’吗？你的良心哪里去了？”

“良心……”李言垂下了头，肩背痛苦地猛一抽搐，“你不要再刺激我了，我已经被自己的良心折磨得苦不堪言！史学家并不能主宰历史，我们自己也生活在活的历史当中，可是历史无情啊，古往今来的历史中有过多少冤案？……”他的嘴唇嚅动着，情不自禁地说出了当年父亲反复说的一句话，“历史啊历史，一部糊涂的历史！”

“所以，历史才更需要像太史公司马迁那样真正的史家，为了给子孙后代留下一部信史，司马迁不惜身家性命，置酷刑于不顾，出狱后发愤继续著述，终于完成了被誉为‘无韵之离骚、千古之绝唱’的《史记》！你一向敬重太史公，要做那样的人啊！”

是的，郁琅嬛所说的，正是李言过去说过千遍万遍的话，可是，他今天竟然自食其言！作为一位史学家，他已经丧失了最基本、最宝贵的素质！面对郁琅嬛的厉声谴责，他无言以对，仿佛听到父亲又在哀叹，看到历史老人司马迁对他怒目而视！不，就在越州，就在秦屿，如今也还有一位活着的历史老人——令狐谵先生！李言跨入史学的大门并有所成就，得益于先生；李言治史的严谨学风，受之于先生；甚至李言在秦屿的偶发灵感，也来自先生。而现在，他却把这一切都放弃了！即使他今生今世都不敢再去见令狐先生，那么死后呢？共产党员们都不相信人死了之后还有灵魂，但都说“死了去见马克思”。他李言去见谁呢？无论是去见马克思，还是去见司马迁和令狐先生，甚至去见既无政治地位又无学术成就的父亲，他也无面目了！

人最大的痛苦也许并不是肉体的折磨，而是灵魂的戕害；而对灵魂的戕害，最甚者并非来自他人，却恰恰来自自我。郁琅嬛所使用的武器都是李言传给她的，“以子之矛攻子之盾”，李言的心灵正在遭受自己的鞭笞和枪刺，这是人间最残酷的刑罚！他那灰暗如土的面颊抽搐着，扭曲着，突然变得猥琐的身躯蜷屈在沙发上。

“小郁！你不要再说了，可怜可怜我吧！”鸟之将死，其鸣也哀。

郁琅嬛的心脏也在战栗。她何尝愿意这样折磨李言？那严厉的谴责，每一个字都像利刃刺在自己的心上！两年多来，她把李言视为人间唯一知己、学术上的兄长、心目中完美无缺的偶像，如果别人这样攻击李言，她会与之拼命！但是，当她发现这一偶像在自戕、自残，她又像发了疯似的去抢救他，而不容许这个偶像被来自任何方面的力量所损坏！这个傻男人，你真不懂人的心啊，狠狠地“打”你，正是因为爱你、正是为了救你啊！

“阿言！”她俯下身去，抚了他的双肩，“除了我，再没有人这样刺激你了，我是要你清醒清醒！这件事并没有完，不能就让它这样结束。我们还可以继续研究，把资料搜集得更翔实、更具有说服力，你要尽快地写成论文，抢在他们对秦屿动手之前公开发表！程功不能一手遮天，我们可以去找母校嘛，在校刊上发表！甚至可以到省里去，到北京去，争取上面的支持，这么重要的发现，我相信中央一定会高度重视，这场官司我们一定能打赢，目前只不过是一点小小的曲折罢了！”

“嗯？”李言的眼睛闪动了一下。郁琅嬛的主意也不失为良策，他自己也曾这样设想过，狠下心去蒙受眼前的打击，坚持自己的主张，曲折迂回地和程功较量一番，也许真的能够成功，他在秦屿所花的心血就没有白费！在经历了那样一场磨难之后，他的论文将会引起更大的轰动！但是，这一切都能如愿以偿吗？有谁可以向他做出必胜的保证呢？胜利是诱人的，但通往胜利的路上却隔着九九八十一难，能不能跨过去，就难说了。只要他一踏上这一征途，就公开地置于程功的火力网之内，恐怕只有九死一生！到那个时候，还谈什么史学家的伟大发现？连现有的一点资本也失去了，只会在政治上落得个人人不齿的笑柄！“只怕是……这么干，违反了组织原则。我已经投了他的赞成票，自己再另搞一套，这就让他抓住了把柄；而且，我们向上面反映，他难道在那儿坐等吗？他会活动得更厉害，省里，中央，都会去找门路，这个人在政治上是有一套的！如果我再一次输给他，那……”

“大不了就是丢掉这个小小的官嘛，在人家的钳制之下受夹板罪，又有什么味道！”郁琅嬛倒想得开，李言心中的前途之虞，她竟都不放在心上，“阿言啊，要不然就破釜沉舟，不等人家从组织上下手，你现在就辞官不做，义无反顾地打这一仗！”

“啊?!”李言吃惊地望着她，因为自己从来也没有敢做这么大胆的设想，“辞官不做？还有什么资格‘打’什么‘仗’？要是打败了呢?”

“打不赢就走！”郁琅嬛笑了笑，心既然放得这么宽，她倒觉得平静了，从来也没有的平静，“身外之物，失去就失去吧，在这个世界上，还有你，还有我，这不就足够了吗?”

“走?”李言茫然地看着她，“上哪儿去?”

“随便上哪儿去！无论你遭到什么不幸，我都跟着你，陪着你，我们离开越州，离开一切不愿意再看见的人，去寻找一个属于自己的小巢，就算是生命重新开始吧！我郁琅嬛……明年春天就满三十岁了，这三十年间，孤独、苦闷的青少年时期是一世，来到越州认识了你是一世，和你一起离开越州将又是一世。走吧，我们走，把所有的烦恼都抛开，留在‘前世’了……”

郁琅嬛的声音越来越轻，越来越轻，变成喃喃絮语。白皙的面庞泛起红晕，长长的睫毛闪动着，仿佛已经真切地看到了她理想中的“小巢”，那是在碧波无垠的大海中的一座小岛？是绿荫蔽日的密林中的一间寮棚？是青松白云之间的一片净土？还是茫茫尘世、芸芸众生当中的一家“外来户”？不管是在哪里，不管是什么样子，她都和李言在一起，和外界不再产生任何瓜葛，他们将充分地享受自己已经来得太迟的爱情和只剩下一半的生命，醉心于他们视之为生命的读书写字。那些文字也许根本不能用于当世，但在他们死后，还会长久地留下来，留给千秋万代，让后人以考古学家的眼光去研究他们所失去的一切，所获得的一切，所留下的一切，所创造的一切！

隐隐的海浪声从窗外浸入小屋，空气中弥漫着海水的微咸和湿润。李言疲惫的身躯仿佛草叶被露气沾湿，渐渐注入了活力。一个从未想到过的结局出现在面前，他出神地随着郁琅嬛的絮语遐想，仿佛在层层绳索的捆绑中网开一面，突然得到了解脱，身体飘出了这间小屋，飘出了在更大范围内看来仍然小得可怜的越州，和郁琅嬛一起来到了一个无遮无拦的大世界，毫无羁绊地遨游。啊，这不正是父亲一生所向往的超然世界吗？这不也正是无数先辈所追求的归宿吗？东坡云："长恨此身非我有，何时忘却营营！夜阑风静縠纹平。小舟从此逝，江海寄余生。"二十二岁就进士及第的苏东坡难道不热衷于仕途吗？但当他在宦海沉浮中饱尝了甘苦，也时时萌发逃遁的念头，如果苏公携了朝云飘然而去，未尝不为中国文学的罗曼史增添一段佳话，其意义又远远超过功成引退偕西施遁迹江湖、发财致富、摇身一变为"陶朱公"的范蠡！但是，苏子瞻到底也并没有走这条路，尽管他早已厌倦："夜饮东坡醒复醉"，"我醉欲眠芳草"。尽管他一再嗟叹："惊起却回头，有恨无人省。拣尽寒枝不肯栖，寂寞沙洲冷。""人生如梦，一樽还酹江月。"尽管他分外向往："玉宇琼楼，乘鸾来去，人在清凉国。""便欲乘风，翩然归去，何用骑鹏翼。水晶宫里，一声吹断横笛。"却仍然是踌躇不前："又恐琼楼玉宇，高处不胜寒。"苏轼至死不曾辞官"归去"，因为他实际上还是舍不得百姓们"倾城随太守"，连村姑都"旋抹红妆看使君"的政治地位，"锦帽貂裘"的物质待遇，放不下"持节云中，何日遣冯唐"的功名抱负，期待着

“西北望，射天狼”！东坡尚如此，未能“忘却营营”者非只李言也！

“古今如梦，何曾梦觉，但有旧欢新怨。”李言从短暂的逃遁之梦中醒了。郁琅嬛所设想的超然世界，人间根本无觅处，只不过是个乌托邦罢了！

“我怎么能撒腿就走呢？”李言缩在沙发的靠背里，无奈地说，“我……是个共产党员、国家干部，头上顶着党纪、国法，而且……”

说到这里，他看了看郁琅嬛，又住了口，没有说下去。

“‘而且’什么？”郁琅嬛心里一动，李言在他面前从来也没有这样欲言又止，“你是不是说‘而且’还有你的那个名存实亡的家庭啊？”

李言缩在沙发里，缄口不语。

“你不是一再对我说嘛：那个‘家’，你一天也不愿意待下去了！阿言，和她分手吧，我们结合！过去，你总是说，等‘局势明朗’，现在越州的局势已经再‘明朗’不过了，你还等什么？我们该走自己的路了，而不管别人怎么看！即使全越州的人都不能理解你，也还有一个郁琅嬛和你站在一起，现在是你最需要我的时候了！”

是的，在整个越州，李言最亲近、最信赖的人，只有一个郁琅嬛。可是现在，连这个最亲近、最信赖的人也难以帮助他了。

“阿言，你还有什么难处吗？你的那个‘家’，都留给她好了，我们什么都不要，我只要你！我的嫁妆……已经等了你两年了！”郁琅嬛轻轻地说，深情地望着那条猩红的羊绒连衣裙，现在正挂在她和李言的面前。

李言缓缓地抬起头来，注视着那火焰般的一团猩红。突然，他的眼睛像被火焰灼伤，痛苦地垂下了头。

“阿言，你……这是怎么回事？你怎么不说话啊？”

李言不语。

“你不忍伤她的心?”郁琅嬛心慌意乱，只有这么试探了，“你和她……二十多年的夫妻，还有藕断丝连的感情?”

李言仍然不语，烦躁地摇了摇头。

“那么，是你怕她?不敢‘得罪’她?你呀，怎么什么人都怕啊?”郁琅嬛急了，提高了声音问。

李言被激怒了，猛然抬起头，眉毛拧成一团：“我怕她?!”

“那你为什么这样优柔寡断嘛!”郁琅嬛“激将”索性“激”到底。

“唉!”李言回答她的竟然是一声长长的叹息。最难以启齿的话，还藏在李言的心底。

就在半个小时之前，“市长院”里，李言和何丽珠的谈判进行到最艰难、最实质的阶段，李言已经摊牌：离婚！把何丽珠逼到了绝境，她已经没有选择的余地了!

他在等着她表态。

何丽珠根本不予回答。突然，转过身去，“咔”地按动床头上那只小收录机的开关，取出了一盘磁带。那是她过去经常摆弄来摆弄去听歌的带子，现在搞了什么名堂?

李言大吃一惊：“你……”

何丽珠冷冷地一笑：“这是你坦白交代的证据。你讲的话，你同狐狸精做的好事，都在这里面啦!”

“啊?!”李言万万没有想到扔在床头的收录机是何丽珠精心预设的“机关”，这个不学无术的管家婆竟然无师自通地成了“克格勃”!

李言猛地一跃而起，伸手去抢磁带!

这怎么可能呢?何丽珠早有准备，一扬手，闪开了。她迅速地抓起床头的塑料袋，把磁带连同《金瓶梅》都装进去，拔腿就走!

李言一愣："你要干什么？"

何丽珠站在门边，刀子似的目光逼视着他："我要去告你！"

"去法院?!"李言全身的热血涌上头顶，眼前的何丽珠，已经是个货真价实的"阎婆惜"了！可惜啊，他不能杀了她！

"去法院？同你离婚？哼，你想得咁美？天下哪有咁便宜的事？"何丽珠咄咄逼人，"我要去找程书记！"

"程功?!"李言只觉得脑袋"嗡"的一声，"你……你找他干什么？"

何丽珠扬扬手里的那只塑料袋："响应市委的号召，扫黄打丑！咁宝贵的材料，又好听，又好睇，请市委研究研究！"

五雷轰顶，把李言震蒙了，何丽珠怎么可能痛痛快快地和他离婚？她要采取政治手段，把事情闹到程功那儿去！啊，程功现在最需要的是什么，她何丽珠就正好送去什么，录音带、《金瓶梅》，都摆在程书记的桌子上，请所有的常委一起"研究"，李言就是有一万张嘴，也说不清了！啊，那将是什么局面？又将是什么后果？

"不！"李言踉跄地奔过去，抢先一步，死死地用后背抵住房门，"阿珠，你不能去，不能去！我……我们……不能坐下来谈一谈吗？"

一位对女性很有研究的外国女作家在她的专著《第二性》中写道："'捉'住丈夫是种艺术，'控制'他是你的职责——这两点，没有相当的能力是做不到的。"

何丽珠显然没有读过这本书，她的"相当的能力"从何而来？要么来自丰厚的遗传基因，要么得之于本身的悟性。她向李言发动的这场战争，真枪实弹，却又只不过是"演习"而已，虽刀光剑影，炮声隆隆，却不会真正地杀伤，因为她根本不打算离婚，更不愿意把她的丈夫"批倒批臭"，也不想让任何人知道在她和李言之间还有一个"第三者"。她的目的，无非"捉"和"控制"而已。

她胜利了，李言“臣服”了。李盼的理论纯粹是胡说八道，何丽珠用行动打碎了那种谬论，而让男人“臣服”在女人的脚下了！

现在，李言奉何丽珠之命来到郁琅嬛所住的细巷小楼，这也许是他最后一次来了，他是来宣布“绝交”的，来向郁琅嬛辞行！

他缓缓地抬起头来，望着两年多来相依为命的恋人。她是那么姣好，那么天生丽质，仿佛是上天专为李言而生的；她是那么真诚，那么痴情，除了李言，她不会再爱任何人；她又是那么单纯，那么柔弱，这个世界本应是为保护她而设的，却为什么要把人间最大的不幸降临于她！“绝交？”这个晴天霹雳在她头顶炸响，她又怎么能够承受！

生离死别的痛楚撕咬着李言的那颗滴血的心，他抖索着伸出手去，握住郁琅嬛绵软细腻的双手，苦涩的泪水潸然而下，真个是：“执手相看泪眼，竟无语凝噎！”

“小郁！我没有办法，实在是没有办法！程功、陈志恒从那边压我，她又从这边逼我，这个‘母老虎’说得出就做得出，要是真捅到程功那儿去，就要爆出一个震动越州的‘绯闻’！那我……我就完了！”

说到这里，李言不寒而栗！

郁琅嬛一声不响，静静地听完了他的陈述和解释，慢慢地从李言的手里抽回了自己的手，这双手已经冰冷了。

“小郁！”李言失神地望着她，“我知道，你不能原谅我，我……对不起你！”

“对不起我？……”郁琅嬛的那双眼睛，不再像往日那样专注地凝视着他，而是茫然地对着窗外。仿佛这间斗室，这座小城越州，这个人海茫茫的世界，都离她很远了，连面前的这位她曾以命相托的男人也变得陌生了，“不，我是微不足道的，对你不会构成任何威胁。而他们，一边是你的老婆，一边是你的顶头上司和对手，都足以钳制你。如果你不肯就范，他们会置你于死地！这的确是太危险了，在关键时刻，你可不能让人家抓住把柄！你从县图书馆的一名管理员，一步一步登上副市长的位置，来之不易，你要珍惜，千万别因小失大！”

李言要对她说而又难以出口的也就是这些吧？李言希望她能理解并且“原谅”的也就是这些吧？现在，都由她说出来了，说得这么透彻，而在李言听来却又像利剑穿心！

“小郁！”李言突然站起来，张开颤抖的双臂抱住她的双肩，“我不愿意失去你，不能没有你！小郁，你等着我，等着我！”

“等……多久？”郁琅嬛推开他，后退了一步，艰难地吐出这三个字。

“你……等我十年！”

“十年……”郁琅嬛以几乎听不见的声音重复着这两个字。十年，在浩瀚的历史上只是短暂的一瞬，而在人生，却是一场漫长的浩劫！如果李言身遭横祸、锒铛入狱，或者远走海外、音信渺茫，她一定会等着他，何惧十年、二十年！如果李言染病罹难、一命呜呼，她一定会以身相守，在永久的思念之中度过余生！但是，这一切都没有发生，而李言却做出了一个“十年”的时间表，他所依据的是什么呢？算起来，十年之后，她已经“四十而不惑”，而年长她二十岁的李言则正好六十花甲，噢，按照现行的干部制度，六十岁，他这位“太守”也就做到头了，该“致仕”了，那时候再闹“婚变”，也就无所顾忌了！啊，这个计划真是再圆满、再缜密不过了，难为他在内外交困的危难之中还能做如此精到的运筹，在兼顾了一切利益之外也还没有忘了她郁琅嬛，只是要……要等到十年之后！

不必说，什么都不必说了。

郁琅嬛转过身，向前走去，伸手打开了房门，冷冷地说：“你……可以走了！”

门外，星斗满天。那滔天声浪，是大海在呜咽。

十　未穿的红嫁衣

海天一色。喷薄而出的太阳把它的光焰铺满天空，满天的云便被染成了玫瑰色，也映红了天下面那面巨大的镜子。仿佛地球的转动搅动了天上的云、海中的水，不然，云为什么飞个不停，水为什么涌流不止？

和太阳、大海同步，秦屿醒来了。从浓绿的热带雨林中，从褐红的沃土上，从洁白的沙滩旁，倏然集合起浩浩荡荡的大军，白色的鹈鹕、红脚鲣鸟和双翼幅长两三米的军舰鸟，以及粉红色的火烈鸟，成群结队地腾空而起，又为海天铺上一层红白相间的云。密密匝匝，铺天盖地。随心所欲地盘旋，自由自在地翱翔。它们从空中俯瞰着秦屿，它们世代繁衍生息的家园。怀着深深的爱恋，它们不知疲倦地赞叹秦屿惊人的美：“啊，啊，啊……”那声音响遏行云。

极乐园也醒来了，开始了周而复始的新的一天。古堡里的居民们走出自己的巢，伸长脖子望着天空，向那威武雄壮的鸟阵行注目礼，与鸟儿们骄傲的和鸣相呼应，发出自己的赞叹，有的尖厉：“咦——咦——”有的低沉：“呜——呜——”有的粗放：“噢——噢——”有的狂暴：“啊——啊——”

极乐园的每一天，都是这样辉煌而豪迈地开始。

在秦屿和越州之间那道两公里宽的海峡，波涛汹涌。也许因为“不塞不流”的辩证原理吧？愈是被海岛和陆地挤压得窄窄的海峡，水流便愈急。而且激流下面遍布暗礁，如果潜到深处去细细观赏，这里的海底一定像放大了的棘皮动物的脊背。完全可以设想，在很久很久以前，秦屿和大陆是连在一起的。

海峡中，一艘摩托快艇在浪花中起伏跳跃着，向秦屿方向驶去。

快艇上只有一名驾驶员、一名乘客。

那乘客是李言。天已经很热，西服在越州的夏天穿不得了，他只穿了一件雪白的衬衣，窄领的新款式，打一条紫红色领带。他保持着旧有的习惯，出门时很在乎服装、仪表，连头发都梳理得整整齐齐，脸刮得干干净净。尽管如此，也仍然没有掩饰住他的疲惫和衰弱，脸比过去消瘦了，上下眼睑明显地松弛，像是刚刚生了一场大病。快艇吃水很浅，像体育竞赛的帆板贴在水面飞。但由于风高浪急，颠簸得厉害，时而被推上浪峰，时而又被抛下谷底！因而，要保持船体的平衡，绝对避免翻船落水，成功地到达彼岸，虽仅有两公里的水路，也颇具难度，不仅需要驾驶员的胆识，更需要高超的航海技术。这情形，恰似李言的心态和处境。

他抓牢座位前方的扶手，眯起眼睛望着沧海之中的一片郁郁葱葱。

前面就是秦屿。

“宁下地狱，不上秦屿。”这个鬼地方，许多越州人从生到死都不会来一回，而李言却在短短的时间内两度造访。两个月前的那次鬼使神差、走火入魔的秦屿之行，给他的心灵烙下了永难磨灭的创痕，险后忆险，痛定思痛，不堪回首！

快艇在青苔斑驳的码头边停住了。李言舍舟登岸，爬上那十几级粗粝的麻石台阶。当他再次踏上秦屿，犹如经历了千百年沧桑。

沿着他还记得的那条丛林中的褐红色土路，向纵深走去。

荒藤古树，奇花异卉，山泉石桥，野老村姑……一切都和从前一样，千百年来都是这样。

密林豁然开朗，闪出了那座古堡。城墙依旧，雉堞依旧。斑斑驳驳，凹凹凸凸，土坯石块，青藤苔藓，如天降之陨石，如出土之青铜，如史前恐龙骸骨之化石。倾国倾城稀世之珍宝，疯人院垃圾堆朽木不可雕也粪土之墙不可圬也一无所用当摧枯拉朽之废墟。

是李言发现了它的价值，仍将由李言来毁灭它。

市委关于开发秦屿的决议，早已形成文件，登了报，下达各区、县、局，传达到群众——家喻户晓。一期工程很快就要开始，大队人马就要进驻秦屿，海上孤岛已经没有几天宁静，伐木丁丁、采石咚咚、机器隆隆，热火朝天的景象即将出现。“极乐园”当然首当其冲，要推平，铲光，打地基，盖新楼。蒙程功同志不弃，在两个月前论证会上的那场轩然大波之后，仍然任命李言为秦屿工程的总指挥。须知，这项工程的完成，至少要三到五年，到那时，程书记早已不在位了。这一任命富于深意。当时，虽然陈志恒激烈反对，诸位常委也多有保留，程功同志还是力排众议，将此重任交给李言，这意味着什么呢？也许是为了体现“政策”的一种过渡，也许是出于公心、爱才惜才，也许是根本无意把李言一棍子打死，而只想“教训”一下，以便于控制，也许是……为了不留后患而让李言亲手破坏一个旧秦屿建设一个新秦屿，功乎过乎连他自己都说不清楚也就永无翻案之日？当年月下追韩信的是萧何，后来在未央宫诱杀韩信的也是萧何！

重上秦屿，又见古堡，对未来的探究欲和对历史的负罪感扭结在一起，缚住他那颗心，绞紧了……

历史是有来无回的，不管你昂首阔步还是畏葸踟蹰，都只好走下去。

他按了电铃，叫开了这座历史之门。

接待他的还是夏院长。老先生大夏天还是穿着一身笔挺的西服，打着领带，连西服纽扣都扣得一个不剩。人瘦，不怕热。老先生讲究体面。还有，对市里领导的尊重。还是那样毕恭毕敬，脸上挂着谦和的笑容，以沙哑的嗓音，轻轻地说话。但是，李言感觉得到，老先生已经流露出了掩饰不住的急躁情绪。因为秦屿工程一开工，“秦屿精神病院”就不复存在了，卫生局已经做了决定：撤销这所专科医院，分散到市属医院的神经科去。久治不愈的长期病人遣返，我们不承担“养老院”和“收容所”的义务，由病人家属或所在单位自找门路。医院现有人员一律不裁减，转入各医院。为了安定民心，市里还决定：秦屿居民中的所有农业户口一次性农转非，迁入越州市区，市房管局优先分配住房。文件传达下去，出乎李言所料，并没有遭到秦屿人的抵制。除了精神病人之外，一片欢欣雀跃。毕竟是二十世纪九十年代了，孤岛上的人向往城市生活，这已是大势所趋，现代化一步到位，何乐而不为？精神病人的意见不算数，连宪法都规定精神病人没有选举权和被选举权，当然什么事也不必征得他们的同意，何况他们之中有许多根本不是本地人，也管不着越州的事。唯有这位在秦屿住了大半辈子、住上了瘾的老院长不赞成，但他在越州又算老几呢？

“李市长，院址不能徙，不能徙啊！”在院长办公室里，老头儿哀哀求告，寄希望于最后的“苦谏”使市长收回成命，“优美的自然环境对病员是十分有利的。而且，分散到其他医院，医疗就无法统一管理了，‘神经科’和‘精神科’是两回事啊，不可同日而语的！无论如何，院址不能徙！”

一个“徙”字牵动了李言的愁肠，老头儿那诚挚之情也不能不让他心有所动。但他还是控制着自己，不露声色。他也曾以同样的诚挚“苦谏”

程功，尚且无效，何况你一个疯人院院长？史学家和精神病专家对秦屿的感情也根本是两回事，李言并不想和他寻找任何共同语言。木已成舟，一切空话都不必说了。

“执行上级决议吧！”李言只表了这么一个毫无感情的态，站起身来。他无心喝老头儿为他泡好的秦屿今年第一茬新茶，也无心再听他唠叨。

夏院长懊丧地垂下了眼皮。“市长……还有什么要吩咐吗？”

他以为，李言下面就要说拆迁的事了，怎么装箱、造册，还有车、船的安排，等等。精神病院自从创办以来还是头一次搬家，当然没有任何准备，需要市里支援。

李言怎么可能去管这些鸡毛蒜皮的事！作为秦屿工程的总指挥，他今天到这里来，其实并无公务，既不是来布置“极乐园”的搬迁，也不是来视察未来的工地，那都是比他低好几个台阶的下属的事儿。他仅仅想……想满足自己隐藏在内心深处的感情渴求，来看一看即将夷为平地的古堡，看一看他不能忘怀的人！

他没有理睬夏院长的提问，向办公室外的院子走去。夏院长自然亦步亦趋地跟出来，市长在这里的一切他都得负责，这里暂时还是他的地盘。

院子里的“早课”早已散了，疯子们向天膜拜过鸟群之后，回房“喋”他们的“盔”，然后各自修炼：或滔滔不绝地述说陈年往事，或桀骜不驯地伺机攻击他人，或莫名其妙地哭而笑笑而哭啼笑皆非。

穿过“堡垒”之间曲曲折折的通道，李言像是漫不经心地踱步，其实是凭着记忆寻找那间独特的“病房”。

到了。

李言伸出手，刚要推门，又停住了，回头问夏院长：“他……现在怎么样？”

“市长还记得他啊？他还是老样子。”院长答道，“二十多年来一直如此，病情稳定，没有恶化，也没有好转。”

李言这才放心地推开了门。

病房里，依然是满墙、满地的烂纸，皓首银须的令狐谵先生正襟危坐，面壁独语：

“……韩非有之曰明主之吏宰相必起于州部猛将必发于卒伍夫有功者必赏则爵禄厚而愈劝迁官袭级则官职大而愈治汉武之世女富溢尤宠霍光以辅幼主平生命将尽其嬖幸卫霍贰师之伦宿将爪牙若李广程不识者非摧抑乃废不用秦皇则一任李斯王翦蒙恬而已矣岂无便辟之使燕昵之谒邪抱一司契自胜而不为也孝武壹怒则大臣莫保其性其自太守以下虽直指得擅杀之文帝为贤也淮南之狱案诛长吏不发封者数人迁怒无罪以饬己名世以秦皇为严而不妄诛一吏也由是言之秦皇之于孝武则犹高山之与大湫也其视孝文秦皇犹贤也……”

依然是长句无逗，一以贯之，顿挫抑扬，缠绵不断。

“听不懂，听不懂啊！”夏院长感叹道，“二十多年来就是这样，不知说些什么！”

李言默然无语。其实，令狐先生所说的并不难懂，他在背诵章太炎的《秦政记》，李言所听到的这个段落，一字不错。令狐先生！二十年来如一日，毕生如一日，心中念念不忘的是秦史，口中不绝如缕的是秦史，两千年前那个短暂的朝代，却吸引了您倾一生之力去研究，百岁高龄仍坐守着这块遗落世外的“秦土”，是等待人们发现吗？惭愧啊，正是您的学生发现了它，却又要摧毁它！噢，如果您的晚年不落地生根在秦屿，如果李言没有在秦屿见过您甚或不曾有过秦屿之行，那就等于什么也没有发生过，当秦屿的摩天大楼、豪华宾馆、海滨别墅突然像雨后春笋冒出来，昨天、今天的一切就都不存在了，和从来就没存在过又有什么两样？毁灭的秦屿就成了永远也无法破译、无人破译的历史之谜，历史上本来就充满这样那样的“谜”，让它们自生自灭吧，也就省得庸人自扰、自戕、自辱了，岂不更好吗？啊，啊，令狐先生啊！

令狐谵目不斜视，旁若无人，继续他的背诵：“……人主虽圣未无不知也惑于左右随于文辩己之措置方制于人何以为独制自汉唐以下者能既其名顾不能既其实则何也……”

李言转过身来，问夏院长：“医院搬迁之后，他怎么安置？”

“唉，这也不是他一个人的事，‘一刀切’啦！”这位远离尘世的老先生倒用了个挺时髦的词儿，“他也不是本郡人，没有办法留下，我和南方大学联系，请他们安置吧！”

“嗯。”李言想，也只好如此，又说，“其他的病人，也希望安置得好一些！啊？”

夏院长严肃地答道：“责任所系，我当然要尽力而为。请市长放心！”

其实，李言刚才所说的话是有所指的，但又不好明说。只好问：“最近，新来的病人多不多？”

“不多，两个月前进了一位女病人。医院要徙，现在不敢再收新病人了，有些病情轻一些的，还要尽快让他们出院……”

李言无心听出院的事儿，拦住话头追问：“你刚才说的那个新来的女病人，她是哪儿的？”

“本郡的，是一位女教师。”

这正是李言所关注的！

“她的情况怎么样？”他以掩饰不住的急切问道，“什么病？”

“精神分裂症。”

“精神分裂症？！”

李言听得心惊肉跳，如五雷轰顶。这位学富五车的大学者对医学、对精神病学是一窍不通的，“精神分裂”这四个字，在他听来有如原子弹爆炸、蘑菇云升天那么令人恐怖！

夏院长看了他一眼，平静地笑笑。对于他来说，和精神病人打了一辈子交道，“精神分裂”只是家常便饭，没有什么可怕。他并不是也不敢嘲笑李市长的无知，而是怕吓着了市长，那一丝笑容是要给市长一个安慰，让他不必紧张。

“精神分裂症，英文名叫 Schizophrenia，是一种常见的重性精神病，其发病率在精神病中居首位，占精神病院住院病人的一半以上。这种病具有不断发展、慢性进行的病程，其心理异常的……”

话说得太啰嗦了。李言迫不及待地打断了他，问：“这种病的病态表现是什么？”

“主要表现就是精神的‘分裂’，也就是认识过程、情感过程、意志行为和个性等各方面统一性的失调。病人联想散漫，感情淡漠，言行怪异，脱离现实。我国医学早在公元四世纪到七世纪就有这方面的记载，晋代医书《肘后备急方》中所说的‘女人与邪物交通，独言独笑，悲想恍惚’……’”

当他说到“女人与邪物交通”的时候，李言的眉头不由自主地皱了一下，而夏院长并没有注意，继续说下去：“……隋代医书《诸病源候论》中所说的‘其状不同，或言语错乱，或啼哭行走，或癫狂昏乱，或喜怒悲笑，或大怖惧，如来人逐，或时悲泣’，‘或不肯语’，‘其状不欲见人，如有对忤……’都是很典型的精神分裂症的表现。不过，世界上把这类病态表现看成单独的疾病，始于上世纪末叶。一八五七年，法国的精神病学家莫勒尔把那些在青少年期无外界原因而发病并导致精神衰退的病例称为‘早发性痴呆’；一八六九年，德国的卡的尔邦曾经描述了一种具有特殊精神障碍而伴有全身肌肉紧张的精神病称为‘紧张症’；紧接着，在一八七〇年德国的赫寇把发生在青春期而具有荒谬、愚蠢行为的病例称为‘青春痴呆’；到了一八九六年，德国的克雷丕林在通过对此类病人的长期观察和研究之后指出：上述这几种病其实都是表现为不同症状的同一种精神病，症状虽有所不同，但最终必然发展成痴呆，由于此病多发生于青春期，仍然称为‘早发性痴呆’……”

李言心里着急，中途打断他，问：“你的意见呢？”

“你听我讲呀，”夏院长接着说，你从哪里打断，他还是从哪里接茬儿，这正是学究的固执，“直到一九一一年，瑞士的精神病学家布鲁尔才注意到本病不一定都发生在青春期，也并不都是以痴呆为结局，他根据本病患者通常都有思维感情和行为彼此分裂、不相协调的特点，而改名为‘精神分裂症’，这个名称一直沿用至今……”

夏院长平时难得有机会向来访者普及他的专业知识，说起来就是一大套，简直讲了一部精神病研究史。当然，这已经是极其简略的了，如果要细讲，他可以在大学里开一门课，讲上它一年半载、三年五载也不成问题。

李言一开始听得相当认真，几乎盯着夏院长所说的每一个字，极力从中捕捉他所需要的信息，却越听越不得要领。他不打算研究夏院长津津乐道的课题，而只是关心他萦绕于怀的问题。于是，趁夏院长的讲述告一段落，主动提问：“这种病的表现，能不能再讲具体一些？”

“就是认识过程、情感过程、意志行为和个性等各方面统一性的失调嘛！病人联想散漫，情感淡漠，言行怪异，脱离现实……”

越是要他具体，老头儿的回答却越抽象，又回到开头的那几句话。一碗豆腐，豆腐一碗。

“比方说，你刚才讲到的那位女教师……”李言好似随意举例，从一般到个别，引导老头儿把话说透，“她的病态表现是什么样子?”

一位身居高位的市委副书记、副市长，如此深入实际，关心病人的疾苦，这使老院长很为感动，答道：“精神分裂症心理异常表现如思维障碍、逻辑进程障碍、情感障碍、意志行为障碍和感知受障碍，在她身上都有不同程度的体现，尤其是情感障碍。患者的情感常常出现不明原因的剧烈变化，有时表现为不可遏制的亢奋、激动、愤怒、躁狂……”

李言吃了一惊：“啊?！她伤害别人吗?”

“这倒没有。”夏院长说，“她从没有攻击、伤害别人的举动，只是自己对自己发脾气……”

“她……说些什么?”李言又急切地问。

“什么也不说，躁狂性发作之后又转入抑郁，面壁独坐，一言不发。”

“噢!”李言轻轻地舒了一口气，狂跳的心暂时得到一点安定，然而却丝毫也不觉得轻松。

“那么……你知不知道，她发病的原因是什么?”他又试探地问夏院长。

“很难讲啦!”老头儿有些为难地耸耸肩，这个在洋人的培养下成就起来的精神病专家至今在身上残留着某些洋味儿，“从上世纪中叶起，一百多年来，各国的精神病学家对本病的发病原因和机理进行了多方面的、大量的研究工作，至今尚无确切的结论，还是世界医学中的一大难题。不过，一般说来，遗传因素、精神因素、躯体因素、病理生化机制和病理生理机制都和本病有着密切的关系。巴甫洛夫认为……”

话题从个别又回到一般，扯得漫无边际，而且还是个待解的难题。李言无心纠缠这些连精神病专家都纠缠不清的学术问题，也不想听“巴甫洛夫”是怎么“认为”的了，将老头儿的长篇大论又拦腰切断，单刀直入："你刚才讲到'精神因素'，具体指的是什么？"

"就是外界环境的有害因素啦，在临床中常见的许多精神分裂症患者的发病都和遭受精神刺激有密切关系。"

谈话渐渐切题。

"什么样的精神刺激呢？"李言对此紧追不舍。

"多种多样！比如亲人亡故，本人遭受车、船、飞机的突然事故，人生和事业上的突然打击，交往之间的矛盾冲突，都可能造成强烈的精神刺激，引发本病。古人早就讲过嘛，'女人与邪物交通，独言独笑，悲想恍惚……'"

车轱辘话来回说，又回到公元四世纪了。这位满口洋理论的专家也还时时不忘国粹。

李言又蹙紧了眉头。他厌恶"女人与邪物交通"这句话，仿佛谈鬼说怪那么荒诞不经，又仿佛暗有所指，含沙射影。

"你说的'邪物'指的是什么？"李言几乎是在质问他。

而夏院长却完全没有觉察到李市长对他的理论有什么厌恶之处，而只当是不耻下问，穷根寻源，这是好学风！于是答道："就是外界环境的有害因素、精神刺激嘛！"

竟又绕了回来，甲即乙，乙即甲，一种概念，两种说法，互相印证而已，理论的狡辩理论的贫乏也正是理论的完备。这当然难以使李言满意。不过，这比点出那位女教师发病原因的什么具体事实，岂不是要好得多吗？看来，这位专家对他的病人的观察和了解也仅止皮毛而已，远未达到窥测人的心灵洞若观火的地步。

李言已经不打算再做这种没有多少实际价值的咨询了，把老头儿扯得漫无边际的话题重新拉回来："夏院长，你刚才说的那位女教师，我可以去见一见吗？"

"当然可以！市长来视察，所有的病人都去看一看，最好！"老头儿表现出不胜其荣幸。

李言得了什么病呢，要看所有的病人？他所关心的、急于要见的，其实只有一个人。

"市长请！"老头儿带路，引着李言朝另一个方向走去，嘴里还在不停地说，"这位病人，显然是遭受了什么精神刺激，心里想不开，"夏院长又接着说，"她虽然精神错乱，记忆受损，却一直对一件事特别执着……"

李言心里一动，问道："一件什么事？"

"据我分析……"老学究沉思着，似乎要把他掌握的材料条分缕析，讲给市长听，却又并没说下去，"噢，她就住在前面！"

李言紧紧地跟着他，脚下不禁有些踉跄。

曲径通幽，到了，又是一间病房，夏院长停在门外。

"这也是一间单人病房，"夏院长解释说，"别人都很难和她相处……"

"怎么？"李言忙问，"你不是说她并不攻击别人吗？"

"是啊，她从不攻击别人，可是，这女子有洁癖，不愿意和别人住在一起。她有一件心爱之物，总担心别人会抢她的……"

"那是一件什么东西？"李言急切地追问，心怦怦地跳。

夏院长指了指房门："我们进去看看好了，只要不动她的东西，就没有关系！"说着，伸手去推房门。精神病院病房的门都没有锁和插销，免得病人从里面反锁。所以，一推就开。

李言忍不住要一步跨进去！但，还是拦住了院长，迟疑地说："不……不要打扰她了！"

他想强迫自己走开，但脚步又不听从指挥，在门前踯躅。他看见离房门不远的墙上有一个小小的窗子，便不由自主地靠了过去。

精神病院的窗子是防范性的，装着铁栅。李言急切地把脸贴近铁栅，他看见了那个人——郁琅嬛！

两个月之前，李言悄悄地来到郁琅嬛的家，然后又悄悄地离去。第二天，郁琅嬛没有像往常一样去越州一中上班。当时，同事们以为她临时有什么事，也没有在意。但是，第三天、第四天，仍然不见她露面，就去问校长，郁老师出了什么事呀？黄胖子好奇怪，郁老师什么事也没有呀！当即打电话过去。越州一中只有黄胖子那儿有郁琅嬛的电话号码。电话没有人接，好久好久也没有人接。奇怪呀，郁老师难道……难道……人们实在猜不透会出现什么意想不到的事。匆匆赶了去，敲门无人应。大家都心跳不止，是不是她在房里寻了短见啊？为什么？郁老师平时工作很积极，也没有听说她有什么不顺心的事，何至于如此?！慌得手忙脚乱，准备拿什么东西把门撬开。

其实，门根本没锁，轻轻一推就开了。人们一拥而进，本来是担心她吊在上面或是倒在血泊里，却不料进门就看见郁琅嬛好好的，正在仔细地用蒸气熨斗熨衣服，一条猩红的羊绒连衣裙！

一场虚惊！

“郁老师呀，你吓死人了，好好地在家里，为什么要捉弄我们？”

“郁老师呀，你怎么好几日不到学校去，也不同我们打个招呼？”

“郁老师呀，咦，我们这么多人来看你，也不请我们饮茶？还熨衣服？以后再烫啦！”

这么多人吵吵嚷嚷，七嘴八舌，郁琅嬛都好像连听也没听见，连看也没看见，仍然低着头，一手扶着熨衣板上的红色连衣裙，一手拿着熨斗，极专注地熨啊熨啊，停也不停。

有人就忍不住伸过手去，摸着那条连衣裙：“哗，什么衣服这么珍贵呀?”

郁琅嬛猛地把人家伸过来的手拨开，惊慌地抬起头来，这才发现了身旁有这么多人，都在莫名其妙地看着她。

“啊!”她突然大叫一声，扔掉了熨斗，双手抓起那条猩红的羊绒连衣裙，紧紧地抱在怀里，连连后退，好像人们要抢她的!

同事们惊呆了！这是怎么回事啊？郁老师的行为太反常了，她……她……她一定是疯了！人们悲哀地得出了结论。唉，可惜了，生得这么靓的一个人，还没有结婚，就得了这种病，完了！可是，她怎么会疯的呢？谁知道！黄校长和同事们所能做的，就是把她送到秦屿来，这里有一座疯人院，专门收治疯子……

现在，李言来到秦屿了，来看她。甚至可以说，他是专程来看她的。

他身上还装着一封信，是李盼从香港寄给郁琅嬛的，却没有直接寄到越州一中，而是寄到市委机关，装在给李言的信封里，请他转交给郁老师。当时李言就吃了一惊：这孩子为什么要这么做呢？难道她……不过，那封信并没有封口，像是有意让李言看过之后再转交的。

郁老师：

当您接到这封信的时候，可能会埋怨它来得太迟。我到香港已经两个多月了，才抽出时间给您写第一封信，不好意思！我在离开越州之前，曾经到学校向校长和老师们辞行，并且很想再见到您一次。可是很遗憾，那天您正好不在，可能去忙别的事情了吧？因为我走得太急，就没有到您家里去当面告个别，这里面还有别的原因，使我不敢到您家里去。现在可以告诉您了，就在那天您留我在家的时候，我趁您不在，拿走了一部线装本《金瓶梅》。请您不要把这看成“偷”吧，因为我当时只是好奇，本想看过之后再悄悄地还给您。遗憾的是，这部书我连看都没有来得及看，就被妈妈“缴获”了！其实这部书有什么呀？在香港公开卖，只要有钱就买得到，我家里(就是大姨妈家里)就有，我已经通读了一遍，也没有觉得中了什么毒嘛，香港的电影，比那些更“开放”的还有的是，大陆那么“禁”啊“禁”地，少见多怪！

告诉您，我在香港生活得很快活，大姨妈什么都应有尽有，生意有人去管，我们什么事也不用做，只是享受。我和我哥(就是我新交的男朋友)天天出去玩，玩得好开心噢！你们大陆人太不会享受了，一个个都活得好累，好苦，还都自以为在做着神圣的事业，为国家，为民族，至少是在为家庭奔波呀，奉献呀，而从不想到人活一世自己应该得到什么，社会、家庭欠了你什么。爸爸、妈妈，还有您，都为我操了好多的心，要把我也培养成这样的“接班人”。我知道你们是真心为我好，可是，按照你们指出的路，我又能怎么样呢？发财，还是做官？在大陆能发什么大财呢？做官又有什么意思？爸爸已经五十岁了，才做到这么一个小小的地方官，也没有发财嘛！我在家里一直被当成小孩子，讲话也没有人要听，大人都认为我是最不求上进的，将来成不了大器。可是怎么样呢？我倒比你们先成了百万富姐！

郁老师，这封信由爸爸转给您，您感到奇怪吗？告诉您，因为我已经不在你们身边了，所以才敢说：我知道你们的秘密！当我知道了您在爱着爸爸，爸爸也在爱着您，我好高兴噢！我觉得你们两个好合适噢！我还要请你们原谅，妈妈闹事虽然和我有关系，但我不是有意要和你们作对，这完全是意外的！但是我了解妈妈，她这个人其实胆子很小，不敢把事情闹大，如果闹得满城风雨，对她有什么好处？你们两个都是有学问的人，对付她当然是轻而易举的，只是要想个什么办法，把问题解决得好一些，也不要太伤害了妈妈，她的命也好苦，要让她有个好的归宿。从感情上讲，我是非常讨厌她的，永远也不想再见到她，但又觉得她可怜。如果她答应和爸爸离婚，我可以说服大姨妈，把她接到香港来生活，这样也就成全了爸爸和您了。郁老师，您觉得我的建议怎么样啊？

盼回信，等着你们的好消息。

对不起，我哥又来约我出去玩了，这封信暂写到这里。

祝您

幸福！

您的学生　李盼

199×年×月×日

现在，这封信就装在李言贴胸的衬衣口袋里。郁老师教了李盼将近三年，作文从来没有给过她高分，因为她几乎没有一次能耐心地写完。这封信，也可以算是一篇书信体应用文吧？观点荒唐不荒唐，文笔流畅不流畅，且不去管它，至少写得有头有尾，格式正确，而且难得地说了许多实话。她在越州的时候，哪儿说过实话？她敢吗？大人有闲心听吗？现在天各一方了，大人鞭长莫及了，人家愿意和“你们大陆人”谈谈心了，却又太晚了！阿盼毕竟还是太年轻，她把大人之间的事看得太简单了，哪有她那么轻率、随意？这边扔下了一“连”的人，到那边马上又有了“我哥”了！她一走了之，以为家里也雨过天晴、风平浪静，却完全想象不到这里已经是什么局面，她的郁老师如今是何等处境！李言当然不会在回信中告诉李盼这一切，她既然什么都不知道，就让她永远也不知道吧，何必在她那里留下一个口实呢？要知道，她是根本不可能保住任何秘密的！至于她给郁老师的信……

现在，透过装着铁栅的小小窗口里，李言看到了郁琅嬛。

两个月不见，郁琅嬛已经消瘦、憔悴了许多。恐怕是因为刚刚来到秦屿，还“喋”不惯这里的“盔”。不过，这也不会“喋”很久了，以后转到市里别的医院去，伙食也就随之改变了，秦屿的痕迹随着时间的推移，会统统消失的。

郁琅嬛的神情却还算安详，似乎看不出被“囚禁”的痛苦之状。头发还像过去那样洗得干干净净，梳得一丝不乱，身上还是那样一身素白，没有任何多余的饰物。她从来就不喜欢发卡、发带、耳环、项链、戒指之类，现在连腕子上的手表也摘除了，精神病院不允许病人身上带有任何可以自伤、自杀的东西。

此刻，正是郁琅嬛“面壁独坐，一言不发”的时候。她静静地坐在床上，两眼专注地望着前面。

李言顺着她的目光看去，发现了一片耀眼的红色！

就是那件羊绒连衣裙，一色猩红，纤细的腰身，精巧的袖子，红色瀑布般的下摆，曲线如英文“V”字又如汉文“心”字的领口，镶着连锁循环缠绵不断的边饰，心有千千结！

“这是我的嫁妆……我的嫁妆，所以不要你买！知道吗？在我们家乡，再穷的人家，也要为女儿准备嫁妆！可是我……可是我呢？我只有自己嫁自己了！”

“小郁！人家的婚纱都是白色的，你也一向喜欢一身洁白，为什么却选择这件红色的连衣裙作嫁衣呢？”

“因为它红得像心脏，像血，真挚热烈的爱，生死不渝的爱，应该是这种颜色！”她喃喃地说，“记得元好问的词句吗：‘问世间情为何物？直教人生死相许！’”

啊，啊，这一切，李言还记得吗？记得，记得清清楚楚，他怎么能忘了呢？一切都好像发生在昨天，可是现在回忆起来却恍若隔世，精神病院窗口上的一道铁栅，把他们分隔成两个世界！

郁琅嬛完全不理会窗外有人在做什么、想什么。她只是专注地凝视着那片猩红，屏息静气，眼睛好久也不眨一眨。

那条连衣裙，猩红依旧，只是换了地方，挂在“疯人院”的病房里。

她一言不发，专注地凝望着那条连衣裙，好似在观察，在研究。是把这条裙子本身作为一个研究课题？是在破译一个难解的谜？是在回味倾注其中的一片痴情？是在咀嚼自己酿成的苦酒？是在审视与此相关的人和事？一件衣服上到底储存了多少信息，这也就只有她知道了。

李言屏住呼吸，唯恐惊动了她。

“这就是她最关心、最执着的一件事。”夏院长说，“如果谁敢碰一碰那条红裙子，她就拼命地抢夺！”

寂静中突然听到人声，李言吓了一跳，从茫然中被惊醒了。

郁琅嬛却好像什么也没听见，对窗外连看也不看。

小郁，你看一眼啊，看一眼，是我来了！唉，你不屑一顾！也许，在你眼里我只配算个罪人，是吗？可是，你却仍然恋恋不舍这件红嫁衣，是吗？

心灵的悲鸣无声，也无回应。有声又如何？

谁也不知道郁琅嬛的内心世界，而只能猜测。

“她可能是突然遭受了强烈的刺激，引起记忆障碍，把许多事都忘记了，唯独对这件衣服放不下，每天都这样认真地研究。她研究什么呢？”夏院长喃喃地自问自答，“精神病人的举动往往千奇百怪，不可思议。据我分析，这件衣服可能和她的生活经历有很特殊的关系，在她的心灵深处封存着一段不平常的记忆，却又理不清楚……”

李言的心被狠狠地刺了一刀，怦怦地狂跳！“那……‘封存’的记忆，还可能重新打开、重新厘清吗？”

“很难说，”夏院长忧心忡忡地望着他的病人，“我将为她做最大的努力。‘心病还要心药医’，也就是心理治疗。这也许要待很久很久，也许——得来全不费工夫，最重要的是找到打开她记忆之门的钥匙！”

“噢？”李言心头一震，手不禁摸着自己贴胸的口袋，那里还装着郁琅嬛门上的钥匙呢，可惜，那已经没有用了，他多么愿意有夏院长说的那样一把钥匙，比金子还要贵重的钥匙，来打开那锁住郁琅嬛心灵的沉重铁锁，唤醒这个沉醉的人！他有好多好多的话要对她说，他们还应该拥有美好的未来！啊，醒来吧，小郁！

“夏院长，你刚才说什么？‘得来全不费工夫？’”

“嗯，市长看过一部外国电影吗？片名我已经记不得了。说的是一名在战争中丧失记忆的人，后来在类似的外部条件刺激下，又突然恢复了记忆。我想，这女子心里一定有什么秘密，如果能找到和她很接近、很熟悉的人，耐心地帮助她回忆往事，说不定在某个关口，那扇门，就突然打开了！”夏院长很激动，甚至伸手抓住李市长的手腕，仿佛已经找到解决问题的途径！

“啊？！”李言又被他吓了一跳！当然，夏院长只是设想，并没有对他做任何暗示和影射的意思。但是，李言却不能不随着他的设想而浮想联翩：这老头儿所做的努力一旦实现，李言面对神志清醒的郁琅嬛，该说些什么呢？她对他，又将会怎么样？她对他的了解太多、太深，他对她的负疚也太多、太深！相约十年后……那恐怕只是梦想了。谁知道在未来的十年之中，还会发生什么事情？

想到这些，李副市长突然觉得这炎炎夏日很冷很冷……

他终于强制着自己，没有对窗口里的郁琅嬛发出他积郁于心、喷薄于口的呼唤。有夏院长站在旁边，他什么话也不能说。可是，即使没有夏院长在，他又能说什么呢？

他也没有拿出李盼的那封信。那封信，他根本不可能转交给郁琅嬛了。

李言瑟缩地转过了身，离开了那装有铁栅的窗口。突然之间，他想起了几个人：降胡之后的李陵去看望流放的苏武，对同窗好友落井下石的李斯到狱中去安抚韩非，负罪的涅赫留道夫去保释他欠下了一笔风流冤债的喀秋莎……不，不！我李言跟这些人有什么关系？书读得太多了，负载太重了！

他走了，走出了这座“极乐园”。尽管心怀忐忑，尽管疑虑重重，尽管若有所失，他还是要走下去，漫漫人生路从来是有去无回。

“极乐园”寂静无声。

装着铁栅的小小窗口里，郁琅嬛专心致志地继续她的研究，默默地读着那一片猩红。

窗外，海阔天空。

后记之一

我萌发写这部小说的想法是在一九九〇年的春天，当时就确定了书名:《未穿的红嫁衣》。而等到完成，已经到了一九九三年春天，前后历时整整三年。在此之前，我还没有任何一部作品用过这么长的时间。当然，这三年当中，我并不是一直在写《未穿的红嫁衣》，而是写写停停，好几次被其他的创作和种种事务所打断，只好暂时先搁置起来，却又放不下。这完全违反我的创作习惯，我以前的作品总是一气呵成的。可也没有办法！最令人难过的是写作中间文字处理机出了毛病，把已经将近完成一半的初稿弄丢了，我不得不从头再来一次。所以，这件“红嫁衣”就好像总是缝啊缝啊，反反复复，缝个没完。在写作过程中，已有好几家出版社表示了出版意向，我答应了态度最为殷切的江苏文艺出版社，于是，责任编辑便连连催促:“什么时候能让我穿上红嫁衣啊?”我也很为难，深感“为他人作嫁衣裳”是一件颇不轻松的事儿!

不过，这么间断地创作也有它的好处，使我好几次把它搁置、冷却、提炼、升华。这三年来，我几乎每到一处，都在观察、思考，补充我所需要的素材，雕琢我所塑造的人物，甚至在出国访问的时候，虽远在天涯海角、异国他乡，心里也总是装着这个没有编完的故事。现在看来，用较长的时间来锤炼一部作品，也并不是一件坏事!

现在，这件凝结着千针万线的“红嫁衣”终于缝制完毕。我似乎不必对自己的作品再做什么阐释，只需要把它呈现给读者。

这件“红嫁衣”，郁琅嬛最终也没有穿上，而它却要经受读者的品评。

1993年4月，北京

后记之二

《未穿的红嫁衣》完成之后，一九九三年底至一九九四年初先后在《人民文学》《文汇报》和《常州晚报》选载或连载。至今，我正式签约出版的单行本有江苏文艺出版社出版的南京版、台湾国际村文库书店出版的台北版和北京十月文艺出版社出版的北京版，这三家的协约期限和条款都互不抵触，没有版权之争。

南京版据说发行得不错，版权页上的印数是七万五千册。严肃文学在进入九十年代以后就有“不景气”之说，能达到这个印数，令人欣慰。台北版的印刷质量较精，这是大陆应该借鉴的。其实要做到也不难，以我们的印刷技术和设备，完全可以把书印得更精。

北京十月文艺出版社与我合作多年，我深知他们的敬业精神，对读者极端负责，工作一丝不苟。我曾接到许多读者来信，说他们买到的《穆斯林的葬礼》“印刷质量太差”，“错误百出”，这在北京十月文艺出版社是不可能的，必是盗版无疑。《未穿的红嫁衣》也已有盗版出现，盗版者当然是为了赚钱，但也反映了图书市场的供求关系，当正版书断档时，盗版书就钻了空子。打击盗版当然首先要靠法律，但出版社如果能满足读者需要，也就断了盗版书的销路。因为盗版书总是印刷粗糙，赶不上正版的。我曾在报纸上撰文谴责“书林大盗”，借此再次敬告读者，对盗版书予以警惕。

严肃文学还是有读者的。严肃文学和通俗文学本来就是“井水不犯河水”，各有各的读者层面，不能互相取代。所以，致力严肃文学的作家和有志于严肃文学的出版家，前途未可悲观。虽任重而道远，走下去就是了。

1994 年 10 月，北京

沉　浮

一　雪妮、黑豹和密斯黄

半空中一团蓝莹莹的茸毛浮动，好似天上飘下一片云。茸毛间两点绿莹莹的光，好似天上落下两颗星。

这是一只猫。浑身雪白，无一根杂毛，且软而长，洗得干净，梳得整齐；两眼大而亮，淡黄中微微泛蓝绿，晶莹如“猫眼”宝石，中间两颗瞳孔，随光线而变幻，或细如线，或圆如点；鼻端一点嫩红，三瓣嘴，粉唇娇小玲珑，向两侧伸出数根长须，细如丝线，柔中带刚；额下长眉弯耸，与银须呼应。这是一只柔美俊俏的猫，主人怜爱，赐名“雪妮”，盖因它色白如雪，又是雌性，十分贴切。

现在，雪妮正沿着阳台上的横栏轻巧地走动，像杂技演员走钢丝那般自如，丝毫不必担心失足坠下那高高的六层楼，摔个粉身碎骨。猫和人不同，任何一只寻常的猫都有这样的胆量和技艺。雪妮一边轻捷地走动，一边巡睃着绝壁深谷般的楼下，似在寻觅什么目标。横栏走到了尽头，它忽然前腿平伸，后腿弯曲，将身体缩成一团，一纵身，跳了下去！

它轻盈地落在了楼下的一道矮墙上，没有发出任何声响。然后，猫着腰——诚然是“猫”着腰——蹿上了距墙三尺许的平房瓦檐，又沿着瓦棱攀上房脊，仍然没有任何声响，那软软的脚掌好像踏着软软的雪。

它沿着房脊匆匆奔走，从这座房脊跳到那座山墙，从这家院子蹿到那家院子，飞檐走壁。昏黄的落日余晖中，这团蓝莹莹的茸毛凌空浮动，如随风飘荡的飞絮。

雪妮一路走，一路寻寻觅觅。渐渐接近了目标，它那双眼睛便益愈有光彩，耸动着眉毛、胡须，轻启嘴唇，发出一声悠远的呼唤："喵——"直送往胡同深处。

将近冬至，天一天比一天短，五点多钟就暗了下来，胡同里的路灯也就在同一瞬间亮了，只是不如东西长安街和其他交通干线那般亮，那般辉煌灿烂、如同白昼，这里的灯光仅仅是点缀，与街两旁的万家灯火相辉映，织成一幅昏昏溶溶、朦朦胧胧的图画，把高高低低、新新旧旧的房舍都模糊为一体了。灯光是夜的灵魂，胡同里的夜色是活的。

这条胡同虽然名为胡同，却不可与其他寻常小胡同如"狗尾巴胡同""猫耳朵胡同""牛角胡同"等等同日而语因而加以小视，因为它并不算小，迤逦数百米，而且地理位置相当好。距繁华闹市大栅栏和前门大街都不算远，站在胡同当中便可将视线越过低矮的房舍望见巍然耸立的正阳门箭楼。当然在夜间它只是一个黑色剪影，好像舞台上或电影中人工设置的景片，并且的确曾有电影导演选中这儿拍过外景，因而街民们常引以为自豪。实则人家只是为了拍前门和旧房子，街民们一律没上镜头，连群众演员都是特邀的。这胡同曾经很热闹，也曾经很冷清，临街的房子大都挂过布招牌匾也大都换过红漆标语，连门板、墙壁都"一片红"过。后来红漆就又被黑灰、白灰覆盖了。再后来绝迹已久的老字号又突然像雨后的蘑菇似的冒出来了，还增添了过去不曾有过的新字号，这条胡同便重新热闹了起来。卖什么的都有。冷饮、水果、青菜、活鱼、花生米，不在话下；彩扩照片、电子表、科学算卦、磅体重也不在话下；真正吸引人的还是那些老字号、老营生：卖爆肚儿的，卖面茶的，卖白水羊头肉的，卖艾窝窝的，卖豆汁儿、焦圈儿的，卖切糕、炸糕、驴打滚儿的……都是祖传的行当、看家的手艺，无一不张挂着“老牌正宗，货真价实”的广告。走进胡同，你仿佛觉得回到了某个遥远的年代。这当然不可能，谁也不能“回到”历史，也不能“重现”历史，历史只能留在人的心里。而且，眼前的某些景象也在提醒你的“现代感”，比如，那位穿着白罩衫、搽着脂粉描着眉毛涂着口红的小姐站在门口迎接你：“水饺儿里边儿请，手工水饺儿!”那位戴着老花镜的账房先生会把你吃的、喝的统统开成一张“住宿”单据递给你，虽然贵点儿，却可以“报销”！如果你西装革履，那位蓄着小胡子的小老板还会问您一句：“有兑换券儿吗?”

总之，这儿又热闹起来了，在夜幕方落、灯火初明的时刻，尤其热闹，空气中弥漫着水蒸气、油烟、菜香，混合着高低参差、此起彼伏的吆喝叫卖声，又窄又长的胡同里汇集了南来北往、南腔北调的顾客，提着旅行袋的、抱着孩子的、东瞧西看乱打听的，间或还有挎着照相机的黄毛儿蓝眼珠儿的外国人，摩肩接踵，络绎不绝。这时候，生意最红火儿。

种种切切的声音：煎炒声、吆喝声、寒暄声、问价声、议论声、脚步声、摇滚乐声、邓丽君声……汇成一部无止无休、无章法、无总谱的交响乐，这其中还夹杂着房顶上的一个颤悠悠的细长声：“喵……”

繁忙的人们并不理会头顶上的雪妮，雪妮当然也不必理会脚下那繁忙的人们，它只是一心一意地呼唤着，并且一声比一声强烈，一声比一声动情，在人们听来，也就越来越不悦耳了，起先还像猫叫，继而像婴儿啼哭，后来简直像泼妇骂街、像鬼哭狼嚎了。

但在猫的世界，这无疑是最动听的歌声，犹如在人的世界里那缠缠绵绵的“阿哥阿妹呀情意呀长……”于是，在门脸儿上挂着“爆肚隆”金字招牌的店堂后头，便有一只雪妮的同类被这歌声撩拨得心猿意马想入非非，连正在享用的一顿羊肚儿下脚料的美餐都无心再吃完了，就从墙角里的食盆边“呼”地一蹿，上了房，用和雪妮同样熟练的飞檐走壁方式，向着歌声跑去，并且一路唱和：“啊……呜……”比雪妮的鬼哭狼嚎更粗粝，更瘆人。

这是一只雄猫，歌喉自然富有阳刚之美。它全身黑得如铁似炭赛墨汁，没有一根毛像雪妮，且短而硬、密而亮，犹如穿了一身黑缎子紧衣；双耳短而挺，两眼大而圆，炯炯放射绿光；头略显小，短颈长身，四蹄矫健，身后舒展着一根钢鞭似的“豹尾”。主人爱其威武雄壮，赐名“黑豹”，果然恰如其分。

黑夜里，房脊上空无灯火照明，一片黑乎乎。但黑豹和雪妮的眼睛却有着远比人类优越的特异功能，瞳孔自动放大，浑圆晶亮，连瓦缝中的枯草窠子都一目了然，如果面前有一只胆大包天的耗子出来望风，定然难以逃脱。但黑豹、雪妮却都不以捕鼠为业，各有主人赐给的现成饭食，饱暖生闲事，此刻的心都放在了情侣上，纵有老鼠绊脚也无暇纠缠，只顾唱着山歌，如磁铁一般吸向一处。

却又怪！当这一对儿热恋中的情侣越走越近、近在咫尺时，则又都站着不动了。雪妮站在西家的房脊上眼送秋波盯着黑豹，黑豹蹲在东家的房脊上目不斜视望着雪妮，各自放开歌喉，唱得热烈，似乎非要把肺腑之言倾吐得干干净净、把相思之情抒发得淋漓尽致不肯罢休。“爱情”嘛，有“情”方谈到“爱”，人们往往把有损人伦道德的人斥之为“畜牲”，仿佛动物就是如此，其实未必公平。若以雪妮和黑豹的观点，倒觉得人类当中的某一些，萍水相逢尚未问清对方姓甚名谁就胡乱苟合或者竟匆匆做了夫妻，那才真是荒唐得可以了！

暂且不说猫类如何嘲笑人类，此刻要紧的是人类发觉了猫类的干扰，半空中那声嘶力竭的对唱在满街筒子“绕梁”，把和谐的交响乐搅得乱七八糟，简直不堪入耳，致使鱼贯前行的游人掩耳，伫立门前迎客的女招待蹙眉，正在吃得津津有味的顾客咬着了舌头，纷纷骂道：“谁家的死猫？真缺德！”

“爆肚隆”的小掌柜隆德海正在他那小小的店堂里招呼客人，一位从美利坚来的黄毛儿操着带怪味儿的中国话，说他是慕名来吃爆肚儿的。隆德海笑脸相迎，亲自端肚儿盘、送作料，并且滔滔不绝地说起爆肚儿的起源、制作要领、风味特色，刚刚说到得意处，头顶上传来一阵厉声呼叫：“喵……”“啊……呜……”

黄毛儿洋人吓得一哆嗦，本来就拿得不顺手的筷子“啪嗒”掉在桌子底下，惊问：“这是……什么声音？”

隆德海笑笑，替他换了双干净筷子：“吃吧，没事儿！”竟忘了继续讲解爆肚儿，走出店堂，抬头望着黑乎乎的一大溜房脊，饶有兴致地说：“嘿，这大冬天儿，倒叫起春来啦？”

小掌柜这么一嚷嚷，引起街上的行人也止步驻足，抬起了脖子，往天上看。路灯晃眼，看不清，仰得脖子、眼睛全是酸的，还在找：“哪儿呢？哪儿呢？”凡是来逛这条胡同的，都不是急着赶火车、上飞机的，所以有的是闲工夫，只要有人带头儿，什么事儿都能吸引一大帮人，拿个傻子开开心啦，看看小流氓打架啦，动刀子、溅身上血都不带躲的。

“那不嘛！”隆德海伸着他那油脂麻花的白套袖，往斜上方指着，甚是得意，“这是咱们家的黑豹，又勾搭上一个咳！这小子是他妈能耐！哎，你们瞅见过猫怎么搞对象吗？”

围观的人都没答上来，显然是孤陋寡闻，又想见识见识。隆德海要的就是这个结果，便放开了嗓子嚷道：“黑豹！过来，把它引过来！”

房顶上，黑豹传过来一声长长的“啊……呜……”，好像是对主人的回答，又像是继续唱它的情歌。不过，它倒是原本确有此意：把雪妮引过来，引到爆肚隆的小院来，不是为了供人观赏、在大庭广众之中做爱，而是打算用羊肚儿下脚料招待招待雪妮，以尽地主之谊。

听到主人的呼唤，黑豹不再蹲在那儿傻叫，掉转身子往回走，并且频频回首，以动情的鬼哭狼嚎招呼着雪妮。雪妮起初似乎不大情愿，想争取主动，把黑豹引走，带到它居住的六层楼上，让黑豹开开眼界，它那儿和胡同里另是一番景象，屋里有吊灯、沙发、地毯、彩电，吃的是从冰箱里拿出的鱼罐头、大对虾，比羊肚儿下脚料不在以下……但眼看黑豹不肯上门招赘，越退越远，雪妮舍不得情郎，便不由自主地亦步亦趋，沿着房脊往东追过来。

说话间，它们已在爆肚隆门脸儿上方的屋脊上会合了。大概由于刚才一跑一追，使它更加珍重黑豹，便不再远远地对唱，急急地赶到黑豹身边，偎偎依依，耳鬓厮磨，那歌儿也就唱得更起劲了。

这回，下边的人都看清了，齐齐地伸着脖子，如一群鹅。他们等着看下面的表演，所以对刺耳的猫叫也耐着性子。隆德海进一步向黑豹发出指令："带它下来，到当街来！"

黑豹果然沿着瓦垄向下走，它本来就是要带雪妮下来的。雪妮既已到了黑豹家门，便也不再推辞，就紧紧相随，也往下走。"好！"下面一片欢呼，其实猫和他们想得并不大一样。

眼看着好戏开场，突然房顶上又蹿过来一只猫，黄的，闷声不响地横在了黑豹和雪妮中间。下边的人嚷嚷上了：

"嗬，第三者插足哇？"

"这家伙要戗行！"

"瞧着，二雄相争，必有一伤！"

观者兴趣陡增，等着看更大的热闹。隆德海则有些不悦，对这个不识趣的、敢来夺黑豹之爱的黄猫愤恨之极，并且担心争斗起来，黑豹难免吃亏，“二雄相争，必有一伤”嘛！说时迟，那时快，黄猫已经追上了黑豹，隆德海的心“嗖”地提上来，他知道“情敌”下手没有不狠的，便不由得提醒一声：“黑豹，留神！”

谁知那黄猫扑向黑豹，却不撕不咬，伸出了脑袋，勾住黑豹的脖子，突如其来地一番亲热，还伸出粉红色的小舌头一个劲儿地朝黑豹脸上猛舔！众人傻了，隆德海乐了：“闹半天这也是个母的？黑豹一个搞俩咳！”

说得不错，那黄猫果然是只雌猫，是主人的宠爱之物，尊称为“密斯黄”，意思即“黄小姐”是也，如今流行称姑娘们“小姐”，而“同志”却显得过时了，何况对猫也不便称“同志”。这密斯黄，黑豹也是认得的，走街串巷在房脊上遇见过多次，密斯黄早对它眉目传情，百般诱惑，黑豹却一直未予理睬。究其原因，一则嫌它年龄偏大，且黄啦吧叽，极少“动猫”之处；二则黑豹既钟情雪妮在先，不能偷情密斯黄于后，猫也得讲“猫道”，见一个爱一个总不大像话；三则它还知道这密斯黄与雪妮是近邻，不但住同一座楼，而且在同一个单元，门牌隔不了几号，正所谓“抬头不见低头见”，街里街坊的，它不能办这样的事儿，给雪妮留下话把儿。正因为如此，它对于密斯黄采取了“惹不起，躲得起”的战略战术，远远看见，掉头就走，任你围追堵截、一厢情愿，黑豹铁了心，不为所动。不料今天密斯黄追上门来，而且全然不顾廉耻，当着雪妮的面儿朝它“犯贱”！黑豹很为难，它想躲开，又怕同时扔下了雪妮，不妥；它想好言劝慰密斯黄一番，又怕雪妮产生了什么误会，也不妥。黑豹左右为难，脸上被密斯黄舔得发痒，情急无奈，只好向雪妮呼救：“啊……呜……”这边雪妮眼看情郎被抢，怒火中烧，“噌”地蹿将上去，掐住密斯黄的脖子又撕又咬！密斯黄一个愣怔，丢了黑豹，来战雪妮，正是仇“猫”相见，分外眼红，心里暗暗恨造物主为何生出这只白猫来断送我的爱情？下起手来也就毫不留情，扬起爪子朝雪妮脸上、身上乱抓，霎时间白毛乱飞！

现在是“二雌相争”了，争得激烈，打得邪乎，“叽啦喳啦”乱叫，比刚才的对歌节奏更快、调子更高，让人听着就更不是味儿了！旁边急坏了黑豹，它想援助雪妮，又不忍对密斯黄这雌猫下手；它想从中调停，无奈喊破了嗓子谁也不听。万不得已，只好以武力解决，纵身跳入角斗场中，以自己的身体隔开这势不两立的仇敌，以期熄了战火。又谁知天下最难劝解的是“情斗”，两只雌猫此刻都有万夫不当之勇、视死如归之概，反而越劝越来劲儿，越打越激烈，只见黑、白、黄三色茸毛拧在一起跟麻花儿似的，乱打一锅粥，三个不同的嗓音齐声惨叫，把下边的人都惊呆了！

隆德海此时早已把爆肚儿生意忘到了九霄云外，只担心黑豹受了闪失，后悔不该没事儿找事儿起哄架秧子，到头来倒霉的是他的黑豹！“黑豹，咬那个黄的！咬死它！”他攥着双拳、跺着脚地嚷，恨不能上房顶助黑豹一臂之力！

黑豹听得主人命令，便不分青红皂白，狠咬一口，心想，得罪密斯黄就得罪吧，救雪妮要紧！不料这一口却咬在了雪妮的腿上，雪妮大叫一声，黑豹心胆俱裂，猛一哆嗦，那团黑、白、黄三色的茸毛骨碌碌滚下地来，落在当街，“叽哇哇”发出三重唱的哀鸣！

人群“唰”地闪开，犹如巨石落入水中溅起的浪花。隆德海早把众人忘了，猛扑上去，解救自己的黑豹！

这时，顺着胡同气喘吁吁跑来了两个女人。一个正在妙龄，至多十五六岁，穿一件猩红蝙蝠袖毛衣、牛仔裤，脚蹬后跟尖得如同一根钉子的“迷你鞋”，头上长发披肩，一张粉脸，双眼皮儿，大眼睛，鼻如悬胆，口似樱桃；另一个五十出头，矮墩墩，胖乎乎，面皮黄且多皱，单眼皮儿，眯眯睁睁，身穿一件对襟儿、带两个兜儿的黑色大毛衣……街上暗，她们又跑得急，风是风火是火，原不是打量的时候，难以更具体地描述了！她们便是雪妮和密斯黄的两家主人，不约而同地往这儿跑，都是被那鬼哭狼嚎召唤来的。别人听猫叫都一样，养猫的主儿各人都熟悉自家的猫的语声，犹如母亲熟悉自己的婴儿。她们各自发现自家的猫不见了，又各自都听到了那远远传来的惨叫，便几乎同时奔出了家门，同时冲出了单元门，同时乘电梯下了楼，然后像百米赛跑似的狂奔起来，一路跑，还一路听见在街旁路灯底下摔“洋画”的小孩儿说：“爆肚隆门口儿仨猫掐架呢咳!”她们的心更慌了：仨猫？

她们几乎和隆德海同时扑向了那团黑、白、黄三色扭结的茸毛，各自辨着自己的色儿，扯着哭腔儿喊：“雪妮!”“糜子黄!”

这里，虽是千钧一发也还得交代一句：“密斯黄”的名字是它的女主人起的，而赶来救护的却是女主人的母亲，这老太太虽说也是个不算太小的干部，却识字不多，更不懂英文，便顺着女儿的叫法，自然而然地想起了老家那黄灿灿的糜子——黏米，包团子、蒸年糕，黏着哩——于是顺理成章地将“密斯黄”翻译成了“糜子黄”，倒也形象、生动。

现在，老太太不顾一切地从血肉相搏的战场救出了自家的“糜子黄”，抱在怀里；那妙龄少女当然抢着把白雪也似的雪妮搂过来，看见它那洁白的茸毛上沾着尘土、浸着鲜血，女主人珠泪涟涟，又心疼又气恼：“雪妮，你也太不自爱了，怎么往这种地方跑？”

隆德海那边抱着他的黑豹，也心疼得了不得，哪儿容得了这指桑骂槐？便一梗脖子，冷笑道：“咳，咳，咳，嘴里干净点儿！我这儿怎么了？是咱们家的黑豹要流氓了怎么着？谁让你们把母猫撒出来犯贱的？找不着主儿就送货上门儿？他妈的这年头儿是怎么的了？猫也跟人一样，女的上赶着追男的，怕剩下当没人要的老处女？嘁！”

妙龄少女气得脸通红，黄脸老太太气得眼发黑！隆德海如果说句软话，这事儿就过去了，谁知道他说了这么一大套，还说得这么损！对于雪妮的主人来说，这番话已经撒野撒得过分，而对于“糜子黄”的主人则更是弦外有音、击中要害，因为老太太的家里正好有一个三十多了还找不着着落的老处女！

俗谚云：“打人别打脸，骂人别揭短。”黄脸老太太恰恰被打了脸、揭了短，就如同心被捅了一刀，抱着“糜子黄”跳起脚来骂：“隆德海！嫁不出去的是你妈，要不然能让你爸爸白捡了来？你撒泡尿照照，你们家是什么种儿？什么玩意儿？靠卖肠子、肚子刚挣俩臭钱儿，就人五人六似的欺压乡邻啦？你等着，早晚破产关门儿卷铺盖滚蛋，还得捡破烂儿去！”

隆德海自然不让她！像是在跟她做预言比赛，发着狠地说：“你也等着，你们家的老处女但得能嫁着个瞎子、麻子、傻子、瘫子，我就不姓隆！”

二　爆肚隆

尽管别人可以把爆肚隆根本不放在眼里，隆德海却把自家的行业看得比金子还要贵重，绝对不允许侮辱的。

真正的“老牌正宗”的北京人，对爆肚儿的偏爱达到了痴迷的程度，如涮肉、面茶、豆汁儿一样，外省人也许不以为然，老北京却视作珍馐美味。爆肚儿确是一份老祖宗留下来的遗产，虽不算丰厚却十分独特，简直是一门学问。

爆肚儿也者，其实就是“爆”牛、羊的胃脏。胃脏和心、肝、肾等等，通称为“下水”，或曰“杂碎”，外国有些民族根本就不吃的，而中国人却对其极有兴趣并且发明了种种的吃法。尤其是北京人，下自平民百姓、上至王公贵胄，都喜食之。公元一八九六年，清廷洋务大臣李鸿章出访英国和沙皇俄国，顺道访问了美国，在纽约港受到十九响礼炮的隆重礼遇，由第二骑兵队护送，下榻于豪华的阿斯拉利大旅馆。他在美国总统克利夫兰陪同下游览了五天，大开眼界，受宠若惊，临行前自然要举行一个“答谢宴会”。但他此行有一大疏忽：没带厨子，因而也就难以华夏风味儿回请盛情的主人，情急生智，想起了在美国也有华人餐馆，于是因地制宜，假此设宴。席间，他还亲自点了一道菜，请克利夫兰总统品尝。美国总统尝后赞不绝口，问他这是什么菜，李鸿章扬扬得意，笑而作答："炒杂碎也。"于是美利坚各报大加宣扬，"炒杂碎"自此身价百倍，名满美国，一些餐馆特意在门前用霓虹灯打出"Chop Suey"字样，便是"炒杂碎"的英文译名。其实，这也仅仅是中国"杂碎"之一斑，未窥全豹。比如这"爆肚儿"，既不"杂"，又不"炒"，却别有风味儿，又远胜于李鸿章待客的佳肴。传统的爆肚儿，系选用新鲜绵羊全肚儿（牛肚儿亦可），一份重三斤以上，各部位名称为食信、散丹、肚儿葫芦、肚儿库、肚儿领、肚儿板——薄者为阴板、厚者为阳板，用时一一分开：先切去食信、蘑菇尖、蘑菇粘，再切掉散丹、肚儿领，剩余的就是肚儿葫芦、肚儿板、肚儿库。肚儿板很大，内壁有瘤状构造；肚儿葫芦较小，内壁有蜂窝状构造；肚儿散丹又称百叶，因其内壁有许多皱褶，状如书页；肚儿库又叫真胃，相当于其他哺乳动物的胃，并能分泌胃液。肚子要整个儿地放在木桶中反复冲洗、漂搓，百叶还要逐片漂洗，几经换水直至一尘不染，才能捞出切开，裁下肚儿领，取下散丹、蘑菇、硬扇肚儿板、肚儿葫芦、食信，这些都是做"爆肚儿"的原料，余下的零零碎碎才是"杂碎"，所以美国总统克利夫兰吃的其实只是爆肚儿的下脚料而已，这在爆肚隆的店里只配喂黑豹。"爆肚儿"之"爆"，其实并不复杂，只是用开水烫一下而已，北京人称之为"焯"，以专用小锅盛水约三斤，上旺火烧开，投入切好的肚儿料约四两，一眨眼的工夫用漏勺捞出，蘸着作料即可食用。但这一"焯"却又非同寻常，时间短了肚儿生，时间长了肚儿老，要的就是不早不晚不紧不慢不温不火不生不老的"恰到好处"，吃起来又脆又嫩又筋道又不硌牙，越嚼越有劲儿，越品越有味儿，越吃越上瘾，吃过之后还满口余香，把世界上还有什么燕窝、鱼翅、猴头、熊掌全忘了！而由于所爆的原料又分为肚儿领、肚儿仁、肚儿板……爆的时间长短又有所不同，十二秒、十三秒、……十九秒，掌勺师傅的眼神儿心劲儿比秒表还准，没有家传的秘诀、十年八年的苦练，休想“问鼎”，功夫全在这一“焯”。当然还有极为讲究的作料，酱油、醋、香菜、葱末儿、水澥芝麻酱、卤虾油、辣椒油、老蒜泥……又有严格的配方，不能乱来。到时候以汤盘盛爆肚儿，小碗盛作料，食客以筷子夹爆肚儿、蘸作料，脆嫩清香，食欲大增。饭前食之开胃，饭后食之消食，不仅饱了口福，同时还获得了健脾养胃的裨益，强似良药苦口了。

“爆肚隆”是隆德海祖传的老字号，少说也已经有五六代的历史。早年间在大栅栏开一间门脸儿，前店后家，是为“连家铺”，从采购到拾掇肚子、掌勺、待客，都是掌柜的夫妻俩四只手紧忙乎，本小利薄，仅糊口而已。但用料极精，手艺极佳，有常年的“吃主儿”，不论道儿近道儿远前来光顾，小店倒也座无虚席，且声誉日隆。某年某月某日，黄昏时分来了一位生客，长袍马褂、眉清目秀、五绺长髯，背后垂着根油亮的大辫子，像是有身份的人，却又猜不透是位学者呢还是位有官阶的大人，后边还跟着个随从，青衣小帽、黄面无须。掌柜的自然不便盘问人家尊姓大名，来的都是客，便笑脸相迎：“二爷，您来啦？这边儿请！”老年成，“二爷”是官称，无论人家排行老大、老二、老五、老十都可尊称为“二爷”，头一回见面儿就如同熟客似的。随着一声招呼，手里的一条用滚水浸过又拧得半干的手巾把儿就递了过去，请客人净面，未曾用餐，已感到宾至如归、浑身舒畅。当时，这位客人落座，微笑着说今儿的晚膳过于油腻，想吃一盘儿爆散丹爽爽口。掌柜的答应一声“好嘞”！即取早已洗净的散丹四两，精心切成柳叶条状，当小锅中水将开未开约莫九十五摄氏度之际投入，漏勺只翻动一下，散丹挺身，便飞速捞出，盛在盘中，端上案来，那散丹呈蓑衣状，白花花、脆生生，不待食用即令人垂涎。“二爷请！”掌柜的站立一旁，小心伺候，唯恐这生客稍不如意，砸了小店的牌子。那客人也不言语，极熟练地拈箸，自蘸自食，随从垂手肃立，不坐、不吃，只将两眼专注地看着主人的脸色。客人却旁若无人，只顾吃，细嚼慢咽，有条不紊，一看便是个“吃主儿”。直到把那一盘儿爆散丹吃完，才一咂嘴，说了声：“美哉！”掌柜的放下心来，笑脸再问：“今儿个讨得二爷喜欢，再来一盘儿？”客人却说：“足矣。店家可有笔墨吗？”掌柜的连声说：“有，有！”心说这位横是个有学问的，要留下一幅题咏，倒是为小店长光的事儿。连忙到隔壁的布匹店借了纸、墨、笔、砚，铺在擦净的八仙桌上，请客人命笔。邻座的食客中有通文墨的也纷纷离座，围在一旁观看。只见那位客人抚纸濡墨，写下“爆肚”两个大字，又停下了，问掌柜的：“店家贵姓？”掌柜的连忙答道：“免贵，姓‘龙’——呃，就是真龙天子那个‘龙’啊！”

客人似有踌躇之状，驻笔片刻，才又落了下去，接着写了一个“隆”字。旁观者愕然，分明是个别字，却也不好当面指出。掌柜的却不识字，笑问客人所书何字，那随从答道：“‘爆肚隆！’明儿照这样做一块匾挂在门脸儿上吧，您就有了字号啦！”掌柜的自然高兴，连爆肚儿的钱也没收，说是给“二爷”润笔，实则为了拉住这位不知深浅的主顾。客人走后，旁观者才说：“这字儿写得好是好，只是给您改了姓儿啦！”掌柜的又茫然，“爆肚龙”虽说是家小店，可是“行不更名、坐不改姓”，“龙”“隆”虽是同音，却也不能随意更改，断了祖上香火！正在懊恼犹疑，忽有一位客人恍然大悟：“我看这个‘隆’字，与当今天子乾隆皇帝的御笔极为相似，莫不是……莫不是……”一句话揭开谜底，四座皆惊，掌柜的喜从天降，赶忙去追赶圣驾，大街上早已不见了乾隆皇帝的踪影！于是将这幅御笔题字供在香案前，顶礼膜拜，不亦乐乎，次日又请了木雕油漆匠中的高手，依样镌刻成黑底金字大匾，悬于门脸儿之上，“爆肚隆”自此名声大震，更加兴隆。至于改姓之说，便也不再提起。古往今来，皇帝赐姓的有的是，那是极大的荣耀，哪有拒之不受之理？何况掌柜的认定“一笔写不出两个‘隆’字”，根本不懂得也不承认世上还有别字之说，龙家子弟便就正式姓隆了，外人讥曰：“这真是‘忘了自个儿姓什么’了！”

年深日久，爆肚隆门口的大匾经风吹日晒，木质干裂变形，油漆剥落失色，于是一次次描摹重刻，便也一次次走样儿，渐渐地与乾隆御笔相去甚远。几代传人之后，就有好事者有意刁难，说这招牌根本不是乾隆御笔，陈年古代的故事是隆家的人为了买卖兴隆而瞎编的。隆家的后代因为御笔的原件早已失传，匾上又没有落款，更没有盖印，自然有口难辩，但招牌仍是照挂不误。细究起来，上述传说倒也有相当的可能是属实的。其一，爆肚儿历史悠久，至少不会晚于乾隆年间。史载：乾隆三十六年，皇帝东巡，容妃随行，途中御赐饮食之中便有爆肚儿，这不仅是爆肚儿的可寻踪迹，也是乾隆皇帝喜食爆肚儿之有力佐证；其二，举世皆知乾隆皇帝爱微服出访并爱题咏，兴之所至，到哪儿都要留几笔“御书”，“爆肚隆”也说不定就是真迹；其三，为爆肚隆题匾的若是一般文人墨客，未见得对“龙”字那般敏感，更不至于素不相识就给人家改姓，这种事儿看来也只有“朕即国家”的人物可为，联想到比乾隆皇帝晚二百五十年的某位以“则天女皇”自比的“首长”也喜欢动辄替人更名改姓，亦属此类遗风……总之，“爆肚隆”的金字大匾未可因时过境迁而轻易认作赝品就是了。可惜的是隆家世世代代都没做过爆肚儿以外的学问，也就说不出子午卯酉，难以为老字号“正名”，传了几代，声望也就渐渐减退，而后来崛起的东安市场的“爆肚王”“爆肚冯”，东四牌楼的“爆肚满”，门框胡同的“爆肚杨”……生意越做越红火，倒把“爆肚隆”给压倒了。到了民国末年，战乱不断，生意难做，竟关门倒闭，打小鼓儿收破烂儿为生了。一九四九年，北京城解放，随后搞“三反”“五反”，改造资本主义工商业，隆家既无产业又无资金，定了个“城市贫民”成分，命运倒又比那些发达的同行为佳，也是因祸得福，始料不及。此时，爆肚隆的最后一代传人隆长生便彻底抛弃了祖传行当，进了一家铁工厂当了学徒，三年出师，成了师傅，并且娶了妻室，一连生了四个儿子，隆长生为了省事儿，一溜排行命名为“德江”“德河”“德湖”“德海”，叫着倒也顺口、响亮。他本是识不了几个字的人，自然把“隆”与“龙”混一，认为苍龙归了江河湖海，必有大福大贵。四个儿子相继入小学读书，老师嫌“隆”字笔画太繁，图省事儿常常写成“龙”字，隆家的人自己以为“龙”是“隆”的简写，也乐得方便，写这个简单的，无意中又恢复了本姓，只不过不大彻底，在户口本儿上、档案袋儿里以及某些正经事儿上还是以“隆”为准，混杂使用，仍然弄不清自个儿到底姓什么。

隆长生之妻胡氏，名莲凤，娘家也是“市贫”出身，嫁到隆家来时，连铺盖卷儿都未曾陪嫁得起，虽说“女大三，抱金砖”，她比隆长生年长三岁，却无金砖可抱，只是台阶儿似的生了四个儿子，抱了一个又一个，青春流逝，步入中年，也没爬出孩子窝。家中只有隆长生一人挣钱，日子过得紧而又紧，不得已操起去世的公公婆婆在穷途末路时的旧业：捡破烂儿。每天早起，打发隆长生去上班，三个大的去上学，她便背上背着老四德海，怀里揣块窝头，手里拉着破篓子、铁筢子，走街串巷，捡随风飞扬的烂纸，被人扔弃的破鞋烂袜子，择菜丢下的白菜帮子，修窗户换下来的碎玻璃碴子……夜晚回家，一一整理，能用的用，能吃的吃，能卖的卖，为丈夫解除了不少后顾之忧。为此，隆长生对老婆爱之弥深，厂子里谁结婚送块糖都舍不得吃，揣在兜儿里带回来递给老婆，胡莲凤又分给了老大、老二、老三、老四，自己嚼窝头咸菜，甘之如饴。一家人和和睦睦，苦挨苦挣奔日子，街坊四邻却侧目而视，不甘与之为伍，路上相遇便远远躲开，怕闻胡莲凤那一篓子破烂儿的怪味儿。胡莲凤当然只好忍气吞声，不与街坊计较。后来胡同里设置了一排垃圾筒，人家倒垃圾，她捡垃圾，天天翻个底朝天，有的人家可怜她，索性把垃圾倒在她家门口，由她捡完了一并处理，她便成了义务清洁员，负责邻近人家的垃圾工作，当然，没有报酬。再后来胡同旁边盖起了大楼，楼上的居民倒垃圾不出门儿，往垃圾箱里一倒，“哗!”就直通到底层的垃圾筒，这里便又成了胡莲凤采宝的场所。楼里的垃圾通道太窄，住户们又常常把什么旧纸箱、破凳子、罐头盒子乱塞一气，便时有堵塞。堵塞一日犹可，长了便要层层外溢、四处泛味儿，就找居委会解决。居委会的人也无计可施，猛地想起胡莲凤，便各家各户敛钱，凑足了五块，以此做报酬，让她钻进去疏通一番。有道是“重赏之下，必有勇夫”，胡莲凤为了那五块钱，不惜头顶麻袋，钻入垃圾通道底部，以一根长长的竹竿，奋力捅之，等到“哗啦”一声，劈头盖脸一股脑儿流了下来，她既得了钱，又将这些污物仔细挑拣一遍才离去。每当这种时候，大楼里的居民和街道干部自然在一旁观看她的精彩表演，可悲的是往往开头“请”她时如刘玄德三顾茅庐躬请卧龙诸葛，非她胡莲凤无人堪此重任，而收场时却又哄堂大笑，这当然也使胡莲凤每干一次这种营生就要暗暗地流下许多眼泪。她不怨天，不尤人，只认自己命苦，眼巴巴望子成龙，等四个儿子长大挣钱了，她的日子也就好过了。

命运却又与她作对。老大、老二刚刚上到初中赶上了“上山下乡”，在乡下一待就是十年，一分不挣还得家里倒贴，到了“文革”过去，回了城，已是近三十的汉子。老大德江回城时就搞好了一个对象，回来就结婚，隆长生夫妻为此拉下一大笔账，儿子、媳妇有了工作挣了钱却又紧接着养孩子，仍是一分钱也帮不了父母；老二德河在插队时得了急性肺炎，赤脚医生给打了三天三夜的吊针，肺炎治好了，耳朵却聋了。回城之后以这等残疾之材想找工厂、找对象更是难上加难，后来多亏上级落实对残疾人的政策，给他硬塞到牛羊肉加工厂去，好歹能挣几个钱喂自己的肚子，当然父母更不忍心刮他的油了。下边还有老三德湖、老四德海仍在上学，隆长生夫妇仍然是“罗锅子上山——前(钱)紧”，不然的话，胡莲凤怎么会为了五块钱的“悬赏”去给人家捅垃圾道呢？

说话间世道大变，刚刚听广播里说要“对外开放、对内搞活”，北京城里呼啦啦冒出了许多个体户，卖什么的都有，向国家纳税，个人收入也不少。老四德海正在念高二，索性把书包一甩，对他爹妈说：“妈的这书不念了，我领个执照干个体！”

隆长生作色道：“你这叫烂泥糊不上墙！我和你妈累死累活供你们念书，你倒往下出溜！再熬一年就高中毕业了，你不能再忍一忍？老年成说：‘书中自有黄金屋’，咱家吃苦受穷还不就是因为过去念不起书吗？”

隆德海说：“屁！瞧您那封建脑壳，满嘴旧社会！‘黄金屋’能靠念书念出来？鬼信！高中毕业狗屁不当，大学毕业才挣五十六块钱，还不如您这个卖力气的呢！人要是想阔，一靠权，二靠钱，这两样儿有一样儿就能在人前直起腰来，您不信？赵太爷和孔乙己谁有学问？学问不能当饭吃，买一碟茴香豆儿都得掏现钱！”

毕竟儿子读过几天书，说的这些，隆长生全不懂，朦朦胧胧又觉得也不是没道理，低头寻思一阵，说：“那你准备……做点儿什么买卖？”

隆德海胸有成竹地说：“咱们家老年成不是卖过爆肚儿吗？我想恢复老字号！”

隆长生吓了一跳！心说这小子心胸倒是不小，敢把祖上砸了的招牌再挂起来，“你哪儿成啊？从你爷爷那一辈儿就洗手不干了，我也只是小时候赶上那么一点儿尾巴，你们哥儿几个压根儿就没受过家传，做买卖可不是一句话的事儿……”

“咳！我没做过爆肚儿，吃总还是吃过，不就是把羊肚子往锅里一‘焯’嘛！我就不信能难到哪儿去，试验它三天我就能开业！再说，您不也可以给我当顾问嘛！”

隆长生只是冷笑：“哼，你当是老北京的这些吃主儿那么好糊弄？要是摸摸脑袋谁都能卖爆肚儿，乾隆爷也就用不着登咱们家的门儿了。”

隆德海说：“对，我看中的就是乾隆御笔的金字招牌，开了业还叫‘爆肚隆’，还挂这匾……”

“没了，早没了！”隆长生深深地叹息，年深日久的往事在他脑袋里回旋，祖上的血液在他胸中翻腾，他何尝不愿意重振家业？只是这梦，空做了几十年，连说都没敢说起过，想不到这个跟爷爷没打过照面儿的小儿子倒继承了祖辈的血脉，响亮地提出要再次打出“爆肚隆”的字号！想到这里，隆长生万感交集，眼中涌出了两串热泪，可又一寻思，乾隆御笔大匾在几十年前就没影儿了，凭什么再打这招牌？有谁承认？连街坊四邻也早都忘了隆家曾经开过买卖，在他们眼里只看到胡莲凤提溜个大篓子捡破烂儿！

“这有什么？”隆德海笑笑说，“如今好些买卖都打着老字号，谁知道哪个是真的，哪个是假的？不就是一块木头牌子嘛，难不住我！”

“可……哪儿有钱呢？哪儿有地方呢？”隆长生仍然顾虑重重，他深知，白手起家开个买卖，太难了！

“这，您就甭管啦，全包在我身上！”隆德海一拍胸脯，走了。

三个月后，“爆肚隆”就在这条胡同里开张了。执照是以隆德海的名义领的；钱是他借的；房子是他向临街的住户赁的，每月租金五百元，人家给房管所交的房租只有两块八毛四，等于白赚他的。那房子，一间临街的门脸儿带半间住房和一个小小的院子(实则是个小过道儿)，后头操作前头待客。店堂里地方窄，仅能摆下四张方桌，却也收拾得干净，爆肚儿以及啤酒、凉菜均从左面的小窗口端过来，使人以为窗户后面还有一间“操作间”，其实后头连转身的余地都没有，紧贴隔壁是旁边的山墙，仅一步的空当儿，东西都是绕到后边端出来的，隆德海用三合板搭了这道带“窗口”的假墙，占了不到一米宽的地方，却给人以无限想象，把面积“展宽”了，可见他的头脑颇为机灵。门脸儿外头和店堂正中，各悬挂一块黑底金字大匾，一个模子刻着“爆肚隆”三字，并且赫然落着“乾隆御书”的款，盖着朱红的印，比祖先的招牌更“真”。这是哪儿来的？说出来也不稀奇，是隆德海出了高价请一位业余书法家从乾隆遗墨中拼凑的，行家称为“集字”，以假乱真，弄假成真，使得过往行人哪怕学富五车的也不敢小看。店堂里的大匾旁边，还挂了一副硬木雕漆的对联：“夏鼎商盘唐诗晋字，周莲董杏窦桂王槐”，以四个朝代、四个姓氏标出八“绝”，簇拥着中间的“爆肚隆”，表明此系绝中之绝，真乃独出心裁。这对联当然也不是隆德海创造的，也是请人勾摹仿造，却不是“集字”，下面有款：“成亲王”，是正儿八经的名人遗墨，至于翻了第几版，当然也无从考证了。

总之，绝迹了近四十年的“爆肚隆”又重现人世，除经营祖传爆肚儿，还兼卖涮羊肉、啤酒、凉菜。开始街坊们只当笑话，不久却看见人家宾客盈门，生意兴隆，票子如流水般“哗哗”进门，每月的纯利润少说得有三千块，等着看笑话人的也就不觉敛起容来，表情由不屑变为惊奇进而又变为羡慕了。

胡莲凤如今再不用捡破烂儿了，每日里早起晚睡，拾掇肚子、鼓捣炉子、洗刷盘子、清点票子，忙得不亦乐乎，满脸的皱纹都舒展开了，心劲儿大得很，帮着小儿子朝前奔，街坊四邻再不敢像往常那样往她门前倒垃圾了，倒隔长不短地厚着脸皮白吃她一盘爆肚儿，说几句恭维话，“您是老来老得了老儿子的济，时来运转了！”“要不说什么都是命中注定呢，是‘龙’早晚归了大海！”等等赞辞，不一而足。当然也不再称呼她为“捡破烂儿的”，改用了五花八门的尊称：“隆嫂”“胡大妈”“掌柜的”“老板娘”……叫她什么的都有，更有年轻人受了日本电视连续剧的启发，干脆称她为“老阿信”，把胡莲凤乐得直掉眼泪，那眼泪是酸、辣、苦、甜、咸五味儿俱全。她丈夫隆长生给儿子当“顾问”，实际上是掌勺大师傅。毕竟德海年幼，没受过家传的训练，那爆肚儿的功夫还得靠隆长生从头儿教起，手把手，心对心，却又发现德海虽然胆子大，手艺上却没有多少造就，爆出来的肚子不是生了，就是老了，练了好久，长进不大。隆长生为了不让刚刚恢复的字号垮台，不得不让德海到前边去待客、算账，灶上的活儿他包了。开头儿是利用厂子里三班倒的空当儿，再加上出门之前、下班之后的零碎时间以及礼拜天、存休、倒休、泡病假等等，后来顾客越来越多，他这个业余顾问兼厨师显然顶不住了，于是以五十六岁的年龄提前从厂子里退休，一心一意开店了。有了这一对儿老的当牛做马，隆德海倒索性把“操作间”的活全扔给他们，然后又雇了两个伙计：一个是从安徽来的姑娘，当女招待，开票儿、收钱；一个是从大兴县来的傻小子，专管端盘子端碗、擦桌子摆凳子。这俩人每月给他们各开八十块钱工资，干得好了再涨，吃饭不花钱，比当保姆、干小工儿合适！前前后后都有了专人负责，一切井井有条，隆德海当起了逍遥自在的甩手“经理”，穿着西服，叼着“三个五”洋烟，皮鞋擦得倍儿亮，高兴了就骑着“雅马哈”兜一圈儿，看看录像、跳跳迪斯科什么的，比谁不自在？有时候店里来了体面的客人比如作家啦，电影演员啦，外宾啦，他也放下经理架子，亲自招待一番，天南地北地“神聊”一番，让他们听得眼发直。这时候，隆德海的心里就甭提有多滋润：咳，我隆德海如今也是个人物啦！

从美利坚来的黄毛儿洋人正在一心一意地品尝他面前盘子里的爆肚

儿。他是否受了克利夫兰总统和李鸿章洋务大臣的启发当然不得而知，但对这富有东方色彩的吃法确实极倾心、极上瘾，尤其是刚才爆肚隆经理隆德海的那一番云山雾罩地讲解，更使他如醉如痴。不料正在兴头儿上，经理扔下他不管了，又听得外头鬼哭狼嚎的猫叫，夹杂着震耳欲聋的吵嚷，不知发生了什么事，萌动了美国人的好奇心，不由得离座出去观看，又舍不得尚未吃完的爆肚儿，便一手持盘儿，一手拿筷子，像吃自助餐的架势，挤到人群里看热闹——不是看西洋景，而是西方人看东洋景！

隆德海看见黄毛儿端着盘子出来，猛然想起了店里的买卖，无心恋战，想撤退。无奈黄脸老太太得理不让人，穷追不舍，大有冲进店堂大闹爆肚隆的气概！这时候，站柜台的女招待、跑堂儿的傻小子都丢了营生，出来救主；在后头忙活的隆长生夫妇也不得不张着湿漉漉的手往外跑！

“吔！我说是谁呢，闹半天是晓洁她妈！”胡莲凤连忙在围裙上擦擦手，拦住了黄脸老太太，“晓洁她妈，您甭跟孩子致气，德海哪。他没大没小，不懂个规矩；您有话跟我说，我回头打他个小兔崽子！晓洁她妈，咱们是多年的老街坊了，您冲我这张老脸……”

开口就叫“晓洁她妈”，再加上“老街坊”，不仅没使黄脸老太太消气，反而火上浇油！“哟！我看看这是谁呀？才三天没见，你这破烂儿也不捡了，成了老板娘了？”

胡莲凤心里“咯噔”一声，心说这人怎么戗不吃顺不吃，想干什么？有心顶她几句，又没这胆量。这时，多亏隆长生脑瓜儿转得快，霎时明白了黄脸老太太挑了眼，不该叫她“晓洁她妈”，人家是有官职的人，在房管局当着处长呢！便扯了老婆一把，上前赔着笑说：“孟处长……我这老婆孩子不会说个话，让您见笑了！您哪，消消气儿，请里边儿坐坐，我给您爆一盘儿散丹！咳，按说呢，小店开张那会儿，就该请林局长和您二位来赏个光，吃点儿喝点儿，也算感谢您二位多年的照应。可就是因为地方小，又怕您二位工作忙，没工夫儿，这不，您都到了脸前头了，我才敢斗胆请您，实在是不成敬意！要说今儿这事儿呢，也不是德海成心跟您过不去，这猫打架也碍不着人的事儿，别伤了和气……”

隆德海抱着黑豹往里走，见缝插针又回过头来嚷道：“哼，猫也能仗人势呢！”

“滚！大人说话，你搭什么茬儿？滚里边儿去！”隆长生一瞪眼，把儿子推到后头去了，他现在根本不想论谁是谁非，只求把这场平地风波了结，以免误了生意，留下后患。

挤在人群里的黄毛儿洋人傻看了半天，愣没听出个来龙去脉，这时，凑到那怀抱雪妮的妙龄女郎跟前，莫名其妙地问道：“小姐，到底发生了什么事？要不要去叫警察？”

妙龄女郎正在可怜巴巴地抚弄怀中的雪妮，听见这声音，猛一抬头，看见脸前头一团毛茸茸的黄卷发、一对儿亮晶晶的蓝眼珠儿，惊得“啊”了一声，结结巴巴地说：“没……没什么……”一看周围的人都眼神异样地盯着自己，脸一红，就顾不上跟隆德海吵架的事儿了，转脸往回走。

这边儿，被隆长生称为“孟处长”的黄脸老太太，一则因为人家当众称了她的官衔儿，并且还没忘了她丈夫从前的官衔“林局长”，心理上获得了优越感，二则妙龄女郎一走就失去了盟军，便也借梯下楼，抱着她的“糜子黄”打道回府。不过，临走还给自己找了个台阶儿，对隆长生说：“哼，要不是今儿个你们这儿有外宾，照顾点儿国际影响，咱们还得好好儿说道说道……”

她要再“说道说道”什么，当是后话，眼下谁也不知道，不过这“国际影响”倒是已经造成了。

黄脸老太太和妙龄女郎双双抱着爱猫走了，爆肚隆门前的人们眼瞅着一场挺热闹的戏结束得平平常常，不免扫兴。那位黄毛儿洋人却朝着这一老一少消失的方向，愣看了半天。不可思议的东方，一切都不可思议：他从西半球跑到东半球，还没见过有比这黄脸老太太更丑的女人，也没见过比这妙龄女郎更迷人的姑娘！

“爆肚隆”的金字招牌下，愣住了一个黄毛儿……

三　老处女之家事及其烦恼

密斯黄在主人的怀抱里仍然对雪妮咬牙切齿。它恨透了这只浑身雪白的雌猫，哼，凭着那娇媚的姿色、甜润的嗓音，能把黑豹的魂儿勾去了，害得它好苦。其实论起情场资格，它比雪妮老得多。它已经在这条胡同里住了好几年，就像人们熟悉所有的街坊一样，它熟悉这里所有的猫，当然，主要是雄猫。它心里有一本账：哪只猫猥琐平庸，哪只猫轻佻放荡，哪只猫英武潇洒，都有数。它最倾心的就是那只浑身浓黑闪亮的黑豹，身材那么匀称，四肢那么矫健，眼睛那么有神，尤其是那根皮鞭似的尾巴，简直是猫类的骄傲。黑豹使它一见钟情。那时候，缩在胡同里头的隆家还没有挂起招牌，门前还经常堆满垃圾，女主人整天钻在垃圾堆里，从别人丢弃的废物中寻宝，自然没有什么像样的食物喂黑豹，黑豹几乎是在没有伙食的情况下长得这么高大、这么壮实，当然，它会抓耗子、捉家雀儿，有时还逮个蛐蛐儿、“季鸟儿”啦什么的吃吃，总之食性很杂，颇似它的主人那么瞎凑合。女主人外出捡破烂儿、在家扒垃圾的时候，黑豹常常跟在一旁，有时还伸出前爪去帮忙，但它从来没有因此而弄脏自己的毛皮，总是干干净净，颇有“出淤泥而不染”的气度。因此密斯黄并没有因为它的出身低贱而加以藐视，反而更敬重它。自从爱上了黑豹，密斯黄便表现出极大的热情，向它靠拢，向它献殷勤，并且邀请它到自己的主人家去，领略一下那不用抓耗子也能吃得好、住得好的生活，那才是猫应该追求的生活。无奈黑豹对它相当淡漠，几乎没正经搭理过它。这使密斯黄很跌份儿、很伤心。一气之下，它另寻所爱，甚至不惜降低标准去靠拢那些它过去看不上的、邋邋遢遢、猥猥琐琐的雄猫，以填补精神空虚。不料又未得逞，猫们都嫌它与黑豹有“来往”因而拒绝“来往”，这真是天大的冤枉。于是密斯黄只好铁了心，再回头去找黑豹，黑豹却更加傲慢了。密斯黄终于发现，原来是因为雪妮扯住了黑豹的心，而雪妮正是它的近邻，它却从来没有提防过！妒火在密斯黄的胸中燃烧，它要报复，要亲手给雪妮一点儿颜色瞧瞧，它要除掉这个绊脚石、拦路虎，把黑豹抢回来！于是，在雪妮从阳台上跳下楼去的同一时刻，它就在悄悄地跟踪了。它一直尾随着雪妮，抑制着怒火看它如何向黑豹飞媚眼儿、唱情歌儿，等待雪妮被爱情陶醉得神魂颠倒的时刻，才猝不及防地跳将出去，要当众教训教训雪妮，必要的话，甚至不惜置之于死地！可惜，密斯黄没有得逞！它没有想到黑豹那个男子汉会从中干扰，混在两只雌猫中间瞎打岔，使得密斯黄不得不“投鼠忌器”；它更没有想到三只猫的主人同时伸出了手去，把尚未决出胜负的战场搅乱了，要不然，未见得它就不能击败雪妮！现在，雪妮靠了保护人，有恃无恐，朝它龇牙咧嘴，“呜呜”地发威，像胜利者似的，哼，你等着，出水才见两腿泥呢！

无论如何，它们暂时只好休战，虽然各自愤愤不平。更令它们遗憾的是，它们的两位主人却全然不明白这场恶战的起因和是非，双双结成了同盟，把仇恨都集中到黑豹和它的主人身上去了，而且一路走，一路聊，还聊得挺近乎：

“我说倩倩，赶明儿咱得把猫看紧着点儿，甭让它们往胡同里乱跑，瞧瞧隆家的那一家子，跟野人似的，要没人瞅见能把咱们的猫宰了吃喽！他们家的那只黑猫，哼，野狗似的，要是把咱们的糜子黄弄串了秧儿可就恶心了！”

“可不嘛，孟阿姨！”被称作“倩倩”的妙龄女郎脸色微微泛红，抚弄着雪妮说，“我们家的雪妮绝不能让它沾边儿！我妈说，赶明儿想办法给雪妮找一只纯种儿的波斯猫，配……”说到这儿，没好意思再往下说。

“纯种儿的波斯猫可不好找，”那位“孟阿姨”似乎深为所动，皱巴巴的黄脸上两只肉眼泡儿翻动着，“顶好的是毛长、腿短、大耳朵。两只眼睛还不一样，一只蓝的，一只绿的，最可心的就是有这么一只公猫，你妈赶明儿要是能找着，跟咱们也言语声儿，这俩猫的问题就都解决了！”

密斯黄和雪妮同时吓得一哆嗦！猫的语言人是听不懂的，而人的语言尤其是主人的语言，哪怕带有一些方言口语俚词儿，猫却可以懂个差不离儿，这两只共同热恋着黑豹的雌猫听到自己将要按主人的意志安排爱情生活，都不免停止了“呜哇”，沉入忧虑了！

说话间，“孟阿姨”和“倩倩”已经走到了她们共同居住的大楼前。

这座大楼矗立在胡同口已经有好几年。破土动工的时候，“四人帮”还没倒台，当时盖这座楼的起因是有个叫安东尼奥尼的外国人曾经在胡同里拍过一些有碍观瞻的镜头，专拣破房子、穿破衣裳的人拍，把胡莲凤拽着个破篓子捡破烂儿的情景也拍进去了，并且凑巧还拍上了一个要饭的——按说在我们社会主义的中国、世界革命的心脏北京根本不可能有也不应该有乞丐，他不知怎么拍的——总之，影响极坏，给我们的大好形势抹了黑，给我们的“文化革命”喝了倒彩，狼子野心何其毒也，是可忍孰不可忍！当然被批得体无完肤。有关部门传下话来，要以实际行动反击跳梁小丑的诬蔑，改造这条胡同，把破破烂烂的房子都拆了盖大楼，建成一条社会主义的新胡同！于是选择了最佳地形先盖这座楼。在图纸阶段，这楼设计得颇气派、颇豪华，有电梯，有壁纸，卫生间里坐式抽水马桶等等洁具一应俱全，所有的门都是电镀把手，所有的房间都带大壁橱，造价为每平方米×××元。动工之后却困难重重，不得已把投资一压再压，把设备一减再减，等到大楼落成，几乎该有的都没有了，只剩下外表还挺唬人。那时候，“四人帮”已经完蛋，这座楼也就成了批判“假、大、空”的典型。尽管如此，胡同里的居民们还是极想搬进去尝尝住大楼的滋味儿，争先恐后地往房管所跑，送各式各样的礼物，走曲曲折折的门路。最后，住进去的倒未必都是这些人。比如，密斯黄的主人就不必跑腿儿劳神费口舌而占了三套房，六个居室。这当然不必奇怪，黄脸老太太是房管局的人事处长，权力虽不算大，办这点事却绰绰有余。何况也是这条胡同的老住户，她不先搬进大楼，还能轮到谁呢？而且那三套房又与众不同，原先从图纸上刷下去的设备又都添上了，是由房管所工程队做了特殊加工了之后他家才搬进去的，工钱怎么算的也无人知晓。材料都用的进口货，这也不必奇怪，因为她的丈夫林盛杰现任建筑材料进出口公司总经理，靠山吃山、靠水吃水，自古如此。其余的住户也各有各的原因才得以住进去的，有的是唱戏的名角儿，有的是什么人的儿子、女儿、亲戚等等，雪妮的主人俞倩倩一家则因为有什么海外关系，需要落实政策，别人还有因各种各样的政策而落实到这座楼里来的。没住上大楼的人家很骂了几天街，偷偷地骂，骂着骂着也就不骂了，继续送礼，等待下一拨儿。谁知又有了新精神：胡同里盖大楼破坏了古都风貌，中外建筑专家都说是“蠢而又蠢”的做法，以后盖大楼都到郊区找地方去，这儿要恢复清朝的旧貌，云云。当然，已经盖了的楼也不能再拆掉，没住上楼房的人家也就别再想了。这么一来，这座孤零零的大楼越发显得鹤立鸡群，楼里的住户也就越发显得比别人高贵了，胡同里的孩子有时到楼道里来玩儿或是来邀同学去上学，便会被人警惕地轰出去：“干什么？想溜门撬锁啊?”由人及物，连猫也分出了等次，孟处长和俞倩倩对黑豹的鄙视当然是顺理成章的。

孟处长怀抱着她的“糜子黄”进了家，她的丈夫林盛杰已经回来了。正趿拉着拖鞋，腆着大肚子坐在客厅里的沙发上，聚精会神地瞪着肉泡儿小眼儿看电视里的英语教学节目《跟我学》，总经理现在对学英语很上心。

“招娣，你干什么去了?”林盛杰的眼睛没离开电视荧屏，远远地朝客厅门口送过来一句颇不耐烦的问话。

“招娣”就是孟处长的尊名，是在老家时爹娘给起的，本为“招弟”，是为父母招来个儿子的意思，她是长女。不料一招招了六个妹妹，姊妹七个都不受爹娘的待见。倒是她嫁给林盛杰之后，跟着进了北京，当了干部，很为爹娘长了脸，为家乡争了光。她在乡下没念过书，因此干不了什么需要学问的营生，被丈夫通过老战友安插进房管局当个人事干部，后来提拔成了处长，管理众人的档案材料以及升降奖罚等等，权力倒也不算小了，人说她握着全局的“生死簿”，一张干巴巴的黄脸终年不见笑容，确似九殿阎罗，在局里人人惧怕。丈夫为了给她增添几分媚气，在“弟”字上加了个“女”字旁，成为“招娣”。但她给丈夫也没招来一个儿子，今生今世只生养了一个女儿，便是密斯黄真正的女主人林晓洁。

“咳，别提啦!”孟招娣抱着密斯黄气喘吁吁地走进客厅，说起刚才的事儿还余怒未息，“咱这‘糜子黄’差点儿让隆家的那只野猫给咬死！怎么这政策一变，个体户儿吃香，连猫也跟着撒欢儿呢？今儿要不是当着好些人，我都有心把它一砖头砸死！‘糜子黄’也真是的，在自个儿家有吃有喝的哪点儿不称心？非得串那个脏胡同……”

她说起来就啰里啰唆、没完没了，林盛杰早就不耐烦了，半截儿拦住说："得啦，得啦！女人哪，胸无大志，目光短浅，怎么净跟这些猫啊狗啊的干上啦？"

"你好！"孟招娣被打了兴头，毫无顾忌地回敬他，"你站得高、看得远！人家的官儿都是越升越大，你怎么越挪窝越小呢？"

林盛杰那虚泡囊肿、松皮耷拉的黄脸不觉抖动了一下，极为不悦地瞪了妻子一眼。当老婆的，自然免不了有时叨唠叨唠丈夫，可是你随便说点儿什么都无所谓，别专点人家心里头最敏感的地方！

按说林盛杰的官儿也不算小，十二级，已划在"高干"之列，在这条胡同里，在这座楼里，也算数得着的人物。但在偌大的北京城就显不着了，这样的"高干"多如牛毛，可以用簸箕撮。他的官运本来也算亨通，曾任公安局副局长，叱咤风云过一阵，在"以阶级斗争为纲"的时代，鼻子比警犬还灵，抓人、整人有一套。但那个官儿也很不好当，上头有千条线，有时候这个让抓，那个让放，不知该听谁的，而且政策千变万化，今天抓人往往是为明天"平反"凑材料，搞得不尴不尬。有时候"误"抓到某些"子弟"的头上，越审越害怕，到头来磕头赔礼、负荆请罪都怕来不及。有时候抓个"芥子小民"也会惹些麻烦，比如某某中学的女教师邵亦波，运动初期曾作为"特嫌"拘留审查过几天，后来倒提高了她要求"落实政策"的价码儿，一条胡同里的街坊，弄得很不愉快，现在又住到一座楼里，很近的邻居，只好谨慎相处。总之，林盛杰当局长的那段历史称不上得意也称不上光荣。"文革"过后，就在公安系统待不下去了，很恓惶过一阵子，四处活动，倒也没被划成"三种人"，只是被迫挪了窝儿，大改行，到建筑材料进出口公司当总经理。仍是副局级，不升不降，但社会地位就差多了，容易给人产生"官儿越做越小"的感觉。他本来只想在政治上锐意进取，无心经商，脱下警服，换上西装，开口买卖，闭口钱财，而且专和"帝修反"打交道，觉得就像"复辟资本主义”似的，好没意思。这是缺乏远见，他后来很快就扭转了这种“错误认识”，因为整个国家要改革、开放，发展经济，建设四化，明确宣布不再搞运动，过去的空头政治家、万金油干部显然不吃香了，外贸成为最热门的部门，外商蜂拥而入，他这个总经理应接不暇，成为国际交际场合的名角儿，这条路却走对了！现在北京城在大兴土木，一幢幢的豪华大宾馆、大酒楼如雨后春笋，哪一家能离得开建筑材料？找他的人能挤破脑袋。他于是抖擞精神，大干一场，打几个漂亮仗，树起自己“大企业家”的形象，让往日的同僚、战友都刮目相看。这个目的也并不难达到，因为国家舍得花外汇，经他的手买外国货就是了，等一幢幢大楼戳在那儿，人们赞叹：“嗬，真漂亮！”功劳就有他林盛杰一份儿。出名之外，尚能得利——这已不算什么秘密，林盛杰无须贪污公款，自有人主动送上门来，内商、外商都希望林总经理“关照”，他坐得渔翁之利，根据交情的厚薄决定偏袒哪一方，倒不见得胳膊肘儿就一定往里拐。林盛杰在银行里并没有多少存款，但家里却比绝大多数同胞提前跨入了“现代化”，该有的都有了，没有的也会有的。眼下，他正在谈一笔大买卖，为一家新建的大酒店进口全套美国最新式灯具。酒店的董事长是他的老战友，大老粗出身，改行经商比他晚，头发都白了还是个“雏儿”。林盛杰向他伸出了援助的手：“包在我身上，你按这个数儿报预算吧，我保证让你的酒店大放光彩，像灯具展览会似的！”老战友二话没说，就去准备那个“数儿”去了。他这儿向外商招标，投标的有一大群：日本的、意大利的、美国的、新加坡的……他从中遴选了美国的迈克尔·詹姆斯。进口美国灯具嘛，自然找美商更直截了当。而且他对迈克尔·詹姆斯的印象不错，年富力强、精明能干、谦虚谨慎、彬彬有礼，比那些老奸巨猾的老白毛儿更可信，这笔买卖一定能做得漂亮，而且还可以作为今后长期合作的对象。

今天中午，迈克尔·詹姆斯请他在北京饭店共进午餐，谈得很投机。下午回家的时候，心情本来是舒畅的，没想到老婆一进门就跟他叨唠什么猫打架的闲事儿，还嘲笑他的官儿小，便冷笑一声，说："你懂个屁！我现在的这个窝儿，给个副部长都不换！快做饭去吧，我中午喝多了，没吃饱，这会儿饿了！"

小百姓往往以为当"官儿"的就一定派头十足、言辞高雅，说出话来都像做报告似的，其实未必，比如林盛杰这位"高干"的语言就跟自由市场上的个体摊商也没有多少差别。这也不必奇怪，想当初高俅官至太尉，还不仍然是踢球儿的那个人吗？

"哎，哎！"孟招娣其实最怕丈夫，见他不高兴，就不再往下说了，赶紧放下"糜子黄"，拉开冰箱拿东西，准备做饭，孟处长在房管所像个阎王似的，回家来就换了身份，不折不扣的管家婆，一家子的吃、喝、拉、撒统统由她负责。她一手提溜着鱼，一手托着牛肉，嘴里还叨唠个不停："是啊，这早晚儿，都饿了，猫没吃，人也没吃呢！我这就做饭去，晓洁中午在食堂吃不好，就指望晚上这一顿呢！这孩子，怎么到这会儿还不下班儿？"

"真是的！"林盛杰咂咂嘴说，"明天，她能不能早点儿回来？"

"我哪儿知道？姑奶奶老是说'忙'，'忙'，咳，你就甭指望她啦！她在家也帮不上我什么忙……"

"明儿晚上有个客人到家来吃晚饭，得搞得丰盛一点儿，"林盛杰关上那早已听不下去的英语节目，走出客厅，说，"主要的是，想让晓洁跟人家见个面儿，挺不错的个小伙子……"

"噢，噢……"孟招娣连"噢"好几声，明白了老头子的意思，赶忙说，"那就给她打个电话，叫她干脆请个假，明儿就甭上班了，好好儿地捯饬捯饬……"——"捯饬"这个词儿是北京方言，应用颇广泛，有

“修理”“装饰”“布置”等种种意思，孟招娣现在的含义最准确的翻译莫过于“化妆”，她希望女儿在和客人见面儿之前打扮得漂漂亮亮的。

林盛杰于是又走回了客厅，给女儿打电话，嘱咐她请假的事儿，如果她还没下班的话。电话接通了。

“喂，找林晓洁，我是她爸爸！”

“不行，她现在不能接电话，正做孕期检查！”

此刻，在北京市某家颇有影响的医院的妇产科，林晓洁正在做已经重复了无数次的孕期检查——不是人家给她做，而是她给人家做。林晓洁是医学院毕业的“工农兵学员”，当妇产科大夫已经多年了。在知识青年上山下乡“接受再教育”的年代，她当然也插过队，但不久便经过她爸爸的“活动”，由贫下中农“推荐”上了大学。人家还在务农，她已当了大夫，属于令人羡慕的幸运儿，佼佼者；但随着形势的变迁，许多大学本科生、研究生后来居上，填补了医院里青黄不接的空白，她这个“工农兵学员”就大为逊色了，干了这么多年，好不容易才评上个主治医师，还是她爸爸找医院的党委书记疏通了关系才弄成的。林晓洁越来越腻味自己的专业，一个大姑娘，整天整月整年地跟孕妇、产妇打交道，在工作中经常要向病人仔细询问有关夫妻生活的某些细节，她感觉简直是对自己的嘲弄和侮辱！

今天一天，她打发了十几个大肚子，一个个都由丈夫陪着，娇滴滴地请她查胎位、算预产期，朝她要保胎药，男的还乱搭茬儿。她恨那些男人，冷冰冰地让他们在外边儿等着，不许探头探脑儿。然后一个个地训斥他们的老婆：“哟，哟，怎么啦？甭这么说咳嗽就喘，少跟我来劲儿！怀了孕，在你们家许是功臣，到我这儿都是病人，有病治病，没病开路！啧，啧，瞧你那个样儿，不至于的，噢，人生孩子猫下崽儿，正常的生育过程，保什么胎啊？走吧，走吧，不到日子甭来找我！”那些娇得如同糯米年糕、艾窝窝的孕妇都被她噎得不敢言声儿，噙着泪走了。她这儿还一肚子火呢：生，生，生，你们就会生！中国的人口爆炸，四个现代化迟迟不能实现，都是因为你们这些生育机器给搅和的！要是遇见个二胎、三胎的，她就特别解恨地施展自己的权威。

四点多钟来了一对儿农村小夫妻。甭看他们穿着料子服，戴着进口表，一眼就瞅得出来是刚吃上几天饱饭、兜儿有钱还不知道该怎么花的土老帽儿，说出话来"怯"得牙碜。

她照例把男的先"呲儿"一顿，让他二堂等候，把女的叫进来检查……检查结果，还是个百分之百的处女！

"你是怎么回事儿？黄花儿闺女上这儿来捣什么乱？"

"大夫，俺结婚都一年多哩，结婚证也领哩，天地也拜哩，老亲少眷也请他们吃哩喝哩，可就是……咋到如今还怀不上个娃娃哩？"

她耐着性子仔仔细细询问该问的事儿，小媳妇红着脸刚说了一半儿，林晓洁气得大吼一声："这么回事儿?！你他妈的真是土鳖、笨蛋、白吃的货，猴年马月也甭想下崽儿啦！滚！回家让你妈教教你，滚吧！"

撵走了这一对儿，林晓洁在诊室里"咯咯"地乐：什么事儿呀！结婚证、拜天地、吃哩喝哩……这就能生男育女？愚昧呀！要是中国人都这么愚昧可倒好了！

她这儿正乐着，进来一个挺时髦的女青年，一身"港"装，头发披散着，抹着蓝眼圈儿，装着假睫毛，嘴唇儿和指甲盖儿血红。

"大夫，我怀孕了。"

"怀上就生呗，早晚的事儿，反正你命里注定只能生一胎！"

"大夫，我不想生……"

"不想生就刮！"

"大夫，我怕……"

“怎么？没跟你爱人商量好？先回家商量去！”

“不是，大夫，我……还没结婚呢！”

“混蛋！”林晓洁一拍桌子，“没结婚就乱搞？你他妈这方面倒机灵啊？”

女青年低下头，任凭她讽刺、挖苦、谩骂，不带还嘴的。

“非婚生育是违法的你知道不知道？知道？为什么知法犯法？”她威严如法官，指着人家的鼻子好一通数落，末了儿说，“回去开了双方单位的证明再来找我！”

女青年傻眼了：“大夫，求求您，我……我不能让学校知道，我……我还没毕业呢！”

“噢？还是个大学生？哪个学校的？不说？想做‘人流’没门儿！你实话实说，我保不齐还能给你点儿脸！”

其实，林晓洁是有意寻寻开心，如同猫逮住耗子，在吃之前先要弄一番似的，心理学家称之为“虐待狂”。其实，人工流产需要开证明的时代早就过去了，光顾他们妇产科的“非婚生育”者有的是，照刮不误。她今儿是瞅着这个大学生的臭美德性，年龄不大事儿不少。想恶心恶心她。

这一招果然很灵，女青年吓得面如土色，怀着侥幸心理，老老实实地招认：她叫佟玲，是××学院表演系学生，面临着汇报演出和毕业分配，在这个关键时刻一定要保住干净名声，无论如何请大夫高抬贵手，以后不惜一切代价报答，等等，说得哀哀切切，声泪俱下……

林晓洁一边听着佟玲的叙述，一边脑子里思绪驰骋，无边无际。她由别人想到了自己。当了将近十年的妇产科大夫，在生孩子方面也算是个行家了，却至今还是个局外人。她虽然也曾经恋爱过不止一次，三十出头了仍然没有一个如意郎君，当然也就谈不上婚姻和生育了。她立志要名正言顺地做妻子、做母亲，谁知道这个在别的女人看来极为容易达到的目标对她来说却遥遥无期！她在医学院上学的时候就和同班的一位男同学恋得火热，不料毕业分配之后人家却把她甩了，娶了一位中华医学会副会长的女儿，自然是有所图的。后来她又爱上了父亲手下的一名技术员，小伙子三天两头来找林总经理“汇报工作”，其实他和总经理隔着好几层领导，根本汇报不着，原是“没话儿搭拉话儿”，想接近林总经理的女儿也说不定。林晓洁果然爱上了他，干柴遇烈火，一点就着。林总经理、孟处长也都认可，虽然小伙子比女儿还小上三岁，又没有大学文凭，仅是个中专毕业生，但出身好、模样儿顺眼、头脑机灵、嘴儿甜，很讨人喜欢。林总经理把三套住房腾出了一套，购置了全套的罗马尼亚组合家具，连“日立”彩电、“松下”冰箱、“先锋”音响……都筹备齐全，只待新郎入赘。小伙子却提出来要拿下电大文凭再结婚。林总经理说：“好，小伙子有志气！”就提供一切有利条件让他上电大，让晓洁帮他补课，犹如陪太子读书的“太傅”一般。三年之后，拿下了文凭，小伙子又向未来的岳父要求派他出国镀镀金，一年半载、仨月俩月也成，只是为了开开眼，回来就结婚。林总经理心想有权不用过期作废，不为女婿谋福利怕的是过了这个村儿没这个店儿，便把小伙子破格提拔为建材公司副经理，以“考察”名义让他上美国遛一圈儿。半个月之内小伙子就上了飞机。临行之前，林晓洁与未婚夫抱头痛哭、依依不舍，好似生离死别。小伙子安慰她说：“咳，我又不是一去不回，等着我，把婚礼准备好吧！”“你可得准时回来，要不然，我肚子里的小东西怕等不了啦！”“是吗？那我更得早点儿回来了！”他走了。林晓洁依照他的嘱咐，把婚礼的日期早早地订好了，亲戚朋友都打好了招呼，到时候在北京饭店大宴宾客。喜期来临，远走高飞的小伙子却没有归来。他不回来了，走的时候压根儿就没打算回来，以前所做的一切只不过是在演戏，充分利用总经理这个老家伙！林晓洁自然没能举行那个梦寐以求的婚礼，只收到了天涯未归人的一封绝情信，信中说："林小姐，原谅我的'忘恩负义'，我感谢你们一家对我的关怀和帮助，但我不能以牺牲自己的爱情来作报答，我们之间根本不存在爱情！我承认你对我好，爱我，但爱应该是相互的，我只承认你是一位慈祥的老大姐，而不是一个理想的爱人。在你的身上，有许多素质是难以让人接受的：你性情古怪，喜怒无常，举止粗俗，谈吐野蛮。我很难相信你是一位受过高等教育的知识分子，一位被人们称为'白衣天使'的医生，简直是一个不伦不类的大杂烩，不是我的胃口所能享受的！请耐心等待吧，总有一天会找到一个与你匹配的心上人，祝你幸福！"这封信把林晓洁的心撕碎了！她把这张卑鄙的纸片儿先用剪子铰，再用脚踩，最后浇上了酒精，扔在马桶里烧成灰烬！腹中已怀了三个月的娃娃，当然只能刮掉了，好在她是干这一行的，方便。她从此仇恨一切男人，发誓永不再涉足爱情了！可是，她的父母却不然，一边儿咬牙切齿地咒骂那个狼心狗肺的技术员在外国"出门儿撞车轱辘、碰枪子儿"，一边儿以十倍的热情、百倍的急切再寻佳婿，原来布置好的新房一切照旧，随时等待哪位小伙子来填补这项空白。无奈等了又等，找了又找，简直像雪天打兔子似的见不着影儿！也有个把两个被介绍了来的，有的一见孟处长就被吓跑了，有的和晓洁谈了一次话就告退了，真是邪门儿！不知不觉，林晓洁已经三十有三，再没个着落，可怎么好？唉，楼里的邻居、胡同里的街坊，免不了有些冷言冷语，时不时地传到林家的耳朵里来，那话说得真叫损："万事俱备，只欠女婿！"

…… ……

"唉，女人！世界上最可怜的是女人！"林晓洁不禁发出由衷的感叹。

"大夫，您能理解我的痛苦？"佟玲眼泪汪汪地看着她，"那我太感谢您了！求求您，帮助我，把……”

“好吧！”林晓洁无力地叹息着，宽宏大量地答应了这个姑娘的要求。人的心总是有相通之处的，她在佟玲痛苦的脸上看到了自己的过去，她猜想恐怕也是被一个负心的男人所害，这时候不帮她一把，于心不忍！这位学表演的大学生，将来也许会成为影、剧界红得发紫的明星，成为强者，但在此时此地却是一个十足的弱者，这使林晓洁对她产生了怜悯，慷慨地愿意提供帮助。她并且不希望得到什么感谢和酬劳，心里只感到一点儿满足：你们这些文艺界的风流人物，在个人生活上也不是十全十美的！将来成了“明星”，也别忘了是我给你掩藏了身上的污点！

“啊，太好了，大夫，多亏了您啦！”佟玲热泪盈眶，不知该说些什么才好，并且迫不及待地要做那项手术，“大夫，今天就做了吧？”

“今天？今天不行！手术室得预先联系，”林晓洁在桌上的台历上记下几个字，“十天以后，你再来找我！”

“噢？”佟玲如释重负的心又提上来了，她本来以为到这儿刮掉就算完，不料还得再来一次，这种事儿……是不大愿意“预约”的，她怕再有什么变化，“大夫，十天以后，能保证吗？”

“保证！”林晓洁不假思索地回答她，“好了，你走吧！”

佟玲却迟迟疑疑地没有立即走开，“大夫，您贵姓？”

“姓林。”

“怎么称呼呢？林……林什么？”看病的人多数怀有这种心理，想尽量把大夫的尊姓大名记牢，下次来了，好找，免得让护士分号分到别的诊室去。

“你找三号诊室的林大夫就行了，这儿谁都认识我！”林晓洁有些不耐烦了，抬起腕子看看表，下班的时间早过了，准备走人。

佟玲又是千恩万谢，才穿起外衣，准备告辞。临走，又讨好地问她："林大夫，您是不是有点儿不舒服？真对不起，耽误了您这么长时间！"

"没事儿，没事儿，"林晓洁心不在焉地答道，疲惫地打了个哈欠，"我天天就是干这个活儿，给自个儿积攒点儿德性吧，都积攒大发啦！"

"您……"佟玲琢磨不透这番牢骚是什么意思，"林大夫，您要是有什么难处，我可以……比如钱的方面……"

"去，去！你想到哪儿去了？"林晓洁可不想像佟玲似的招供自己的历史，挥挥手说，"我不缺钱花！"

佟玲默默地退出去，走了。

林晓洁洗了手，换了衣裳，下楼推了自行车，慢慢地朝医院门口走去。

院子里的合欢树叶子早就落光了，伸着灰色的枝干，无精打采地在路灯下晃悠，初冬的夜风吹在她头上、身上，她打了个冷战，心情倒比刚才好一些了。出了医院门，她穿过马路，懒洋洋地跨上车，以极慢的速度往前骑。她不急于回家，一想到那"万事俱备"的房间，心里就空得慌，她宁愿在街上的人流、车流中慢慢地磨蹭，打发打发自己心中的寂寞与烦恼……

她当然并不知道，她的父母正等着她回来，好早一点儿告诉她：又物色了一个女婿，小伙子如何如何……

四　无情的太无情，多情的太多情

雪妮非常非常伤心地回到了自己的家。如果不是它的主人强行押送，它是绝不轻易撤退的，它要把那个厚颜无耻的密斯黄撕个粉碎——或者自己被密斯黄撕个粉碎，爱情是疯狂的，是不顾一切的，虽然它比密斯黄年幼、身子娇弱、力气单薄，但未见得就不能取胜。人说“狗急跳墙”，猫也是如此，尤其在为爱情而厮杀时有一种大得邪乎的动力，排山倒海、震雷掣电、惊天地而泣鬼神！不消灭密斯黄，它誓不为猫；不得到黑豹的爱情，它死不瞑目！它不知道刚才腿上被猛咬的那一口是黑豹干的，当然只有该死的密斯黄才那么狠毒，它恨透了密斯黄！但它又深深地埋怨自己的主人：为什么在激战时刻不助它一臂之力反而从中作梗？为什么不分青红皂白、是非曲直，和密斯黄的主人套近乎、打联络并且异口同声地谩骂无辜的黑豹及其主人？唉，这些都是它难以说清的，猫的祖先没有为后辈创造可以被人类理解的语言，它们只能当人类的玩物和附庸，却永远不可能真正与人类交流感情！雪妮蜷缩着四蹄，微闭着眼睛，悲哀地蹲在女主人俞倩倩卧室里的地毯上，任凭俞倩倩把从友谊商店买来的鲮鱼罐头打开来装在景德镇细瓷小盘儿里端到它的面前劝了又劝，它置若罔闻，视而不见，心里只想着它的黑豹，已经瘖哑的嗓子仍在动情地呼唤着：“喵……”

俞倩倩一双大眼睛中含着泪花。刚才，她小心地把雪妮伤腿上的血迹用药棉花擦净，敷上了止痛药并且洒上了自己的热泪——有一本什么书上说眼泪是愈合伤口的良药——并且用纱布仔细包好，然后用自己的梳子为雪妮梳理那些凌乱的、沾着尘土和草屑的茸毛，把雪妮收拾得干干净净，又端过来它最爱吃的鲅鱼罐头，却不料雪妮丝毫也不感兴趣，竟绝食了！

“雪妮，别生气了，噢？我知道你咽不下这口气，瞧爆肚隆家的那只黑猫，什么玩意儿，还敢欺负你？以后别理它了，那种地痞流氓，躲他们远远的就是了！听见没有？”

雪妮只顾哑哑地叫。它知道女主人是把黑豹连同男主人一块儿骂呢，可跟它想得满拧！

俞倩倩的哥哥俞飞飞正在自己的房间里鼓捣照相机，往妹妹这边儿探探脑袋说：“对那种人可不能躲，你躲，他还以为你怕他呢！你等着，赶明儿瞅准了，我非得狠狠地治丫……的一顿！”

俞倩倩翻翻眼儿：“就凭你这副骨架儿，软啦吧叽的，打得过他？”

俞飞飞冷笑一声：“嘁，用得着我动手？让派出所的小傅治他，想找他的碴儿还不容易？偷税漏税啦，食品卫生啦，门前三包啦，还有，隆德海那小子生活作风不地道，外边儿勾搭着好几个呢……”

“哥，你这么样儿盯人家的梢儿，多没意思？”俞倩倩对哥哥为她抱打不平的方式倒不以为然。

“没意思？小傅还赞扬我这个业余的福尔摩斯呢，”俞飞飞端着他的照相机走出了房间，“咔嚓”一声，出其不意地为妹妹和雪妮照了一张合影，“我有当侦探的卓越才能，早晚把隆德海跟他那个小妞儿摄入镜头，法律嘛，重证据！”

“飞飞，你过来！”客厅里传来一个缓慢而轻柔的女声，那是他们的母亲邵亦波在呼唤儿子。

俞飞飞穿着一件花里胡哨的睡衣、趿拉着拖鞋，走进了客厅，他妈正半躺在沙发上看电视，收看的节目和邻居林盛杰一样：《跟我学》。邵亦波已是五十五岁的人了，眼看就要退休，可是对学习英语的劲头儿仍然十足。

“飞飞，”邵亦波按动手中的遥控器，降低了电视机的音量，开始对儿子训话，“你呀，都二十好几的人了，怎么还跟个不开化的孩子似的？大学考不上，工作又不愿意去，老在家待业，待到何年何月？在家也不学学英语，喜欢摄影嘛又不走正道，专门去偷拍人家的私生活，这可不好！我告诉你：隆家开业当个体户，是国家政策允许的，不要抱着传统的偏见，老觉着不顺眼，找人家的麻烦！我们这个家庭教育出来的孩子，要在人前站得正、走得直！”

“得啦，得啦，”俞飞飞鄙夷地一个冷笑，“今儿干吗拿腔拿调儿地跟我做思想工作？你们学校的党委书记又没来家访，省着点儿力气吧，啊？”

“你这个浑小子！”邵亦波好像发了火，顺手抄起沙发旁边的拐杖——她有一根用了多年的、做工精巧的拐杖，不是老式的龙头拐杖，是那种医用的、三角形的、专为残疾人使的——举起来就要打！

“算啦，演什么戏？”俞飞飞一点儿也不怕，伸手把他妈的拐杖夺过来，撑在自己的胳膊底下，学着他妈的样子，一瘸一拐，“哼哼呀呀”地走了。

邵亦波倒“咯咯”地笑起来，这个面色白皙、谈吐文雅、气质柔弱的女人，是不会真打儿子的，她舍不得！

这时，正在厨房里“滋滋啦啦”又煎又炒的丈夫俞天牧高声叫道：“吃饭啦，吃饭啦！飞飞、倩倩，端盘子端碗拿筷子！”

两分钟之后，厨房门口的过厅里就摆好了一桌饭菜，俞天牧、俞飞飞、俞倩倩都已就座，这个家庭的主妇也关上了电视，从客厅里出来了。她并没有拄着拐杖，却走得稳当、轻快，原来那根拐杖只是个道具，这位残疾人是假的！

她呀，从头到脚、彻里彻外，恐怕没几样儿是真的！比如说，她是地地道道的、一点儿假也不掺的北京人，却不愿意说北京话，嫌“土”，愣冒充上海人，咬着舌尖儿学上海话，当然也学不像，仅仅把舌音统统改为齿音而已，“吃饭”说成“刺饭”，“睡觉”说成“碎觉”，以此类推；还有意把声音弄得尖尖的、细细的、软软的，让人听了浑身起鸡皮疙瘩。有一回，她所在的学校开联欢晚会，有人独出心裁地编了谜语：“太平洋没水”，谜底是：“打中国一地名——以邵亦波口音读”。如此啰唆而又绕脖子的谜语实属罕见，但猜起来却并不难，会场上不约而同地嚷道：“丧海(上海)!”于是，哄堂大笑。邵亦波是人人皆知的“假上海人”，此一假也。她出生在一个很繁杂的家庭，父亲是国民党“CC”特务，她母亲是被这个特务遗弃了的姨太太，她本身是遗腹女，生下来没见过老子的面儿，按说和她父亲不应该有什么感情。可是她不，她愣说她父亲是以共产党员的身份参加的国民党，是“打进敌人内部的侦察英雄”，虽然毫无证据，但照说不误。当然没有得到什么好处，只是白白地被同事们讥笑为“假布尔什维克”，多了一个外号，此二假也。“文革”来临的时候，她被作为“特嫌”抓了起来，公安局立案审查，却一无所获，不了了之。这个惊弓之鸟怕“二进宫”或是被红卫兵绑架，便跑到医院去弄了个“偏瘫”证明。买了根拐杖，从此装起了瘸子，泡起了病号，不但躲过了政治斗争，拿着“劳保”工资，而且还得到一些照顾：出门坐公共汽车啦等等有人让座，虽然算不了什么，却无端地高人一等。她也就一直装了下来，再也舍不得那根拐杖了，“文革”后期，撑着拐杖去上课，博得领导、同事、学生的一片赞扬，此三假也。“四人帮”垮台之后，她又进一步为自己演绎，说这条腿是受迫害致残的。此四假也。改革开放之后，她辗转得知父亲早已死在台湾，本来已无文章可做，但她又打听到父亲的原配夫人生的大儿子威廉·邵现在美国，便连连写信叙“兄妹之情”，还要去“探亲”。无奈她那个“哥哥”十分薄情，被她缠腻了，才回了一封冷冷的信，说“既非一母所生，又素不相识，不必来了”。并汇了一笔钱来，想就此打发了她，甩开包袱完事儿。谁知这倒帮了邵亦波天大的忙，有回信就是胜利，何况还寄了钱，多大的情分？她拄着拐杖，八方游说，声称她的哥哥是美国富商、爱国华侨，是我们的统战对象，建设四化不可缺少的力量，等等，并且颇有成果，五居室的房子就是这么“落实”的，私人电话也是这么安上的，种种好处。不一而足。或问：上级就这么傻吗？都信她的？这么样儿提问就外行了，上级不是机器，也是人啊，人和人之间的交易有时是极微妙的，真的能当假，假的也能当真，反正邵亦波愣成了“侨属”，且是“重点”，逢年过节，许多部门都要上门慰问，让邻居们都纳闷儿，连过去抓过她的林盛杰都不得不另眼相看，采取“睦邻政策”。此五假也。邵亦波有了这样的身份，近年来就不再上班了，工资照拿，在家“疗养”。她本来是俄语教员，如今俄语早已不吃香了，英语的旋风刮遍全国，她便对外声称自己是英语教授，也不管中学里有没有教授这一说，反正吹牛不上税，多吹几遍，不信的人也信了。其实，她的英语水平刚刚到《跟我学》的阶段，这只有天知地知了。此六假也……还可以历数她的许多假，比如头发是染的，胸脯是垫高的，等等，因属小节，可以略去不提了。

现在，这位假而又假的邵亦波在自己家里，当然一切都不必掩饰了，刚才那一番假模假式的“训子”仅仅是出于习惯，被儿子说破，也就哈哈一笑，不再做戏，步履轻捷地走到饭桌边来，与丈夫、子女共进晚餐。

晚饭的主菜是罐焖牛肉，是丈夫的拿手好菜，汤汁黏稠、透明、橙红，如溶化的玛瑙，牛肉焖得极烂，极香，比新侨饭店卖的强多了。原料有关系，饭店里用的是冻牛肉，大路货，俞天牧用的是鲜肉，而且是小牛肉，这在市面上根本买不着。俞天牧是京郊一家奶牛场的畜牧技师，他们那儿养着几千头良种奶牛，每天供应大半个北京城的牛奶。母牛当然不仅产奶，还生小牛；小牛当然不仅有母牛，还有公牛；公牛当然不能当奶牛，除了极少数留作种牛之外，其余的一生下来，“统统的死啦死啦的”！奶牛场又兼作公牛的屠宰场。那个宰法儿很惨：整个儿的、活蹦乱跳的小牛犊儿填进绞肉机，这边还“哞，哞”地叫，那边就出来了一堆肉泥。这肉泥卖给旁边的养鸡场当鸡饲料。当然不全是这样的宰法儿，少部分进了奶牛场的食堂，给职工改善生活，当然职工买回家去吃也可以，俞天牧便是常常提了一包鲜嫩的小牛肉下班，他的家里也就常常在餐桌上摆着色香味俱全的罐焖牛肉、土豆烧牛肉、熘牛肉、炖牛肉、酱牛肉……种种的佳肴了。谁要是以为动物学家都是菩萨心肠，连只蚂蚁都不忍杀生，那只不过是大大的误解，至少俞天牧并非如此。

“吃啊，吃啊！”俞天牧情绪很好，谢顶的秃脑门儿上渗着一层汗珠儿，把他做的罐焖牛肉、鱼香肉丝、咖喱牛肉都巡视一遍，举起筷子，招呼家人趁热快吃。

邵亦波和俞飞飞都急着伸出筷子去，唯独小女儿俞倩倩神情愣愣的，举着筷子却不往盘子上送，筷子头儿蹭着自己的小嘴唇。

“倩倩，你想什么呢？”俞天牧笑道。

“她呀，替她的雪妮着急呢，”俞飞飞嚼着牛肉说，“雪妮这几天直叫春，老往楼后头跑，您说气人不气人？”

“噢，发情期！”俞天牧由于职业习惯，在妻女面前也不忌讳使用这种词儿，“这是母兽的求偶本能……”

邵亦波斜睨了他一眼，半截儿拦住说：“你这个人！整天跟畜牲打交道，说出话来就这么野蛮，也不顾场合！”

她望望女儿，俞倩倩低着头，粉脸上泛着红晕。

“什么叫‘野蛮’？我说的是科学，科学是真正的文明！”俞天牧在家事上怕老婆，对学术却很自信，“动物是生命，生命靠繁殖来延续，这是不以人的意志为转移的客观规律！……”

雪妮那可怜的呼唤声断断续续地传过来，哑哑的，苦苦的。

“你听，你听，”他接着说，“这是典型的求偶叫声，非常强烈，非常执着，你想压制是不可能的，最好是随它去……”

“随它去？”邵亦波不悦地再次打断了他的话，“让它到脏胡同里乱窜，去找那些野猫？刚才要不是倩倩把它找回来，说不定爆肚隆家的猫真的就敢无礼呢！”

“呸，它也配？”俞倩倩终于也开了口，愤愤地。

“唔？”俞天牧笑了笑，“这还得有个为主人认可的择偶标准？”

“那可不？”俞飞飞一边狼吞虎咽地吃着饭，一边嬉皮笑脸地搭茬儿，“这跟人搞对象一样，终身大事可不能含糊！比如我吧，甭看那些花蝴蝶儿老想跟我黏糊……”

“去，没说你！”邵亦波瞪了儿子一眼，依然抓住主题对丈夫说，“雪妮那么白净、那么漂亮，得找一只纯种的波斯猫才般配！呃，这得靠你呀，动物学家！”

“靠我？我那儿只有公牛，可没有公猫啊！”俞天牧为难地说，摊开两手，像外国人那样耸耸肩，表示爱莫能助。这虽是玩笑，说的却也是实情，他确实既没专门研究过猫，也并不在“种猫场”供职。

“你就不能找找路子吗？”妻子藐视地瞪着他，“真他妈书呆子，窝囊废一个，什么事儿都指望娘们儿给你跑，除了给牛配种，没有别的能耐，赶明儿你们那儿的牛都得退化，一个个都像你似的，四肢发达、头脑简单！”

这才是邵亦波的本色语言，不加矫饰，没有那些嘶嘶啦啦的“丧海”音，也没有那些故作风雅的“教授”腔儿，而且也没有忌讳什么“野蛮”之类，而俞天牧却真正听到心里去了。

“这倒是啊，”他认真地思索着说，“我们的‘M. C. 2 号’产奶量已经开始下跌，我正在考虑引进‘P. U. 605 号’进行杂交，更新换代，有可能创造一个新纪录……你别打岔，我是说，不选用良种，长期近亲繁殖，生物就会退化，这是真理，你说的是对的；而远缘杂交是避免退化的有效措施……你还是别打岔，我说的是雪妮，如果选用一只波斯猫进行杂交，有可能得到理想的良种！”

“哎呀，谁用得着你卖弄这些臭理论？”邵亦波冷笑着说，“先生，拿出点儿实际行动！”

“首先要在理论上弄清楚，才能避免实践的盲目性，”俞天牧说，“不过，你得给我一点儿时间，去物色，去筛选，良种并不是唾手可得的！”

“爸，您可得快点儿哟，人家急等着呢！”俞倩倩噘着小嘴儿，朝她爸撒娇儿。

“爸，听见没有？”俞飞飞总是不失时机地拿别人开心，“倩倩比对自个儿的事儿还着急！”

“呸，你浑蛋！”俞倩倩又气又急，抬手用筷子在他脑门儿上狠狠地敲了一个脆响。

“我浑蛋？”当哥哥的却并不恼怒，仍然是嘻嘻哈哈，“倩倩，可别把我搁错了地方，甭管到了什么时候，也别忘了娘家人儿，我永远为你效劳！比方这波斯猫良种吧，没准儿我比爸爸先给你弄到手！”

“别着急，”俞天牧正色说，又在搬弄他那一套理论，“动物的发情有一定周期，这一次赶不上，还有下次呢！雪妮要叫就让它叫去，过几天也就安静下来了，重要的是最近要严格监视它，别让它出去乱跑，更不许接触其他的猫，免得干扰了我的计划！”

这一顿晚餐在关于“良种”的热烈讨论中吃完了，罐焖牛肉等等美味佳肴都没有得到充分展示自己魅力的机会，人们似乎都忘了吃进了胃里还是塞进了脑袋里。

雪妮面前的一盘罐头鲮鱼连动都没动，它心绪惆怅地蹲在俞倩倩房里的地毯上，苦苦地思念着它的情郎，发出哀哀切切的呼唤。长时间没有进食进水，它的身体乏顿、声带麻痹、口干舌燥，那叫声也就越来越低、越来越慢了。

俞倩倩相信她爸爸的理论。虽然现在雪妮正在受着生理和心理的双重折磨，但总会熬过去的。雪妮，忍一忍，不要这么性急，给我们一点儿时间，让我们把你的终身大事解决得更理想、更幸福！设想一下吧，雪妮，如果我们的计划能够顺利实施，那么，三个月之后——爸爸说猫的孕期是三个月左右——你就有了三只或者两只至少一只可爱的小宝宝，颜色比你还要白，茸毛比你还要长，眼睛比你还要漂亮，一只蓝的，一只绿的，那才真叫美！那时候，我们这个家庭将增添多少快乐！雪妮，你如果立下这一功，我们全家都不会亏待你的，一定会比过去更疼你！对了，你的小宝宝，我们一只都不送人，都养着，母的叫“小雪妮”，公的叫……叫“小雪狼”，可比隆家那只黑豹的名字响亮多了，哼，黑豹算什么东西？将来让小雪狼好好儿地收拾它！……

俞倩倩一边对未来做着美妙的设想，一边伏在写字台上做她的家庭作业。高中一年级的作业多得惊人，她每天晚上要忙到十点钟才能完成老师压在肩头的沉重负担，今天晚上她的习题做得比原始人在洞穴里乘兴乱画的符号还要难以辨认，明天儿何老师将怎样研究她的作业本上的那些猫眼睛图案就不得而知了。

她又困又烦又心不在焉地完成了作业，稀里糊涂地收拾了书包就钻进了被窝伏在了枕头上，更形象化地做关于一大群雪妮后代的美梦去了。卧室里熄了灯，雪妮静静地蹲在地毯上似乎也睡着了。其实它是喊叫得太累了，它需要歇一会儿，让嗓子和体力都得到一点儿恢复以便继续做爱的呼唤，它现在比过去更爱黑豹更需要黑豹，它必须尽快地和黑豹取得联系，把主人的阴谋告诉黑豹，让黑豹来搭救它免遭波斯猫的欺凌。它要对黑豹说：生活中不能没有你，除了你，我谁也不爱！可是它现在被监禁了被隔离了，它没有任何联络工具向它的情郎提供任何信息，它简直要急死了！

俞天牧夫妇已经安歇了。俞天牧明天一早还要像每天一样赶到郊区去上班伺候他的奶牛，晚上照例是睡得比较早的，他没有什么特殊的嗜好，不爱打牌不爱闲聊、不爱嗑瓜子儿也不爱看电视，他的夫人虽有种种的兴趣今天却没有客人奉陪，而且电视节目中她除了《跟我学》和偶尔播一点儿翻译片之外对国产片统统不屑一顾，便也只好早早地躺到席梦思床上去了。于是不一会儿他们的卧室中便响起了一高一低、一粗一细的鼾声，好似梦乡二重唱，尽管各人做的梦是不会相同的。

只有逍遥公子俞飞飞还没睡。但他的房间里无声无息并且没有明亮的灯光，拉着窗帘关着房门，只有一只昏暗的红灯泡把屋里染成一片紫红，就像一个炭火微弱的大炉膛。他在鼓捣照片，这是他持之以恒没完没了的一项事业，给那些围着他团团转的、熟悉的和不熟悉的、不断更新的“花蝴蝶儿”们拍照，并且自己冲卷、自己放大，高兴就送给她们，不高兴就和烟头、废纸一起扔进垃圾箱。明天再去拍新的，再冲卷、再放大，循环往复以至无穷，他就永远没有无事可做的时候，因而永远也不会觉得无聊。

终于，红灯熄了，白灯亮了。他手里又有了一批新照片。他把这些还没有上光的湿漉漉软绵绵的照片摊在桌子上，一张张加以审视、筛选，中意的就留下来，不中意的，毫不客气地伸手就团了，扔进字纸篓里。如果是他特别反感的，就施以更严厉的刑罚：用剪子“开刀问斩”，或拦腰斩断，或一劈两半儿，或挖去眼睛、耳朵等等，让那些在他面前忸怩作态的美人儿自作自受去吧。他离不开这些人，又看不起这些人，无非是听说他俞飞飞有个在美国的舅舅吧，这些女的就在舞会上或录像室里争着抢着地跟他套近乎，主动邀他出去“遛”，做出种种媚态请他拍照，好像挨上了他就和美国人沾亲带故了，好像有了他就有了出国的门路，哼，他俞飞飞本人还“八”字没有一撇呢，哪儿就轮到你们了？他恨这些人，因为他把她们都咂摸透了。一个个的都是什么玩意儿？还他妈的歌“星”、影“星”呢，还响当当的大学生呢，就这么贱？你们哪，真到了美国，也是处理品，没人要的货！

他极其有耐心地惩治着一张女大学生的照片，拿起笔来，把她一排雪白的牙齿涂黑了好几颗，像个豁牙老太太似的，又拿起剪子，往那容光焕发的脸蛋儿上开了一刀，却又不剪断，呼扇呼扇地。他恨这个女的，跟他套了一阵近乎，没戏，就蔫儿溜了，如今又靠上了别人……呸！现在，俞飞飞解着恨地把这张照片作践个够，然后丢进了身旁的字纸篓里。他并不把这张照片揉皱，也不撕碎，而希望能被风从垃圾箱中刮走，让她以这样的尊容去周游大街小巷！俞飞飞在做着这一切的时候，感到无比的快意，仿佛到了荒郊旷野没人管的地儿，花儿呀，草呀，他想掐哪朵就掐哪朵，玩腻了，再用脚踩，踩得花瓣儿流“血”、草叶儿吐绿水儿，他非常满足，非常解气，为所欲为，无法无天，这才叫带劲呢！

他还从来没想过是否真正爱这些“花蝴蝶儿”们其中的哪一个。人，为什么要爱别人呢？爱是不能给别人的，他只爱他自己，满足自己的一切欲望，得到自己想得到的一切，这才叫人！

在与他一墙之隔的房间里，雪妮在思索着几乎同样的命题，遗憾的是答案却全然不同。在漫长的生物进化过程中，猫类比人类落后了不知多少万年，但这并不妨碍两种不同的生物关心同一件事儿，哪怕是一只小甲虫、小蚂蚁哩，它们也有情、也有爱，何况雪妮是一只猫。根据雪妮的观察，它的老一代男女主人似乎是一对儿夫妻，他们合法地住在一起，不是由别人强捏在一起的，也没有人去拆散他们；年轻一代男女主人似乎不是这种关系，他们不住在一个房间，也没有人勉强他们去那样做。人们是自由的，他们按照一定的规则同时也按照自己的意愿去生活。为什么猫就不能这样呢？为什么它雪妮无权选择自己所爱的黑豹作为生活的伴侣而必须接受主人的安排呢？它多么想真诚坦率地告诉主人：它心中只有一个黑豹，这是它的自由、它的权利！但是，它办不到。即使它的主人完全理解了它的意愿也根本不会答应。这简直太荒唐、太专横了！

突然，雪妮中止了它的思索、它的愤愤不平、它的无声抗议，因为它灵敏的嗅觉感到了一种独特的气息，它接收到了飘散在空气中的某种无形的信息，足以使它心旌摇动、六神无主、坐立不安！它立即意识到了：是黑豹！黑豹找它来了，救它来了！

雪妮本能地竖起了耳朵，翘起了胡须，张大了鼻孔，搜索那虽然微弱却强烈地刺激着它的神经的信息。果然，那熟悉的气味儿更分明了，并且，它听到了一阵窸窸窣窣的声音和压低了嗓音的呼唤：“啊……呜……”

它的判断已经确定无疑了，一股巨大的热流霎时温暖了它的心，它感到自己的身躯和四肢注入了无穷的力量，刚才的疲劳和沮丧像被一阵风吹散了，它什么烦恼也没有了！

它想放声呼唤它的情郎，但是它不敢。它意识到如果吵醒了主人，后果一定不堪设想。于是它抑制住怦怦的心跳，轻轻地从地毯上站起来，顺着沙发攀上桌子，又从桌子跳上梳妆台，然后轻轻一跃，就落在了窗台上。这一系列的动作加起来不过两三秒钟，而且没有发出任何声音。它准确地知道黑豹就在窗外，因而它用脚爪轻轻地撩开窗帘钻了过去。墨绿色的窗帘无声地晃动了几下，就把它的身影淹没了，幸好女主人俞倩倩睡得正香，一点儿都没有觉察。

现在雪妮把脸贴在窗玻璃上，它便立时看见了那矫健的身影和那多情的脸。雪妮把瞳孔放大到最大限度，浑圆晶亮，黑夜里的一切都如同白昼一般清晰，窗玻璃外边那双同样亮的眼睛也以同样的神情望着它，仿佛在说：雪妮，你受委屈了！别难过，我来了！但是它们都没敢倾吐衷肠，唯恐惊醒了主人，事情就难办了。雪妮冲动地要去亲吻它的情郎，但它那粉红细嫩的小鼻子和小舌头触到的却是冰冷的玻璃！它望着黑豹，黑豹望着它，它们几乎脸贴着脸，却被这一层薄薄的、透明的、冰冷的东西隔开了，仿佛离得那么远，望穿秋水却不能靠近！雪妮感到了莫大的悲哀，刚才那股火一般的激情顿时像兜头浇了一盆凉水，黑豹来了，等于没有来，它们隔着这一道看似无形却十分坚固的藩篱，仍然无法相亲相爱，仿佛天各一方！它恨自己的主人，它恨人类为什么发明玻璃这种罪恶的东西？牢笼不用木栅不用铁丝网而用玻璃，使它无隙可乘，更严密更残酷因而也就更虚伪！窗外，黑豹伸出劲健的前腿，要用铁钩似的利爪撕碎这玻璃，但这东西比冰还要硬还要滑，没有留下任何痕迹。它发出愤怒的“呜呜”声，又用脚掌去拍打，用脑袋去撞，仍然是毫无结果。猫的力量不足以打碎玻璃。人用玻璃做窗户“防君子不防小人”，猫便在无意中有幸做了“君子”。但这丝毫也不能安慰黑豹，它失去了理智，扬起它的“豹尾”狠命地抽打玻璃，大有“不撞南墙不死心”的气概！雪妮立即以眼神严厉地制止了它：不行，绝不能这样！让主人听见了怎么办?

躺在床上的俞倩倩翻了个身，迷迷糊糊地说了句什么，又接着睡了，窗台上的一切动静便也随着停止了。雪妮屏住呼吸，心里怦怦地跳，它继续以眼神命令黑豹：别动，千万别动！

它们继续隔着玻璃对望，好苦！

旁边的房间里传来一串“踢踏”的脚步声，随着，是开门的声音。俞飞飞手里提着字纸篓走出来，经过俞倩倩的门前，往大门走去。雪妮马上意识到了他要干什么，他经常提着满满的一篓子废照片往楼道里的垃圾箱里倒，这个人没有白天黑夜的概念，想扔的东西连一分钟也不愿意留在自己房间里，现在显然又是这样了。雪妮突然感到一阵兴奋，它有主意了！它赶快向黑豹使了个眼色，黑豹的身影便在窗外一闪就不见了，雪妮相信它完全理解了自己的意思。

雪妮跳下窗台，走向房门。它知道女主人俞倩倩的房间在夜里也并不上锁，只是虚掩着，她有父母和哥哥保护，有绝对的安全感，用不着提防任何人。雪妮现在抬起前腿，把利爪伸进门缝里，用力一扒，那扇门便无声地闪开了一道缝儿，它看见俞飞飞确实去开大门了。

雪妮的心激动得怦怦地跳。

俞飞飞懒洋洋地叼着一支烟，手提着字纸篓往垃圾箱走去。当他把那些被宰割过的照片“哗啦”倒进垃圾通道里的时候，心里有一种别人无法理解的快意。

他提着空字纸篓走回来，关上了大门，扣上了双保险的锁。但他完全没有注意到更没有想到，就在他随手关门的一刹那，脚下有一条小小的黑影闪了进来，没有任何声息。

俞飞飞回到房间里就睡觉了。那些被他淘汰了的“花蝴蝶儿”同时也就被忘却了，他在睡梦中只记着那些被筛选出来的，并且等着尚未被他发现的。明天，他将挎着照相机去找她们。

夜深了，“619”号俞家的人都进入了各自的梦乡，真安静。

在妙龄女郎俞倩倩的房间里，一场悄无声息的热恋正在进行之中。那质地柔软、图案精美的地毯真是个好床铺，比爆肚隆小店里那冰凉而又油腻的碎砖地和茅草窝舒适得多了，雪妮早就盛情约请黑豹前来做客，而黑豹出于自尊却屡屡婉言谢绝，它大概事先并没有想到今夜会主动登门拜访。契机当然是因为雪妮首先拜访了它，而且遭遇了那样的不幸。它痛心地耳语着向雪妮解释：它在雪妮腿上咬的那一口纯粹是误伤，本以为咬的是密斯黄所以才那么使劲儿，事后它后悔得不得了，一想起来就直掉眼泪，就像一口吃了二十五只老鼠——百爪子挠心！雪妮温柔地表示：没关系，猫非圣贤，孰能无过？何况那不是故意的，在那样激战之中，失手误伤了自己的伙伴儿也是难免的，它跟着主人看电视时看见人类持枪相斗也有“走火儿”的时候。总之，误会消除，恋情如初甚至更加真挚更加强烈更加牢不可破，今夜黑豹显得更健美更勇敢因而更使雪妮倾心，雪妮则更妩媚更娇羞因而更让黑豹销魂。

空气中弥漫着奥琪增白粉蜜、紫罗兰美容粉底霜、法国香水儿、美国唇膏和日本洗发膏的香味儿，混合着猫类青春期的特殊气息和羊肚儿下脚料的膻腥味儿。夜色包容着一切，也掩盖着一切。

盛在景德镇细瓷盘中的鲮鱼罐头也被吃得精光。

五　众里寻他千百度

林晓洁没有听从她母亲的安排留在家里“捯饬”一整天等那位贵客，仍然去上班了。因为她昨天下班前没有接到父亲的电话因而也就没有来得及事先请假，如果今天早上等妇产科主任到了办公室再临时打电话说今儿她不去了，显然不合适，事后她会落下许多埋怨，因为她这个科实在太忙了，一个萝卜顶一个坑儿，她不去，别人就得替她承担看好几十个病人的工作量，必然会挨骂。而且她自己觉得，被她诅咒为“和生育机器打交道”的事业，要她一天不干倒还闷得慌。她的那个诊室充满了烦恼也充满了笑料，可以占上她难以打发的时间，填补她难以排遣的空虚，倒比待在家里有意思。家里太无聊了，面对着“万事俱备、只欠女婿”的房间，面对着她那一对儿满脸横肉，除了权术之外对什么都不懂也不感兴趣的父母双亲，她只能感到人生毫无意义，只能感到无穷无尽的惆怅和悲哀。所以她一早就上班走了，但她答应晚上早一点儿回来，绝不会误了吃晚饭，也就是说一定保证和那位客人见面儿。

老两口儿当然没有这么轻松，女儿一走，他们就投入了紧张的战斗。林盛杰是总经理，在公司里没人敢管他，自不必去八个钟头儿坐班，今天的主要工作日程是在家里迎宾；孟招娣身为人事处长自然也用不着向别人请假，今儿她要跟老头子密切配合，争取“招婿”胜利。林盛杰给公司里打了个电话，让秘书把车派来，并且让司机顺便带来一箱啤酒、一箱可口可乐。车子来了，他就让司机拉着总经理夫人去采购，孟招娣一边儿骂着物价太贵，一边儿又赞扬自由市场比国营商店的态度好，就走走停停、讨价还价、挑挑拣拣把东西都买好了，计有：肥母鸡一只、活鲤鱼一大条、黄花鱼三斤、鲜虾二斤半，其余的青菜、蘑菇、豆腐、葱、姜、蒜自然也都兼顾，不必细述。一切都送回来，她就让司机给她杀鸡拔毛、刮鱼鳞、择青菜，粗活儿都完了，再拉着她去了一趟全聚德，买了一只又肥又大、外焦里嫩的烤鸭，当然还包括荷叶饼。采购工作结束已是中午时分，她就及时地把司机打发走了，当然不会留这位司机吃了午饭哪怕是一碗热汤儿面再走，更不会让他参加今天的晚宴。她时时忘不了人是分为等级的，平起平坐就不成世界。她和她的丈夫平时最讨厌的就是在一些宴会上司机也跟着就座，今天一切都由她做主当然就不会这样了。

整个儿下午，孟处长都在厨房里辛苦。她家里是不用保姆的，只雇了个临时工，每个星期来两个钟头儿帮她大扫除，扫完了就走人。因为她认为雇用一个乡下丫头会助长农民流向城市的不良风气和好逸恶劳的心理，尽管她和她的丈夫都是从乡下来的。还有一个重要因素是她家经常要商量一些绝不能泄露给外人的事儿，因此也就不能“养”一个坐探。这样一来她就必须亲自动手做一切家务，好在她十分乐于伺候丈夫和女儿。进城三十年来，她的口音虽然始终未能脱去家乡的“怯”调儿，皮肤也依然粗得像土坷垃，牙板儿黄得像玉米豆儿，但其他的长进还是不小的，除了在整人方面练就了一套过硬本领之外，厨房的手艺也渐渐精到了，早已跟家乡的菜团子、贴饼子、熬小鱼儿告别了，她会做清蒸鸡、白斩鸡、辣子鸡、怪味儿鸡，红烧鱼、红焖鱼、糖醋鱼，连寻常的青菜、豆腐都可以变换出许多花样儿，有些绝招儿待会儿在宴会上再卖弄不迟现在可以不提。这些本事主要是“吃”出来的，多年来她不知跟着丈夫下过多少馆子吃过多少宴会，一分不掏，受益匪浅。林盛杰吃出了水平，她却同时学到了手艺。到了像今天这样儿在家里招待贵客、为女儿物色佳婿的时候，主妇的烹饪手艺就显得特别重要，她必须把吃奶的力气都使出来！

厨房里的工作告一段落，她又赶紧洗了手，“捯饬”家里的门面。三套房子、六间居室，住着挺宽绰，收拾起来倒也很费时，今儿不是临时工来大扫除的日子，她就义不容辞。她用吸尘器把所有房间里的地毯都吸得灰星儿不留，并把所有的家具都擦得放光。重点放在女儿的房间和客厅。好比说卖东西吧，这两样儿一个是包装纸，一个是里边的货物。待会儿吃饭就在客厅，她早早地把大圆桌子搬进去了，凉菜和啤酒、可乐不妨先摆好，筷子、小碟儿也摆好。她并且默默地想好了，让老头子和客人对面儿坐，她和女儿对面儿坐，这样，女儿就正好挨着客人了。

她的“糜子黄”窜进了客厅，在她脚底下乱转悠，看那意思是想上桌子。这家伙昨儿晚上溜溜儿地叫了一宿，今儿白天又蔫蔫儿地睡觉，也没吃东西，这会儿横是饿了，也不管是招待谁的，就敢抢吃抢喝，唉，让晓洁惯得不是个样儿啦！但是，今天老太太可没心思宠这只猫了，赶紧伸手一抄，拦腰把“糜子黄”抱住，关到卫生间里去，把刚才切下来的鱼头、鱼尾巴搁到猫食盘儿里，塞进卫生间，让它躲在这儿慢慢儿地吃去，省得待会儿客人来了它跟着裹乱。

这时候，一只手摁响了“613”的门铃，客人到了。

林盛杰赶紧迎出去，连声：“请进，请进！”把客人往客厅里让。

“哟，您来啦？”孟招娣顾不得猫了，急忙从卫生间跑出来，恰好和客人打个照面！她心里正在懊悔不该让猫耽误了工夫，使得她还没来得及拢拢头发、换换衣裳，想对客人解释一番，一抬头，却愣住了：怎么，这位客人是个黄毛儿、蓝眼珠儿的外国人？而且瞅着还怪面熟的……

站在她面前的外国人也愣了！

林盛杰以为是老婆“怯场”，赶紧说：“我来介绍一下，这位是美国的迈克尔·詹姆斯先生，这位是我的夫人孟招娣女士！”

迈克尔·詹姆斯愣愣地看着这位总经理夫人，不大自然地伸出手去，用他那带着怪味儿的中国话说：“噢！我们见过面，就在昨天，在那个爆……爆肚隆……”

孟招娣想起来了，一股热血猛地涌到脸上，那张干巴巴的黄脸顿时成了霜打的紫茄子！此刻，她恨不能有个地缝儿让她钻进去！天底下的事儿咋会这么巧呢？她在局里当处长那人五人六的阵势儿，人家没看见；她坐着小汽车在街上兜风、逛商场、大把大把地花钱的派头儿，人家没看见；偏偏让人家看见了她像个家庭妇女似的抱着只猫，在脏胡同儿里跟一个最不值一提的隆德海打架！这回跌份儿算跌到家啦！她低下头，伸出冰凉的手，跟人家握握……

林盛杰并不清楚昨天的奇遇详情，便笑笑说：“哎呀，詹姆斯先生太不了解中国了！您怎么能屈尊光临爆肚隆那么个小店儿呢？北京的五大饭店、八大楼才充分显示我们的水平呢，呃，就说我内人的手艺也比爆肚隆强上不知多少倍，今天就可以品尝品尝了，请，请里边坐吧！”

迈克尔·詹姆斯带着满脑子问号一肚子惊奇走进了林家的客厅，他看到客厅里一尘不染的地毯、精美的壁纸、闪闪发光的吊灯、领导新潮流的沙发和电器，看到当中大圆桌上已经摆好的精致杯盏和色彩绚丽、造型优美的冷荤拼盘，心里确实感到中国人果然不可轻视，他们并不都像台湾报纸说得那么穷，这位林总经理的家即使放在美国也并不显得寒酸。他从桌上的菜肴以及从林总经理那非常自信的介绍中完全可以想象今天这顿饭会吃得令人难忘。但是，这一切还都不足以使他惊奇和纳闷儿，他现在不可理解的是，为什么林总经理要娶这个天下最丑的老太婆？而且这个老太婆怎么会生出那么美的女儿？他认定昨天看到的那位妙龄女郎是孟招娣女士的女儿了。

客人在沙发上落座，孟招娣献上了茶，迈克尔·詹姆斯连声“谢谢”，未待喝茶，又说：“对不起，我要去一下洗手间……”

“噢，这儿，这儿！”林盛杰连忙引他到卫生间门口。

趁这会儿工夫，孟招娣匆匆忙忙地去拢头发、换衣裳，并且把林盛杰叫过来，以丝毫也不亚于迈克尔·詹姆斯的惊奇和纳闷儿，小声儿问丈夫：“你怎么给晓洁介绍了个外国人？”

林盛杰诡秘地笑笑，昨儿晚上他有意没把客人的姓名和国籍告诉妻子、女儿，就是要让她们吃一惊。“外国人怎么啦？”他说，“这小伙子不错，他那个公司资金很雄厚，可以做我的长期合作对象！”

“又不是给你找对象，我说的是晓洁嘛！”孟招娣瞪了他一眼，“嫁个外国人，还不让人笑话？”

“谁笑话？”林盛杰不以为然，“现在是对外开放的时代，我们的家庭也不能‘闭关锁国’喽！你知道现在的姑娘们心目中的男子汉是什么样儿的？一米八的个子，外国国籍，兜儿里嘛，美元大大的有！你呀，封建脑壳再不开化可就赶不上趟儿喽！”

孟招娣几十年来习惯于夫唱妇随，但是这一回，在招婿问题上丈夫突然来了个急转弯，使她很难马上适应，咂咂嘴说：“你说得也是，可我这心里头……还是觉着这……黄毛儿蓝眼珠儿的洋人当女婿，怪别扭的，你没瞅见吗？他手上的汗毛都那么长……”

“咳，你净注意这种鸡毛蒜皮的小事儿！没关系，时间长了，慢慢儿地就习惯了。”林盛杰拍拍老婆的肩膀，“你还想对人家搞种族歧视？

人家不歧视咱们就不错喽!”

“怎么?你还没跟他说搞对象的事儿?”孟招娣刚刚让脑壳跟着丈夫转,又觉着这事儿好像还没有谱儿。

“外国可不兴父母包办,我哪儿能先把话说在前头?今天只不过安排他跟晓洁初次见面儿,联络联络感情,有个好印象,再一步一步地进行……”林盛杰向老婆交底,总经理心里有一整套部署呢!

“噢……”孟招娣似懂非懂,但她相信丈夫的话是没有错儿的,理解的要执行,不理解的也要执行!

那边儿,迈克尔·詹姆斯走进了卫生间,冷不防看见脚下有一团灰黄的茸毛,吓了一跳!幸亏他是个男人,没像西方女士那样大惊失色地尖叫起来。仔细一看,原来是一只猫,在津津有味地啃鱼头、鱼尾巴。这只猫,他倒也是认得的,有过一面之交。他哑然失笑,一边洗手,一边琢磨:中国真是个不可思议的国度,怎么能把洗手间和猫窝两者混用呢?他当然不便向主人发问,只好入乡随俗,不去干涉,并且为了表示友好,还伸手摸了摸那只猫的脑袋……

这一来,惹了点儿麻烦,猫误会了他的良好动机,以为是要抢它的饭碗,便胡须倒竖、脊背高耸,厉声大叫:“呜——哇——”叼起尚未吃完的鱼头,冲出卫生间,“鼠窜”而去!

那边儿,林盛杰夫妇被这突如其来的叫声惊动,赶紧中止了战略部署,迈着碎步儿跑过来,迈克尔·詹姆斯正站在卫生间门口发愣,喃喃地说:“对不起,我妨碍了你们的猫……”

“噢,这碍什么事儿呀?”孟招娣想起了她刚才把猫安顿的地方,明白了原委,讪笑着说,“咳,咱们家这个‘糜子黄’没见过世面,您可别见笑!”

迈克尔·詹姆斯又是一愣。孟招娣所说的“糜子黄”竟然歪打正着,被他听懂了，便讨好地说："不，不，我很喜欢你们的这位'小姐'！"

孟招娣又给弄拧了，心说：咱们小姐你还没见着哩，就喜欢上啦？于是重新把客人让进客厅，喝茶。孟招娣这时已经换上了花呢的料子服，不再局促，摆出处长的派头儿来，并且从兜儿里掏出一张自己的名片，双手递过去。这个小小的步骤，老头子忘了，她可没忘！

迈克尔·詹姆斯赶紧掏出自己的名片跟她交换，孟招娣接过那全是洋文的名片，装作认真地看了看，自然跟没看一样。而她的名片却使她在迈克尔·詹姆斯心中增加了一些分量：原来倒没看出她还是个处长哩！忙说："噢，孟处长，幸会，幸会！"这小子到中国来的次数不多，中国话倒预习了不少，在关键时刻恭维两句，很有利于"联络感情"。

你敬我一尺，我敬你一丈。现在，孟招娣已经觉得这个迈克尔越看越顺眼了，瞧人家洋人还会说中国话，两样儿全齐，这不是挺好嘛！她巴不得今儿这事儿能成，遗憾的是到了这会儿了晓洁还没下班儿，真急死人啦！

"詹……詹先生，"她忘了这小子姓什么来着，就这么省事儿地叫了，"您喝茶，喝茶！"女儿没出场，晚宴不便开始，便只好没完没了地拿茶涮人家，一边儿想法儿往正题上扯，"晓洁说话就到家，她一回家咱们就吃饭！"

"小姐不在家吗？"迈克尔·詹姆斯问，在一个外国人听来，孟招娣那张"怯"口所说的"晓洁"和"小姐"很难区别，便又长了一个见识，以为在中国父母也要尊称女儿为"小姐"，何况客人！"小姐在哪所学校读书？"

"她早就大学毕业了，学医的，"这回轮到林盛杰颇为骄傲地回答他了，"她现在在一所很著名的医院当大夫——doctor！"还不失时机地用上了《跟我学》中的简单词汇。

“噢，doctor！”迈克尔·詹姆斯露出惊讶的神色，“在美国，医生是一种崇高的、受人尊敬的职业！没有想到，小姐年纪轻轻就已经取得了这样的成就！”

这当然使林盛杰夫妇听得心中滋润无比，只是有一点儿小小的顾虑：晓洁并不像迈克尔·詹姆斯估计得那么“年纪轻轻”，但愿待会儿别让他看出来就好了。

客厅里的大座钟敲响了六点，天已经完全黑定了，可是晓洁小姐还是没有来。林盛杰夫妇坐立不安了，两人小声儿嘀咕说：“要不……”“要不就咱们先吃吧？别让客人傻等着！”

“不，不，一定要等小姐回来再吃饭！”迈克尔·詹姆斯却表现得极有礼貌极有耐性，他盼望着昨天晚上匆匆一见的那位留长发、着红装、娇柔妩媚的妙龄女郎快些归来，昨夜的一瞥搅得他心神不宁、夜不成寐，实在没有想到今天便能够重睹芳颜并且共进晚餐，他当然要等，饿着肚子也要等！

林盛杰夫妇极为感动，便耐下心来，搜肠刮肚地陪客人说话儿，等着女儿。

他们说的话，迈克尔·詹姆斯绝大部分没有听见，他心里只惦记着还没露面儿的美丽的姑娘。他一边不停地喝茶，一边愣着神儿端详脸前的这一对儿老夫老妻，越看越觉得这两人不像是夫妻，倒像是兄妹，怎么长得一样啊？身材都那么矮而胖，皮肤都那么黄而粗，五官都那么该大的不大、该小的不小，眼珠儿几乎被肉眼泡儿遮没，只露出鬼火儿似的两点，鼻梁塌陷，鼻头儿却极丰满，且布满小小的丘陵，嘴唇肥厚得惊人……总之，这简直像一对儿那种肥头大耳、粗身子短腿儿、浑身松皮耷拉的澳洲狗！上帝啊，你在创造万物的时候使用了什么魔术？怎么会使这两个丑八怪奇妙地结合并且生出了那么一个仙女似的小姐！

林小姐终于回来了。不等她进门，孟招娣立即迎上去，堵着她问："你怎么到这会儿才着家？客人都等急啦！"

"咳，您不知道！"林晓洁气喘吁吁地脱去外衣，解释说，"今儿他妈的败兴，来了个'超标二胎'，过仨月了，没法儿刮，给她引产，妈的又哭哭啼啼地不干……"

"得啦，得啦！"孟招娣极不耐烦地拦腰截断她这么一大套，往里边推着她说："快点儿，擦把脸，换换衣裳！"

来不及了！迈克尔·詹姆斯听说他朝思暮想的美人儿回来了，已经急不可耐地迎了出来："您好，林小姐！"

林晓洁一愣：唔？还是个洋的？

迈克尔·詹姆斯的这一愣更比她愣得大发了！怎么？变了？昨天还是芙蓉出水，今天成了黄花凋零？面前这位集中了她父母形象中所有"精华"的小姐，把他弄蒙了，心猿意马被惊得鸡飞狗跳！

"我来介绍一下，这就是小女，doctor 林晓洁，"林盛杰又来这一套，洋溢着父亲兼月老的自豪感，并且为自己亲自担任今晚这出戏的总导演而相当得意，"这位是美国朋友……"

迈克尔·詹姆斯听他说出自己姓名的时候，感到有生以来的最大悲哀！因为他从那声调中听出了林总经理似乎也有与他相同的但又心照不宣的意向，而在他弄清了面前的这位小姐确实就是林盛杰的女儿之后的一秒钟之内已经彻底放弃了那个意向。他当然不能当面流露这种悲哀，只能耐着性子彬彬有礼地伸出手去，"林小姐，认识您很高兴！"尽管他自己知道这句话有多么虚伪。当他握着那只骨节儿突出皮肤粗糙的手时，他心中不禁掠过另一个侥幸的设想并因此脱口而出："林小姐有几个姐妹？"

"哎呀，还'几个'呢？一个就让哪们操碎了心喽！"孟招娣不无感慨地说，这倒是实话。

但这句话又似乎显得有些露骨，林盛杰担心会被客人听出有急于将女儿嫁出去的意思，赶紧加以补充和矫正：“如今的父母都是子女的奴仆，我们家是‘二仆一主’，共同伺候一位公主，倒是符合独生子女的政策噢!”

他说完，大笑。老婆也跟着傻笑，女儿也跟着羞答答地笑，迈克尔·詹姆斯也只好跟着无可奈何地笑。完了，他想，没有第二个小姐了!

林晓洁一脸的倦容褪去了，她本以为今天被“介绍”来的一定也是个“大龄青年”，未必合适也未必能成，所以并没抱多大希望，但此刻，脸上放出了光彩。她虽然也和母亲一样在刚刚见到这位洋人的时候感到意外，但并不需要像母亲那样在思想上“转弯子”，毕竟是年轻一代，她立即想起了某些“影星”“歌星”远嫁洋人的榜样，并且立即在心中张开了理想的翅膀，她感到由衷的兴奋，没想到自己的父母给她做出了这么令人鼓舞的选择：黄头发、蓝眼珠儿、一米八的个子、护照、美元，这是她这一拨儿人(不能说是“一代人”，因为也有不这样的)心目中的偶像，本来以为可望而不可即，谁知天上掉下来一个迈克尔！总而言之，她一秒钟也没迟疑就爱上了这个美国小伙子，当她被他握着手并且听他说“认识您很高兴”时，她的心幸福地颤抖了，热烈地回答说：“当然喽，我就更高兴啦!”

“瞧瞧，就别站在这儿说话儿了，”孟招娣笑盈盈地说，“快里边儿坐，咱这就吃饭!”

于是大家一齐到客厅就座，“嘭，嘭”地开啤酒、开可乐，给客人布菜，热闹起来。林盛杰及时地占住与迈克尔·詹姆斯对面儿的座位，这样，无论女儿坐在哪边儿就都和迈克尔挨着了。林晓洁和父亲配合得特别默契，把各种菜都一个劲儿地往意中人面前的小盘儿里夹，连连说：

“尝尝这个!”“再尝尝这个!”被爱情捉弄得太苦又太久的老处女，如同久旱的禾苗，那积极热情主动劲儿即使过分了点儿也是没法子的事儿，林盛杰便不管不问由她去，这比老头子在旁边儿暗使劲儿更直截了当!

鸡呀鱼呀都上来了，油晃晃、香喷喷的烤鸭也上来了。林晓洁一边儿亲自拿了荷叶饼，抹上甜面酱，卷上烤鸭片和葱丝儿，递给迈克尔·詹姆斯，一边儿喋喋不休地朝他解释：“您以前吃过烤鸭吗?噢，吃过?那也是在店里吃的，您知道买回家来怎么保持刚出炉的风味儿吗?告您说吧，我妈有绝招儿：先把一锅油烧开了，往烤鸭上一浇，赶快拿快刀趁热往下片肉，就跟刚出炉的一样!”

迈克尔·詹姆斯暗暗称奇，接过来一尝，果然外焦里嫩，满口生香，心想：这要是昨天见到的那位少女给卷的可就更香了，可是她在哪里呢?

遗憾的是主人完全没有觉察出客人在品尝美味佳肴时那痴迷陶醉的神情的真正内涵，见他吃得高兴，更加殷勤相劝，鸡鸭鱼肉一齐进攻，使得迈克尔·詹姆斯招架不住，并且从心驰神往中醒来。他越来越意识到这顿家宴的用意并不在他和林总经理与他之间的贸易合作而和这位难以使人产生怜爱之心的小姐有着更直接、更密切的关系，并且真正明白了林总经理在买卖上对他特别“关照”的真正原因，因而也就越吃越沉重。他为了免受这位小姐的折磨而不得不寻找他认为更愿意谈的话题：“林总经理，关于进口灯具的事，我已经给国内发了电传……”

林盛杰却眯着半醉的小眼睛拦住说：“生意的事情今天就不谈了，詹姆斯先生这样诚心诚意地愿意和敝公司长久合作，我们当然应该提供一切可能的优惠。今天只叙私人友谊，你们年轻人可以多谈谈……”

孟招娣也跟在一旁帮腔敲边鼓儿：“一回生，两回熟，往后就成了朋友啦，常来玩儿，在家里吃点儿什么都舒心，甭见外，可不就跟自个儿的家一样嘛！”

话越说越近乎越说越露骨，迈克尔·詹姆斯越听心越跳。要是把他跟这位小姐拴成一对儿简直不可想象，他当然死活也不会干，但主人毕竟又没有直接说出这句话，而且他也不愿意放弃与林总经理已经基本谈妥的那笔买卖，因而他只好硬着头皮装傻充愣并且话还说得让人家爱听：“谢谢，为我们的友谊合作，干杯！”

一家子人都站起来，争着和他碰杯。林盛杰眼看好事有望成就，心里高兴，晕晕乎乎差点儿把杯子撞碎。林晓洁没喝啤酒光喝可乐却似乎也醉了，脸红心跳，一双不大也不漂亮的眼睛中流露出万种风情。可怜迈克尔·詹姆斯虽然从心眼儿里不敢看她却又不得不微笑着朝她点头，因为他在北京饭店听几个与中国人做买卖的老手告诫说：在这儿，美国人直来直去的那一套最好先收起来，中国人的处世格言是“逢人只说三分话，未可全抛一片心”，和他们打交道尽可以虚伪并且一定要有长久的耐性，买卖常常是在宴会桌上做成的。而“公事公办”却不大灵，如果能在小恩小惠上表现得慷慨大方则可以收到奇效，等等。他一边默诵着这些生意经一边思考着对策，心想为了得到林总经理的诸多优惠倒也不妨虚与周旋，面前这位貌不惊人的林小姐未必能吃了他！

想到这儿，他竟然做出了完全违背自己情感举动，从西服口袋里掏出自用的一只袖珍计算器，双手递给林晓洁：“小姐，原谅我事先没有准备，不能送给您更有意义的礼物，这件‘小玩意儿’（这个词儿他说得很地道），也许对您有用！”

他估计得不错，有些中国人只需以计算器、打火机、指甲刀之类的“小玩意儿”就可以打发得眉开眼笑。林晓洁在接受他的礼物时的神情简直是受宠若惊，肉眼泡里渗出了激动的泪水。她的双手微微地颤抖，无限珍爱地抚摩着那洋字母已有些磨损的计算器，犹如捧着定情之物！她的父母自然也兴奋不已，互相交流着眼色，显然心中已经“一块石头落了地”！

晚宴以极佳的情绪收场。

“咱们撤吧，”林盛杰哈着腰，伸出右手，做出一个邀请的姿势，“詹姆斯先生，请到那边儿房间里坐坐，这儿……”

他这句话没说完，看了看杯盘狼藉的圆桌，那意思是让老太太慢慢儿地收拾去。迈克尔·詹姆斯便客随主便，跟着走出了客厅。其实，孟招娣也根本不趁这会儿收拾餐具，一家三口陪着客人走进了林晓洁的闺房。这本是老两口儿设计好了的一个步骤，要展示一下那“万事俱备、只欠女婿”的新房而已，却做得不露痕迹。

新房在女儿上班走之后已由老太太精心地收拾过，现在一走进去便觉满目生辉。仿丝绸壁纸、塑料压模顶棚、磨花吊灯都是林总经理的建材公司的经销品，占了半个房间的咖啡色镶金线的组合柜是从罗马尼亚进口的，彩电录像机收录机音响设备都是日本原装名牌儿，一张双人席梦思床显眼地摆在窗前，两条叠得有棱有角的被子用的都是杭州出产的真丝面料儿，并排一对荷叶边儿枕头上绣着“鸾凤和鸣”的图案，素花条儿床单下面露出两双拖鞋……这一切都强烈地向客人展示着某种强烈的愿望，遗憾的是在迈克尔·詹姆斯心中产生的却是一种别的联想，他总觉得似乎林小姐一直是在什么人的陪伴下生活的，而房间的主人则忽略了这一点，正所谓“智者千虑，必有一失”。

“林小姐，您生活得很舒适！”迈克尔·詹姆斯随口说，他不知道自己说这句话是不是出于嘲讽。

“哪儿呀，空荡荡的，好没意思！”林晓洁不无惆怅地说。她还想说：你来了才舒适呢！可是她爸爸在背后捅了她一下，才咽住了。

“坐呀，詹先生！”孟招娣忙说，“天儿还早，多待会儿！”

迈克尔·詹姆斯勉强地坐在了沙发上，心里却想着早点儿走，他担心如果这老两口儿再从这房间“撤”了留下他和这位林小姐将是多么难熬。和主人的愿望相反，他对这儿丝毫也引不起兴趣，想用房子吸引女婿上门儿这一招儿对外国人来说不大管用。用洋货来打动洋人实际上也很失策，迈克尔·詹姆斯对日本和罗马尼亚的产品并没有特别的好感而且也用不着跑到中国来喝美国的可口可乐。唯一让他觉得新鲜的是北京烤鸭，但他自己到全聚德也照样吃得到。总之他认为自己该告辞了，以免再待下去流露出厌倦的神情而使主人扫兴。

“谢谢你们全家对我的盛情招待，使我度过了一个愉快的夜晚！”他站起身来说，极力使自己显得真诚，“也许我今天太兴奋了，酒喝得太多了，有点儿头晕，需要回饭店休息！”

林盛杰和老婆、女儿当然也不便再挽留，于是依依相别。不过林盛杰还是请迈克尔·詹姆斯再待一会儿，他打电话到公司值班室把车叫来送客人走，而不肯让人家雇出租车，这当然也是为了显示自己的“份儿”，在中国，“有车阶级”毕竟是特殊的。

三口人一起送下楼来，直到车子开走还在寒风中频频招手。

回到家里，顾不上收拾锅碗瓢盆，又连夜开家庭会议。林晓洁兴奋得脸红心跳，问她的父母：“迈克尔对我很满意，是吗?”

“那还用说?”孟招娣无限自豪地长出了一口气，“咱们这样儿的家庭，他打着灯笼上哪儿找去?”

“这只是一方面儿，”老谋深算的林盛杰此刻坐在女儿房中的沙发上，眯缝着眼睛，嘴角挂着微笑，“关键是我及时地捕捉了战机！昨天他刚请了我，今天就请他到家里来，最好不过，免得夜长梦多！要是等他在北京饭店住长了，别人也许会捷足先登！你们不知道，现在有些女的……”他没好当着女儿的面儿再往下说。

“迈克尔可不是那样的人!”林晓洁好像跟人家有多么长久的深交似的,“您瞅他对我有多好?刚见面儿就……”她又在摩挲那只计算器了。

“东西不在大小,可心的是这点儿情分!”孟招娣忙说。

“妈,”林晓洁羞涩地瞟了老太太一眼,“我还真没想到您那老脑筋也这么开通了,他可是个外国人呀!”

孟招娣朝老头子咧咧嘴:“这也是因为你爸做了工作哩,他的主意!”

林盛杰跷着二郎腿,感叹道:“形势逼人哪!老脑筋给我们带来了什么好处呢?过去我们总说北京是世界革命的心脏,三分之二的人类都在水深火热之中,结果打开窗户一看,比人家落后了好几个世纪!唉,就说‘619’俞家吧,过去他们家比谁不臭?现如今靠着洋亲戚翻了身啦,瞧他们那份儿神气!我呢?过去只认准了一条道儿,没想到乌纱帽是个活的,上边儿说摘就摘,要不是有这个公司接着,就真他娘的威风扫地喽!现在看起来,我的晚年,希望就寄托在詹姆斯先生身上啦,等办了离休手续,得有条后路呀!晓洁,这意思你明白不明白?”

“明白,我又不是傻子!”林晓洁四仰八叉地躺在自己床上,咋咋呼呼地说,“我早就憋着这股劲儿呢,混出个人样儿来让那个没良心的王八蛋瞧瞧,别以为他到了美国就可以恶心我,姑奶奶现在的这位比他还强,是他妈真正的美国人!”

她的父母当然一听就懂,她骂的是那个过河拆桥、卸磨杀驴的技术员。重提旧事,不免在心中泛起一片阴影,林盛杰说:“晓洁,要从过去的失败中吸取教训哪,跟詹姆斯先生交往,得慎重点儿,言谈话语要注意文明,别骂骂咧咧满嘴脏字儿!”

“甭嘱咐,我懂!”林晓洁不耐烦地答应着。

孟招娣也觉得这事儿的成败还不敢现在就打包票,进一步提醒女儿："晓洁，要是詹先生问你多大了，你可千万对他说今年二十九！"

"知道，知道！"林晓洁显然觉得这个提醒完全多余，她已经连续五年"二十九"了嘛，哪儿能忘？没出嫁的大姑娘永远也不让自己过三十岁的"杠杠"！

明亮的吊灯照着毫无倦意的一家三口儿，家庭会议一直开到深夜也没有要散的意思。

大楼外面，夜色正浓，小胡同里的买卖早就关门了，只有稀疏的路灯闪着昏黄的光。一只猫沿着参差的房脊游荡，凄惨的呼唤划破了沉睡的夜空。密斯黄几乎被它的主人遗忘了，而它却在吃饱了鱼头鱼尾巴之后，趁主人送客的时候溜出了家门，继续不知疲倦地寻寻觅觅。

六　冤家路窄

“爆肚隆”小店里悄无声息，掌柜的和伙计们都睡了，跑堂儿的傻小子在餐厅里搭铺，女招待在售货窗口后面的窄过道儿里搭铺，这和几十年前爆肚隆的老规矩是一样的：伙计们没有宿舍，以店为家。隆德海睡在门脸儿后边的小屋里，那儿是他的“经理室”兼卧室，很小，只能搁下一张床。他家里人口多，房子挤，自从开了这个店，他就连“办公”带睡觉都在这儿了，也颇有其祖上开“连家铺”时的遗风。

伙计们睡得很死，一整天连吆喝带跑腿儿，想必是累得可以，全靠这几个钟头儿的觉，松一松筋骨，明儿一早还得接着干。

隆德海却似睡似醒。他心里装着整个儿买卖，每天躺下之后，照例都要把白天的账目过一遍，把第二天的安排想一遍。他不会打算盘，笔算也不顺手，却长于心算，像他好几代以前的老祖宗那样，在肚子里精打细算。他躺在床上，闭着眼，手抚摩着脑门儿，白天进料多少、营业额多少、纯利润多少，都一清二楚。开张三年来，他已经有了一笔存款，他盘算着怎样让这些钱更快地繁殖，发挥更大的潜力。他并不满足于爆肚隆的现状，嫌现在的门脸儿太小了，应该再扩展，在繁华的地方比如大栅栏、前门大街等等开个分号。不，一个分号还不行，最好能开它几个、十几个，不仅在北京打开局面，还可以扩展到外地去，不，还应该走向世界，在中国香港、日本、美国……都开设爆肚隆的分号！他觉得这并不是妄想，既然一些“老外”大老远地跑来吃他的爆肚儿，送到国外也一定会受到欢迎。新形势、新政策为他提供了施展才能和抱负的机会，他要做胸怀远大的企业家，跟报纸上吹捧得天花乱坠的富豪们比一比！他不能像自己的父母似的，心眼儿比针鼻儿还小，开了这一间门脸儿就美得了不得，只想守摊儿，不敢创业；他看不起自己的大哥德江，抱着工厂的铁饭碗不放，跟老婆孩子过小日子，沾都不沾爆肚隆的事儿，好像生怕政策变了、店垮了会连累他们似的；他也看不起三哥德湖，高中毕业都好几年了，大学考不上还不死心，宁可“待业”也不愿意跟他合伙做买卖，挺清高的架势。呸！你吃的、喝的是从哪儿来的？二十多了还靠家里养活，家里的钱是我挣的！弟兄们当中唯一让他觉得可爱的是二哥德河，自个儿挣工资养活自个儿，还没忘了顾家，时时惦念着爆肚隆。将来爆肚隆无论混得多兴隆，也不能甩了二哥，二哥是个残疾人，恐怕也找不着媳妇儿，会死心塌地地跟着四弟往前奔的，比花钱雇来的伙计还可靠……

隆德海这么漫无边际地想着，想着，渐渐进入了梦乡。在梦中，他看见了在中国香港的、日本的、美国的“爆肚隆”分号，霓虹灯五颜六色、闪闪发光，他穿着最时髦的西服，被来宾簇拥着，听着那些“老外”的赞扬：“您的爆肚儿没治了！”“盖了帽儿了！”“够意思咳！”——隆德海不会外语，他梦中的外国人当然也就都说话跟他本人一个味儿了。当然，他无论上哪儿都得带上他的夫人——他最近搞上的对象，将来当然就是夫人了，带着她走南闯北，风光风光。他不让她卖爆肚儿，她有她的事业，有隆德海这样的企业家当后台，她一定能在国际上一鸣惊人！……

一阵鬼哭狼嚎把他的好梦打断了。他揉揉眼，愤愤地骂道：“妈的！

怎么天天儿闹猫，没个完了？”

黑豹蜷缩在墙角的草窝里，安心睡它的觉，对那情切切意绵绵的呼唤连理都不理。它当然听得出那是密斯黄的叫声，而不是雪妮。哼，密斯黄！它想，你可真不害臊！你追了我好几年，我都没理你，这意思还不明白吗？你明知道我心里只有雪妮，可还缠着不放，多不地道！雪妮没招你没惹你，和你无冤无仇，你不该跟它打架，又撕又咬地好一副泼妇样儿！你以为恋爱就跟捉耗子那样儿可以弱肉强食吗？才不呢，爱情是两相情愿的，“强扭的瓜儿不甜”，连人都懂得这个道理，你还不懂？呸，你抢不走我！别看你的主人瞅不起我的主人，以为我也不如你，以为你来找我就跌了你们家的“份儿”，我的主人还瞅不起他们呢，当“官儿”有什么了不起？人的“官儿”只能管人，管不了猫，我们猫里头没有“官儿”，各过各的日子，各有各的头脑，各有各的爱憎，谁也管不着！我爱雪妮是我的事儿，碍着你什么了？大路朝天，你走你的好了，谁爱你你就找谁去，谁都不爱你你就自个儿爱自个儿吧，别往我和雪妮中间插一杠子！好话都说尽，你不听，反而和雪妮为仇，就没想想这样儿一来就跟我也结了仇吗？这个仇永远也解不开，你要是知趣儿就赶快滚蛋吧，别吵我的觉，惹急了我，我就狠狠地教训你一顿！

可是黑豹还是太老实了，它既没去“教训”密斯黄也没有去对它讲这些道理，把身子蜷得更紧，甚至连呼吸都压得极低，一点儿声儿也不出，等着密斯黄“善退”。这种对策绝不会起任何作用，外边儿的叫声越来越急切，越来越响亮！

隆德海烦躁地一骨碌坐起来，披上衣服，抄起一根棍子就要出去收拾那只教人不得安生的猫！黑豹在旁边儿暗自庆幸，心说：这下好了，看我的主人不打折你的腿？隆德海却又把手里的棍子扔下了。他弄不清那是谁家的猫，但想起了昨天在门口儿的那场不愉快的吵闹，无论孟招娣还是俞倩倩，都流露出对他爆肚隆的藐视和仇视，这都是他不能容忍的，但他还是忍了，他爸爸隆长生不但忍了，还向孟招娣说了好多好话，这都是迫不得已的。隆家的社会地位低，现在手里虽然趁点儿钱，可不趁别的，像孟招娣两口子那种当官儿的，惹不起；俞倩倩那种“侨属”也惹不起。并不是他隆德海有了钱就可以买一切，权势和地位是买不来的，尽管他很想买。也许以后可以，等他的爆肚隆发达起来，真正“走向世界”，资金雄厚了，腰杆儿硬了，拿出几十万、几百万“资助”点儿什么事业，兴许能混个“人大代表”“政协委员”当当，说话才能占地方，那时候他就谁都不怕了！现在还不行，在创业时期，他必须夹紧尾巴做人，别招事儿。人们瞅着他发财都眼红着呢，无缝儿还想下蛆，不能给人家话把儿，为一只猫而得罪人，不值当！他在黑暗中点上一支烟，闷闷地抽着，烟头上的火星儿一明一暗，黑豹自然弄不清楚主人在想什么。

抽完了这支烟，隆德海没有接着躺下睡觉，却扣上衣裳扣子，穿上鞋，从小屋里出去了。黑豹听见他往店堂里走去了，还听见他大声儿叫着傻小子和女招待：“起来，起来!”

隆德海绝不是发动全店人员去赶那只猫，而是因为他听到了一个熟悉的声音。

胡同里，一辆“雅马哈”摩托正“突突突”地直奔爆肚隆开来。开车的是隆德海的二哥德河。

隆德河熟练地驾驶着摩托车回家来。他非常喜欢四弟的这辆车，常常开到厂子里去向同事们“显摆显摆”；而回家来常常是在夜里，不仅是因为夜里往家带东西更方便，还有一个原因：夜里开车省心。他耳朵聋，大白天街上车水马龙，人家按喇叭他听不见，容易出事儿。夜里街上空空荡荡，他可以放心大胆地骑。当然，头盔还是要戴上的，他觉得这样儿很威风。他的模样儿长得并不丑，跟四弟很像，大高个儿，白净脸儿，浓眉大眼儿，只可惜耳朵让那三天三夜的青霉素给坑聋了，落下个残疾，弄得挺英俊的小伙子找不到对象。

不过他在厂子里人缘儿挺好，原因竟然是因为耳朵聋。聋有聋的一系列好处。首先，他给厂子提供了方便：牛羊肉加工厂收了他这么一个残疾人，就免除了向社会上的残疾人应尽的义务，因此领导很待见他，每逢有国内的、国外的什么残疾人团体来参观访问，就先把他捧出来："瞧瞧，这是我们的聋哑人职工，享受很好的待遇，并且受全厂职工的尊重。"于是他成了全厂"人道主义"的体现，也很得意。唯一感到美中不足的是每当这时他都不能说话，因为他是"聋哑人"。其实他是光聋不哑，口齿伶俐着呢，但为了把条件儿凑全乎，领导上让他就手儿装装哑巴，不说话就是了嘛，也不难。要说也可以，反正是一个调儿："啊吧啊吧啊吧……"把参观的糊弄走就成了。为了优厚的奖金，他接受了这个屈辱的条件，后来也就不觉得屈辱了，反正一年也装不了几回，实惠可是全年的。其次的好处是因为他聋，在厂子里就没有是非，张三咒骂李四、王五攻击赵六，他一概听不见，无法儿挑拨，跟谁都和平相处，人人喜欢他。当然同事们有时候也开开他的玩笑，"聋子！"人们这样叫他，他即使影影绰绰地听见那么一点儿，也不生气，并且自我开导：别的同事不也叫"李子""杨子"嘛，叫他"聋子"其实就是"隆子"，一个样。他以宽厚的忍让赢得了平安。他也很聪明。有一回春节后上班儿，一个同事朝他作个揖："聋子，你过年死！"周围的人都朝着他乐，他猜想，那小子嬉皮笑脸说的准不是好话，可是听不清，也没法儿还嘴，就干脆也作个揖，面带笑容地答道："彼此，彼此！"这一招儿，歪打正着，同事们乐得有躺在地下的！从此，也就没人敢再捉弄他了。再其次的好处是他的工作岗位极其省心省力而又为他带来许多方便。领导上让他看大门儿。这个活儿，管什么？三件事：看电话，接待来访者，收“出门证”。第一件最好办，有电话来，十次响铃儿他九次听不见，“置若罔闻”。偶然听见一两次，接了等于不接，反正也不知道对方说的是什么，就说：“错了！”或者说：“打到厂办去！”竟没误过事儿，因为真有急事儿的电话必然会打到厂办公室或供销科、人保科去，不会找门房的。设置这部电话主要是为了职工往外打。接待来访者也好办，“拿介绍信来！”“填会客单！”就这。他最大的权力是收“出门证”，凡是有带东西出厂的车辆或个人，一律要在门内停车，把“出门证”交给他，由他“验明正身”方可放行。当然，他是公事公办，极少拦路。但遇有东西和单子上不符的，也得“说道说道”，对方就对他极恭敬，一口一个“隆师傅”，还递过来一条好烟啊什么的，他则根据交情和礼物的厚薄来决定“政策”，因此被人畏惧，并且得了不少“外快”。他对自己却极宽松，从车间里弄一箱子牛肚儿羊肚儿来，从来也用不着什么“出门证”。代价也很低廉，有时候把别人送的烟啊酒啊递给管事儿的就成了，有时候就许个愿：“没得说，赶明儿上咱们那儿吃爆肚儿去！”

今天自然是又赶上了这样的机会，摩托车后座上装着一箱子鲜肚儿，隆德河好似有功之臣得胜还朝，把车子开得飞快，“突突突”的声音早已把坐镇爆肚隆的一主二仆从好梦中叫醒了。

女招待和傻小子揉着惺忪睡眼，奉命起来干活儿，大门便“呀”的一声打开了，迎接二爷凯旋。

正在苦苦地呼唤黑豹的密斯黄及时地捕捉这一良机。它知道这种冷天黑豹一定是睡在屋里的，即使想出来会它，大门关着，也是枉然，现在最好的办法就是它自己闯进去！它立即从房脊跳到房檐，再一跳，落到马路上，朝着爆肚隆的大门，“呜呜”地叫着奔过去！

驱车疾行的隆德河当然听不见猫的叫声，他甚至没看见也没想到前边会有一只与他抢行的猫……

密斯黄此刻心中只有黑豹，哪儿还理会什么摩托？猫根本也不承认人制定的交通规则，它只顾往前闯……

说时迟，那时快，一团灰黄的茸毛在隆德河的车前倒下了，胶皮车轮毫不客气地从密斯黄的后腿上碾过去，发出了一声尖厉的哀嚎："呜哇！……"

隆德河若无其事地把车停在大门外，以特有的高声嚷着："卸车！卸车！"他本能地以为别人的听觉也像他一样不灵，长期练就了一副大嗓门儿。

其实，用不着他嚷嚷了，屋里的伙计正往外跑呢，却并不急于来卸车。女招待风风火火地问他："那一声儿好吓人，是猫吧？"

他根本不知道她说的是什么，只顾得意扬扬而又颐指气使地命令道："快着！把肚儿抬到里边儿去，拾掇干净！嘿，瞅瞅今儿的肚儿，又大又嫩！"

谁也没执行他的命令，如同没听见似的。

女招待指着他身后的地下说："瞧瞧，血！"

傻小子咋咋呼呼地嚷："轧死了！轧死了一只猫！"

隆德河这才顺着他们的手势和眼神儿转过身去，终于弄明白了刚才所发生的交通事故。

密斯黄软绵绵地躺在柏油路上，后腿无力地伸开，鲜血从茸毛中渗出来，把路面染红了一片，并且被车轮粘上，往前印出了一段美丽的花纹。

隆德河摘下头盔，朝地上的猫看了一眼，很觉得丧气，但他不愿意让这点儿丧气冲淡了自己的兴头，就走过去，踢了一脚："去！妈的，好狗不挡道儿，找死啊？"

其实，密斯黄和“好狗”“坏狗”都没关系，隆德河说的只不过是约定俗成的一句俚语。密斯黄被他踢得翻了个个儿，没有挣扎，也没有呻吟。隆德河就等于把这事儿处理完了，转身又去接着发布命令：“得了，别愣着了，卸车，卸车！”

小掌柜隆德海急切地从大门里走出来。他叫醒了伙计，本打算回后边接茬儿睡觉，猛然听见那一声猫的惨叫，心里一动，又听见傻小子说“轧死了”，就赶忙跑过来，问：“谁家的猫？”

“谁知道！”傻小子咧着大嘴说，满不在乎，也模仿着二爷的高傲神态，仿佛他也和主人一样高贵，在这条街上谁也惹不起似的，何况一只猫！“嘿，他妈的，睁着俩眼往车轱辘上撞，活该啦！”

隆德海心里可没这么超脱、这么轻松，在他的眼前立即闪现了孟招娣和俞倩倩因为猫跟他打架时那盛气凌人的脸，心说：可别摊上这两个难缠的主儿！

他跑到猫跟前，望着那一团沾着血的茸毛。他的心脏突然一抖：糟糕，冤家路窄啊，果然是孟招娣的那只黄猫！这一惊非同小可，大冬天儿他竟然出了一身冷汗！俗话说：“打狗还要看主人”，今儿算是太岁头上动土了！他愣愣地看着密斯黄，仿佛那不是一只猫，而是林总经理、孟处长。虽然如今林盛杰已不当公安局副局长了，可人家那个“总经理”和隆德海这个自封的“经理”是不能比的，人家仍然是车接车送、有品级的官员，而他只不过是个小小的毛贼草寇；人家在社会上有四通八达、密密麻麻的关系网，而他却势孤力单、孤掌难鸣。他要跟林盛杰“较劲”，那只是一个遥远的打算，一时半会儿还不能显山露水。昨天他一气之下揭了人家的短，事后想起来好后悔！想在这条街上站住脚跟、打开局面，巴结人家还怕来不及呢，怎么能为一点小事儿撕破脸皮、结成仇人！后悔当然是没有用的，上次捅的娄子还没找着机会补上呢，今儿又惹了更大的乱子！

他蹲下去，痛惜地伸出手，抚摩着那灰黄的茸毛，嘴里连声叹气："唉，唉！……"

"得了，得了！"二哥隆德河早已经不耐烦，他不明白今儿个为什么这般假惺惺，"一只死猫算什么？在咱们厂子里，天天儿是朝着活牛、活羊捅刀子……"

"你懂个屁！"隆德海愤愤地瞪了他一眼，"真他妈的聋子的耳朵——摆设，你也算个人？成事不足，败事有余！"

隆德河自然不知道四弟说些什么言语，但他从那眼神儿和表情明白了自己今儿办的事儿恐怕不漂亮。他向来甘当四弟的附庸，一切看四弟的眼色行事，瞅着气氛不对，就傻眼了！

隆德海小心翼翼地抱起密斯黄，走回店里去。隆德河也不敢再嚷嚷了，默默地帮着女招待和傻小子把肚子抬进去，把摩托推进去，爆肚隆的大门就又关上了。

隆德海打发傻小子赶快回家去叫人，今儿得连夜开家庭会议。他这边儿，把密斯黄搁在地上，仔细地察看。车轱辘轧的这一家伙够狠的，一条后腿给轧扁了，血糊淋拉，不知道里边的骨头折没折？咳，折没折都是扯淡，猫都死了！

黑豹嗅到了空气中有一股血腥味儿。它不知道发生了什么事，从睡觉的草窝子里钻出来，悄悄走到店堂去，想知道主人刚才的一阵骚乱的具体内容。它凑到主人的身边，吃了一惊，地上躺着密斯黄，还带着血！它不知道密斯黄为何而死，是不慎从房脊上跌下来摔死的呢，还是因为想不开而找死？它的心里升起一阵伤感：唉，密斯黄，你太痴情了！别怪我，我不想伤害你的自尊心，我拒绝你是因为我爱雪妮，我不能背叛雪妮。其实我们不能成为情侣也可以成为朋友，你何必这么死心眼儿？你死在我家门前，这叫我心里多不落忍？它这么想着，无限凄楚，无限悲伤。密斯黄毕竟也是它的同类，看见同类的死，它不能不动感情。密斯黄生前没有对不起它的地方，只是因为爱它而不择手段，也就让它觉得讨厌；如今密斯黄一死，这些短处也就不必再记着了，它倒是觉着自己欠了人家的情呢！黑豹动情了，忍不住从主人的腿边挤过去，朝着悄无声息的同类遗体，发出挽歌似的哀鸣：“呜哇……”

其实，密斯黄并没有死，造物主给了它这条命，虽然是微不足道的弱小生命，也绝不会轻易地结束它。密斯黄受到了严重的轧伤，但车轮只碾过了它的腿，却并没有碰着胸腔和腹部，因而也就没有伤害内脏，不会有致命的危险。它在突然的撞击和腿部的剧痛中失去了知觉，但那颗小小的灵魂还活着，在生死之间徘徊。它暗暗地感叹爱情的艰难。人类在表达情爱时喜欢用“山崩地裂、海枯石烂不变心”之类的说法，它现在仿佛正在接受这样的考验。它并不明白自己的罹难来自摩托车的威胁，只认为是一种不可知的神力在摧残它、折磨它，检验它的追求和信念是否真诚，是否坚定，是否牢不可破。它感到后腿疼得钻心，并且四肢无力、头昏脑涨，它想挣扎，想呼叫，却不能主宰自己的肌体。但它并没有忘了黑豹。不知道在刚才的那场灾难中，黑豹是否也遭到了不幸？不会，因为当时黑豹并不在它身旁，即使山崩地裂，也只会伤着它，而不会危及黑豹。它稍稍觉得安心了，让自己承担一切苦难吧，只要情郎安然无恙！此刻，它非常非常想念黑豹，希望黑豹来救它，即使它活不成了，也希望在死之前能再看情郎一眼！

它在朦朦胧胧中似乎听到了黑豹的呼唤，那声音是那么熟悉，那么亲切，过去只有雪妮才可享受，现在却属于它了。不可能！它悲哀地想，黑豹早就被雪妮迷住了，会回心转意吗？它认为这只是自己的幻觉，不可能是真的！但那声音却越来越清晰，越来越真切，仿佛就在它的耳旁，它甚至已经嗅到了一股熟悉的气息，这气息只能是黑豹的，不会是另外任何一只猫！

它吃力地睁开了眼。室内的灯光刺激着它，一瞬间，什么也看不见，只觉得一片白晃晃的光。它本能地调节着瞳孔，从浑圆的两点缩成两条细线，它看清了，是黑豹，正站在它身旁，弓着腰，伸着脖子，眼巴巴地望着它，发出哀婉凄绝的呼唤！

一股热流温暖着它的心，它幸福地颤抖了，黑豹，我终于赢得了你的爱，谢谢你，现在，我死也可以瞑目了！不，我不死，我要十倍、百倍地回报你的爱，和你好好儿地生活！我不会计较你过去和雪妮的暧昧关系，那已经过去了，让我们重新开始；你也不要嫉恨我以前对雪妮的不客气，我那样做完全是因为爱你、怕失去你，至于以后嘛，当然要和雪妮和平相处，化干戈为玉帛，不打不闹了，还是好邻居。平心而论，它也是个挺可爱的小妹妹呢……

“喵……”它发出一声微弱的呻吟，其中包含着万语千言，却一时没有力量把一切都说清楚。它希望黑豹靠近些，再靠近些，偎依在它的身边，给它温暖，给它力量！

然而黑豹并没有这样做，仍然弓着身子站在原地看着它。也许黑豹心里想的和它并不一样，也许是因为有主人在场……

“活了？它没死，没死！”隆德海惊喜地喊着，长长地舒了一口气。

“我说不至于的嘛！”隆德海放心地笑了，他的情绪随着四弟的脸色而变化，“告你说，我开车的技术……”

现在谁也没心思听他吹牛了，老掌柜隆长生瞪了二儿子一眼，说：“你呀，到鸭子年也是扁嘴儿，处处不给我省心！”

“得啦，就甭埋怨他啦！”老板娘胡莲凤说，“一个残疾孩子，本当是打了折耗了，养在家里吃你、喝你，你也没咒儿，可是德河还能给你外头挣钱、里头顾家，还能怎么着呢？再者说，他又不是成心轧着这猫……”

中心议题仍然在这只猫上。胡莲凤吩咐女招待去端了盆热水来，找了块破布，蘸着水仔仔细细擦着密斯黄腿上的血迹。黑豹在旁边瞅着直纳闷儿：主人今天怎么忽然对人家的猫这么好呢？

“唉！”胡莲凤一边擦洗着，一边叨唠，“昨儿晌午前儿，我这右眼一阵子跳，心里琢磨着：这生意正开得顺顺当当的，可别出什么岔子！果不其然，事儿说来就来了，两天连着出事儿！”

“妈，您别着急，”隆德海这时倒安稳了，点上一支烟，坐在旁边儿说，“既然没轧死，就好办，至大不过是破点儿小财，咱赔他们点儿钱就是了！”

“钱？”隆长生垂着脑袋说，“小子，别仗着财大气粗，世界上还有金子敲不开的门哩！人家是什么人？姓林的如今比当局长的时候还威风，你花多少钱能买动他？没瞅见夏季天儿，送西瓜的都整车整车地往他家拉！在这条街上，我谁都得怕，何况这样的主儿？他家的猫都比咱的人金贵！”

“我知道……”隆德海狠狠地抽着烟，他承认父亲说的都是真理，但让他承认这真理却又是痛苦的。他打起“爆肚隆”的字号弃学经商就是为了改变自己的卑贱地位，而这个祖传的字号又恰恰标志着他地位的卑贱，并不那么容易改变。他本能地藐视林盛杰、孟招娣那种什么本事也没有、专靠整人起家的小官僚，又不得不在生活中处处承认这些小官僚的凛然不可侵犯。他耐心地经营着自己的小店，等待自己的羽翼丰满以后与小官僚们抗衡的时机，而这时机却又十分遥远。因此，他只好压抑着自己的火暴脾气，违心地说着：“我知道……”

“哼，知道？”隆长生愤愤地伸手抢过小儿子手中的“希尔顿”，自己抽出一支点上，“既然都知道，你昨儿还在门口儿跟孟处长犟嘴？这回又……又是因为猫！唉！”

“这回可不怨我！”隆德海只有朝他二哥撒气，“您找聋子说去！”

隆德河惶恐地避开四弟的目光，他虽然听不见这些埋怨和吵闹，但心里明白：冤有头，债有主，这事儿绕一圈儿还得绕到他身上！

“都甭瞎埋怨了！”老板娘在一片混乱中喝住了这无济于事的争吵，“还是商量商量该怎么办吧！明儿一早，林局长他们家还不满世界找猫？找到咱们门口儿，该怎么应承？”

这一问，倒是都傻眼了。是啊，到时候跟人家说什么？一想到那满脸横肉的一对儿，真让人不寒而栗呢！

“那就实话实说吧！”隆德海只好拿出这没办法的办法，“反正事故是偶然的，谁也没料到，跟他们说清楚……”

“你能说得清楚？”隆长生不以为然，“等到人家找上了门儿，说什么也就不信了，有上回的茬口儿，还不以为咱们是成心报复？”

“那您说怎么办？”隆德海反问他。

“我说呀，得主动把猫给人家送回去，赔个礼，解释清楚……”

“谁去？您去吧！”

“我？这事儿还舍我的老脸？”隆长生愤愤然，实则是惶惶然，他一提起林家就发怵，哪儿还敢登人家的门儿？“还是你去吧，营业执照上写的是你的名儿！”

“这跟执照有什么关系？”隆德海火了，深深地为自己摊上这么个窝囊老子而憋气，把儿子当枪使，真好意思！

“你们都不去，这……”胡莲凤无可奈何地叹息。太伤心了！她“老阿信”为这个家奔波几十年，累断了筋骨，操碎了心，可是她的亲人们却是这么不抱团儿，遇事不肯上前，还争着往后躲！刚才傻小子回家叫人，说是店里出了事了，她喊大的，德江两口子不答不理；她喊三的，德湖不管不问，她就只好自个儿陪着老头子来了。现在，老头子和老四也直打出溜，难道……“那就我去吧!”她说，“不丢你们爷们家的脸了，反正我这个捡破烂儿的不怕寒碜，给人家磕头赔礼烧高香，求人家高抬贵手吧!”

说着说着，胡莲凤垂下了两行凄凉的老泪!

隆德海不忍了。家有四条“龙”，还能用得着老板娘亲自出马吗？就说：“那……那什么，妈也甭去，让二哥去不就得了嘛!”

这个主意，亏得他说得出口，连女招待、傻小子都听着不沾边！合算隆家没人了？派聋二爷去？要不是觉着这个事儿大，傻小子本来想自告奋勇，没想到小掌柜竟选了个顶不中用的人!

“什么？什么?”胡莲凤气得哆嗦，“没良心的东西，这种时候把你二哥往前推，他一个残疾人怎么跟人家打交道?”

“妈,”隆德海说，“您可别小瞧了二哥，他在厂子里还把上下左右的关系搞得真不错！我说呀，这事儿让他去比谁都合适，他有最有利的条件儿：第一，人家冲他是个残疾人，就得讲点儿人道，让他三分，架就打不起来了；第二，反正他的耳朵聋，人家说什么难听的，他听不见也等于没说，省得听了生气，他把咱该说的都说完就算完成了任务，不就齐了吗?”

他很为这个高招儿而得意。女招待和傻小子都掩着口偷偷地乐，老板娘却气坏了!

谁料隆长生却赞同这个主意，他万般无奈地拍了拍隆德河的肩膀：“老二，只能靠你了!”

隆德河刚才半天都没搭上茬儿，原是在默默地想主意，他平时养成了不用耳朵而用心的习惯，其实已经猜到了家庭会议的内容，心想：谁让我惹了这档子事儿呢，我不去八成不算完；没什么，老子走一趟就走一趟，要不然，在这个家就被你们看成狗熊了！于是，拍拍自己的胸脯，大包大揽地说：“放心，包在我身上！”

天亮了，女招待和傻小子开门擦桌子摆凳子，爆肚隆照常营业。昨儿晚上二爷拉来的肚子，他俩已经连夜收拾利索，今儿的买卖错不了。老掌柜、老板娘和小掌柜打起精神，准备迎接第一批主顾。只是，他们的心里免不了七上八下，等着他们的使者顺利归来。德河此去，是吉是凶是成是败，并没有多大的把握。

隆德河怀抱着林家的猫，雄赳赳气昂昂地走在胡同里，竟有几分悲壮感。临出门的时候，他妈千叮咛万嘱咐，好似燕太子丹送别荆轲，风萧萧兮易水寒，壮士一去兮不复还！妈说的话他都没听见，但他为了让妈放心，就一个劲儿地“嗯”“嗯”，表示不成功便成仁，绝不会辜负了重托、辱没了使命。

胡同里路灯刚灭，静悄悄的没几个行人。后半夜下的雾还没散尽，街上朦朦胧胧，连远处的前门楼子都看不见了，街口的那幢大楼也只是个淡淡的影子。他正是朝着那大楼走去，没带一兵一卒，关云长单刀赴会。

黑豹在身后跟着他。黑豹并不是为了保护主人，而是不放心密斯黄。它一直不知道是隆家的摩托轧伤了密斯黄，所以为主人的这种救死扶伤、负责到底的人道主义而深深地感动。它和密斯黄之间谈不上情爱也谈不上仇恨，它现在同情密斯黄仅仅出于“物伤其类”的本能。没有任何人派遣它，它也要跟着二爷把密斯黄送到府上，亲眼看着安顿好了才能放心。

穿过长长的胡同，大楼就在面前了。薄雾中，隆德河看见楼里有人出来了，横是急着去买早点的或是去上班的。他突然觉得心里一阵发怵，想着他去敲林局长家的门，先见着的是谁？甭管是局长、处长还是他们的老处女小姐，都够难惹的，这开头儿的几句话该怎么说？“我轧了你们的猫。”“你们的猫跟我撞了车……”不行，无论怎么说都像是自首！他的英雄气概不知不觉减退了，但他还是硬着头皮往前走。

他已经来到了楼的拐角跟前。拐角那儿有个半人高的方块儿建筑，就是楼上垃圾通道的出口，铁皮门敞着，里边摆着个垃圾桶。“哗啦！”一声，有人在楼上倒垃圾了，这声音一直传下来，紧接着，就有一堆碎纸烂菜叶子废罐头盒子撒落下来，垃圾桶里暴土狼烟。

隆德河心里一动。这景象他十分熟悉，他突然想起了妈妈为了养家糊口在这儿干了许多次的屈辱营生，他至今忘不了楼里的高等居民们那鄙视妈妈的目光和冷言冷语！那一页虽然已经翻过去了，可是他不能抹去自己的和别人的记忆，他今天仍然在承受类似的屈辱，像个罪犯似的低头钻进这座楼，上门儿去“自首”，这多窝囊？

他停住了脚步。他为自己的勇敢前来而懊悔。哼，我惹了事儿也不是为自个儿，是为了整个儿隆家，为什么别人都不来，非得让我来？我光棍儿一条、一人吃饱全家不饿，我管得着这么多闲事儿吗？妈的，马善被人骑，人善被人欺，我隆德河也是六尺汉子哩，连只猫都不如吗？

他厌恶地望着怀中抱着的这只猫，罪魁祸首就是它！他恨不得把这只猫摔死，以解心头之恨！

当然，他不能这么做，摔死了，乱子就更大了，林局长那儿没法儿交代，家里也没法儿交代。但是，他在心里已经改变了“负荆请罪”的打算，眉头一皱，计上心来，突然有了一个万全之策！

他当机立断，趁楼前没人碰上他，把密斯黄放在地上，扭头便走，撒丫子回家去！他暗暗为自己的这个高招儿而叫好：哼，傻子才去自首呢！待会儿姓林的在自个儿的楼前头找着了猫，他们怎么会想到我呢？

楼前头人来车往，不定是怎么轧着的呢，上哪儿查去？

这主意实在是英明无比，一场危及爆肚隆名誉和利益的轩然大波，竟然被聋二爷不费吹灰之力就悄悄地平息了。

爆肚隆小掌柜以及后台老板和老板娘等到使者归来，听聋二爷那么一说，愣了一阵才回过味儿来，果然此计太妙，几个全乎人儿都没一个聋子精明！于是德河的威望由此大增，牛气起来了。

不过，隆长生和胡莲凤仍不免心中犯嘀咕：这场灾难就真的躲过去了吗？

七　真真假假，虚虚实实

自从度过了那个难忘的夜晚之后，雪妮就不再声嘶力竭地叫了，性情变得十分安分，或者说恢复了往日的安分，按时进食，按时睡眠，无事可做时也不再外出寻寻觅觅，只在家中玩耍，极有耐心地梳理着身上的茸毛，先用前爪抚平，再用舌头舔，把那身雪白的毛皮修饰得一尘不染、光彩照人。女主人俞倩倩不在家时，它就在闺房中的地毯上坐一会儿，卧一会儿，然后，或者跳上梳妆台照照镜子，端详一阵自己的倩影，或者攀上窗台，懒洋洋地晒晒太阳，或者和女主人的那些小玩具狗、玩具猫嬉戏一番。倩倩刚刚十六岁，还保留着一些童年时代的玩具，都是做得很精致的工艺品。晚上，女主人回来，雪妮就陪坐一旁，看她做功课，或者爬上她的膝头，偎在她的怀抱里看看电视。也许是因为喜欢雪妮，女主人特别喜欢看“动物世界”和动画片，这也正对雪妮的胃口，因为那里边的主角常常是它的朋友甚至是同类，远比看人类“演戏”更亲切，它总觉得人类的情感太假，人类虽然由于进化最快而处于生物界的主宰地位，但脱去了毛皮却又披上了形形色色的伪装，反不如动物纯朴、自然。动物之中当然也有善恶，雪妮并不喜欢虎啊狼啊老鹰啊之类强盗，但它们为非作歹也只是出于天性，并非有意要作恶、要称霸，老虎头上的“王”字纯粹是人类的牵强附会，那本身不过是一种美丽的花纹而已，和豹的花斑、孔雀的彩屏一样。而且动物世界的争斗、残杀、弱肉强食，从来都是赤裸裸的，用不着什么欺骗和权术，也用不着在强者捕杀弱者之前先说一通如何“爱”弱者之类以显示仁义道德。动物比人类坦率得多，人类的那些“连续剧”简直让雪妮看得头疼。当然，《黑猫警长》是个例外，那位英姿飒爽、侠骨义胆的小伙子令雪妮倾心，寄托着它的仰慕和挚爱，因为那很像黑豹。

但是，雪妮没有再去找黑豹，它与黑豹之间的爱情已经有了结晶，它将小心翼翼地护持着这结晶，直到将来的某一天。

这一切，都是它的主人所不知道的。在主人眼里，雪妮已经改邪归正了，依然是他们所希望的那样：端庄、优雅、高贵，大家闺秀的风度。主人极力要向世人显示，这个家庭是与众不同的，是出类拔萃的，包括他们的猫。立论有所不同的是男主人，畜牧技师俞天牧坚信他的学说，认为雪妮的情绪安定是由于“发情周期已过”，和家风没有多少关系。但这样一来，俞天牧也就把妻女交给的寻找波斯猫良种的任务懈怠了。虽然中国早有“未雨绸缪”的古训，但人们往往习惯于“临渴掘井”，不到火烧眉毛，凡事也就不那么急于办了。这无形中帮了雪妮的大忙，为它免除了“拉郎配”的酷刑，至少是推迟了。推迟到哪一天？走着瞧。

冬日的夕阳昏黄而黯淡，仿佛一只不慎落入尘灰之中的蛋黄，撣不得，洗不得，只好随它去。它懒洋洋地下垂着，空气中的尘雾使它褪了色，也减了热，温吞吞地挂在天边，很快就要被房舍和树木遮没了。胡同里一片阴冷，高高低低的房舍被暮色融成一片，显得更加古老、陈旧，比建筑物年轻得多的几棵垂柳，还没长成气候，不成格局地东一棵、西一棵，叶已落尽，赤条条摇来晃去，无着无落似的。地面上倒很丰富多彩：碎纸、香蕉皮、花生壳儿、烟头儿……记录着人们一天奔走的蛛丝马迹。小贩儿们自然都收摊儿回家数票子去了，店铺却没有关门，夜里还有一阵热闹，南来北往的人要吃水饺儿、爆肚儿、涮羊肉……尽可以前来光顾，外边虽冷，屋里暖和着呢，哪个门脸儿都冒着热气，洋溢着诱人的吆喝声，所以胡同里并不冷清，人流也并不稀落。

俞倩倩放了学，匆匆地穿过胡同走回家。她天天放学都很晚。下午本来只有两节课，老师偏偏还要增加两节自习，像看管犯人似的监督他们熬到了钟点儿才放行，回家还得开夜车才能完成今天的作业、明天的预习，如今上学简直是受罪。这也是没有办法的事，老师并不想跟学生为难，而是为了他们的前途。俞倩倩还有两年就面临高考大关，考不上大学，高中生不给分配工作，十几年的书就算白念了。现在的中学生太多，大学的容量太少，淘汰率也就极高，想上大学就只好拼命。俞倩倩恐怕拼命也无望，她的功课太稀里糊涂了，作业本经常被老师看不懂，考试成绩说出来令人脸红，她很难跨过已经看得见的那道大关。但她总不能中途退学，一个女孩子，不能像隆德海那样去做生意，何况她的家庭又那样高贵，退学或者高考落榜都一样丢人。她只有硬着头皮往前走，走着瞧。

尽管前途未卜，她仍然没有荒疏自己的另一项"功课"：打扮。她显然十分看重自己的天生丽质，每天绝早起床，在上学之前总在镜子前头花费很多时光，护肤霜、粉底霜、唇膏、睫毛灵……该抹的地方都抹到。头发总是留得很长，披着肩。服装则时时更换，今天穿红的，明天穿黄的，显示她无穷无尽的适应性，怎么打扮怎么顺眼。这当然会招来一些麻烦，比如学校就曾经干预她的衣着打扮，说是不符合中学生守则云云，一是她不听，二是这种风气带有社会性，学校也管不了，三是校方考虑到她家是侨眷这个"特殊情况"，也就睁一只眼、闭一只眼，听之任之，反正再过两年她该上哪儿就上哪儿了。她当然继续我行我素。在校园里和大街小巷，她也常常引起一些小伙子的青睐，总有人借故找她瞎搭咯，她一律傲然视之，扬扬不睬。她看不起这些小流氓，坚定地相信她这位高贵的公主将来自有白马王子匹配。

她现在正是怀着对学校和学业的怨恨、对周围世界的藐视和对自己的无限怜爱，走在这条与她很不相称的陋巷之中，因为这是放学回家的必经之途。她今天穿着一件猩红薄呢大衣，下摆很短，露着被“叶芬娜”长筒丝袜紧裹着的一双光滑挺秀的细腿，在冬天这身打扮，的确“美丽冻人”。脚上仍然是“迷你鞋”，但不是那双鲜红的，换了双黑色的。

她躲着那些肮脏的人群，目不斜视，一闪而过，任凭人家呆呆地朝她注目凝视。

爆肚隆门脸儿前头不远，游荡着一个高个子黄毛儿洋人。迈克尔·詹姆斯这小子真有点儿死心眼儿，他自从见了那位不知名又不知住处的美丽女郎，就被勾住了魂儿，弄得寝食不安、坐卧不宁。唯一的线索是和女郎一起出现的丑八怪黄脸老太婆，他无意中得知老太婆正是林总经理的夫人，却又遗憾地证实了林太太并非女郎的母亲。他本想通过林太太打听打听女郎的下落，不料又钻出个一往情深的林小姐，因而就不好再开口询问那位失落的女郎。他只好再回到老地方，既然在这儿能遇见女郎一次，就有可能再遇见第二次，他想。

一片娇艳的红色从他眼前掠过，他的蓝眼珠儿一亮，不由自主地随着转了个一百八十度的圈子，追踪着那片惹眼的红色。那是一位东方少女的大衣，上边披着长发，下边露着秀腿。他一惊，从那娉婷身姿和优雅步态，他觉得非常像他朝思暮想的那个人，第一次见到她的时候，就是这么一个优美的背影，他一直注目了许久，直到那身影在暮色中消失在远处。这一次，他绝不能再错过，于是紧走几步，追上去，从人群中绕到少女的前边，想看清那张脸，证实一下是不是记忆中的女郎。这一看，他惊呆了，正是那张脸，白得像雪，润得像奶油，上面镶嵌着黑亮的眼睛、嫩红的嘴唇。他魂销魄荡！迈克尔·詹姆斯走南闯北，并不是没见过美貌的女子，但是欧美的女子根本不足以与东方少女媲美，一头黄毛儿的迈克尔·詹姆斯并不喜欢金发碧眼，他认为黑色最庄重、最有魅力。而且西方美女往往只可远观，不可近瞧，脸的疙疙瘩瘩和手臂上的黄毛儿往往大煞风景。面前的这位女郎则避免了这诸多缺点而把自身的长处发挥到了极致，他上次曾经凑到她的脸前跟她说过一句话因而也就近距离地观赏过她，那简直是一件完美无缺的艺术品！

他痴痴地望着她。她当然不曾留意有人这么专注地看她，因为她常常被人看，也就习以为常。他并没有走上前去，拦住她，没话找话地问问："几点了？""交个朋友怎么样？"之类，那是此地土造的、档次很低的小流氓方式，他并不内行，恐怕也不愿意模仿，他要想和这位女郎认识，还得寻找更优雅些的途径。

但是他不能一直愣在这儿，现在首要的是弄清这位女郎的住址，以便采取下一个步骤。他等那女郎走过去，就悄悄地跟上，保持十米左右的距离，她时时在他的目光监视之中，却不能发现他。

她一直穿过这长长的胡同，走到了尽头。他正在猜想她往哪边转弯，她朝那座大楼走去了。迈克尔·詹姆斯心里一动：这不正是林总经理居住的大楼吗？他站在楼的拐角处继续监视，发现那女郎走进了与林总经理同一个单元门！这是怎么回事？他停了片刻，等那女郎进了电梯，关了门，才立即跟上去，并且马上按了电键。电梯上去又下来，他赶快按了六层键，因为他从指示灯上准确知道女郎是在六层停的。六层到了，他追出去，前边的脚步声还听得见，他紧走几步，就看见那猩红的大衣了。

他的心怦怦地跳，林总经理的家也在六层，最好不要在这个时候碰上那位过于痴情又过于丑陋的林小姐以及林家的任何人。

感谢上帝，楼道里没有人。而且女郎走的是与林家相反的方向。她在一个门前停下了，没按门铃，而是掏出钥匙，开了门进去，显然这是她自己的家而不是探亲访友。迈克尔·詹姆斯走上前去，门牌上的号码是“619”，和林总经理家仅有一字之差。他终于得到了准确地址，心里激动不已。他想立即退回去，但马上又产生了新的疑问：他还不知道这位女郎的姓名，这样连写信都仍然是困难的，而且一个陌生人写信也很冒昧。

他在门外愣了足足有三分钟，不知如何是好。这时，楼道的另一端传来了脚步，他突然猛醒：此处不是久留之地，万一被林家的人发现，将十分尴尬！

他毅然决然地按响了“619”的门铃。

开门的是邵亦波，她面带微笑、彬彬有礼地问：“先生，您找谁？”

这种礼貌、热情给了迈克尔·詹姆斯极好的初步印象，并且平定了他心中的慌乱。他本来很担心里边会很不耐烦地问一声：“谁呀？”如果这样，他就不大好开口了。其实邵亦波是在门镜里先看清了来人才开门的，这个人她虽然不认识，但对于洋人，她有一种本能的热情，便欣然门户大开。

“我找……”迈克尔·詹姆斯一时想不起适当的措词，只好说，“我找‘613’，可是……”

“他们家没人，是吧？”邵亦波替他说出了下半句，并且说，“那就到我们这儿来等一等吧，不用客气，请进！”

这倒让迈克尔·詹姆斯感到意外地顺利，便一步跨进来，门被女主人关上了，使他获得了安全感，不必担心林家的人出来戳穿谎言了。其实这纯属多虑，邵亦波经常以这种方式替邻居家接待客人，遇见有找错了门儿的，或者主人确实不在家的，她便乐于邀客人进来小坐，有话没话瞎搭咯一阵，或是留个条子，或是留几句话，由她代为转达。当然也不是来者不拒，如果客人是背着包袱、身上脏了吧唧的乡下人，她没工夫答理；如果看上去有些身份，则笑脸相迎。这一道工序是通过门镜完成的。特别是对于“613”林家的客人，她更有兴趣。经常有人把“613”和“619”弄混，上她的门来拜见“林总经理”，她都不厌其烦地接待一番，再告诉人家“613”在哪里。有时她家也没人。回来发现门口放着写有“留交林总经理”字样的烟啦酒啦人参啦甚至装着材料的大信封啦之类，也乐于在研究一番之后奉还主人。她做这一切都不是因为自己闲得无聊或者有为别人效劳的嗜好，而是她的防身手段之一。她曾经有二十来年在别人的研究和监视下生活，一朝摆脱了那种处境，反过来极有研究和监视别人的欲望，她很想探究周围的人的一切包括隐私，以做制定为人处世的策略的依据。尤其像林盛杰这样的邻居，无论过去和现在都是她的重点防御对象，她需要尽可能多地掌握关于对方的信息，为了自卫也为了进攻——如果有必要的话。

现在，她正是以这种难以被别人看透的复杂心理，把素不相识的这位洋人让了进来，并且让进了客厅。

她家的客厅比起林家来，有过之而无不及，吊灯、沙发、家具、电器自不必说，连地毯都是手工仿古式的纯毛工艺品，因而远比林家豪华而典雅。迈克尔·詹姆斯再次感觉到：中国人并不像西方人想象得那么穷，至少他访问过的这两个家庭是这样，或许这一家比林家的地位还要高一些。这位女主人也不可与那个黄脸老太婆同日而语，她看上去端庄、温柔、亲切，而且彬彬有礼、热情大方，不像林太太那么粗野鄙俗。初步印象是美好的，看来这位才是女郎的母亲了，这个猜测是顺理成章的，她的脸上、身上都明显地带着女儿的影子。

“实在太打扰了，夫人，”迈克尔·詹姆斯有些拘谨地在客厅落座，递上自己的名片，“我叫迈克尔·詹姆斯，您贵姓？”他急于弄清对方的姓名。

“我姓邵，邵亦波，”她接过名片，回答说，“詹姆斯先生，认识您很高兴！噢，请坐一会儿，我去给您……您是喝茶呢，还是咖啡？”

“谢谢！我喜欢喝茶！”

邵亦波微笑着走去了。她以极快的速度洗净了景德镇瓷杯，放进一袋系着标牌的“英德”红茶，再加上一片事先用白糖腌好的鲜柠檬，冲上开水。在这个以“洋”为尚的家庭，并没有“铁观音”“西湖龙井”之类的中国茶，而只有红茶，对于来自西方的客人，也许更对口味吧？她想，并且趁这个时候仔细辨认一下客人的名片，她的英文水平毕竟“二把刀”，刚才难以一目了然……

迈克尔·詹姆斯焦急地等待着。当然不是等这杯茶，而是盼望那位女郎走进客厅，这是他贸然造访的真正目标。无奈她没有出现，迈克尔·詹姆斯的一双蓝眼珠儿虽然极力巡睃，但也不能穿透墙壁，他弄不清此时女郎在哪个房间，当然也不能去瞎闯乱找。

邵亦波返回客厅，献上那杯洋溢着清香的茶。

“噢，谢谢！”迈克尔·詹姆斯轻轻抿了一口，由衷地赞扬，“太好了！”显然这是一个温暖甜蜜的开端，他感到微微的陶醉。

“詹姆斯先生，您是从美国来的？”邵亦波坐在他旁边，好似随便闲聊，她刚才已经从名片上的“U S A”弄清了对方的国籍，接下来便想知道这位美国人和林盛杰之间的更多的事儿，“您是林先生的朋友？还是他那位在美国的女婿的朋友？”

“啊，不，我和林总经理认识不久，仅仅是因为和他们公司的一项贸易。”迈克尔·詹姆斯尽量把他们的关系说得淡而又淡，仿佛连“朋友”都谈不上，这当然是有目的的。接着，话题一转：“怎么，林先生的女婿在美国?”

“咳,”邵亦波微微一笑，“说是女婿，其实也不是真正的女婿，和林先生的女儿恋爱了好几年，婚期都订好了，新房也布置好了，却又——吹了！您不知道吗?”

迈克尔·詹姆斯耸耸肩，他哪儿知道这些事儿！

邵亦波心里就更有底了，接着说下去：“说起来，林小姐也很可怜，已经三十多岁了，还嫁不出去，外边人议论说：‘万事俱备，只欠女婿’，我听了都很生气！您大概不知道，中国人的嫉妒心很强，幸灾乐祸！因为林先生毕竟不是一般的商人，他过去当过公安局的副局长，整过人……”

“公安局?”迈克尔·詹姆斯吓了一跳！他根本不知道林盛杰还有这样的身份，不由得使他想起了苏联的“克格勃”、美国的中央情报局，暗暗懊恼自己怎么跟这么个人做起了买卖……

“不过，这都是过去的事了,”邵亦波又把话题拉回来，“他女儿的婚变也不是由于这个原因，主要是因为林小姐本身，唉！……”话说到这儿又不说了，表情丰富地笑笑，让对方琢磨去。她并不知道林盛杰夫妇有把女儿硬塞给这位洋人的意图，说这些话都是被自己的本能所驱使，揭别人的疮疤，贬损别人的形象，在她来说是一种享受，至于这是否也可以纳入她所说的“中国人的嫉妒心”，就不管了。

“是的,”迈克尔·詹姆斯表示赞同她的见解，“林小姐确实不很漂亮……不，很不漂亮,”他不由自主地皱了皱眉头，极力驱赶残留在脑际的那个令人难以欣赏的老处女形象，脱口而出，“和您的小姐简直无法相比!”

邵亦波感到骄傲并且觉得奇怪：“您……见过我的女儿?”

迈克尔·詹姆斯意识到自己的失言了，他不能把街头惊艳和跟踪追击都和盘托出，一时难以措辞，慌乱地说："哦，我看到夫人就……就可以设想您有怎样美丽的女儿，而且……"他竟然在匆忙中找到了更有力的借口，"而且这里有照片嘛!"

不错，客厅里正好挂着俞倩倩的照片，是哥哥的精心之作，放得很大，照得也很美，穿着白裙子坐在湖边的草坪上，如芙蓉出水、玉树临风。邵亦波看了一眼照片，满足地笑了，转过脸去，朝着外边说："倩倩，你过来一下，好吗?"

俞倩倩无声地走出了她的闺房。她已经换上了拖鞋，猩红大衣也脱去了，现在只穿着一件白色紧身毛衣和一条露着小腿的白色"萝卜裤"，更显得亭亭玉立。她低着头，好似心不在焉地走进客厅。妈妈经常这样叫她出来见客人，而她对客人是不感兴趣的，不管什么人都得打个招呼，她很腻味这种没有实际意义的应酬。但她又不能不出来，因为每逢这时候，妈妈那温和的、待商量语气的呼唤实际上是不容抗拒的命令。妈妈总是不失时机地炫耀自己的女儿，也许是出于某种外交需要。

迈克尔·詹姆斯惊呆了，现在出现在他面前的这位仙女，比他前两次见到的时候更加姣美、更加动人！他不由自主地站起身来……

"来，认识一下，这是美国的詹姆斯先生……"

俞倩倩随着妈妈的介绍才抬起头来，当她听到"美国的……"刚刚意识到这位客人也许比较重要，而看到面前的高个子、黄头发、蓝眼珠儿时则不能不吃惊了：这个人……这个人……

她想起来了，和爆肚隆吵架的时候碰见的就是这个人！但她不愿意提起那件事儿，无论对妈妈还是对客人都不想说"哦，见过"，这也正是迈克尔·詹姆斯所希望的，他们出于不同的原因而采取了相同的办法。

"俞倩倩。"她不得不按照妈妈的意图向客人报出自己的姓名，否则就失礼了。

“小姐，认识您，很荣幸!”迈克尔·詹姆斯激动地伸出手去，当他握住了那只柔若无骨的小手时，恍惚觉得似在梦中!

但他不可能把这只手握得太久，那样就失态了。而且俞倩倩似乎对握手抱极敷衍的态度，甚至只伸出指尖儿，连握都没握，就收回去了，脸上泛起一片红晕。这就更使迈克尔·詹姆斯心旌摇荡，少女的高傲反而使她的身价更提高了，这是林盛杰的女儿所不懂也是无法模仿的，人和人多么不同!

为了掩饰内心的躁动，迈克尔·詹姆斯又掏出了一张名片，双手递过去。俞倩倩接过去，只扫了一眼，便放在茶几上了，似乎不屑一顾，也无意保存。当然也没有拿自己的名片和他交换，中学生没有名片。

“请坐吧，詹姆斯先生，”邵亦波依然彬彬有礼地说，像是在为女儿解释，又像是在夸耀，“我们倩倩性格内向、腼腆，不大爱说话。可也难怪，她才十六岁，空长了个大个子，其实还是个孩子呢！你也坐吧，倩倩。”

俞倩倩无声地坐在沙发上，不是挨着客人，而是挨着妈妈。她毕竟太年轻了，虽然平时为自己的引人注目而骄傲，但在真正的社交场合总还显得羞涩而胆怯。

“十六岁……”迈克尔·詹姆斯喃喃地说，他在心里惊叹这个含苞待放的青春妙龄，并且和林小姐的枯枝败叶相比较，不，这样比较简直是罪过，他永远也不想再看到那张干巴巴的黄脸，而希望天天能见到这朵娇艳的蓓蕾，当然现在这样设想还为时过早，他需要从长计议一下……“小姐正在读大学?”他问。

“不，在上高中，”邵亦波替女儿回答，“马上也就该考大学了，依她舅舅的意思，是让她到美国去上大学……”

“噢？小姐的舅舅在美国？”迈克尔·詹姆斯心里一动，没有想到这个家庭和他所在的国家还有亲戚关系，自然急切地要打听。

“是啊。”邵亦波淡淡地说，口气完全像是随便闲聊，其实她的每一句话都是精心设计好了的。家里有美国的阔亲戚，这是她的一张王牌，在外交中是非打不可的，但怎么打，却要技巧，并且每次的打法都不同。“我的哥哥，在美国也算是知名人士了，是纽约‘华美财团’的董事长，叫威廉·邵，您恐怕认得的吧？”

“噢，”迈克尔·詹姆斯不置可否地应了一声，实在想不起“威廉·邵”这个半中半西的名字。这也难怪，美国大得很哩，他未必认识所有的名人，而且那个人也未必是什么名人。但他不愿意让女主人不高兴，尤其旁边还有他仰慕的倩倩小姐，就含含糊糊地顺水推舟：“好像听说过的，听说过……”

“那，我们就是朋友了，您是我哥哥的朋友嘛！”邵亦波显然很高兴，把人家说的“听说过”又升级为“朋友”，这样，也就把她刚才对人家的热情、主动都找到了依据。其实，她恰恰希望这位客人和她哥哥并不认识，这样，她怎么吹牛都方便了。

“小姐准备到美国去上学吗？”迈克尔·詹姆斯仍然牢牢地抓住他最关心的话题。

“还没有决定，”邵亦波神色犹豫地说，“我并不赞成哥哥的这个主张……”

“为什么？”迈克尔·詹姆斯觉得很奇怪。

“我舍不得啊！”邵亦波笑了笑，充分显示她那慈母心肠，“倩倩生在我们这样的家庭，从小娇生惯养，没离开过父母一步，虽然她舅舅也非常疼爱她，而且那边经济上比家里还要富裕，几次来信让她去，我都没放，让一个孤身女孩子去那么远的地方，我实在是不放心！詹姆斯先生，也许在我的身上，中国的传统观念太强了，总觉得故土难离啊！”

俞倩倩最不爱听妈妈说这一套！这是妈妈的口头禅，当着客人的面儿总爱说这些，一方面唯恐别人不知道她家有一个美国阔亲戚，另一方面又极力表白她如何不羡慕西方的花花世界，如何爱自己的祖国，两头儿全占上了！这一套也许可以唬唬别人，却唬不了自己的女儿！倩倩当然清楚，妈妈早已腻透了这个“故土”，巴不得把女儿送走，最好全家都搬走，永不回来了，跟舅舅一样；但是办不到，“难离”的原因是舅舅断然拒绝他们的这一要求，更不要说什么“几次让她去”了。妈妈说的全是假的，她用这样的假话维持了自己的面子，并且赢得了当权者的喜欢、旁观者的尊重。但这一套却解决不了倩倩的实际问题，她一听妈妈又在背“老三篇”就烦了，跟一个外国人说这些，管什么用啊？

她胸中的城府毕竟比妈妈浅得多。邵亦波的这一套“老三篇”，迈克尔·詹姆斯还是初次领教，他在中国接触的人虽然不多，但从饭店的看门人到林盛杰那样的官员到爆肚隆小经理那样的平民，几乎没有不向他这个美国商人投以尊重、羡慕的目光的，唯独这位邵夫人表现了泱泱大国的风度、含蓄和稳重的东方气质，这就更使他不敢对她小看了。

“东方的传统观念没有什么不好，我非常喜欢中国，”迈克尔·詹姆斯说，不仅仅是为了投其所好，倒也有几分真诚，“我在北京看到古老的长城和故宫，感到像回到了神秘而遥远的历史；还有那些陈旧的小胡同，本身就像出土文物，使人生出许多联想；我最喜欢的还是中国的食品，真正是丰富多彩而且具有独特的风味儿……我希望中国永远像这样，不要变成美国那样！”他说的这一套，其实邵亦波并不赞成，但也没有表示反对。迈克尔·詹姆斯对中国的颂扬未必符合所有中国人的意愿，也未必是他本人情感的全部，他话题一转，又说：“不过，我觉得中国的年轻一代也需要过一过另一种生活，感受一下外部世界，比如俞小姐，到美国去读书也很好嘛，在美国，十六岁的女孩子完全是个独立的人了，您应该放心地让她去闯一闯。在那里她不会孤独，她不是有舅舅的帮助嘛，而且也会有一些新的朋友……”

邵亦波猜测着他的话特别是最后一句话的含义，但他没有再说下去，她也没有就此借题发挥，叹了口气说：“以后再说吧！等她舅舅回来探亲或是有什么可靠的朋友来，我再考虑是不是让倩倩跟着去看看，反正倩倩还有两年才高中毕业呢！”

俞倩倩早就不耐烦了，妈妈虚拟了个题目跟人家争论来争论去，其实毫无意义，她一想到自己高中毕业之后尚无着落，就什么兴趣都没有了。她想离开客厅，不再听这种空洞无物的国际“侃大山”，但没有妈妈发话说“你忙你的去吧”，又不好意思走开。

这时候，她的雪妮帮了她的忙。雪妮习惯于在每天女主人放学回家之后亲昵一番，今天还没来得及，女主人就扔下它到客厅里来了，它待得无聊，就追了过来，雪白的四蹄轻轻踏着地毯，朝女主人甜甜地叫着：“喵——”

俞倩倩终于摆脱了困境，她从呆坐得太久的沙发上站起来，抱起雪妮，亲亲它的脸，轻声说：“雪妮，饿了吧？哦，对不起，今天鲮鱼罐头没有了，对虾也没有了……”

“瞧这孩子，就知道爱她的猫！”邵亦波朝迈克尔·詹姆斯笑笑，又对女儿说，“没关系，明天到友谊商店买去好了，多买一点儿！”

这话其实是说给客人听的，她总是不放过一切机会显示自己的高贵：在中国，友谊商店是专门接待外宾的，普通老百姓进不去，而她不是普通老百姓，手里有“外汇兑换券”——当然谁也弄不清楚她是从哪儿“兑换”的。

“噢，我下次买了带来好了！”迈克尔·詹姆斯的反应相当敏捷而且非常及时。

“这……怎么好意思呢?”邵亦波做婉言谢绝状，心里也确实不曾打算向这位仅有一面之交的客人敲这点儿小小的竹杠，她的计划比这宏伟得多。

“夫人不要客气，我已经被你们看作朋友了嘛，当然应当效劳，何况……”迈克尔·詹姆斯极力显示自己的慷慨，他本来想说，“何况是为美丽的俞小姐效劳”，一想不妥，便让舌头很费劲地绕了一个弯儿，找到了更恰当的中国词汇，“何况这猫真‘够意思’!”如果他的中文水平再进一步，也许就要用“爱屋及乌”了。

邵亦波和俞倩倩都笑了，这位热情而随和的美国客人打开局面的速度真够快的，由于猫的感情联络，俞倩倩开始觉得他并不讨厌而且还有些亲切了。

迈克尔·詹姆斯在这儿待的时间不短了，他看了看表，六点差五分，便理智地起身告辞，尽管他十分想继续待下去。

邵亦波并未挽留，也没说“吃了饭再走”等等，她可不像孟招娣那么浅薄，一切都掌握在适当火候。

“不知道‘613’回来了没有?”她只是提出了这样一个问题做结束语，看客人怎样回答。

“我六点半钟还有别的事，就不到他家去了。”迈克尔·詹姆斯胸有成竹地撒了个谎，从而就把本来也不存在的拜访林盛杰的计划撤销了同时也圆满地掩饰了今日此行的真正目的，并且在离开“619”之前又好似顺口补充了一句:“恐怕林先生也不希望我在到他家里之前还打扰了他的邻居，商人嘛，总难免存在竞争心理。其实，我和您之间不可能谈什么贸易，我们只是……朋友!”

这个补充是至关重要的，邵亦波完全明白了其中的意思并且正希望是这样，既然迈克尔·詹姆斯不去说她就更不会告诉林盛杰任何多余的话，她只希望以后和詹姆斯先生保持单独来往。

“欢迎您有时间再来做客！”她在送他出门的时候这样说。

“我一定来！”他回答。

天已经黑了，楼道里没有灯，很暗。北京的居民楼里的公用灯泡多半是短命的，而且一旦坏了就不再修。但是迈克尔·詹姆斯并不埋怨，他正好可以借此排除在楼道里碰上林家的人的可能性，为了更保险一些，他甚至连电梯都不去乘，而沿着黑咕隆咚的楼梯摸索着走下去。为了他心目中无限美好的俞倩倩小姐，克服这点儿麻烦不算什么。幽会的、偷情的人总是愿意走夜路、走僻道儿，这在中国和外国都是一样的。

逍遥公子俞飞飞很晚了才回家，喝得醉醺醺的，抱着照相机钻进他的房间去了。他的父母也不过问他在外边儿那些蜂蝶狂舞的事儿，因为他是男孩子，无论怎么样都不会被别人占了便宜。邵亦波的这种观点不知该划归“传统”还是“新派”。

俞天牧照例是在晚饭前回来，因为晚饭要等他做。吃晚饭的时候他发现妻子和女儿的情绪都很好，他问家里有什么事儿，邵亦波就说威廉·邵的一个朋友来了，商量倩倩去美国留学的事儿。俞天牧听了倒皱起了眉头。

“哼，当舅舅的都不肯帮忙，他的朋友能管什么用？”俞天牧对他的那位大舅子很不感兴趣，提起来就是一大堆牢骚，连吃饭都觉得无味了，“说不定是出于什么实用主义的目的，让我们给他的朋友提供方便？这种人！想起来是六月，想不起来是腊月，现用人现安脸，甭正经搭理他们！”

“你呀，缺根弦!”邵亦波只是微微一笑，并未深说。她不必把自己的全部想法都告诉丈夫，在这个家，一切方针大计都由她做主，本来也用不着商量。

这一夜，她没睡好，辗转反侧地谋划着未来。

外边，时断时续地传来鬼哭狼嚎，那是林盛杰家的猫。

第二天，迈克尔·詹姆斯就到友谊商店为雪妮采购鲮鱼罐头和对虾去了。

八　螳螂捕蝉，黄雀在后

日子一天一天平安地过去，林家的人并没有因为密斯黄的伤残而雄赳赳打上门来兴师问罪，爆肚隆躲过了一场灾祸，阖府安康，生意兴隆，隆长生和胡莲凤渐渐地就把悬着的心又放下了。隆德海则嘲笑他们是“庸人自扰”。隆长生叹了口气说：“小子，害人之心不可有，防人之心不可无，平头百姓就得像避猫鼠似的过日子！‘人在家中坐，祸从天上来’，谁也不知道哪块云彩有雨，万一出点儿岔子，咱这种人家儿担当不起！如今手里趁几个钱儿，街坊四邻都瞅着眼红，树虽不大，也有点儿招风了，你可得处处留神，能为人的地方就为个人，谁也别得罪！好比说林局长那儿吧，眼瞅着就到年下了，该提溜两包点心、买瓶好酒，去拜个年，把过去的疙里疙瘩也就解开啦！”

隆德海却仍是冷笑，“去他的吧！他算哪家的‘局长’？现在各做各的买卖，井水不犯河水，孝敬不着他！”

“哎，他老婆可是在房管局……”

“房管局又怎么着？我既没强占公房，又没拖欠房租，也没私盖‘违章建筑’，她找不着我的岔子！那个母夜叉，我根本不尿她！”

隆德海的尾巴又翘了起来，仿佛他果真不欠人家的债，也不受人家的管，把老二德河为全家化险为夷的功劳也归到自己头上了，依旧颐指气使，驱赶着老爹老妈、聋二哥和女招待、傻小子拼命挣钱，自己则越发逍遥自在，高兴了就照应照应生意，不高兴就骑上“雅马哈”出去逛一圈儿，联络他的一帮哥们儿，要搞个什么“新型企业家协会”，以谋求为社会公认的地位。又出大价钱找电视台为他的爆肚隆大做广告。并且带着他那个对象出入舞会、宴会，施展“夫人外交”，甚至不听父母劝阻，常常留他那个对象住在门脸儿后头的“经理室”兼卧室。谁敢管他？

这又未免过于乐观。当隆德海被“大好形势”所陶醉的时候，并没有想到正有人注意他、研究他……

比如，那只猫的风波就没有真正了结。

那天，林家的家庭会议开到凌晨才结束，草草睡了一会儿，天就亮了。孟招娣起身洗漱完毕，准备全家的早点包括猫食，于是发现“糜子黄”不见了。

“糜子黄！糜子黄！”她连声喊着，找遍了所有的房间，都未见踪影，“糜子黄上哪儿去了呢？”

林晓洁从好梦中被惊醒，一骨碌爬起来：“怎么？密斯黄丢啦？”

娘儿俩赶紧去找。阳台上没有。楼道里也没有。她们下了电梯，跑出楼来，一个喊着“糜子黄”，一个喊着“密斯黄”。

晨曦中听到了应声，一声强：“啊呜……”一声弱：“喵……”

她们顺着声音跑去，轻而易举地在垃圾筒旁边发现了密斯黄，正随着黑豹朝她们呼唤。

“又是让这只野猫给勾引出来啦！”孟招娣愤愤然，伸手抱起密斯黄，“哎呀，血！瞧瞧，让它咬成这样儿啦！”

她抬脚就踢黑豹，黑豹倏地躲开，极力分辩着：“啊呜……”

无奈，她们根本听不懂它的话！

“妈吔，后腿都折啦？”林晓洁接过密斯黄，一边察看，一边心疼地直咂嘴，“啧啧，妈，这……不像是咬的，是被人打的！这是哪个缺德的，下这样的毒手？”

“还能有谁？”孟招娣狠狠地瞪着在旁边乱嚷嚷的黑豹，“准是爆肚隆！”

没用两猜，只一猜就正中谜底，聋二爷煞费苦心设下的巧计，这么容易就被人家识破了！倒不是因为孟招娣会神机妙算，而是有前嫌为线索并且眼前还有一个活的证据：黑豹！隆家的猫正围着密斯黄团团转呢，这就把底儿兜出来了！智者千虑，必有一失，聋二爷怎么就没提防自家的黑豹呢？

孟招娣顺手抄起脚下的一块砖头，猛地朝黑豹砍去，嘴里喊着：“砸死你！”黑豹却轻轻一跳，又闪开了。

“走，找他们家问问去！”林晓洁抱着密斯黄就要奔爆肚隆。

这时，吃完早点的林盛杰下楼来了，打着饱嗝儿，拦住说：“算啦，为一只猫，值得吗？再者说，你说是他们家打的，你有什么证据？”

毕竟是干过公安的，他懂得“重证据”。一句话，就把老婆、女儿即将挑起的战斗给拦住了。密斯黄落下了很重的残疾，后腿瘸了，从此行走极为不便，主人也就不放它出门。但也没有再向隆家采取报复行动，也许是因为林盛杰“宰相肚里能撑船”，也许是因为林家正和迈克尔·詹姆斯打得火热，顾不上这等鸡毛蒜皮的小事儿，也许还有别的什么想法，这也都是后话了。

除了这一点儿小小的、不愉快的插曲之外，林晓洁近来还是愉快的，春风得意。迈克尔·詹姆斯突然闯进了她的生活，使老处女孤寂凄苦的心复苏了，犹如焦渴的庄稼看见了乌云正从天际飘来，干涸的泉眼听到了潜流正从地下奔涌，她又有了希望，不再为过去的屡屡怀才不遇而遗憾，展开双臂迎接新的机遇并且绝不能再错过。她像是突然变了个人，在家里、在医院，都不再哭丧着脸，跟同事也有说有笑了，而且不失时机地掏出那只计算器揌来揌去的，尽管她在工作中是用不着计算的。中午进食堂吃饭的时候也不再一个人躲在旁边儿闷着头吃完就走，而专爱跟一些年纪比她小好多的大夫、护士凑在一起，谈些有关婚姻恋爱等等她以前讳莫如深的话题。同事们背后议论：这位“老、大、难”八成儿是“瞎猫撞上死耗子”，又踅摸上对象了。但人们不敢问她，鉴于以往的经验教训，问她这样的事儿得准备挨骂，骂得祖宗八辈儿的亡灵不得安生，这位老处女的嘴比垃圾筒还脏。她从同事们那躲躲闪闪的目光和叽叽咕咕的声音也猜到了人家在观察她，她倒是希望人家来主动问她，她现在不怕问了，可以骄傲地答记者问了！

她现在正坐在妇产科三号诊室里自己的座位上，打发着一个又一个的“生育机器”，心却飞跑了，飞到了迈克尔·詹姆斯身边。

自从那次愉快、融洽的晚宴之后，迈克尔·詹姆斯就成了她家的常客，几乎三天能来两次。他常常在晚上来，很晚才走，虽然不必每次都招待吃饭，但聊得挺热乎。一回生，两回熟，她就不再像妈妈那样叫他“詹先生”而直呼其名“迈克尔”了，她觉得这样更亲切。

当然，迈克尔每次来，都是打着和爸爸谈贸易的旗号，而她认为迈克尔主要是为她而来，正像她天天希望和迈克尔见面一样。迈克尔和爸爸之间一直在“谈判”，关于那批灯具的规格、型号、质量、价格、到货日期等等，有很多细则，林晓洁根本听不懂，而且很不耐烦，因为这占用了她的时间，她认为迈克尔是属于她的。妈妈也不耐烦，她认为詹先生是属于这个家的，而不属于爸爸的公司，更不属于爸爸的老战友掌管的那个什么鬼酒店。国家有钱就开酒店没钱就甭开，那个酒店灯火通明也罢黑灯瞎火也罢，咱们管不着，坐在咱们家里吃着喝着谈公家的事儿简直是傻瓜蛋一个，要紧的是说说哅们自个儿的事儿。晓洁的脑瓜儿自然比妈妈更灵一点儿，她知道如果没有这笔贸易也许就没有迈克尔，那批灯具能否照亮未来的酒店也就同时决定着能否照亮她未来的道路，她的不耐烦是嫌“谈判”太慢、太啰唆而不是希望“吹”了。而且她明白这笔贸易如果成功会给迈克尔带来收益同时也等于给她带来收益，她希望爸爸不必那么死心眼儿地代表“国家”而应该代表自己的家庭和这个家庭的未来成员迈克尔。所以她面对“谈判”的双方就不由自主地站在迈克尔一边，几次打断爸爸说：“瞧您，对待朋友还这么斤斤计较！”爸爸就笑着说：“我计较什么了？当官几十年没为自己谋过一点儿私利！这是正常的工作程序嘛，一旦合同正式签订，就具有法律效力，任何人也无权推翻了，所以必须是慎重的，要保证双方的合法权益，我对詹姆斯先生也要负责的，绝不会为难我们的朋友！”迈克尔是个很精明的人，他不会听不出爸爸的这些话里边很明确的暗示，所以在讨价还价中一直是主动进攻，爸爸则步步后退，就像在拳击场上一样，老头子当然不是小伙子的对手，何况老头子还有意要让小伙子获胜。晓洁为此很兴奋，不自觉地当了啦啦队员，为迈克尔“加油”。

……“谈判”终于结束了，爸爸退到了极限，迈克尔发挥了最强的火力，取得了全胜，所有的条款都按照他的要求达成了协议，甚至连原定的由酒店派出技术人员赴美验收的程序也免掉了，因为酒店毕竟只是使用单位而不属于合同中的任何一方，验收只能由爸爸的公司去做而他又不想找这个麻烦。他作为总经理当然不便去做这种具体工作，而派手下的人出国对他也并无任何利益，如果派出的人跟迈克尔捣蛋反而还会让双方都不愉快。但他答应这笔“验收费”照付给迈克尔，以示手续完备，无懈可击。

只剩下最后一道工序：签订合同。

爸爸似乎并不急于迈过这道关卡。

昨天晚上，很晚了，迈克尔到家里来了。他说，他是来向林总经理表示感谢的。

爸爸说：“詹姆斯先生，我们既然是朋友，朋友之间是用不着感谢的，愿我们的友谊长存就是喽！”

妈妈也说：“是啊，是啊，一家人不说两家话，詹先生，甭这么见外！”

“的确，你们一家是我在中国遇到的最真诚、最热情的朋友，以上帝的名义起誓，我永远也不会忘了你们！”迈克尔非常激动，在胸前画着“十”字，“而且，我也一定要报答你们的！”

他拿出一沓美元，放在茶几上，用文绉绉的中国话说：“这点小意思，不成敬意，请笑纳！”

爸爸连眼皮儿都没翻，微笑着说：“詹姆斯，我们的友谊是无法用金钱来衡量的，您大概也明白，如果坐在我的位置上的谈判对手不是我而是另一个人，您的经济收益将要减少多少？”

“是啊，是啊，”迈克尔脸红了，“我明白，明白，我只是……”

晓洁觉得爸爸不该这样让人家难堪，自古以来官儿不打送礼的，何况迈克尔又是一片好意！就插嘴说：“迈克尔，你不知道，我爸当官儿可是清水衙门，原则性儿强着呢，他不是驳你的面子，上头有规定：行贿、受贿，弄不好得开除党籍！……”

爸爸不悦地瞪了她一眼，那意思是说：就你明白！歇会儿去吧！

她就住了嘴。迈克尔倒向她报以一个微笑，说：“噢，是这样？那么，这笔钱……送给林小姐总没有关系吧？”

她脸一红，不知该怎么办。这时，爸爸说：“詹姆斯先生，她并不需要钱！该给她的，我都给她了，应该说，在中国的女孩子当中，她是最幸福、最顺利的。但是，我和她的母亲毕竟都老了，父母不可能陪伴女儿一辈子，我所担心的是将来，她没有兄弟姐妹……"

"不。不，"迈克尔很机灵，赶紧说，"我是她的朋友，也就是她的兄弟，我会尽到一个兄长的责任的！"

"那就拜托了！"爸爸长长地舒了一口气，"詹姆斯先生，如果说我有什么有求于你的话，也只是这一件事。晓洁很年轻，事业心很强，她想能有机会出国深造，这样，对她的事业和个人生活都有好处。在单位里，有些男孩子追她，她眼界太高，看不上那些人，想换个环境……"

晓洁心里怦怦地跳，她当然知道爸爸的话是什么意思！可是妈妈的性子比他更急，就接茬儿说："说得是啊，像詹先生这样儿的人，上哪儿找去？詹先生不也还没成家嘛！"

话一旦挑明了，晓洁和爸爸就都好像被什么力量定住了，眼也不眨，只盯着迈克尔。迈克尔似乎激动地颤抖了一下，白净的脸腮涨得通红。腼腼腆腆地低下头说："谢谢！谢谢林先生、林太太对我的信任！其实我……我……非常崇拜林小姐，但是因为我是一个外国人，所以才没有敢冒昧地提出……求婚……"

晓洁激动得简直要晕倒了！迈克尔，这话你该早说啊！

"瞧瞧，您这么一说，我都不知道该怎么好啦！"妈妈乐出了两眼泪，挓挲着双手，"只要您愿意，咱们没意见！"

"晓洁，你的意思呢？"爸爸放心地笑了，仰靠在沙发上，眯缝着眼睛瞅着女儿。他比妈妈沉得住气，这话要让女儿做出许诺，才是最体面的。

晓洁只觉得脸热得烫人，她什么话也说不出来了，只低下头，轻轻地点了点。中国女孩子毕竟不像西方那么开化，采取了祖传的方式：摇头不算点头算。当然，也没好意思上前跟迈克尔拥抱、接吻，因为当着父母的面儿嘛！

“好啦，不难为你啦！”爸爸笑呵呵地说，“詹姆斯先生，祝贺您赢得了晓洁的爱情，并且欢迎您做我家的女婿！”

“只是，我担心，”迈克尔红着脸说，“不知道中国的法律是不是允许……”

“没事儿，现在是开放的时代嘛！”爸爸拍着他的肩膀，“放心，手续由我去帮你们办，你只要从美国开一张未婚的公证书！”

“这当然是容易的，我本来就是未婚嘛！”迈克尔也笑了，“不过，这需要时间，在我们的贸易合同签订之前恐怕来不及，要等我回国的时候才好去办，我可以先写封信给公证处……”

“这没关系，两件事分头办好了，合同明天就签字！”老丈人握着女婿的手，用力地摇晃了半天。

天，已经是半夜了，迈克尔该回饭店去了，未婚的女婿毕竟还不便在此住下。爸爸和妈妈只把迈克尔送到家门口，就站住了，由晓洁一个人把他送出去。

她把他送下了楼，送上了大街，又陪着他走了好一段路。冬天的夜晚是很冷的，西北风从楼房、枯树和电线杆子旁边吹过，发出“呜呜”的声响。街上很静，这时候已经很少有行人出来了，公共汽车也没有了，只偶尔有一两辆出租汽车“嗖嗖”地驶过，司机们在这个时候跑得痛快，赚钱也多。晓洁看见有一辆出租车在对面儿停下了，上车的是一个黑人和一个中国女孩子。她鄙夷地啐了一口唾沫，转过脸去。她知道那个女孩子是干什么营生的，呸，不要脸！有本事正经嫁个外国人，像我似的，那算干什么？跟一个黑人，下三烂！

她不让这下三烂扫了自己的兴，陪着迈克尔继续朝前走去。这么肩并肩地走着，她的心中是一片暖洋洋的春天，逝去的春天又回来了！

不，她过去的三十三年没有春天，只是漫长的寒夜，以前人家给她介绍的“对象”并没有给她带来温暖，往往是见一面儿，遛一趟就再无下文，那个创造了最高纪录的技术员虽然保持了三年“关系”，最终还是欺骗了她、抛弃了她，留下了难以弥合的心灵创伤。她一想起那个骗子就恨得牙根儿疼！哼，你以为姑奶奶就没人要了？你哪儿想到我嫁个真正的美国人，比你那“假洋鬼子”强，现如今买什么不要原装货？她突然感到一阵难以遏制的冲动，伸手勾住了迈克尔的脖子，送上一个热烈的吻！迈克尔的个子真高，她得踮起脚尖儿才够得着。黑暗中，她看不见迈克尔的表情，只觉得他浑身都颤抖了一下，当然不会是天冷而冻得哆嗦，也不会是认为她的举动突如其来，一定是激动的！她感到迈克尔的手抱住了她的腰，并且在她的大衣口袋里塞进了什么东西。她当时顾不上问，也顾不上看，她的全身、她的心都已经麻木了。一辆出租车驶过来，迈克尔招手拦住了车，她恋恋不舍地和他分手了。她一直看着那辆车消失在黑暗里，连尾灯都看不见了，才痴痴地转回了身。这时，她的手无意中伸进了大衣口袋，才触到了迈克尔刚才塞进去的东西。她急忙掏出来，啊，原来就是爸爸没收下的那一沓钞票！美元！她凑到路灯底下去数了数，整整一千块。她知道黑市上美元和人民币的兑换率，一比五、一比六已经打不住了，到了一比七几，这一千块美元相当于差不多一万元人民币！当然，她林晓洁并不是一个见钱眼开的人，这钱，和刚才看到的那个女孩子“挣”的钱完全不同，迈克尔是她的未婚夫，给她什么都是应该的！他是多么爱她！

她盘算着这笔钱该怎样使用才好。保留着做纪念？没有必要，迈克尔有的是美元，以后就都属于她了，这笔钱就是让她现在花的。怎么花呢？当然应该花在自己身上，买衣裳或是买首饰，不，最好是买化妆品！她过去太不注意化妆或者说太不会化妆了，因为她是在“不爱红装爱武装”的时代进入青春期的，那时候的女孩子以身穿军装、腰束皮带为荣，连搽雪花膏都被鄙视为“资产阶级生活方式”，更甭说烫头发、抹口红了。现在不同了，女孩子们都变着法儿地“捯饬”自己，越洋越好，怎么花里胡哨离奇古怪都没人说过分，电视里天天播放一大串广告，告诉她们怎样使自己更具有“魅力”。过去，林晓洁由于爱情生活屡遭不幸，因而对这些很反感，谁美她就恨谁，在不尚铅华、郁郁寡欢中打发着寂寞落拓的迟暮青春。当她再次被春消息唤醒的时候，才发觉自己已经大大落后于形势！既然命运没有抛弃她，她还有资格享受虽然来得太迟却比别人更美好的爱情，她就必须牢牢地抓住不放并且真正地焕发青春！她庆幸尽管妈妈以人事处长特有的细致把迈克尔本人和家庭的状况盘问得底儿朝天，而迈克尔却一直没有询问她的年龄，也许她真的不像年过三十的样子，也许她在迈克尔的眼里是非常美丽的。她自己虽然对此并不太自信，但她认为外国人看中国人就跟中国人看外国人一样，只能瞅个大概其，年龄啦唔的弄不准，美吧丑吧标准也不一样，比如迈克尔爱串北京的小胡同，爱吃爆肚儿，这都是林晓洁根本想不到的，大概是因为缺什么就想什么吧，“物以稀为贵”，恐怕在迈克尔眼里她林晓洁就已经是东方美人儿了。这使她增添了好几倍的自信心，她要使自己更美、更年轻，让迈克尔更爱她，“人恃衣裳马恃鞍”，“三分画儿七分裱”，这世间大道理总没错儿。她想起一些会“捯饬”的主儿，比如邻居“619”家的那个俞倩倩，还有上回找她来做“人流”的那个未来明星佟玲，她回忆着她们的装束打扮，认真地酝酿着该怎样模仿才好……

三号诊室前头走廊里挤满了无事不登三宝殿的妇女，一个个怀着急切而又有几分畏惧的心理，等待着林大夫把她们叫进去……

“下一个！”她打发走了一个，本能地接着叫，完全是机械地反应，心里想的跟这些人儿不沾边。

应声进来了一个水灵灵的女青年，走到跟前，讨好地叫了声："林大夫！"好像跟她有多熟似的。

她待答不理地翻了翻眼皮儿，"唔，是佟玲？我刚还想起你来着，可巧你今儿就来了！"她立即改变了漫不经心的态度，望着佟玲那弯弯地翘着的假睫毛和鲜红的嘴唇，心说化妆的老师真是来得"寸"！

"林大夫，您跟我预约的就是今天来做……"佟玲微笑着说。她急等着做那项关系到她的名誉的手术，一天也不会错过的，今天是如约前来。

林晓洁这才想起了离上次见面已经十天了，不错，手术预约的是今天。可是她忘了事先跟手术室打个招呼，也没做任何准备，更重要的是她今天想跟佟玲扯点儿别的，手术做不做的着什么急？就说："不行。手术室今儿没空儿，改日吧！"

佟玲一听就急了："林大夫，这可是您定的日子……"

"计划赶不上变化，这年头儿什么事儿不是这样儿？"林晓洁却半点儿也不着急，并且还笑了笑，"你这事儿，不也在计划之外吗？"

佟玲最怕点她的这个短处，脸顿时变了色儿，哆哆嗦嗦地伸出手，拉着林晓洁，央求着说："林大夫！您答应过我的，可别……别不帮我这个忙啊！您不知道，我马上就面临毕业考试，还有毕业分配，要是这事儿泄露出去，我就全完了！求求您，我求求您啦！"

"没那么严重！"林晓洁极有兴趣端详着面前的这张脸，说，"我又没说不帮你，只不过改个日子就是了！哎，你确实挺好看的，怪不得……"

佟玲现在完全无心谈论自己的容貌，她现在最关心的是早点儿清除身上的丑恶，"那……改在哪天呢？"

"再约时间，"林晓洁好像对这件事儿十分心不在焉，话说得含含糊糊。她看着佟玲，突然想起了一件与之有关的事儿，顺手拉开桌子上的抽屉，抽出一张照片，摆到佟玲的面前，“你看，挺漂亮的脸蛋儿，怎么糟改成这样儿？”

佟玲定睛看着这张照片。一张少女的脸，光洁而红润，绽开青春的笑颜，两排洁白的牙齿闪闪发光，被春风扬起的长发像鼓起的风帆，迎着阳光，镶上了一道金色的边缘。然而不幸的是，脸被从正中剪开了一道裂缝，而且那一排洁白牙齿被涂黑了好几个，像个豁牙的老太婆！她当然一眼就认出这是自己的照片，但被弄成这副惨相却万万没想到，而且，怎么会在林大夫手里呢？

她把这张照片抢在手里，嘴唇哆嗦着问：“林大夫，您是从……哪儿得到的？”

“大马路上捡的，”林晓洁说，“那天刮大风，一张纸片打在我脸上，我捏住正想扔，一瞅，哟，这不是佟玲吗？就装兜儿了，正好，今儿还给你。哎，这是怎么回事啊？你是不是有什么仇人？”

“不，不……”佟玲不知道该怎么解释才好，因为她不知道这位仅有一面之交的大夫是何用意。她本能地认为，这张照片和林大夫把预约的时间“改期”有关，也许后边还有什么复杂的背景，说不定人家已经和她学院的领导联系过了，在调查她的材料，要整她一下子哩！当她刚才看见这张被糟蹋得不成样子的照片时，其实心里就立即明白了是谁干的这种恶作剧！这个人好卑鄙啊，是他亲手拍了这张照片，又亲手毁了它，仿佛他跟这照片、跟佟玲有不共戴天的仇恨！不，佟玲跟他没有仇，他倒欠着她的债呢！

那是一段痛苦的记忆，往事并不久远，就在今年秋天，距离现在不过几个月。在一次舞会上，有人给她介绍一位美国朋友。她跟他跳了几圈儿，聊了一阵，知道他并不是美国人，但他说他的舅舅在美国，很有钱，也很有势力，舅舅让他上美国去定居，将来好继承舅舅的遗产，可是他并不想去，因为他在中国生活得也很舒服。佟玲觉得这简直是个有福不会享的人，上天的路都铺好了，却不走，真可惜。他说，我不像你，你有真才实学，又有花容月貌，到美国没准儿能成为轰动影坛的明星。可是我不行，我没有你的条件，到美国只能做做生意，但我又不喜欢，还是在这儿搞搞摄影好，国内的摄影界我很熟，全国影展好几届都有我的作品，等我得了世界性的摄影奖，再考虑去美国的事儿。于是佟玲就又很佩服他的事业心。他们就这样认识了，成了朋友，经常出来跳舞、吃饭、拍照片、逛友谊商店。他有外汇券，花钱很大方。有一次，佟玲向他感叹说，她明年就该毕业了，还不知道能分配个什么地方呢，她家不在北京，要是分到外地就糟了，事业上很难搞出名堂来。他说，你可以去美国深造，留在北京都可惜了，还上什么外地？她说，美国远在天边，哪是想去就能去的？他笑了笑说，你要是真想上天，我可以给你搭桥，对我舅舅来说只是一句话的事儿。她立即对此着迷了，当初跟他“交朋友”，其实也正是由于这个吸引力。他们的关系进展很快，她真诚地投入他的怀抱，盼望能搭上他的“天桥”。但是，三个月过去了，他的许诺没有任何兑现的迹象，甚至连一封美国来信也没让她看过。他也从来没邀请她去过他的家。她开始担心这个人是否言过其实，靠不住。这时候她又发现他同别的女孩子也很亲热，也是用同样的办法吸引了她们……他们之间的和谐被打乱了，她干涉他，盘问他，催促他快办去美国的事儿。他突然翻脸了，说，你既然不信任我就走你的路，干吗缠住我？我爸我妈我舅舅都管不了我，我能听你的？去吧，去吧，在北京找你这样儿的能找一连一营，我不缺你！佟玲一气之下就跟他分手了，而在分手之后才发现他已经给她留下了只有上妇产科做手术才能刮掉的污迹！这个流氓、骗子，他把佟玲害苦了，可是，一个大姑娘、即将毕业的大学生，她又不敢声张，不敢找他算账——她根本也弄不清他家住哪里、在何处任职，她也不敢把这事儿告诉任何人！但现在问题复杂化了，这张照片的出现和大夫的盘问，意味着什么呢？

现在，佟玲像个阶下囚似的瑟瑟发抖，她知道，丑事儿一定是瞒不住了，也许今天大夫已经和学院领导串通一气要对她下手了！但她又本能地抱有一线希望，本能地要在最后的时刻再做一次挣扎，本能地要保护自己。她毕竟是已经学了四年半表演的人，现在要使用演技来掩饰内心的惊慌了。她强自镇定，对林大夫说："唉，我实在记不得这张照片是什么时候照的了！您知道，干我们这一行的，拍照是经常的，工作照、演出照、生活照……，经常有记者来采访，拍了照，不经本人同意就登在报上、刊物上，有的还印成挂历，或者翻印无数份儿在大街上卖，这也是演员的悲哀！这张照片，说不定就是从小摊儿上买去的，不好好儿地保存，还弄成这个怪样子，真缺德！中国人哪，就这么缺少文化！"

"唉！"林晓洁也随着她叹了口气，并没再接着盘问，也没有收回照片的意思，佟玲信口胡编的这一套，轻而易举地就使她相信，她本来也没有佟玲所猜测的那种阴谋。"以后，可别再让人随便拍照了！"她只是这样嘱咐了一句。

佟玲倒觉得有些意外，没想到事情就这样完结了。她急忙把残破污损的照片塞在兜儿里，像获得了特赦，赶紧追问她现在最关心的事儿："林大夫，那手术……"

"噢，手术就后天做吧，"林晓洁回答得很肯定，"后天上午九点！"

"谢谢您，林大夫！"佟玲这才恢复了元气，激动地伸出手去，握着她的双手，摇了又摇，感恩不尽。

"别谢我，我还想求你帮个忙呢！"她很有兴趣地抓着佟玲的手，欣赏着那十个红指甲，“你这指甲油是哪儿买的？”

“哦，是朋友送的！”佟玲突然意识到这是向她伸手要东西了。现在办什么事儿都得“意思意思”，何况她是求人家做这种手术！于是立刻打开自己的小包儿，“这儿还有呢，您喜欢就送给您吧！”

林晓洁接过那像一枚子弹似的指甲油，笑笑说：“不要你送，你告诉我什么牌子的好，我自个儿上友谊商店买去，我有美元！”

“友谊商店未必能买到真正的名牌儿货，”佟玲现在神态自若了，谈起化妆，这个操粉墨生涯的未来明星可是个内行，“我这儿有全套的法国贵族系列化妆品，国际市场上的抢手货！您还是用我的吧！”

她把自己小包里的东西兜底儿全倒了出来，果然唇膏、肤色膏、眼圈儿膏、眉色、眉笔……一应俱全。

“噢，法国的好？”林晓洁一一审视着她十分生疏的这些东西，摆出小学生的虚心姿态，认真学，认真记，并且还没忘了别因此伤了自己的面子，“那就让我爱人给我买法国的！”她已经把迈克尔看成自己的“爱人”了，说出这两个字时，别有一种滋味儿在心头。

“您爱人出国了？”佟玲第一次听到林大夫说到自己的家事，不免也有些好奇。

“不，他本身就是美国人，因为贸易的事儿来回跑，最近正在北京呢，过了春节就该走了！”林晓洁终于能在人前挺起腰杆儿说这番话了，她感到无比的幸福、甜蜜和自豪！

“那，您怎么还不走？定居在美国多好？像您有这样的条件儿，别人想都想不到呢！咱们这儿有什么好？但凡有一点儿路子的都走了！”佟玲由衷地羡慕，并且在心头又掠过了她以前那失败的出国梦所留下的伤感。唉，人家林大夫才真像个人样儿呢，别看相貌长得差劲，可是命好，哪儿像她呀，白白地被人家骗了，损失得太多，得到的太少——什么也没得到！

“当然要走了，我们结了婚就一块儿走！”林晓洁根本没理会她伤感不伤感，只顾沿着自己的思路往前编织自己的梦。

“噢！”佟玲这才知道这位看上去三十好儿、黄脸儿、干干巴巴的女大夫至今还未婚，心中对她的尊敬也就骤然低落了好多，甚至不无嫉妒地想：你这婚还不定结得上结不上呢，我就不信人家美国人能看上你？疯了？当然，她不会让林大夫看出来这层意思，手术还没做，她还得利用她，人们的关系还不就是互相利用嘛！现在，你喜欢听什么我就说什么，你想要什么我就给什么，不惜一切代价！“林大夫，您要是再化化妆就更漂亮了！后天我来的时候，再给您带来足够的备用的，全套的！结婚之前，您可少不了得用！”

“好，谢谢，谢谢！”林晓洁不再拒绝了，她现在急着要用这些有钱也买不着的东西，干脆收下，下回再送，更好，多多益善，反正她也不会亏着佟玲，“咱们就互相帮助吧，以后你再……”话到舌尖儿又咽了回去，让人家以后打胎再来找她，这叫什么话？就改了口说：“来，来，来，咱先实习实习，你教教我怎么化妆，这玩意儿我还真没鼓捣过！”

说干就干，诊室成了化妆室，佟玲为了讨好林大夫，使出了看家本领，一边操作一边讲解：怎么打底色，怎么打鼻影，怎么描眉毛，怎么抹蓝眼圈儿，怎么装假睫毛……

诊室外边儿，长凳子上挤满了候诊的妇女，半天听不见里头叫号，也不敢问。待会儿先轮到的哪一位，没准儿能让林大夫的那张脸给吓个半死，“东施效颦”这个典故可不是瞎编的，丑女不化妆还好点儿，抹得越花哨可就越看不得了！

林晓洁陶醉在幸福之中。她知道，她的迈克尔现在正在和爸爸举行合同签字仪式，那份合同的正式签订，就像是她的订婚仪式似的牵着她的心，她想，那一天已经不远了！

但她哪里会想到，最近迈克尔除了跟她家的这笔交易之外，还在以十倍的热情忙着另一笔交易！

九　道是无情却有情

入冬以来的第一场雪。

雪并不大，像从天上扬下细细的粉尘，不成团，也不成片，散散碎碎，静静地洒落，因而也就并不惊扰人间。昨天晚上电视台在新闻联播之后的天气预报中就已经以十分肯定的语气做出了“北京，小雪……”的预言，但并没引起人们的注意，觉得不像要下雪和降温的样子。北京人向来对天气预报不大相信，“有一搭，无一搭”，报准了就说是“蒙着了”，报不准就加以嘲笑和谩骂，好像气象台和电视台串通一气要捉弄他们似的。中国人十分看重诚实的美德，最怕被人欺骗，最恨骗人的人，而最起码、最简便易行的报复手段就是骂，然后，视情节的轻重和对方的强弱再考虑是否升级。但这回气象台和电视台都侥幸不会挨骂了，因为从后半夜起，那项预言就开始兑现，天上往下掉粉末儿，虽然不大，总也算是小雪无疑。等到了天明，屋顶上、院子里、马路上也就积了薄薄的一层白雪，于是，家庭妇女开始抱怨昨儿晚上没把院子里的储存大白菜挪到屋里或者至少盖上一层草帘子，以至于冻得梆梆硬；出门上班的人开始发怵骑车要摔跟头或者公共汽车要借故磨洋工，今儿非迟到不可，这个月的奖金也就“悬”了。总之，也要骂一通，骂的是天。

胡同里添上这场雪倒是好看多了。那高高低低的院墙和房舍，本来都是灰突突的，现在凡朝天的一面儿都变白了，因而也就显出了层次。白的块面、白的线条把单调的灰色切割成不规则的几何图形，像一幅匠心独运的版画或者精心制作的照片。胡同当间儿的那条窄窄的柏油路也整个儿铺上了白毡，把烂菜叶子、碎纸片儿、香蕉皮、烟头儿、吃糖葫芦剩下的竹签子……都掩盖起来。昨天乱哄哄的那些小贩儿大都销声匿迹，他们进城做买卖本来就是为自个儿合适而不是为什么人“雪中送炭”，天儿不好就歇了。于是胡同里清静了许多，那雪并没有很快被践踏成污泥浊水。当然也没人去清扫，如今人们连门前雪也懒得扫了，况且雪还在下。

炊烟缭绕，香气四溢，卖小吃的铺子照常营业，他们的买卖不会被这场雪所影响，讲究的吃主儿还专爱挑这种天儿下馆子，围炉赏雪，别有滋味儿。

北京城里，关注这场雪的还有两个人。一个是逍遥公子俞飞飞，他昨儿晚上就准备好了照相机，今儿一早爬起来就奔楼顶平台，从那儿望前门楼子，望脚下的小胡同，“咔嚓咔嚓”拍了好一阵子，然后还要去到处跑一跑，找角度。这样的雪景他绝不会放过。另一个是洋人迈克尔·詹姆斯，他也注意到了昨晚的天气预报，并且希望这场小雪不要落空，能下得大些更好。但他不是为了拍照，也不是为了赏雪。

昨晚，他已经躺在床上了，又被电话铃声叫了起来。他犹豫了一下才去接，因为他不知道对方是谁。

“是我，”对方并不报姓名，因为是熟人，“迈克尔，你这儿天上哪儿了？打了好儿回电话都找不着你，我还当你挪地儿了呢！”

是林晓洁打来的，语气亲切而又急切。

“林小姐，”他还像过去一样称呼她，彬彬有礼，不显得过分亲昵也不流露过分冷淡，“我如果搬家一定会告诉您的，这儿天实在太忙了，事情太多……”

“合同都签完了还忙什么？该好好玩玩儿了！”

“不，我尊敬的小姐，您是一位优秀的医生，却不大了解商业，对我来说，这种时候往往是最忙的，合同只是一张纸，而它代表的是一座酒店的全套灯具，我要保证把这一切都如期交到林总经理的手里，还要做很多事情。这不仅关系到我的信誉，而且关系到中国方面以及您的家庭的利益，所以……”

“所以你就忙得顾不上见我了？唉，你不知道，人家还有话要跟你说呢！”对方连埋怨带感叹，但那情感分明是娇滴滴、缠绵绵的。

如果这电话是俞倩倩打来的，迈克尔·詹姆斯说不定会马上爬起来就跑去见她，可惜是另一个人！如果说，这个人在合同签订之前对迈克尔·詹姆斯还有些用处而不得不应付的话，那么，现在就已经完成了她的历史使命，于是也就可以扔在一边儿不管了。林晓洁确实帮了他很大的忙，没有她，他这个在美国根本数不着的商人恐怕很难设想有承担为中国一家大酒店进口全套灯具的运气，林总经理之所以在众多的、富有实力的竞争者之中唯独对他垂青并且给予种种优惠，原因就是林总经理家藏着一位待嫁的小姐，而且他迈克尔·詹姆斯的国籍、年龄、相貌以及婚姻状况都符合需要。作为一个美国商人，他当然不会不懂得在国际贸易和间谍活动中司空见惯的“美人计”，但林总经理使用的“丑人计”却使他吃惊，更为滑稽的是这一“计”的结果倒给迈克尔·詹姆斯带来了莫大好处，而并非不精明的林总经理却甘愿代表自己的公司步步退让，这真是天下少有的奇闻。当然，代价是：林晓洁成了迈克尔·詹姆斯的“未婚妻”。他一想到这三个字就忍不住暗暗发笑，真是活见鬼，我竟然会向那个丑八怪求婚！现在，戏终于演完了，迈克尔·詹姆斯也就迫不及待地要退场了，他极力回避和林总经理接触，像躲避瘟疫似的逃脱林小姐的纠缠和追逐，可惜却也不大好摆脱。他至今一想起那天晚上林小姐送给他的那个甜蜜的吻还觉得反胃，本想以一千美元作为“报答”，结果却把对方的情思越牵越长。是的，事情还不算完呢，“人家还有话要跟你说呢”，他知道她要跟他说的是什么事儿，下面就是订婚啦，结婚啦，等等。开玩笑！你等着吧！他极力想拖，拖到他离开中国，就不再受这个缠绕了，可是人家不，几天不见还怪想你的呢，有什么办法！

“当然，当然，”他只好沿着原有的轨道继续滑行，话说得言不由衷含含糊糊可叫对方听着还挺是味儿，“等我忙完了手头的事情，还要去拜访您，也许过几天就有好消息带给您，我说的是，我已经去信办未婚公证书……”

“公证书没办完你就不来吗？真是死心眼儿！明天就来吧，明天是礼拜天，我在家没事儿，您回家来吃饭，啊？”

听听这个热乎劲儿，“回家”！好像迈克尔已经当了她家的女婿似的！

“好吧……”迈克尔·詹姆斯无可奈何地答应了，又补充了一句，“如果明天天气好，我一定来！”他记起了天气预报才这样说的。他知道中国人很喜欢挑好天气办好事儿，而刮风下雨往往可以作为改变计划的理由，在过去和中国人的交往中经常听到“嘿，瞧这天儿……”“对不起，天儿不好，我来晚了”“今天下雨，×长没来”之类，真正“风雨无阻、不见不散”的时候不多，至于“下小刀子顶铁锅也得去”则纯粹是一种夸张地说法而已，不必兑现的。他希望雪能为他制造托词。

雪一直下到天亮，上午九点多了还没停，而且纷纷扬扬越下越大了。

但是雪并没有能挡住迈克尔·詹姆斯的路，他还是来了。一辆出租车停在胡同口，他走了下来，朝那座孤零零的大楼走去。这座楼，既让他厌恶，又令他神往。

他把大衣领子竖起来，并且戴上了一个口罩，大部分脸就被遮住了。头上还特地戴了一顶鸭舌帽，盖住了那一头鬈曲的黄发。帽檐再拉低一点儿，外国人的特征就几乎全没了，只是有点儿像侦探或者间谍，也就不去管它了。

大楼门口进出的人很少，可能是因为礼拜天，也可能是因为下雪。当他确信没有人注意他时，就缩着脖子钻进了楼，并且习惯地不乘电梯而沿着楼梯爬上去。在既不停电、电梯也没出毛病的时候，居民们除了有意练腿儿之外没有爬楼梯的必要，好像是专门为迈克尔·詹姆斯而准备的。

他一口气爬上了六楼，看到楼道里没有人走动，就急忙转过身去，往左拐，没有几步就到了“619”门口。

他按了门铃。

邵亦波为他开了门。“噢，詹姆斯先生，您冒着雪来了?”

“您好，夫人!”他摘下帽子、口罩，并且脱去大衣，满面春风地说，“冒着雪出门更有意思，我在饭店里住的那个房间就挂着一幅画，叫……叫《踏雪寻梅》嘛!”

“嗯，您对中国文化很有研究!”邵亦波接过他的大衣，挂在过厅里的衣架上，就把他让进客厅，毫不在意他鞋底上的雪踩脏了地毯，“倩倩，詹姆斯先生看你来了!”她喜气洋洋地叫着女儿。

“啊，迈克尔!”俞倩倩从自己的闺房里走出来，并不掩饰自己的喜悦，往客厅走去，她现在也和林晓洁一样习惯于直呼其名地叫他“迈克尔”了。她的雪妮也随着女主人往客厅跑去，因为它直觉地反应这个叫“迈克尔”的人和对虾有关，自然是欢迎的，“喵——”

邵亦波又忙着为迈克尔·詹姆斯沏他爱喝的柠檬红茶。

俞飞飞出去拍照片还没回来，俞天牧今天不上班，正在厨房里整治他昨天带回来的小牛肉。

“这个迈克尔，是不是来得太勤了点儿?”俞天牧看到妻子那喜滋滋的样儿，心里觉得不是滋味儿。

“你懂什么呀? 属他妈乌龟的，遇事只知道缩脖儿，没别的能耐，就欠没人理你!”邵亦波懒得向他做什么解释，往茶杯里沏上开水就端走了。

客厅里，迈克尔·詹姆斯正跟俞倩倩聊得热乎，一日不见，如三秋兮。

“你一来，又把人家复习功课的时间给冲跑了。你不知道我们期末考试有多可怕，一到这时候就能压死人!”俞倩倩噘着小嘴儿说。

“我就是来救小姐的命的,”迈克尔·詹姆斯盯着那张由于做出来的愁容而更妩媚动人的脸，“人生最宝贵的是青春，是生命，而不是什么功课! 不要理睬那些考试，应该……应该……”他突然找不到一个恰当的词儿，伸出食指点着自己的眉心，努力准确地翻译自己要表达的意思，“及时行乐!”

“唉，可惜我没有这个权利呀!”俞倩倩感叹。

“为什么没有? 人生的权利属于每一个人，这要靠自己去争取!”迈克尔·詹姆斯的蓝眼珠儿闪闪发光，“美国的大学生，生活得很轻松，他们想干什么就干什么，无人过问。考试的办法也和中国不同，拿下了一门功课的学分再学另一门，大学读几年都没有人管你……”

“远水解不了近渴!”俞倩倩摊开十指尖尖的两手，做了一个无可奈何的姿态，“我跟大学还隔着一道门槛呢，还等再熬两年才能拿到高中毕业的文凭……”

“有什么必要再等两年?”迈克尔·詹姆斯诡秘地笑了笑，“既然您的母亲在教育界是一位知名人士，难道不能为女儿想办法弄到一张毕业证书吗？我知道，你们这里任何事情都可以走‘后门’，当然要付出代价的，这一点，我可以提供……”

邵亦波端着茶走了进来，听到这里，会意地笑了：“詹姆斯先生，您比中国人还了解中国！”

“夫人，这完全是为了中国人嘛，为了您的女儿！”迈克尔·詹姆斯并不承认自己的狡猾，眼神里表现出一片真诚，“您做出了第一步，我就可以做第二步了，让俞小姐尽快地实现她的愿望！”

“听见没有？妈妈！”俞倩倩的烦恼被冲淡了，迈克尔描绘的未来，激起了她改变自己生活轨道的强烈愿望，简直有些迫不及待了。她伸出纤美的双臂，勾住妈妈的脖子，当着客人的面就撒起娇来。

“听见啦，听见啦！”邵亦波微笑着答应，她相信在这个世界上没有她办不成的事儿，迈克尔·詹姆斯出的这个主意她以前也不是没想到过，只是外边儿没有个可靠的人接应，如果他的浑蛋哥哥威廉·邵能像迈克尔这样主动地伸出援助的手，她何至于等到今日呢！

“谢谢妈妈！”俞倩倩轻松地舒了一口气，本来像磐石一样压在她心上的期末考试仿佛烟消云散了。

“别谢我，应该感谢詹姆斯先生！”邵亦波在这关键时刻提醒女儿别忘了恩人。

“谢谢迈克尔！”俞倩倩送过去一个柔媚的微笑，当着妈妈，她当然不会去吻他，十六岁的少女也还缺乏老处女林晓洁那样的勇气和脸皮。

“不必客气，小姐，能为您效劳是我的荣幸，但愿我能永远拥有这样的机会和权利！”迈克尔·詹姆斯表现出无比的恭顺和虔诚。他从口袋里掏出一只小小的方形锦盒，双手递过去，“小姐，为了预祝您的成功，请接受我的这点礼物！”

俞倩倩接过锦盒，轻轻地打开来，一条金光闪闪的项链盘在里边，像一条微型的金蛇。

迈克尔·詹姆斯伸出手去，拈起那条项链，金蛇被拉直了，呈现一个光灿灿的“V”字，下端缀着一枚精致的鸡心坠儿，里边镶着他本人的一张小小的照片。只是现在他并没有打开来，重要的是先让对方收下。

“啊，简直太美了！”

“你喜欢，我就太高兴了！”

他亲手给她戴在脖子上，一个激动得腾云驾雾，一个陶醉得灵魂出窍。

邵亦波轻轻退了出去，她不想在这个时候碍年轻人的事儿。

她又跑到厨房去，想和丈夫商量商量今儿请客人吃什么。

俞天牧压根儿没有招待这位客人的意思。他影影绰绰地听到客厅那边儿传来的说话声，心里就很不舒服了，“哎，我说，没亲没故的，可别接受他的礼物！我看这小子没安好心！”

“好心？你周围的人谁对你有好心？这年头儿好人不多。”邵亦波冷笑着说，“你瞅着他不顺眼？我还想把女儿嫁给他呢！”

“什么，什么？”俞天牧一听就翻脸了，“你这个人净搞歪门邪道，简直不知羞耻！不行，我的女儿绝不能走这条路，要出去留学，凭她自己的真本事，宁可求她舅舅帮忙也不能靠这个人！”

“哼，你要脸，你走正道儿，坏事都让我一个人干了，为了这个家，我装猫变狗什么丑没出过？就差没去当婊子养活你了！窝囊废，你他妈的也算个男人？”邵亦波挖苦起自己的丈夫来，就完全不必卖弄斯文了，语言泼辣粗野、百无禁忌。这才是她的本色，和认字不多的邻家主妇孟招娣也没有太大的不同。“凭本事？你的女儿有上大学的本事吗？浑身上下，值钱的也就是那张脸蛋儿，再舍不得，就他妈的一无所有了！靠我那个六亲不认的哥哥？你又不是不知道，那是个百分之百的浑蛋王八蛋，他肯帮我？”

“不帮就不帮吧，我们在这儿生活得也挺好，哪儿也不去！”俞天牧不想和妻子斗嘴，因为斗来斗去，十次他准得输九次半，他历来怕老婆。于是就赶快撤，撤到原地不动，安于现状。

你撤她不撤。“你老小子一个人留下来‘铁心务农’吧，上半辈子的罪我可受够了，政策一会儿一变，说不定到老了都落不下个囫囵尸首！你不走，我跟倩倩、飞飞走，到时候你可别后悔！”

俞天牧最怕这样的威胁，如果妻子儿女都离开了他，这个家就完了，他这个货真价实的“窝囊废”不知该怎么活后半辈子？几十年来，他在单位里、在社会上都是一个被别人牵着鼻子的角色，叫干活儿就干，叫挨整就挨，无招架之功，更无还手之力，如果不是有个逞强的老婆给他撑腰，并且现在又打着“侨眷”的招牌，他哪儿能像个人儿似的？他不能离开老婆！

“可是，”他仍然不能完全接受老婆指出的这条路，“让倩倩嫁个外国人？这……”

“这有什么？”邵亦波嗤之以鼻，“典型的小农观念、封建脑壳！现在都是什么时代了？电影明星都争着嫁外国人呢，你还觉着不合算？哎，你不是提倡‘远缘杂交’嘛！”

俞天牧被噎住了！邵亦波“以子之矛，攻子之盾”，搬出了畜牧技师自己说过的理论，可是他说的是动物呀，却没有想到邵亦波把这一理论扩展到了人，而且具体应用到自己的女儿身上，这使俞天牧恼怒了！他想打老婆一巴掌，不敢打；想破口大骂，不敢骂；憋了半天，只说出了一句软弱无力的话，这句话倒也是他的心灵的痛苦呻吟：“不，倩倩太小了，她才十六岁……”

“是啊，迈克尔三十六，比她整整大二十岁，是差得太多了！”邵亦波也长长地叹了口气，她并不是不心疼女儿的人，但是，她的运筹帷幄却并不能因此而动摇，得想法儿开导丈夫同时也是开导自己，“可在国外这也算不了什么，小姑娘嫁老头子的有的是，不就是为了继承遗产嘛！何况迈克尔也不算老，又没结过婚，他的家底儿，将来还不都是倩倩的？没有这个摆渡的，咱们谁也走不了，为了这个家，也只好让倩倩做出牺牲了！”

俞天牧半天没出声儿，他心里头七上八下，像有两个小人儿在打架，一个说他的理儿，另一个说他老婆的理儿，争得面红耳赤，谁也不服谁。他不敢跟老婆真这么吵，只是这么想，他希望再找机会趁迈克尔不在的时候慢慢儿地商量，不急于做出决定。他的脑袋似乎真的缺根弦，“转弯子”很迟缓，正像每次在搞运动的时候听党委书记做动员报告时一样，紧跟也跟不上，就干脆老牛破车随大流，走着瞧。“不过，”他还是忍不住说出自己的担心，“要是上了这小子的当呢？”

“你放心，”邵亦波自然听得出这话的意思，就给他吃一颗定心丸，“我是干什么的？不见兔子不撒鹰！”

外边儿有人按门铃，话说到这儿赶紧煞车。

“谁呀？”她一边往大门走去一边问。

“我。”外边儿是个女声，倒是熟人。

她从门镜里往外一看，果然，是邻居“613”的主妇孟招娣。她心里一惊：这老家伙上这儿干什么来了？难道是来跟踪迈克尔？但她却不能不开门。

“哟，孟处长，您有什么事儿？”她把门开了一半儿，挡在那儿，没有让客人进来的意思，想站在这儿就问明白，好快点儿打发。

“那什么，邵老师，”孟招娣却不像是跟踪盯梢儿的，也不像是来找碴儿打架的，面带笑容，和和气气，“您这儿有姜吗？这天儿，也没法儿买去，劳驾借我一块儿！”

“噢，”她放下心来了，“真不凑巧，我们家也没有姜了，真对不起！”其实她厨房里有的是姜，既老且辣，只是今天不想借，怕这个老家伙叨唠起来没完，万一碰上迈克尔就不大好解释了，“今天我们家有外宾，您看我正忙着接待，就不留您坐会儿了！”

这就是撵她走的意思。在时下的中国，无论官方和民间，“接待外宾”都被看作是一桩很神圣的事儿，想必对方可以理解。

“哎，那就不麻烦了，”孟招娣也无意要进来闲聊，转脸就往回走，一边走还一边叨唠，“哟们家也是为了接待外宾呀，要不，缺点儿什么也就凑合了！”

邵亦波关好了大门，听着楼道里的脚步声走远了，这才又回到厨房，跟丈夫商量一个眼前的实际问题：“看来中午迈克尔得在这儿吃饭，你看给他吃什么？”

俞天牧说：“你发话吧！当厨师的能有多少自主权？”

他说的倒也是实情。在这个家庭，他差不多就只是个厨师，负责一日三餐，平时连午饭也是他在上班之前基本做好了，家里人只需到时候热一热，因为女儿在学校入伙，只有邵亦波和儿子在家吃午饭，而且儿子常常跑得一天不见影儿，家里的午饭只有邵亦波一个人，自然简便。晚饭才是全家聚餐，俞天牧下班回来先进厨房。这是多年的惯例，已记不起自何日始。邵亦波是不干这等琐事的，不但由于自视出身高贵，而且也没受过这项训练，小时候有她妈，妈死了以后又有丈夫接班。丈夫怕她而且疼她，不让她那纤纤素手淘米洗菜，因此她保养得很好。但是丈夫缺乏主见，大事儿小事儿都听她的，连每天、每顿吃什么，都要向她请示，她发布命令，他去执行。有时还要现场指导，一个袖手旁观，颐指气使，一个唯唯诺诺，身体力行，颇像主人和仆人，司务长和厨师。

可是今天，丈夫的听命态度却多少含有一些不合作的味道。她白了他一眼："你甭跟我来这个'哩格儿楞'，请客也不是为我一个人，这个家人人有份儿！吃吧你，鼠目寸光的货！"

俞天牧是属铁匠的砧子的——不敲打着点儿不舒坦，这么训他两句，就不敢言语了，耷拉着眼皮，拿刀，拿案板，拿锅，拿盆儿，准备接受指示。邵亦波却没发话，转身出了厨房，往客厅走去。

客厅里，迈克尔·詹姆斯急忙从俞倩倩身旁闪开，不大自然地站在那儿，搓着两只手，俞倩倩坐在沙发上没动，脸上红红的。不知他们俩刚才在干什么，只看见雪妮在旁边打转儿，望着他们，挺好奇的样儿。邵亦波只当什么都没注意，笑盈盈地改换了与刚才和丈夫说话时完全不同的腔调儿："詹姆斯先生，今天中午就在家里吃便饭，全部是西餐，好不好？俞先生的烹饪手艺很不错的哩，正宗的法国风味儿，您喜欢吗？"

"很好，谢谢！"迈克尔·詹姆斯恢复了常态，微笑着向她点点头，有点儿像日本人那样鞠躬哈腰、礼节周全，"不过，作为一个外国人，来到中国就更希望享受中国菜，正像你们中国人反而对西餐感到新鲜一样，我想您可以理解！"

"噢，也许舍近求远、见异思迁是人的本性？"邵亦波接茬儿接得快，这话儿说得轻松、幽默而不流俗，像是一句笑话又像包含着某种哲理，这就把迈克尔·詹姆斯和她之间在吃饭问题上的截然不同的意见调和起来了。既然客人喜欢吃中餐，她马上转舵："中餐也好嘛！您说说，最感兴趣的是什么？俞先生会做扒牛肉条、熘牛肉片、酱爆里脊、牛肉煎丸子……"她一口气报出了一大串菜名儿，全在"牛"字上做文章，牛肉出在牛身上，奶牛场畜牧技师家里的牛肉可是大大的有。

迈克尔·詹姆斯却又一概未予领情。“我还是……”他说，“还是喜欢具有北京特色的风味儿食品。夫人，可以不可以请俞小姐一起到外边找一家餐馆……我是说这样就不必打扰俞先生了!”

不知邵亦波是否已经听明白，迈克尔·詹姆斯并非不喜欢西餐也并非不喜欢扒牛肉条、熘牛肉片……真正的意图，用直截了当的中国话说干脆就是想跟妙龄女郎俞倩倩出去遛遛!

“噢,”邵亦波赶紧再转舵，这个凡事自个儿拿主意的女人今儿个出奇的随和，她这样曲意逢迎别人的时候可不多，“那也好，就去全聚德烤鸭店吧？要不，就上鸿宾楼，反正都不远……”

迈克尔·詹姆斯却说：“我倒是更喜欢清淡一些的风味儿小吃，比如爆肚儿……”

“爆肚儿?”邵亦波傻了眼，她这回紧跟了半天，到底也没跟上，这个洋鬼子的喜好让她出乎意料！“詹姆斯先生，您怎么……也吃那些杂碎?”

“杂碎好吃!”迈克尔·詹姆斯映映蓝眼珠儿，“它比那些松软油腻的东西更能刺激人的食欲，咀嚼起来非常有意思，因为它介乎生熟之间，要稍稍费一点儿力气才能嚼碎，乐趣也恰恰就在其中，就像我们追求一样东西，完全不费力气就轻易得到，也就缺乏一种征服感，索……”他又把食指顶着眉心，寻找那个说起来也要费点儿力气的词儿。“索然无味！当然我明明知道，你们所说的‘肚儿’就是牛羊的胃脏，里面包着半消化状态的食物，接近粪便，但是吃起来并不觉得它脏，反而觉得那残留的一点儿羊粪气息非常亲切，使人想起旷野、草原，好像回到了游牧部落的原始时代……”

他说的是些什么玩意儿？俞倩倩听着听着几乎要呕吐！她向来极为

看不起爆肚儿之类，还有那像刷锅水似的豆汁儿，在她眼里，那是下九流的人的食品，是北京愚昧、落后的象征，是中国人的耻辱，怎么倒对了洋人的胃口呢？

邵亦波和女儿抱有同感，但她既不想批判爆肚儿，也不打算开导迈克尔·詹姆斯，她的既定方针是投其所好，既然你喜欢，吃爆肚儿又省钱，又何乐而不为呢？于是将自己的意愿来了个一百八十度的急转弯："也好，那就一块儿去尝尝吧，我还长这么大从来没吃过这名扬四海的东西！我打电话叫辆出租车，咱们上隆福寺，那儿有个清真馆子卖爆肚儿！"

"不用去那么远，夫人，"迈克尔·詹姆斯以行家的口吻说，似乎他比这一家北京人还熟悉北京，"你们附近就有一家专卖爆肚的餐馆，我在那儿吃过，餐馆的名字叫'爆肚隆'！"

"'爆肚隆？'"俞倩倩听到这个字号，不但极为吃惊，而且十分沮丧！在她眼里，隆德海的那间小门脸也配叫餐馆？她这样的大家闺秀进那儿吃饭，多跌份儿！况且，她还和隆德海有过一次不愉快的遭遇，因为她的雪妮。对了，她头一次见着迈克尔就是在那儿！"我……不想去，咱们还是在家里随便吃点儿什么算了，外边还下着雪……"她寻找着借口，极力想改变迈克尔的这个馊主意。

迈克尔·詹姆斯倒非常坚决，也许是想到那个有纪念意义的地点去重温他初遇俞小姐的美好感情？"走吧，美丽的小姐，踏着白雪去吃爆肚儿，是别有一番情趣的！"

邵亦波向女儿使使眼色，示意她不要再执拗。她比女儿想得开：陪着外宾到哪儿都跌不了份儿，外国人参观中国的茅坑都可以上电视！

俞倩倩只好顺从妈妈，也是为了不得罪迈克尔，慵慵懒懒地站起身来，去穿她的大衣和靴子。

这边儿，邵亦波也赶紧武装自己，身上穿暖和了，还就手儿拢了拢头发，往脸上抹了一层奥琪速消皱纹粉蜜，嘴唇上涂上淡淡的口红，朝厨房里交代了一声：“老俞，你就做自个儿的饭吧，我们陪客人出去吃了！”

其实，她明明知道迈克尔·詹姆斯没有邀她同去的意思，但她却不能不奉陪，十六岁的姑娘交给个洋人带出去随便逛可不是个事儿，她可是“不见兔子不撒鹰”，谁也别想钻她的空子！

迈克尔·詹姆斯当然只有在心中遗憾，他总不能明说谢绝老太婆陪同，于是穿上大衣，戴上帽子，蒙上口罩，像个特务似的跟着她们走出了门儿。俞倩倩不明白这家伙为什么要捂得这么严，更不明白他为什么不坐电梯而偏爱走楼梯。不明白只好自个儿去想明白：也许美国人就是这样的习惯？对外国人的一切怪异表现，中国人习惯于这样自我解释。

三个人下了楼，踏着雪，向胡同里走去。白雪上，留下了一大两小的三行脚印，还有邵亦波手中的拐杖戳戳点点的一溜痕迹，出门儿的时候，她总是习惯地带上这件道具，这在下雪天倒也不显得多余。

爆肚隆不远就在前头。但愿这顿饭他们能吃得满意，嚼出点味儿来。

十　好戏开场迟

礼拜天，“613”全家一人不缺。林盛杰、孟招娣和林晓洁各自在工作岗位上忙了一个礼拜，只有这一天真正休息，却又不得休息，因为要“接待外宾”。林晓洁特地约迈克尔·詹姆斯在礼拜天“回家来吃饭”，为的是从容一些，可以和他在一起待一整天，不必像平常日子那样下了班再匆匆往家赶，吃完饭就没工夫说话儿了。迈克尔在电话里说好了，“如果天气好一定来”。打完电话，林晓洁做了一个长长的美梦，天一亮却发现窗外在下雪，阳台的栏杆都是白的。她心里一阵含糊：迈克尔会不会不来了？不，不至于，雨隔人雪不隔人，北京饭店离这儿又不远，坐出租车只是几分钟的事儿，这点儿雪怕什么？何况迈克尔和她是什么关系？这儿有一颗热乎乎的心、一个热乎乎的家等着他呢，他能不来？但她又不放心，跟爸爸、妈妈讨论了一番，林盛杰和孟招娣都说，下雪不算坏天儿，那些成双成对儿的年轻人还爱挑这样的雪天儿出去逛呢！倒也是，待会儿吃了饭，她也和迈克尔出去逛逛，天儿冷，心里热，不碍事的，让雪花打在脸上，也怪有意思的。她还要让迈克尔给她照几张相，衬着雪景的林晓洁，一定很美，不会比那个佟玲差到哪儿去。她也该享受享受青春的欢乐了！想了想，还是不放心，于是再给迈克尔打个电话，叫他快来，而且带上照相机。电话打到迈克尔的房间里，响了半天没人接。她再打到服务台，那儿的小姐回答说詹姆斯先生吃过早饭就出去了。这当然一定是上这儿来了，她放了心，抑制不住地兴奋，急切地等着他的到来。为了让迈克尔高兴，为了充分显示她的美，当然得化化妆，她现在有了佟玲赠送的全套法国贵族系列化妆品，而且还得感谢佟玲，无私地传授了化妆技术。佟玲是学表演的，化妆术肯定是老牌正宗信誉优良童叟无欺给你美的享受美的魅力，据说能使人年轻十岁，连满脸皱纹的老太婆都可以整旧如新，上镜头看不出一点褶儿。林晓洁对着镜子一边儿默诵着老师的教导一边儿往脸上抹，心说我年轻十岁可就是青春妙龄了，待会儿迈克尔瞅见没准吓一跳！嘁，这有什么奇怪的？姑奶奶压根儿就不老，花开得晚点儿也是花儿，枯木逢春气死莲花儿牡丹西府海棠西番莲！

“甭光顾着‘捯饬’咳，”林府内当家孟招娣乐颠颠儿地过来了，“待会儿詹先生来了，吃什么？”

各家儿都得念这本经，请客吃饭嘛，“吃”是最当紧的实际问题。

“这还用问我？”林晓洁一边儿往脸上扑粉一边儿待答不理地说，自从搞上了迈克尔这个洋对象她的行市明显地看涨，仿佛老爹老妈都靠这个如花似玉的女儿沾了多大的光，仿佛她自己现在已经成了迈克尔的夫人改变了国籍，鼻子往外长眼窝往里眍头发变黄眼珠儿变蓝，俨然洋人一个，瞅不起这两个土老帽儿了。“哪天的饭不是您做？把那点儿看家的能耐都使出来就是了！”

倒也是，姑奶奶压根儿没管过做饭的事儿，当妈的伺候她三十三年了。孟招娣向来宠女儿，这会儿更觉得在这位未来的洋夫人面前矮了一头，就赔着笑，讪讪地退回来，又去问老头子。

林盛杰也在“捯饬”，握着电动刮脸刀修理他那稀不棱登的鼠须，旁边儿的椅子上搭着西服、领带，待会修好了门面就该换行头了。

“啤酒、可乐不是现成的嘛，还有昨儿拿来的那瓶‘茅台’！”他对老婆也趾高气扬不大耐烦。那是啊，洋女婿不是女儿自个儿搞来的，是他这个老丈人一手物色的，当然很有伯乐般的自得。不过他对今天的这顿饭还是要亲自过问的，规格不能比以往低，别让迈克尔觉得虎头蛇尾，买卖成了，亲还没成呢，买卖是公家的，女婿可是自个儿的，节骨眼儿上还得好好伺候，上回喝的是“西凤”，这回就得喝“茅台”了，碰巧昨儿个有个不知眉眼高低的“关系户”提溜着一瓶“茅台”来探路子，想把儿子塞进林总经理的公司，呸，一瓶“茅台”能进一个人？慢慢儿地接着送吧，这瓶先孝敬迈克尔了！

“酒有了，我是说，菜呢？”孟招娣继续请示。

“鸡、鱼都有嘛，你多弄几个花样儿，哎，还有猴头儿，那小子肯定没吃过这玩意儿，还有……”林盛杰已经刮完了胡子，抹擦抹擦脸，开始穿那身深灰色西服，打上紫红带白点儿的领带，“……还有什么？你尽量弄得丰盛就是了！”

孟招娣讨得了自主权，于是就退回了厨房，开始独立思考，把鸡啦鱼啦都盘算一遍，用凉水泡上海蜇皮，热水泡上香菇、虾仁儿，又去拾掇作料：葱、姜、蒜、香菜、芥末……这时候才发现家里的姜吃完了，这虽是“配搭儿”，却又少不得。生姜味辛辣、性温和，驱寒暖胃、滋阴补肾，最当紧的作料。于是开口朝邻居家借，不料又没有。听说人家也在“接待外宾”，更对自己的使命增添了庄严感神圣感，好似全家命运系于一块生姜，倍加觉得不可或缺。于是手里在忙活，嘴里朝里边儿喊：“晓洁，你上街去买趟姜去呀，帮帮妈，妈一个人忙不过来！”

如果是平常日子，林晓洁准不去。但她今儿心情好，又已经“捯饬”完毕，竟答应了一声：“哎。”决定不辞辛苦为迈克尔走一遭。

孟招娣就交代她，在哪儿买姜，要挑大块儿的、瓷实的、色儿“鲜活”的。女儿刚要走，她又就手补充说：“索性再带点青菜来，芹菜、柿子椒、油菜心儿、菠菜、冬瓜、鲜藕啦唔的，吃不吃的做出来摆在桌上是样儿，要是……要是碰见卖羊肉片儿的，就买它五斤，干脆在桌子当间儿添个涮锅子，这天儿，吃着热乎，反正咱家有现成的紫铜火锅儿，木炭也有，你只要……”

既然要吃涮羊肉，连带的就是韭菜花儿、芝麻酱、豆腐乳、料酒……一大套，林晓洁就难以胜任了！“这么啰唆，我记不住，也拿不了！”

“唉！索性咱娘儿俩一块去，快去快回吧！”孟招娣不得不做出这个动用全家三分之二人口的战略部署，并且亲自率女儿出征，临走又嘱咐老头子，“你盯着门点儿，詹先生来了，先陪他喝点儿热茶暖和暖和，厨房里的东西你都甭动，把火锅儿点上就行了，先把木炭在煤气上烧着，再搁到火锅儿里，使扇子扇，装上拔火筒！哎，在楼道里鼓捣好了再端起来噢，别弄得屋里烟熏火燎的！”

安排就绪，娘儿俩就出了门儿，一人提一个大兜子，既然出去这一趟，就狠狠地采购一番，连迈克尔下回吃的都预备出来。

雪还在下，却并不太大，也不算冷。雪花儿落在林晓洁的脸上，立时变成一个个小水珠儿，凉丝丝的，她觉得就像花儿顶着露水那么滋润。

前边儿，远远地走过三个人，两女一男。那个拄着拐杖的显然是邵亦波，旁边儿穿红大衣的自然是她的女儿俞倩倩，老邻居凭背影儿就能一眼认出来。

“那个男的是谁？她家的老头儿和儿子都没这么高的个儿！”林晓洁猜测着说。

“横是客人吧？刚才听说她家有外宾，许是倩倩的舅舅来了……”

“那可不像个老头儿，是倩倩的对象？嘿，这么点儿就搞上对象了？新鲜！”

“管她呢！各家有各家的事，甭操那份儿闲心！”孟招娣现在一心只想着怎样招待好詹先生，并不打算研究邻居。

迈克尔·詹姆斯就走在她们的前头，她们却并没有认出来，因为实在也想不到，他又裹得那么严。

爆肚隆今天不像往日那么拥挤，却也并不冷落，四张桌子坐满了三张。客人当然不是一拨儿的，有就近常来的“吃主儿”即美食家，也有南来北往或出差或探亲或旅游观光的过客，被这条古老、热闹而又颇有些名气的胡同和爆肚隆门脸儿上那乾隆御笔金字大匾所吸引，慕名前来品尝一番古都风味儿，好像就此可以沾上点儿乾隆皇帝的光，回去向亲友邻舍同事都说道说道。再加上即将光临的美国客人，小小的店堂就不仅五方杂处而且包容天下了，颇有一点儿“走向世界”的意思。

迈克尔·詹姆斯走在前头，他却比邵亦波母女更像东道主。一进门，就脱下帽子，摘掉口罩，朝隆德海打个招呼：“你好，隆经理！”老熟人儿似的。

“哟嗬，来了您？”隆德海瞅见这黄毛儿，眼睛一亮，心里舒坦，这一声“隆经理”叫得他无比滋润，中国人这么叫他的不多，“经理”比“掌柜的”更受听，人敬人高，他要的就是被人尊重，何况人家是外国人？多懂礼貌！“您好哇？哈里斯先生！”他糊里糊涂地这么叫，记得这黄毛儿跟前几年电视里的那个“迈克尔·哈里斯”重名儿。

“詹姆斯。”迈克尔·詹姆斯微笑着纠正他，无论哪国人都看重自己的姓氏。

“对，对，詹姆斯先生，”隆德海连忙改口，“老没见了您哪，您在北京转悠的日子可不短了，生意做得不错吧？恭喜发财了您哪！”

“彼此，彼此！”迈克尔·詹姆斯对答得颇为得体。

“您今儿吃点儿什么？”隆经理哈着腰，恭顺得跟个跑堂儿的似的。

“今天我请客，”迈克尔·詹姆斯回头看了一眼，“这两位是邵女士、俞小姐……”

隆德海这才来得及注意他后头的这两个人，邵亦波拄着拐杖刚进门，俞倩倩羞答答跟在后头，好像还挺不好意思。隆德海当然立时就想到上回那一点儿小小的不愉快。如果不是俞倩倩当时那么盛气凌人，隆德海的嘴也不至于那么“欠”，说了几句“主动送货上门儿”之类不中听的话，而且那也不光是针对她，主要是想恶心恶心黄脸儿老太太孟招娣。好在那都过去了，小小的事儿用不着记仇，今儿既然俞倩倩连同她妈上门儿来吃饭，就是忘却前嫌重归于好，就是瞅得起爆肚隆，他知道这家人向来酸文假醋自视清高不把“小市民”街坊放在眼里，今儿能做到这一步就不错了，隆德海自然应该以礼相待热情欢迎，来的都是客，何况是这二位。使他略打迟疑的是这娘儿俩什么时候跟迈克尔·詹……詹姆斯勾搭上的？又是什么关系？隆德海嘴里不说心里觉得有意思，很想借此机会观察观察研究研究瞅点儿乐子。于是就绽开笑容，点头哈腰：“哟嗬，什么风儿把您二位给吹来了？甭介绍，甭介绍，咱们是老街坊了！”

邵亦波可不想跟他平起平坐，便矜持地拿起外交腔儿：“虽说住一条街，也不经常见面！”其中的“说”“住”“常”几个字一律改成齿音，嘶嘶啦啦地，“你什么时候开的这个小店？我还真没进来过！”

隆德海心说：你没来过是真的，要说不知道可就是装大孙子啦，街里街坊的，谁还不知道谁那点老底儿？甭跟我卖劲儿犯酸，留神山里红掉进醋缸里！心里这么想，嘴里可不敢这么说，胳膊往里边儿一伸：

"里边儿请!"

迈克尔·詹姆斯非常喜欢这种小铺子咋咋呼呼待客的热闹劲儿，比大饭店里拙劣地模仿西方的装束、说夹生的英语的小姐更亲切，于是就像老"吃主儿"似的随着隆德海的指引在那张空桌子旁欣然就座，只是脱下来的大衣没地方挂，只好窝窝囊囊地搭在椅背上。邵亦波和俞倩倩咂咂嘴，表示从没这么将就过，也只好像他那样，每人椅背上垫了件大衣，邵亦波旁边儿还多一根拐杖。

"吃点儿什么?"隆德海一边擦着桌子一边问，经理今儿个确实礼贤下士。

"一瓶啤酒，三盘爆肚儿。"迈克尔·詹姆斯熟练地回答。

"好嘞！三盘爆肚儿、三盘涮肉，外带粉丝、白菜三份儿!"这一嗓子喊得嘹亮、动听，声震屋宇而绕梁，却不是隆德海喊的，而是他二哥隆德河。聋子今儿个歇班儿，自然以主人翁的姿态来照料生意，充当一个堂倌，他听觉不灵，弄不清楚人家要什么，全凭自己的感觉，数着人头儿大约莫，纯粹是"看人下菜碟儿"，有时能蒙准，有时差得八不沾边，像眼前这一桌就让他主观地做了调整，话没落音，已经端着咕嘟嘟冒热气的紫铜火锅儿上来了，矗在桌子当间儿。

虽然有些强加于人，倒正中邵亦波和俞倩倩的下怀，涮肉毕竟是肉，比吃肚儿强，可以免受羊粪气味儿的折磨，瞧那黑了吧唧的爆肚儿，就跟八年没洗过的脏毛巾似的。

两位女宾点了头，迈克尔·詹姆斯也就认可，傻小子端上来肉片儿、爆肚儿、作料、粉丝、白菜，拿来啤酒，摆上三个杯子，"菜齐了您哪!"

迈克尔·詹姆斯端起酒杯，"为夫人和小姐的健康，干杯!"

俞倩倩羞答答地捏着杯子，没喝就脸红了。她不会喝酒，而且十六岁的年龄也使她没有来得及像她妈妈那样饱经社交的风霜，还有些怯场。

邵亦波则正儿八经地举杯："为詹姆斯先生的健康，为我们之间的友谊和长久合作，干杯！"

三个杯子撞在一起，发出一声悦耳的脆响，引得邻桌的食客都拧着脖子往这边儿瞅，本来嘛，在这种小店里很少听到这种洋腔洋调儿的外交辞令。隆德海背靠着柜台，袖手旁观，心里一阵琢磨：够意思咳，还要"长久合作"？合作什么？你他妈的又不懂买卖上的事儿，还不如……不如让我跟这个黄毛儿合作呢，在美国开个爆肚隆的分号，你要是能给我搭上线儿，我就让你入一股！这么一寻思，就又凑上前去，斟酒添菜，殷勤招待，没话儿找话儿，想踩着这娘儿俩的肩膀往黄毛儿脖子上爬。

迈克尔·詹姆斯喝得痛快，吃得高兴，一瓶啤酒哪儿够？隆德海蔫不唧儿地又打开一瓶，"喝，酒逢知己千杯少！"爆肚儿三盘恐怕打不住，"二哥，再来三盘肚儿！""作料淡了吧？换上！多搁点儿辣的，提味儿！"

"嗯。够刺激！"迈克尔·詹姆斯咝溜着舌头，脑门儿上渗出一层汗珠儿，食欲仍然有增无减，"隆经理，有没有威士忌？"

他显然有些醉了。

孟招娣和林晓洁在胡同里转了个六够才把东西差不多买齐，今儿因为下雪，自由摊商进城的少，买东西自然就费点儿劲儿。唯独羊肉片儿还没有着落。眼瞅着就是中午了，可别误了招待詹先生也别让他在家陪着老头子傻等，得赶快回去，没有羊肉片儿不吃涮肉也成。孟招娣心里这么想着，脚却仍然不肯往回颠儿，还想再打打主意。

“呃。”她忽然想到，“能不能上卖涮肉的饭铺里去匀一点儿？咱多给点儿钱就是了！”

“走，爆肚隆就卖涮肉！”女儿表示赞成，而且点明了去处。

“他家？”孟招娣一提起爆肚隆就牙碜，“不赏他这个脸！咱找找别的店！”

别的店也许有，可是得找。娘儿俩各人提着个沉甸甸的大兜子，一路踅摸。

路过爆肚隆的门口儿。许你不进这个店，可你不能不打人家门前过，这胡同不分叉儿也不拐弯儿，爆肚隆占了个好地界，来来往往，必经之途。

孟招娣正眼都不瞅那金字招牌，让女儿快走。傻小子拦着吆喝：“爆肚儿、涮肉，里边儿请！”她们也不搭理。可是，里边儿传出来的声儿却不可能听不见，而且挺扎耳朵：

“迈克尔，你醉了，别喝了！”

“詹姆斯先生，咱们回去吧！”

娘儿俩愣了。怎么回事儿？迈克尔在这儿？还是重名儿重姓儿的？

即使纯粹出于好奇，她们也不能不站住脚，不能不往里探探头，瞅一眼。如果不是他，也就拉倒了，走人。遗憾的是这一瞅却傻了眼，里边儿的那个人不是别人，正是迈克尔·詹姆斯！只见他满脸通红，油光闪亮，正扶着俞倩倩的肩膀站起来，摇摇晃晃，哩溜歪斜……

一颗重型炸弹在林晓洁的心中爆炸了！刹那间，她觉得天塌了，地陷了，山崩了，海裂了，脑袋空了，四肢凉了，心儿碎了！但她没有晕倒，也没有惨叫，只是不顾一切地冲进去：“迈克尔，迈克尔！你这是怎么回事儿？”

邵亦波一愣。冷不丁进来这么一位，黑不溜秋、黄了吧唧的脸上抹得蓝一块、红一块，活鬼似的，吓了她一跳！仔细一瞅，再加上后头跟着进来个干巴黄脸虚泡囊肿的老太太，她心里也就全明白了！但是邵亦波毕竟是邵亦波，她善于在最危急的当口儿稳住神儿，不慌不忙，不急不躁，平静地说：“噢，晓洁啊？没什么，我家的客人酒用得多了点儿……”

“什么他妈的你家的客人？”林晓洁可不理她这一套假正经，一把推开她，上前拉住迈克尔·詹姆斯，“好哇迈克尔，我傻老婆等汉子似的等着你，你倒跑到这儿来闻臊味儿了！”

这话相当不雅，既损了自己又骂了别人。俞倩倩的脸腾地红了：“你说的这是什么野话？什么叫‘闻臊味儿’？”

孟招娣这时也已经来到了跟前儿：“问你自个儿吧，臊狐狸精！什么好东西！”

旁边儿那三张桌子上的食客，见有了热闹，顾不上爆肚儿、涮肉正吃得半半截儿，呼啦啦围了过来，连街上的过往行人也站住了脚，从门口往里挤。

迈克尔·詹姆斯一个冷战，酒醒了，望着突然出现在面前的林家母女，舌头都转不过弯儿来了：“林太太，林小姐，这……这完全是误会……”

“什么‘误会’啊？”孟招娣气势汹汹，“说好了的今儿个来咱们家吃饭，你怎么拐了弯儿了？跟咱们藏猫猫儿哇？也不瞅瞅我是谁，能容你吃里爬外？”

邵亦波依然不动声色，坦然自若：“孟处长，这恐怕真是个误会，我实在不知道您也认识詹姆斯先生，他是我哥哥威廉·邵在美国的老朋友，两家是老世交，到中国来嘛，自然要见面的。怎么，难道我招待朋友还要得到你的批准吗？”

这句话问得很噎人，孟招娣不知底细，不好反驳，打了个奔儿。

旁边儿，隆德海如入五里雾中！刚才，他猛一见孟招娣急赤白脸地往这儿闯，以为是因为猫的事儿找他算账来了，还真有点儿着慌，后来一瞅与他无关，完全是冲着俞家，倒觉得新鲜：这年头儿美国人的行市倒真高，两头儿抢！于是充当和事佬："既然是朋友嘛，大家都是朋友，别争，别抢，省得老街坊伤了和气，有话慢慢儿地说！"

聋二爷德河弄不清楚这里头的曲里拐弯儿，因为他永远是在看"无声电影"。但他又不甘寂寞，热情洋溢地凑上前去："哎，哎，烟酒不分家，谁掏钱都是一样，没有兑换券，给人民币也成！"

"去，去，去！裹什么乱？"林晓洁顺手把他扒拉到一边儿去。

排除隆氏兄弟的干扰，主攻矛头仍然对准俞倩倩，凭着热恋中的老处女敏感的神经，她已经看透了俞倩倩所扮演的角色而不会是什么误会！"你放开他，别那么黏黏糊糊地让我瞅着恶心！小贱货，年龄不大能耐不小，会勾搭人了！哼，姑奶奶能让你戗了行？"

俞倩倩面红耳赤，气急败坏，"难听死了，难听死了！这是什么话……"

"别他妈装蒜了你！"孟招娣点着她的鼻子说，"买东西还有个先来后到呢，呣们晓洁正搞得好好儿的对象，你想半截儿加塞儿？没门儿！想跟人家詹先生上美国过繁荣富强的生活？美得你！"

邵亦波听得既好气又好笑，"什么？什么？詹姆斯先生会跟你的女儿'搞对象'？简直是天大的笑话，歇斯底里！"

周围的人群中发出一阵愉快的笑声。

孟招娣不知道"歇斯底里"是什么意思，心想反正不是好话，就扭过脸说："你甭满嘴喷粪，我跟你过不着话！詹先生，詹先生！"她两眼直勾勾地盯着迈克尔·詹姆斯，"你可是跟晓洁定了亲的人，拿呣们娇娇的大姑娘要着玩可不成，咱得说道说道，让大伙儿都听听！”

迈克尔·詹姆斯此刻透心儿的凉，被打中了要害，有口难辩！他能在大庭广众之前招认吗？

但是，邵亦波及时地帮助了他。邵亦波只报以一个冷笑：“好吧，好吧，让大家都听听吧，詹姆斯先生会和你的女儿‘定亲’？天方夜谭！”

她根本不信，旁观者的哄笑声也充分说明没有一个人相信孟招娣极力表白的事实，她女儿的尊容和她们娘儿俩的表演只能被人认为是想女婿想疯了！

林家母女陷入了窘境，迈克尔·詹姆斯心里倒踏实了。林太太，对不起了！他心里说，我们之间的“天方夜谭”根本不存在了！你有什么证据？那恶作剧似的“求婚”只是一句空话，没有一张纸、一个字能说明它曾经发生过，我和你的丈夫签订的只是贸易合同，现在谁要撕毁，谁就要负法律责任，赔偿对方的经济损失，如果林总经理愿意这样做，就请便吧，我才不怕呢！这么一想，他就什么烦恼也没有了，还觉得自己理直气壮。但是，他眼见林家母女眼巴巴地瞅着他，周围的人们也众目睽睽地瞅着他，觉得似乎应该说点儿什么才好。想了想，我是外国人嘛，干脆说英语！就正了正领带，眼睛扫射了一圈听众，振振有词地说：“女士们、先生们：我是一个美国商人，也是中国人民的朋友！……”

接下去叽里咕噜哇里哇啦一大套，胆壮气豪旁若无人“满不论”！周围的人听得大眼儿瞪小眼儿，林家母女听得小眼儿瞪小眼儿，根本不知道他说的是些什么玩意儿！孟招娣哪儿懂什么英文？林晓洁在上“工农兵大学”的时候也没学过英语，这几年英语成风耳濡目染充其量也只会“古得拜”之类。这里头，能够隔二蹦三地听懂一句半句的大概只有英语课学得稀里糊涂的俞倩倩和半路出家听《跟我学》的邵亦波，她俩的脸上露出胜利者的笑容，这一笑令林家母女胆战心惊！

迈克尔·詹姆斯演讲完毕，效果良好，便朝大家微微一笑，说声："Thank you。"掏出一张一百元的兑换券放在饭桌上，穿衣戴帽，偕同邵亦波、俞倩倩扬长而去。众人不由自主地闪开一条缝，这三个人衣冠楚楚、昂首阔步地走了，唯一美中不足的是邵亦波那根多余的拐杖，给人以残缺感。

孟招娣愣了好一阵才醒过味儿来，看见众人还在像瞅耍猴儿似的瞅着她娘儿俩，好恼！嗯？就这么样儿眼睁睁地让他们走了？不成，这可就栽透了！孟招娣扒开众人，就要去追、去赶、去堵、去截，无奈众人围得不透风！既然洋人走了，许多人并不认得这个老太太，也并不怕她，挤着嚷着起哄架秧子瞅她的好看儿。孟招娣突然想起自个儿也该说句洋话，"桑抠儿，桑抠儿！"她鹦鹉学舌地这么叨唠着，扒拉着众人往外挤，她大概其把这句话当成"劳驾，劳驾"的意思了，因为她记得老头子在向别人表示客气的时候爱说这句话，刚才迈克尔好像也说了这么一句，就现趸现卖吧！一边儿往外挤，还一边儿支棱着胳膊嚷："詹先生！你等等，詹先生……"

隆德海瞅着可乐！就忍不住接了一句："嘿，'黏'不上喽！"

孟招娣猛地回过头来："你他妈说谁呢？"

"我……"隆德海自知失言，这句话本不该说，让她走了就完了，省得耽误买卖！可是话既然出了口又收不回来，只好找辙撤退，嘴上还挺硬，"我说你了吗？谁'黏'我说的是谁，你吃什么心啊？"

"别×你祖宗了！"林晓洁正在气头儿上，好似烈火又被浇了油，"啪"的一个巴掌扇过来，正打在隆德海的脸上！

"干什么？"隆德海捂着脸，气得嗓子冒烟儿，"别软的欺负硬的怕，黏不上人家找我的碴儿！好男不跟女斗，告你说，论打架你可不是个儿!”说着说着摩拳擦掌，要动真格的了!

林晓洁恨不能咬碎一口黄牙！人走背字儿怎么谁都敢欺负？你隆德海算个什么玩意儿？我能让你奚落我、寒碜我？没门儿！她两手叉腰，往前一站：“小子，有种上来，看你敢动姑奶奶一指头?”

隆德海没敢上，他毕竟是个“新型企业家”，胸怀大志，远见卓识，心想这一拳头打出去容易，后果如何却难以预料！可是，聋二爷德河却从四弟的身后蹿了上来，“啊——嘿!”迷踪拳的架势!

一场恶战眼瞅着就要开始，这时，从后头急匆匆跑出来两员老将：隆德海的后台老板和老板娘，隆长生和胡莲凤。刚才前边儿吵得邪乎，打得热闹，他们一直没听见吗？非也，那是因为顾客吵架，碍不着店主，多一事不如少一事，争斗双方都不是好惹的主儿，不如不管不问。有道是“是非皆因多开口，祸福只为强出头”，这两口子安分守己，遇事就往后出溜。可是，听着听着前边儿改了戏，主角成了隆德海，连聋子老二也掺和上了，两口子怕儿子吃亏，不能再躲，赶紧上前助战!

哪儿是助战？其实是求和，胡莲凤过去拦着林晓洁，隆长生挽着孟招娣，巴不得屈膝下跪磕头求饶：“孟处长，林大姑娘，这是怎么个话儿说的？多少年的老街坊，甭因为言差语错就伤了和气！呣们家这俩小子浑，不懂远近，不知好歹，纯粹是畜类！您大人不记小人过，都冲我吧!”

“冲你怎么着?”林晓洁瞪着装上了假睫毛的眼睛，咧着涂上了口红的嘴唇，比平常更吓人，“你算老几啊?”

“哟嗬，有头有脸儿的出来了?”孟招娣撇着怪调儿，正好撒一撒胸中恶气，她的“糜子黄”被隆家打折了腿，这仇还没报呢！但她今儿个不想提这事儿，猫啦狗啦的小事儿跌她的份儿，也丢不了对方多少脸，她得说点儿过瘾的！“捡破烂儿的垃圾猴儿，如今当上了万元户，就‘瘸子穿大褂儿——抖起来了’，是不是？这尾巴也甭翘得太高，孙猴子还翻不出如来佛的手心呢，何况是你们这样儿的？告你说，共产党坐天下，不会容你们资本主义泛滥成灾，留神整顿市场、打击投机倒把！我跟啊们老头子可都还没离休呢！”

围观的人不由得对她刮目相看，闹半天这个不起眼儿的老太太还是个大干部？既然有权“不容资本主义泛滥成灾”，刚才跟一个外国人黏着攀亲又是怎么回事儿？那个黄毛儿是国际共产主义运动的负责人吗？总之，不得其解。是啊，孟处长的这番训话实在也太没水平了，仿佛她就是党、党就是她，她坐着天下，别人就永世不得翻身？哪儿有这样儿的事儿！

隆德海本来要忍的火儿又被她挑起来了，他把自己那一对儿软骨头父母往旁边儿一推，撸胳膊卷袖子朝孟招娣说：“你他妈算老几？当那么个豆芽儿菜似的小官儿，‘铁路警察——管不着这一段儿’！”

“好嘞！”林晓洁接上了茬儿，“姑奶奶今儿个就管管你！”说着，伸手就去掴桌子，那些碟子、杯子、瓶子、作料碗儿、带汤的紫铜火锅儿，“稀里哗啦”全掴到地下！诸位看过电影《叶塞妮娅》没有？那里头就有这么一个镜头，只不过林晓洁长得比叶塞妮娅寒碜不少，疯劲儿却更大发！

架，总算打起来了！

爆肚隆后边儿，隆德海睡觉的那间小屋里，躺着一个人，女的，病病殃殃的样子。前边儿的乱七八糟，自然传到了后边儿，扰得她心神不宁，但考虑到自己的特殊身份，也不便去过问。可是，前头却愈演愈烈，摔桌子打板凳，就跟翻了天似的，没准儿待会儿放起火来，烧到后头，她也能不闻不问吗？

前边儿，隆氏兄弟暴跳如雷，拼了命地要护店报仇，却被他们的二老爹娘拦腰抱住，隆德海急得大骂："放开我，×你们祖宗的！"林晓洁如入无人之境，摔得痛快，砸得解气，忽听后边儿传来一个女声儿："德海，这是怎么回事儿啊？跟这种泼皮无赖不值得生气，别动手，找派出所的人去！"

林晓洁一愣：这是从哪儿出来的娘们儿？狂得你！定睛看时，却又是一惊：那个女的一挑门帘儿过来了，她认得，这……这不是教她化妆的"老师"佟玲吗？

"啊！是林大夫？"佟玲也傻眼了，她万万没想到会在这儿跟这位大夫相遇！这个世界真是太小了，怎么不该碰面儿的人却非得磕磕碰碰不可呢？她完全不知道林大夫是隆家的近邻，在医院只听说她姓林，处方上那个天书似的签名根本认不出是什么，更想不起来也顾不上打听人家住在哪儿，当然，她也完全不知道林家和隆家有什么恩怨，又为什么打得这么难解难分！可是，她却在最不该露面儿的时候露了面儿，而且无意中伤了人家，这……可怎么好？

"噢，是你啊？"林晓洁现在顾不得师徒之谊了，既然是帮了我的仇人，那咱也是仇人！"说什么？我是'泼皮无赖'？你是什么东西？不等着当你的'明星'，上这儿干吗来了？要我揭你的老底儿吗？"

佟玲吓得脸变了色儿："林大夫……"

隆德海挣脱他爸爸的拉扯，上前护住佟玲，朝林晓洁说："别侮辱我的朋友，没她的事儿！"

"你的朋友？"林晓洁不禁冷笑，"啧啧，佟玲啊佟玲，你他妈真是烂泥扶不上墙，一个大学生跟个个体户交朋友？贱得都没边儿了！闹了半天，我给你刮的那个胎是隆德海的？哈哈，哈哈……"

"林大夫，林大夫！我求您……"佟玲像一摊稀泥似的扑倒在地上，她给林晓洁跪下了！

周围的看客兴致陡涨，没想到好戏在后头！

隆德海脑袋上的青筋暴起，脖梗子发紫，浑身要爆炸！他什么也不顾了，伸出两只铁钳似的大手，朝林晓洁扑去："祖宗的，我跟你拼了！"

"抓流氓啊！"孟招娣大惊失色，手足无措，使足了吃奶的力气嘶喊起来，货真价实的鬼哭狼嚎！

不用喊，警察来了。

两名警察迈着"嚓，嚓，嚓"的步伐，急匆匆分开众人，冲进爆肚隆，迎面截住了发了疯的小掌柜，"隆德海！你聚众闹事，打架斗殴，跟我们到所里去！"

"咯噔"，屋里人全愣了，好似电影里的"定格"。隆长生两口子面如土色，磕头求饶也不管用了！

"谁是佟玲啊？"警察手里拿着一张照片，巡睃着在场的女性，自然很容易找到那个吓成一摊泥的未来明星，"佟玲！你道德败坏，扰乱社会治安，也一块儿走！"

此刻，在场的人们当中，恐怕谁都不大明白：这过于"戏剧性"的一幕绝非偶然，里头还有弯弯绕呢！

十一　几家欢乐几家愁

春天到了。

北京的冬天和春天没有明显的界线。要说气温，似乎春天比冬天还冷，住楼房的，三月十五号暖气一停，就冻得直骂“缺德”，住平房的还要再笼一阵子火，且不撤呢。有时候春天的雪比冬天下得还大。而且刮大风，刮得邪乎，把寒流和尘沙，一股脑儿都往这灰蒙蒙的千年古都使劲儿“踿”，真正的“飞沙走石”，上街要是不穿棉褛儿，不围围脖儿、纱巾，不戴口罩儿，你试试！等到这风刮个差不多，夏天也该到了，草木枝头才飞红着绿，有点儿白居易说的那个意思：“人间四月芳菲尽，山寺桃花始盛开。”尽管这儿并非山寺，地理位置影响了气候。“五九和六九，河边儿看杨柳”，纯粹是瞎掰，这时候北京的杨柳还是赤条条来去无牵挂。何况我们眼前的这条胡同也没什么树，几棵新栽的小苗苗，可怜巴巴，像营养缺乏的孩子，等它们绿化环境、改良气候，下辈子吧！

要是到了夏天就得准备挨热，蒸笼似的，气象台说三十八摄氏度，那就四十摄氏度也打不住。总之，除了“十一”前后那几天儿不凉不热，北京似乎没多少好受的日子。这也正是邵亦波巴不得离开这“难离”的故土的原因之一吧？

俞倩倩已经跟着迈克尔·詹姆斯走了，手续办得很快，很顺利。自费留学，有经济担保人，国家不卡，还支持呢，盼望你学成归来，献身四化，至于你归不归、献不献，就只有天晓得了。邵亦波和俞天牧却没走，因为留学生不能带家属，得等倩倩取得了居留权或是入了美国籍再说。邵亦波有这个耐心再等一等，不忙，她和丈夫都还没到退休年龄呢，要等到办完了退休手续再走，拿着中华人民共和国的退休金和公费医疗，去过美利坚合众国的现代化生活，两全其美，邵亦波的计划就是如此严密，滴水不漏。逍遥公子俞飞飞压根儿就不想走，他觉得从头儿学英语太难了，何必受那份儿洋罪！而且他舍不得周围的那些哥们儿和“花蝴蝶儿”，到美国现打场子未见得有这么方便。等他爸爸、妈妈一走，这个家就是他的独立王国了，更可以为所欲为，那时他的国外后台就不仅是那个挂名的舅舅，而且有了一帮子直系亲属，腰杆儿就更硬了，在这儿，谁也惹不起。与其去美国当二等公民，不如在中国当上等华人，这年头儿沾点儿洋气儿的就能唬人，他过去就已经把那些“花蝴蝶儿”唬得一愣一愣的，今后当然更是如鱼得水、如虎添翼。他很满意自己的地头蛇位置。他的哥们儿当中有高干子弟，有艺术界“新星”，有派出所的警察。他想要谁要谁，想整谁整谁。他猜想，那个佟玲恐怕至今都不知道自己最后还是毁在他手里。哼，那是你自找！从我这儿被淘汰了，你就该滚得远远的，干吗在我眼皮子底下恶心我？你上哪儿浪去不成偏偏摽上个个体户？他也配捡我的剩儿？……得啦，这就够你们喝一壶的啦！

俞家的日子依然过得安然、舒适而且充满了希望。俞天牧照旧天天去京郊奶牛场上班，但对工作却不那么上心了，对他来说，为奶牛场引进良种、提高产奶量已无太大意义，兴趣大幅度地往烹饪学上转移，搜罗了各种版本的中国菜谱，业余时间走访了诸多饭店，那意思是打算到了美国之后改行开餐馆，根据迈克尔·詹姆斯提供的信息，收入肯定大大的。那样，他就不必依赖女儿、女婿，也可以站住脚跟、顶门立户。邵亦波则不等天气转暖就早早地张罗着买空调。“北京的夏天，没空调简直没法儿过！”仿佛她压根儿就不是北京人似的，你几十年是怎么过来的？“那是啊，得提前准备，要不他们回来探亲，怕不习惯！”俞天牧也说，他指的是倩倩和迈克尔，好像倩倩也成了外国人了。俞天牧早已打消了对女儿嫁洋人的顾虑，接受了妻子的观点，觉得让女儿去“远缘杂交”也没什么不好，而且还可以造福于子孙后代呢。

自从俞倩倩走了之后，雪妮的生活就比过去更自由，更少管束，因为主人们各自繁忙，就把它放在比较次要的位置上了。雪妮的腹部渐渐隆起，默默地度过了妊娠期，该分娩了。

终于有一天，邵亦波突然发现雪妮身旁多了几只小耗子似的小东西，才吃了一惊：“老俞，老俞！你快来看，雪妮生了！”

“生了？”俞天牧觉得很奇怪，“我还没给它找到良种，怎么会生了呢？”

“废话！”邵亦波伸出一个指头，点着丈夫的脑门儿，“什么事儿能指望你？它不会自个儿找对象？你呀，少根弦！”

俞天牧意识到自己确实失职了，他拍拍脑袋，为自己的官僚主义、拖拉作风而懊恼，“呃，不知道它找的是个什么对象？也说不定……”

“去，去，去！”邵亦波扒拉着雪妮，“你看嘛！”

雪妮的身旁，一共有三只幼崽，还没睁开眼睛，正摸摸索索地吃奶呢。那粉红的皮肤上，长着一层稀疏柔软的茸毛，黑白相间。

“毫无疑问，”俞天牧凭着他的经验判断，“种畜一定是只黑猫！”

“啊？”邵亦波悲哀地叹息，“恐怕就是爆肚隆家的那只黑猫吧？”

雪妮正陶醉在初做母亲的幸福之中，它深情地凝望着自己的孩子，伸出粉红色的舌头，舔着它们柔软的身体，发出“喵，喵”的呼唤，好像在回答主人：是呀，是呀，它们的爸爸就是黑豹。它是猫中的美男子，猫类的骄傲，力量和意志的体现，风度和气质的化身，它是我的心肝、我的爱，我的精神支柱，我的一切……它并且暗暗嘲笑自己的主人：你们永远也不会知道黑豹在什么时候到我们家来做过客，我没有得到主人的允许就勇敢地迈开了自己的生活之路。你们失算了，现在我的孩子已经顺利地来到世间，你们惊奇吧，后悔吧，晚了！

邵亦波完全不知道也完全不必考虑这只猫在想些什么，她所尊重的只是自己的感情、自己的尊严。一提起爆肚隆，她就感到恶心，他们家的猫——那只野猫，怎么能有资格配雪妮？在这个高贵的家庭，怎么能让雪妮养育这种野种？耻辱！莫大的耻辱！

“唉，盲目繁殖就是这种结果！不加控制，必然造成物种退化！”俞天牧摇晃着缺根弦的脑袋，连连感叹，但也仅仅是感叹而已，“算啦，等下一窝吧，下次我一定给它找个纯种的波斯猫！”

“那……这一窝怎么办？”邵亦波厌恶地捂着鼻子问。

“听其自然吧！”他回答。

“不行，我容不得这野种！”邵亦波很坚决，“你们奶牛场不是经常‘处理’多余的小牛吗？”

“是啊，”俞天牧说，“可是，这些小猫怎么处理？猫肉又不能吃……”

“谁叫你吃啦？扔了它！”

“啊？扔？”

俞天牧本能地要去执行妻子的命令，可是当他伸出手去抓那三只幼崽，立即遇到了雪妮敌视的目光，那目光冰冷、雪亮，使他不知不觉地缩回了手。这……这也是三个生命呢，雪妮也是个母亲呢，要从母亲手中夺走它的孩子，需要冷酷和残忍，他俞天牧还从来没干过这种事儿呢，奶牛场“处理”小牛都是由专门负责屠宰的工人去干的，他不必亲自动手，只往家拿现成的牛肉，是谓“君子远庖厨”，既饱了口福，又避免了“杀生”之嫌，两头儿全占。可是今天，他必须亲自去充当屠夫了，在那母亲的目光下，他感到心悸，仿佛雪妮在谴责他这个卑劣凶残的刽子手！他的手颤抖了……

“窝囊废，扔啊!”邵亦波最看不上的就是她的丈夫这种怯懦无能，“连个猫都不敢惹，还能成什么大事？还他妈的‘无毒不丈夫’呢！扔!”

俞天牧好歹也算个“丈夫”，被老婆这么一激，便拿出丈夫气概，摩拳擦掌上前去，直扑雪妮的三个小心肝宝贝儿!

雪妮怎肯放手？它紧紧地护着自己的孩子，弓着腰，竖起尾巴，奓开胡须，伸出利爪，圆睁双眼，怒目而视，嘴里发出严厉警告：“呜！呜!”这是告诉它的主人：人啊，你们也有子女，也知道母亲的心，可为什么你们人的心这么冷、这么狠，连我这刚出世的孩子都不能容？来吧，你只要敢上，我今天就跟你拼命!

俞天牧被它那叫声震得肝儿颤，一低头，避开那刺眼的目光，伸手去抓那三个小小的肉团，雪妮“呜”地一跃而起，朝着昔日的主人、今日的仇敌又撕又咬！俞天牧的手上、胳膊上，顿时划出了一道道的血痕，疼得大叫：“妈吔!”

“扔！快扔!”邵亦波在紧急之中不曾乱了方寸，赶紧拉开通往阳台的门……

俞天牧忍着剧痛，抓起那三个黑白相间的肉团，扔出门去，三个幼小的生命在空中画了三道流星般的弧线，从六层楼的高度坠落下去……

“哇……”雪妮的心被撕裂了！它放开了仇人，随着自己的孩子，纵身跳下了高楼！

同类的哀鸣惊动了蜷卧在女主人卧室窗台上的密斯黄，一个激灵站了起来，竖起耳朵听，想知道外边发生了什么事。从声音判断，那恐怕是雪妮？唉，雪妮，密斯黄已经很久没看见雪妮了，自从那次它被轧断了腿，行动不方便了，主人也不放它出门了，怕再次被人所害。其实，密斯黄自己心里明白，它的受伤没有任何人的责任，都怪自己太疏忽了，心只在黑豹身上，把一切危险都置之不顾了。现在，它和黑豹也被隔开了，出不了门，它再也不能像过去那样寻找黑豹，它夜夜呼唤着它，也不见它前来。它不恨黑豹，而且非常感激黑豹，在它负伤的那个夜晚，黑豹守着它，给了它力量和温暖。聋二爷送它回家，黑豹一直跟着护送，那么富有责任心。聋二爷半道儿把它扔在垃圾箱旁边儿就不管了，如果没有黑豹在，它也许会由于伤痛和寒冷而死去。黑豹用自己的体温温暖着它，用舌头舔着它腿上的伤，它就觉得不那么疼了，也不那么冷了，直到天亮它的主人找着了它，它得救了。但是它的主人却恩将仇报，那块砖头差点儿把黑豹砸死，幸亏黑豹逃得快！从那以后，它就再也没看见黑豹的影子，没听见黑豹的声音。它怀念黑豹，苦苦地喊着它，等着它。黑豹却一直没有来。它后来就不再叫了，它懂了，终于懂了，黑豹并不爱它，并不属于它。黑豹所给予它的不是爱情，而是友情，同类的温情。黑豹并没有计较它过去和雪妮的争吵，在它遇到困难的时候，仍然给了它兄弟姐妹那样的友爱，这也就够了，它何必非要把黑豹从雪妮的心中抢过来据为己有呢？黑豹的心只属于雪妮，雪妮是幸福的！它现在也不再忌恨雪妮了，雪妮比它年轻，比它漂亮，更重要的是雪妮比它更真挚、更专一，赢得黑豹的心是理所应当的，何必要嫉妒人家的幸福呢？从心底为它们的真诚相爱、美满结合而祝福吧！……但是，从刚才的那一声惨叫，它似乎预感到雪妮遭到了什么不幸，它应该表达一下关心，给予一些帮助，如果可能的话。

密斯黄拖着残腿，在窗台上乱转。窗户关得很紧，通往阳台的门也关得很紧，它没法儿出去，急得拍打着玻璃，“喵，喵”地叫。它跳下窗台，一瘸一拐地走出女主人的房间，走向通往楼道的大门。大门当然也关着，住楼房的人绝不会敞着大门。它用头顶着门，用前爪抓着门，但是无济于事，一只猫的力量不足以打开人锁上的门。

不到下班时间，两位女主人都不在家，家里只有老头子林盛杰，坐在空荡荡的客厅里，独自烦恼。这间客厅和这三套房子的住宅，从今以后将不再高朋满座、觥筹交错，因为他已经离休了。他亲手创建的公司已经不再属于他，人们将很快忘记他，什么决策都不必征求他的意见，什么宴会都不必请他出席，什么外宾都不必和他会见，什么部下都不必再向他讨好、谄媚、请客、送礼……他的那个时代已经结束了，今后将要忍受长久的冷落和寂寞，不习惯也要习惯。但这些还不足以使他过分伤心，他亲眼看见许多老战友、老同事、老朋友、老搭档都走了这条路，他能例外吗？他遗憾的是在卸任之前打了一个平生最窝囊的败仗！

迈克尔·詹姆斯走了，捞足了票子走了，可是，他运来的那全套灯具却全是冒牌儿货：商标是美国的，产品是香港的，而且，各项指标中有百分之八十不合格！林盛杰并不是外行，而且他手下有高级工程师和鉴定人员，这是蒙不了的！他当然要索赔。可是，灯具的使用单位——那家饭店的董事长、他的老战友却另有一番计议，而且话说得推心置腹：“要索赔嘛，你出面好啦，合同是你们公司签订的，你跟人家打官司去！你答应向人家提供一切优惠，并且自动免检，开了抽屉再关抽屉，恐怕打不赢，到头来还丢了‘国格’‘人格’！何况，你已经是该离休的人了，还想带着一屁股擦不净的屎走人吗？三思吧。伙计！要是打不赢，趁早忍了肚子疼，吃了这个哑巴亏，只当是又缴了一笔‘学费’，这又不是没有先例，翻过这一篇儿就算啦！那批灯具嘛，你既然买到了手，我当然只能接着，要是砸在你手里，我就太不够交情啦，反正我这儿按你说的数儿造的预算，上边儿早就批准了，再闹反复有什么好处？老伙计，你离了，我还没离呢，让我这把交椅最后这几天儿坐得安稳点儿吧！那些灯具照样儿装上就是了，管它什么牌子、什么型号？我就不信谁能登上梯子爬上去研究去！”

天知地知你知我知，就这。

他娘的！林盛杰只想骂人。骂他的老战友？不能怪人家，当初是他找上门儿去，自告奋勇要承担那批灯具的进口，吹得天花乱坠，如今弄成一摊烂泥，人家不跟他翻脸，蒙受了巨大损失(尽管这损失是国家的)还想着顾他的脸儿，他还能说什么？骂迈克尔·詹姆斯？那个一肚子坏水儿的洋鬼子是该骂！可是，怎么骂呢？当初投标的外国公司有十几家，实力雄厚的有的是，可他为什么偏偏挑上了迈克尔·詹姆斯呢？他当时就是瞅着这小子顺眼，甘愿牺牲一切利益(尽管这利益是国家的)去跟他套近乎，弄得木已成舟，全部手续都完备、都合法，再跟人家打官司就等于木匠戴枷——自作自受！谁知道他做这一切的真正动机？他自己知道，迈克尔·詹姆斯也知道，可是坏就坏在这个最重要的条款只停留在口头上而并没有写到合同上去——那是不可能的！结果是事出有因、查无实据，洋鬼子翻脸不认账，拍拍屁股走人，他呢？赔了女儿又折兵，丢盔卸甲还不算，还在街坊四邻面前丢人现眼！让他“忍了肚子疼”？忍不下去哇！

多亏老战友的理解、包涵、宽慰再加上为之“擦屁股”，使他以囫囵尸首站完了最后一班岗，狼狈逃窜似的离开了总经理的座位，从而也就永远结束了几十年的宦海沉浮，留下了永久的遗憾！

那只猫吵得他心烦。他近来脾气变得异常暴躁，什么都不愿意听见，什么都不愿意看见，只想一个人躲到与世隔绝的地缝儿里去，摆脱人间的一切烦恼。而这当然也做不到，他这三套房子并非神仙洞府，而处在闹市包围之中，他无法回避那喧嚣的嘈杂，难以无视那攒动的人群。一听到汽车的喇叭声，他就想到自己再也不能把那辆“皇冠”卧车随叫随到；一听到小贩儿的吆喝声，他就想到自己再也没有本钱和权力去做任何交易；一看到窗下走过成双成对儿的青年男女，他就想到那被人涮了个六够却至今无处兜售的女儿；甚至一看到电视里的英语节目，就使他立即想起那个十恶不赦的黄毛儿，永远也不想《跟我学》了，学了还有什么用？他现在恨世上的一切，恨所有的人！他要报复，可惜又没有报复的能力了，连一个拄着拐杖的邵亦波他都对付不了，他曾找到昔日任过职的公安局，试图阻止俞倩倩的出国，无奈他走了多年，茶早就凉了，人家说，俞倩倩的一切手续都合法，对这个已经削职为民的前副局长、前总经理一笑置之，谁会为了他而得罪重点统战对象邵亦波和美籍华人威廉·邵以及正牌儿的美国公民、“中国人民的朋友”迈克尔·詹姆斯呢？

他烦躁地踱出客厅，走进自己的房间。这是他和相依为命的老伴儿孟招娣共同的卧室，双人席梦思床上摆着两条锦被、两只枕头，象征着他俩一起度过的那些日日夜夜，枕边说过多少窃窃私语，做过多少深谋远虑，到头来一切落空，这个贤内助帮他成过多少事儿呢？这个心胸狭窄、有勇无谋、嘴短舌长的浑蛋娘们儿，一辈子只会给他裹乱！没有她，林盛杰再蠢也不会追到爆肚隆跟黄毛儿打架去，打得算什么玩意儿！

那只猫还在叫。他恼火地追到女儿的闺房，想收拾收拾它。密斯黄并不在这儿，闺房里空无一人，只有满壁生辉的组合家具、锃亮崭新的电器、一尘不染的地毯，还有梳妆台前那些品种齐全、名目繁多的化妆品。唉，可怜的女儿，她还没被打击、挫折所摧垮，还在百折不挠地“捯饬”自己，试图重打锣鼓另开张，为这个万事俱备的新房招来女婿！还有那一天吗？林盛杰已经失去信心了，他站在女儿的镜子前，照着自己松皮耷拉、虚泡囊肿的脸，那瘪瘪的鼻子、稀疏的鼠须、黯淡的眉毛和一对儿太小又太哀伤的眼睛，使他目不忍睹，他似乎第一次发现自己并不像过去感觉的那么自信，并且由此而想到珠联璧合的妻子和一脉相承的女儿，相信那些化妆品都是多余的了！

那只猫发疯似的叫。他怒气冲冲地跑出去，遍寻不着，最后才发现密斯黄在撕咬着大门。“这个鬼东西！你也在这个家待腻啦？滚！”他拧开锁，推开门，一脚把那只瘸猫踹出去，甭在这儿恶心我啦！

他关上门，把肥胖的身子倚在门上，闭上眼，喘着粗气，仿佛门外有持枪的强盗，有勾命的恶鬼，他堵住门，就把一切噩梦挡在外边了。

他就这样站了许久，忘了该干什么，不该干什么，好像什么也不想干了，什么也不用干了，他的一切事儿都完了。他希望在这条胡同、在他曾经工作过的公司、在整个儿北京城，谁也不要再记着这个林盛杰，把他忘了，好像没有这个人一样。他甚至希望倒退几十年，回到他出生的那个穷乡僻壤小山村去，压根儿就没出来干什么“革命”，没当什么官儿，到如今也是一辈子过来了，没露脸，也没现眼，无非就是吃几十年老玉米面贴饼子、糜子面儿黏饽饽吧，孟招娣也只配跟他过那种日子！说不定到现在也过得不错了呢，女儿不至于嫁不出去，他也没有“离休”这一说，承包点儿责任田让老婆去种，自己可以搞一搞乡镇企业嘛，当个董事长或者总经理——奇怪，怎么总忘不了官儿瘾？

“嘀嘟！嘀嘟！”门铃响了，他吓了一跳：“谁？”

“我，我呀！”孟招娣在门外亲切地说。

是老婆回来了。

他打开门，孟招娣进家来满面春风，迫不及待地告诉他："那件事儿，办妥啦！"

"什么事儿？"他摸不着头脑。

"爆肚隆的事儿！"孟招娣一边儿往里走，一边儿脱外衣，"他们开店的房子是赁的人家的公房，这叫转手出租，政策不允许的！我一个电话过去，他们所里就满口答应：收回，今儿就勒令姓隆的搬出去！哼，领教领教老娘的厉害吧！"

老婆挺得意，林盛杰却无动于衷。

"给你出了这口恶气，还不高兴？"

"这算什么？把一个小小的爆肚隆当对手，也长不了多少光彩！"

日落黄昏，斜晖西照，胡同里暖洋洋、懒洋洋，不倦的人流像往常一样拥挤着，攒动着，该卖什么的卖什么，该买什么的买什么，爆肚隆的突然倒闭似乎并没引起什么震动。"没有鸡蛋还不做槽子糕了？"这话是真的，爆肚隆关门了，自会有"爆肚张""爆肚刘"开张，想吃爆肚儿的人绝不会就因此没地方吃去！

隆长生带着老婆胡莲凤和小儿子隆德海，含着眼泪把桌椅板凳、锅碗瓢盆收拾利索，恋恋不舍地摘下乾隆御题的金字招牌，装上排子车，走人。短命的爆肚隆兴旺了不多时，再次覆灭，重新振兴恐怕无望了，且别说地盘儿难赁，资金也够呛！上回一场架招来了灭顶之灾，派出所、房管所、工商局一起来找麻烦，账还没算完，罚款到底得多少还难说呢！讲理？上哪儿讲理去？打架不是咱们挑的头儿，转赁公房的也不止咱们一家儿，做买卖咱们按月缴了税的……可是这些都讲不清了！当初开买卖的时候，老大德江、老三德湖都极力反对，不愿意沾边儿，也许他们说得对？现如今一垮台，他们就更不沾边儿了，连聋子老二也躲得远远的，他不是有个正经工作单位嘛，怕受了兄弟的连累，躲了。这回帮忙搬家的，只有佟玲姑娘！

隆德海拉着车前头走，佟玲帮他扶着，怕掉了东西。她低着头，眼睛只盯着路面，不敢看周围的人，尽管这些人她都不认识。她艰难地迈着脚步，回味着自己走过的饱含屈辱和痛苦的路。唉，她的位置本来应该在舞台上，在屏幕上，为什么沦落到这个地步呢？怪俞飞飞吗？怪隆德海吗？他们都不曾主动去找她，是她自己，为了出国而投靠了那个流氓，为了毕业后能分配在北京又匆匆忙忙依附于这个小痞子，结果却什么都没得到，自己的本钱输得精光！她永远也不会忘记被派出所拘留的时候所受的那种羞辱，逼着她交代一点一滴的细节，听得那么津津有味。流氓！警察也是流氓！她知道自己没犯罪，绝对够不上判刑，但是人家有法儿治她，打电话让学院来领人，这就把她的人格、饭碗全毁了，受了个“记大过”处分，而且“毕业之后不予分配”！她和隆德海一样，成了无业游民了，她不敢回老家去，只好跟着他混一时算一时。她想动员隆德海跟她一起到外地去算了，躲开熟人，找个地方卖爆肚儿去，艰难创业，混一口饭吃吧！出国留学的人不也是得打工挣钱、端碗刷盘子嘛！她这样宽慰自己。

“丁零零……”电话铃声响了。

邵亦波拿起电话：“喂，哪里？”

“妈妈，您好！”一个娇柔、亲切的声音响在耳畔。

天哪，是倩倩打来的国际长途！

“倩倩，你疯了？有事写封信来就行了，干吗打电话？这可是国际电话，一分钟要花……”

“您放心，我有钱！妈妈，今天我可以跟您谈二十分钟！”

“我知道你有钱！”邵亦波笑了，“那还不是人家詹姆斯先生的钱？

他好吗?”

“好个屁！那个家伙是个骗子，他这儿根本没有什么公司，只靠一只皮包，从咱们那儿的土老帽儿手里赚点儿钱！我把他甩啦!”

“甩啦?”邵亦波吓了一跳，“那你的生活依靠谁?”

“我找到舅舅了，他一见我就非常喜欢，还后悔过去和我们联系得太少呢!”倩倩的情绪是那么好，显然是一帆风顺、万事如意，“今天打电话的钱就是舅舅给的！他让我先住他家，以后再说……”

邵亦波轻松地舒了一口气，从心里感激她的哥哥，毕竟是切不断的血缘呀，哥哥终于真正成了她的靠山了!

“妈妈,”电话里，倩倩继续说，“舅舅给我介绍了一个朋友，这个人是个亿万富翁，我准备跟他结婚，这样就马上可以拿‘绿卡’了，您和爸爸、哥哥都可以用探亲的名义来了，我们全家人都在这儿团聚，多好啊!”

女儿给她报告的好消息简直比邵亦波做梦想得还美!

“倩倩,”她在兴奋之余当然还要问问女儿，“那个人，多大啦?”

“大了点儿,”倩倩说，“七十五……”

“啊？你怎么能嫁个老头子？比你爸爸还老……”邵亦波的心情又沉重了。

“这有什么？妈妈,”倩倩的声音却显得那么无所谓，“人生就是这么回事儿，互相利用吧！年纪大的不是还可以死得早点吗？要是我的计划实现得快，也不一定非在一棵树上吊死，把这个老家伙再甩了就是了！您放心，我懂得怎么样保护自己，记着您的话呢：不是真佛不烧香，不见兔子不撒鹰!”

女儿突然成熟了，成熟得有点儿放肆，有点儿忘乎所以！儿行千里母担忧，当妈的如今不在她跟前，也只有由她去了。邵亦波本来就已经做好了让倩倩做出“巨大牺牲”的精神准备，本应泰然处之，只是她希望女儿的牺牲尽可能小一点儿。“倩倩，你可一定要谨慎，遇事三思而行！也别这么瞎嚷嚷，说话要温文尔雅，保持自己的风度！”

“不碍事，妈妈，”倩倩笑着说，“这儿的人听不懂中国话，我骂他们，他们还朝我乐呢！哼，这些浑蛋美国人，想要我，倒一个一个地让我耍了！”

邵亦波开怀大笑，十六年培养了一个接班人，培养得这么出色，青出于蓝而胜于蓝，当妈妈的放心了！

电话整整通了二十分钟，娘儿俩痛痛快快地聊了个够，互道珍重，约好下次通话时间以保证全家人都听到大洋彼岸的亲人声音，邵亦波才挂上电话，笑盈盈地站起身来，觉得像插上了翅膀，在太平洋上遨游！

“当啷！”她的那根用了十多年的拐杖被碰倒了，她一脚踢开，用不着了，她以后再也不用任何拐棍儿，可以昂首阔步地走路了！

唯一使她觉得对不起女儿的，是她在电话中不得不说了一句假话。倩倩在电话里问她：“雪妮好吗？您可得给我好好儿养着啊，我下次回去就把它带来！”她顺口说：“好，好，你放心！”其实，她还不知道雪妮的下落呢！

爆肚隆在“扫地出门”的时候，把犄角旮旯里的瓶子罐子都没丢下，唯独没见着那只黑豹。黑豹不知上哪儿去了？也许是看见主人垮台，怕以后没有羊肚儿下脚料吃了，就自谋出路去了？

夜幕降临了小胡同，高楼矮舍都被一片苍茫黛色所湮没，街上的行人渐渐稀少，万家灯火闪闪烁烁，每一个窗口里都聚拢着被血缘关系扭结在一起的人，每一家都有一本难念的经，古往今来，莫不如此。每一个白天都把它所给予人的压力推到夜晚，让他们分散到各个家庭去品味、去咀嚼、去消化，每一个夜晚都酝酿、孕育着第二个白天，再去承受新的压力，有欢乐，也有痛苦。人们永远也不会真正厌倦生活，因为总觉得第二天比今天会活得更好。

在高楼与矮舍之间，有一片小小的空地，不足以盖房子，也不曾开辟为道路，只是一片空地，荒芜着，没种树，也不长草，只有一些零碎的砖头瓦片，和无法儿详细统计品种和数目的垃圾，住楼房的往这儿扔，住平房的也往这儿扔，这儿以巨大的耐性和涵养，兼收并蓄，包容一切。谁也没想到要清理这儿，谁也不打算经过这儿，连专找僻静地方搞对象的青年男女也不上这儿来，嫌这儿太脏了。

但是，这儿也有生命，三个死了的，三个活着的。垃圾堆上，躺着三只刚出生就被剥夺了生存权利的猫，在它们旁边，蹲着三只饱经风霜的猫，一只黑的，一只白的，一只黄的。它们久坐不动，也不喊不叫、不哭不笑，只是默默地对视着，回味着过去，思索着将来。它们都觉得互相之间长期以来了解得很不够，而一旦了解了，又觉得很可怕，可怕的是它们都无法理解也无法驾驭的这个世界。它们永远也不可能真正理解人类。人，太复杂了！

黑暗中，三双明亮的眼睛，像六团磷火，六颗星星……

图书在版编目 (CIP) 数据

霍达文集. 卷三，长篇小说卷：未穿的红嫁衣　沉浮 / 霍达著. —北京：北京十月文艺出版社，2017. 12
ISBN 978-7-5302-1713-9

Ⅰ. ①霍… Ⅱ. ①霍… Ⅲ. ①中国文学—当代文学—作品综合集 ②长篇小说—小说集—中国—当代 Ⅳ. ①I 217. 2

中国版本图书馆 CIP 数据核字 (2017) 第 200788 号

未穿的红嫁衣 · 沉浮
WEICHUANDE HONGJIAYI　CHENFU
霍　达　著

出　　版　北京出版集团公司
　　　　　北京十月文艺出版社
地　　址　北京北三环中路 6 号
邮　　编　100120
网　　址　www.bph.com.cn
发　　行　新经典发行有限公司
　　　　　电话（010）68423599
经　　销　新华书店
印　　刷　北京金秋豪印刷有限责任公司
版　　次　2017 年 12 月第 1 版
　　　　　2017 年 12 月第 1 次印刷
开　　本　880 毫米 ×1230 毫米　1/32
印　　张　18.25
字　　数　453 千字
书　　号　ISBN 978-7-5302-1713-9
定　　价　49.80 元
质量监督电话　010-58572393
如有印装质量问题，由本社负责调换。